ein Ullstein Buch

ein Ullstein Buch
Nr. 20102
im Verlag Ullstein GmbH,
Frankfurt/M – Berlin – Wien

Ungekürzte Ausgabe

Umschlagentwurf: Jürgen Spohn

Mit Genehmigung der
Deutschen Verlags-Anstalt, Stuttgart

Printed in Germany 1981
Druck und Verarbeitung:
Mohndruck Graphische Betriebe GmbH,
Gütersloh
ISBN 3 548 20102 4

Februar 1981

CIP-Kurztitelaufnahme
der Deutschen Bibliothek

Wickert, Erwin:
Der Auftrag des Himmels: Roman aus d.
kaiserl. China/Erwin Wickert. –
Ungekürzte Ausg. –
Frankfurt/M; Berlin; Wien: Ullstein, 1981.
(Ullstein-Buch; Nr. 20102)
ISBN 3-548-20102-4
NE: GT

Erwin
Wickert

Der Auftrag des Himmels

Roman aus dem
kaiserlichen China

ein Ullstein Buch

Die Ironie ist wie das Negative der Weg; nicht die Wahrheit, aber der Weg. Jeder, der ein Resultat als solches hat, besitzt es nicht, denn er hat den Weg nicht. Wenn nun die Ironie hinzutritt, so bringt sie den Weg, aber nicht den Weg, auf dem derjenige, der das Resultat zu haben meint, in seinen Besitz kommt; sondern den Weg, auf dem das Resultat ihn verläßt.

KIERKEGAARD, ÜBER DEN BEGRIFF DER IRONIE, 1841

ERSTES KAPITEL

PEKING

Ich bin die Hauptstadt des Reiches, Kaiser der zehntausend Städte. In meinen Mauern liegt, wiederum mauerumgeben, die Verbotene Stadt des Erhabenen Himmlischen.
Die Dächer des Palastes stehen hintereinander wie Zelte: die kleineren Dächer der Torbogen und Galerien und die hohen, weitgeschwungenen Dächer der Hallen. Ein Heerlager von Dächern steigt auf bis zum Mei Fan, dem Kohlenhügel. Kaiserliche Drachen und Phönixe stehen auf den Firsten wie versteinerte Wimpel.
Die gelben, glasierten Ziegel zerspiegeln die Sonne in hunderttausend Funken. In der flimmernden Luft verschwimmen die Umrisse der weißen Dagoba, der großen, bauchigen Flasche hinter der Verbotenen Stadt des Kaisers.
Rechteckiger, mauergeschützter Palast in der Achse der quadratischen Hauptstadt. Höhere Mauern, noch höhere Türme ringsum. Ausgerichtet nach Norden, Süden, Osten und Westen in der weiten Ebene: Zeltstadt auf dem Weg der Tataren, Heerlager, dann versteinert nach dem Willen eines barbarischen Kaisers. Aber die Chinesen brachten die unordentliche Natur in die Stadt, durchbrachen die Regeln und gruben künstliche Seen, ungerade Kanäle und schütteten Berge auf.
Die Luft ist trocken und hellgelb. Staub liegt wie Pulver auf den ungepflasterten Straßen und den Dächern, den hellblauen und hellgrünen der Chinesenstadt, den gelben des Palastbezirks. Die Teiche der Verbotenen Stadt sind ausgetrocknet. Nur in der Mitte des Südsees stehen die Reiher und Kraniche noch in flachem, modrigem Wasser. Ausflugsboote liegen schräg auf dem

harten, geplatzten Schlamm, über den man trockenen Fußes bis zur Insel des Auffliegenden Kranichs gehen könnte. Verdorrte Lotosblätter kleben im Morast, von den Vögeln eingetreten, als das Wasser zurückging. Die Blätter sind rissig wie die Haut von Elefanten und graugrün. Die Hitze hat alle Rasenflächen braun gebrannt, und nun tritt die Erde räudig hervor.
Alle Dinge in Peking sind trocken und hart im Winter, wenn die Staubstürme aus der Mongolei kommen, die Nasen austrocknen und die Lippen aufspringen.
Aber es ist erst ein Mond vor Herbstanfang.

Der Kaiser

Reicht mir die Sandelholzstäbchen herauf!
Erst will ich noch den herbbitteren Duft dieser Holzkohle riechen. Drei Stäbchen ins Feuer. Moosfarbene Patina des Bronzebeckens. Je tiefer der Blick, desto heller schimmert das Braun hindurch. Tausend Jahre haben die Schweißhände der Diener und Priester das Becken berührt und geglättet. Zweitausend Jahre vielleicht.
Nun ist die Bronze warm, und sie lebt. Hoher Himmel, wir bitten um Regen!
Die Erde ist seit vielen Wochen so hart wie Marmor. Glaube nicht, daß ich übertreibe! Ich habe heute den Regengott Yü Shih aus Deiner kühlen Halle heraus in die Sonne tragen lassen, damit er die Hitze und Trockenheit selbst spürt. Er kann Dir berichten.
Die Zensoren haben mir ein Memorandum emporgereicht, in dem sie schreiben, der Himmlische Drache hindere Yü Shih daran, Wolken zu sammeln. Sie haben mir geraten, dem Drachen einen weißen Tiger zu opfern.
Den weißen Tiger aufzutreiben, war nicht einmal so schwer. Ich hatte schon lange einen weißen, oder doch nahezu weißen, aus der Provinz Kirin im Palast meines Vaters in Jehol. Aber ich habe das Opfer nicht selbst vollzogen, sondern den Kanzler Wu damit beauftragt. Denn der Vorschlag des Memorandums erscheint mir töricht. Hätten ihn die Zensoren nicht gemacht, so hätte ich

ihn rundweg abgelehnt. *Du* bist der Entscheidende, nicht der Gott des Regens. Was kann Yü Shih tun ohne Deinen Willen!
Reicht mir drei Sandelholzstäbchen herauf!
Wie die drei Rauchfäden dünn und eilig zur Decke streben! Ich freue mich, daß Dir der Duft des Opfers wohlgefällt.
Drei Tage habe ich in einer einfachen Hütte aus Strohmatten gebetet und in dieser Zeit weder Gesalzenes noch in Essig eingelegtes Gemüse zu mir genommen, und zu Fuß bin ich hierher zu Dir in den Tempel gekommen.
Hoher Himmel, wir bitten um Regen!
Erleuchte mich, damit ich das Verbrechen erkenne, das Dich ergrimmt! Ich habe Dir geopfert, wie es vorgeschrieben ist. Wir haben den Kalender prüfen lassen, aber keinen Fehler entdecken können. Selbst die barbarischen Astronomen, die in meiner Hauptstadt wohnen, haben ihn gutgeheißen.
Ich habe das Buch der Wandlungen[1] konsultieren lassen, und das Büro der Riten traf auf das Zeichen Kuai[2], wo es heißt:

»Neun auf dem dritten Platz bedeutet:
Mächtig in den Backenknochen zu sein bringt Unheil.
Der Edle ist fest entschlossen.
Er wandelt einsam und kommt in den Regen.
Er wird bespritzt, und man murrt wider ihn.
Kein Makel.«
Und ferner:
»Neun auf dem fünften Platz bedeutet:
Dem Unkraut gegenüber ist feste Entschlossenheit notwendig.
In der Mitte wandeln bleibt frei von Makel.«

Ich habe daher vor drei Tagen noch spät am Abend Todesurteile gegen alle Richter im Reich unterschrieben, die der Bestechung angeklagt waren. Die Kuriere haben noch in der Nacht den Palast verlassen, und die Tore wurden für sie noch vor der Morgendämmerung geöffnet. Wenn die Strafen vollzogen sind, werde ich die Meldungen hier verbrennen und Dir emporsenden. Habe noch etwas Geduld!

---

1 I Ging.
2 »Der Durchbruch«.

Oder haben die Beamten gehandelt, ohne das Volk aufmerksam anzuhören? Haben meine Soldaten bei den Unruhen in Kwangsi die Dörfer und Städte geplündert? Sind die Zuschüsse an die notleidenden Provinzen ungerecht verteilt worden? Saugen die Steuereinnehmer das Volk aus? Ist das Geld für die Deichbauten in den Händen der Aufseher geblieben? Der Einsame[1] bittet Dich um Erleuchtung, damit er das Verbrechen sehe und sühne, das Dich ergrimmt.
Reicht mir die Sandelholzstäbchen empor!
Meh Lings Hand, die nach dem Sandelholzfächer duftete! Einzige Hand, die sich auch jetzt nicht fürchtet, mich zu berühren!
Warum wirbeln und schwanken die Rauchfäden? Hoher Himmel, vergib mir die unfrommen Gedanken an Meh Lings Duft, die mir vor Deinem Altar in den Sinn kamen!
Ahnen im Himmel, besänftigt Euren Zorn und sendet den Menschen Regen!
Hoher Himmel, Du hast mir den Auftrag gegeben, Dich und die Erde in Harmonie zu erhalten. Ich habe den Auftrag nicht gewollt. Du weißt es. Ich habe den Erhabenen Vater, bevor er den feurigen Drachen bestieg und zum Himmel aufflog, mit neunfachem Kotau gebeten, meine Unfähigkeit und Schwäche zu bedenken. Wie kann ich mit meinen Händen Himmel und Erde zusammenhalten! Sieh unter dem schweren Brokat des Drachengewandes, das mich niederdrückt, meine mageren Arme und die flache Brust! Sieh meine Jugend!
Hoher Himmel, wir bitten um Regen!

Die Reichsannalen

Schon heute läßt sich sagen, daß das Reich seit Jahrhunderten keine solche Trockenheit erlebt hat. An Hunger und Entkräftung sind bereits jetzt so viele Menschen gestorben wie während der Dürre im neunten Jahr der Regierung des Erhabenen Herrschers Tschien Lung[2]. Die Zahl der Todesopfer wird noch stei-

1 Der Kaiser selbst.
2 1736–1796 n. Chr.

gen, da die Trockenheit anhält. Aber selbst wenn es jetzt regnen sollte, wird es noch Wochen dauern, bis die Kanäle wieder schiffbar sind und bis Getreide aus dem Gebiet des Jangtse und den Südprovinzen herbeigeschafft werden kann. Die Bauern in den Provinzen Schansi und Tschili haben das Vieh geschlachtet. Es wird zehn Jahre oder länger währen, bis es dort wieder so viele Schafe, Schweine, Esel und Zugochsen gibt wie früher. Selbst hier in der Hauptstadt hungert die Bevölkerung, vor allem die arme.

Schuld an der Hungersnot unter dem Erhabenen Herrscher Tschien Lung war damals der Gouverneur von Schantung, der eine Räuberbande von neunhundert Mann, die er nicht besiegen konnte, in seine Armee aufnahm und ihre Hauptleute mit Pfründen belohnte, ja, der dem Erhabenen Himmlischen sogar vorschlug, zwei von ihnen zu Präfekten zu ernennen. Erst als der Erhabene ihm die Seidene Schnur gesandt[1], und als der Sonderbeauftragte des Drachenthrones alle Räuber hatte enthaupten lassen, fiel wieder Regen.

Der Erhabene Herrscher Kang Hsi hatte während der schrecklichen Dürre im Frühling des siebenundzwanzigsten Jahres seiner Regierung[2] das Buch der Wandlungen konsultiert. Die Zeichendeuter stießen auf das Hexagramm Kuai und fanden die Neun auf dem fünften Platz, und das bedeutet:

»Dem Unkraut gegenüber ist feste Entschlossenheit notwendig.«

Der Erhabene Herrscher Kang Hsi hatte darauf alle hochrangigen Parteigänger des Großkanzlers Ming Dschu aus ihren Ämtern entfernt. Danach kam der Regen.

Der heute regierende Erhabene Himmlische hat Todesurteile gegen korrupte Richter erlassen; aber *ihre* Verbrechen sind es nicht, die den Himmel erzürnen. Die Trockenheit dieses Jahres wird erst enden, wenn der eigentliche Frevel gesühnt wird, der im Reiche geschah und der noch täglich weiter verübt wird. Welche Untat wir meinen, ist allen Wissenden offenbar. Ist es möglich, daß er selbst an die fragwürdigen Begründungen

1 Damit er sich selbst erhänge.

2 Im Jahre 1688.

glaubt, mit denen er das Unrecht zu bemänteln sucht, das den Einklang von Himmel und Erde schrill stört?
Der Erhabene Sohn des Himmels ist noch jung und erst wenige Monate auf dem Drachenthron. Vielleicht müssen noch Millionen im Reich sterben, ehe er sein eigenes Herz erkennt und so ist, daß die Wege des Himmels und der Erde übereinstimmen.

Pantai, Gouvernatsrat unter Gouverneur Tsai von der Provinz Kwangtung

Am ersten Tag des neunten Monats erreichten wir die letzte Station unserer Inspektionsreise, den Gerichtsflecken Hwa, nur noch hundert Li[1] von Kanton entfernt. Am Landeplatz wurden unsere Dschunken von dem Bürgermeister Hung empfangen. Seine Hoheit, der Generalgouverneur[2], beschränkte sich darauf, ihn nach der zweiten Ernte, die schon eingebracht war, den letzten Rechtsfällen und dem Verhältnis der Hakkas[3], die in der Gemeinde die Mehrheit bildeten, zu den Puntis zu fragen. Die Antworten lauteten befriedigend. Seine Hoheit befahl darauf, für sich, den Gouverneur Tsai, Kabinettschef Tang und mich ein Abendessen im Tempel der Azurblauen Reinheit vorzubereiten. In der Zwischenzeit sollten wir mit ihm den Yaoshan besteigen.
Der Yaoshan ist kein hoher Berg, sondern bloß ein Hügel wie der Rücken eines Dromedars über der Ebene, unbewohnt und unbebaut, nur von dornigem Gestrüpp bedeckt. Die Bewohner

---

1 Ungefähr 50 km.
2 »tsungtuh«, Generalgouverneur der beiden südchinesischen »Kwang«-Provinzen Kwangtung und Kwangsi. Ihm untergeordnet sind die »futai«, d. h. Gouverneure der beiden Provinzen. In Begleitung des Generalgouverneurs Yeh war der Gouverneur Kwangtungs, Tsai. Beide residierten in Kanton, der Hauptstadt Kwangtungs.
3 Hakka = Neusiedler, Punti = Alteingesessener. Die Hakkas waren vor Jahrhunderten aus Nordchina eingewandert und hatten ihren Zusammenhang, ihre Sitten und ihre vom Kantonesischen stark abweichende Sprache bewahrt. Streitigkeiten zwischen dieser »historischen Minorität« (jedoch nicht völkischen oder rassischen) und den Puntis waren an der Tagesordnung. Der Bürgermeister Hung war Hakka.

der umliegenden Dörfer besteigen ihn nur gelegentlich, um Buschholz oder Beeren zu sammeln.
Am Dorfausgang erschreckte uns ein schrilles, schepperndes Läuten. Der neben unseren Sänften herlaufende Bürgermeister Hung berichtete auf eine Frage Seiner Hoheit, in der Gemeinde wohne ein christlicher Missionar, der die Glocke seines kleinen Tempels zu unseren Ehren anschlage. Seine Hoheit hielt dieses Geräusch für ein böses Omen – mit Recht, wie sich später herausstellte – und war verstimmt. Er sah aber von einer Bestrafung des Missionars ab und ließ ihm lediglich befehlen, das Läuten sofort einzustellen.
Der Anstieg war für uns sehr beschwerlich, da die Träger an den steilen Abschnitten des Weges die Sänften nicht waagerecht halten konnten, selbst wenn die vorderen gebückt gingen und die hinteren ihre Tragstangen mit ausgestreckten Armen über die Köpfe hoben. Seine Hoheit, der Generalgouverneur, hatte diesen Ausflug befohlen, weil er ein Denkmal besuchen wollte, das einer der Unsterblichen, der Weise Ko Hung[1], zur Zeit der Taian-Dynastie auf dem Gipfel dieses Berges errichtet hatte.
Als wir oben angekommen waren, verließen wir unsere Sänften. Wir hatten keine weite Sicht: Weder die Mündung des Perlflusses noch Kanton waren zu sehen. Bloß an den klaren Tagen nach einem Taifun soll man die Dunstschicht über der Stadt und darüber hinaus auch die blauen Schatten der Wolkenberge erkennen können. In der Ebene lag der Dunst wie Schimmel über allen Farben: Es gab nur noch verschiedene Tönungen in Grau. Die Sonne glänzte in einem Kanal, der wie ein gerader, glühender Strich die Ebene durchschnitt. Die Raine der Reisterrassen zogen sich waagerecht um alle kleineren Erhebungen und folgten jeder Kontur dieser Maulwurfshügel. Zwischen den Reisfeldern lagen wie Flicken in einer Decke die Dörfer.

1 »Unsterbliche« (hsien) = Eremiten, Magier, Weise. Ko Hung (um 300 n. Chr.), militärischer Berater des Gouverneurs von Kwangtung, hatte sich im Alter auf den Yaoshan zurückgezogen, um das Lebenselixier zu suchen. Als er mit 81 Jahren gestorben war und man seine Leiche einsargen wollte, fand man nur noch seine Kleider. Sein Körper soll sich aufgelöst haben, er selbst ein »hsien« geworden und viele Generationen später den Menschen wieder erschienen sein.

Auch auf dem Rücken des Berges stand dichtes Gestrüpp. Die Begleitsoldaten banden ihre Schwerter über der Schulter fest und schlugen mit langstieligen Sicheln einen Pfad zum Denkmal.
Seine Hoheit stand allein, während wir warteten, und wußte den Abstand von uns zu wahren. Er trug den Beamtenhut mit der herabhängenden zweiäugigen Pfauenfeder waagerecht auf dem Kopf, obwohl die Sonne ihn weniger geblendet hätte, wenn er ihn etwas in die Stirn gerückt hätte. Aber das wäre ja unkorrekt gewesen. In der härteren Sonne des Gipfels erschien seine Runzelhaut ledern wie eine Kuriertasche. Seine Augen waren flache, scharf umschattete Dreiecke. In dem dünnen, weißen Schnurrbart konnte man die einzelnen Haare erkennen. Er war grimmig und schweigsam und nahm uns gar nicht wahr, nicht einmal den Gouverneur Tsai, den er nicht mag, weil er sich zu selbständig zeigt und auf Weisungen des Generalgouverneurs nicht zu warten liebt.
Das Denkmal besteht nur aus einer unbeholfen zugehauenen Granitstele von doppelter Mannshöhe. Die darin eingegrabenen Schriftzeichen wären kaum noch lesbar gewesen, hätte das Moos in den Vertiefungen nicht eine sattere Farbe gehabt als auf der Oberfläche des Steins. Die in Grasschrift hingeworfene Inschrift stellte die lange Dauer des Berges der kurzen, mühsalbeladenen Lebenszeit des Menschen gegenüber. Ko Hung habe geweint, weil der Mensch, seine Freuden und Schmerzen bald vergessen werden, während der Berg noch lange bleibe.
Seine Hoheit verweilte vor dem Stein geraume Weile, versäumte auch nicht, die Landschaft zu betrachten. Der Bürgermeister Hung, in seiner Verlegenheit über den ungepflegten Zustand des Denkmals, ging daran, mit einem Kiesel das Moos aus den Schriftzeichen zu entfernen. Aber Seine Hoheit untersagte es ihm. Als ich Seine Hoheit ansah, bemerkte ich, daß die Lider rot und die Augen feucht von Tränen waren, was wohl auf die Nachrichten vom Hofe über seine Tochter Meh Ling und die das Reich erschütternden Gerüchte über ihre Erhöhung in den Frauengemächern zurückzuführen war. Er ging schweigend wieder zu der Stelle des Gipfels zurück, wo die Soldaten und Sänftenträger warteten.

Dem Dorfvorsteher Hung befahl er, den schmalen Pfad zum Denkmal gründlich säubern zu lassen, um den Stein herum einen freien, mit Kieseln zu deckenden Platz anzulegen, die alten Schriftzeichen jedoch auf keinen Fall zu berühren, geschweige denn zu reinigen. Wo die Begleitung gewartet habe, solle ein Pailu[1] errichtet werden. Er selbst werde den Steinmetzen eine Inschrift von seiner eigenen Hand zur Vorlage überlassen.[2]

Generalgouverneur Prinz Yeh

Verloren und niemals wiederzufinden.
Eine Qualle vertrocknet am Strand, und die erste Welle der Flut löst ihre feuchte Spur wieder auf. Zehntausend mal zehntausend Jahre steht der Berg. Und wir? Trockene Blätter, Wind, Staub, goldener Lichtblitz des Kanalbogens im feuchten Dunst der Ebene. Schon vorüber, als wäre er nie gewesen. Zehntausend mal zehntausend Menschen in der Tiefe. Reisfelder, Dörfer, finstere Hütten, grüne Gärten. Schmerz, Freude, Tränen, Tod. Tropfen im Wasserfall, niedergerissen ins Dunkle. Spuren von Schiffen, die vor tausend Jahren über das Meer fuhren. Klammerst dich an den Stein, windiges Gespenst des Ko Hung, Unsterblicher der Insekten. Moos und Flechten fressen schon heute deine Gedanken und trinken deine Tränen.
Warte noch wenige Jahrhunderte! Schon nimmt jemand den Stein und macht daraus die Treppenstufe einer Brücke oder die Schwelle eines Tempels. Widerwärtiges Scheppern der Tempelglocke! Sie bringen das Opium, wollen ihre Geräte verkaufen, drängen sich auf mit ihrer billigen Weisheit. Barbarischer Mißton stört die Harmonie der fünf menschlichen Grundbeziehungen und des Staates. Sie nutzen unsere Duldsamkeit aus, um das Volk aufzuwiegeln und vom Dienst an den Ahnen fernzuhalten. Ich hätte den weißen Teufel sofort bestrafen sollen.
Kaltes Froschauge des widerwärtigen Tsai im Rücken, der schon mißmutig blickte, weil ich über den weißen Barbaren aufge-

1 Torbogen.
2 Die später eingemeißelte Inschrift lautete »Berg der Tränen«.

bracht war. Wenn er mit ihnen spricht, geht er auf weichen Pfoten, weil Zwischenfälle seiner Karriere schaden könnten. Will vorwärtskommen, aber keine Fortschritte machen. Er ist gescheit und korrekt, aber nicht fromm. Sie rühren ihn nicht, die Tränen, die Ko Hung geweint hat, als er die Vergänglichkeit bedachte. Weiß nicht, woher er kommt, nur, wohin er gehen will. Blicke zurück! Hornige Hand des Vaters, an der er mich führte. Gebeugter Rücken und schlurfende Schritte. Herabgerissen in die Nacht. Gehorsam dem Himmel. Blanke Augen Meh Lings, als sie mir Tee brachte, Kinderaugen, noch ohne Makel. Zwitscherndes Lachen, wenn sie mich begrüßte. Verfallene Augenblicke, schon verloren und nicht mehr wiederzufinden!
Laßt das Moos auf dem Stein! Moos heilt.

Pantai, Gouvernatsrat unter Gouverneur Tsai von der Provinz Kwangtung

Als wir uns wieder der Gemeinde Hwa näherten, kamen uns viele Frauen und Kinder entgegen, laut schreiend und in großer Bewegung. Ohne Rücksicht auf die Würde Seiner Hoheit zu nehmen und ohne die geziemenden Formen zu beachten, drängten sie sich an den Paukenschlägern und den Standartenträgern vorbei auf den Dorfvorsteher Hung zu. Da alle zur gleichen Zeit redeten, konnte ich nicht verstehen, was eigentlich vorgefallen war. Hung hatte noch so viel Besinnung, Seiner Hoheit Auskunft zu geben. Aber auch davon verstand ich in dem allgemeinen Durcheinander nichts. Jedenfalls nahm er Urlaub und lief mit der gesamten Schar vorauf ins Dorf.
Unsere Sänften hielten vor dem Tempel der Azurblauen Reinheit. Der Abt des Klosters hatte für uns, da die Innenräume zu ärmlich-ländlich waren, im Hof Tische gedeckt, auf denen uns Tee vorgesetzt wurde. Während wir uns erfrischten und die vom Sitzen in der Sänfte steif gewordenen Glieder streckten, kam der Gemeindevorsteher zurück und berichtete erregt und unzusammenhängend über den Vorfall, der noch so viel Staub aufwirbeln sollte.
Folgendes hatte sich ereignet: Der neunjährige Sohn des Ge-

meindevorstehers schlachtete auf Weisung seiner Mutter auf der Straße Hähne. Wie üblich, standen viele seiner Spielgefährten herum und sahen ihm neugierig zu. Zufällig kam der schon vorhin erwähnte christliche Missionar vorbei. Aus einem immer noch nicht geklärten Grunde nahm er Anstoß an dem Tun des jungen Hung. Er befahl ihm, den Hahn nicht zu töten. Als der Knabe diesem Befehl jedoch nicht folgte, schlug der Missionar ihm mit der Faust auf Backe und Ohr. Im Widerspruch zu dem Zeugnis der Kinder behauptete er, es sei nur ein leichter Backenstreich gewesen. Diese Aussage wurde aber später vom Gericht verworfen, da der Schlag immerhin so kräftig gewesen sein mußte, daß der Junge bewußtlos hinfiel und liegenblieb. Die übrigen Kinder stoben kreischend auseinander, während die Mutter des Knaben aus dem Haus stürzte, ihn aufnahm und hineintrug. Der Missionar behauptet, er habe seine Hilfe angeboten, die Mutter habe sie jedoch abgelehnt. Die Nachbarn blieben anfangs in ihren Häusern, da sie vermeiden wollten, von der Mutter als Zeugen benannt zu werden. Erst als sie das Kind nicht mehr sahen, kamen sie hervor und trieben den Missionar zum Yamen[1], wo der Wächter ihn in eine Zelle schloß.

Die Mutter hatte inzwischen ihren bewußtlosen Sohn in einer Zimmerecke auf eine bambusgeflochtene Bettmatte gelegt. Ratlos, was zu unternehmen sei, rief sie nun einige Nachbarn und Nachbarinnen herbei. Der einzige Raum des Hauses war bald voller Menschen, die jedoch nichts anderes taten, als gleich der Mutter die Hände zu ringen, zu jammern oder den Vorfall immer wieder von neuem zu erzählen, obwohl sie doch vorgaben, nichts gesehen zu haben. Endlich kamen einige der Nachbarn auf den Gedanken, zum Yaoshan zu laufen und den Vater, Gemeindevorsteher Hung, zu Hilfe zu holen.

Dieser bewies in seiner eigenen Angelegenheit die gleiche Umsicht wie als Beamter: Er schickte sofort einige der Umstehenden zum Arzt, der im Nachbardorf wohnte. Inzwischen begab er sich zu Seiner Hoheit in den Tempel, um Bericht zu erstatten und sich kniefällig und mit Kotau zu entschuldigen, daß er in seiner Unfähigkeit diesen Zwischenfall nicht verhindert habe.

1 Gericht, Verwaltungsgebäude.

Seine Hoheit war über das Verbrechen des Missionars erregt. Er befahl, nach dem Abendessen eine Yamensitzung anzuberaumen, bei der er selbst den Vorsitz führen wollte, da der Dorfvorsteher Hung, obwohl eigentlicher Yamenvorsitzender, nicht zugleich Kläger und Richter sein konnte.
Er bat Exzellenz Tsai, Tang und mich, als Beisitzer zu fungieren. Exzellenz Tsai entschuldigte sich jedoch mit Kopfschmerzen und verabschiedete sich sogleich nach dem Essen. Seine Hoheit entließ ihn mißmutig. Er erkannte natürlich, daß diese Kopfschmerzen nur vorgeschützt waren, und wähnte den Gouverneur verletzt: Da Hwa in der Provinz Kwangtung liegt, hätte Seine Hoheit korrekterweise erst den zuständigen Gouverneur Tsai auffordern müssen, die Verhandlung zu leiten. Allerdings hätte Tsai dann doch aus Höflichkeit ablehnen und Seine Hoheit, den Generalgouverneur Yeh, als seinen Vorgesetzten, bitten müssen, des Richteramtes zu walten.

Der Missionar John Wainwright Rogers
Briefauszug

In meiner Schulzeit ereignete es sich gelegentlich, wenn auch nur selten, daß ich vom Jähzorn überwältigt wurde und in diesem Zustand nicht wußte, was ich tat. Als ich diese Schwäche an mir erkannte, habe ich sie bekämpft, mit dem Erfolg, daß Ihr, liebe Brüder, mich wegen meiner Weichheit und Nachgiebigkeit verspotten konntet. Ich habe diesen Spott mit Gleichmut, ja, wenn ich es recht bedenke, sogar mit Befriedigung hingenommen, denn mir erschien gerade das, was Ihr als Schwäche ansaht, in Wirklichkeit als meine Stärke: Ich war stolz darauf, kraft meines Willens die Anwandlungen des Jähzorns überwunden zu haben. Statt mich meiner Schwachheiten zu rühmen, damit sich die Kraft Christi auf mich niederlasse – nach dem Beispiel des Apostels Paulus, wie er es im 2. Brief an die Korinther beschreibt – rühmte ich Narr mich meiner Willensstärke oder was ich so ansah.
Heute sehe ich, daß dies Hoffart war: Ich tat vor mir selber groß mit meiner Willenskraft und bedachte nicht, daß der Wille des

Menschen nichts ist ohne die Hilfe des Allmächtigen. Vielleicht hat er mir nun dies Unglück gesandt, damit ich meinen Hochmut erkenne. »Die Hoffart des Menschen wird ihn stürzen; aber der Demütige wird Ehre empfangen.« (Sprüche Salomonis, 29, V. 30)

Die Schuld an dem Unglück ist mein, und ich bin bereit, dafür nach dem Ratschluß des Vaters zu büßen.

Wie es aber dazu kam, daß ich mich habe hinreißen lassen, ist mir immer noch nicht deutlich geworden, obwohl ich mir in den düsteren Tagen und finsteren Nächten des Kerkers jede Einzelheit wieder ins Gedächtnis zu rufen versucht habe. Da dies vielleicht der letzte Brief ist, den ich Euch senden kann, will ich Euch die Umstände bis ins einzelne schildern:

Ich hatte meinen Esel am Nachmittag zum Dorfschmied gebracht, um ihn beschlagen zu lassen. Die Schmiede hierzulande pflegen, um gegen Hufschläge geschützt zu sein, Eseln und Pferden einen Gurt um den Leib zu legen und sie an einem Hebebaum hochzuziehen, bis kein Fuß mehr den Erdboden berührt. Die Rippen der Tiere werden dadurch arg zusammengepreßt und nicht selten sogar gebrochen. Da ich diese unnötige Grausamkeit und das erbärmliche Schreien meines Esels nicht ertragen konnte, machte ich mich gleich wieder auf den Heimweg und gab dem Schmied Auftrag, mir das Grautier, wenn es beschlagen sei, nach Hause zu bringen.

Ich ging nun die Hauptstraße des Dorfes zurück, als ich dort, wo sie sich zu einem Platz mit einigen kümmerlichen, zerrupften Palmen weitete, eine Gruppe von zwanzig oder dreißig Kindern sah. Es waren meistens Knaben, alle halbnackt, wie üblich, oder nur mit Lumpen angetan, die oft selbst das Nötigste nicht bedeckten. Einige der Älteren trugen ihre kleineren Geschwister mit einem Tuch angebunden auf dem Rücken. Sie standen in einer Reihe, mir abgewandt, und sahen gebannt auf etwas, was am Boden geschah, mir aber bis zuletzt verborgen blieb. Sie waren so vertieft, daß sie mich nicht bemerkten, was mir ungewöhnlich erschien; denn ich konnte sonst nie durch die Straßen gehen, ohne von einer Schar Kinder begleitet zu werden, die mich neckten, bettelten oder zuweilen auch Steine nach mir warfen.

An diesem Tage aber, wie gesagt, nahmen sie mich gar nicht

wahr. Es war nur Neugierde, die mich bewog, zu erforschen, was sie eigentlich trieben. Ich hatte eine unbestimmte Vermutung, daß etwas Verbotenes, Sündhaftes sie so in Bann hielt. Vielleicht, so dachte ich bei mir, sehen sie einer unzüchtigen Handlung zu, wobei ich die Kinder schon einmal überrascht hatte, oder sie quälen einen im Opiumrausch hilflos Darniederliegenden. Die Kinder in einem solchen Falle zu strafen, wäre mir sicher nicht in den Sinn gekommen. Ich hätte jedoch wohl, wie ich dies auch schon früher getan hatte, allein oder mit Hilfe der freilich in solchen Fällen wenig hilfsbereiten Erwachsenen, den Anlaß des kindlichen Interesses zu entfernen versucht.
Die Kinder bemerkten mich auch dann noch nicht, als ich nur wenige Schritte hinter ihnen stand. Da sah ich, wie ein Junge, am Boden hockend, mit der einen Hand einen schwarzen Hahn an den Füßen hielt, daß dessen Kopf nach unten hing. Mit der anderen Hand zog er ein großes, scharfes Messer über die Kehle des Tieres, ohne den Kopf aber ganz abzutrennen. Dann ließ er den Hahn los, der nun blutverspritzend davonflatterte. Im gleichen Augenblick brachen alle Kinder in großes Geschrei und Gelächter aus und ahmten, mit gebeugten Knien laufend und die ausgebreiteten Arme schüttelnd, das Tier nach, wobei sie schrill krähten.
Entsetzt über diese Grausamkeit der unwissenden Kreatur gegenüber, rief ich dem Jungen mit dem Messer zu, er solle den Hahn töten. Aber er hörte nicht. Nie werde ich dieses Gesicht vergessen: Sein Mund war halb geöffnet; die Zunge trat etwas hervor. Die Augen waren starr auf das am Boden hin und her flatternde Tier gerichtet. Sie schielten.
Als er keine Anstalten machte, das Tier von seiner Qual zu erlösen, trat ich mitten unter die Kinder und griff nach dem Hahn, der mit halb abgeschnittenem, herabhängendem Kopf und noch zuckend am Boden lag. Aber gerade als ich ihn berührte, flatterte er noch einmal auf und mit seinem blutenden Hals mir ins Gesicht. Die Kinder brachen in Geschrei und Gelächter aus und versuchten, ebenfalls flatternd aufeinander loszuspringen, wobei sie krähten und den Kopf schief hängen ließen. Ich war von dem plötzlichen Zusammenprall mit dem Tier so erschrocken, daß ich zurückwich und mir das Blut aus den Augen wischte.

Der Junge mit dem Messer aber hatte den Hahn wieder eingefangen, versuchte dessen Kopf zurechtzusetzen und ließ ihn noch einmal davonflattern, zum entsetzlichen Vergnügen seiner Spielgefährten. Und blitzschnell griff er nach einem zweiten Hahn, der neben ihm lag und den ich bisher nicht bemerkt hatte, schnitt die Bastfäden durch, mit denen die Füße des Tieres gefesselt waren, und wollte auch ihm den Kopf abschneiden. Ich schrie den Jungen an, aber er sah und hörte mich nicht. Da ging ich auf ihn zu und schlug ihm mit der Hand auf die Backe, keineswegs sehr kräftig, wie ich glaube. Er rührte sich vorerst gar nicht, als habe er den Schlag überhaupt nicht gespürt. Seine Augen waren immer noch auf das Messer gerichtet. Doch dann fiel er plötzlich, unerwartet, blitzartig – welches Wort soll ich wählen, um das Geschehen eines so kurzen Augenblicks zu bezeichnen? – dann fiel er blitzartig zusammen und schlug mit dem Kopf auf die steinerne Türschwelle seines Hauses. Ich konnte ihn nicht mehr auffangen.
Er lag da und hatte die Augen immer noch offen. In seinem Gesicht, so weiß wie Papier, auf den Händen und dem grauen Hemd waren Blutspritzer: Blut des Hahns. Die blaßgrauen Lippen hatte er nicht ganz geschlossen. In den Mundwinkeln bildeten sich rote Blutblasen; er hatte sich im Fall wohl auf die Zunge gebissen. Ich habe ihn nur ein paar Sekunden betrachtet, verwirrt und unschlüssig; aber in diesen wenigen Augenblicken schien es mir, als sei in dem Gesicht ein unbeschreiblicher Ausdruck selbstvergessener Wollust eingefroren.
Er atmete, lebte noch. Die anderen Kinder waren schreiend davongelaufen. Ich wollte den Jungen aufheben und ins Haus tragen – da kam seine Mutter und riß ihn mir hinweg.
Warum hatte ich ihn geschlagen? War es Jähzorn? Sicher war es ein Zustand, in dem ich außer mir war und nicht mehr wußte, was ich tat. Aber ich glaube nicht, daß ich ihn hatte strafen wollen. Ich wollte weitere Grausamkeiten verhindern. Mehr noch: Ich wollte mich wehren, ja, ich hatte Angst. Nun werdet Ihr, liebe Brüder, fragen, wie ich mich vor einem Kind fürchten konnte. Ich fürchtete auch nicht das Kind, aber es war mir unheimlich in seiner Besessenheit, die auch die anderen Kinder ergriffen hatte, daß sie nichts mehr sahen als Blut, Flattern, Todes-

kampf. Welche Macht war in ihnen, besonders in dem jungen Schlächter der Hähne? Ich habe die ganze Zeit im Kerker darüber nachgedacht, und jetzt bin ich gewiß: Die Macht war der Teufel. *Ihn* habe ich gefürchtet, *ihn* geschlagen.
Jetzt sehe ich natürlich, wie töricht und vermessen es von mir war, Satan durch einen Backenstreich austreiben zu wollen. »Diese Art kann mit nichts ausfahren denn durch Beten und Fasten.« (Mark. 9, V. 29)

Pantai, Gouvernatsrat unter Gouverneur Tsai von der Provinz Kwangtung

Bald nach dem Essen begaben wir uns zu dem Yamen, der aus einem einzigen, mittelgroßen, kärglich eingerichteten Raum bestand. Nur das Podium mit dem Richtertisch und dahinter an der Wand das Bild des Ki-lin[1] deuteten darauf hin, daß wir uns in einem Gerichtsgebäude befanden. Die Sitzung fand statt beim Lichte von Fackeln.
Seine Hoheit, der Generalgouverneur Prinz Yeh, nahm auf dem Richtersessel, Tang und ich auf den Beisitzerstühlen Platz. Seine Hoheit hatte befohlen, die äußeren Formen der Gerichtsverhandlung auf das korrekteste einzuhalten. Aus diesem Grunde wartete der Kläger Hung vor dem Yamen, bis alles zur Verhandlung bereit war, schlug dann die Gerichtsglocke an und rief in den Saal eintretend dreimal »Unrecht!«, worauf Seine Hoheit ihn aufforderte, seine Klage vorzubringen. Auf einen Dolmetscher in die Reichssprache wurde verzichtet, da Seine Hoheit Kantonesisch versteht.
Der Angeklagte Loh Je Dse[2] machte schon bei seinem Eintritt keinen vorteilhaften Eindruck, da er sich weigerte, vor dem Richterstuhl zu knien. Er behauptete, seine Religion verbiete ihm diese Höflichkeitsform. Daher warf Seine Hoheit schon vor Beginn des eigentlichen Verhörs den Yamendienern zwei Bam-

1 Glückbringendes Fabeltier, hier Symbol für Scharfsinn (des Richters natürlich).
2 Chinesische Umschreibung des Namens Rogers.

busplättchen zu, auf denen je zehn Hiebe mit dem leichten Knüppel verzeichnet waren. Nach Vollzug der Strafe fand sich der Angeklagte bereit, die Gebote seiner Religion weniger streng auszulegen: Er kniete willig nieder.

Das Äußere des Angeklagten war ebenfalls nicht geeignet, Seine Hoheit für ihn einzunehmen. Wie alle weißen Barbaren ist er ungeschlacht und häßlich. Haar, Augenbrauen und Wimpern sind gelb, der Bart dicht und rötlich. Seine Nase ist selbst für einen Barbaren groß. Seine Augen sind grau und stechend. Während der Bastonnade stöhnte er.

Er sprach Kantonesisch so schlecht, daß er oft kaum zu verstehen war. Ich hatte den Eindruck, daß er der Verhandlung nicht immer folgen konnte. Viele Fragen mußten wiederholt werden. In der Wahl der Worte war er ungeschickt, ja, die Mischung von Ausdrücken der Schriftsprache mit der Redeweise der Gasse wirkte oft komisch, zuweilen grob und unhöflich.[1]

Der Angeklagte gestand, den Knaben Hung Siu-tschüan[2] geschlagen zu haben. Die Grausamkeit, die der Knabe verübt habe, verstoße gegen die Gesetze des Himmels, die zu lehren er in das Blühende Reich der Mitte gekommen sei. Gott selbst habe ihm und seinen Brüdern den Auftrag erteilt, den Willen des Himmels

---

1 Im chinesischen Original folgen Beispiele, die hier jedoch weggelassen sind.

2 Der Bericht nennt den Knaben Hung Huo-hsiu. Hung ist der Familienname, Huo-hsiu ist der »Milchname« (nai ming) und bedeutet »Feuerglanz«. Diesen Milchnamen erhielt das Kind wahrscheinlich, weil in den acht Zeichen seines Geburtshoroskops das Element Feuer zu kurz gekommen war. Um spätere Verwechslungen zu vermeiden, haben wir hier schon seinen akademischen oder Schulnamen (schu ming) Siu-tschüan eingesetzt, unter dem er später allgemein bekannt wurde.
Obwohl er in allen akademischen Prüfungen durchfiel, legte er sich doch diesen Akademikernamen bei, als er aus seinen Visionen die Überzeugung gewann, einen Auftrag des Himmels erhalten zu haben.
Die Silbe »siu« (oder »hsiu«) ist seinem Milchnamen entnommen und bedeutet »Glanz, glänzend, gebildet«.
Die letzte Silbe »tschüan« schreibt sich 全
Sie setzt sich aus zwei Zeichen zusammen, nämlich 人 = ren, das heißt: Mensch, Volk, und dem Zeichen 王 = wang, das heißt König. Das zusammengesetzte Zeichen wird »tschüan« ausgesprochen und bedeutet: ganz, vollständig, komplett, alle. (Übrigens ein bemerkenswerter Ge-

allen Menschen der Welt kundzutun. Seine Hoheit war empört über die anmaßende Behauptung dieses Barbaren, er habe einen Auftrag des Himmels erhalten.
Der Arzt, der den Knaben untersucht hatte und den etwas hochtrabenden Namen Liang Wang Tai[1] führte, gab ein Gutachten ab, das er mir nach der Sitzung in Abschrift überließ und das ich hier einfüge:
»Gerichtsgutachten.
Ich habe den Knaben Siu-tschüan aus der Familie Hung in Hwa untersucht und auch behandelt. Er sprach und bewegte sich nicht. Seine Augen aber waren die ganze Zeit geöffnet. Alle Glieder waren starr. Der Pulsschlag beider Handgelenke war kriechend, flüssig und weich. Der linke Puls zeigte, daß die Gallenblase verletzt ist und daß die Säfte nicht mehr steigen. Aus dem rechten Puls war zu erkennen, daß die Organe ›Drei Wege‹ und ›Tor des Lebens‹ affiziert sind. Dieser Befund deutet darauf hin, daß ein Dämon in den Körper des Knaben eingedrungen ist und die Harmonie zwischen den Prinzipien Yin und Yang von Grund auf stört. Da die erwähnten Symptome erst auftraten, als der barbarische Priester den Jungen geschlagen hatte, muß der Geist zu diesem Zeitpunkt in den Körper des Patienten eingefahren sein.
Ich habe frischen Ingwer über offenem Feuer erhitzt, in Scheiben geschnitten und dem Jungen auf Stirn und Schläfen gelegt. Damit verhinderte ich, daß sich sein Zustand verschlimmerte. Eine Besserung trat dadurch nicht ein, konnte aber auch noch nicht erwartet werden. Geheilt werden kann der Knabe nur, wenn es gelingt, den ihm innewohnenden bösen Geist auszutreiben. Zu diesem Zweck habe ich eine Schlange aus Hanffasern flechten und damit das Bett des Patienten peitschen lassen. Gleichzeitig

---

danke des Menschen, der vor etwa 4000 Jahren ein Zeichen für das Wort »ganz, vollständig« suchte, die beiden schon vorhandenen Zeichen »Volk« und »König« zusammenzusetzen!)
Hung liebte es später, die letzte Silbe seines Namens als »Volkskönig« zu lesen und darin einen Hinweis auf seinen Auftrag zu sehen. Wenn man seiner spitzfindigen Interpretation folgen wollte, könnte man den Akademikernamen also mit den Worten »Glänzender Volkskönig« übersetzen.
1 »Empore der Schriftzeichen«.

brannte ich Feuerwerkskörper im Zimmer ab. Priester des Taoistentempels werden heute um Mitternacht ihre Gongs vor dem Kranken schlagen, Zettel mit Bannsprüchen an den Zimmer- und Hauswänden befestigen und Knallfrösche vor der Tür abbrennen.

Wenn der Zustand des Jungen sich bis übermorgen nicht gebessert hat, wird in der Nacht des Neumonds eine Krise eintreten. Die Aussichten auf vollständige Genesung des Kranken sind gering. Ich veranschlage sie auf elf von hundert.«

Soweit das Gutachten des Arztes!

Der Angeklagte bestritt in der Verhandlung, je mit Geistern Verbindung gesucht zu haben. Er wollte sich damit herausreden, der Knabe sei bereits von einem bösen Geist besessen gewesen, als er den Hahn schlachtete. Allerdings konnte er nicht erklären, warum die Krankheitssymptome erst nach der Ohrfeige auftraten. Er verteidigte sich also sehr ungeschickt.

Da er im übrigen aber geständig war, sah Seine Hoheit von der Anwendung der leichten und mittleren Folter ab, obwohl die Geräte bereitstanden. In der Urteilsverkündung sagte Seine Hoheit:

»Der Knabe Mong-dse[1] wohnte mit seiner Mutter neben einer Metzgerei. Als er am Morgen des Schlachttages die Tiere schreien hörte, lief er neugierig zum Zaun und sah zu, wie der Metzger den Schweinen mit einem Hammer vor den Kopf schlug und den Schafen die Kehle mit einem scharfen Messer durchschnitt. Zu Hause wollte er darauf mit seinen Holztieren auch immerfort Metzger spielen. Seine Mutter aber fürchtete, er werde sich an den Anblick von Blut gewöhnen und sein Herz werde sich verhärten, wenn sie weiterhin neben dem Metzger wohnen bliebe. Sie zog daher in ein Haus, von dem aus man auf ein Gräberfeld blicken konnte.

Diese Geschichte zeigt also, daß es schon in alten Zeiten als Zeichen eines grausamen und harten Herzens galt, mit dem Leiden der Tiere Spiel zu treiben. Daher hat auch der Sohn des Dorfvorstehers Hung unrecht gehandelt.

Beide haben gegen die Sittlichkeit verstoßen und verdienen

---

1 Der Philosoph Mong-dse (Mencius) 372–281 v. Chr.

Strafe. Den Knaben will ich seiner Jugend wegen verschonen. Ich ermahne jedoch die Eltern, sich die Mutter des Philosophen Mong-dse zum Vorbild zu nehmen und dafür zu sorgen, daß sich das Herz ihres Sohnes nicht verhärte und daß er nicht Lust am Blut finde.
Der Ausländer hat gröblich die hohe Würde des Himmlischen Herrschers verletzt und sich Rechte angemaßt, die nur diesem zustehen. Wohin kämen wir in der Welt, wenn jeder Mensch glauben oder behaupten darf, einen Auftrag des Himmels erhalten zu haben, wie jener Barbar! Eine solche Anmaßung widerspricht den uns überkommenen Grundsätzen, die zu bewahren gerade in unserer Zeit not tut!«
Seine Hoheit verkündete darauf das Urteil gegen den weißen Teufel: Tod durch Enthaupten. Er befahl, die Strafe noch am gleichen Abend vor dem Hause des Knaben zu vollstrecken, wovon er sich nebenbei eine günstige Wirkung auf den Zustand des Kranken versprach. Ich erinnerte jedoch in geziemender Form Seine Hoheit daran, daß das Urteil von Gouverneur Tsai als dem zuständigen Gerichtsherrn für die Provinz Kwangtung gegengezeichnet werden müsse. Seine Hoheit fertigte darauf das Urteil aus und wollte es ihm zur Mitzeichnung übersenden, als ein Bote vom Anlegeplatz einen Brief überbrachte, in dem Gouverneur Tsai meldete, er habe sich sofort nach Kanton begeben müssen, um einen Arzt aufzusuchen.
Seine Hoheit, sichtlich verstimmt, nahm diese Nachricht wortlos auf und befahl, den weißen Teufel am Tage darauf nach Kanton überführen und das Urteil dort vollstrecken zu lassen. Die Bevölkerung und vor allem der hiesige Strafvollzugsbeamte waren über diese Entscheidung sehr enttäuscht. Sie hatten gehofft, das Urteil würde auf »Langsamen Tod« lauten.

Aufzeichnung über eine Audienz des Generalgouverneurs Prinz Yeh
Auszug

Geheim!
Die Audienz fand zur festgesetzten Stunde statt. Das Auge der Barbaren[1] bat um Auskunft, wo sich der einige Tage zuvor in Hwa zum Tode verurteilte Missionar Loh Je Dse aufhalte. Seine Hoheit sah keine Veranlassung, eine solche das chinesische Strafvollstreckungsverfahren betreffende Frage zu beantworten, und sagte, er kenne den Aufenthaltsort des Verurteilten nicht. Offensichtlich war das barbarische Auge jedoch über viele Einzelheiten des Prozesses und des Straftatbestandes unterrichtet. Es warnte Seine Hoheit, den Missionar hinrichten zu lassen, forderte dessen Auslieferung und sagte zu, den Fall einem britischen Gericht zu unterbreiten. Seine Hoheit lehnte dieses Ansinnen selbstverständlich ab mit der Begründung, die Straftat sei auf dem Territorium des Blühenden Reichs der Mitte begangen worden, in dem der Missionar sich freiwillig und ungebeten aufgehalten hatte. Seine Hoheit habe keine Bedenken, Barbaren auszuliefern, wenn sie sich gegenseitig totschlügen. In dem vorliegenden Falle aber sei ein Chinese betroffen.
Darauf erhob das Auge die Forderung auf ein allgemeines Rechtsabkommen. Seine Hoheit erwiderte, diese Frage gehe über die Zuständigkeit der Provinzialregierung hinaus und könne allein von der Regierung des Erhabenen Himmlischen in Peking entschieden werden.
Der Ausländer kam nun wieder auf den vorliegenden Fall zurück und sagte, das Urteil gegen den Missionar gehe von falschen Voraussetzungen aus, da der Knabe ja nicht getötet, sondern nur verletzt worden sei. Seine Hoheit wies dieses Argument als unzutreffend zurück: Ob der Knabe sterbe oder nicht, hänge von der Kunst der Ärzte, der Konstitution des Patienten und davon ab, ob die richtigen Mittel zur Austreibung des unsauberen Geistes gefunden und angewandt würden. Zu bestrafen sei dagegen

1 Chinesische Bezeichnung für den britischen Trade Superintendent Sir Geoffrey Skelton.

allein der Schlag. Der Ausländer regte nun an, den Knaben von einem barbarischen Arzt der Fremdenniederlassung vor Kanton behandeln zu lassen. Seine Hoheit wies dieses Angebot zurück, das völlig unberechtigte Zweifel an unserer Medizin ausdrückt und für die Überheblichkeit der Ausländer bezeichnend ist. Darauf erklärte das Auge, wenn der Missionar nicht in kürzester Frist den Behörden der Niederlassung übergeben werde, könnten sich weitreichende und ernste Folgen ergeben. Er halte sich für bevollmächtigt, notfalls sogar die Handelsbeziehungen mit Kanton abzubrechen.

Seine Hoheit erwiderte, niemand würde den Abbruch der Handelsbeziehungen mehr begrüßen als er selbst, vor allem, wenn damit zugleich der Opiumhandel eingestellt werde. Die Söhne Hans[1] besäßen alle für das Leben notwendigen Waren, während die Barbaren in den Randgebieten der Welt ganz offensichtlich dringenden Bedarf an Tee, Seide, Porzellan und anderen Erzeugnissen des Reiches der Mitte hätten. Warum kämen sie sonst auch unter Lebensgefahr über den gefährlichen Ozean, während die chinesischen Kaufleute im Lande blieben!

Der Ausländer wußte hierauf nichts zu erwidern. Er beschränkte sich darauf, seine Forderung und Drohung zu wiederholen. Seine Hoheit würdigte das barbarische Auge keiner weiteren Antwort, sondern deutete das Ende der Audienz an.

Sir Geoffrey Skelton,
British Trade Superintendent in Kanton
Bericht

Mylord,

wie bereits im Vorbericht mitgeteilt, ist der britische Staatsangehörige John Wainwright Rogers, Mitglied der amerikanischen Methodistenmission, vor vier Tagen in Hwa (Provinz Kwangtung) unter der Anklage versuchten Totschlags zum Tode verurteilt worden. Er befindet sich zur Zeit in einem Gefängnis in Kanton. Es gelang ihm vorgestern, einen Brief an

1 Chinesen.

seine Mission zu senden, der diesem Bericht in Abschrift beigefügt wird.

Da die Chinesen gewöhnlich ihre Urteile sofort vollstrecken, suchte ich unverzüglich um eine Unterredung beim Vizekönig[1] Yeh nach, die heute nachmittag stattfand. Ich bat Seine Hoheit in höflicher, aber sehr bestimmter Form um die Auslieferung unseres Staatsangehörigen und versprach, diesen Fall unseren Gerichten zu unterbreiten. Seine Hoheit lehnte diese Forderung brüsk ab. Da chinesischerseits absolute Unkenntnis über internationales Recht herrscht, sah ich von einer Diskussion unter dem Gesichtspunkt der Kollisionsnormen ab, benutzte diese Gelegenheit jedoch, unsere Forderung nach einem Rechtsabkommen, das über die Gerichtshoheit der Niederlassung in Kanton Klarheit schaffen sollte, zu wiederholen. Seine Hoheit erklärte sich für nicht zuständig in dieser Frage, die allein von der Reichsregierung in Peking entschieden werden könne. Ich machte darauf geltend, daß wir, solange ein solches Abkommen nicht bestehe, chinesische Gerichtsurteile gegen unsere Staatsangehörigen anzuerkennen nicht in der Lage seien. Aus diesem Grunde müsse ich noch einmal nachdrücklich die sofortige Auslieferung des Missionars fordern. Ich deutete in vorsichtiger Form an, daß eine Verweigerung der Auslieferung des Missionars für die chinesischen Außenhandelsbeziehungen zu einer Belastung werden könnte, insbesondere solange dieser Handel nur über Kanton abgewickelt werde.

Ich hatte den Eindruck, daß meine ernsten Ausführungen ihre Wirkung nicht verfehlten. Um dem Vizekönig jedoch Zeit zur nochmaligen Prüfung des Problems unter Berücksichtigung meiner Argumente zu geben, verabschiedete ich mich mit der Bemerkung, ich könne seinen ablehnenden Bescheid nicht als endgültige Antwort betrachten. Ich bitte um möglichst umgehende Weisung, welche Maßnahmen ich ergreifen soll, wenn die Auslieferung des Missionars verweigert und wenn derselbe hingerichtet werden sollte. (Schlußformel)

gez. Geoffrey Skelton

---

1 In britischen Berichten wird »tsungtuh« (Generalgouverneur) stets mit dem nicht ganz zutreffenden Ausdruck »Viceroy« übersetzt (vgl. auch Anmerkung 2, S. 12).

SIR GEOFFREY SKELTON

Auszug aus einem Privatbrief[1]

Dear Jim,
...His Highness is an ass. He lectured me for quite some time on spirits and what they could do to people who get a blow behind the ear from somebody who has the Evil Eye. The missionary seems to believe in this rot about spirits, too, as I gather from the letter he sent to his brethren. I only hope he did not concede anything of this sort in court, although you never know. Anyway, the Chinese boy in Hwa must have put up quite a good show. I should like to advise the Chinese authorities to rush and sign up the gifted young fellow for the Celestial Theatre Troupe in Peking. I regret not having had those wits of his in my youth. I could have evaded many a good thrashing by just dropping dead and pretending to be possessed by evil spirits.

My men used to call His Highness ›Old Confucius‹ from the way he squats on his throne, never smiling, never blinking, always austere, just like one of those statues Rufus sent to the British Museum. I wonder whether any of my words penetrated His Highness' thick skull.

The general trend of our conversation is, I trust, sufficiently clear from my despatch. I had to omit many details not fit for an official report, although they give impressive evidence of the backwardness and mendaciousness of the Chinese.

All that may seem downright ridiculous, were it not for the arrogance these people affect toward us and to foreigners – which, really, is most annoying. There may be some truth in what you hear sometimes in our settlement, i. e. that there are only two ways to teach them a lesson and to ram civilisation down their throats: financial pressure or, if that does not succeed, – guns.

During my talk with Old Confucius I was almost tempted to wave the Big Stick a little. But on second thought I refrained from it, having in mind all the implications the use of pressure might entail for British trade. Threats are of no use if we are not

1 Da der Stil bezeichnend für den Verfasser ist, glaubten wir, den Lesern das Original nicht vorenthalten zu dürfen. (Übersetzung siehe Seite 31)

ready to go through with them. We shall never beat the Chinese at bluffing. I hope you will be able to persuade the Old Man to send me speedy instructions or if, through some unforeseen circumstances I should be forced to act on my own, to back me up...

Yours

Jeff.

Lieber Jim!

...Seine Hoheit ist ein Esel. Er hielt mir eine ziemlich lange Vorlesung über böse Geister und was sie Leuten antun, die geohrfeigt werden von einem, der den bösen Blick hat. Der Missionar scheint auch an Geister zu glauben, wie ich einem Brief entnehme, den er seinen Brüdern gesandt hat. Ich hoffe nur, er hat nichts Derartiges vor Gericht zugegeben – obwohl man nie wissen kann. Jedenfalls muß der chinesische Schlingel in Hwa eine gute Vorstellung gegeben haben. Ich würde den chinesischen Behörden raten, diesen begabten jungen Mann sofort für das Himmlische Theater-Ensemble in Peking zu engagieren. Ich bedauere, daß mir in meiner Jugend seine Gaben fehlten. Ich hätte manchen Prügeln entgehen können, wenn ich einfach wie tot hätte hinfallen und so tun können, als wäre ich von bösen Geistern besessen.

Meine Leute pflegen Seine Hoheit den ›Alten Konfuzius‹ zu nennen, nach der Art, wie er auf seinem Thron sitzt, ohne zu lachen, ohne zu blinzeln, immer streng, genauso wie eine jener Statuen, die Rufus dem Britischen Museum geschickt hat. Ich möchte wissen, ob irgendeins meiner Worte in seinen dicken Schädel eingedrungen ist.

Der allgemeine Verlauf unserer Unterhaltung wird hoffentlich aus meinem Bericht klar genug. Ich mußte viele Einzelheiten auslassen, die sich für ein amtliches Schriftstück nicht eigneten, obwohl sie die Rückständigkeit und Lügenhaftigkeit der Chinesen eindrucksvoll beweisen.

All das mag lächerlich erscheinen, wenn die Chinesen uns und den Ausländern gegenüber nicht eine so arrogante Haltung einnähmen, die wirklich ärgerlich ist. Vielleicht ist etwas Wahres an dem, was man gelegentlich in unserer Niederlassung hört, daß es nämlich nur zwei Methoden gibt, ihnen eine Lektion zu erteilen und die Zivilisation einzubleuen: finanziellen Druck oder – wenn das nicht wirkt – Kanonen.

In meiner Unterhaltung mit dem Alten Konfuzius war ich beinahe versucht, etwas mit dem Großen Stock zu drohen. Aber nach kurzer Überlegung nahm ich davon doch Abstand, weil ich an all die Folgen dachte, die dem britischen Handel aus der Anwendung von Druckmitteln entstehen könnten. Drohungen nützen nichts, wenn wir nicht bereit sind, sie wahrzumachen. Wir werden die Chinesen niemals im Bluffen schlagen.

Ich hoffe, Du kannst den Alten Herrn überreden, mir möglichst schnell Instruktionen zu erteilen, oder, wenn ich durch irgendwelche unvorhergesehenen Umstände gezwungen werde, selbständig zu handeln, mich zu unterstützen.

Dein Jeff

Jentah, zweiter Sohn des Dorfvorstehers Hung
Aus den sogenannten »Hongkonger Erinnerungen«[1]

Die erste Krankheit meines Bruders und der Zwischenfall mit dem Missionar Loh Je Dse werden heute nie mehr erwähnt; auch mein Bruder sprach später nicht mehr davon. Ich glaube dennoch, daß diese Ereignisse in einem verborgenen Zusammenhang mit dem stehen, was ihm und uns allen später widerfuhr.
Nach den Erzählungen meiner Eltern war ich dabei, wie mein Bruder den Hahn köpfte. Ich soll sogar mit am lautesten und vergnügtesten geschrien und gekräht haben, als der Missionar aber meinen Bruder geschlagen hatte, einige Tage ganz verstört gewesen sein. Für all das fehlt mir jedoch die Erinnerung.
Dagegen entsinne ich mich noch sehr wohl der ersten Krankheit meines Bruders. Ich war damals sieben Jahre alt. Meine Spielgefährten redeten oft über meine Familie; wenn ich aber kam, verstummten sie. Die Eltern hatten mich gleich nach dem Unglück bei dem jüngeren Bruder meines Vaters untergebracht, der im unteren Dorf wohnte. Abends, sobald ich vom Feld auf dem Rücken des Wasserbüffels zurückgeritten war, ging ich aber in den Garten meines Elternhauses und versteckte mich hinter einigen Rizinusstauden und beobachtete, wie Priester, Verwandte und der Arzt in die Krankenstube gingen. Wenn es dann dunkel wurde, hörte ich im Haus den tiefen Gesang und die murmelnden Gebete der Priester, die schrillen Flöten, Zimbeln oder das Knallen der Feuerwerkskörper.
Eines Nachmittags saß ich wieder in meinem Versteck, und als ich sah, daß niemand zu Hause war, schlich ich mich in die einzige Stube. Zuerst blieb ich ängstlich an der Tür stehen, die ich nur anlehnte, um schnell wieder fliehen zu können.
Mein Bruder lag auf einer Matte aus Bambusrohr unter einer Decke aus gelben Katzenfellen in der hinteren Ecke der Stube. Ich ging vorsichtig an der Wand entlang näher. Da er sich nicht

1 Diese bisher nicht veröffentlichten Erinnerungen schrieb Jentah bald nach seiner Ankunft in Hongkong nieder, noch bevor er katechetischen Unterricht genommen hatte. Sie dienten dem Missionar Hamberg als Unterlage für sein Buch über Hung Siu-tschüan, aus dem wir später noch zitieren.

rührte, schwand meine Angst ein wenig, so daß ich zu ihm trat, aber immer bereit, sofort zurückzuspringen und aus dem Haus zu laufen, wenn der Geist plötzlich ausfahren sollte.
Das Gesicht, die Arme und Hände meines Bruders waren gelblich-weiß. Seine Augen standen offen und bewegten sich nicht. Die eine Pupille war fast ganz von dem oberen Lid verdeckt, die andere lag im äußeren Augenwinkel. Die Augäpfel bewegten sich nicht. Er lag da wie tot.
Ich kniete neben ihm nieder und hielt mein Ohr an seine Brust und seinen Bauch, um zu hören, ob der Geist etwa in ihm rumore; es war aber alles still. Dann faßte ich seine Hände leicht an: sie waren kalt. Ich versuchte nun, wie ich es bei den Ärzten gesehen hatte, seinen Puls zu fühlen, fand ihn aber nicht.
Ich wurde nun mutiger und blies meinem Bruder in die Ohren und in die Nase in der Hoffnung, der Geist werde, dadurch gereizt, aus einer der anderen Körperöffnungen entweichen. Als aber weder Geist noch Bruder sich rührten, holte ich einen Rohrhalm aus dem Feuerholzbündel, schnitt ihn mir zurecht und steckte ihn meinem Bruder zwischen die Lippen. Um zu sehen, ob er wirklich nicht trinken könne, nahm ich aus einer Tasse einen Mundvoll Tee und ließ die Flüssigkeit durch das Rohr in den Mund meines Bruders fließen. Der Tee rann aber aus dem Mundwinkel des Kranken wieder heraus auf sein Hemd. Ich fürchtete, die Flecken könnten mich verraten, saugte deshalb soviel Tee wie möglich wieder zurück, spuckte ihn in die Ecke auf den Boden und warf den Rohrhalm wieder zum Feuerholz. Was konnte ich nun noch für den Bruder tun, der auf diese merkwürdige Art entzwei war? Ich erinnere mich noch deutlich, wie sich in einem seiner Mundwinkel einige kleine Blasen von seinem Speichel oder meinem Tee bildeten, die langsam wuchsen, platzten und dann in einem Tropfen die Backe herab in den Hals liefen. Ich wischte die Tropfen und ihre Spur mit meinem Hemdenzipfel ab.
Wie ich nun auf seinen Mund sah, der etwas verzogen war, schien es mir auf einmal, als lächle mein Bruder, obwohl ich heute sicher bin, daß sich seine Lippen nicht das geringste bewegt hatten. Mir wurde unheimlich, als mir der Gedanke kam, es sei vielleicht der Geist gewesen, der gelacht und die Bläschen

hervorgespielt habe. Und während ich noch überlegte, ob man meinen Bruder und den Geist in ihm nicht einmal wirklich und richtig erschrecken sollte, in einem Augenblick, wo der Dämon darauf nicht gefaßt war – erschrak ich selbst plötzlich bis ins Innerste, als neben der Tür die Töpfe mit lautem Klappern übereinanderfielen und ich ein braunes, bepelztes Wesen mit einem Satz durch die Tür ins Freie springen sah.
Angst preßte meine Brust und Kehle so zusammen, daß ich nicht einmal schreien konnte. Ich rannte blindlings aus dem Haus, über den Gemeindeplatz ins untere Dorf zu meinem Onkel. Auf seine Frage, warum ich so aufgelöst und atemlos sei, konnte ich noch immer nicht antworten. Ich blieb den ganzen Abend stumm, gewürgt von der Furcht, der Geist meines Bruders könne in mich gefahren sein. Ich beruhigte mich erst etwas, als ich hörte, Siu-tschüan liege noch so leblos da wie bisher, und der Geist sei noch immer nicht von ihm gewichen. Heute denke ich mir, das braune Wesen, das mich so erschreckt hatte, war wohl nur ein hungriger Dorfhund, der die Töpfe hatte auslecken wollen.

Tang, Kabinettschef des Generalgouverneurs Prinz Yeh

Gouverneur Tsai meldete sich heute früh zum Besuch bei dem Generalgouverneur an. Ich ließ sofort das Mitteltor öffnen und die Sänfte hereinbitten, während ich Seiner Hoheit Bescheid gab. Als ich Gouverneur Tsai in der Eingangshalle begrüßte und ihn in den Empfangsraum führte, beobachtete er mir gegenüber das Mindestmaß an Höflichkeitsformen, zu denen die Etikette ihn verpflichtete. Er wollte den Generalgouverneur sprechen, und ich war für ihn nur ein Ding, eine Stufe, über die man achtlos steigt.
Yeh und Tsai tauschten die üblichen einleitenden Höflichkeitsfloskeln aus, aber nur kurz und formell.
»Ich bin gekommen«, sagte Tsai, »um Eurer Hoheit von meinem Bericht über den Fall des britischen Missionars Kenntnis zu geben. Dieser Bericht geht heute mit Kurier an den Kanzler

Prinz Wu ab. Ich nehme an, Eure Hoheit haben ebenfalls berichtet.«
Tsais etwas vorstehende, kurzsichtige Augen blickten fragend auf Prinz Yeh, der aber nur kurz bejahte, ohne anzudeuten, daß er dem Gouverneur auch den Inhalt seines Berichts mitteilen werde.
Sie standen sich gegenüber. Schon ihre Gestalten waren gegensätzlich: Der Generalgouverneur Prinz Yeh schlank und hochgewachsen, wenn auch vom Alter gebeugt. Seine mandschurische Abstammung war ihm kaum anzusehen, höchstens in den etwas breiter gestellten Backenknochen, die sein Gesicht flacher machten. Trotzdem hätte jedermann ihn für einen eingeborenen Nordchinesen aus edlem Geschlecht gehalten. Tsai dagegen war eher klein als mittelgroß und schon ein wenig dick, besonders im Gesicht. Seine wäßrigen Augen standen etwas hervor, und sein Mund hatte immer einen mißvergnügten Ausdruck, weil er die Oberlippe emporzuziehen pflegte, so als ob er gerade niesen müßte.
»Ich halte es für korrekt«, sagte er mit deutlicher Spitze gegen Prinz Yeh, »Eurer Hoheit eine Abschrift meines Berichtes zu überlassen.«
Der Generalgouverneur bat ihn mit einer Handbewegung, Platz zu nehmen. Nach dem kurzen, aber natürlich nicht ernstgemeinten Wettstreit, wer sich zuerst setzen sollte, fuhr Tsai fort, als sei er gar nicht unterbrochen worden:
»Ich habe darin auseinandergesetzt, warum ich das Todesurteil nicht gegenzeichnen kann. Der Missionar selbst ist mir völlig gleichgültig, aber ich sehe einen Konflikt mit den Briten voraus, wenn wir das Urteil vollstrecken lassen – mindestens aber Mißhelligkeiten. Sie werden meinem Bericht entnehmen, daß ich gegen den Opiumhandel bin, ebenso wie Eure Hoheit und die Regierung in Peking. Ich muß mich jedoch damit abfinden, da meine Provinz ohne den Handel mit den Ländern jenseits des Ozeans nicht mehr existieren kann. Die Zeit, in der wir das Ausland ignorieren konnten, ist endgültig vorbei.«
»Ich danke Ihnen für die Schilderung Ihrer Beweggründe. Auch ich unterschätze die Schwierigkeiten nicht, die sich für uns ergeben könnten, wenn der Handel mit den Barbaren stockt. Mei-

nem Urteil gegen den Missionar lagen jedoch grundsätzliche Erwägungen höheren Ranges zugrunde:
Meister Kung-dse sagte, die rechte Regierung müsse für zureichende Nahrung, für zureichende Streitkräfte und für das Vertrauen des Volkes zu seinem Herrscher sorgen. Gefragt, auf welche der drei Forderungen man am ehesten verzichten könne, antwortete der Meister: das Heer; danach auf die Nahrung, denn von alters her müssen die Menschen sterben. Das Vertrauen des Volkes zum Erhabenen Herrscher aber ist unentbehrlich.
Hätte ich den Barbaren nicht verurteilt, dann würde das Volk glauben, jedermann könne sich ungestraft die Vorrechte des Erhabenen Himmlischen anmaßen. Diesen Eindruck zu vermeiden, ist die höchste Pflicht der Regierung.«
»Eure Hoheit deuteten an«, sagte Gouverneur Tsai mit geschürzter Oberlippe, »daß ich mich von weniger hohen Motiven leiten lasse. Das ist richtig: Ich treffe meine Entscheidungen grundsätzlich nicht aus grundsätzlichen Erwägungen. Ich habe nur bescheidene Ziele. Beschämt gebe ich zu, daß es mir nicht gelingt, die erwähnten höheren Erfordernisse politischen Handelns zureichend zu erkennen. Wenn es mir mein Taktgefühl nicht verböte, würde ich Eure Hoheit fragen, ob das Vertrauen des Volkes zum Erhabenen Himmlischen nicht eher durch gewisse andere Vorkommnisse gestört werde, als durch einen armseligen barbarischen Missionar.«
Mir stockte der Atem, aber Prinz Yeh blieb ruhig, nahm die Teeschale und trank einen Schluck, um das Ende der Besprechung anzudeuten. Er sagte:
»Sie haben recht: Die Vorkommnisse bei Hofe beschäftigen mich Tag und Nacht. Ich beglückwünsche Sie zu Ihrem Taktgefühl, das Sie abgehalten hat, sich danach zu erkundigen.«

The Times, London

...It is to be hoped that the release of the missionary and, if necessary, a new trial by an unbiased British court will be effected *through calm and patient negotiations* between the British Superintendent of Trade in Canton and the Chinese authorities. Any action resulting in the rupture of our commercial relations with China would be deeply regretted by British industry as well as by the opium growers in India. According to intelligence from official circles the British Trade Superintendent on the spot has been firmly instructed to continue his endeavours regarding the extradition of the missionary John W. Rogers, but to move with utmost caution and to avoid any action liable to damage our trade interests.

... Es ist zu hoffen, daß *ruhige und geduldige Verhandlungen* zwischen dem Britischen Handelssuperintendenten in Kanton und den chinesischen Behörden zur Auslieferung des Missionars und, wenn notwendig, zu einem neuen Verfahren vor einem unvoreingenommenen britischen Gerichtshof führen. Jede Handlung, die einen Abbruch unserer Wirtschaftsbeziehungen mit China zur Folge hätte, würde sowohl von der britischen Industrie wie von den Opiumpflanzern in Indien tief bedauert werden. Wie aus amtlichen Kreisen zu erfahren ist, ist der Britische Handelssuperintendent in Kanton strikt angewiesen worden, seine Bemühungen um die Auslieferung des Missionars John W. Rogers fortzusetzen, aber äußerst behutsam vorzugehen und alles zu vermeiden, was unsere Handelsinteressen schädigen könnte.

DER KAISER
Edikt an Generalgouverneur Prinz Yeh

Geheim!
Wir[1] haben Ihren Bericht über die Verurteilung des barbarischen Missionars sorgsam geprüft und stimmen Ihrer Ansicht zu, daß der Genannte sich eines Verbrechens gegen die Gesetze schuldig gemacht hat. Vor allem erfüllt es Uns mit Zorn, daß dieser Mensch, obwohl von unkultivierten, wilden Inseln jenseits des Weltmeeres stammend, behauptet, er sei in Unser Land gekommen, um Unser Volk die Gesetze des Himmels zu lehren. Ist seine Unwissenheit so tief und breit, daß er nicht einmal weiß: Nur Wir können den Willen des Himmels erkennen? Wir billigen daher die Gründe, aus denen Sie auf eine Bestrafung des Fremden erkannt haben.

---

1 Der Kaiser benutzte das Wort »Chen«. Außer ihm durfte es niemand im Reich benutzen. Um dies annähernd auszudrücken, verwendet diese Übersetzung den *pluralis majestatis*.

Dennoch halten Wir es in Unserer unerschöpflichen Großmut für richtiger, dem Barbaren eine, wiewohl unverdiente, Gnade angedeihen zu lassen und ihn ausnahmsweise den Behörden der fremden Niederlassung vor Kanton auszuliefern. Wir haben in den letzten Monaten genug Kummer durch die Dürre in den Nordprovinzen erfahren. Die Staatsfinanzen sind durch die Lebensmittelhilfe in Schwierigkeiten geraten. Wenn das barbarische Auge seine Drohung wahrmachen und etwa eine Handelssperre gegen Kanton verfügen sollte, würde das Steueraufkommen in den Tee und Seide produzierenden Provinzen sinken und uns weitere, dringend notwendige Hilfslieferungen an die notleidenden Gebiete unmöglich machen.
Aus diesem Grunde befehlen Wir Ihnen, den in Haft befindlichen Fremden noch einmal strengstens zu verwarnen, ihn aber unverzüglich und ohne Angabe von Gründen auszuliefern. Diesem Befehl ist sofort Folge zu leisten.

Jentah, zweiter Sohn des Dorfvorstehers Hung
Aus den sogenannten »Hongkonger Erinnerungen«

Erst zwanzig Tage nach der Verletzung durch den Missionar lockerte sich die Starre meines Bruders. Ich entsinne mich noch, wie mein Onkel mir sagte, er habe wieder die Augen bewegt und Fleischbrühe hinuntergeschluckt, die man ihm mit einem Porzellanlöffel einflößte. Wenige Tage später konnte ich mit meinen Schwestern und jüngeren Brüdern in das Haus der Eltern zurückkehren.
Mein älterer Bruder durfte bald aufstehen. Den Platz vor der Tür aber, wo der Geist in ihn gefahren war, mied er möglichst. Er ging gewöhnlich schnell über die Schwelle und zog sich in den Garten zurück. Dort pflegte er auf einem Stein zu sitzen und vor sich hin zu träumen.
Der Arzt behauptete zwar, der Geist sei noch immer nicht ausgefahren, sondern habe sich nur zurückgezogen und eingekapselt; meine Eltern maßen seinen Worten jedoch keine große Bedeutung bei, weil sie glaubten, der Arzt wolle die Behandlung nur möglichst lange hinausziehen. Später zeigte sich leider, daß

seine Diagnose richtig gewesen war und daß wir die Behandlung zu früh abgebrochen hatten.
Mein Bruder war nach der Krankheit still und in sich gekehrt. Da die Eltern meinten, es sei seiner Gesundheit abträglich, wenn er mit uns auf dem Felde arbeite, ließen sie ihn stets zu Hause, was sie unbesorgt tun konnten, da er sich in den Garten zu setzen und mit Steinen oder Holzstäbchen zu spielen pflegte.
Eine merkwürdige Geschichte darf ich jedoch zu erwähnen nicht vergessen: Als wir eines Morgens aufgestanden waren, und mein älterer Bruder den Riegel der Haustür zurückschieben wollte, schrie er laut auf und fiel zu Boden. Wir eilten sofort zu ihm. Mein Vater nahm ihn in die Arme und trug ihn auf die Bambusmatte. Aber mein Bruder wollte sich nicht beruhigen. Er hatte sichtlich Angst.
Da sah ich auf der Innenseite der Tür eine etwa handgroße Zeichnung, die meinen Bruder so erschreckt hatte. Jemand hatte mit Zinnoberkreide die Umrisse eines Dämons, des Höllenfürsten Yen Wang nämlich, dort angezeichnet: einen großen Kopf mit buschigem Haar, aufgerissenem Maul und zwei schrecklichen Fangzähnen. Da wir das unglückbringende Bild nicht abzuwischen wagten, hängten wir das Rollbild einer Kwanyin[1] darüber. Niemand konnte sich erklären, wer den bösen Geist gezeichnet hatte. Es mußte über Nacht geschehen sein, als das Haus verschlossen war. Mein Vater verhörte uns Kinder, aber wir wußten nichts, wären auch noch viel zu ungeschickt gewesen, einen solchen Dämon abzubilden. Die Eltern waren überzeugt, daß irgendein böser Geist, wahrscheinlich der im Leib meines Bruders befindliche, der Urheber gewesen sei. Sie ließen das Haus unter großen Kosten von Taoistenpriestern reinigen.
Mein Bruder erholte sich bald wieder. Im Herbst schickten meine Eltern ihn in die Schule, und wir sahen ihn nur abends. Seine Mitschüler mieden ihn, da er ihnen unheimlich war oder weil ihre Eltern ihnen verboten hatten, dem Dämonenbesessenen zu nahe zu kommen. Er schien das jedoch nicht zu bemerken, sondern wandte seinen ganzen Fleiß auf die Schule, wo er bald auf den ersten Platz rückte. Angesichts seines Eifers und

---

1 Göttin der Barmherzigkeit.

seiner Erfolge beschloß der Familienrat daher, Geld zusammenzulegen und ihn die Klassiker studieren zu lassen, damit er Beamter werden könne.
Viele Jahre später, während seiner zweiten Krankheit, fand ich durch Zufall tiefversteckt unter seinen Büchern eine große Anzahl Blätter, auf die der gleiche Dämon gezeichnet war.

Tang, Kabinettschef des Generalgouverneurs Prinz Yeh

Seine Hoheit Prinz Yeh nahm das Kaiserliche Edikt mit drei Kotaus entgegen und führte den Befehl aus. Am gleichen Tage aber bat er den Drachenthron um seine Entlassung. In seinem Gesuch entschuldigte er sich, daß er die Grundsätze nicht mehr erkennen könne, nach denen der Erhabene Himmlische über das Reich herrsche. Es sei unverzeihlich, daß er nicht schon längst seine Entlassung erbeten habe; denn seine Unfähigkeit habe sich bereits erwiesen, als er seine Tochter Meh Ling von ihrem Schritt ins Unheil nicht zurückhalten konnte.
Trotz der Strenge und Unnahbarkeit des Prinzen Yeh nahm ich mir die Freiheit, ihm abzuraten oder ihn wenigstens dazu zu bewegen, als Rücktrittsgrund sein hohes Alter und seine Hinfälligkeit zu nennen. Er antwortete: »Dse Lu fragte den Meister Kung-dse, wie man dem Fürsten dienen solle. Der Meister erwiderte: Ihm treu sein, ihn nicht betrügen, ihm widerstehen.«[1]

The Times, London

The release by the Chinese authorities of the Methodist minister John W. Rogers, a British subject, has proved again that a cool head, a firm tone, and showing of the British flag are the only means to bring the Chinese to reason.

---

1 Das Zitat wird von Tang (oder Yeh?) nicht ganz richtig wiedergegeben. Konfuzius antwortet (Lun Yü, Buch XIV) nur: »Ihn nicht betrügen und ihm widerstehen.«

Die Auslieferung des methodistischen Pfarrers John W. Rogers, eines britischen Untertans, durch die chinesischen Behörden hat wieder einmal bewiesen, daß ein kühler Kopf, eine feste Sprache und das Zeigen der britischen Flagge die einzigen Mittel sind, mit denen man die Chinesen zur Räson bringen kann.

Tang, Kabinettschef des Generalgouverneurs in Kanton

Der neue Generalgouverneur Tsai bat mich heute zu sich. Er wohnt noch in seinem alten Gouverneurspalast. Ich hatte geglaubt, er werde einige dringende sachliche Fragen erörtern, zum Beispiel die Beschlagnahme von Lebensmitteln für die nördlichen Dürregebiete; er beschäftigte sich aber nur mit den Zeremonien seiner Amtsübernahme, war so bewandert in allen Feinheiten dieses Gebietes und diskutierte so eingehend verschiedene delikate protokollarische Punkte, daß er mich mehrmals in Verlegenheit setzte. Er belehrte mich darauf penetrant über das, was ich nicht wußte.
Sein Hauptkummer scheint zu sein, daß wir ihn zu seinem neuen Amtssitz in einer Sänfte mit vier Trägern abholen wollen, obwohl ihm eine mit acht Trägern zusteht. Ich habe ihm zu bedenken gegeben, daß wir zur Zeit nur eine einzige intakte Sänfte der von ihm gewünschten Art haben, daß Seine Hoheit Prinz Yeh jedoch damit rechne, sie werde ihm bis zum Verlassen Kantons, übermorgen also, zur Verfügung stehen. Tsai ging auf meine Bemerkung gar nicht ein, sondern sagte abschließend und kurz, er wünsche jedenfalls, morgen früh in eben dieser Sänfte abgeholt zu werden und sie fortan zu benutzen.
Als ich ihn fragte, wann und wem ich meinen Posten als Kabinettschef übergeben solle, sah er mich durch seine Brille funkelnd an und antwortete: »Sie bleiben selbstverständlich Kabinettschef.« Ich habe ihm meine Abneigung gegen ihn – bei Wahrung aller Formen – nicht verhehlt. Aber er ignorierte meine Antipathie, als sei ich ein Wurm, den er nicht zu fürchten brauche und an dessen Zuneigung ihm nichts liege.

Prinz Yeh

Wieder trockene Erde unter den Füßen; Boden, der staubt, und kein Lärm der Städte.
Wieder das Gleichmaß der Zeiten, Säen, Ernten, Winter, Regen, Sonne, Schnee. Die Jahre wieder ausmessen, wenn auch mit altem Schritt; Ausklaftern der Zeiten, wenn auch mit greisen Armen.
Kein Reis mehr, sondern Hirse und die kräftige Speise der Bauern in Schantung. Schneidender Wind über der Ebene am Huang Ho, der den Schnee austrocknet. Gelber Staub aus den Wüsten. Der Weg aus dem Dorf heraus zu den Grabhügeln der Ahnen in dickwattiertem Ischang aus blauer Baumwolle.
Gerader Schritt, fester Schritt auf flachem Land. Nur hinter dem Horizont das Leuchten des Drachens. Fliegt in der Nacht übers Haus, übers Reich. Dann zittert das Haus, bebt das Reich, grollt warnend der Himmel über den Erhabenen und das Verbrechen der Tochter. Fort ist der Spuk am Tage, wenn der mannshohe Kaoliang auf der Tenne vor der Scheuer gedroschen wird.
Sie gehört nicht mehr zu meinem Hause.

ZWEITES KAPITEL

JENTAH, ZWEITER SOHN DES DORFVORSTEHERS HUNG

Aus den sogenannten »Hongkonger Erinnerungen«

Im elften Jahr der Regierung unseres Erhabenen Herrschers meldete mein älterer Bruder sich zum zweiten Male zu den Provinzprüfungen. Die Eltern wollten ihn nach Kanton begleiten, aber mein Bruder bat, allein reisen zu dürfen. Wir fürchteten jedoch, daß er die Prüfungen auch diesmal nicht bestehen und dann in Verzweiflung und Schwermut eine unüberlegte Handlung begehen könne. Mein Vater und meine Mutter baten ihn daher inständig, wenigstens mich mitzunehmen, weil sie wußten, daß er mich am ehesten um sich sehen mochte. Dazu erklärte er sich dann auch bereit.

Wir fuhren nach Kanton und stiegen dort in einer kleinen Pension der Elfenbeingasse ab. Es hatten sich über zweitausend Kandidaten gemeldet, die am Abend vor dem Examen eingeschlossen wurden, jeder in seine kleine Prüfungszelle. Am nächsten Morgen erhielten die Kandidaten ein Aufsatz-Thema, und zwar die Worte Tsang-dses: »Fähig sein und dennoch die fragen, die es nicht sind; viel wissen und dennoch die fragen, die wenig wissen; besitzen und dennoch arm scheinen; erfüllt sein und dennoch leer scheinen.«

Ich holte meinen Bruder am Abend darauf an der Examenshalle ab. Er war voller Hoffnung, weil er über dreihundert Zeichen geschrieben und keins annulliert[1] hatte. Trotzdem sahen wir am

1 Falsch geschriebene Schriftzeichen konnte man durch einen daneben gesetzten Punkt für ungültig erklären und durch ein richtiges ersetzen. Von

nächsten Nachmittag, als wir an der Examenshalle die Listen durchlasen, daß unter den zweihundert Kandidaten, die zur zweiten Prüfung zugelassen waren, der Name meines Bruders fehlte. In dem Gedränge, das wie üblich um den Listenaushang herrschte, verlor ich aber meinen Bruder, oder – wie ich jetzt glaube – er hatte sich absichtlich entfernt.

Der Markterzähler Puh

Nun hört die Geschichte vom Großen Hung! Ich erzähle kein Wort, das nicht wahr wäre, sondern berichte euch heute nur, was ich von den dreien erfahren habe, die nichts sahen, aber alles hörten. Ihr kennt sie; aber wenn ihr sie vergessen habt, werdet ihr euch erinnern: Es waren die drei Blinden, die oft hier gestanden haben, wo ich gerade sitze, oder an der Ecke Drachenstraße und Sieben-Quellen-Straße.

Es waren Ih der Erste; Örl der Zweite; San der Dritte. Andere Namen[1] hatten sie nicht. Woher sie kamen, wohin sie gingen – niemand wußte es. Sie waren plötzlich da, meistens in der Neujahrszeit, wenn es im Norden kalt wird. Aber im Frühjahr waren sie plötzlich wieder fort, in der Provinz oder im Reich. Sie kamen weit hinauf bis zum Jangtse, und einmal bin ich ihnen sogar auf dem Markt in Tschü-fu[2] begegnet.

Zum erstenmal trafen sie den Großen Hung hier in dieser Stadt im elften Jahr der Regierung unseres Herrschers. Sie schlurften von Laden zu Laden, alle drei in der Rechten den langen Bambusstab der Blinden, mit dem sie im Gehen schnell auf die Erde stießen. Ih der Erste streckte die linke Hand mit dem flachen Korbteller vor sich, und hinter ihm ging Örl der Zweite, seine

---

den Chinesen wurde das im Grunde nicht als Mangel angesehen. Selbst gefeierte Kalligraphen – auch Mao Tsetung – annullierten falsche Zeichen gelegentlich durch einen Punkt oder Kreis. Radiert wurde nicht: Auch einem falschen Schriftzeichen erweist man den Respekt, der allem Geschriebenen zukommt. Eine konfuzianische Regel lautet: »Wer dem Schriftzeichen keine Achtung zollt, dessen Herz ist nicht in Ordnung.«

1 Ih, Örl, San = eins, zwei, drei.

2 Begräbnisort des Kung-dse.

Linke auf des Ersten Schulter, und hinter Örl wieder hinkte San der Dritte, seine Hand auf Örls Schulter.
In einer der Gassen, nicht weit von hier, ist der Papier- und Buchladen – nein, ich will den Namen des Besitzers nicht nennen. Aber ich habe erst heute mit ihm gesprochen. Er ist nun zwar schon ein alter Mann, aber er entsann sich noch gut der drei Bettler.
Ih tastete sich mit seinem Bambusstab die drei Stufen zum Laden hinauf, und die anderen beiden folgten. Sie blieben im Eingang stehen und sangen: Ih mit seiner tiefen Baßstimme, die niemand vergißt, der sie einmal gehört hat, so tief wie die der Lamamönche, und die beiden Falsettstimmen von Örl und San. So etwa: Gebt, große Herren, den Blinden! Gebt, große Herren, den Blinden! Die ihr noch seht, freut euch eures Augenlichtes und gebt, große Herren, den Blinden!
Einer nach dem anderen oder alle zusammen. Aber der Händler stellte sich taub. Er schnitt weiter Papier auf der Theke und legte es zusammen.
»Wir beten, daß ihr bis ins hohe Alter sehen könnt. Gebt, große Herren, den Blinden!«
Er hörte nicht. Ih tastete sich weiter in den Laden. Die drei setzten sich auf den Boden, und gelegentlich sangen sie gleichmütig und ohne Anstrengung. Sie wußten, daß es nur eine Frage der Zeit war, bis der Händler ihnen Geld gab. Vorher gingen sie nicht.
Da saßen die drei nun mit den schmutzigsten und zerfetztesten Lumpen ganz Chinas. Obwohl es heiß und feucht war, trugen sie wattierte Jacken; allerdings sah die Baumwolle aus vielen Löchern heraus. Die Kragen aber waren abgerissen, daß die Schultern schwarzgrau zum Vorschein kamen. Und nicht alle Jacken hatten Ärmel. Über den Bauch hatten sie dicke Gürtelbinden gewickelt. Was sie darin aufbewahrten, werdet ihr später hören. Schwarzgrau waren auch die Arme und die Gesichter, rissig und zerfurcht der Schmutz auf Handrücken und Fingern. Nicht einmal Zöpfe trugen die drei. Ihr Haar war verfilzt, niemals gekämmt oder gebürstet. Es hing ihnen in den Hals und über die Ohren oder Ih dem Ersten in sein großes, knochiges Pferdegesicht. Den Bart allein ließen sie sich gelegentlich auf dem Markt

oder der Straße schneiden, wenn er ihnen zu sehr über den Mund wuchs.
Gebt, große Herren, den Blinden! Der Himmel segne euch, große Herren! Und wenn ihr uns gebt, werdet ihr unseren Gesang los. Sie sitzen da und singen, ihre Köpfe zur Decke oder zum Boden gerichtet. San allein hatte noch Augäpfel; aber sie waren milchig-trübe.
Ein junger Mann kam und wollte alte Bücher verkaufen. Er zögerte einzutreten, da er die Blinden im Laden sah, aber der Händler nötigte ihn herein. Die Blinden blieben ruhig sitzen und schwiegen – vorläufig. Als aber der Kunde die Bücher aus dem Bündel gepackt und vorgezeigt, als der Händler eins nach dem anderen geprüft hatte und die Preise nennen wollte, da fingen sie wieder an zu singen: tiefer Baß und ohrenschmerzendes Falsett.
Examensbücher! Nicht mehr viel wert, wo die Prüfungen schon begonnen haben. Wer heute Examensbücher verkauft, ist bereits durchgefallen; denn die Erfolgreichen haben morgen ihren zweiten Aufsatz zu schreiben. Heute abend, morgen und übermorgen werden noch mehr Studenten kommen und ihre Bücher verkaufen wollen. Das Angebot wird groß sein. Der Händler nannte einen Preis, jedoch – Gebt, große Herren! Herr Gelehrter, Blühendes Talent, gebt den Blinden!
Der Händler warf ein paar Kupferkäsch in Ihs Korb, aber einige Münzen fielen auf den Boden, und die Blinden stürzten vornüber und suchten die Münzen. Sie wußten nach dem Klang, wohin sie gerollt waren.
Lächerlich geringer Preis für die Bücher, jene Quellen, aus denen ein Gelehrter getrunken hatte, der beinahe den Rang eines Siutsai[1] erlangt hatte. Bücher, auf deren Gedanken der Staat ruht. Geschrieben, gedruckt mit Tausenden von Zeichen, von denen wir gewöhnlichen Menschen nur wenige entziffern und auch diese nur unvollkommen verstehen können. Gedruckt auf rauhes, weißes Papier, gefalzt, gebunden und genäht. Fünfundfünfzig Käsch für alle zusammen!
Der junge Mann handelte nicht, und der Besitzer des Ladens wiederholte den Preis. Vielleicht, dachte er, ist der Kunde

1 Akademischer Titel, wörtlich: Blühendes Talent.

sprachlos über so viel Unverschämtheit, wird seine Siebensachen wieder unter den Arm nehmen und dem Laden den Rücken kehren.
»Geben Sie her!« sagte der junge Mann, und der Buchhändler griff schnell unter den Ladentisch, holte die messingbeschlagene Kassette heraus, zählte fünfundfünfzig Kupferkäsch aus und überschlug im Kopf bereits, daß er – natürlich nicht jetzt, aber in einem Jahr, wenn die Studenten sich für das nächste Examen vorbereiteten – gut und gerne dreihundert Käsch für die Bücher fordern und vielleicht zweihundertzwanzig bekommen könne.
Der junge Mann – aber warum nennen wir ihn nicht bei seinem Namen? Kurz und gut, es war der Große Hung, aber niemand ahnte damals, daß der Ruf des Himmels an ihn ergehen werde, nicht einmal er selbst. Der junge Hung Siu-tschüan also nahm das Geld, wickelte es in sein Taschentuch, steckte es in den Ärmel und trat hinter den Blinden aus dem Laden, die, einer hinter dem anderen, mit den Stöcken vor sich die Stufen erfühlten.
Draußen aber ging gerade eine wirrhaarige Bettlerin durch die Gasse, eine sehende, die vier andere, einheimische Blinde führte. Als sie Ih, Örl und San erspähte, lief sie wütend und schreiend auf sie zu und zerrte dabei ihre eigenen Blinden wild hinter sich her, daß sie nur stolpernd folgen konnten.
»Hurensöhne, Verführer eurer Großmütter! Treibt euch wieder in unserem Revier herum! Diebe und Denunzianten! Was sucht ihr in unseren Straßen!«
Sie ließ ihre Blinden los, daß der erste hilflos seinen Stab ausstreckte, um die Führerin wieder einzufangen. Sie aber war schon auf Ih losgesprungen und wollte ihm den Bambusstab entreißen; den jedoch hielt er fest. Sie zog ihn an der Jacke vorwärts und stellte ihm ein Bein. Aber noch im Fallen hatte Ih mit der einen Hand ihre Hose gepackt, daß auch sie stolperte und mit ihm stürzte, und dann – oh, auch ein Blinder weiß, wo oben und unten ist! –, und dann bekam er sie am Kopf zu fassen und verlor nun in der Wut des Kampfes doch seinen Stock; aber er hatte sie ja jetzt in der Gewalt und riß ihr das Haar büschelweise aus dem Kopf.
Örl und San aber richteten sich nach dem Geschrei und schlugen mit den Bambusstäben in die Luft. Dasselbe taten die vier ande-

ren Blinden, bis sich alle gefunden hatten, sich in den Schmutz der Straße stießen und darin umherwälzten.
Die Blindenführerin aber hatte Ih in die Hand gebissen, daß er ihr Haar loslassen mußte und sie sich befreien konnte. Örl hatte sich auf die Knie erhoben und schlug mit seinem Stock darauf los, wohin er gerade traf, zuerst seinem Führer Ih auf den Kopf. Doch Ihs Pferdeschädel war härter als Holz.
Die Leute kamen aus den Türen auf die Gasse gestürzt und schrien vor Lachen; denn wie selten hat man schon Gelegenheit, eine Schlägerei zu sehen, und noch dazu eine Schlägerei unter Blinden! Ih kroch am Boden, richtete sich nach den Flüchen und Stimmen, bekam wieder ein Bein der Bettlerin zu fassen und brachte sie zu Fall. Er suchte ihren Hals, aber sie, die ja sehen konnte, tat einen schnellen Griff in – Ehrwürdige Urahne, tretet ein wenig zurück und laßt die Männer vor! Und ihr, Kinder, verschwindet, ich bitte euch sehr! – griff ihm also in jenen Körperteil, ihr wißt schon, packte fest zu, siegkreischend, zog und zog schnell, daß Ih sich auf die Hände stützend hinter ihr herrutschen mußte. Aber sie ließ nicht locker und schleppte ihn, der vor Schmerz laut schrie, durch den Schlamm der Straße.
Ja, lacht nur! Aber wie haben die Leute gelacht, die selbst zusehen durften! Doch wie die Bettlerin den blinden Ih herumriß, das war nicht so sanft, wie ihr es gewohnt seid und wohl liebt, ihr Enteriche! Da stand damals ein Wasserverkäufer, ein rechter Spaßvogel, der goß in seinem Übermut einen ganzen Eimer Wasser über die beiden, wie man es bei Hunden zu tun pflegt. Oh, das Vergnügen der Zuschauer!
Sie schleifte Ih den Ersten durch den Schmutz. Mit einer Hand griff sie in ihren Gürtel, und plötzlich hatte sie ein offenes Messer darin und wollte dem Blinden das, was sie in ihrer anderen Hand hielt, abschneiden. Da kreischten die herumstehenden Frauen, konnten doch den Blick nicht von dem Messer abwenden, und die Männer atmeten tief und stöhnten erschrocken. Aber Ih, der das Messer zwar nicht sah, die neue Gefahr jedoch ahnte, riß sich trotz des Schmerzes zurück, so daß die Bettlerin ihr Messer nicht ansetzen konnte.
Nun kam der Augenblick Hungs. Er trat von der Schwelle des Buchladens auf die Gasse, drängte sich durch die Zuschauer, riß

der Bettlerin den Kopf zurück und trat auf ihre Hand, daß sie das Messer losließ. Hung nahm es auf und warf es hinter sich in einen Gemüseladen. Er ergriff einen der Blindenstecken und schlug auf die Bettler ein, die nun merkten, daß ein anderer Sehender sich beteiligte. Sie ließen voneinander ab, krochen umher und suchten mit den Händen ihre Stäbe im Schlamm der Gasse.

Ih hatte die Bettlerin noch einmal am Boden erwischt, sich auf sie geworfen und das Gesicht der Überraschten ertastet. Er umfaßte es mit seinen beiden großen Händen und drückte die Daumen fest ein, daß ihre beiden Augäpfel herausgepreßt wurden: Augäpfel und Blut. Sie schrie laut auf und sank hintenüber. Die Nachbarn aber flüchteten zurück in die Läden und Häuser, um nicht später als Zeugen für einen Mord aufgerufen zu werden. Nur Hung stand noch auf der Straße unter den Blinden, die wie neugeborene Hunde umherkrochen, und neben der Bettlerin, die auf dem Rücken lag und die Hände vor das Gesicht drückte. Blut quoll zwischen ihren Fingern hervor.

Und nun tat der Große Hung etwas noch Merkwürdigeres, was damals schon jedermann hätte zeigen müssen, daß er kein gewöhnlicher Mensch war. Anstatt sich schnell aus dem Staub zu machen, bevor die Polizisten kamen, gab er jedem der Blinden einen Stab, nahm Ih bei der Hand, der nach Örl und San schrie, und als die drei sich wieder gefunden hatten, schleppte er sie schnell hinter sich her durch enge Gassen, die er selbst nicht kannte; denn es war keine Zeit auszuruhen. Ihr kennt die Polizei und die Häscher des Yamens. Ich brauche nichts darüber zu sagen. Ihr alle seid Zeugen, daß ich kein Wort gegen die Polizei gesprochen habe. Sie ist notwendig, gewiß, aber wer will etwas mit ihr zu tun haben!

Jentah, zweiter Sohn des Dorfvorstehers Hung

Aus den sogenannten »Hongkonger Erinnerungen«

Kein Zweifel, dies war ein entscheidender Tag im Leben meines älteren Bruders. Was er aber erlebt hatte, bis ich ihn wieder fand, weiß ich nicht. Ich bin zwar einmal behutsam auf diese Zeit zurückgekommen; doch er ging auf meine Andeutungen nicht ein. Ihn geradezu zu fragen: Was hast du damals getan und erlebt, wagte ich nicht. Er hätte mir auch, dessen bin ich gewiß, nicht geantwortet, vielleicht gar nicht antworten können.

Dschu

Aus seinem Geständnis

Im neunten Monat, elften Jahr des gegenwärtigen Kaisers, hatte mich das Erste Bezirksgericht in Kanton zum Tode durch Erwürgen am Pfahl verurteilt, weil ich ein Plakat gegen das Mandschu-Herrscherhaus und für die Wiedererrichtung der Ming-Dynastie an eins der Stadttore geheftet hatte.
Die Hinrichtung sollte vor vielem Volk stattfinden. Ich mußte, da noch Vorbereitungen zu treffen waren, im Gefängnis einige Tage warten. Man hatte mich mit Ketten an Fong gefesselt, der wegen Mordes zum Tode durch das Schwert verurteilt worden war. Ein Freund schmuggelte uns in einem Essenskorb eine Feile ins Gefängnis, so daß wir uns befreien konnten. Wir entkamen durch das Dach, als es dunkel war, und brachen in einen buddhistischen Tempel ein, dessen Räumlichkeiten ich kannte, da ich dort früher einmal ein Jahr meines Noviziats verbracht hatte. Wir nahmen aber nichts weiter mit als zwei Priestergewänder, Priesterhüte und ein paar Kupfermünzen aus dem Opferstock, der des Nachts in der Kleiderkammer aufbewahrt wurde.
Darauf gingen wir als Bettelmönche verkleidet, den breiten Strohhut tief im Gesicht, durch die Straßen der Stadt bis zum Blumenviertel, wo wir in dem uns ebenfalls von früher wohlbekannten Blumenhaus »Zur rechten Weidenrute« Unterkunft fanden. Da ich mir bei der Flucht aus dem Gefängnis einen Knöchel verletzt hatte, beschlossen wir, in dem Bordell zu bleiben, bis ich wieder gut laufen konnte.
Einige Tage später kamen drei Blinde in das Blumenhaus, geführt von Hung. Wir luden ihn ein, sich zu uns zu setzen und etwas zu essen und zu trinken. Er nahm aber kaum etwas zu sich.
Gegen Mitternacht, als im Vorderhaus noch Gäste waren und

gelegentlich sogar noch neue Kunden kamen, verabschiedete er sich von uns. Er sagte, sein Bruder warte in einer Pension auf ihn. Wir ließen ihn gehen und waren froh, weil wir nun ungestört unsere Flucht aus Kanton vorbereiten konnten. Er war ein ganz gewöhnlicher Student, schüchtern, linkisch und, da er gerade im Examen versagt hatte, niedergedrückt. Noch deutete nichts auf die zweifelhafte Rolle hin, die er später spielen sollte.

Der Markterzähler Puh

Zuerst führte Hung die Blinden; als er sich aber in den Gassen verirrt hatte, sagten sie ihm, wohin er sich mit ihnen wenden solle: zu Mutter Meh nämlich in – darf ich euch bitten, etwas näher heranzutreten und die Kinder nun endlich nach Hause zu schicken! Es ist ja schon dunkel, und ihr wißt selbst, was für Gelichter sich in manchen dieser Gassen umhertreibt. Kommt morgen wieder, Kinder, dann werde ich euch ein Märchen erzählen! – Zu Mutter Meh also gingen sie, die ein kleines, aber von Kennern wegen seiner gemütlichen Stimmung geschätztes Blumenhaus führte. Natürlich durften die Blinden sich nicht durch den Vordereingang wagen. Sie traten durch das hintere Tor ein und blieben im Hof. Den jungen Hung aber führte Mutter Meh, weil er ein Gelehrtengewand trug, in eins ihrer hinteren Gastzimmer, wo er zwei Leute gleichen Alters traf, von denen ich sofort berichten werde.
Die Blinden erhielten auf der Hofveranda Reis und Gemüse, womit sie jedoch nicht zufrieden waren, jedenfalls Ih nicht, der Mutter Meh bat, ihn auch an den Vergnügungen teilnehmen zu lassen, die das Vorderhaus den Passanten in blumenhafter Sprache auf Plakaten anpries. Denn, so begründete Ih seinen Wunsch, er müsse sich ja davon überzeugen, ob er bei der heutigen Schlägerei nicht doch ernsthaften Schaden erlitten habe. Hoho, lachte Mutter Meh, daß ihr mir nicht das Vorderhaus betretet, ihr von der Polizei Gesuchten! Es sei denn, ihr nehmt vorher im Hof ein gründliches Bad!
Da schüttelten sich die Blinden und fragten Mutter Meh, ob sie in ihrer Grausamkeit selbst Krüppeln die Reisschale zerschlagen

wolle. Wie könnten sie als Blinde dem Publikum ehrlich ins Auge sehen, wenn sie gewaschen, geschniegelt und gebügelt in den Straßen bettelten! Mutter Meh antwortete ihnen, sie sollten froh sein, daß sie diese Nacht – aber nur diese eine – unter dem Dach der Hofveranda schlafen dürften.
Sie ging, und in ihrer Gutmütigkeit überhörte sie das unverschämte, deutliche Murren der drei, ging in das Hinterzimmer und sah, ob der junge Gelehrte Hung auch genügend zu essen und zu trinken bekommen hatte. Sie nötigte ihn zuzugreifen. Es sei ganz unwichtig, ob er heute bezahlen könne oder nicht. Viel wichtiger war es ja, ihn zum Dank zu verpflichten. Wenn er später einmal in Beamtenkleidung wiederkäme, würde sie ihn schon bezahlen lassen. Daß er heute die Prüfung nicht bestanden hatte – nun ja, vielleicht hat er das nächste oder übernächste Mal Erfolg. War es denn eine Schande, im Examen durchzufallen, wenn von zweitausend Kandidaten nur fünfzehn bestehen durften, von denen wiederum die meisten das Diplom nur durch Kauf oder gute Beziehungen erwarben?
Fong und Dschu waren die beiden anderen Gäste im Zimmer, und auch sie aßen umsonst am gleichen Tische wie Hung. Noch ahnte keiner von den dreien, daß sie später einen langen Weg gemeinsam gehen und daß das ganze Volk ihre Namen kennen und hoffnungsvoll, laut oder nur im geheimen, aussprechen werde. Die beiden waren erst einen Abend vorher aus dem Gefängnis entsprungen. Anfangs aßen sie schweigend, aber als die zweite Karaffe angewärmten Reisweins kam, lösten sich ihre Zungen. Fong und Dschu fragten den jungen Kandidaten aus, aber was sie von ihm erfuhren, enttäuschte sie.
»Guter Freund«, sagte Fong, »die Polizei rührt nicht einen Fuß, um dich zu fangen. Bestenfalls werden die anderen Blinden der Stadt dich suchen; aber es wird schwierig für sie sein, dich wiederzuerkennen. Warum hast du dich überhaupt in die Schlägerei eingemischt?«
Hung dachte nach und sagte: »Ich kann keine Messer sehen.«
»Wieso?« fragte Fong, aber Hung schwieg. Er blickte verlegen auf Dschus nackte Brust – die drei hatten sich der Hitze wegen die Obergewänder ausgezogen –, und nun ereignete sich etwas Seltsames.

Woher ich das weiß, und wie die Blinden das sehen konnten, will der junge Mann dort wissen? Lieber Freund, habe ich nicht vorhin erzählt, daß die Blinden mit den Ohren sehen konnten? Und auch ich, obwohl nur ein alter Markterzähler, kann durch Wände sehen, bemerke vieles, was anderen nicht auffällt, zum Beispiel, daß du, junger Freund, einen falschen Zopf trägst. Du läßt ihn dir wohl auch erst seit kurzer Zeit wieder wachsen? Sieh an, wie verlegen du wirst! Nun, liebe Nachbarn, wenn er widerspricht, dann zieht einmal kräftig an seinem Zopf, und ihr werdet sehen, daß er nicht echt ist. Ja, zieht nur tüchtig! Ach, der Arme, nun ist er verschwunden aus Angst vor der Polizei! Kann ich also fortfahren, ohne wieder von Zwischenrednern und Besserwissern unterbrochen zu werden?

Es ereignete sich aber etwas Seltsames, als Hung Siu-tschüan auf die nackte Brust Dschus blickte. Plötzlich verschleierten sich seine Augen.

»Was ist?« fragte Fong. Aber Hung Siu-tschüan deutete nur mit dem Finger auf Dschu, und nun erkannte auch Fong es.

»Es bewegt sich«, sagte er erschrocken, und eine Gänsehaut überlief ihn. Dschu aber wagte nicht, an sich herabzusehen.

»Was bewegt sich?«

»Seht ihr, wie es leuchtet?« flüsterte Hung. »Jetzt reißt er den Rachen auf, als wolle er sich in den Schwanz beißen.«

Auch Fong sah die Umrisse des kaiserlichen Drachens auf Dschus Brust, den Drachen der Ming-Dynastie. Er ringelte sich und blies Rauch aus seinen Nüstern. Plötzlich rief Fong entsetzt:

»Er brennt!«

Anstelle des Drachens erschienen nun viele kleine, züngelnde Flammen, die im Kreise auf der Brust herumwirbelten. In diesem Augenblick polterte es laut an der Wand, als falle das Haus zusammen, so daß die drei erschrocken aufsprangen, und dabei warfen sie die Kerze um. So traf Mutter Meh sie an, noch blaß und verstört, wie Buben, die für einen harmlosen Scherz eine Ohrfeige erhalten haben.

Hung verabschiedete sich sofort, erst von Fong und Dschu und Mutter Meh und dann auf dem Hof von den Blinden, die laut jammerten und ihren Wohltäter festhalten wollten.

Bald darauf zogen auch Fong und Dschu ihre Priestergewänder an, zahlten für Essen und Wein, legten ein Trinkgeld für die Blumenmädchen drauf und gingen.
»Aber warum so plötzlich?« fragte Mutter Meh. »Jetzt, mitten in der Nacht, wo die Stadttore geschlossen sind?«
»Wir wissen unseren Weg«, sagte Dschu. Sie hatten es eilig, das unheimliche Haus zu verlassen.
Ih, Örl und San legten sich nun auf der Veranda zur Ruhe, konnten aber lange nicht einschlafen: Sie waren sich nicht einig, wer schuld daran war, daß sie plötzlich übereinandergefallen waren, als sie, ihre Ohren dicht an die Bretterwand des Zimmers gepreßt, gelauscht hatten. Nun hatten die beiden Gefängnisflüchtlinge das Haus verlassen, so daß man sie nicht mehr bei der Polizei denunzieren konnte.
Der Tag hatte also wenig eingebracht. Denn das Taschentuch, das sie dem jungen Hung Siu-tschüan beim Abschied aus dem Ärmel gestohlen hatten, enthielt nur fünfundfünfzig armselige Kupferkäsch.

Der Missionar Matthias Schmidt
Aus einem Brief

... Noch drei Tage, und die Provinz-Examina, an deren Verlauf die ganze Stadt Anteil nimmt, sind vorüber. Viele Kandidaten sind mit ihrer ganzen Familie gekommen. Für die Familien nämlich ist dies eine seltene Abwechslung in ihrem eintönigen Landleben. Sie kaufen ein, werden von den gerissenen Kantonesen übers Ohr gehauen, feiern Wiedersehen mit Freunden, essen gut und trinken viel, und die männlichen Angehörigen lassen es leider nicht nur bei diesen verhältnismäßig unschuldigen Vergnügungen, sondern besuchen – mit Verlaub – auch die übelbeleumundeten Häuser, um sich dort dem Laster hinzugeben.
Aber so ist es in China: Die segensreichsten Einrichtungen stehen unmittelbar und kraß neben den verwerflichsten. Die Prüfungen, an denen jeder freie chinesische Bürger teilnehmen und durch die allein er zu den Staatsämtern, selbst den höchsten, aufsteigen kann, gehören ohne Zweifel zu den ersteren. Nicht der

Name zählt hier, sondern das Talent, und das Abendland täte wohl daran, dieses staatliche Prüfungssystem nachzuahmen. Ich fürchte jedoch, die Menge bei uns würde es sich eher angelegen sein lassen, die Kehrseite des Bildes zu übernehmen – wenn Europa auf diesem Gebiet nicht schon genug eigenständige Leistungen vorzuweisen hätte.

Nun gibt es bei uns zwar, im Gegensatz zu China, eine Geistlichkeit, die tatkräftig gegen diese Stätten der Ausschweifungen anschreitet. Hier aber sind wir wenigen Missionare noch die einzigen, betraut mit einer Aufgabe, die der des Herkules am Hofe des Königs Augias kaum nachsteht. Seit uns der Aufenthalt in dieser Stadt gewährt wurde, führen wir einen harten, unerbittlichen Kampf gegen diese Brutstätten des Lasters. Ich jedenfalls, der ich nicht so läßlich denke wie unsere römisch-katholischen Brüder, lasse keine Gelegenheit vorübergehen, die Eingeborenen mit deutlichen Worten vor dem Besuch der Häuser zu warnen, indem ich ihnen das Sündhafte dieser Einrichtung, die Niedrigkeit ihres Tuns eindringlich vor Augen halte und sie statt dessen in das Haus des Vaters einlade, wo unvergleichlich innigeres, ewig währendes Vergnügen ihrer wartet. Da sie mir aber nicht folgen wollen, wandelte mich schon manchmal der Gedanke an, in die übelbeleumundeten Quartiere einzudringen und die Menschen am Orte ihrer Lust selbst zur Besinnung zu rufen. Indessen stelle ich mir in nüchternen Augenblicken vor, daß eine solche Tat hier wohl eher Ärgernis und Spott erregen, als Beifall erzielen würde. Solange sie nicht im rechten Glauben sind, werden wir die Chinesen nicht aus der Sünde retten.

Solcherlei über den Alltag hinausgehende Gedanken im Herzen bewegend, schritt ich gestern am Rande des berüchtigten Viertels fürbaß, als jemand mich am Ärmel zupfte. Ich glaubte erst, es sei ein Bettler, und beschleunigte meine Schritte, aber der andere tat das gleiche. Als ich mich nun umwandte, sah ich einen jungen Chinesen, der aus gutem Hause sein mochte, der jedenfalls, wenn auch nicht elegant, so doch reinlich gekleidet war. Er entschuldigte sich, mich belästigt zu haben, und bat, mir einige Fragen stellen zu dürfen, was ich ihm natürlich gestattete. Rückblickend fällt mir jetzt ein, daß ich schon zu dieser Zeit das unstete und flackernde Auge des jungen Mannes bemerkt hatte;

aber es war nicht derart, daß es mir Grund zur Beunruhigung gab. Im Gegenteil, er sah eher ratlos, verstört, vielleicht auch ängstlich aus.
Wir wandelten durch die engen Straßen in der Richtung auf mein bescheidenes Haus zu, vorbei an den Läden, die noch geöffnet waren, obwohl es auf Mitternacht zuging, vorbei an den Ständen von Trödlern, Pastetenbäckern, Siegel- und Stempelschneidern, Schuhmachern, Zahnbrechern, Wahrsagern, Kräuterverkäufern, Brillenschleifern, Barbieren, Ohrenausputzern und was der Berufe mehr sein mochten.
Die Fragen des jungen Mannes nun waren ein schönes Beispiel für die Unwissenheit, in der das Volk hier noch lebt; dabei war er in seiner Art sicher nicht ungebildet, vielleicht gar einer der Kandidaten für die Erste Staatsprüfung.
Er begann mit der Frage, ob der Heiland ein »fan kwei«, ein »weißer Teufel« gewesen sei. Damit wollte er aber weder den Herrn herabwürdigen, noch mich beleidigen, sondern er bediente sich nur ganz naiv des hier üblichen Wortes für Ausländer. Ich klärte ihn darüber auf, daß der Herr Jesus Christus gerade das Gegenteil eines Teufels, nämlich der Sohn Gottvaters sei. Ja, fragte er darauf, ob er Amerikaner gewesen sei oder Engländer. Ich gab ihm hierüber Auskunft und verkündete ihm, daß der Herr für alle Menschen, gleich welcher Hautfarbe und Nationalität, zur Erde herniedergestiegen sei, um sie aus ihren Sünden zu erlösen.
Auch die Söhne Hans? fragte er, die Chinesen also.
Natürlich, sagte ich, sofern sie getauft sind.
Was, forschte er weiter, ist die Taufe und zu welchem Ende dient sie?
Ich erklärte ihm, daß wir in der Taufe der Sünde absterben und daß die bösen Geister seines Volkes dann keine Macht mehr über uns Menschen hätten. Man muß nämlich mit den Eingeborenen möglichst schlicht und ihren eingewurzelten Anschauungen entsprechend reden.
Er stellte noch viele Fragen nach der Taufe, wie sie vollzogen werde, ob der Herr Jesus Christus wahrhaftig Teufel und Dämonen habe austreiben können, kurz alles Worte, die Ihr wohl nur aus kindlichem Munde zu hören erwarten würdet, die mich

aber der bei Chinesen nicht eben häufig anzutreffenden Wißbegier in Fragen der Religion wegen rührten, so daß ich den jungen Mann in mein Haus einlud und ihm einige Traktate in seiner Sprache reichte, die in gedrängter Form wesentliche Stellen der Hl. Schrift enthielten.
Mein Gast dankte mir überschwenglich nach chinesischer Art, steckte die Hefte in seine Ärmeltasche, versprach, sie gewissenhaft zu lesen, und überraschte mich dann mit der Frage, ob er sofort, und wenn nicht sofort, ob er dann morgen früh getauft werden könne. Ich bedeutete ihm, daß diesem so wichtigen Sakrament eine Unterweisung in der Glaubenslehre vorangehen müsse, die durch eine kleine Prüfung abgeschlossen werde. Dies nun schien ihn bedenklich zu stimmen, aber ich beruhigte ihn sofort. Aus Erfahrung weiß ich nämlich, daß Scheu vor einem Examen die Chinesen nicht selten verleitet, sich unseren römischen Brüdern zuzuwenden, die den Wunsch des jungen Menschen unbedenklich erfüllt hätten. Denn lassen sie nicht jedem Kind, dessen sie habhaft werden können, und sei es ihnen auch nur zur Behandlung eines geringen körperlichen Gebrechens übergeben, das Sakrament der Heiligen Taufe angedeihen? Woraus sich auch wohl die ihrem Papst in Rom gemeldeten hohen Zahlen geretteter Seelen erklären.
Ich nahm also dem jungen Mann die Furcht vor dem Examen, das selbstverständlich bei weitem nicht so rigoros sein werde wie die gerade stattfindende Staatsprüfung, und sagte, wir würden sogar ganz darauf verzichten können, wenn ich nur die Überzeugung gewonnen hätte, daß er die Lehre des Heilands in sich aufgenommen habe. Diese meine Worte hörte er mit sichtlicher Erleichterung, wollte nun aber wissen, ob er nach der Taufe auch ganz sicher seiner Sünden für immer ledig und von Satan erlöst sei. Ich erwiderte, ihm hierüber Gewißheit zu geben, stehe nicht in meiner Macht. Ihm wie uns allen bleibe nur übrig, auf die Gnade Gottes zu hoffen und darum zu beten.
Ob diese Auskunft den Armen nun bedrückte, oder ob er überhaupt leidend war – jedenfalls begann er zu schwanken und stürzte zusammen. Ich bekam gerade noch seinen Arm zu fassen und konnte ihn dadurch wenigstens vor einem bösen Fall bewahren; rief meine beiden Diener, legte den tief in eine Ohn-

macht Versunkenen auf mein Ruhesofa und suchte ihn mit kalten Kompressen und Opodeldok-Tropfen, die ich ihm unter die Nase hielt, wieder zur Besinnung zu bringen. Indessen vergeblich; er blieb bewußtlos, und Sorge stieg in mir auf. Denn wenn ihm etwas Ernsthaftes zugestoßen sein sollte, mußte ich nach den unverständigen Gesetzen dieses Landes damit rechnen, zur Verantwortung gezogen zu werden. Ja, ich erinnere mich, gehört zu haben, daß vor etwa zehn Jahren ein Methodistenmissionar wegen eines ähnlichen Zufalls, der sich in seiner Gegenwart ereignete, zum Tode verurteilt worden war, dem er dann nur mit knapper Not entging.
Ich wies daher meine beiden Diener an, den Bewußtlosen auf eins der leichten Bambusrohrbetten zu legen und ihn darauf, wie auf einer Bahre, zu dem nur wenige Straßen entfernten Hospital zu bringen. Ich half, ihn umzubetten, und sah auch, wie die Diener, die sich nur unwillig und erst nach mancherlei Einwänden der Aufgabe unterzogen, ihn aus dem Hause trugen. Ich selbst wollte aus den oben erwähnten Umständen mit dem Unglücksfall möglichst nicht in Verbindung gebracht werden.
In der Nacht nun ließ mich der Gedanke an den jungen Mann, der so begierig gewesen war, unseren Glauben kennenzulernen, lange nicht schlafen, und mein Gewissen schlug, weil ich mich seiner nicht genug angenommen hatte. Am nächsten Morgen ging ich daher sogleich, obwohl die Diener mich davon abhalten wollten, weil alle Arten ansteckender Krankheiten dort herrschen sollten, in das Hospital, ein schmutziges, übelriechendes Gebäude. Man gab mir da aber die Auskunft, am Tage vorher sei nur eine Frau aufgenommen worden, die sich verbrüht hatte. Ich kehrte sofort nach Hause zurück und stellte meine Diener streng zur Rede, die mit niedergeschlagenen Augen und verlegener Miene gestanden, nachdem sie sich vorher noch mit mancherlei Ausflüchten und Lügen hatten herausreden wollen, daß sie den Bewußtlosen in der Nähe des Hospitals einfach auf die Straße gelegt hatten!
Diese unglaubliche Roheit suchten sie sogar noch zu verteidigen: Polizei sei in der Nähe gewesen, und sie hätten gefürchtet, verhaftet zu werden unter dem Verdacht, an dem Ohnmächtigen ein Verbrechen begangen zu haben. Oder, sagten sie, im Hospi-

tal hätte man eine Sicherheit von ihnen verlangt. Oder schließlich, sie hätten es ja nur meinetwegen getan, denn ich hätte in die schwierigste Lage kommen, man hätte mich der Körperverletzung oder Verzauberung anklagen, auf jeden Fall aber für Krankenhauskosten, Schmerzensgeld und Verdienstausfall des jungen Mannes haftbar machen können.
Und dabei habe ich diese beiden Diener vor einem Jahr im evangelischen Glauben getauft!

Jentah, zweiter Sohn des Dorfvorstehers Hung

Aus den sogenannten »Hongkonger Erinnerungen«

An dem Tag, an dem wir uns aus den Augen verloren hatten, fand ich meinen Bruder nicht. Ich wartete zuerst in der Pension, suchte ihn am späten Nachmittag wieder vor der Examenshalle, wanderte dann ziellos in den Straßen umher und schaute nach ihm aus: ein hoffnungsloses Unterfangen in einer Stadt, deren hundertfünfzig mal zehntausend Einwohner an diesem heißen Sommerabend alle auf den Straßen zu sein schienen. Als er um Mitternacht noch nicht in die Pension zurückgekehrt war, fürchtete ich, er habe sich das Leben genommen, weil er in der Prüfung gescheitert war. Ich war verzweifelt: Denn gerade ein Auge auf ihn zu halten, hatten meine Eltern mich mit ihm in die Stadt geschickt.
Ich irrte in der Nacht lange am Ufer des Flusses umher, weil ich glaubte, er habe sich dort in das Wasser gestürzt. Oft war ich versucht, das gleiche zu tun; denn wie konnte ich ohne ihn zu den Eltern nach Hwa zurückkehren!
Es dämmerte, und ich hatte ihn noch immer nicht gefunden. Die Menschen in den Straßen, durch die ich nun wieder ging, wachten auf. Wasserverkäufer waren schon unterwegs. Die Hausfrauen stellten ihre Holzkohlenbecken auf die Gasse und fachten mit Palmblattwedeln die Glut an. Obst- und Gemüseverkäufer, die vom Lande kamen, bauten ihre Stände auf oder belieferten die Geschäfte. Im Park vor dem Gouverneurspalast standen alte Männer und machten langsame Gymnastikübungen; andere trugen ihre Singvögel in Bauern oder auf einem Stock spazieren.

Ich eilte weiter und fragte in der Pension nach. Mein Bruder war auch während der Nacht nicht gekommen.
Da ging ich zur Polizei und meldete ihn als vermißt. Aber auch dort hatte man nichts von ihm gehört. Man riet mir, in den einzelnen Revieren und den Gefängnissen nachzufragen. Das tat ich nun am Vormittag und Nachmittag. Schließlich wollte ich mir im Hauptgefängnis, das neben dem Richtplatz steht, die noch nicht identifizierten Toten zeigen lassen. Aber man hatte sie zusammen mit den am Morgen von der Straße aufgelesenen Leichen schon zum öffentlichen Begräbnisplatz außerhalb der Mauern gefahren, der Hitze wegen. Ich weinte, weil ich müde war und nun den weiten Weg aus der Stadt hinaus nehmen mußte. Und dann verirrte ich mich noch, ging zu einem falschen Tor hinaus und mußte lange über die Felder laufen, bis ich zu dem Begräbnisplatz kam.
Der zweirädrige hohe Kastenwagen, von einem Maultier gezogen, war schon da. Die Totengräber, barsch und unfreundlich, wollten mir die Leichen nicht eher zeigen, als bis sie die Grube ausgehoben hatten. Wenn ich ihnen beim Graben helfe, sagten sie, würden sie auch eher fertig, und ich könne dann die Leichen eher sehen. Ich nahm also einen Spaten und schaufelte Erde auf eine Bambusmatte. Als ich diese aber zur Seite tragen wollte, schwindelte mir vor Übermüdung, und ich mußte mich setzen.
Die Totengräber arbeiteten ruhig weiter. Schließlich bot ich ihnen Geld an, damit sie mich die Toten gleich sehen ließen. Aber erst nachdem sie den Betrag in die Höhe gehandelt hatten, stellten sie ihre Schaufeln und Spaten beiseite und gingen mit mir zum Karren. Sie schnürten die Plane los und warfen sie zurück. Der Geruch war kaum zu ertragen. Wohl an die zehn Tote lagen in dem Kasten übereinander wie Fische in einem Marktkorb. Einer der Leichenbestatter stieg auf den Wagen, wobei er auf die Leichen trat, und schob eine nach der anderen herab, während die unten gebliebenen Männer sie an den Füßen zogen und auf den Boden fallen ließen, als seien es Säcke.
Sie winkten mir, näherzutreten. Als die ganze Wolke des Verwesungsgeruchs mir entgegenschlug, mußte ich mich übergeben.
Das Gesicht der ersten Leiche war nicht zu erkennen: Es war

ganz voll Blut; Blut, rotbraun, klebrig und glänzend, in den Halsausschnitt und über die Haare gelaufen und nun geronnen. Die beiden Augäpfel hingen aus den Höhlen heraus. Ich hielt mich an einem der hohen Wagenräder fest und sah noch einmal hin: Der Kleidung nach war es die Leiche eines Bettlers oder einer Bettlerin.

Muß ich alles noch einmal schildern? Ein Mann, dessen Brustkorb flach gepreßt war; vielleicht war er überfahren worden, oder ein Balken hatte ihn zerquetscht. Eine aufgedunsene Leiche, vom Fluß angeschwemmt, die schon weit verwest war.

Dann sah ich das lange, blaue Studentengewand meines Bruders. Sein Gesicht. Es war blutverschmiert. Die Augen standen offen, starr, und sie schielten. Die Totengräber hielten inne. Der auf dem Wagen war, hob die Schultern meines Bruders höher und fragte, ob dies die Leiche sei, die ich suchte. Ich brauchte nicht zu antworten, trat hinzu, hielt den Kopf meines Bruders, die anderen faßten ihn bei den Füßen und Armen, ließen ihn vom Wagen herab und legten ihn abseits. Ich kniete neben ihm nieder. Sie luden indes die übrigen Leichen ab und durchsuchten sie gründlich nach Wertsachen, fanden aber außer ein paar Kleinigkeiten nichts mehr, da die Toten schon in der Leichenhalle geplündert worden waren. Ich mußte mich zwingen, meinen Bruder anzusehen. Sein Gesicht war zur Seite gefallen. Ohr, Hals und die Ärmel des Ischangs waren voll Blut; der eine Unterarm stand schrecklich zur Seite. Ein Knie war angewinkelt. Ich versuchte es geradezubiegen, aber es war starr.

Die Männer zogen den Toten die Kleidungsstücke aus und warfen sie in den Wagen. Die Leichen selbst legten sie in die Grube und schaufelten Sand darüber. Ich saß neben dem Rad des Wagens und wachte plötzlich auf, als einer der Männer mich fragte, was nun mit meinem Bruder geschehen sollte. Sie wollten wieder zurückfahren, um noch in die Stadt eingelassen zu werden, bevor die Tore schlossen. Gegen ein Trinkgeld waren sie bereit, ihn mitzunehmen, hoben ihn in den Wagen und ließen mich ebenfalls hinaufsteigen.

Sie sagten, sie hätten meinen Bruder am Morgen auf einer Straße in der Stadt aufgelesen, wußten aber nicht mehr wo. In der Leichenschauhalle habe er bis zum Nachmittag gelegen.

Der Pensionswirt weigerte sich laut und unbedingt, meinen Bruder und mich noch weiter zu beherbergen. Ja, er drohte, uns sogar anzuzeigen, weil wir eine Leiche zurück in die Stadt gebracht hatten[1]. Er verlangte sofort sein Geld für die Übernachtungen und das Essen. Ich konnte aber den ganzen Betrag nicht bezahlen, da mein Bruder immer die Reisekasse bei sich führte, und mußte aus der Ärmeltasche Siu-tschüans den Geldbeutel holen. Da fand ich aber nur einige Broschüren, die ich im Ärmel ließ. Die Geldbörse fehlte. Der Wirt ließ mich gehen, behielt aber unsere Gepäckbündel als Pfand.
Die Totengräber waren ungeduldig und drohten, meinen Bruder wieder in die Leichenhalle zu fahren und ihn am nächsten Tag im Massengrab zu beerdigen, wenn ich ihnen nicht endlich sagte, wo sie ihn abladen sollten. Nur mit Mühe überredete ich sie, ihn zum Fluß zu bringen, wo ich eine Dschunke zu finden hoffte, die ihn nach Hwa zurückbringen werde.
Es war zwar eine Dschunke da, die am nächsten Tag nach Hwa segeln wollte, aber der Bootsführer weigerte sich, eine noch nicht eingesargte Leiche zu transportieren, um so mehr, als ich ihm gestehen mußte, daß ich höchstens eine kleine Anzahlung auf den Fahrpreis leisten konnte. Außerdem: wo sei der Totenschein, aus dem die Todesursache hervorgehe? Ich zeigte ihm die amtlich bestellten Leichenbestatter am Ufer und vergaß auch nicht zu erwähnen, daß mein Vater Dorfschulze in Hwa sei. Diese letzte Auskunft stimmte ihn etwas milder, dennoch blieb er bei seinem Nein.
Den Totengräbern indes dauerten meine Verhandlungen zu lange; sie schrien ungeduldig, und ich mußte mein Gespräch mit dem Dschunkenführer abbrechen. Als ich ihnen den vereinbarten Transportpreis und ein von ihnen gefordertes Aufgeld gegeben hatte, luden sie meinen Bruder ab, legten ihn auf den Landesteg, an dem die Dschunke festgemacht hatte, und fuhren davon, die Leichenkleider zu verkaufen.
Ich suchte nun einen Sampan zu mieten, fand aber keinen, der die lange Reise ohne hohe Anzahlung zu machen bereit gewesen wäre. Als ich zurückkam, mußte ich die Hunde verscheuchen,

1 Das Einbringen von Leichen in Wohnorte war grundsätzlich verboten.

die auf ihren Hinterkeulen in der Nähe des Landestegs saßen und immer näher an meinen Bruder heranrückten. Da es inzwischen dunkel geworden war, setzte ich mich neben ihn und schlief sofort ein.

Ich erwachte von einem furchtbaren, schnarrenden, gurgelnden Stöhnen, richtete mich auf und wußte nicht, wo ich war. Es wurde schon wieder hell. Ich sah das Wasser des Flusses, in dem Holz, Stroh und verdorbene Mangos schwammen, die Bordwand der Dschunke, ihr dunkelbraunes, geflicktes Segel, stützte mich schlaftrunken mit der einen Hand hinten auf, und da war dasselbe Geräusch wieder. Ich sprang erschrocken auf die Beine und erkannte nun, daß ich mich auf die Brust meines Bruders gelehnt hatte und in der Nacht anscheinend auch mit dem Kopf auf sie gesunken war. Aus seiner Brust war das Stöhnen gedrungen.

Ich wollte schreien, aber aus meinem offenen Munde kam kein Laut. Ich sah den Dschunkenführer, wie er einen Holzeimer an einem Tau in den Fluß ließ, um Wasser zu schöpfen, wollte ihn rufen, aber meine Stimme versagte immer noch. Als er das Tau mit beiden Händen emporzog, erblickte er mich und rief mir etwas zu, was ich nicht verstand. Da riß er den Eimer an Bord, daß das Wasser über die Planken der Dschunke spritzte, sprang auf den Landesteg, packte mich über der Brust und zog mich vorwärts: Ich war nur fingerbreit vom Stegrand entfernt und wäre beinahe in den Fluß gefallen.

Jetzt erst konnte ich dem Schiffer sagen, daß mein Bruder eben gestöhnt habe. Er beugte sich nieder, fühlte seinen Puls.

»Nein«, sagte er, »es ist unmöglich. Er ist tot.«

Ich faßte die Hand des nach außen gekehrten Arms, fühlte aber auch keinen Pulsschlag. Der Bootsführer knöpfte nun das Gewand meines Bruders auf, legte sein Ohr an das Herz, aber im gleichen Augenblick – wohl vom Gewicht seines Kopfes auf der Brust – ertönte das schnarrende, gurgelnde Röcheln noch einmal, daß der Schiffer entsetzt aufsprang.

Er wollte mich überreden, den Bruder sofort in ein Hospital bringen zu lassen; aber ich weigerte mich, einmal, weil ich das Geld den Totengräbern gegeben hatte, und zum anderen, weil ich über die Pflege in den Krankenhäusern noch nie etwas Gutes gehört hatte. Nach langem Hin und Her erklärte sich der Dschunkenführer schließlich bereit, uns beide nach Hwa mitzunehmen. Unterwegs wusch ich meinen Bruder und kleidete ihn aus, soweit mir dies bei seinen steifen Gliedern gelang. Ich fand aber keine Wunde, außer einigen unbedeutenden Schrammen. Allein der linke Arm schien gebrochen oder ausgerenkt zu sein. Das Blut war wohl von den Leichen im Wagen auf ihn herabgetropft, und den Arm hatten vielleicht die Totengräber verletzt, als sie meinen Bruder aufgelesen hatten.

Liang Wang Tai, der Arzt in Hwa

Ich wurde heute an das Bett des jungen Gelehrten Siu-tschüan aus der Familie Hung in Hwa gerufen. Er war scheintot, und seine Glieder waren schon von der Leichenstarre befallen. Das rechte Bein war im Knie angewinkelt und nicht mehr geradezubiegen, auch nicht mit Gewalt. Der linke Arm war im Ellbogengelenk ausgerenkt. Den Puls konnte ich links in der ersten und dritten Position überhaupt nicht, in der zweiten nur bei leichtem Druck wahrnehmen. Der rechte Puls war nur in der ersten Position spürbar. Er war beiderseits nadelspitz, weich und sehr langsam. Dies deutet darauf hin, daß die äußeren Nieren nicht mehr arbeiteten und die Organe nicht mehr mit Säften versorgten.
Ursache der Krankheit ist derselbe Geist, der vor elf Jahren durch den Schlag eines weißen Teufels in den Körper des Patienten eingedrungen war und sich verkapselt hatte, so daß man ihn nicht austreiben konnte. Er ist nun wieder tätig geworden und zerreißt wie früher schon einmal die Harmonie zwischen Yin und Yang.
Zur symptomatischen Behandlung habe ich Akupunktur im neunzehnten und zweiundvierzigsten Bezirk durchgeführt sowie über dem fünften Lendenwirbel Moxapulver abgebrannt. Sobald der Patient schlucken kann, soll er die von mir verschriebene Medizin trinken, deren Hauptbestandteile geschabtes Rhinozeroshorn, Ginseng und Rhabarberextrakt sind. Einläufe sind unter allen Umständen zu vermeiden.
Eine entscheidende Besserung ist jedoch nur zu erreichen, wenn

es gelingt, den bösen Dämon auszutreiben. Heftige Geräusche und andere Mittel, die den Geist erschrecken könnten, sind schädlich: Er würde sich dann nur wieder verkapseln und Rezidive hervorrufen. Ich schlage daher vor, den Kranken in der Neumondnacht an das Ufer des Kanals – ein Flußufer wäre besser – zu bringen, ein Papierschiff anzufertigen, Lampions anzuzünden und den Geist durch Gesänge der Priester zum Austritt aus dem Körper und Besteigen des Schiffes zu veranlassen. Wenn der Geist dies getan hat – aber keineswegs vorher! –, soll das Papierschiff unverzüglich in den Kanal gestoßen werden. Es ist dafür Sorge zu tragen, daß es abtreibt, andere Boote des Dorfes nicht berührt und nicht wieder auf diesem Ufer des Kanals angeschwemmt wird.
Eine Krise im Leben des Patienten wird innerhalb der nächsten fünf Tage auftreten, die äußerlich vielleicht nicht zu bemerken ist. Wenn er sie übersteht, sind die Aussichten für seine Genesung fünfunddreißig von hundert. Sobald die Leichenstarre gewichen ist, muß das Knie geradegebogen und der linke Arm eingerenkt werden.

Hung Siu-Tschüan
Die erste Vision

Der Berg steht auf und schwebt. Rücken eines Kamels wie fließende Wolken. Zerstäuben im weißen Licht. Es klopft. Atemlos und Kälte am Herzen. Wer wird die Tür öffnen? Steht der Dämon dahinter? Mit den fletschenden Fangzähnen Yen Wangs[1]? Oder ist es der Mann mit der großen Nase und den langen Armen, und will er mich fassen? Was hält er in der Hand? Schwarzes Kreuz zum Schlagen.
Es klopft, es hackt. Daß die Tür nicht zerspringt! In den Winkel der Stube, die Tischplatte als Schild; aber sie fällt knisternd zusammen, als sei sie Papier.
Es klopft, es hackt an der Tür. Ohren zu! Es hackt am Kopf. Das Schloß klappert zu Boden. Tür springt auf. Glänzend steht da,

---

1 König der zehn Höllen.

lackschwarz, stolz tritt ein, so groß wie ein Esel: der Hahn, um den Hals eine zinnoberrote Schnur. Geht nickend in die Mitte der Stube, bleibt stehen, sieht erhobenen Kopfes umher, spreitet die Flügel, schlägt mit ihnen, daß ein Windstoß meine Brust trifft. Hat mich gesehen. Er will mir nichts tun. Ich weiß, er ist ein Kurier des Himmels, schwarzglänzender Herold mit blutrotem, schwankendem Kamm. Ja, ich komme; aber ich kann nicht fliegen.

Er sieht mich verwundert, schiefen Kopfes an: Aber der Berg steht doch vor der Tür. Ich gehe, doch er will das Haus nicht vor mir verlassen. Wir verbeugen uns wie zwei Beamte gleichen Ranges am Ausgang. Er ist hartnäckig höflich, und ich muß als erster gehen, obwohl er doch Gast in meinem Zimmer ist. Ein Schritt Angst, daß er mir in das Genick hackt.

Ich setze mich in den Sattel des Berges, der so klein geworden ist wie ein Ameisenhaufen. Der Pailu des »Berges der Tränen« sticht wie ein Dorn in mein Gesäß. Nebel näßt meine Stirn. Wind flattert in meine Ärmel. Die Wolke zersprüht am Himmel, hellblau wie die Gewänder meiner Schwestern. Wir reiten durch die Luft, der Berg und ich. Vor mir fliegt der Hahn, oder ist es ein Phönix? Und rechts unter mir schnaubend der Drache, links unter mir rennt auf dem Nichts der ernstblickende, schweigende Tiger.

Heiterkeit und Glück im leichten Fliegen. Hahn, Drache und Tiger, die mich geleiten. Wo sind sie? Wo ist der Berg? Wohin führt diese Tür, zerhackt wie von Schnäbeln. Ich wage nicht zu klopfen. Löwen wie kleine Hunde mit Stupsnasen stehen zu beiden Seiten als Wächter. Der eine spielt mit einer Kugel, die Löwin mit ihrem Jungen. Sie sehen mich neugierig an. Soll ich sie fragen? Löwen sprechen nur in Träumen. Diese beiden schweigen, spielen mit ihrem Jungen oder der Kugel. Also träume ich nicht, kann noch denken.

Eine Sänfte steht hinter dem Tor bereit. Türen und Fenster kostbar geschnitzt, rot und blau bemalt. Polster von gelber Seide. Ich bin nicht der Kaiser, wehre mich, mache mich steif, starr. Aber man packt mich, hebt mich, wirft mich, reißt mir den linken Arm quer. In die kaisergelben Seidenkissen der Sänfte.

Himmlischer Fluß zwischen Sonne und Mond. Sternenglit-

zernde Wellen der Milchstraße. Brücke fliegender Elstern zwischen der Weberin und dem Hirten[1]. Die alte Frau neben mir. Woher kenne ich ihr Gesicht? Sie führt mich in den Fluß, und meine Kleider fallen von mir ab wie Papierasche. Frostig, frisch, kühl der ganze Körper. Wir steigen in das Wasser. Es fließt durch mich, hellglänzende Wellen aus Licht. Gereinigt von Sünden. Getauft. Neuer Mensch. Leuchtende Haut, als ich nackt am Fluß stehe. Die Alte rührt lächelnd meine Brust mit einer Weidenrute, und die Brust öffnet sich, klafft. Dunkelrot schlägt das Herz. Ich kann es sehen. Sie nimmt es heraus, ohne Schmerzen, und setzt ein hellrotes ein. Weidenrute schließt die Wunde.
Schöne Frauen tragen brokatene Kleider herbei, gestickte gelbe Drachen und hellblaue Wolken am Saum. Neben mir eine Säule aus Holz, uralter gerader Baumstamm, rotglänzender Lack. Gewaltige Halle mit dunklem Dach. Auf dem Thron – wer ist der Alte mit dem goldenen Bart? Warum hält er die Hand vor den Mund, wenn er spricht? Was will er verbergen? Ich knie nieder und berühre mit der Stirn die Stufen im Kotau. Er steht neben mir, haushoch, hebt mich auf, reicht mir ein Schwert.
Mein Sohn! Stimme wie Gongs in den Tempeln.
Ich will es ihm wiedergeben, aber er weicht zurück. Kotau mit der Stirn auf den Boden. Mein Arm ist verbogen und steif. Ich kann es nicht tragen. Stimme wie Gong: Halte es in der Rechten!
Dämonengesichter aus Rauch, fletschende Fangzähne, lange Nasen, roter Bart, graue Augen. »Töter der Dämonen« leuchtet die Schrift auf dem Schwert. Es kreist und schwirrt über dem Kopf. Kreischend fliehen die Geister, werden niedergemäht wie Gras. Flattern mit den Flügeln, kopflos, hüpfen blind hin und her, blutender Rauch aus dem Hals, fallen nieder. Die alten Weisen schreiten heran, wollen mir in den Arm fallen. Ab fliegt der Kopf Meister Kungs, wirbelt schreiend mit weißem Bart in der Luft wie ein Ball, in die Höhe zum Mond.
Junge Frauen und alte Männer lachen. Der Alte gibt mir ein schweres Siegel aus Jade. Goldenen Schlüssel. Gelbe Frucht vom Baum wie eine Mango, süß-herber Geschmack.

---

1 Sternbilder. Die Elsternbrücke ist die Milchstraße.

Ein Mann schwebt vorbei, schwarzbrauner Bart, hinter ihm eine Frau in blauem Gewand. Er ruft: »Jüngerer Bruder!« Ich verbeuge mich und knie nieder. Stimme des Gongs aus der Halle, schwere Hand auf der Schulter: »Du bist mein Sohn, berufen und auserwählt. Schwert, Siegel und goldener Schlüssel zum Himmelreich. Himmlischer König auf Erden. Töte die Dämonen und unsauberen Geister! Du hast meinen Auftrag vernommen. Zittere und gehorche!«
Sieh hinunter! Wimmelnde Menschen in einer Stadt. Sie laufen, Blinde, eine Hand auf den Schultern des vorhergehenden Blinden. Zug von Ameisen. Sündigen auf den Dächern der Häuser, in den Gärten, am Flußrand, zünden Feuer an. Opferrauch wird zu Dämonen. Gong in der Ferne: Nimm das Schwert!
Ich lasse es kreisend über dem Kopfe sausen. Fliege mit dem Schwert in eine perlweiße Wolke. Sprühende Tropfen, die mich nicht berühren. Wind flattert in meinen Ärmeln. Stimme des Gongs wie Musik in den Ohren, hallt nach. Dumpfe Pauke. Heiteres Schweben.

Der Missionar Theodor Hamberg, Hongkong[1]

Siu-tschüan, dem äußeren Anschein nach todt, sah zuerst einen Drachen, dann einen Tiger und einen Hahn ins Zimmer treten, dann eine Menge Leute mit Musik, die einen schönen Tragsessel herbeibrachten. Sie halfen ihm in denselben einsteigen und trugen ihn fort, voll Verwunderung über diese ihm widerfahrene Ehre. Bald kamen sie an einen herrlichen Ort, wo er eine unzählige Schar von schönen und gebildeten Männern und Frauen erblickte, die ihn mit Freuden begrüßten. Als er aus dem Sessel stieg, führte eine alte Frau ihn zum Flusse hinab und sprach: »Du unreiner Mensch, warum hast du mit jenen Menschen Umgang gehabt und hast dich verunreinigt – ich will dich reinwaschen.«

1 Nach der Übersetzung im »Magazin für die neueste Geschichte der evangelischen Missions- und Bibelgesellschaften«, Basel, 1854, S. 150f. Bericht des Missionars Theodor Hamberg, erstmals veröffentlicht in Englisch unter dem Titel *The visions of Hung Siu-Tshuen and origin of the Kwang-si insurrection* (Hongkong 1854), Nachdruck Peking, 1935.

Nachdem dieses geschehen, trat er in eine große Halle, wo er eine Menge frommer weiser und bejahrter Männer vor sich sah. Diese öffneten nun mit einem Messer seinen Leib, nahmen Herz und Eingeweide heraus und vertauschten sie gegen andere; und sogleich sah er keine Spur von der Wunde mehr an sich. Die Halle war an den Wänden geziert mit zur Tugend ermahnenden Denksprüchen, welche er alle genau betrachtete. Nachher trat er in eine zweite Halle, deren Glanz und Pracht nicht zu beschreiben war. Ein Mann, alt von Tagen, mit einem goldenen Barte und schwarz gekleidet, saß auf dem allerhöchsten Platze. Sobald er Siu-tschüan erblickte, vergoß er Thränen und sprach: »Aller Welt Menschen sind von mir gezeugt und ernährt; sie kleiden sich mit meinen Kleidern und essen meine Speise; allein kein Einziger hat ein Herz, meiner zu gedenken und mich zu verehren; und was noch schlimmer ist, sie nehmen meine Gaben und verehren damit die bösen Geister; sie empören sich muthwillig gegen mich und erregen meinen Zorn. Du aber thue nicht wie sie.«

Hierauf reichte er dem Siu-tschüan ein Schwert, mit dem Befehl, die Dämonen zu vertilgen; dann ein Siegel, womit er die bösen Geister beherrschen könne, und endlich eine gelbe Frucht zum Essen. Als nun Siu-tschüan diese Regalien aus der Hand des Alten empfangen, fing er sogleich an, die Leute zu ermahnen. Etliche hörten willig und sagten: »Wir haben wirklich des Alten vergessen!« Andere sagten: »Was fragen wir nach ihm, lasset uns miteinander trinken und fröhlich seyn.«

Siu-tschüan setzte nun, wegen der Hartnäckigkeit der Leute, seine Ermahnungen unter Thränen fort. Der Alte sprach dann wieder zu ihm: »Fasse Muth, und thue das Werk; in allen Schwierigkeiten werde ich dir helfen.« – Darauf wandte er sich zu den anwesenden frommen und bejahrten Männern und sprach: »Siu-tschüan wird dieses Amt übernehmen.«

Hierauf führte er Siu-tschüan wieder hinaus und ließ ihn von oben hinabblicken, indem er sprach: »Siehst du die Bewohner dieser Erde? Hundertfältig ist die Verkehrtheit ihrer Herzen.« Siu-tschüan sah nun soviel Frevel und Bosheit, daß seine Augen es nicht mehr ertragen und sein Mund es nicht aussprechen konnte. –

Zu dieser Zeit, als die Krankheit des Hung Siu-tschüan noch immer fortdauerte, sah er auch öfters einen Mann von mittlerem Alter, den er seinen älteren Bruder nannte. Dieser belehrte ihn, wie er in Allem handeln solle, und war ihm bei der Vertilgung der Dämonen behülflich.
Siu-tschüan hörte auch, wie der Alte mit dem goldenen Bart den Confucius bestrafte, weil dieser in seinen Schriften die wahre Lehre nicht klar dargestellt habe, – worauf Confucius beschämt seine Sünden erkannte. – Siu-tschüans Krankheit hatte über vierzig Tage gedauert.

Dr. P. M. Yap: The Mental Illness of Hung Hsiu-ch'üan
Auszüge aus einem Artikel[1]

... Once again he had failed the uniquely important examination and thus lost the sole chance open to him of attaining power and wealth.
He arrived home weak and ill. There is nothing to suggest that he was febrile or that he suffered from any toxic-infective or exhaustive illness due to bodily causes. He passed into what must have been undoubtedly a »twilight-state«, undergoing a series of dreamlike, wish-fulfilling experiences as only a person in this condition could. He first found himself in hell, as might have been expected from his deep melancholy. A Tiger, symbol of courage and ferocity, first appeared to him. Then came a Dragon, which ever since the first royal dynasty had been an emblem of sovereignty, and unlike the western conception of it, a symbol of greatness and virtue. Finally appeared a Cock, the symbolic meaning of which may be the heralding of a new day, a call to new tasks[2]. These signs set the tone for the apocalyptic events to follow. He was then taken to a river, where he was

1 Far Eastern Quarterly Review, XIII, 3 (1954), S. 287ff. – Dr. P. M. Yap, Leiter des Regierungshospitals für Geisteskrankheiten in Hongkong und Dozent an der Universität Hongkong, früher Institute of Psychiatry (Maudsley Hospital), Universität London.

2 Dem Verfasser dieses Artikels war die auf den Seiten 16ff. beschriebene Kindheitsepisode unbekannt.

washed of all defilement; no longer would he have earthly taint or guilt. Then his heart was exchanged for another one, so that he obtained an inner purification and a new spirit. At last he was brought to the old man, who revealed to him in one cosmic glance (as one might expect in a dream) the evils of the world and gave him the commandments. This old man had a »golden beard« – impossible for a Chinese. Could he be the dream representation of the foreign missionary Hung saw in Canton previously?[1] It is certain that the *leit-motif* of the twilight experience – redemption, renewal, and the reception of divine command – must have been determined by the meeting with the missionary and by contact with his ideas as expounded in the books he gave Hung.

He found in a purely psychogenic »twilight-state« the satisfactions which life denied him, and in this differed little from many psychotics.

This »twilight-state« was of the typically ecstatic kind. Its content was supplied by a combination of Chinese and Christian ideas, and its meaning was wish-fulfillment, with the overcoming of all personal frustrations. He created a whole world of his own as in a daydream, but he also acted the dream out in the real world...

... Wiederum war er in dem außerordentlich wichtigen Examen durchgefallen und hatte so die einzige ihm offenstehende Gelegenheit verpaßt, zu Macht und Reichtum zu gelangen.

Er kam schwach und krank zu Hause an. Nichts deutete darauf, daß er Fieber hatte oder an einer toxisch-infektiven oder körperlich bedingten Erschöpfungskrankheit litt. Er geriet nun in einen Zustand, der zweifellos ein »Dämmerstadium« war und in dem er eine Reihe traumartiger, wunscherfüllender Erlebnisse hatte, wie sie nur ein Mensch in seiner Verfassung haben konnte. Zuerst fand er sich in der Hölle, was nach seiner tiefen Melancholie zu erwarten war. Ein Tiger, Symbol des Mutes und der Wildheit, erschien ihm zuerst. Dann kam ein Drache, seit der ersten königlichen Dynastie stets Wahrzeichen der Souveränität und, anders als in westlicher Anschauung, Symbol der Größe und Tugend. Zuletzt erschien ein Hahn, der die Ankündigung eines neuen Tages, des Rufs zu neuen Aufgaben symbolisieren könnte. Diese Zeichen gaben den Ton an für die folgenden apokalyptischen Ereignisse.

1 Oder des Missionars Rogers?

Er wurde darauf zu einem Fluß gebracht, wo er von allen Beschmutzungen gesäubert wurde; er würde nun keinen irdischen Makel und keine Schuld mehr an sich haben. Dann wurde sein Herz gegen ein anderes ausgetauscht, so daß ihm innere Reinigung und ein neuer Geist zuteil wurden. Schließlich brachte man ihn zu dem alten Mann, der ihm in einem einzigen kosmischen Augenblick (wie im Traum zu erwarten) das Böse der Welt offenbarte und die Gebote gab. Dieser alte Mann hatte einen goldenen Bart – unmöglich für einen Chinesen! Ist er vielleicht die Traum-Manifestation des ausländischen Missionars, den Hung in Kanton gesehen hatte? Sicher wurde das Leitmotiv dieses Dämmerzustandes – Erlösung, Erneuerung, Erhalt des göttlichen Gebots – bestimmt durch die Begegnung mit dem Missionar und die Ideen der Bücher, die dieser Hung gab. Hung fand in dem rein psychogenen Dämmerzustand die Befriedigung, die das Leben ihm vorenthielt; und hierin unterscheidet er sich kaum von anderen Psychotikern.
Der Dämmerzustand war typisch ekstatischer Art. Sein Inhalt bestand aus einer Mischung chinesischer und christlicher Gedanken; sein Sinn war Wunscherfüllung und damit Überwindung aller persönlichen Hemmungen. Er schuf sich eine ganze eigene Welt wie in einem Tagtraum, aber er führte diesen Traum auch in der realen Welt aus...

Jentah, zweiter Sohn des Dorfvorstehers Hung
Aus den sogenannten »Hongkonger Erinnerungen«

Der Arzt Liang Wang Tai war ein kleines Männchen von rötlich-weißer Hautfarbe. Sein Haar war, wie das des Lao-dse, schon von Jugend an weiß. Er trug immer eine dunkle Brille, wahrscheinlich, damit man seine blauen Augen nicht sah, vor denen sonst seine Patienten erschrocken wären. Er stammte aus einer Familie, die seit zwölf Generationen den Beruf eines Arztes ausübte, und hatte daher große Erfahrung, behauptete aber, in den Aufzeichnungen seiner Vorfahren habe er keinen Fall gefunden, der dem meines älteren Bruders entspreche; daher werde er einen Bericht über diese Krankheit seinem Familienarchiv einverleiben.
Er kam fast jeden Tag, während mein älterer Bruder krank lag, also über einen Monat lang, auf seinem Esel und hatte seinen Sohn hinten mit aufsitzen. Bevor mein Bruder erwachte, zeigte er uns die Symptome, die auf eine Besserung im Befinden des Kranken hindeuteten: Die Gelenke wurden wieder biegsam, und es gelang dem Arzt ohne Mühe, das angewinkelte Knie meines

Bruders geradezustrecken und den Arm mit einem schnellen Ruck einzurenken. Wenige Stunden später traten die Augen wieder in ihre richtige Lage, und Siu-tschüan konnte eine heiße Ingwersuppe löffelweise hinunterschlucken. Es dauerte aber noch einige Tage, bis er sich aufrichten, wieder stehen und gehen konnte.

Liang Wang Tai hatte jedoch den Verdacht, daß der Geist immer noch nicht aus dem Körper meines älteren Bruders ausgefahren war – trotz aller unserer Bemühungen. Er schloß dies aus dem stillen und in sich gekehrten Wesen Siu-tschüans.

Die Zukunft sollte beweisen, daß die Diagnose des Arztes richtig war.

Die Verschlossenheit meines Bruders und die Änderung seines Wesens[1] bereiteten unserer Familie großen Kummer. Als er eines Abends nicht zum Essen erschien und ich ihn schließlich am Ufer des Kanals fand, eröffnete er sich mir und berichtete von seiner Vision. Er behauptete schon damals, der Ehrwürdige Alte im Himmel habe ihm vorausgesagt, er werde Herrscher im Reich der Mitte werden. Und dafür müsse er mit dem Schwert

---

1 »Nach der Krankheit änderte sich Hungs Persönlichkeit und Charakter. Dies ist im Anschluß an eine hysterische Erkrankung ungewöhnlich, aber nicht unbekannt, besonders in Fällen, wo religiöse Gefühle eine Rolle spielen. In der Schizophrenie ändert sich die Persönlichkeit nicht selten, gewöhnlich in ungünstigem Sinne, d. h. der Patient verliert seine Spontaneität und Anpassungsfähigkeit, obwohl die Intelligenz als solche lange Zeit unbeeinflußt bleiben kann. Manchmal jedoch kann die Persönlichkeit des Patienten sich bessern. Bleuler führt sechs Fälle dieser Art an, die von C. Wille beschrieben wurden. Bleuler erwähnt außerdem den Fall einer schizophrenen Frau, die behauptete, nach ihrer Erkrankung fühle sie sich insofern besser, als die Welt einen ganz anderen Aspekt angenommen habe, und sie könne nun auf eigenen Wunsch in religiöse (und sexuelle) Ekstase treten. Die Diagnose der Schizophrenie schließt die der Hysterie nicht aus, ein bestimmter Fall kann Eigenschaften beider Krankheiten zeigen, besonders im Dämmerstadium. Eine Schizophrenie, die durch akute Dämmerzustände charakterisiert ist, verläuft im allgemeinen gutartig. Eine Zerstörung der Persönlichkeit braucht der Krankheit nicht zu folgen, ebensowenig braucht sich danach der starre, argwöhnische, größenwahnsinnige paranoide Charakter zu entwickeln *bis zu einem oder mehreren prodromalen halluzinatorischen Stadien der Kommunikation mit Gott.*« M. P. Yap, op. cit., S. 299.

kämpfen. Er ließ sich nicht trösten, als ich ihm sagte, dies sei doch nur ein Traum gewesen, den er vergessen dürfe wie jeden anderen Traum auch.

Ich vertraute dieses Gespräch meinen Eltern an, die sich über die krankhaften Vorstellungen meines Bruders ebenso betrübten wie ich selbst. Eines Abends sandte mein Vater meine jüngeren Geschwister hinaus, und nachdem er die Tür zugeriegelt hatte, sprachen er, meine Mutter und ich mit Siu-tschüan über seinen Traum. Der Bruder berichtete ungefähr dasselbe, was er mir erzählt hatte, und sagte, er könne das Gesicht nicht leicht nehmen und vergessen. Der Ehrwürdige Alte, dessen Namen er nicht kenne, sei ihm inzwischen öfter im Traum erschienen und habe seine Befehle wiederholt. Mein Bruder gestand, daß er schon daran gedacht habe, sich ins Wasser zu stürzen. Er habe davon bisher nur Abstand genommen, weil er für eine solche Tat im jenseitigen Leben von dem Greis des Traums hart bestraft zu werden fürchte. Was solle er aber denn tun? Er sei ein studierter Mann und habe doch wenigstens das Kreisexamen bestanden[1], wenn auch nicht die große Provinzprüfung, jedenfalls sei er ein Literat, der nicht das Schwert führen könne. Schon ein Messer zu berühren, sei ihm unmöglich, und seine scharfe Schneide nur anzusehen, bereite ihm Schmerzen. Welche Schuld habe er in einem früheren Leben nur auf sich geladen, daß er in diesem durch ein solches Gesicht gequält werde!

Meine Eltern waren tief betroffen. Sie trösteten und beruhigten ihn, so gut sie konnten. Aber es gelang auch ihnen nicht, ihm den Glauben an seinen Traum auszureden. Bald darauf besserte sich sein Zustand jedoch merkwürdigerweise scheinbar von selbst; den Grund entdeckte ich bald. Er hatte sich bei unserem Dorfschmied insgeheim ein drei Fuß langes Schwert schmieden und darauf die drei Schriftzeichen »Schwert Dämonentöter« einlegen lassen. Dieses Schwert hielt er hinter seinen Büchern verborgen.

Körperlich war er bald genesen. Auch die Unruhe war von ihm gewichen, aber ein Schatten der Schwermut lag immer noch

1 Kein akademisches Examen, sondern ein Schulexamen. Hung war, als er es ablegte, dreizehn Jahre alt.

über ihm, so daß er nie lachen konnte. Über den Traum sprach er niemals mehr.
Er legte sich den akademischen Namen Siu-tschüan bei. Er sprach gewählt, bewegte sich gemessen und, seines himmlischen Auftrages bewußt, schritt er würdevoll einher wie ein Gelehrter.
Jedermann sah, daß ihm körperliche Arbeit nicht mehr zuzumuten war. Mein Vater vermittelte ihm daher eine Hauslehrerstelle bei dem Großgrundbesitzer Dsiang, der zwei Li von unserem Dorf entfernt ein großes Haus mit sechs Innenhöfen und einem Park besaß. Mein Bruder unterrichtete dort die Töchter dieses Mannes, der zu den Puntis gehörte und, wie sich später herausstellte, einen schlechten Charakter hatte, wofür ihn die gerechte Strafe treffen sollte.

Der Missionar Dr. Albert Ostertag[1]

Es ist ferne von uns, mit der Annahme, daß bei Siu-tschüans Traumgesichten ein göttliches Mitwirken stattgefunden habe, den Schluß zu verbinden, daß nun jede seiner daraus geschöpften Anschauungen und sein ganzes nachmaliges Handeln das reine Gepräge göttlicher Offenbarung trage. Ferne davon! Denn sowenig das Wirken Gottes durch Träume und Traumgesichte überhaupt zu den reineren und ungetrübten Formen göttlicher Offenbarung gehört, sowenig konnte in diesem speciellen Fall das Traumgesicht Siu-tschüans eine reine lautere Quelle sein, aus der nur reines Wasser floß. Ja, selbst das, was ursprünglich eine reinere Gestalt haben mochte, konnte im Lauf der Zeit eine Trübung und sogar verhängnißvolle Verzerrung erhalten durch Einflüsse von innen und außen. Wie dem aber auch seyn mag, dieses erste Traumgesicht Siu-tschüans, in welchem ihm seine religiös- und politisch-reformatorische Aufgabe kund gethan ward, stand (so glauben wir) unter Gottes direkter Leitung, ähnlich wie das Traumgesicht Pharaos. Sollten wir uns aber in dieser Annahme wirklich nicht täuschen, so erhält auch die schon an

1 Evangelisches Missionsmagazin, Neue Folge, Basel, 5. Jahrgang, S. 297.

sich merkwürdige und großartige Erscheinung seiner Bewegung, trotz aller Verunreinigung und Verzerrung, die sich aus menschlicher Schuld daran geheftet hat, noch eine ganz andere weltgeschichtliche Bedeutung. Wir verstehen freilich ihr letztes Ziel noch nicht, und ihre Auszüge sind im Schooß der Zukunft verhüllt; allein ihr denkwürdiges Zusammentreffen mit den übrigen großen Welterschütterungen unserer Tage, wo das Wort des Herrn durch den Propheten Haggai sich augenscheinlich erfüllt: »Noch einmal will ich Himmel und Erde, das Meer und das Trockene bewegen; ja alle Heiden will ich bewegen; da soll dann kommen aller Heiden köstliches Gut«, – dieses Zusammentreffen, sage ich, läßt uns ahnen, daß die Berufung Hung Siu-tschüans in göttlich geordnetem Zusammenhang stehe mit der großen Schlußentwicklung der Menschheitsgeschichte.

DRITTES KAPITEL

DER KAISER

Ich richte meine Worte empor zum Himmel; aber er schweigt, als hätte ich nie gesprochen.
Ich rede hinab zu den Menschen; aber sie antworten kniend in die Erde hinein. Sie haben mich ausgestoßen aus ihrer Gemeinschaft in die Wüste des Himmels und wollen, daß ich dort allein sei.
Nur eine einzige wendet mir ihr Gesicht zu, erstarrt nicht vor dem Drachenantlitz, spricht zu mir, antwortet. Augen, tief wie ein Brunnen. Stimme, harmonisch wie der Ton der Flöten an der Taubenbrust[1]. Haut, mattglänzend und duftend.
Sie hätten sie schon längst vergiftet, wenn sie nicht wüßten, daß ich dann handle und alle Menschen am Hofe enthaupten lasse.
Wäre es Sünde, würde der Himmel nicht schweigen. Aber der Himmel sieht darüber hinweg mitsamt meinem Vater, der Meh Ling als erster erkannt hatte.

MEH LING

Sie kennen tausend Ränke, um mich von ihm fernzuhalten: hinterlistige, süß-sauer gesprochene, eifersüchtige, drohende. Aber er darf es nicht wissen, weil er sonst das schwankende Boot gefährden würde, und dann wäre ich ihm immer fern.

1 In Peking pflegte man den Tauben kleine, aufeinander abgestimmte Flöten am Körper zu befestigen. Wenn ein solcher Taubenschwarm dann über die Dächer flog, ergab sich ein mit der Fluggeschwindigkeit an- und abschwellender, orgelähnlicher, harmonischer Ton.

Ist es denn Sünde? Hat nicht schon der Erhabene Vater den Sohn betrogen? Als ich, dem Sohn versprochen, in den Palast kam, dann vor dem Vater im Kotau lag, zitternd vor dem Throne des guten Drachens ... Und war sein Wink, der mich in seinen Roten Palast sandte und dem Sohn, dem Verlobten, entzog, nicht schon ein Verbrechen?
Wie ich den Erstversprochenen dann endlich sah: In dem Hof vor der Ahnenhalle bei den Trauerfeiern für den Vater. Regen. Unter dem gelben Baldachin, einsam vor den Brüdern, der neu Erwählte: Bleich, steifer Brokat über den schmächtigen Schultern. Gewänder bis zum Boden. Hände unsichtbar in riesigen Ärmeln. Schmales Gesicht. Er wollte sich verbergen vor dem Auftrag des Himmels. Ängstlich suchte sein Auge, fand Halt an mir, obwohl ich sofort den Blick senkte.
Schmaler Grat in die Gemächer des Erhabenen Geliebten.

Tschun Schou, Hofdame der Kaiserin-Mutter

Vor einigen Jahren, als ich gerade meinen Dienst im Palast angetreten hatte, war ich Zeuge eines Gesprächs, das die Mutter des Erhabenen Himmlischen mit seiner Ersten Gemahlin[1] führte. Die Kaiserin-Mutter rügte in scharfen Worten den Charakter und das Betragen Meh Lings, die ursprünglich außerordentliche Konkubine des verstorbenen Herrschers gewesen war und die der jetzt regierende Erhabene Himmlische nach dem Tode seines Vaters übernommen hatte.
Aus den Worten der Kaiserin-Mutter ging hervor, daß Meh Ling sich während der Trauerfeierlichkeiten für den verstorbenen Herrscher in die erste Reihe gedrängt hatte, obwohl diese Plätze nur den ordentlichen Konkubinen und rechtmäßigen Gefährtinnen zustanden. Sie hatte mit schamlosen, anzüglichen Blicken die Aufmerksamkeit des Erhabenen Himmlischen auf sich gelenkt, der damals noch jung, kaum achtzehn Jahre alt war.

---

1 Die erste Gemahlin des Kaisers, mit der er im Alter von fünfzehn Jahren verheiratet wurde, starb fünf Jahre später, zwei Jahre nach der Thronbesteigung. Die Ehe war kinderlos.

Nach der Zeremonie hatte die Kaiserin-Mutter Meh Ling sofort einen Monat Stubenarrest gegeben und hätte sie später vermutlich überhaupt aus der Verbotenen Stadt gejagt; aber der Erhabene Himmlische war krank geworden und hatte so dringend verlangt, die außerordentliche Konkubine seines verstorbenen Vaters zu sehen, daß die Kaiserin-Mutter diesem Wunsch in ihrer Schwäche nachgab. Allerdings durfte Meh Ling während der Trauerjahre die Gemächer des Erhabenen Himmlischen nie allein betreten.

Anlaß des Gespräches der Kaiserin-Mutter und der damals noch lebenden Ersten Gemahlin des Erhabenen Herrschers war die Ernennung Meh Lings zur ordentlichen Konkubine. Der Erhabene hatte diese Anordnung getroffen, als seine Mutter und seine Gemahlin sich gerade auf dem Hügel der Zehntausend Zeitalter[1] aufhielten. Diese beiden hatten nun große Sorge, daß Meh Ling einen Sohn bekommen könne, was unabsehbare Folgen für unser aller Stellung bei Hofe, die Thronfolge und die mit dem Kaiserhaus verwandten Geschlechter hätte haben können.

Die Unterhaltung wurde dann aber leider so leise geführt, daß ich nicht alles verstand. Aus den Ereignissen der nächsten Tage konnte ich jedoch darauf schließen, daß sie einen Priester aus dem Tempel der Erhabenen Erleuchtung in den Palast befohlen hatten. Jedenfalls sah ich ihn einige Tage später in den Gemächern der Ersten Gemahlin. Was dort besprochen wurde, blieb mir leider auch verborgen. Jedoch begegnete ich dem Priester bald darauf noch einmal, wie er aus Meh Lings Zimmer herauskam, während diese gerade bei dem Erhabenen Himmlischen weilte.

Als ich später ihr Schlafgemach gründlich durchsuchte, fand ich dort, wie erwartet, unter dem Bett, über dem Thronhimmel und an anderen versteckten Orten winzige Papiere mit Zaubersprüchen. Ich konnte sie zwar nicht lesen, da sie in merkwürdigen, mir unbekannten Zeichen geschrieben waren, aber ich zweifle nicht daran, daß die Unfruchtbarkeit Meh Lings allein darauf zurückzuführen ist.

---

1 »Wan Schou Schan« – Hügel im kaiserlichen Sommerpalast, zehn Kilometer nordwestlich Pekings.

Tang, ehemaliger Kabinettsrat des Generalgouverneurs Prinz Yeh

Als ich heute nachmittag mit Hu Schach spielte[1], brachte ein Yamenbote Post aus Peking, die ein durchreisender Kurier für mich abgegeben hatte. Ich hatte schon lange keinen Brief aus der Reichshauptstadt mehr erhalten und zog meine Figuren, solange der Brief ungeöffnet auf dem Tisch lag, so unaufmerksam, daß mein Gast mich schließlich bat, doch erst das Schreiben zu lesen. Ich dankte ihm für diese Aufmerksamkeit und erbrach das Siegel.

Meine Furcht, die Regierung wolle meine Muße und mein Studium in der Zurückgezogenheit dieses Landhauses stören und mir wiederum ein Amt antragen, war unbegründet. Es war nur ein Brief meines alten Kollegen Pantai, der mich gelegentlich über das, was nicht im Regierungsbulletin steht, auf dem laufenden hält. Er nimmt an, allerdings zu Unrecht, ich interessiere mich für das ständige Auf und Ab, die Beförderungen und Degradierungen, Intrigen und Unglücksfälle, Aufstände und Finanzsorgen ebenso wie er. Dennoch lasse ich mir die Briefe gern gefallen und antworte immer, indem ich voraussetze, sicher auch zu Unrecht, er nehme Anteil daran, was ich über die historischen Schriften Tschin Schaos denke und warum dieser eine so schlechte Meinung von Tschu-koh Liang hat.

Ich legte den Brief vorläufig beiseite. Wir spielten die Schachpartie zu Ende, und erst als mein Gast gegangen war, las ich Pantais Zeilen. Diesmal schrieb Pantai etwas, was mich aufmerken ließ: er erwähnte wie beiläufig, Tsai sei in die Reichshauptstadt befohlen worden, und der Kanzler Wu denke anscheinend daran, ihn zum Minister zu machen, vielmehr dem Erhabenen Himmlischen die Ernennung Tsais vorzuschlagen, was jedoch das gleiche ist. Ich glaube, Pantai hatte mir diesen Brief nur geschrieben, um mir dies mitzuteilen; denn selten hat uns beide ein Mensch so fasziniert wie Tsai. Dennoch habe ich diesen weder bewundert wie den Prinzen Yeh, noch habe ich ihn jemals wirk-

1 Es unterscheidet sich von unserem Schach vor allem durch den Fluß, der durch die Mitte des Spielfeldes läuft.

lich gehaßt, wie Pantai ihn hassen konnte, den Tsai wie einen Hund behandelte. Seltsamerweise fand Pantai trotzdem für seinen Vorgesetzten zuweilen milde und verstehende Worte, wo ich nur verurteilen konnte oder mich amüsierte.

So meinte Pantai, in dem Eifer, mit dem Tsai sich protokollarischen Fragen widmete, drücke sich lediglich sein Wunsch nach Korrektheit aus: Er bestehe bloß auf dem, was ihm zukomme; protokollarischer Rang sei Macht. Prinz Yeh jedoch hatte diese Macht aus sich selbst heraus. Die Hartnäckigkeit dagegen, mit der Tsai seinen Vorrang vor dem Oberkommandierenden des Mandschu-Banners in Kanton zu wahren suchte, war lächerlich. Unter Prinz Yeh hatten wir nie über Protokollfragen nachzudenken brauchen. Unter Tsai aber mußte ich einen oft gereizten Briefwechsel mit dem gleichen Mandschu-Befehlshaber führen, der den höheren Rang des Prinzen Yeh nie angezweifelt hatte[1].

Prinz Yeh hatte wie ein Herr und ganz selbstverständlich die hohen, um die großen Höfe gelegenen Palastgemächer bewohnt, die für den Generalgouverneur bestimmt waren. Tsai dagegen bat mich, aus meinen einfachen drei Zimmern in einem Seitenflügel des Palastes auszuziehen und sie ihm als Privatwohnung zu überlassen. Die Prachtgemächer verstaubten. Ich sah in Tsais Wunsch ein Zeichen affektierter Bescheidenheit. Er wollte ein Asket scheinen.

Er war farblos, fehlerfrei und hatte keine Freunde. Ja, ich möchte sogar sagen, er hatte kein Privatleben. Aber ein Asket war er trotzdem nicht.

Gelegentlich nämlich empfing er in seiner Wohnung einen Mann namens Kuo, der mir als jovial-schmieriger, dicker Kuppler geschildert wurde und der im Rufe stand, Tsai Spitzeldienste zu leisten. Er sollte Beziehungen zu den Unterwelt- und

---

1 Tang ist hier – und vielleicht nicht nur hier – etwas ungerecht. Der Befehlshaber der mandschurischen Bannertruppen (tsiang-kiun) unterstand unmittelbar dem Oberkommando in Peking. Er führte den Adelstitel »hao« (Graf), war also ad personam ranghöher als Tsai. In seiner amtlichen Eigenschaft dagegen gebührte dem Generalgouverneur Tsai, als dem Inhaber des höchsten Provinzamtes in Kanton, der Vorrang. Dies konnte unter Yeh nicht zum Problem werden, da dieser als Prinz (kung) auch in persönlichem Rang über einem Grafen stand.

Untergrundorganisationen haben. Was er indessen mit Tsai besprach, erfuhr ich nie. Man sah nur seine geschlossene Sänfte durch das Seitentor kommen und nach einer Stunde wieder gehen.

Als Tsai kürzlich wegen seiner Niederlage im Mongolenaufstand in der Provinz Szetschuan bei Hofe in Ungnade stand, ging der jetzige Generalgouverneur Kantons gegen Kuo vor und ließ ihn verhaften. Unter der Folter gestand dieser Mensch nicht nur, als führendes Mitglied der Trias-Geheimgesellschaft für die Restauration der Ming-Dynastie gewirkt, sondern auch Tsai regelmäßig – alle fünf Tage – Blumenmädchen zugeführt zu haben, und zwar in seiner eigenen Sänfte. Ihn selbst habe Tsai nur ganz selten vorgelassen.

Über diesen harmlosen Teil des Geständnisses lachte ganz Kanton, und mit Recht. Denn warum besuchte Tsai nicht, wie jeder normale Mensch, die öffentlichen Blumenhäuser, an denen es dieser Stadt doch wirklich nicht mangelt? Und wenn er glaubte, es vertrage sich nicht mit seiner Würde, öffentlich auszugehen – warum ließ er dann die Blumenmädchen nicht in ihren eigenen farbenfrohen Sänften durch den Haupteingang ein? Ich vermute, er schämte sich seines doch ganz natürlichen Bedürfnisses und wollte es verheimlichen.

Er war lächerlich eitel – obwohl Pantai dies abstreitet – und gefühllos. Unerträglich war seine taktlose Art, andere zu belehren und dadurch zu erniedrigen. Selbst wenn er jemand einen Gefallen erwies, vergällte er ihm die Freude durch eine penetrante Ermahnung. Dennoch war es erregend, ihn bei der Arbeit zu sehen, wie er sich seines ungewöhnlichen Gedächtnisses bediente, kühl und unberührt alle Dinge, aber auch Menschen in meßbare und wägbare Größen umsetzte und danach entschied.

An ein Gespräch entsinne ich mich jetzt; vielleicht weil es so selten war, daß er mit mir mehr sprach, als unbedingt notwendig war. Ich hatte ihm eine Aufzeichnung über die unglückliche Handhabung des Salzsteuermonopols in unserer Provinz vorgelegt. Obwohl er auf dieses Thema nicht vorbereitet sein konnte, zitierte er nicht nur die wichtigsten Zahlen der Steuerstatistik, sondern entwickelte auch aus dem Stegreif und in vollendeter Rede einen Reformplan. Gewöhnlich ging ich über solche

Glanzleistungen seines Gedächtnisses und seiner Intelligenz hinweg, da ich glaubte, er lege es nur darauf an, mich mit seiner Rede zu verblüffen, ja, mich zu erdrücken. Diesmal konnte ich meine Bewunderung jedoch nicht verbergen.
Er schien aber keineswegs geschmeichelt zu sein, sondern sagte, ohne zu lächeln, und belehrend wie immer: »Wollen Sie mir ein Kompliment machen, wenn Sie mir eine gewisse Intelligenz zuschreiben? Das ist kein Kompliment für einen Politiker. Der Staatsmann kann sie, wenn auch nicht ganz, so doch bis zu einem erstaunlichen Grade entbehren, ganz zu schweigen von anderen dem Menschen sonst wohl anstehenden Eigenschaften wie Güte, Nachsicht, Charakterfestigkeit, Würde und natürlich vor allem der in unseren Prüfungen geforderten literarischen und philosophischen Bildung. Das Studium der Staatslehre überhaupt halte ich für ein nationales Unglück. Nicht einmal Rechtschaffenheit ist für einen Politiker unbedingt erforderlich. Es gab große Männer, ja sogar Herrscher in unserer Geschichte, denen diese Eigenschaft ganz abging, und doch haben sie ihr Zeitalter geprägt und für das Land, ja sogar für die Kultur ihrer Epoche mehr getan als die größten Künstler und Gelehrten, obwohl diesen Staatsmännern die Kultur selbst vielleicht ziemlich gleichgültig war.
Der Himmel achtet trotz Meister Kung-dse den Erfolg mehr als die moralische Integrität. Die Gelehrten haben ein falsches Bild von der politischen Größe, die nicht unmoralisch ist, sondern sich moralischen Maßstäben ebenso entzieht wie die Größe des Himmels. Nur das Ziel des Politikers kann man an den überkommenen moralischen Grundsätzen messen oder den Zustand, zu dem er uns schließlich führt, – nicht aber seine Person. Mein Fehler ist, daß ich keine Fehler mache, höchstens kleine, wie etwa eben bei der Wiedergabe der Steuerstatistik. Sie haben sie nur nicht bemerkt, nicht wahr? Ich dachte es mir. Nun, gelegentlich unterlaufen mir auch etwas größere Fehler, doch sie sind immer noch nicht groß genug, um nicht in ein paar Monaten vergessen zu werden.
Aber man muß ganz große machen können. Nicht allein eine Reorganisation des Salzsteuermonopols einleiten, sondern unseres gesamten Finanzwesens, ja vielleicht noch weitergreifende

Reformen. Man muß, wie einer unserer größten Kaiser[1], die Bücher verbrennen können, die Gelehrten und Intellektuellen dazu, oder große Mauern bauen. Und auch, wenn man den Fehler erkannt hat, dafür einstehen, seinen Plan weiterhin vertreten und ihn zum Vorteil kehren, zum eigenen und damit auch zu dem des Staates, mit dem man sich selbstverständlich identifiziert, da der große Politiker ja weniger intelligent als anmaßend ist. Und wissen Sie, was sich dann oft, wenn auch nicht immer, herausstellt: Der Fehler war gar kein Fehler.
Die Langweiligsten und damit für den Staat Verderblichsten scheinen mir immer die politischen Führer zu sein, die korrekt in den alten Bahnen wandeln und stets den Willen des Himmels im Munde führen. Man muß den Himmel zwingen können, wenn die Erde nicht mit ihm in Harmonie ist.«
Ich war entsetzt, solche Worte, die unserer jahrtausendealten Staatsethik zynisch ins Gesicht schlugen, aus dem Munde eines hohen Beamten zu hören, den ich bisher nur als korrekt kennengelernt hatte; Gedanken, vorgetragen ohne Umschweife und ohne die Möglichkeit zu erwähnen, daß sie falsch seien oder nur als abstrakte Versuche gewertet werden sollten. Natürlich nahm ich sie nicht ernst; die Episode schien mir nur ein Beispiel dafür, wie er selbst seine unbestreitbare Intelligenz verleugnen und herabsetzen konnte, um mich umherzubeuteln und unsicher zu machen. Ich glaubte damals, er habe nur so gesprochen, um mich ins Unrecht zu setzen. Heute bin ich mir dessen nicht mehr so ganz sicher. Vielleicht sah er wirklich seine Intelligenz als einen Mangel an, weil sie ihn zu kritisch machte. Ich möchte es ihm zutrauen, daß er einmal nach sorgsamer Überlegung, alles Für und Wider abwägend, bewußt einen großen, auf starke Widerstände stoßenden Plan, etwa für eine Salzsteuerreform, faßt, der von allen als Fehler angesehen wird. Aber ob er ihn dann wirklich durchführt? Ich bezweifle es; denn hat er Phantasie genug, auch die unberechenbaren Widerstände einzukalkulieren?
Jedoch all dies ist wohl nur überspitzt und konstruiert. Allein *er* ist es, der mich zu solchen unsinnigen Gedanken treibt. Ihm gegenüber bin ich unsicher geworden. Ich suchte lange, ihn zu er-

1 Chin Shi Huang, erster Kaiser Chinas, 221–207 v. Chr.

kennen und die Triebfeder zu finden, die ihn bewegt. Aber wo ich lotete, lotete ich falsch. Wo er einfach schien, war er kompliziert; wo er asketisch schien, lächerlich; wo er pedantisch schien, ein verborgener Revolutionär.

Lai, Tochter des Grossgrundbesitzers Dsiang
Tagebuch[1]

Siu-tschüan unterrichtete mich, als ich fünfzehn Jahre alt war. Die Hauslehrerstelle hatte ihm sein Vater, der Dorfvorsteher, vermittelt. Ich hatte schon das San-tze King, Pih Kia Sing und die Yiu Hioh Shi-tieh[2] durchgenommen, bevor der junge Hung kam. Mein Vater wünschte, daß ich vor meiner Heirat auf jeden Fall auch das Hiao King[3] auswendig lerne und mich in der Anfertigung einfacher Gedichte weiterhin übe.
Ich war sehr neugierig auf Siu-tschüan, denn ich hatte schon viel von ihm gehört. Manches, was man sich von ihm erzählte, war direkt unheimlich, zum Beispiel, daß er zweimal tot gewesen sei. Als er das zweite Mal gestorben war, habe man ihn zusammen mit Verbrechern beerdigt, hieß es, aber sein Bruder habe ihn heimlich wieder ausgegraben. Die Priester und Mönche des Taoistentempels in Hwa hätten ihn dann wieder ins Leben zurückgerufen. Diese Geschichte ist wirklich wahr, denn mein Vater hat sie von Siu-tschüans Vater und dem Abt des Taoistenklosters selbst gehört. Auch Siu-tschüan hat mir einmal darüber Andeutungen gemacht, obwohl er sonst mit niemand über diese Dinge redet.
Am ersten Tag wagte ich ihn nur verstohlen und von der Seite anzusehen. Er war groß und schlank und von ruhigem, trauri-

---

1 Das häufige Abgleiten vom literarisch gehobenen Stil in die Alltagssprache, die schülerhafte Unreife der Tagebuchschreiberin, im chinesischen Originaltext besonders auffällig, ließen sich in der Übersetzung nur selten wiedergeben.
2 Trimetrische Klassiker, Schulbuch aus dem Jahre 1050; Jahrhundert der Nachnamen (Schreibweise der chinesischen Familiennamen); Oden für Kinder.
3 Regeln der Kindespflichten.

gem Wesen. Was kein Wunder ist, wenn man so viel durchgemacht hat. Er sprach mit leiser Stimme und so gewählt, daß ich ihn manchmal nicht verstand. Sein Benehmen war sehr vornehm, was mich von Anfang an für ihn einnahm. Seine Augenlider zitterten häufig. Er konnte seine Hände und seinen ganzen Körper eine Stunde lang oder noch länger ruhig halten, ohne sich zu bewegen. Im Unterricht machte er manchmal lange Pausen, das heißt bei irgendeinem Wort, mitten im Satz, schwieg er plötzlich, sah auf den Tisch und rührte sich nicht; bloß die Augenlider zitterten. Ich wußte nicht, was mit ihm geschehen war oder was ich tun sollte. Ich hatte jedesmal große Angst, weil es mir unheimlich wurde.

Er war zwar ruhig, aber streng mit mir, wenn ich zu viele Fehler machte. Meine Schwestern, die noch bei dem alten Ki-yüan die trimetrischen Klassiker durchnahmen, beneideten mich, weil Siu-tschüan mein Lehrer war. Sie standen oft hinter dem Wandschirm der Eingangshalle oder gingen durch unser Zimmer, um ihn zu sehen. Sie bewunderten jedoch nur sein Äußeres. Er sah wirklich so aus, wie vornehme junge Gelehrte auf Bildern und in Büchern geschildert werden. Ich lernte jedoch auch seine zarte, empfindsame Seele kennen. Er sprach manchmal in solcher Weise über die Liebe der Kinder zu ihren Eltern, daß mir die Tränen in die Augen traten. Er haßte alles Böse und Gemeine. Das einzige, was mir nicht an ihm gefiel, war, daß er ganz kurze Fingernägel hatte, als habe er sie sich abgekaut.

Wenn ich mich frage, wann ich zum erstenmal Liebe für ihn empfunden habe, so muß ich antworten: an dem Tag, an dem er mich zu unterrichten begann. Nur wußte ich damals noch nicht, daß ich ihn wirklich liebte. Aber den Wunsch, einen Mann wie ihn zu heiraten, hatte ich schon an diesem Tage. Er war ganz anders als die Leute, die sonst in unser Haus kamen, viel gebildeter. Daß er zweimal die Prüfungen nicht bestanden hat, ist keine Schande. Denn jeder weiß ja, daß die Listen der erfolgreichen Kandidaten schon vor der Prüfung geschrieben werden.

Es ist nicht wahr, daß er mich durch verfängliche Worte, Blicke oder Gesten betört hat. Das sind Erfindungen unserer Wäschemagd, die den Unterricht belauschte und vielleicht die Rezitation eines Liebesgedichts, das wir durchnahmen, mißverstanden hat. Ich weiß nicht, wie man auf die Worte eines so ungebildeten Wesens überhaupt etwas geben kann. Wenn es nach mir ginge, würde sie ausgepeitscht werden.

Siu-tschüan und ich haben uns während des Unterrichts im Gegenteil ganz korrekt verhalten. Ich habe mir die größte Mühe gegeben, ihm meine Liebe zu verbergen. Nachts habe ich oft geweint, weil ich sie ihm nicht gestehen konnte. Meine alte Magd, die meine Amme gewesen war, erriet als erste den Grund meines Kummers. Aber ich gestand ihn ihr nur nach langem Leugnen ein. Siu-tschüan selbst bemerkte meine Gefühle erst, nachdem er mich schon ein halbes Jahr unterrichtet hatte. Ich hatte in den schulfreien Tagen um das Neujahrsfest Gedichte geschrieben, die ich ihm vorlas, als der Unterricht wieder begann. Eins erschien ihm besonders geglückt. Es beginnt:

»Weißer Kranich fliegt
über den Mond,
und sein Schatten
huscht über den schwarzen See...«

Er änderte verschiedene Zeichen und stellte sie um, und obwohl ich jetzt einsehe, daß das Gedicht durch die Korrekturen nur gewann, konnte ich die Tränen nicht zurückhalten, weil er den Sinn der Verse nicht verstehen wollte, sie nicht auf sich bezog. Er war erschrocken, als er mich so bewegt sah; aber dann wurden auch seine Augen feucht.

Am nächsten Tag zeigte er mir ein Gedicht, in dem er auf meine Verse antwortete. Es beginnt:

»Wolke des Schweigens berührt
die Flügel des Phönix...«

Er bat mich, es vorzulesen, aber ich war zu erregt, und meine Stimme blieb mir weg. Ich nahm das Gedicht am Abend mit in mein Schlafzimmer und versteckte es neben dem eigenen in einer Vase. Dort wurde es mir später gestohlen.

Der Unterricht war nun ganz verändert. Wir saßen oft schweigend zusammen, und nur wenn jemand durch das Zimmer kam, tauchte ich den Schreibpinsel in die Vertiefung des Tuschsteins und tat so, als übe ich mich in der Schrift.

Bald darauf erzählte er mir, mein Gedicht sei ihm eingefallen, als er den Mond über dem Yaoschan habe aufgehen sehen. Er werde an diesem Abend wieder den Mondaufgang beobachten. Ich sagte: »Wie schön wäre es, wenn wir das gemeinsam tun könnten, aber mein Zimmer ist nach Süden gelegen. Ich könnte den Yaoschan nur vom Garten aus sehen.«
Da verabredeten wir uns für den späten Abend im Garten. Wer diesen Gedanken zuerst ausgesprochen hat, weiß ich nicht zu sagen. Auf jeden Fall bereue ich es, wenn ich es gewesen sein sollte. Ich habe mit dieser Tat meinen Eltern großen Kummer bereitet, Sitten und kindliche Pflichten grob und unentschuldbar verletzt.
Am Abend ging ich wie gewöhnlich in mein Zimmer, kleidete mich aus und legte mich zu Bett. Es wurde dunkel, und ich sah durch das Fenster die Sterne. Da hörte ich von fern die Glocke des Wegtempels und wußte, daß Siu-tschüan nun bald hier sein würde. Denn die Glocke sollte unser Zeichen sein.
Ich zog mir Hose und Jacke an und schlich vorsichtig über den Hof und durch das Mondtor[1] in den Garten. Zum erstenmal bedauerte ich, daß man mir in der Jugend die Füße gebunden hatte und daß ich nicht so frei und ungezwungen gehen konnte wie unsere Mägde.
Im Garten wartete er schon neben der Zwergtrauerweide am Teich. Auf seinen Arm gestützt ging ich den gewundenen Weg zum Teepavillon. Wir setzten uns nebeneinander auf eine Bank und hatten den Yaoschan vor uns. Die Sterne über dem Gipfel wurden immer blasser, und dann trat der Mond hervor. Siu-tschüan hatte seine Hand in meinen Ärmel gesteckt und mein Handgelenk umfaßt. Ich habe nie wieder eine so glückliche Stunde erlebt wie diese. Als wir uns verabschiedeten, sagte er, er habe mit seinem Vater gesprochen; dieser werde eine Heiratsvermittlerin zu meinen Eltern schicken.
Am Tage drauf nun war ich in größter Aufregung. Siu-tschüan hatte sich vom Unterricht entschuldigen lassen und eine leichte Erkältung vorgeschützt. Ich sah die Vermittlerin vom Fenster meines Zimmers aus auf einem Esel kommen. Mein Vater emp-

---

1 Kreisrundes Tor.

fing sie in der Eingangshalle. Ich selbst begab mich in das Nebenzimmer und setzte mich an die Wand, konnte aber nichts hören. Meine alte Amme hatte ich jedoch ins Vertrauen gezogen. Sie machte sich in der Halle gelegentlich zu schaffen, wurde beauftragt, Tee zu holen, und konnte der Unterhaltung besser folgen als ich.

Nach den üblichen Höflichkeitsformen, Fragen nach dem Gesundheitszustand der Familienmitglieder und so weiter sagte die Vermittlerin, sie sei beauftragt worden, sich nach meinem Geburtsdatum und den acht Horoskopzeichen zu erkundigen. Die Familie eines jungen Gelehrten wünsche zu prüfen, ob unsere Geburtshoroskope zusammenpaßten. Sie schilderte den jungen Gelehrten in den prächtigsten Farben. Mein Vater aber wurde immer einsilbiger und schien nicht verstehen zu wollen, daß sie Siu-tschüan meinte. Erst als sie seinen Namen aussprach, mußte mein Vater antworten. Er lehnte jede Auskunft über meine Geburtsstunde brüsk ab und sagte, er habe bereits in Kanton Verhandlungen mit einer anderen Vermittlerin aufgenommen. Außerdem seien die Vermögensverhältnisse und der allgemeine Stand seiner Familie und der des Dorfschulzen wohl doch zu verschieden. Die Vermittlerin ließ sich diesen Affront nicht anmerken und verabschiedete sich korrekt und höflich.

Als sie fort war, rief mein Vater mich und sagte, er werde noch am gleichen Tage dem Dorfvorsteher mitteilen, daß er mit meinen Studienfortschritten zwar zufrieden sei; das Lernen strenge mich jedoch zu sehr an, und deshalb wünsche er, daß der Unterricht ausgesetzt werde, bis ich wieder ganz bei Kräften sei.

Ich kniete gehorsam nieder, machte Kotau vor meinem Vater und entfernte mich dann schluchzend. Ich war so niedergedrückt und verstört, daß ich mich zu Bett legen mußte. Die Amme pflegte mich, saß den ganzen Tag neben mir und sprach mir Trost zu. Als es dunkel wurde, sagte ich, ich wolle jetzt schlafen. Sie nahm die Lampe mit hinaus. Aber ich fand keinen Schlummer. Auf einmal hörte ich wieder in der Ferne die Glocke des Wegtempels. Ich zog mich schnell an und ging leise hinaus in den Garten.

Als ich Siu-tschüan traf, fiel ich ihm weinend an die Brust. Wir setzten uns auf eine Bank am Teich, und ich bat ihn, mit mir ins

Wasser zu gehen. Er zögerte aber und sprach von einem Auftrag, den er noch auszuführen habe. Dennoch glaube ich, daß ich ihn im Laufe der Nacht überredet hätte.

Plötzlich wurden wir jedoch aufgeschreckt von Lärm im Haus. Ich beschwor ihn, den Garten sofort zu verlassen; aber er bestand darauf, mich noch zum Tor zu bringen, da ich mit meinen eingeschnürten Füßen im matten Schein des Mondes sonst auf den Gartenwegen leicht hätte fallen können. Vielleicht fürchtete er auch, ich könnte mich, wenn er jetzt fliehe, sofort ins Wasser stürzen.

Da kam schreiend und mit hoch erhobenen Armen die Amme durch das Mondtor gelaufen. Sie hatte mich nicht in meinem Zimmer gefunden und geglaubt, ich habe mich in den Teich gestürzt.

Als sie mich sah, lief sie auf mich zu, umarmte mich und zog mich schnell von Siu-tschüan fort. Hinter ihr aber kamen die Diener und Torwächter, ergriffen meinen Geliebten und schleppten ihn in den Hof.

Dem Vater begegnete ich in der Eingangshalle. Er war bleich, sah über mich hinweg und sagte kein Wort. Die Amme brachte mich in mein Zimmer und blieb die ganze Nacht bei mir. Ich hatte mich auf mein Bett geworfen und hielt ein Kissen vor die Ohren, damit ich nicht zu hören brauchte, wie Siu-tschüan im Hofe von den Dienern mißhandelt wurde.

Ich habe in den drei Monaten, die ich hier allein in meinem Zimmer verbringen mußte, außer meiner Amme niemanden gesehen.

Ling Nam Yat Pao, Tageszeitung in Kanton

Anonymer Leserbrief

Im Nachwort zu Ihrem Bericht über das Leben Hung Siutschüans forderten Sie uns Leser auf, Ihnen zu schreiben, wenn wir noch Ergänzungen mitzuteilen hätten. Viele werden Ihnen nicht antworten, weil es noch heute ungesund ist, über ihn etwas Schlechtes zu sagen; und viel Gutes ist ja über sein Leben nicht zu berichten. Dennoch will ich Ihnen schreiben.

Ich war erstaunt, daß Sie eine Jugendepisode unerwähnt ließen, obwohl diese doch in Hwa seinerzeit großes Aufsehen erregt hatte. Es ist nun schon vierzig Jahre her, aber ich entsinne mich noch genau an diese Geschichte.

Hung Siu-tschüan war damals etwa dreiundzwanzig Jahre alt und durch Protektion seines Vaters Lehrer im Hause des Grundbesitzers Dsiang geworden, der zwei Li von Hwa entfernt in einem großen Haus wohnte. Hung unterrichtete dessen Tochter Lai, ein etwas überspanntes Mädchen von vierzehn Jahren. Statt sie aber die »Kindespflichten«[1] zu lehren, zeigte er ihr unzüchtige Bilder und dichtete mit ihr erotische Verse. Als man diese Bilder und Verse im Schlafzimmer des jungen Mädchens fand, wurde Hung Siu-tschüan aus dem Hause geworfen. Trotzdem trafen die beiden sich oft heimlich des Nachts im Garten, um gemeinsam den Mond zu betrachten. Der Aufmerksamkeit des Torhüters war dies nicht entgangen. Er alarmierte das Haus, als sie wieder einmal in einer Mondnacht ihr unsittliches Wesen im Garten trieben. Sie wurden entdeckt, als sie auf einer Bank saßen und Verse rezitierten. Der Großgrundbesitzer Dsiang ließ Hung Siu-tschüan ergreifen und im Hofe auspeitschen.

Er setzte es ferner durch, daß Hungs Vater seines Postens als Dorfschulze enthoben wurde. Die Erregung in Hwa wegen dieses unerhörten Sittlichkeitsdeliktes war groß, und Hung konnte sich lange nicht auf der Straße zeigen. Aus diesem Grunde floh er dann auch zu den Banditen auf den Distelberg. Die Entehrte aber erhielt von ihrem Vater ein Vierteljahr Zimmerarrest. Ungeachtet des Kummers, den sie ihren Eltern schon bereitet hatte, versuchte sie nun noch zweimal, sich zu erhängen[2], wurde aber beide Male von ihrer Magd rechtzeitig daran gehindert. Die Eltern schickten sie hierauf nach Yungan in der Provinz Kwangsi zu Verwandten.

---

1 Vgl. Anmerkung 3, S. 85.

2 Wodurch sie nach chinesischer Auffassung den Vater ins Unrecht gesetzt hätte. Der Geist der Selbstmörderin hätte ferner in der Hölle das Recht gehabt, die Qualen dessen zu beobachten, der sie in den Tod getrieben hatte. Selbstmorde waren in China sehr häufig, nicht nur um Leiden zu entgehen, sondern auch als ultima ratio, um sich für ein Unrecht zu rächen.

In Hwa lief das Gerücht um, Lai habe dort ein uneheliches Kind von Hung Siu-tschüan zur Welt gebracht. Für die Wahrheit dieses Gerüchtes will ich mich jedoch nicht verbürgen, da das Gerede, besonders auf einem Dorf, solche Geschichten gerne übertreibt. Dennoch wollte ich es erwähnen, weil es zeigt, welcher Verbrechen die Nachbarn schon damals den jungen Hung Siutschüan für fähig hielten.

Reichsannalen

Der Erhabene Himmlische geruhte, den Minister Yü aus der Roten Liste[1] zu streichen, weil er sein Amt dazu mißbraucht hatte, zwei entfernte Verwandte, Mitglieder der Trias-Geheimgesellschaft, einem ordentlichen Gerichtsverfahren zu entziehen. Auf Verwendung des Kanzlers Prinz Wu geruhte der Erhabene Himmlische jedoch, von einer förmlichen Anklage gegen Yü abzusehen und als Entlassungsgrund lediglich Verfall seiner geistigen und körperlichen Kräfte anzugeben.
Der Erhabene Himmlische geruhte, an Stelle Yüs den früheren Generalgouverneur Tsai zum Minister zu ernennen.

Pantai, Kabinettschef des Kanzlers Wu
Aus einem Brief an Tang

Ich bin zwar sicher, lieber Freund, daß ich Sie gelegentlich mit meinen Nachrichten aus der Hauptstadt, den Versetzungen, Beförderungen, Degradierungen, Intrigen und dergleichen langweile. Trotzdem meine ich Ihnen einige Mitteilungen über die wahren Hintergründe des Ministerwechsels nicht vorenthalten zu dürfen, bitte aber um streng vertrauliche Behandlung dieses Briefes.
Die Entlassung Yüs ist weder für die Regierung noch für das Reich ein Verlust. Er war nur ein durchschnittlicher Beamter,

---

1 Amtliche »Vollständige Liste der Gürtelträger«, erschien jährlich von 1580 bis 1911.

ein ehrgeiziger, intriganter, oberflächlicher und schwatzhafter Mensch. Der Kanzler Prinz Wu hat ihn bloß deshalb so lange gehalten, weil Yü ihm ein willfähriges Werkzeug war.
Yü jedoch, der immer das Gras wachsen hörte, verstand es kürzlich, dem Erhabenen Himmlischen die Mitteilung zuzuspielen, der Kanzler Wu habe der Kaiserin-Mutter einen Saphir von Taubeneigröße – nun sagen wir – sehr billig überlassen. Vielleicht hatte Yü gehofft, der Erhabene Herrscher werde den Kanzler fristlos seines Amtes entheben und ihm selbst als Dank für die Denunziation diesen Posten übergeben. Weit gefehlt! Der Erhabene machte keinen offiziellen Gebrauch von der Mitteilung, verbreitete sie aber bei Hofe, indem er sich so stellte, als glaube er nicht daran.
Dadurch hat die Kaiserin-Mutter nun sehr an Gesicht verloren, und der Kanzler Wu muß mit doppelter Sorgfalt darauf achten, daß der Erhabene Himmlische Meh Ling nicht zu seiner Ersten Gefährtin[1] erhebt. Verhindern kann der Kanzler solche unerhörte Tat aber nur, solange ihn die Kaiserin-Mutter stützt[2]. Und diese Stütze nun ist durch Yüs Geschwätz gefährdet.
Die Entlassung Yüs durchzusetzen, gelang dem Kanzler verhältnismäßig leicht. Schwerer dagegen fiel es ihm, die Ernennung Tsais beim Herrscher zu erwirken, der sich noch wohl daran erinnerte, daß Kanzler Wu seinerzeit einen Bericht Tsais gegen den Prinzen Yeh ausgespielt und diesen damit praktisch zum Rücktritt gezwungen hatte. Denn das Edikt des Erhabenen Himmlischen über die Auslieferung des ausländischen Missionars[3] war, wie wir damals schon vermuteten, einzig und allein das Werk des Kanzlers, der damit Meh Lings Vater treffen wollte und auch getroffen hat. Daran, wie gesagt, erinnerte der Erhabene Herrscher sich wohl; aber gerade *weil* Tsai sich damals gegen Meh Lings Vater gestellt hatte, wollte der Kanzler ihn jetzt als Minister haben. Der Erhabene Himmlische gab schließlich nach, wie immer, wenn der Kanzler auf einem Wunsch ernsthaft besteht.

---

1 Kaiserliche Gemahlin.
2 Die in Familienangelegenheiten dem Sohn befehlen konnte.
3 Vgl. S. 37.

Obwohl ich Tsai gegenüber meine Vorbehalte habe – wir haben ja oft darüber gesprochen –, halte ich dies für eine gute Lösung. Ich kann mir nicht vorstellen, daß er Verständnis für den Wunsch des Erhabenen Himmlischen hat, Meh Ling zu seiner Gemahlin zu machen. Dazu ist Tsai zu korrekt, zu leidenschaftslos und letztlich wohl auch zu prüde.
Die Wahl des Kanzlers war also meiner Meinung nach klug. Zwar sind die Methoden, mit denen er Meh Lings Aufstieg verhindert, manchmal etwas ungewöhnlich, besonders seine Juwelen»verkäufe« an die Kaiserin-Mutter[1], aber das Ziel ist doch richtig: Die Erhebung Meh Lings würde unausdenkbares Unglück über das Reich bringen. Daß unser Reich und Volk wegen Meh Lings Ernennung zur ordentlichen Konkubine nicht – oder jedenfalls *noch* nicht – strenger bestraft worden ist, kann ich mir nur damit erklären, daß der Himmel noch abwartet. Die Legalisierung des Inzests, wenn sie Erste Gefährtin würde, wäre aber ein so unerhörter Frevel, daß er nicht länger zusehen *kann*.

---

1 Randbemerkung Pantais: Jedoch sollte man darüber mit dem Kanzler nicht zu streng ins Gericht gehen. Vor einigen Monaten war er in Geldverlegenheit, weil er einen riesigen Smaragd nicht kaufen konnte. Er mußte sogar eine »Anleihe« bei den Wechslern der Hauptstadt aufnehmen, um das Geld zu beschaffen. Als ich zu bemerken wagte, ein billigerer Stein täte es wohl auch, seufzte er: »Aber sie verlangt ja gerade diesen von mir!« Sie scheint ihn also mit der Drohung zu erpressen, wenn er ihr keine Juwelen bringe, werde sie sich der Erhebung Meh Lings nicht mehr widersetzen. Ich kann mir zwar nicht denken, daß das ihr Ernst ist, aber der Gedanke allein ist entsetzlich.

VIERTES KAPITEL

JENTAH, JÜNGERER BRUDER HUNG SIU-TSCHÜANS

Aus den sogenannten »Hongkonger Erinnerungen«

Mein älterer Bruder hatte die Hauslehrerstelle bei dem Großgrundbesitzer Dsiang aufgegeben, weil dieser hochfahrenden und gewalttätigen Wesens war und den Präfekten durch Bestechung dazu bewogen hatte, einen ihm gefügigeren Mann als meinen Vater zum Gemeindevorsteher Hwas zu ernennen. Wie der Grundbesitzer Dsiang war auch der neue Gemeindevorsteher ein Punti, der nur die Vorteile seiner Volksgruppe wahrnahm, während mein Vater die Gemeinde unparteiisch verwaltet und stets zwischen Hakkas und Puntis vermittelt hatte.

Mein Bruder lebte still und zurückgezogen zu Hause. Er bereitete sich, wenn auch ohne große Hoffnung, auf die nächste Staatsprüfung vor und gab gelegentlich meinen beiden Schwestern, zwei Nachbarsmädchen und mir Unterricht. Ich denke noch gerne an die Zeit zurück, als wir im Garten hinter dem Hause oder bei Dunkelheit im Zimmer beim Licht der Öllampe saßen und das Tschien Tsin Wan[1] lasen und uns die Schriftzeichen einprägten. Dieses Leben wurde jedoch in der Neujahrszeit jäh unterbrochen.

Als ich meinen Bruder damals in Kanton bewußtlos gefunden hatte, waren in seiner Ärmeltasche einige Traktate. Mein Bruder legte sie später zu seinen Büchern auf den Studiertisch, las sie aber nicht, merkwürdigerweise, denn sie lagen doch stets vor seinen Augen. Er schien eine Abneigung gegen sie zu haben und

1 Klassisches Schulbuch, das aus tausend verschiedenen Schriftzeichen besteht. Aus dem Jahre 550 n. Chr.

die Lektüre hinausschieben zu wollen. Als ich ihn einmal fragte, wie er überhaupt zu ihnen gekommen sei, dachte er nach und antwortete schließlich, verwirrt und selbst überrascht, er könne sich nicht daran erinnern. Da ihm diese Frage unangenehm zu sein schien, drang ich nicht weiter in ihn, bat mir jedoch die Schriften zur Lektüre aus. Er gab sie mir bereitwillig. Es waren christliche Traktate unter dem Titel »Gute Worte zur Ermahnung des Zeitalters«. Sie enthielten die klassischen Schriften dieser ausländischen Religion und ihren Kanon[1]. Ich hatte dergleichen nie gelesen und war von der fremden Lehre entsetzt und überwältigt zugleich. Viele ihrer Gebote liefen unseren Anschauungen von den fünf menschlichen Grundbeziehungen unmittelbar zuwider, zum Beispiel, daß man Vater und Mutter verlassen und Jesus nachfolgen solle; oder gar, daß man dem Kaiser nur in Steuerfragen Gehorsam schulde; daß man es den Toten überlassen sollte, die Toten zu begraben. Ich hörte zum erstenmal, daß der Himmel[2] einen Unsterblichen in Menschengestalt beauftragt hatte, die Welt vom Bösen zu befreien.

Ich gab das Buch meinem Bruder zurück und bat ihn um Belehrung über den Inhalt. Er las die Schrift in einer Nacht und war am nächsten Tage ganz verstört, antwortete weder auf die Fragen meiner Eltern noch auf meine. Erst als wir mit meinen beiden Schwestern und den Nachbarstöchtern am Nachmittag im Garten saßen, zog er die Traktate aus dem Ärmel und las uns eine Stelle vor, nämlich:

»Und ich will dir die Schlüssel des Himmelreichs geben. Was Tschüan auf Erden binden wird, soll auch im Himmel gebunden sein, und was Tschüan auf Erden lösen wird, soll auch im Himmel los sein.«[3]

---

1 Liang Ah-fah: Tsch'üan Schi Liang Yen (Gute Worte zur Ermahnung des Zeitalters), 1832. Jentah irrt hier: Die Schriften enthalten nur Auszüge aus dem Alten und Neuen Testament, etwa dreißig Kapitel, und Paraphrasen weiterer Kapitel. Auch in der Deutung des Gelesenen unterlaufen ihm hier und später Irrtümer.

2 Schang-ti, Gott des Himmels. Später benutzte Hung die altertümliche Bezeichnung Huang Schang-ti (»Kaiserlicher Höchster Gott«), die Gützlaff in seiner Bibelübersetzung (1835) verwendet hatte.

3 Die letzte Silbe in Hung Siu-tschüans Namen heißt »alles« (vgl. S. 23,

Ich hatte diese Stelle auch gelesen, aber erst jetzt begriff ich, daß sie sich auf meinen Bruder bezog. Die Mädchen verstanden jedoch immer noch nicht, was diese Worte bedeuteten. Da faltete mein Bruder die Hände über der Brust, wie es das Umschlagbild eines Traktates zeigte, und berichtete von seiner Vision. Er sprach langsam, laut und fest, als sehe er die Weiten des Himmels vor sich. Er sagte, wir Menschen seien alle von Dämonen besessen. Der Vater im Himmel habe ihn aber beauftragt, diese Dämonen auszutreiben, ebenso wie dies vor vielen hundert Jahren Jesus getan habe. An die meisten seiner seltsamen Worte kann ich mich heute nicht mehr erinnern: Wir hörten sie, verstanden sie aber nicht, sondern waren betäubt und sahen nur seine Augen. Aber als er sie dann auf uns richtete und uns anredete: »Die Dämonen werde ich mit dem Schwert vernichten; aus den Menschen aber, die ich berufen und auserwählt habe, werde ich sie durch die Taufe austreiben. Wollt ihr euch taufen lassen?« – als er das fragte, antworteten wir »Ja!«, ohne noch zu wissen, was die Taufe sei. Da befahl er uns, ihm zu folgen.

Wir gingen schweigend hinter ihm aus dem Garten über das Feld zum Kanal, nur etwa hundert Schritte, dorthin, wo die Fischer ihre Reusen zum Trocknen aufgespannt hatten. Wir waren neugierig. Ich erwartete eine Zeremonie ähnlich denen, wie sie die taoistischen Teufelsaustreiber zelebrierten. Zu unserer Überraschung befahl uns Siu-tschüan aber, die Kleider auszuziehen. Ich legte die Jacke ab, und er tat das gleiche. Die Mädchen stellten die Sandalen neben sich. Bei uns auf dem Lande nämlich pflegen die Mädchen ihre Füße gewöhnlich nicht zu schnüren. Als sie sahen, daß wir uns ganz entkleideten, zogen sie sich zurück und hielten verlegen die Hand vor den Mund. Mein Bruder aber achtete nicht auf sie.

Als er sich entkleidet hatte, schritt er, ohne sich umzusehen, das Ufer hinab in den Kanal, und ich folgte ihm, ebenfalls nackt. Das Wasser, wenige Tage vor Neujahr, war sehr kalt. Als es ihm bis

---

Anm. 2). Statt »Alles, was du binden wirst...« lasen sie »Was (Hung Siu) tschüan binden wird...« Beide Lesarten sind im Chinesischen möglich. Die falsche Lesart, eine von vielen, aus der Hung seine Berufung herleitete, wurde später beibehalten.

an die Brust ging, blieb er stehen. Er wandte sich um und befahl mir, mit hohlen Händen Wasser zu schöpfen und über seinen Kopf zu gießen. Als ich dies tat, streckte er betend seine Arme aus und rief in den Himmel: »Mache mich rein von allen Sünden! Und ihr Dämonen, die ihr mich bisher gehindert habt, dem Befehl des Himmlischen Vaters zu folgen – fahret aus!« Die letzten Worte schrie er.

Dann wandte er sich mir zu, goß auch mir mit seinen Händen Wasser über das Haupt und sagte: »Der Himmlische Vater hat mir die Macht gegeben, Geister und Dämonen auszutreiben und das Recht in der Welt wiederherzustellen. Fahret aus!« Er strich mir über Schulter und Brust, und mir war, als brannten seine Hände.

Da hörte ich einen hohen, schrillen und langgezogenen Schrei. Mein Bruder und ich sahen zum Ufer. Eine der beiden Nachbarstöchter hatte ihre Kleider abgelegt und rannte nun zu uns ins Wasser. Es war das erste Mal, daß ich ein Mädchen nackt sah. Ihre kleinen Brüste mit den dunklen Brustwarzen zitterten beim Laufen auf und nieder. Mein Bruder hob die Hände und ging ihr entgegen. Sie hörte nicht auf zu schreien, bis sie vor ihm stand. Die anderen Mädchen am Ufer warfen nun auch die Kleider ab und eilten zu uns in den Kanal. Mein Bruder taufte sie, wie er mich getauft hatte.

Dann gingen wir ans Ufer, trockneten uns mit unseren Jacken ab, zogen uns an und setzten uns in eins der am Land liegenden Boote, wo wir vom Wind geschützt waren, bis wir wieder warm wurden. Einige Fischer vertrieben uns aber bald, und wir kehrten nach Hause zurück.

Der Markterzähler Puh

Es leben noch Zeugen für den Vorfall, der sich damals in Hwa ereignet hat; denn viele Menschen waren anwesend, als der Große Hung zum erstenmal in der Öffentlichkeit auftrat. Ihr seid weit her, ihr beiden Seeleute, vielleicht aus der Provinz Fukien oder gar aus Tschekiang – nein? Aus Kanton sind diese beiden Kapitäne! Nun, desto besser, dann werden sie mich wenig-

stens verstehen, und ich brauche ihnen nicht zu erklären, wo der Gerichtsflecken Hwa liegt.
Ich rede vom ersten Auftreten des Großen Hung auf dem Neujahrsmarkt in Hwa. Das Jahr des Affen hatte begonnen. Die Neujahrsbesuche waren gemacht. Es wurde Abend, und die Händler zündeten die Kerzen in den Lampions an und hängten sie über die Stände, die rings um den Dorfplatz aufgeschlagen waren. Der erste Händler verkaufte künstliche Blumen für die Frisuren der Damen. Im nächsten Stand lagen, zu Pyramiden geschichtet oder zu Sternen und Kreisen geordnet, Apfelsinen und Mangos, Litschis und Loquats, Nüsse und Bananen. Ein Garkoch briet über dem Holzkohlenfeuer in einer Pfanne süßsaures Schweinefleisch knusprig, daß der Duft der pikanten Soße nicht nur dem Publikum, sondern auch den benachbarten Händlern Appetit machte. Bleibt hier, Freunde, und hört euch die Geschichte zu Ende an! Nachher werden wir uns alle an den anderen Ständen etwas zu essen holen.
Federbälle, Töpfe, Messer, Porzellan, Seide, Feldhacken, Baumwollstoffe, Haarpfeile aus Schildpatt und Mondstein. Ein Wahrsager mit langem, weißem Bart saß an einem Tisch und neben ihm ein Marktschreiber, der seine Brille mit Ketten an den Ohren befestigt hatte. Vor seinem Tisch standen die Leute Schlange und ließen sich rote Neujahrsglückwunschkarten pinseln. Und was war in dem Kasten mit dem Guckloch? Warum drängten sich die Jungen so heran, und warum scheuchte der Marktsteller sie immer wieder weg? Du grinst? Du hast wohl auch schon einmal in dieses Guckloch gesehen, mein Sohn, und die erbaulichen und lehrreichen Bilder lüstern betrachtet? Oder hast du gar ausprobiert, was dort gezeigt wurde? In deinen jungen Jahren? Nun, nichts soll mich mehr wundern in diesen verdorbenen Zeitläuften! Der Astrologe, vielbeschäftigt, nannte gegen geringe Gebühr Glücks- und Unglückstage des neuen Jahres, wobei er in seinem Buch nachschlug – aber nur zum Schein.
Zum offenen Platz hin, dort wo die Akrobaten Bambusstangen in die Erde trieben, um eine Manege abzusperren, saß der Geschichtenerzähler Puh, Nachkomme des großen Puh Sung-ling in der achten Generation, und hinter ihm auf einem Schemel sein Sohn und Lehrbube, die kleine Geige unter dem Arm und das

Blechschüsselchen zum Einsammeln des Kupfergeldes in der Hand. Er hatte ein Gesicht wie ich, wenn ihr euch den Bart, die Runzeln und fünfzig nutzlos vergeudete Jahre aus meinen Zügen wegdenken könnt. Und das Blechschüsselchen, das er damals trug, ist dasselbe, das hier vor euch steht, immer noch so leer wie damals. Soll er nicht, was er mit eigenen Augen gesehen und was auch sein Vater oft auf den Märkten erzählt hat, ebenso berichten können, wie die Geschichten aus den Drei Reichen oder die Sagen von Kuan Ti auf seinem roten Hasen oder die Geschichte Sun Wu Kungs, des Affenkönigs und der Reise in den Westen? Geduld, Freunde, ich komme jetzt zum Großen Hung! Er ist noch in der Gefängniszelle des Yamens eingesperrt. Die Füße hat man ihm mit Ketten zusammengeschlossen und die Hände hinter dem Rücken an einem eisernen Ring an die Wand gefesselt. Neben ihm, ebenso in Ketten, liegt sein Bruder Jentah. In der Frühe des Neujahrstages waren sie verhaftet worden, weil man ihnen am Selbstmord eines jungen Mädchens schuld gab und ihnen vorwarf, sich an ihm in einem Fischerkahn unsittlich vergangen zu haben.

Während sie im Gefängnis saßen, begann die Vorstellung des Zirkus: Pauken, Flöten, Zimbeln und Triangel. Die Menschen verließen die Stände und drängten sich zur Manege in der Mitte des Platzes. Zuerst traten die Seiltänzer auf, dann machten die Akrobaten Handstand auf einem Tisch; auf den Fußsohlen des untersten machte wiederum ein anderer Handstand, und schließlich sprang, nein, flog ein kleines fünfjähriges Mädchen auf die Füße des obersten, stand hoch in der Luft, drehte sich, beugte sich herab, stand dort oben auf ihren Händen, ließ eine Hand los und hielt sie zur Seite, stand wieder, sprang, zog die Knie und den Kopf ein, wurde ein Ball, von den Fußsohlen des obersten in die Luft geworfen, aufgefangen, gewirbelt, lag plötzlich mit dem Bauch auf den Sohlen, wurde wie ein Rad im Kreise gedreht und sprang dann in hohem Bogen herab in die Arme eines Mannes auf der Erde.

Danach trat der Zauberkünstler Tieh Kwai auf, in weitem, schwarzem Gewand, das Haar nicht zum Zopf geflochten, sondern zur Frisur der Ming-Zeit aufgesteckt. Er sprang auf den Tisch, verbeugte sich vor dem Publikum, griff in die Luft, und

im gleichen Augenblick flatterten zwei Dohlen auf seine Schultern.
Ihr fragt nach dem Großen Hung? Ja seht ihr denn nicht: Er steht ja schon hier, vorne an dem Seil der Manege, und neben ihm sein Bruder Jentah, der ihm überall hin folgte wie ein Hündchen, klein und ängstlich. Die Zuschauer hatten die beiden bemerkt und wichen zurück. Auch der Zauberer sah nun, daß das Publikum unruhig wurde. Er winkte Hung in den Ring. Hung Siu-tschüan bückte sich unter dem Seil hindurch, ging in den Kreis, gefolgt von seinem jüngeren Bruder. Vor dem Tisch des Zauberers wandten sie sich um und sahen in die Menge, die erschrokken schwieg.
Nur einer ließ sich nicht erschrecken, ein alter Mann, aber immer noch mächtig und breit, ein Riese, der als einziger auf einem Stuhl saß; er stand auf, drückte das Seil zur Erde, trat in den Ring und rief den Dienern, die ihm aber nur zögernd folgten: »Fangt ihn! Bringt die beiden Entsprungenen zurück in die Zelle!«
Doch die Diener gingen nur einen Schritt vorwärts. Der alte Mann aber, Großgrundbesitzer und Dorfgewaltiger, hob den Stock und zeigte auf Hung und Jentah: »Fangt sie und bringt sie zurück!« Hung und Jentah gingen langsam rückwärts, bis sie an den Tisch stießen, auf dem noch immer der Zauberer stand.
Der Grundbesitzer folgte ihnen entschlossen, hob den Stock und wollte zuschlagen. Aber in diesem Augenblick streckte Hung beide Hände vor sich – der Stock des Alten blieb in der Luft hängen.
Hung und Jentah aber standen auf dem Tisch, und der Zauberer war verschwunden. Bläulichhelles Licht spielte um die beiden; die Säume ihrer Ischangs glänzten wie Silber. Langsam ließ Hung Siu-tschüan seine Hände sinken, und als sie in Brusthöhe waren, fiel der Grundbesitzer zusammen.
»Wer mich anzurühren wagt«, rief Hung über den Platz, »wird fallen wie dieser hier. Schafft ihn hinweg!« Die Diener kamen furchtsam vorwärts, hoben zu viert ihren Herrn auf und trugen ihn aus dem Ring. »Wer mich verfolgt«, rief Hung, »wird durch das Schwert umkommen, das mir mein Vater im Himmel anvertraut hat.«
Alle, die ihn früher hatten reden hören, wußten und bezeugten

später, daß dies nicht seine Stimme war, sondern daß ein Geist aus ihm sprach. Er war größer geworden als ein Mensch, stand nicht mehr auf dem Tisch, sondern schwebte über ihm. Ich erzähle nur, Freunde, was ich und mein Vater mit eigenen Augen gesehen haben.

»Ich aber bin gekommen, die Verfolgten zu retten und das Reich Gottes wiederherzustellen. Ihr alle wißt, daß ich gestorben war und wiederauferstanden bin von den Toten. Während mein Körper tot war, weilte meine Seele im Himmel, und der Erhabene Vater gab mir den Auftrag und die Macht, die Geister zu bekämpfen, die seinen Willen in der Welt verfälschen. Niemand hat einen höheren Auftrag als ich. Wer sich mir entgegenstellt, wird fallen wie Dsiang, der die Gesetze tausendfach mit Füßen getreten hat. Wer sündigt wie dieser, wird auf ewig in die Hölle verbannt werden. Ihr hört mich mit euren Ohren, ihr seht mich mit euren Augen. Wer heute blind und taub ist, den werden die Dämonen zerreißen. Der Sohn des Himmels in Peking ist machtlos, und die Gesetze Kung-dses sind Märchen für Kinder. Ich gebe euch neue Gesetze. Wer will mir folgen?« Er blickte ringsum über die Menge.

»Ich!« sagte eine Frau und trat einen Schritt vor.

»Die Reichen werde ich stürzen und die Armen erhöhen. Wer will mir folgen?«

»Ich!« riefen einige Männer und Frauen zur Linken und zur Rechten.

»Wer heute mit mir ist, der wird auch im Himmel mit mir sein und mit Jesus, meinem älteren Bruder, den die Barbaren jenseits des Ozeans verehren. Wer will mir folgen?«

»Ich!« schrien wir.

»Ich gebe euch harte Gebote. Aber wer seine Häuser, Vater und Mutter, Weib oder Kinder um meinetwillen verläßt, dem wird mein Vater im Himmel das ewige Leben geben. Wer will mir folgen?«

Da schrien wir alle.

»Dann brecht die Brücken ab! Wir beginnen heute von neuem. Nehmt die Fackeln und folgt mir!«

Die Menge stürzte vorwärts über die Seile, die Männer ergriffen die Fackeln, die an den Bambuspfählen des Zirkus hingen, während der Große Hung vom Tisch herabschwebte und ihnen voranschritt zum Tempel der Azurblauen Reinheit. Er selbst ging als erster die Stufen zur Tempelhalle hinauf und legte Feuer an die seidenen Vorhänge. Als er wieder heraustrat, schossen hinter ihm schon Flammen empor, und die Mönche und Priester liefen schreiend umher und jammerten über ihre verlorene Habe. Der Große Hung aber stand auf der Treppe des Tempels, umgeben von Flammen, die ihn nicht verbrannten. Als das Dach einstürzte, senkte sich ein feuriger Drache herab vom Himmel, legte sich zu seinen Füßen, und Hung und Jentah bestiegen ihn, wurden von ihm in die Luft getragen und entschwanden in der Nacht.

BERICHT DER UNTERSUCHUNGSKOMMISSION
DER PRÄFEKTUR SHAU KING
Betr.: Die Ausschreitungen der Hakkas in Hwa

Die Kommission zur Untersuchung der Ausschreitungen der Hakkas in Hwa setzte sich zusammen aus dem Unterpräfekten Nan und den beiden Präfekturräten Kuan und Schu. Sie hielt sich vom fünften bis achten Tag des ersten Monats in Hwa auf. Die Ausschreitungen fanden am ersten Tag dieses Monats statt. In ihrem Verlauf wurden durch Brandstiftung vernichtet:

der Yamen,
der Tempel zur Azurblauen Reinheit,
die anliegenden Klostergebäude,
zwei kleine Privathäuser.

Die Unruhen haben nur lokale Bedeutung. Eine Verbindung mit der Trias-Bruderschaft oder anderen Geheimgesellschaften konnte nicht festgestellt werden. Ursache der Ausschreitungen ist der Gegensatz zwischen Hakkas (sieben Zehntel der Bevölkerung von Hwa) und Puntis. Beide Bevölkerungsgruppen hatten in den letzten Jahren friedlich nebeneinander gelebt, bis auf Betreiben des Grundbesitzers Dsiang (Punti) unter Umständen, die noch zu untersuchen sind, vor einigen Monaten ein neuer Gemeindevorsteher eingesetzt wurde, der Punti ist, während der

frühere ein Hakka war. Der neue zeigte sich seinem Amte nicht gewachsen. Da er stets die Interessen seiner Bevölkerungsgruppe vertrat, wuchs die Unzufriedenheit unter den Hakkas und machte sich in den Unruhen vom Neujahrstage Luft. Der Dorfvorsteher wurde gestern verhaftet. Ein Verfahren gegen ihn ist eingeleitet worden.
Verlauf der Unruhen: Am Neujahrsmorgen meldete sich bei dem Gemeindevorsteher ein gewisser Lung und berichtete, seine älteste Tochter habe sich in der Nacht erhängt, weil er, der Vater, ihr sittliche Verfehlungen mit dem Magister Hung Siu-tschüan und dessen Bruder Jentah vorgeworfen hatte. Nach einem Abschiedsbrief, den die Verstorbene hinterließ, hat sie entgegen den Vorwürfen ihres Vaters jedoch nicht nackt mit den beiden genannten jungen Männern gebadet, sondern ist von diesen nur nach christlicher Sitte von den Sünden gereinigt worden.
Der Gemeindevorsteher beachtete dieses Dokument jedoch nicht: er verhaftete die beiden Hungs, Söhne seines Vorgängers im Amte, und setzte sie, an Händen und Füßen gefesselt, im Yamen fest.
Am späten Abend verließen die beiden jedoch auf noch ungeklärte Weise das Gefängnis. Die in den Brandtrümmern gefundenen Fesseln waren geschlossen und unversehrt. Die Yamenwächter behaupten, weder die Fesseln gelöst noch Unbefugte in die Zelle gelassen zu haben. Ihre Behauptungen konnten jedoch nicht ernstlich geprüft werden, da die Foltergeräte im Yamen mitverbrannt sind. Die Wächter befinden sich jetzt zusammen mit dem Dorfvorsteher im Gewahrsam der Präfektur Shau King.
Nachdem die beiden Brüder Hung sich auf, wie gesagt, noch ungeklärte Weise befreit hatten, begaben sie sich zum Neujahrsmarkt, auf dem viel Volk aus Hwa und der Nachbarschaft zusammengekommen war. Die Hakkas waren weitaus in der Mehrzahl. Die Entlaufenen fühlten sich hier so sicher, daß sie einer Zirkusvorstellung beiwohnten. Bei dieser Gelegenheit wurden sie von dem mit ihnen verfeindeten und bereits erwähnten Großgrundbesitzer Dsiang erkannt, der seine Diener aufforderte, die beiden wieder festzunehmen. Als die Diener dem Befehl nicht gleich nachkamen aus Furcht, die Hakkas würden für

die Entlaufenen Partei ergreifen, wagte sich Dsiang selbst vor und wollte sie arretieren.
Über das Folgende nun gehen die Aussagen auseinander. Nach Ansicht der einen hat der Magister Hung Siu-tschüan, der ältere der beiden, dem Dsiang plötzlich die gespreizten Finger in die Augen gestoßen, so daß dieser nichts mehr sehen konnte und hinstürzte. Nach Meinung der anderen hat er Dsiang gar nicht berührt, vielmehr hatte dieser, schon bevor es zu einer tätlichen Auseinandersetzung kam, einen Schlaganfall erlitten. Diese letztere Version erscheint glaubhafter, da Dsiang, wie die Kommission selbst feststellte, keine Verletzungen im Gesicht aufweist. Er ist allerdings erblindet und kann nicht sprechen. Der Arzt bezeichnet seinen Zustand als ernst und veranschlagt die Genesungsaussichten auf drei von hundert.
Geteilter Meinung war die Kommission über die Angaben einiger Zeugen, wonach Hung Siu-tschüan den Angriff des Großgrundbesitzers durch Zauberei abgewehrt habe. Diese Möglichkeit ist zwar nicht ganz auszuschließen, da der junge Gelehrte nach Auskunft des Arztes seit seiner Kindheit einen unreinen Geist beherbergt. Dennoch glauben zwei Mitglieder der Kommission, der Unfall Dsiangs lasse sich zureichend durch natürliche Umstände, einen Schlagfluß nämlich, erklären.
Weit unklarer sind jedoch die Aussagen über das folgende Geschehen. Die Kommission konnte sich darüber bisher kein in allen Einzelheiten klares Bild machen und stellt daher einige der bezeichnendsten Zeugnisse nebeneinander:
Nan, Dorfschmied (Hakka): Siu-tschüan und sein Bruder Jentah sprangen auf das Podium, auf dem kurz vorher der Zauberkünstler Tieh Kwai aufgetreten war, und hielten kurze Ansprachen. Beide waren äußerst erregt. Sie waren im Gefängnis mißhandelt worden und wollten der Menge ihre Verletzungen zeigen. Siu-tschüans Gelehrten-Ischang war der Länge nach aufgerissen. Das Volk geriet darüber in so große Erregung, daß es den Yamen stürmte, um die Verantwortlichen zur Rechenschaft zu ziehen. Die Yamenwächter und der Dorfvorsteher hatten sich jedoch schon aus dem Staube gemacht. Wer den Yamen angezündet hat, ist mir nicht bekannt. Ich habe den Verdacht, daß es die Beamten selbst waren. Das Feuer griff auf den Tempel über.

Hou, Bauer (Punti): Hung Siu-tschüan hielt von der Tribüne, auf der die Akrobaten und der Zauberkünstler gestanden hatten, eine Rede, in der er die Regierung und den Erhabenen Himmlischen angriff. Er sagte, er wolle die Lehre Kung-dses ändern und die Regeln der fünf menschlichen Grundbeziehungen umstoßen. Wer sich dem widersetze, den werde er im Auftrage des Himmels enthaupten lassen. Er sagte, alle Menschen, nicht nur der Kaiser, dürften zum Himmel beten. Darauf bedrohte er die Menge mit Zauberei, wenn sie ihm nicht folge, und forderte sie auf, den Tempel und den Yamen anzuzünden. Ich selbst habe mich nicht beteiligt, sondern bin trotz Hungs Drohungen sofort nach Hause gegangen.

Tschin, Barbier (Hakka): Ich kenne Hung Siu-tschüan und Jen-tah gut, da beide meine Kunden sind. Deshalb bitte ich, diese Aussage streng vertraulich zu behandeln. Siu-tschüan hat eine helle, leise Stimme. Er ist schlank, mittelgroß und von ebenmäßigen Gesichtszügen. Der Mann aber, der vom Podium zu uns sprach, hatte eine kräftige Stimme und war groß und stark. Siu-tschüan wäre nie imstande gewesen, den Großgrundbesitzer Dsiang mit einem einzigen Faustschlag zu Boden zu strecken, wie es der Unbekannte tat. Siu-tschüan spricht gebildet, so daß wir Ungelehrten oft Mühe haben zu verstehen, was er meint. Der Mann auf dem Podium kann deshalb gar nicht Siu-tschüan gewesen sein. Ich vermute, es war einer von dem Zirkusvolk, vielleicht eine Verwandlung des Zauberkünstlers, der kurz vorher aufgetreten war. Erstaunlich ist nämlich, daß dieser Zauberer gerade in dem Augenblick verschwand, als der angebliche Siu-tschüan zu uns sprach.

Puh, Markterzähler: Der Redner war ungewöhnlich gewandt. Ich kann mir nicht denken, daß dies sein erster Auftritt war. Seine Rede war zwar ohne Aufbau und Ordnung, aber leidenschaftlich und mitreißend. Er wandte sich überhaupt nicht an den Kopf, sondern nur an die Eingeweide, und mischte Verworrenes und Geheimnisvolles mit Klarem, Unwahres mit Wahrem, wie es ein guter Volksredner tun soll. Dabei zeigten seine oft verzerrten Mienen, daß er selbst an das glaubte, was er im Augenblick sagte. Dank meiner langen Schulung würde es mir zwar gelingen, große Teile seiner Rede zu rekonstruieren, aber

auch mir nur mit Mühe, denn *was* er sagte, war für uns Zuhörer unwichtiger als die Art, *wie* er sprach.
Zuletzt schien mir der Redner selbst überrascht darüber zu sein, wieweit er die Menge in der Hand hatte. Er wußte in diesem Augenblick nicht, was er mit ihr tun sollte. Gleich darauf forderte er sie auf, den Tempel anzuzünden. Rückblickend scheint es mir, als habe er damit versuchen wollen, wie weit er seine Zuhörer führen konnte. Seine Unsicherheit war jedoch unberechtigt: Er hatte das Publikum so weit in seinem Bann, daß es die ganze Stadt angezündet hätte, hätte er es verlangt. Ich bin sicher, daß der Mann über dämonische Kräfte verfügt.

Soweit die verschiedenen Zeugenaussagen. Die Behauptung des Barbiers Tschin, Siu-tschüan sei nicht identisch mit dem Redner, hat sich als falsch erwiesen. Die Eltern haben den Redner als ihren Sohn erkannt. Er und sein Bruder sind flüchtig. Von einer Verhaftung der Eltern und Geschwister wurde vorläufig abgesehen, um die Hakka-Bevölkerung nicht noch mehr zu reizen. Jedoch ist gegen die beiden Entflohenen ein Steckbrief erlassen worden.
Das Zeugnis des Markterzählers wurde in diesen Bericht aufgenommen, obwohl dieser zum unehrlichen Volk zählt; als Nachkomme des Literaten Puh Sung-ling in der achten Generation verdient seine Aussage nämlich dennoch einige Beachtung, wenn auch zwei Mitglieder der Untersuchungskommission seine Meinung verwerfen, der genannte Hung Siu-tschüan besitze übernatürliche Kräfte.
Gemeinsam ist allen Zeugenaussagen, daß sie Ursache und Anlaß der Ausschreitungen verwechseln. Nach übereinstimmender Meinung aller Kommissionsmitglieder war der Auftritt Hungs auf dem Neujahrsmarkt nur *Anlaß* der Unruhen. Ihre *Ursache* ist jedoch, wie bereits eingangs vermerkt, in dem lang aufgestauten Unwillen der Hakka-Bevölkerung gegen die Übergriffe der Punti-Verwaltung zu suchen.

Siegel und Unterschriften.

Jentah, zweiter Sohn des Dorfvorstehers Hung
Aus den sogenannten »Hongkonger Erinnerungen«

Mein älterer Bruder und ich hielten uns einige Zeit bei Verwandten in Tsinin versteckt. Oberhaupt der dortigen Sippe war ein Vetter zweiten Grades meines Großvaters. Die Familie in Tsinin war gebildet und in der Stadt geachtet. Ein Angehöriger unserer Generation, Hung Dschung-yuen, der damals etwa dreißig Jahre alt war, besaß den Grad eines Blühenden Talentes.

Mein Bruder sprach in der Familie oft von seiner Berufung, obwohl er mit seinen Worten vielleicht hätte vorsichtiger sein sollen. Der eben erwähnte Dschung-yuen machte sich darüber jedesmal lustig und stimmte die Verwandten gegen meinen Bruder. Als Siu-tschüan nunmehr versuchte, Angestellte und Freunde des Hauses für seine Gedanken zu gewinnen, stellte das Oberhaupt der Familie ihn vor die Entscheidung, entweder seine Vision nicht mehr zu erwähnen oder aber das Haus zu verlassen. Mein Bruder konnte sich jedoch nicht entschließen, seinem Auftrag untreu zu werden. Kurz zuvor hatte eine Gemeinschaft von Gesetzlosen, die unter der Leitung eines gewissen Fong und Dschu auf einem unzugänglichen Gebirgszug der Provinz Kwangsi, dem Distelberge nämlich, lebte, meinen Bruder eingeladen, zu ihnen zu kommen. Er nahm diese Einladung nun an.

Obwohl ich mich nicht von ihm trennen wollte, bestand er darauf, allein zum Distelberg zu wandern. Er befahl mir, bei meinen Verwandten zu bleiben. Ich gehorchte ihm natürlich, begab mich aber zwei Monate später nach Hongkong, wo die chinesische Polizei keine Gewalt über mich hatte.

Hung Dschung-yuen aus dem Tsinin-Zweig der Sippe Hung

Wenige Tage nach Neujahr kam unser Vetter Siu-tschüan bei uns an und mit ihm sein Bruder Jentah, der ihm überallhin folgte und anfangs noch jedes Wort aus seinem Munde für lautere Wahrheit und letzte Weisheit nahm. Sie trugen grobe Bauern-

kleider und breite Hakka-Hüte mit dem ringsum herabhängenden, breiten schwarzen Seidenband.
Über den Grund ihrer Flucht berichteten sie nur meinem Großvater, der als Familienoberhaupt darüber zu entscheiden hatte, ob sie bei uns aufgenommen werden sollten. Allerdings hatten die beiden ihre Rolle bei den Ausschreitungen in Hwa wohl verkleinert; jedenfalls waren wir alle überrascht, als einige Tage später im Yamen Steckbriefe gegen die Vettern angeschlagen waren. Mein Großvater ließ sie darauf zu sich kommen und verhörte sie streng. Hung behauptete, vom Himmel den Auftrag erhalten zu haben, überall in der Welt die Dämonen zu töten und ein Reich der Gottesanbeter auf Erden zu errichten. Seine Aussagen waren aber so verstiegen, daß mein Großvater die beiden, jedenfalls aber Siu-tschüan, für geistesgestört ansah und ihnen einen Gartenpavillon zur Wohnung anwies in der Hoffnung, die Ruhe der Natur werde sie von ihren überspannten Ideen heilen.
Die Anwesenheit der beiden Verwandten war uns natürlich peinlich, da unsere Familie die besten Beziehungen zu den Behörden unterhielt und aus geschäftlichen Gründen auf das Wohlwollen der Verwaltung angewiesen war. Andererseits wollte mein Großvater, ein frommer und pietätvoller Mann alten Schlages, nicht gegen die Solidarität der Sippe handeln und den Vettern Asyl verweigern.
Siu-tschüan aber stellte die Großmut des Ahns auf eine harte Probe, besonders wenn er beim gemeinsamen Mahl unfromme Reden führte und die Begriffe der Sittlichkeit völlig auf den Kopf stellte. Ich kann nicht glauben, daß er mit seinen Worten eine große Wirkung auf die Gesetzlosen des Distelberges hervorgerufen hat, wie neuerdings berichtet wird. Denn schon die Art seines Vortrags war abstoßend: Sein Wortschatz war gering, die Gedanken waren ungeordnet, die Sätze unelegant. Kein Wunder, daß er zweimal in den Prüfungen durchgefallen war! Wenn er längere Zeit geredet hatte, bediente er sich sogar vulgärer Ausdrücke, so daß wir uns schämten. Zudem stieß er, nein spie er dann die Worte aus seinem Munde und verzerrte dabei sein Gesicht ganz abscheulich. Am meisten irritierte uns sein schielender, starrer Blick, dem wir möglichst auswichen, indem wir auf unsere Hände sahen. Die einzige Möglichkeit, ihn zum

Schweigen zu bringen, fanden wir darin, das Gespräch auf literarische Themen zu lenken. Sein Geschmack auf diesem Gebiet war lächerlich, wie aus einem anderen Jahrtausend, und seine hölzernen und abgegriffenen Urteile schien er einem Schulbuch entnommen zu haben. Was er über die neuere Lyrik sagte, brachte uns nur zum Lachen.

Von seinen skurrilen Ideen war er jedoch so besessen, daß er, als wir unsere Ohren verschlossen, die Diener und Mägde damit traktierte. Die Anspielungen meines Vaters und Großvaters über das Ungehörige dieses Tuns wollte er nicht verstehen. Als er jedoch fortfuhr und als wir bemerkten, daß seine Reden beim Gesinde Gehör fanden, ja, als wir seine Ideen in unbotmäßigen, aufsässigen Bemerkungen des Personals wiedererkannten und befürchten mußten, daß seine Anwesenheit den Behörden bekannt werden könne, legte mein Großvater ihm nahe, das Haus zu verlassen. Er war so verstimmt, daß er nicht einmal einen höflichen Vorwand suchte, um Siu-tschüan zum Gehen zu bewegen.

Jentah war inzwischen seinem Bruder gegenüber kritischer geworden und nahm dessen Worte nicht mehr so unbesehen hin. In einer Abendstunde, als ich einmal mit ihm allein war, spürte ich, daß die zunehmende Maßlosigkeit Siu-tschüans ihn bedrückte, besonders aber dessen Ausfälle gegen die menschlichen Grundbeziehungen. Die veränderte Haltung Jentahs blieb seinem älteren Bruder natürlich nicht verborgen, der einmal sogar in Zorn geriet, als Jentah, um die aufrührerischen Reden zu entschuldigen, an die Zeiten krankhafter Verwirrung erinnerte, die Siu-tschüan durchgemacht hatte. Die Entfremdung zwischen den Brüdern wurde so stark, daß Jentah uns bat, bleiben zu dürfen, als sein Bruder aus dem Hause gewiesen wurde. Mein Großvater gewährte Jentah diese Bitte.

DSCHU
Aus seinem späteren Geständnis

Unser Lager befand sich auf einem Plateau in halber Höhe des Distelberges. Der Anstieg durch das enge Tal war bequem bis auf eine steile Strecke, die man nur mit Leitern bewältigen konnte. Angriffe hatten wir also nicht zu befürchten. Wir wohnten in Höhlen, von denen einige schon vor Jahrtausenden in den weichen Sandstein der Bergwand gehauen waren. Im Laufe der Zeit, als unsere Gemeinschaft anwuchs, schlugen wir neue Höhlen drei oder vier Klafter tief in den Fels.
Als Siu-tschüan zu uns kam, zählten wir etwa vierhundert Mann, mit Frauen und Kindern ungefähr fünfzehnhundert Personen. Die meisten unserer Anhänger waren Bauern, die ihre Dörfer hatten verlassen müssen, weil sie die Wucherpacht nicht mehr bezahlen konnten oder weil sie als Hakkas von den Puntis zu sehr bedrängt wurden. Eine geschlossene Gruppe bildeten die Leute Yangs und Hsiaos. Sie hatten einer Köhlerbande angehört, die von den hinteren Tälern des Gebirgszuges aus die Dörfer der Ebene terrorisierte und von uns geschlagen wurde. Yang und Hsiao waren mit ihren Männern zu uns übergelaufen, als sie sahen, daß wir in der Übermacht waren. Sie waren ungebärdig, leicht reizbar und nicht willens, sich in die Ordnung unseres Lagers zu fügen.
Daneben gehörten zu unserer Kernmannschaft arbeitslos gewordene Lastträger, Veteranen des Opiumkrieges und Männer, die aus politischen oder anderen Gründen von der Polizei gesucht wurden.
Die meisten Leute kamen verzweifelt, halb verhungert, müde und eingeschüchtert zu uns. Was ihnen am meisten fehlte, war der Wille, die allgemeine Lage zu ändern. Sie sahen nur bis zu ihren Zehenspitzen. Fong und ich waren die einzigen, die einen weiteren Blick hatten. Wir waren entschlossen, unserer Gemeinschaft höhere Ziele zu geben. Sie sollte nicht eine gewöhnliche Räuberbande sein und bleiben, deren es zu dieser Zeit im Süden, besonders in den Bergen, viele gab. Da Fong eindrucksvoll reden und unseren Anhängern das Unrecht der Regierung und der Besitzverhältnisse anschaulich schildern konnte, und da

ich Verbindung zur Trias-Bruderschaft und anderen Geheimgesellschaften hatte, die uns gelegentlich unterstützten, konnten wir nach kurzem Kampf die Führung übernehmen.
In unserer Aufgabe halfen uns vor allem zwei Männer: der junge Schi Takai und Wei.
Schi Takai war ein Student, den die Polizei suchte, weil er im Überschwang der Entrüstung über die ungerechten Staatsprüfungen einen Aufruhr unter den Kandidaten angezettelt und in einem Flugblatt respektlose Bemerkungen gegen die Regierung gemacht hatte.
Wei war der Älteste unseres Führungskreises, schon Mitte Dreißig. Er war als Besitzer eines Pfandhauses in Kin-tien der reichste Mann seines Bezirkes gewesen. In eine nicht recht durchsichtige Mordaffäre verwickelt, mußte er jedoch fliehen. Er behauptete, unschuldig und nur von habgierigen Verwandten verdächtigt und angeklagt worden zu sein. Das schien uns glaubhaft, denn er war ein vergnügter, stets zu Scherzen aufgelegter, rundlicher, dennoch beweglicher kleiner Mann. Er konnte weit vorausplanen und hatte viele praktische Einfälle. In späteren Jahren zeigte er sich allerdings auch hinterlistig. Kein Wunder: Seines Vaters Großmutter mütterlicherseits war keine Han-Chinesin, sondern eine Eingeborene des Chuang-Stammes. Wei hat diesen Schandfleck in seiner Familiengeschichte lange verheimlicht.
Aber damals auf dem Distelberg war Wei uns nützlich. Auf ihn und den jungen Schi Takai stützten wir uns vor allem, um die Köhler Yangs und Hsiaos in Schach zu halten.
Unsere allgemeine Lage war recht schlecht und die Stimmung gedrückt, als Siu-tschüan zu uns kam: Bisher hatten die Dörfer der Ebene uns freiwillig Tribut geleistet und mit Lebensmitteln versehen, weil wir sie gegen die Köhlerbande des hinteren Tales geschützt hatten. Nachdem wir unsere Rivalen aber geschlagen hatten, waren wir für die reichen Bauern, das heißt vor allem für die Grundbesitzer, nur noch Schmarotzer. Die kleineren Bauern, also die große Mehrzahl, hatten selbst nicht mehr zu essen: Die einen wollten, die anderen konnten uns nicht mehr geben.
Viele Dörfer in der Ebene waren entvölkert, weil die Bauern, soweit sie nicht zu uns gestoßen waren, sich zu Verwandten be-

geben hatten, in den Städten bettelten oder sich in Volksküchen verpflegen ließen. Gegen die Städte wagten wir nicht anzugehen, weil wir nicht genug Gewehre hatten. Außerdem hatten die Bürger Milizverbände aufgestellt und ließen die Mauern Tag und Nacht bewachen.

Der Akademiker Li[1]

Aus einem Brief an seinen Sohn

Voll Enthusiasmus spricht Schi Takai stets von den Zeiten auf dem Distelberg, obwohl er doch in meinem Hause nichts entbehrt. Aber er sehnt sich zurück nach dem freien, ungebundenen Leben in der wilden Natur. Und wenn ich ihm bedeute, daß ich jederzeit meinen Pavillon den doch sicher sehr feuchten Berghöhlen vorziehe, lacht er nur. Die Bücher, sagt er, habe er damals gar nicht entbehrt! Im Gegenteil, er sei froh gewesen, weil er nicht mehr in der Studierstube zu sitzen und mit einem trokken-pedantischen Repetitor zu pauken brauchte. Auf dem Distelberg habe er ein männliches Leben geführt, gewiß voller Entbehrungen und Mühen, die er aber damals gar nicht gespürt habe. Nur eins habe ihm gefehlt: ein Pferd.
Von Schi Takai hörte ich mancherlei Geschichten über Fong, von denen mir eine wert scheint, schriftlich festgehalten zu werden: Fong stammte aus einem kleinen Dorf an der Grenze der Provinzen Kwangsi und Kwangtung. Von den Puntis vertrieben, hatte seine Familie sich in die Berge zurückgezogen und einer kleinen Bande Gesetzloser angeschlossen. Fong, damals noch nicht zwanzig Jahre alt, konnte sich aber nicht mit dem Gedanken abfinden, daß das Unrecht an seiner Familie ungerächt bleiben sollte. Er trennte sich eines Tages von seinen Eltern, wanderte in die Ebene und lauerte dem Punti-Dorfvorsteher auf, dessen Clan für die Austreibung verantwortlich war. Als dieser eines Morgens auf dem Wege in die Stadt war, erschlug er ihn mit einem Knüppel. Fong wurde aber gefaßt, als er den Esel des Erschlagenen auf dem Markte verkaufen wollte. Er blieb auch

1 Vgl. Anm. 1, S. 214.

unter der Folter dabei, daß der Punti-Dorfvorsteher ihn zuerst angegriffen habe. Deshalb wurde er auch nicht wegen Mordes, sondern nur wegen Totschlags, nicht zum Tode durch Vierteilung, sondern nur zum Tode durch das Schwert verurteilt. Es gelang ihm aber, zusammen mit Dschu, den er im Gefängnis kennengelernt hatte, zu entkommen und sich zum Distelberg durchzuschlagen. Die Räuberbande, bei der sich seine Eltern befanden, war indessen im Kampfe mit Regierungstruppen aufgerieben worden.

Von Dschu sagt Schi Takai, dieser sei der überragende Führer der Gemeinschaft gewesen, und alles wäre anders gekommen, wenn er länger am Leben geblieben wäre. Dschu habe nie gelacht, es auch nicht geliebt, wenn in seiner Gegenwart gescherzt wurde. Niemand habe gewagt, sich seinen Anordnungen zu widersetzen. Selbst Yang habe sich ihnen, wenn auch nur murrend, gebeugt. Im Gegensatz zu Fong sei er gebildet gewesen, habe zweimal – allerdings erfolglos – an den Provinzprüfungen teilgenommen und sei dann in ein buddhistisches Kloster eingetreten, wo er sich weniger dem Studium der heiligen Schriften als der Geschichte, der Strategie und den Berichten von Revolutionen und Kriegen gewidmet habe. Ob er wirklich ein Nachkomme der Ming-Kaiser gewesen sei, wie behauptet wird, wußte Schi Takai nicht mit Bestimmtheit zu sagen.

Aus dem Flugblatt des Studenten Schi Takai

Ein Teil des Volkes führt das Leben von Räubern, die am hellichten Tage in die Dörfer einbrechen, sengen, vergewaltigen und plündern. Der andere Teil des Volkes lebt in Furcht vor diesen Räubern. Nur die Beamtenschaft steht mit ihnen im Bunde.

Die Soldaten lungern herum, schüchtern die Bevölkerung ein oder sitzen in den Spielhallen und rauchen Opium. Sie ermorden Unschuldige, zeigen die Leichen vor und brüsten sich damit, Räuber zur Strecke gebracht zu haben. Aber wenn wirkliche Räuber kommen, schauen sie, woher der Wind weht und fliehen. Die Bauern aber können nur ihre eigene Stimme hinunter-

schlucken und ihre Tränen trinken, denn Recht wird ihnen nirgends.
Die Steuern herabsetzen, die korrupten Beamten bestrafen, gerechte Prüfungen im ganzen Reich einführen, den Räubern und Piraten Gelegenheit zu einem ehrlichen Leben geben und, wenn sie dies nicht wollen, sie vernichten – all das ist undurchführbar, weil der Herrscher die Harmonie zwischen Himmel und Erde stört und weil das Volk ihm nicht mehr vertraut.

Fong

Es gab damals viele Banden Gesetzloser in Kwangsi und den Nachbarprovinzen. Sie hielten sich aber gewöhnlich nur kurze Zeit: entweder weil es in ihnen Streit um die Führerschaft gab, oder weil die fetten Bürger in den Städten sich eine Bande kauften und sie auf die anderen hetzten. Die Provinztruppen hatten wir nicht zu fürchten, solange wir uns in der Nähe der Berge hielten. Dort war es ihnen nämlich zu gefährlich.
Dschu und ich wußten, daß wir unsere Gemeinschaft nur in der Hand behalten konnten, solange sie beschäftigt war. Darum steckten wir die Ziele weit. Das war nicht leicht, denn die meisten Leute, die zu uns kamen, waren stumpf und teilnahmslos. Sie hatten höchstens den Wunsch, sich an diesem oder jenem Mann in der Ebene zu rächen.
Ich rief ihnen in das Gedächtnis, daß ein Picul[1] Reis, als der gegenwärtige Kaiser den Drachenthron bestieg, drei Silberunzen wert gewesen war. Jetzt dagegen bekam der Bauer für einen Picul nur anderthalb Unzen. Grundsteuer und Pacht aber waren gleichgeblieben. Ich sah schon damals, daß es nur ein Mittel gab, die Ausbeutung der Bauern zu verhindern: Sie durften nicht mehr Pächter bleiben, sondern mußten ihren Acker selbst besitzen. Darüber sprach ich zu unseren Anhängern oft. Sie stimmten mir auch zu; aber was ich ihnen sagte, war ihnen zu fern. Sie glaubten nicht, daß wir unser Ziel je erreichen könnten.
Da wir wenig zu essen hatten, war die Stimmung in der Ge-

1 1 Picul = 60,5 kg.

meinschaft schlecht. Die stets unzufriedenen Köhler unter Yang und Hsiao nutzten das aus und wiegelten das Lager gegen Dschu und mich auf. Da hörten wir die seltsamen Gerüchte von Hung Siu-tschüan. Er hatte uns, wie geschildert, ja schon in Kanton gezeigt, daß er zaubern konnte[1]. Diese Fähigkeit hatte er dazu benutzt, um in seinem Heimatdorf einen Aufstand zu entfesseln und die Tempel niederzubrennen. Durch die drei blinden Bettler, die zu uns geflüchtet waren, erfuhren wir, daß er sich bei Verwandten in Kwangsi, nicht weit von uns, aufhielt. Wir luden ihn daher zu uns ein.

Die Nachricht, daß er sich uns anschließen wollte, weckte unsere Anhänger wieder auf. Er kam abends an, und wir ließen ihn gleich in die Höhle führen, die Dschu und ich bewohnten. Aber bald versammelten sich vor dem Eingang Hunderte unserer Leute und riefen nach ihm.

Er war gar nicht mehr der stille, niedergedrückte Student wie damals in Kanton, sondern trat würdevoll und feierlich aus dem Eingang der Höhle, hob die Arme, und die Menge wich gehorsam zurück. Dann begann er zu reden, erst leise und unsicher, aber später klarer und fester. Er tadelte die reichen und erbarmungslosen Grundbesitzer, die Steuereintreiber, die korrupten Beamten und den landesfremden Kaiser auf dem Drachenthron. Die Leute hörten aufmerksam zu, aber sie waren enttäuscht. Denn das hatten sie ja schon alles von uns gehört.

Aber dann drehte er plötzlich den Spieß um, und Dschu und ich wurden unruhig. Wir wußten nicht, war er kühn oder nur ahnungslos. Er warf den Leuten, die um ihn standen, noch schlimmere Laster vor: Räuberei, Diebstahl, Vergewaltigung der Frauen in den Dörfern, Plündern, Unbarmherzigkeit, Grausamkeit den eigenen Brüdern und Schwestern gegenüber. Die Zuhörer murrten anfangs, besonders die Köhler. Hung schien das nicht zu bemerken. Und bald sahen wir zu unserem Erstaunen, daß die Stimmung sich änderte. Die Leute hörten seine Ankla-

---

1 Diese Schilderung ist leider verloren. Es wäre interessant gewesen, sie mit dem sicher reich ausgeschmückten Bericht des Markterzählers Puh (S. 52ff.) zu vergleichen. Dschu erwähnt in seinem »Geständnis« nichts von Hungs magischer Begabung (S. 50).

gen mit Genuß. Und als er ihnen sagte, an diesen Verbrechen seien nicht sie selbst schuld, sondern die Teufel und bösen Geister in ihnen, da hatte er sie gewonnen. Er verkündete ihnen nun, der »Alte im Himmel« habe ihm die Macht gegeben, diese Dämonen auszutreiben, und zwar durch die Taufe.
Unter den Zuhörern war auch Mah, von dem es hieß, er sei früher Steuereintreiber gewesen. Er fragte Hung, ob er nicht getauft werden könne. Aber Hung, der schon seine Rede beendet hatte, verweigerte es ihm. Und er begann noch einmal zu sprechen. Er konnte nie aufhören. Nur eine Umkehr der Seelen, sagte er, und die Kenntnis »der Lehre« mache sie würdig für die Taufe. Er las ihnen zehn Gebote vor, die er den christlichen Schriften entnommen hatte, erklärte sie weitläufig und fügte hinzu: Wer getauft werden wolle, müsse diese Gebote auswendig hersagen können und schwören, sie immer zu beachten.
Am nächsten Tag baten ihn viele um den Text der Gebote, so daß die Schriftkundigen unter uns sie kopieren mußten. Es war ein seltsamer Anblick, wie die Leute in kleinen Gruppen vor den Höhlen oder an einsamen Stellen unserer Hochebene saßen und sich den Text vorlesen ließen, um ihn gemeinsam zu wiederholen und zu lernen: Lastträger, Veteranen, arme alte und junge Bauern und Bäuerinnen. Da ich nicht schreiben und lesen kann, stellte ich mich wie zur Kontrolle neben die Vorleser und lernte auf diese Weise mit.
Hung machte Dschu und mir anfangs keine Schwierigkeiten. Er ordnete mit unserem Einverständnis ein dreitägiges Fasten für alle an, die getauft werden wollten. Niemand wollte sich ausschließen. Jeder – ob Mann, Frau oder Kind – bekam nur eine Schale Reis am Tag. Am dritten Tag brachte einer unserer Versorgungstrupps zweihundert Picul Mehl von einer Dschunke, die an einer Schleuse erobert worden war. Trotzdem befahl Hung, die Ration nicht zu erhöhen. Selbst die Erbeuter der Lebensmittel fasteten den letzten Tag mit uns. Sie hätten allerdings sowieso nicht viel essen können, da sie sich schon in der Ebene den Bauch vollgeschlagen hatten.
Am Abend des letzten Fastentages versammelte Hung wieder alle Leute des Lagers vor unserer Höhle. Er stieg auf einen großen Felsstein, und davor standen zwei Lampionträger, zwischen

ihnen Dschu und ich. Hung Siu-tschüan sprach wieder von dem Auftrag, den ihm der Himmel erteilt habe, nämlich die Dämonen auszurotten und das Himmelreich auf Erden herzustellen. Als er die Leute fragte, ob sie ihm dabei helfen, ob sie auf irdische Güter verzichten, nur dem Befehl des Himmels folgen und Schangti gehorsam sein wollten, stimmten sie jedesmal laut zu. Darauf kündigte er an, er werde uns taufen. Er stellte es so dar, als erweise er uns damit eine besondere Gnade.
Er taufte den ganzen nächsten Tag an dem kleinen Wasserfall am Rande unserer Hochebene. Jeweils sieben Personen mußten vortreten, gemeinsam die zehn Gebote hersagen und ihm einen Papierstreifen geben, auf den sie ihre Sünden hatten schreiben lassen. Er verbrannte diese Papiere an einer roten Tempelkerze, damit die Schuldbekenntnisse zum Himmel aufsteigen konnten. Ich hatte den Mord des Punti-Dorfvorstehers nicht angegeben, denn ich hatte ihn zu Recht erschlagen.
Nach einem kurzen Gebet befahl Hung den Täuflingen, unter den dünnen Strahl des Wasserfalls zu treten. Er berührte ihre Schultern und sprach sie der Sünden und unsauberen Geister ledig. Einige Frauen gerieten während der Zeremonie in Verzükkung, knieten in dem kalten Wasser nieder und mußten von den Männern fortgetragen werden.

Der Markterzähler Puh

Auch Ih, Örl und San waren auf dem Distelberg. Ein Getreidehändler in der Provinz Kwangtung hatte sie aus seinem Laden geworfen, worauf sie in der nächsten Nacht sein Lager anzündeten und auf den Distelberg flohen.
Sie wollten sich dort wie alle anderen taufen lassen, hatten die Gebote und frommen Lieder der Gottesverehrer auswendig gelernt und waren plötzlich milde und sanftmütig geworden. Sie stahlen nicht mehr, und oft hielten sie im Streit, im Zanken und Fluchen plötzlich inne, oder sie beschämten den Schimpfenden, indem sie demütig ihre Schuld und Sündhaftigkeit eingestanden. Als sie aber am Taufplatz angekommen waren, wies der Große Hung die Blinden Ih und Örl zurück, weil sie sich nicht gewa-

schen hatten. Denn er hatte am Tage vorher alle aufgefordert, Seele und Körper zu reinigen. Sie warfen sich zwar vor ihm nieder und baten, er möge doch dies nicht von ihnen verlangen. Hung Siu-tschüan aber blieb streng und nahm nur San den Dritten an; denn der war sauber und hatte sich sogar den Bart abnehmen lassen, so daß niemand ihn wiedererkannte. Er trug aber kein Sündenbekenntnis bei sich, weil er, wie er sagte, sich nicht getraut hatte, sein Verbrechen einem Schriftkundigen mitzuteilen. Als Hung ihn jedoch aufforderte, nunmehr seine Sünden öffentlich vor allen anderen und vor dem stets gegenwärtigen Himmel zu bekennen, fing er an zu zittern und rief schließlich außer sich, daß alle es hören konnten, er habe als Kind seinen älteren Bruder ermordet und sei deshalb vom Himmel mit Blindheit bestraft worden. Er rutschte auf den Knien vorwärts und flehte Hung an, ihm trotzdem die Taufe nicht zu verweigern. Dieser hatte Erbarmen, berührte sein Haupt, seine Schultern und die Brust, legte dann die Hände auf die Augen des Blinden und sagte:

»Wenn dir der Himmel die Sünden vergeben hat, wirst du wieder sehen. Stehe auf, du bist rein!«

San erhob sich, nun völlig ruhig, und ließ sich zu seinen beiden Kumpanen führen, die schweigend und gedemütigt neben einem Gebüsch saßen.

Am nächsten Mittag, als Hung die Neugetauften zusammengerufen hatte und ihnen beschrieb, was er alles im Himmel beobachtet hatte, drängte sich San plötzlich durch die Gemeinde, blieb vor Hung stehen und rief laut:

»Ich kann wieder sehen. Der Große Hung Siu-tschüan hat mich geheilt!«

Und tatsächlich ging er noch näher an den Stein heran, auf dem der Redner stand, ohne daß ihn jemand bei der Hand führte. Hung aber stieg herab, breitete die Arme aus; und San lief ihm wankend und noch unsicher entgegen und fiel ihm an die Brust.

Die Menge schrie erregt und drängte sich heran, das Wunder zu sehen. Hung jedoch stieg mit dem Geheilten auf den Stein, wo ihn alle erblicken konnten und fragte ihn, wo die Sonne sei. San deutete mit der Hand auf sie und auf weitere Fragen Hungs auch auf den Berg und die Stelle, wo seine Kameraden standen. Da

rief Hung, der Himmel habe ein Zeichen gegeben, daß er Sünden vergeben könne. Er, der vor einigen Monaten in Hwa einen Menschen mit einem bloßen Wort geblendet hatte, könne auch Blinde mit einem Wort wieder sehend machen, wenn sie nur an ihn glaubten und ihre Sünden bereuten.
Bei jedem Satz unterbrach ihn die Menge mit erregten Zurufen. Er forderte die Umstehenden auf, zum Beweis, daß sie mit ihrem bisherigen Leben endgültig gebrochen hatten, ihren Zopf in Schulterlänge abzuschneiden und sich von nun an das Haupthaar auch über der Stirn frei wachsen zu lassen[1]. Er selbst schnitt seinen Zopf als erster ab und warf ihn vor sich. Die Menge aber folgte seinem Beispiel.

DSCHU
Aus seinem Geständnis

Hung Siu-tschüan war in den vergangenen anderthalb Jahren ein anderer Mensch geworden: Aus Kanton[2] hatte ich sein Gesicht als zart, verträumt und ängstlich in Erinnerung; jetzt war es härter, jedoch immer noch so bleich wie früher. Seine Gesten waren langsamer und sicherer geworden. Er saß steif und gerade, hielt die Knie auseinander, und selbst aus dem klobigen Schemel unserer Höhle suchte er einen Thron zu machen. Nur sein Blick

---

1 Der erste Kaiser der mandschurischen Tsching-Dynastie (1644–1911) hatte den Chinesen befohlen, als Zeichen der Unterwerfung die mandschurische Haartracht zu übernehmen, d. h. das Kopfhaar vorne zu rasieren, hinten in langem Zopf zu tragen.
Hungs Anhänger ließen ihr Kopfhaar voll und frei bis in Schulterlänge wachsen, flochten es dann um den Kopf oder banden es über dem Kopf zusammen und trugen darüber einen roten Turban. Sie wurden von ihren Gegnern »die langhaarigen Rebellen« genannt. Man nimmt an, daß Hung mit der Einführung der neuen, auf die Ming-Zeit zurückgehenden Haartracht gegen die landesfremde Mandschu-Dynastie demonstrieren wollte. Andere meinen, daß er seine Anhänger als Mitglieder einer Art geistlichen Ordens kenntlich machen wollte; denn auch während der Mandschu-Dynastie trugen die taoistischen und buddhistischen Mönche in China keine Zöpfe.

2 Vgl. S. 50.

irrte ebenso unruhig wie damals umher, biß sich aber manchmal an irgendeinem Punkt fest.
Er war mir von der ersten Stunde an verdächtig, und ich zweifelte daran, ob es klug gewesen war, ihn einzuladen. Fong dagegen begrüßte ihn wie einen Nothelfer und glaubte, er werde unsere Autorität festigen. Aber bald wurde er für uns eine größere Gefahr als Yang und Hsiao: Er stützte sich nicht auf eine Gruppe, sondern gründete seine Macht auf eine Legende: die Vision und die angebliche Berufung. Diese Legende pflegte er in unverschämter Weise. Es war erstaunlich, daß niemand sah oder sehen wollte, wie folgerichtig er vorging. Von den einfachen Leuten war dies natürlich nicht zu erwarten, wohl aber von Fong, der erst aufwachte, als wir unversehens gezwungen waren, uns auf Siu-tschüans Befehl die Zöpfe abzuschneiden. Nicht daß mir mein Zopf teuer gewesen wäre, aber daß wir Siu-tschüans Befehl folgen mußten – das war das Ärgerliche. Er entschuldigte sich zwar dann bei uns, daß er uns voher nicht befragt habe; der Gedanke sei ihm ganz plötzlich gekommen. Was nützte uns jedoch diese nachträgliche Entschuldigung! Wir mußten nun zopflos umherlaufen und wurden wie die Miao-tse[1] zum Gespött des Reiches.
Fong und ich waren auf die Schnelligkeit, mit der er vorging und in einem Monat unsere Gemeinschaft änderte, nicht vorbereitet. Wir spürten bald, daß er nur noch der Form halber unser Einverständnis für seine Verordnungen einholte. Wir hätten uns ihm nicht mehr entgegenstellen können, denn unsere Anhänger sahen nur noch ihn, und wir standen ganz im Hintergrund.
Schon wenige Tage nach der sogenannten Taufe befahl er, ein riesiges, sechzig Fuß hohes Kreuz zu zimmern und auf dem Gipfel des Distelberges aufzurichten. Wie unpraktisch er war, zeigte seine Anordnung, es aus den Dachbalken eines Tempels in der Ebene zusammenzufügen und es erst dann den nur mit größter Mühe besteigbaren Berggipfel hinaufzuschaffen. Es wäre selbstverständlich viel leichter gewesen, die Balken einzeln hinaufzutragen und oben zusammenzusetzen. Er wollte es aber an-

1 Eingesessene Bergstämme Südchinas, von denen viele in den unzugänglichen Gebirgen der Provinz Kwangsi lebten.

ders und ließ sich nicht davon abhalten, bei dem Transport des Kreuzes selbst mitzuhelfen. Schon wenige Monate später berichtete die Legende – ich habe den Verdacht, daß der ehemalige Steuereintreiber Mah sie verbreitet hat –, Siu-tschüan habe das Kreuz allein auf den Gipfel getragen, und Engel des Himmels hätten ihm dabei geholfen!
Als nächstes ließ er ein Kloster in einem Dorf abreißen und aus dem Holz einen christlichen Tempel auf der Hochebene errichten, was einen ganzen Monat dauerte, obwohl wir alle Arbeitsfähigen einsetzten und kaum Trupps zusammenstellen konnten, um Lebensmittel zu requirieren. Auf unsere Sorgen antwortete er unbekümmert, der Himmelsgott Huang Schangti werde seine Anhänger wohl zu speisen wissen, wenn sie ihm einen Tempel errichteten. Als unsere Vorräte fast am Ende waren, erhielten wir glücklicherweise von den Blinden, die wieder in die Ebene gezogen waren, Nachricht, daß in den nächsten Tagen einige weitere Lebensmitteldschunken für die Hungergebiete der Provinz erwartet wurden. Unsere Leute brachten eine dieser Dschunken auf.
So unbeholfen in praktischen Dingen, so geschickt war er darin, seine Legende auszubauen. Ich will es dahingestellt sein lassen, ob er wirklich Huang Schangti im Traum gesehen hatte. Aber selbst wenn dies der Fall gewesen sein sollte, unsereins hätte davon kein Aufhebens gemacht. Im Kloster hatten viele meiner damaligen Mitbrüder in ihren Träumen Heilige gesehen, ohne daß sie dies anders als nur beiläufig erwähnten. Hung Siutschüan aber gründete eine Bewegung, die bald das Reich erschüttern sollte, auf das Nebelhafteste und Windigste: einen Traum. Und er genierte sich nicht einmal, das aller Welt zu verkünden. Dennoch ist es erstaunlich, wie er mit diesem luftigen Gespinst allen Leuten unserer Gemeinschaft die Vernunft fesselte. Er war ihnen unentbehrlich geworden. Als er sich einmal für einige Tage auf den Gipfel des Distelberges begeben hatte, wurden sie schon unruhig. Hätte er nicht strikten Befehl hinterlassen, ihn »im Gespräch mit Huang Schangti« nicht zu stören – Männer, Frauen und Kinder wären den steilen Felsen hinaufgestiegen, nur um wieder in seiner Nähe zu sein.

Der Köhler Yang

Fong und Dschu, die sich selbst zu unseren Führern aufgeworfen hatten, schob er beiseite, ohne sich auf einen Streit mit ihnen einzulassen. Nie werde ich den Augenblick vergessen, als er uns aufforderte, die Zöpfe abzuschneiden, und als die beiden ehemaligen Führer völlig überrumpelt und verwirrt in ihrem Gürtel nach einem Messer fingerten und nervös ihre Zöpfe abschnitten mit einer Miene, als kastrierten sie sich. Wo sie einen Schritt vorangingen, war Hung schon ein Li vorwärtsgeeilt.
Zwar hatte auch Fong gelegentlich die Bauern für sich und seine Gedanken gewonnen; Hung aber zeigte, daß man aus diesen Lämmern reißende Tiger machen kann. Ihm war keine Lüge dick genug. Der Himmel selbst befiehlt euch, einen Tempel zu bauen. Wer zuwiderhandelt, wird enthauptet. Ein Tempel wird gebaut, ein Kreuz auf den Gipfel des Berges getragen. Das Volk will tätig sein und Wunder sehen.
Er gab ihm Aufgaben, und er tat Wunder.

Der Markterzähler Puh

Zuerst bezweifelten Ih und Örl überhaupt, daß San der Dritte sehen konnte. War es nicht schon genug, daß man *ihn* zur Taufe zugelassen, *sie* aber zurückgewiesen hatte? San zeigte jedoch bald, daß er tatsächlich sein Augenlicht wiedergewonnen hatte. Zwar nahm er nach wie vor im Zuge der Blinden die Stelle des Dritten ein; aber wenn er damit den Vorrang der beiden anderen auch weiterhin anerkannte, so brachte er es doch nicht über sich zu schweigen, wenn Ih geradenwegs auf einen Stein oder einen Graben zuging. Dann stieß San Warnungsschreie aus; und Ih wandte sich erzürnt um und bedrohte den lästigen Besserwisser mit dem Stock, worauf San seinen Vordermann Örl losließ und Ihs Bambusstab geschickt auswich.
Des Streitens war unter ihnen kein Ende. Maßte San sich nicht sogar an, zur Gemeinschaftsküche zu gehen und für alle drei Essen zu holen? Fragte er nicht sogar einmal Ih in unschuldigem Ton, ob er zufällig eine Nähnadel bei sich habe? Er wolle sich einen langen Riß in der Hose zunähen!

Willst du nicht auch die Löcher in unseren Jacken flicken? Oder willst du dir demnächst Blumen ins Haar stecken? Große Herren, gebt Geld einem armen Blinden, der so gute Augen hat, daß er sogar eine Nähnadel einfädeln kann! Schenkt ihm ein Riechfläschchen, damit er nicht am Gestank seiner Kameraden erstickt. Er hat sich ja sogar seine Lumpen gewaschen!

Nicht genug, daß er getauft war und sehen konnte – mußte er nun auch zweimal täglich zu den Andachten gehen? Jedoch eines Abends, als San in die Höhle zurückkehrte, in der die drei sich niedergelassen hatten, fand er seine beiden Kameraden nicht vor, und seine Augen nützten ihm auch nichts, als er sie draußen in der Dunkelheit suchen wollte. Er legte sich also auf das Lager, schlief ein und wachte nur kurz auf, als die beiden spät nachts hereinkamen. Erst am nächsten Morgen sah er, was geschehen war: Auch Ih und Örl hatten sich gewaschen. Nun war die zarte, des Wassers und des Scheuersands ungewohnte Haut des Gesichts und der Hände blaßgrau, Hals und Ohren aber schwarz wie vorher, und das Haar stand verfilzt und klebrig vom Kopf ab; kurz, sie sahen furchterweckend aus.

Sie sprachen nicht mehr mit ihm, gingen allein zu der Höhle, die man Hung zugewiesen hatte, und als sie ihn heraustreten hörten, warfen sie sich vor ihm nieder und baten, getauft und geheilt zu werden, da sie sich nun, wie er ja erkennen könne, durch eine gründliche Reinigung auf diese heilige Handlung vorbereitet hatten. Siu-tschüan aber sah nur die schwarzen Ohren, den schmutzigen Hals und die graue Haut des Körpers, die durch alle Löcher der Lumpen sichtbar war, und befahl ihnen, sich noch einmal und gründlicher zu waschen.

Niedergedrückt zogen die beiden von dannen und wiederholten am gleichen Abend die Wäsche gründlicher und am ganzen Körper, so daß ihre Haut zwar nicht weiß wurde, aber doch an einigen Stellen, wo sie besonders von Wasser und Sand gereizt worden war, rote Streifen aufwies. Am Tage darauf taufte Siutschüan sie, ohne sie aber, wie sie gehofft hatten, sehend zu machen.

Sanftmütiger wurden sie dadurch nicht, und San war ihnen ein ständiges Ärgernis: ein Heuchler, ein Frömmler, der erst seinen eigenen und noch dazu älteren Bruder ermordet hatte und sich

jetzt bei den Andachten vordrängte. »Kannst du nicht leiser singen, wie wir anderen auch? Warum betest du so oft, wenn dir die Sünde schon vergeben ist? Oder hast du etwa noch Schlimmeres auf dem Gewissen? Wohl gar deine Eltern erschlagen!«
Ih und Örl waren ungeduldig, und sie beschlossen, wieder in die Ebene zu gehen, wo San keine Möglichkeit hatte, die Andachten zu besuchen. Aber San wollte bleiben.
Um diese Zeit hatte der Große Hung befohlen, ein hohes Kreuz zu zimmern, um es auf dem Gipfel des Distelberges aufzurichten. Ih und Örl gingen deshalb zu ihm und schlugen ihm vor, auch ihren dritten Kumpan bei diesen Arbeiten einzusetzen. Er behauptete doch sehen zu können wie jeder andere. Warum sollte er als einziger Erwachsener des Lagers nichts tun? Hung leuchteten diese Gründe ein, und er trug San dem Dritten auf, sich fortan an der Arbeit zu beteiligen.
Darauf wurde San plötzlich demütig, ging zurück zu seinen beiden Kameraden und war bereit, sofort mit ihnen die Gemeinschaft zu verlassen. Am nächsten Tag waren sie alle drei verschwunden, und eine Woche später standen sie vor den Mauern der Kreisstadt Kintien. Die Tore waren aber schon geschlossen, und sie legten sich hungrig und gereizt, weil sie nicht mehr in die Stadt hinein konnten, in einer Wegkapelle nieder.
Ihr erster Gang am nächsten Morgen sollte zum Yamen sein, wo sie über die Zustände auf dem Distelberg vertraulich berichten wollten. Jedoch San der Dritte erhob Einwände.
»Wie können wir Hung Siu-tschüan denunzieren, der uns in Kanton aus der Straßenschlägerei gerettet, der uns auf dem Distelberg von den Sünden gereinigt und der uns geheilt hat!«
»*Uns* geheilt hat? Dich hat er sehend gemacht, uns nicht!«
»Weil ihr nicht an ihn glaubt und weil ihr eure Sünden nicht ernstlich bereut.«
»Haben wir solche Verbrechen begangen wie du? Den eigenen älteren Bruder ermordet! Wir speien aus vor dir.«
»Habt ihr wenigstens gestanden, daß ihr ihm im Haus der Mutter Meh sein Geld gestohlen habt?«
»Wir? Haben wir es nicht gemeinsam ausgegeben? Auch für dich?«
Streit und Niedertracht!

Auch als sie sich zum Schlafen in einer Ecke des Wegtempels niedergelegt hatten, hörten sie nicht auf, sich zu zanken. Ja, San der Dritte ging so weit, den Platz des Ersten zu fordern, und wollte in Zukunft die beiden anderen führen. Ih sollte der Zweite, Örl der Dritte werden! Er sei doch derjenige, der sehen und daher auch am besten die beiden Kameraden leiten und vor den Gefahren des Weges und der Menschen bewahren könne. War er verrückt geworden? Hatte die Taufe ihm solche unfrommen Gedanken eingegeben, seinen Sinn für das Gehörige verwirrt? Welcher böse Geist war durch Hung Siu-tschüan in ihn gefahren, daß er sich so weit gegen die Sitte vergaß und das Bestehende umstürzen wollte! Schuldete er ihnen keine Dankbarkeit, die ihn, den Brudermörder, seit Jahrzehnten mit sich geführt und ihm Wohltaten über Wohltaten hatten zukommen lassen?
Als San schlief, richtete sich Ih der Erste leise auf, kroch vorsichtig um Örl und tastete sich fingerbreit um fingerbreit zu San dem Dritten vor; der spürte plötzlich im Schlafe die Gefahr, zog erschrocken die Luft ein, aber schon hatte Ih seine großen Hände um Sans des Dritten Kopf gelegt und sich auf seine Brust gesetzt. Er drückte die Daumen in Sans Augen, bis seine Augäpfel herausgepreßt waren.

Ling Nam Yat Pao, Tageszeitung in Kanton

Leserbrief

In Ihrer Artikelserie über das Leben Hung Siu-tschüans berichteten Sie über seine angeblichen Wunderheilungen. Sie erwähnten, er habe »ohne jeden Zweifel einem Blinden das Augenlicht wiedergegeben«. Die »Heilung« läßt sich aber ganz natürlich erklären: Der von Ihnen genannte Bettler war nämlich gar nicht blind wie seine beiden Kumpane. Seine Augäpfel waren lediglich trübe. Meiner Ansicht nach hatte das Waschen vor der Taufe genügt, um seine Sehkraft wiederherzustellen. Aber daß er nach der Taufe wieder sehen konnte wie jeder andere, ist auch nicht richtig. Als Hung ihn der Menge als geheilt vorstellte, fragte er ihn sehr geschickt nach Dingen, die selbst ein zu neun Zehnteln

Blinder erkennen oder erraten kann: wo die Sonne stand, der Berg oder woher er gerade gekommen war.
Übrigens wurde durch diese »Heilung« der Erblindungsprozeß des Bettlers nur beschleunigt. Nachdem die Bettler drei Wochen in der Ebene als Agenten des Lagers tätig gewesen waren und als sie wieder in das Lager zurückkehrten, trug der angeblich Geheilte eine Binde um den Kopf. Er entfernte sie später, und da sahen wir, daß er keine Augen mehr hatte. Er behauptete, er sei als Spion der Gottesverehrer in Kintien verhaftet und geblendet worden. Als die Gottesverehrer später Kintien eroberten, wollten sie den verantwortlichen Richter bestrafen, aber es stellte sich heraus, daß die Geschichte des Bettlers rein erfunden war.

DSCHU
Aus seinem Geständnis

Wie schon erwähnt, begab sich Hung Siu-tschüan, als der Tempelbau noch im Gange war, »einem Rufe Schang-tis folgend« auf den Gipfel des Distelbergs. Er hatte uns gesagt, er werde dort oben sieben Tage im Gespräch mit dem Himmel verweilen. Ich muß gestehen, daß mir damals die Nachricht nicht unwillkommen gewesen wäre, er habe sich in den steilen Felspartien den Hals gebrochen. Indessen erschien er bald wieder unter uns, und zwar nicht nach sieben, sondern schon nach drei Tagen: Es hatte geregnet!
Er war durchnäßt, seine Augen waren eingefallen und fiebrig. Am Abend rief er uns vor dem Bambusgerüst des Tempels zusammen und berichtete von einer neuen »Vision« auf dem Berggipfel. Darin sei ihm der Himmelsgott Huang Schangti mit seiner Gemahlin, seinem Sohn Jesus und dessen Gattin erschienen. Schangti habe die Gesetze für die Gemeinde auf dem Distelberg verkündet. Zur Sicherheit hatte Hung sie aber sofort aufgeschrieben – ohne sich vorher mit uns darüber zu beraten.
Diese Gesetze sind inzwischen allgemein bekannt. Ich brauche sie deshalb nicht zu wiederholen, muß jedoch erwähnen, daß Fong und ich nur schwer unsere Haltung bewahren konnten, als

er für jede Übertretung der göttlichen Gebote, ja selbst für zweimaliges unentschuldigtes Fernbleiben vom Gottesdienst die Todesstrafe forderte. Die Menge aber schrie ihm begeistert zu. Daß er die Leute mitzureißen verstand, will ich nicht leugnen. Aber *seine* Ziele waren verschwommen, *unsere* störte er. In kurzer Zeit hatte sich in unserer Gemeinschaft eine Frömmelei ausgebreitet, die mich, und nicht nur mich, auf das äußerste abstieß. Die Leute sprachen nur noch vom Himmel, seinem älteren Sohn Jesus und seinem jüngeren Sohn Hung Siu-tschüan. Morgens, mittags und abends Predigten und Gebete, und Schangti wird für alles sorgen.

Aber er sorgte nicht einmal für unsere Lebensmittel. Seit der Präfekt von Kintien unser Gebiet durch Truppen abgeriegelt hatte, waren weder Reis noch Mehl, weder Fleisch noch Fisch aufzutreiben.

Nach einer Abendpredigt kam Yang zu mir und sagte, er sehne sich nach den Zeiten zurück, wo wir weniger zu beten, aber mehr zu essen hatten. Auch er und sein Genosse Hsiao hatten bei den Köhlern an Einfluß verloren.

Fong und ich versammelten daher eines Nachts die einflußreichsten Männer des Lagers in unserer Höhle: die eben erwähnten beiden Köhler Yang und Hsiao, den Studenten Schi Takai und den dicken Wei, den ehemaligen Pfandhausbesitzer. Wir waren uns darüber einig, daß seit Siu-tschüans Himmelsreden und Gottesverehrung die Disziplin in unserer Gemeinschaft besser geworden war. Die Leute waren besessen von ihrer Mission, nur wußten sie nicht, welches ihre Mission war. Gewiß, die Dämonen töten und das Himmelreich auf Erden errichten! Aber wie? Sie waren bereit, ihr Leben dafür hinzugeben, aber Siu-tschüan forderte es nicht von ihnen.

Wir beschlossen daher, die neue Kraft unserer Anhänger so bald wie möglich einzusetzen, nicht mehr zu improvisieren, sondern vorauszuplanen. Ich hatte mit Fong ein Programm ausgearbeitet, das wir den vier Gästen in unserer Höhle vorlasen. Sie billigten es. Es waren in Umrissen bereits Pläne, die wir einige Monate später in der großen Proklamation zu Yungan verkündeten. Wir schworen, diese Pläne gemeinsam auszuführen, Siu-tschüan aber nicht einzuweihen.

Wie bereits mitgeteilt, begann die Tätigkeit des steckbrieflich gesuchten Hung Siu-tschüan, gebürtig aus Hwa (Provinz Kwangtung), auf dem Distelberg als eine rein religiöse. Neuerdings ist in seiner Aktivität jedoch eine bedenkliche politische Komponente zu entdecken, die Anlaß zu folgendem Bericht gibt.

Der erwähnte Hung folgt christlichen Gedankengängen, mit denen er durch Lektüre ausländischer Schriften bekannt geworden ist. Seine Anhänger hat er in einer Vereinigung zusammengefaßt, die den Namen »Gemeinschaft der Gottesverehrer«[1] trägt. Sie nehmen das Recht für sich in Anspruch, zu Schangti zu beten und ihm zu opfern. Hung behauptet, von Schangti selbst (!) mit der Errichtung eines »Himmelreiches auf Erden« beauftragt worden zu sein. Soweit hierorts bekannt, hat die Gemeinschaft dem Höchsten Herrn des Himmels bereits einmal ein Pferd geopfert, gewöhnlich begnügen die Rebellen sich aber damit – wohl auch aus Mangel an Opfertieren –, zu seinen Ehren eine Schale geweihten Tees zu trinken und geweihte Sprüche zu verbrennen. Dies zeigt deutlich, daß die christliche Religion die Lehren der Klassiker und die Grundlagen unseres Staates untergräbt.

Während die sogenannten »Gottesverehrer« ihren Kultus bisher nur in der Abgeschiedenheit des Distelbergs vollzogen, sind sie jetzt auch dazu übergegangen, ihre Anschauungen in den umliegenden Dörfern der Täler und der Ebene zu verbreiten. Nicht nur das, sie zerstören Klöster und Tempel, zertrümmern Heiligenstatuen, entfernen zum Unwillen aller Gebildeten aus den Schulen und Privathäusern Bilder und Sprüche Kung-dses und verbrennen sogar die Ahnentafeln.

Hung Siu-tschüan hat seinen Anhängern außerordentlich

---

1 »Pai Schang Ti Hui«, eigentlich: Vereinigung zur Verehrung Schangtis; die Verehrung Schangtis, des höchsten himmlischen Herrschers, war dem Kaiser vorbehalten, vor allem in den Zeremonien am Himmelstempel zur Wintersonnenwende. Der Anspruch der Sekte verstieß daher gegen die kaiserlichen Prärogativen und war als Sakrileg strafbar.

strenge Regeln auferlegt, denen sie sich in der sogenannten Taufe unterwerfen müssen. Vor allem müssen sie zehn Grundgebote beachten, deren Übertretung mit dem Tode durch das Schwert bzw. durch Verbrennung auf dem Scheiterhaufen geahndet werden soll. Er maßt sich selbst also Gerichtsbarkeit über seine Anhänger und Vollstreckungsgewalt an. Berufungsinstanzen gegen seine Entscheidungen scheinen nicht vorgesehen zu sein. Die Urteile werden anscheinend von ihm formlos verkündet und dann vollstreckt. Über eine Prozeßordnung liegen keine Nachrichten vor.

Er fordert ferner von seinen Anhängern, daß sie sich die Zöpfe abschneiden und daß sie ihr Haar wieder wie zur Zeit der Ming-Dynastie tragen. Dadurch erreicht er, daß die Unzufriedenen der Sekte sich nur schwer wieder von ihm trennen und in der regierungstreuen Bevölkerung untertauchen können, da sie – als seine Anhänger sofort kenntlich – von den Behörden zur Rechenschaft gezogen werden können.

Sein Erfolg, besonders unter den ärmeren Schichten der Bevölkerung, ist beträchtlich, zumal er eine Reihe bemerkenswerter und wohl kaum anzweifelbarer Wunderheilungen vollzogen hat. Nur die gebildete Schicht ist gegen seine Lehre, die der überkommenen Weisheit unserer Klassiker ins Gesicht schlägt, weniger anfällig. Hung Siu-tschüan erhält mehr als zuvor Zustrom von Bauern, die infolge der letzten Mißernten hoffnungslos verschuldet sind und ihr Saatgut verzehrt haben, sowie von Hakkas, die sich dort, wo sie in der Minderheit sind, nicht mehr sicher fühlen.

Ich habe nunmehr im Rahmen des mir Möglichen energische Maßnahmen gegen die sogenannten Gottesverehrer eingeleitet. Da die Banditen sich jederzeit auf den absolut unzugänglichen Distelberg zurückziehen können, habe ich eine etwas langwierigere, aber desto sichereren Erfolg versprechende Taktik vorgezogen, indem ich Truppen in die noch nicht von Banditen durchsetzten Dörfer gelegt habe, um die Lebensmittelzufuhr in das Gebiet der Aufständischen zu unterbinden. Durch strenge Überwachung des Schiffsverkehrs wird jeder Zustrom durch Ortsfremde verhindert.

Um einer weiteren Ausbreitung der staatsgefährdenden Lehre

vorzubeugen, muß das Übel jedoch bei der Wurzel ausgerottet werden, das heißt, wir müssen der Hungersnot und Arbeitslosigkeit im Lande abhelfen und die Sicherheit der Hakkas gewährleisten. Die in dieser Hinsicht getroffenen Maßnahmen in meiner Präfektur versprechen jedoch nur Erfolg, wenn entsprechende Maßnahmen auch in den anderen Präfekturen der Provinz Kwangsi sowie in Kwangtung getroffen werden. Es darf daher angeregt werden, Abschriften dieses Berichts allen hierfür zuständigen Stellen zuleiten und sie auf die Dringlichkeit der Lösung dieser Probleme aufmerksam machen zu wollen. Denn es ist durchaus möglich, daß die vorläufig nur lokale Bewegung sich ausbreitet, wenn die umliegenden Präfekturen und die Nachbarprovinz sich nicht zu ernsthaften Anstrengungen aufraffen.

Außerdem bitte ich um Verstärkung der mir zur Verfügung stehenden Truppen. Ich mache bei dieser Gelegenheit wieder darauf aufmerksam, daß die Einsatzbereitschaft der Mannschaften und Unteroffiziere sowie die allgemeine Disziplin nur gewährleistet werden können, wenn die Soldrückstände von sechs Monaten sofort ausbezahlt werden. Bereits jetzt sind verschiedentlich Desertionen in das Lager der sogenannten Gottesverehrer zu verzeichnen.

Es wird gebeten, die Offenheit dieses Berichtes sowie die ungebührlichen Ratschläge an übergeordnete Stellen zu rügen und mich für meine Unfähigkeit, die eingetretene Entwicklung zu verhindern, empfindlich zu bestrafen.

Siegel und Unterschrift
(Präfekt von Kintien)

SCHI TAKAI

In abstracto bin ich auf der Seite der großen Menge, in concreto ist sie mir unheimlich. Ich weiß zum Beispiel, daß eine Bodenreform, eine Reform der Sitten und der Verwaltung, ja, auch der Sturz der Dynastie notwendig sind, und ich bin bereit, dafür zu arbeiten und selbst Mühsal auf mich zu nehmen; aber wenn ich einige hundert Bauern vor mir sehe und Siu-tschüan zu ihnen sprechen höre, möchte ich am liebsten davonlaufen. Einige hundert Bauern, die auf den Äckern ihres Dorfes arbeiten, sind etwas anderes als einige hundert Bauern auf einem Marktplatz. Nur ihre Zahl ist gleich, nicht aber ihr Wesen, ihre Bedürfnisse und Wünsche. Auf dem Feld sind sie schlicht, unverbildet, redlich, freundlich, menschlich. In der Menge auf dem Platz sind sie primitiv, roh, unmenschlich: eine Meute, ein Rudel Wölfe.

Aber ich sehe auch ein, daß ich dem Volke nur helfen kann, wenn ich mich der Meute bediene. Sie jedoch zu lenken, ist ein schmutziges, zweideutiges Geschäft, ein unehrliches Gewerbe. Wie sauber, eindeutig und gerade dagegen ist der Beruf des Offiziers! Ich muß mich zwingen, an den Versammlungen und den Gottesdiensten Siu-tschüans teilzunehmen.

Ich habe ihn auf seiner letzten Reise durch die Ebene begleitet. Sechs Dörfer sind jetzt von Gottesverehrern bewohnt, einige der ursprünglichen Ansiedler sind geblieben und haben sich uns angeschlossen. Andere, inzwischen getauft, sind vom Distelberg wieder in ihre Häuser zurückgekehrt.

In dem Dorfe Mien kamen wir am späten Nachmittag an: Siu-tschüan und etwa fünfzig Bewaffnete aus dem Lager unter der Führung Yangs. Der Dorfschrein war noch intakt, alle Zeichen seiner früheren Bestimmung aber – der Dämon Kang, Weihrauchbecken, Segenssprüche und die Inschrift am Giebel – waren entfernt. Etwa fünfhundert Personen fanden sich auf dem Platz vor dem Schrein ein. Sie sangen das Lied der Zehn Gebote, das Siu-tschüan gedichtet hatte. Ich stand an den Stufen des Schreins und hatte die Gemeinde vor mir. Mich unter sie zu mischen, stundenlang in dem Schweiß und dem unerträglichen Geruch zu stehen, war mir nicht möglich. Mah, den Siu-tschüan zu seinem geistlichen Gehilfen erkoren hatte, war Vorsänger. Er stand am Geländer der Schreinvorhalle. Die Melodie ist unerträglich monoton. Dennoch – oder gerade deshalb? – erregte sie die Menge. Die Leute hatten die Arme ineinander verschränkt und schwankten im Takt hin und her. Ihre Augen wurden starr und leer, die Gesichter glänzten, und der Geruch schmutziger, verschwitzter Kleidung zog manchmal zu mir herüber. Sie hätten den ganzen Nachmittag und Abend singen können.

Als das Lied jedoch schließlich ein Ende genommen hatte, trat

Siu-tschüan aus dem Schrein: feierlich, blaß, gemessen. Er begann so leise zu sprechen, daß die Hintenstehenden ihn kaum hören konnten. Die Vision, der Auftrag, die Dämonen, das rechte Leben, die Hölle, das Himmelreich auf Erden, der Ältere Bruder, der Vater im Himmel, der Jüngere Sohn Mensch geworden. Wehe den Götzendienern, ewige Verdammung, Gebete, Gottesdienste, Strafen. Wer aber mir folgt, den werde ich erretten. Ich werde im Himmel sitzen neben Gottvater, Gottmutter und dem Älteren Bruder und euch empfangen. Leben in ewiger Seligkeit.

Glaubt ihr an Schangti, den Vater im Himmel? Und die Menge antwortete: Ja, wir glauben an Schangti, den Vater im Himmel.

Den einzigen Gott?

Den einzigen Gott!

Auch an Jesus, seinen erstgeborenen Sohn?

Auch an Jesus, seinen erstgeborenen Sohn!

Sowie an Siu-tschüan, seinen jüngeren Sohn?

Sowie an Siu-tschüan, seinen jüngeren Sohn!

Der in Menschengestalt ins Reich der Mitte niedergestiegen ist?

Der in Menschengestalt ins Reich der Mitte niedergestiegen ist!

Im Auftrage des Himmlischen Vaters?

Im Auftrage des Himmlischen Vaters!

Um das Himmlische Reich[1] auf Erden und den großen Frieden herzustellen?

Um das Himmlische Reich auf Erden und den großen Frieden herzustellen!

Und um euch zu erlösen?

Und um uns zu erlösen!

Ja, Siu-tschüan wird uns erlösen! rief plötzlich eine Frau, die in einer der ersten Reihen stand. Sie drängte sich ganz nach vorn, außer sich, schrie immer wieder: Siu-tschüan wird uns erlösen! Sie ging, nein, tänzelte ein paar Schritte vor der Menge hin und her, stieg zwei Stufen zur Vorhalle des Schreins empor, auf Siu-tschüan zu, rief zur Menge herab: Wir haben gesündigt und den ersten Gehilfen des Höllenfürsten Yen Wang, den Dämon Kang

---

1 Tien Kuo – dies bezog die Menge auf das »Himmlische Reich der Mitte«, China nämlich.

angebetet; aber der Große Hung hat uns getauft und gereinigt. Er wird uns erlösen!

Eine Frau zwischen dreißig und vierzig Jahren. Flaches Gesicht, schweißglänzend, fiebrige Augen, plumpe, bäurische Gestalt. Sie ging barfuß, und ihre Füße waren grau von Staub. Sie stand nur wenige Schritte neben mir, etwas höher als ich. Nach jedem Satz zog sie röchelnd den Atem ein. Vielleicht war sie krank. Sie bewegte sich ruckartig und schloß die Augen, warf den Kopf nach hinten, als die Menge ihre Worte wiederholte und sich im Takt wiegte.

Siu-tschüan hat uns gerettet! Den Kot der Sünde von uns abgewaschen!

Sie drehte sich, setzte ihre staubgrauen Füße zuckend, drehte sich, bis sie wieder vor der Menge stand, mit ausgebreiteten Armen und schrie dann plötzlich:

Verbrennt die Dämonen, die noch unter uns sind! Erschlagt die Ungläubigen! Zerreißt die bösen Geister! Wir beten zu dir, Siu-tschüan, daß du uns führst! Du bist größer als Jesus! Größer als Schangti!

Ich bin sicher, niemand wußte mehr, was er schrie. Sie alle hatten glasige Augen, mit denen sie nichts mehr sahen, und sie wiegten sich hin und her. Staub stieg auf vom Trampeln der Füße. Ein atmendes Tier lag auf dem Platz vor dem Schrein. Hätte die Frau geschrien, Norden ist Süden, Osten ist Westen, Mann ist Weib, Kaiser ist Bauer – sie hätten es ebenso wiederholt.

Ich wandte meine Augen ab und sah zu Siu-tschüan. Er war zurückgewichen in den Schatten des Vordachs. Mit einer Hand stützte er sich am Holzpfeiler.

Da hörte ich aus den hinteren Reihen der Menge einen langgezogenen Schrei, außerhalb des Taktes. Ein Mann drängte sich vor – Yang. Die Menge bewegte sich immer noch im Rhythmus, den die Frau angegeben hatte und sang: Größer als Jesus, größer als Schangti! Aber der Gesang wurde leiser, senkte sich, schlief fast ein. Sie murmelten nur noch, sahen auf Yang, der nun mit geschlossenen Augen, die Arme hoch erhoben, vortrat, auf die Stufen der Vorhalle, höher als die Frau. Der Gesang der Menge verstummte. Das Tier wiegte sich noch und stand dann still, lauschte.

Hört, schrie er, ich bin herabgekommen und rede zu euch durch den Mund Yangs. Hört ihr mich?

Sie schrien: Wir hören dich!

Ich spreche durch den Mund Yangs, bin niedergestiegen zur Erde. Ich bin der Heilige Geist. Hört ihr mich?

Wir hören dich!

Gelobt sei Schangti, gelobt sei der Ältere Sohn, gelobt sei der Jüngere Sohn!

Die Menge lobte im Chor und begann sich wieder zu regen. Yang pries und lobte Schangti, Jesus und Siu-tschüan wohl zehnmal, und die Menschen wiederholten, ohne zu denken, seinen Gesang. Die Frau stand stumm und bewegungslos neben ihm, hatte die Augen geschlossen und zitterte nur manchmal.

Aber dann breitete der »Heilige Geist« Yang plötzlich die Arme aus und ballte die Hände:

Greuel habe ich gehört, Verleumdung der Dämonen! Niemand ist größer als Schangti und der Ältere Sohn Jesus. Dämonen sind unter euch und wollen euch verführen. Wer hat gerufen, der Jüngere Sohn sei größer als Schangti?

Diese da, rief die Menge.

Zerreißt den Dämon! Zerreißt den Teufel!

Die Frau öffnete die Augen. Sie hatte noch nicht verstanden, was er gesagt hatte.

Yang ging mit zwei Schritten auf die Frau zu, stieß sie von den Stufen herunter. Die Menge schob sich vorwärts, riß die Frau aus dem Staub, warf sie hoch und verschluckte sie im Gewühl, zuckend, brüllend.

Mir wurde dunkel vor den Augen, ich versuchte an den Balken der Vorhalle entlang zu entkommen, aber die hinter und neben mir standen, drängten mich fest gegen das Gebäude. Als ich wieder zu mir kam, lag ich neben den Stufen. Die Menschen waren fort. Meine Hand blutete, und mein Gewand war zerrissen. Ich richtete mich auf.

Am Rande des Platzes lag ein blutiges Bündel Kleider, Haare, ein blutverschmierter Kopf in schrecklicher Haltung nach hinten gedreht. Ein brauner Hund strich umher. Sein Fell hatte hellrote, kahle Stellen, und es war struppig und verklebt. Ich mußte mich übergeben.

Der Akademiker Li

Aus einem Brief an seinen Sohn

Bao Shen-po – Deine Mutter wird sich seiner erinnern: Wir nannten ihn Bao hai-liang[1], weil seine Fähigkeit, Maotai-Becher zu leeren grenzenlos war – Bao, der berühmte Kalligraph also, der jetzt hier in einem Altersheim für Verdiente Künstler und Gelehrte leben muß, brachte mir gestern eine Publikation, teils Kampf- und teils Erbauungsschrift, die offenbar aus den Anfängen der Taiping-Bewegung stammt. In dem langatmigen, durch seine Wiederholungen ermüdenden Text hatte er aber eine Episode gefunden, an der er seinen Spott üben konnte.

Es war darin von sieben Schwurbrüdern die Rede, die auf dem Distelberg gelobt hatten, zusammenzuhalten, bis sie die Fremdherrschaft der Mandschu-Dynastie gebrochen und das Himmlische Königreich auf Erden errichtet hätten. Sie hatten ihren Schwur mit Blut besiegelt. Die sieben Blutsbrüder waren:

Jesus
Hung Siu-tschüan
Yang
Hsiao
Fong
Wei
Schi Takai

Als ich den jungen Hilfskönig Schi Takai gestern abend in seiner-meiner Bibliothek besuchen durfte und ihn in aufgeräumter Stimmung antraf, wagte ich mich scherzhaft zu beklagen, daß er mir noch niemals geschildert habe, wie er mit Jesus Blutsbrüderschaft geschlossen habe. Mich plage die Neugier zu wissen, ob Jesus Chinesisch habe sprechen können.

Schi Takai hörte mir mit hochgezogenen Augenbrauen zu und sagte, er könne sich beim besten Willen nicht vorstellen, wovon ich redete. Da zeigte ich ihm die alte Schrift. Er las sie zweimal, zum ersten Mal amüsiert, zum zweiten Mal nachdenklich.

---

1 Wörtlich: Ozean-Kapazität, d. h. er kann einen Ozean von Maotai (hochprozentigem Getreideschnaps) trinken.

»Man kann das Dokument datieren«, sagte er, »es ist nach Dschus Gefangennahme und vor Yangs Untergang veröffentlicht worden, stammt also nicht aus den ersten Jahren unserer Bewegung. Es sollte ohne Zweifel Yangs Stellung als unseren Führer nach dem nur nominell über allem waltenden geistlichen Oberhaupt Hung Siu-tschüan begründen und bestätigen.«
»Und nach Jesus«, wagte ich zu verbessern, »Sie haben den Ältesten Ihrer Blutsbrüder vergessen.«
»Merkwürdig! Ich kann mich der lächerlichen Zeremonie in der Berghütte, voller beißenden Holzrauchs, im Lichte von zwei Kerzen noch genau entsinnen. Lächerlich, weil Hung mehrere Male das Messer am Handballen ansetzte, um das erforderliche eigene Blut zu gewinnen, aber nicht zuzudrücken wagte, bis Yang ihm mit seinem eigenen Messer tief in die Hand schnitt. Aber Jesus? Ich habe ihn nicht bemerkt. Und nach all dem, was sich inzwischen in unserem Himmlischen Königreich ereignet hat, frage ich mich, ob er auch nur im Geiste anwesend war.«
»Dann waren es also nur sechs Schwurbrüder, und sein Name wurde in diesem Text nur hinzugefügt, um die runde Sieben vollzumachen?«
»O nein! Wir waren sieben. Denn Dschus Name ist in diesem Schriftstück ausgelassen und durch den Jesu ersetzt worden. Haben Sie nicht gehört, daß Yang ein Dutzend Korrektoren beauftragt hatte, den Namen Dschus aus allen Publikationen herauszuradieren oder durch Schwärzen unlesbar zu machen? Vielleicht werden deshalb spätere Historiker, wenn sie seinem Namen in einem Dokument der Kaiserlichen Seite begegnen, zu dem Schluß kommen, er sei nur eine Legende. Er habe nie existiert.[1]
Für Gott in seiner Allmacht ist es nur eine Kleinigkeit gewesen, Nanking zur Hauptstadt des Himmlischen Königreichs zu machen. Und ebenso leicht wäre es für ihn, es wieder zu einer verlassenen Provinzstadt zu machen. Aber auch in seiner Allmacht ist es ihm unmöglich zu bewirken, daß er Nanking niemals in der Zeit zur Hauptstadt gemacht hatte.«

---

1 Das ist inzwischen geschehen: Lo Erh-kang, Taiping tienkuo shishi kao, Peking, 1956.

»Also wäre auch ein Allmächtiger Gott untertan der Zeit und der Geschichte.«

»Ah, Sie Historiker!« lachte der Hilfskönig Schi Takai.

»Das war es nicht, worauf ich hinauswollte, sondern daß unsere Führer sich mächtiger dünken als der Allmächtige, indem sie nämlich glauben, sie könnten Geschichte auslöschen und Vergangenheit vernichten und anstelle der ausradierten Geschichte eine erfundene setzen.

Von anderen Fälschungen in diesem Dokument ganz zu schweigen!«

»Von anderen Fälschungen?«

»Nun, die hierarchische Reihenfolge! In Ihrem Text folgen der Köhler Yang und der Reisigverkäufer Hsiao gleich auf Hung Siu-tschüan. In Wirklichkeit standen sie damals am Ende der Reihe. Aber Sie waren phantasiereicher als wir.

Als Hung und Dschu sich einmal vom Distelberg hinab in die Ebene begeben hatten, um über den Anschluß neuer Räuberbanden an unsere Bewegung zu verhandeln, ließ Yang verlauten, Jesus sei in der vergangenen Nacht auf die Erde herabgestiegen und in seinen, Yangs, Körper eingefahren. Jesus habe ihm Vollmacht gegeben, fortan in seinem Namen zu sprechen und habe ihn zum ›Erlöser der Menschen von irdischen Übeln‹ ernannt.

Das nun ließ Yangs Mitstreiter Hsiao nicht ruhen. Ohne sich etwas besonders Neues einfallen zu lassen, behauptete er, Christus sei auch in seinem Leibe gewesen und habe ihn zum ›Mund Jesu‹ ernannt.

Bald darauf kam es zu einer erregten Auseinandersetzung zwischen Dschu, der natürlich kein Wort von diesem Schwindel glaubte, und den beiden von Jesus Bevollmächtigten. Die aber beriefen sich darauf, daß ›der Jüngere Bruder Jesu‹, Hung Siutschüan, ja noch viel wunderbarere Geschichten zu berichten wisse. Ob die etwa auch erfunden seien? Und Hung, vielleicht weil er es für unzweckmäßig hielt, diese Frage des längeren und breiteren zu erörtern, entschied, daß Yang fortan die Stimme des Heiligen Geistes und daß Hsiao der Mund Jesu sei, und daß beide bevollmächtigte Sprecher dieser beiden Himmlischen Mächte seien.

Aber das genügte Yang noch nicht. Als er kurze Zeit darauf die ihm ergebenen Köhlertruppen in die Ebene führen sollte, um dem von Regierungstruppen bedrängten Dschu zur Hilfe zu kommen, gab er durch Gebärden kund, er sei, von einer seltsamen Krankheit geschlagen, über Nacht taub und stumm geworden. Gleichzeitig ließen die Männer aus seiner Umgebung in einem vertraulichen Gespräch mit Hung verlauten, der Krankheit liege vielleicht der Kummer darüber zugrunde, daß er in der hierarchischen Ordnung am Ende rangiere und daß er nicht Dschus Stellvertreter als Oberkommandierender geworden sei. In dieser Notlage setzte Hung Siu-tschüan ihn an die dritte Stelle, gleich hinter Dschu, nachdem Fong und ich, die wir über solche kindischen Rangstreitigkeiten nur lachten, uns damit einverstanden erklärt hatten.
Darauf fand Yang über Nacht Sprache und Gehör wieder, so daß er seinen Köhlerbanden befehlen konnte, Dschu zu Hilfe zu eilen.«

FÜNFTES KAPITEL

YÜ, EHEMALIGER MINISTER
Aus seinem Tagebuch

Es ist ein Jammer, zu sehen, welche Intrigen einige hochgestellte Personen um den Erhabenen Himmlischen spinnen, ohne die Würde und die Heiligkeit des Drachenantlitzes zu achten, – als sei er ein unmündiges Kind! Nur zu wohl verstehe ich, daß es ihn empörte, wie gewisse Kreise bei Hofe Meh Ling kränkten und zurücksetzten, und daß er deshalb die Apanage der Kaiserin-Mutter empfindlich kürzte. Mit welchem Vergnügen muß er die Panik der Hofdamen und Eunuchen und natürlich der Kaiserin-Mutter selbst beobachtet haben! Sie ging in ihrem Geiz so weit, daß sie ihrer Umgebung zu Neujahr nichts anderes schenkte als selbstgemalte Bildchen vom Sommerpalast!
Da sie ihre Theatertruppe nicht mehr bezahlen konnte, beschloß sie schließlich, einen braunen siamesischen Zirkon zu verkaufen. Sie bot ihn dem Kanzler an und forderte dafür hundertzwanzigtausend Taels, obwohl sie wußte, daß Zirkone letzthin sehr gesunken sind und daß dieser Stein selbst in besten Zeiten nicht mehr als fünftausend Taels eingebracht hätte. Sie drohte, ihren Widerstand gegen Meh Ling aufzugeben, wenn der Kanzler die von ihr genannte Summe nicht herbeischaffe. Nur durch erbarmungslosen Druck auf die Gilde der Juwelenhändler erreichte er, daß sie ihm den Stein für zehntausend Taels abnahmen. Und die Wechsler der Hauptstadt zwang er zu einer Anleihe von hundertundzehntausend Taels, die er nie zurückzahlen wird.
Aber er scheint nun doch endlich eingesehen zu haben, daß die Kaiserin-Mutter nur eine unsichere Verbündete in seinem unwürdigen Intrigenspiel gegen den Erhabenen Himmlischen ist.

Jedenfalls hat er dafür gesorgt, daß der freigewordene Posten des Ersten Zensors von einem als besonders scharf geltenden Mann eingenommen wird, nämlich dem früheren Kabinettschef des Prinzen Yeh und späteren Gouverneur der Provinz Hupeh, Tang. Offenbar erwartet der Kanzler von dem neuen Zensor, daß dieser die Verbannung Meh Lings aus der Verbotenen Stadt fordert. Ich bin mir jedoch nicht sicher, ob sich diese Erwartungen erfüllen; denn Tang ist ein Vertrauter des Prinzen Yeh, Meh Lings Vater.

TANG
Aus einem Brief an den Prinzen Yeh

...Der Erhabene Himmlische geruhte gestern, mich in formloser Audienz im Sommerpalast zu empfangen. Er erkundigte sich huldvoll nach meinen Familienverhältnissen, meinen Studien, meiner Gesundheit und fragte dann, ob ich Neuigkeiten von Eurer Hoheit habe. Ich erwiderte, Eure Hoheit leide nur an einem Kummer: dem Ungehorsam der Tochter Meh Ling. Ich selbst teile die Ansichten Eurer Hoheit und sei als Zensor verpflichtet, den Drachenthron und das Reich darauf aufmerksam zu machen, daß Konkubinen des Vaters zu übernehmen gegen die Gesetze des Himmels verstoße. Seit alten Zeiten werde im Reiche ein solches Verbrechen mit dem Tode bestraft, weil dadurch die Generationenfolge in Verwirrung gerate. Der Himmel werde diesen blutschänderischen Verkehr ohne Zweifel an Volk und Reich sühnen.
Der Erhabene Himmlische antwortete:
»Wir werden morgen darüber entscheiden, ob Wir Ihren Vortrag vergessen oder ob Wir daraus Folgerungen ziehen sollen. Ich schätze, Wir werden ihn vergessen. Oder wollen Sie Uns ein förmliches, schriftliches Memorandum emporreichen?«
Ich sagte:
»Als Zensor ist es meine Pflicht, das Gedächtnis des Einsamen zu stützen. Und ich wünsche in den Reichsannalen vermerkt zu sehen, daß ich nicht nur an den Stufen des Thrones und in geheimer Audienz, sondern vor Volk und Reich das Unrecht genannt habe.«

Der Erhabene Himmlische antwortete:
»Wenn Sie den Bogen überspannen, werden Wir Wege finden, Sie wieder von Ihrem Posten zu entfernen. Dann wird in den Reichsannalen stehen, Sie hätten als Zensor versagt, weil Sie Unmögliches wollten. Das heißt aber: Sie haben Ihre Pflicht nicht erfüllt.«
Ich sagte:
»Mit einem einzigen Hauch seines Atems kann der Erhabene Sohn des Himmels mich von dem Stuhle des Zensors hinwegblasen. Aber das Unrecht, das im Palast geschieht, vor dem Himmel zu verbergen – das ist selbst seiner Heiligen Kraft unmöglich.«
Der Erhabene Himmlische erwiderte:
»Wir verstehen nicht, warum Sie einzig *Unsere* Tugend bewachen wollen. Ist denn der Kanzler ohne Fehl? Und Unsere Erhabene Mutter? Hat Unser Vater nicht unendlich viel mehr Unrecht begangen?«
Ich sagte:
»Das Unrecht des verstorbenen Herrschers zu tadeln, ist nicht meine Sache. Darüber wird er nun dem Himmel Rechenschaft ablegen müssen. Das unrechtmäßige Handeln des Kanzlers und der Erhabenen Kaiserin-Mutter allerdings werde ich ebenfalls öffentlich rügen müssen, obgleich der Einsame wohl weiß, daß es nur aus seinem eigenen falschen Tun fließt.«
Der Erhabene Herrscher gab mir darauf mit ungnädiger Miene ein Zeichen zu gehen.

Der Vorsteher der Eunuchen, An Tehai

Heute nachmittag sah ich den Minister Tsai zum erstenmal. Der Himmlische Herrscher hatte ihn zu einer geheimen Audienz in den Sommerpalast befohlen und empfing ihn im Jên Schou Tien[1]. Ich war einziger Zeuge des Gesprächs, dem man vielleicht später einmal große Bedeutung beimessen wird.

1 »Halle des Alters als Belohnung für gute Werke«. Hinter dem Thron hing eine Schriftrolle mit den drei Zeichen »Großer kostbarer Spiegel« – eine Mahnung, daß jeder Versuch, den Kaiser zu täuschen, wie in einem Spiegel sofort erkannt werde.

Den Minister hatte ich mir nach den vielen Gerüchten über seine Intelligenz als einen schlanken, vergeistigten Gelehrten vorgestellt. Statt dessen trat ein kleiner, dicklicher und stark kurzsichtiger Mann über die Schwelle der Audienzhalle. Er bückte sich zum Kotau und näherte sich kniend dem Thron. Seinen Gebärden mangelte jede Eleganz. Zwar beging er keinen Fehler, aber er vollzog die Formen der Ehrerbietung zu schnell. Obwohl der Himmlische Herrscher ihn zum ersten Male ganz allein empfing, zeigte Tsai keine Aufregung. Er schien keinen Respekt und keine Furcht vor der Würde des Drachenantlitzes zu kennen.
Der Himmelssohn aber, zart, schmal, zerbrechlich und blaß auf dem Thron, war ängstlicher als der Minister und schilderte verwirrt und verwirrend, was der Zensor Tang ihm tags zuvor angekündigt hatte. Der Minister, auf dem gelben Kissen an den Stufen des Thrones sitzend, nahm wenig Rücksicht auf die Verlegenheit des Herrschers und begann, ihn zu verhören. Danach faßte er die Worte des Erhabenen in wenige Sätze zusammen, dachte kurz nach und sagte:
»Wenn der Zensor es in der Tat wagen sollte, den Erhabenen Himmlischen, die Erhabene Kaiserin-Mutter und den Kanzler Wu in einem öffentlichen Memorandum anzuprangern, muß der Kanzler entlassen werden.«
Der Herrscher: »Aber er hat seit Jahrzehnten dem Thron gedient, schon meinem verstorbenen Vater!«
Der Minister Tsai: »Der Kanzler Wu liebt die kleinen Winkelzüge. Er versucht, den einen durch den anderen in Schach zu halten. Da er selbst nicht stark genug ist, stützt er sich auf die Erhabene Kaiserin-Mutter, auf diesen oder jenen mandschurischen Clan, auf diesen oder jenen Gelehrten oder Minister. Er laviert, er manipuliert; aber er hat kein großes Ziel. Seine kleinliche Taktik hindert ihn daran, große Aufgaben zu erkennen und auszuführen. Er ist befangen in veralteten Anschauungen. Er hat sich dem Erhabenen Herrscher und seinen Wünschen widersetzt, weil er den Zorn des Himmels fürchtet.«
Der Herrscher fragte erstaunt: »Fürchten Sie ihn denn nicht?«
Der Minister zog die Oberlippe empor, daß ich seine großen Zähne sehen konnte, und erwiderte:
»Hat denn der Erhabene Vater den Himmel gefürchtet? Sind

unter ihm nicht Zensoren, Verwandte und die Häupter verschiedener mächtiger mandschurischer Geschlechter auf merkwürdige Weise ums Leben gekommen? Und wissen wir nicht, auf wessen Befehl – wenn auch die Reichsannalen darüber schweigen?«

»Sie schweigen darüber?«

»Ich habe sie eingesehen«, sagte der Minister.

Der Erhabene blickte verstört umher.

»Es ist Uns unmöglich, ein ähnliches Verbrechen am Zensor zu begehen.«

»Es wird vielleicht nicht nötig sein.«

»Wir verstehen Sie nicht«, sagte der Erhabene, »mit der Absetzung Wus ist es doch nicht getan. Der Zensor wird auch Uns rügen. Was sollen Wir befehlen?«

»Meh Ling zur Ersten Gefährtin ernennen und den Zensor Tang ins Unrecht setzen.«

Der Erhabene Herrscher war wirklich erschrocken. Er faßte die Lehnen seines Thronsessels, erhob sich halb, sank aber wieder zurück. Der Minister Tsai wandte sein Gesicht empor und blinzelte in das Drachenantlitz. Der Einsame fand die Sprache nicht wieder und sagte nur leise:

»Aber der Himmel! Aber die Erhabene Mutter!«

Der Minister senkte seine Blicke wieder.

»Wer nur zum Himmel aufsieht, wird in den Brunnen fallen. Und die Erhabene Mutter? Wenn Wu stürzt, ist sie ohne Halt.«

Der Erhabene Sohn des Himmels erwiderte: »Aber Wir scheuen den Schritt auf der Erde.«

Der Minister sagte ungerührt: »Dann bleibt nur übrig, das Memorandum des Zensors Tang abzuwarten und seinen Mahnungen zu folgen. Er wird fordern, daß die Konkubine Meh Ling aus den Palästen verbannt wird.«

Der Erhabene schien sich vor dem Menschen zu fürchten, der unter ihm auf dem Kissen kniete und gesenkten Hauptes auf den Teppich blickte. Er wagte ihm nicht zu widersprechen.

»Was sollen Wir aber tun?«

»Auf das Memorandum warten. Dann entscheiden: entweder die Konkubine Meh Ling verbannen oder einen Kanzler ernennen, der den Widerstand des Zensors Tang bricht und die Erhe-

bung Meh Lings durchsetzt, einen Kanzler, der Volk und Reich dient.«
Nachdem der Minister Tsai sich entfernt hatte, blieb der Erhabene Herrscher noch lange Zeit verstört auf dem Thron sitzen.

DER MISSIONAR MATTHIAS SCHMIDT

Aus einem Brief an seine Missionsgesellschaft

...Ich glaubte, sein Gesicht schon einmal gesehen zu haben, konnte mich aber nicht erinnern wo. Er selbst gab mit keinem Wort zu erkennen, daß wir uns je begegnet waren, obwohl er überrascht schien, als ich die Gefängniszelle betrat, und in den ersten Minuten des Gesprächs auch befangen. Erst als ich wieder in meinem bescheidenen Absteigequartier war, fiel mir die Ähnlichkeit mit dem jungen Mann ein, der mich vor Jahren während der Provinzprüfungen in Kanton angesprochen hatte und dann plötzlich ohnmächtig geworden war. Ich habe Euch damals davon geschrieben. Dennoch bin ich mir immer noch nicht völlig sicher, ob der verhaftete »Prophet« und Evangelist Hung Siutschüan wirklich mit dem Studenten von damals identisch ist.
Als ich eingelassen wurde, saß er vor dem kopfgroßen Loch der Zelle, das als Fenster dient, und las in der Heiligen Schrift, die ich ihm auf sein Verlangen vor einem Monat – kurz nach seiner Verhaftung – gesandt hatte, und zwar in der trefflichen Übersetzung Gützlaffs. Der »Prophet« war an den Füßen mit Eisen gefesselt. Er saß auf zwei langen Holzbrettern, die ihm nachts als Bett, tags als Stuhl und Schreibunterlage dienten.
Die Höflichkeitsformeln, mit denen wir unser Gespräch einleiteten, klangen in dieser Umgebung seltsam. Er sagte: »Ich habe lange nach Ihnen ausgeschaut (eigentlich: emporgeschaut); daß ich Sie noch nicht aufgesucht habe, war sehr unehrerbietig von mir.«
»Im Gegenteil, im Gegenteil! Ich hätte schon längst die Gelegenheit suchen sollen, Ihre hohe Bekanntschaft zu machen, um Ihre Weisungen zu empfangen.« (Ich hatte vier Wochen mit der Gefängnisverwaltung um die Erlaubnis zu dem Besuch gekämpft.)

»Sie halten Ihren Wagen vergeblich an und verschwenden Ihre Güte, die Sie mir bereits durch die leihweise Überlassung dieses unübertrefflichen Buches bezeigt haben.«

»Im Gegenteil, im Gegenteil! Diese minderwertige Ausgabe war leider nur noch das einzige Exemplar, das mir zur Verfügung stand. Sie würden mir eine große Ehre erweisen, wenn Sie es Ihrer Bibliothek einverleiben wollten.«

Er machte einen vornehmen, bescheidenen und gebildeten Eindruck, gar nicht wie ein Mensch, der sein ganzes Leben auf dem Dorfe zugebracht hatte. Was er über die Hl. Schrift sagte, war so ernst, tief gefühlt und fromm, daß es mich im Grunde meines Herzens bewegte. Er wußte viele Stellen aus dem Alten und Neuen Testament auswendig.

In den vier Wochen, die er hier im Gefängnis weilen mußte, hat er für seine Gemeinde viele Lieder geschrieben, die er durch einen von ihm bekehrten Gefängniswärter seinen Anhängern heimlich zukommen läßt. Man hat seine Füße in Eisen legen, seinen Geist aber nicht fesseln können.

Mit keinem Worte klagte dieser ungewöhnliche Mann über die Behandlung, die allerdings auch wohl besser ist als die gewöhnlicher Gefangener: Da er den wissenschaftlichen Grad eines »Blühenden Talentes« hat[1], darf das hiesige Gericht keine Körperstrafen gegen ihn aussprechen und muß ihn überhaupt bevorzugt behandeln. Dennoch ist es eine harte Prüfung, besonders für einen Gebildeten, viele Wochen in diesem dunklen, feuchten Kerker zu liegen, dessen Luft mich schon nach der einen Stunde des Gesprächs benommen machte.

Sein Geist aber schien über die Unbilden, die er hier erdulden muß, erhaben zu sein. Mit ergreifender Schlichtheit und Zuversicht sagte er mir, als ich ihm Trost spenden wollte:

»Der Vater im Himmel braucht mich noch. Er wird mich nicht verderben lassen. Hat Er nicht auch Joseph in Ägypten aus dem Gefängnis befreit? Und muß ich Ihm nicht dankbar sein, daß Er mir durch Ihre Güte Sein Buch gegeben hat, das ich nun in Ruhe

---

1 Ein Irrtum, der in den Quellen zu Hungs Leben öfter begegnet. Hung Siu-tschüan war (vgl. die Erzählung Jentahs, S. 44) gerade in diesem Examen, dem er sich insgesamt viermal gestellt hatte, immer wieder durchgefallen.

und ungestört vom Lärm der Welt lesen darf? Er wird mich Unwürdigen trotz meiner Sünden und Fehler aus dem tiefsten Kerker führen, wann es Ihm gefällt.«
Ich gestehe, daß mir die Tränen in die Augen traten ob des Vertrauens und der Sanftmut, mit der er diese Worte aussprach. Ich bin nun davon überzeugt, daß alle Berichte falsch sind, die in ihm einen fanatischen Volksverführer sehen wollen. Er hat nichts mit den Greueltaten zu tun, die seinen Anhängern zur Last gelegt werden. Wahrscheinlich sind das nur Erfindungen der chinesischen Behörden. Sie sehen ein Sakrileg darin, daß er und seine Anhänger an den einzigen Gott im Himmel glauben und zu ihm beten. Aus demselben Grunde hatten sie ja auch, wie Euch bekannt, vor zwei Jahrhunderten die Jesuiten aus China vertrieben; jedenfalls geben die Jesuiten diesen Grund an.
Mit kindlicher Wißbegierde fragte er mich nach Stellen der Schrift, besonders nach Aussprüchen des Herrn, die ihm unklar geblieben waren, sowie nach den Gebräuchen unserer Kirche. Er nahm bereitwillig meine Worte an und bewegte sie in seinem Herzen.
Ich erkundigte mich schließlich auch nach seinen Visionen, von denen so viel die Rede ist. Er schien nicht gerne davon sprechen zu wollen, wich mir aber nicht aus, sondern antwortete nur schlicht:
»Ich habe Ihn gesehen, und Er hat mir den Auftrag gegeben, Sein Wort und Seinen Willen dem Volke kundzutun.«
Auf meine Frage, ob er gegen die Regierung kämpfe und ob er politische Ziele habe, antwortete er: »Ich kämpfe nicht gegen den Kaiser und die Beamten, sondern den schwereren Kampf gegen die Teufel und die bösen Geister. Wenn die Regierung mich aber hieran hindert, wird der Herr meine Hand führen.«
Sind diese Worte und sein Bericht über die Visionen verwerflich? Sollte es abergläubisch und unvernünftig sein zu denken, daß der lebendige und persönliche Gott, wo es sich um das Los eines großen Völkerreichs, um die Neubelebung einer Nation von über vierhundert Millionen unsterblicher Seelen handelt, auch außerordentliche und ungewöhnliche Mittel in Bewegung setzen könne und dürfe? Gibt uns doch die Hl. Schrift eine Reihe von Beispielen zur Hand, die uns zeigen, daß die uralte Weise

Gottes, in besonderen Fällen mit Heiden zu reden, eben das Traumgesicht ist. Die Träume Pharaos und seiner Hofbeamten, der Traum des Laban, ferner der der midianitischen Krieger, des Nebukadnezar, der Weisen aus dem Morgenland, der Frau Pilati – jedesmal redet Gott mit diesen Heiden im Traumgesichte. Und Eliphas (Buch Hiob, 4, 12ff.) schildert gewissermaßen in ihrer aller Namen das Geheimnisvolle solcher Vorgänge.

Gewiß entnahm ich manchen Fragen des Mannes, daß er noch in einigen kindlichen Irrtümern befangen ist: So glaubte er, der Heilige Geist sei eine Art windiges Gespenst[1], und er grübelte darüber, ob dieser nicht eigentlich unter die Dämonen zu rechnen sei, die zu vernichten der Allmächtige ihn beauftragt hat. Auf keinen Fall, so meinte er, dürfe der Heilige Geist mit Gott und dem Herrn Jesus Christus auf gleicher Ebene stehen. Ein anderer Irrtum bestand darin, daß er und die Gottesverehrer den Sabbat statt des Sonntags heiligen.

Und lange wußte ich nicht, wen er meinte, als er von »Onkel Lahan« sprach, bis mir aufging, daß er Abraham meinte, der in der ihm vorliegenden chinesischen Übersetzung A-po-la-han genannt wurde. Und da die ersten beiden Silben auch als »Onkel« gelesen werden können, sprach er von Onkel La-han.

Aber ihn über dergleichen Mißverständnisse aufzuklären, dürfte nicht schwerfallen, denn er ist begierig, die Wahrheit zu erforschen. Und die Irrtümer, denen er noch unterliegt, sind weder so schwerwiegend noch so unverrückbar in ihm verfestigt wie bei unseren römisch-katholischen Brüdern.

Dschu

Aus seinem Geständnis

Nach der Gefangennahme Hung Siu-tschüans durch Soldaten der Präfektur Kintien[2] übernahmen Fong und ich wieder die

1 In Hungs Bibelübersetzung hieß der Heilige Geist »Scheng-schen-fong«, das heißt wörtlich: »Des heiligen Gottes Wind«.

2 Daß Dschu über die Gefangennahme Hung Siu-tschüans so schnell hinweggeht, ist oft kommentiert worden. Die einen sehen darin ein Zeichen,

Leitung des Lagers, änderten aber an den »Gesetzen« der Gottesverehrer nichts, da sie ein gutes Mittel waren, die Disziplin in unserer Gemeinschaft aufrechtzuerhalten.
Fong und ich waren uns darüber einig, daß unsere Bewegung nur Erfolg haben würde, wenn wir den Menschen außer der ewigen Seligkeit auch ein besseres Leben auf Erden versprechen konnten. Fong begab sich oft in die Dörfer der Ebene. Er verstand es hervorragend, den Haß der Bauern gegen die Grundbesitzer zu wecken. Er redete zu ihnen in der Sprache des Volkes. Alles was er sagte, war verständlich, kurz und knapp. Zu Beginn wirkte er beinahe schüchtern, eben wie jeder Bauer schüchtern gewesen wäre, wenn er vor einer Menge hätte sprechen sollen. Einem wendigen Volksredner hätten sie vielleicht mißtraut. Aber er war einer der ihren.
Er gab Beispiele von der Grausamkeit der Grundbesitzer, meist erfundene Beispiele, aber immer nannte er Namen, Ort und Zeit, so daß seine Geschichten echt erschienen. Und sie hätten auch echt sein können; jeder Bauer hätte ähnliche aus seinem eigenen Dorf berichten können. Aber sie waren in ihnen nicht geweckt worden, weil die Bauern seit Beginn der Mandschu-Dynastie die Ausbeutung und das Leiden als das ihnen zukommende Los hingenommen hatten. Jetzt aber hörten sie diese Geschichten in anderer Betonung. Fong gab den Männern Haß und Kraft und nutzte die Stimmung, um einige seiner Reformen durchzuführen. Er setzte Kommissionen ein, die den Boden neu verteilten. Das Land blieb Eigentum der Gemeinden und wurde gemeinschaftlich bearbeitet. Die Bauern waren zufrieden, weil sie nicht mehr Wucherzinsen und hohe Steuern an die Grundbesitzer in der Stadt abzuführen brauchten.
Aber gerade weil sie zufriedener waren, zogen sie sich von uns

---

daß Dschu an der Verhaftung wohl nicht ganz unschuldig war. Andere weisen jedoch darauf hin, daß er in seinem Geständnis auch sonst wichtige Ereignisse nur obenhin erwähnt und daß er ja selbst die Befreiung Hungs energisch betrieben habe. Nach einer Andeutung, die der allerdings nicht immer ganz zuverlässige Markterzähler Puh macht, hatten die drei Blinden den Präfekturbehörden Hungs Aufenthaltsort in der Ebene verraten, so daß er verhaftet werden konnte. Berichte der Präfektur Kintien über die Umstände, die zur Verhaftung führten, liegen leider nicht vor.

zurück und waren nicht mehr bereit, Opfer zu bringen und ihre Brüder zu befreien. Wir brauchten aber die Bauern in unserem Kampf. Deshalb mußten wir sie von ihren Äckern und Dörfern, den Ahnentempeln und Gräbern der Vorfahren lösen, sie unheimisch machen. Dies war aber nur möglich durch die religiösen Forderungen Hung Siu-tschüans. Fongs Reformen kamen zu früh.

Ich sorgte deshalb dafür, daß Mah, der ganz im Tonfalle Siutschüans predigen konnte, täglich Gottesdienste abhielt. Er war ebenso radikal wie sein Meister, aber seine Gottesdienste waren kürzer und weniger anstrengend, und außerdem hatten wir von ihm keine Visionen zu befürchten.

Dennoch war mir klar, daß unsere Bewegung von dem Kapital der Visionen lebte, die Hung verkündet hatte, und von dem Auftrag, den er vom Höchsten Herrscher des Himmels empfangen haben wollte. Ich sah, wie dieses Kapital schwand, die Erinnerung an seine Sendung abnahm. Da ich selbst nicht die Gabe der Visionen habe und, hätte ich sie, von solchen Gesichten nicht vor dem Volke sprechen könnte, fragte ich Fong, ob er der Menge nicht einen himmlischen Traumauftrag verkünden könne. Aber Fong lachte nur breit und lehnte ab. Ich wandte mich deshalb an den Köhler Hsiao. Seine Freundschaft mit Yang war abgekühlt, seit dieser einmal angeblich vom Heiligen Geist befallen worden war, wes er sich laut und gern rühmte. Hsiao war bereit, auf meinen Vorschlag einzugehen, wandte aber ein, der Himmlische Vater sei bereits durch Hung, der Heilige Geist durch Yang besetzt; er könne höchstens im Auftrage Jesu sprechen. Dies wolle er aber gerne tun. Wir verabredeten, was er verkünden solle.

Ich hatte zwar schon öfters gesehen, wie während der Andachten einige Zuhörer in Verzückung gerieten, ihre Sünden bekannten oder zur Buße aufriefen. Hsiaos Vorstellung aber machte einen viel echteren Eindruck. Er stürzte, kaum daß Mah die Andacht eingeleitet hatte, hervor, breitete die Arme aus, warf den Kopf nach hinten und ließ sogar – was mir allerdings übertrieben schien – Schaum vor den Mund treten, fiel zu Boden, schlug wild um sich, daß Mah und die Umstehenden ihm wieder auf die Beine helfen mußten, öffnete den Mund, brachte anfangs nur unverständliche Laute hervor, wurde dann aber deutlicher, ja sogar sehr deutlich.

Er ließ wissen, daß Jesus durch seinen Mund spreche und auch künftig durch ihn seine Befehle geben werde. Er warnte die Gemeinde vor falschen Träumern und drohte fürchterliche Höllenstrafen denjenigen an, die sich durch Einflüsterungen böser Geister verführen ließen. Schließlich verkündete er, daß nach Jesu und des Himmels Ratschluß ich allein die Gottesverehrer führen und das Reich des großen Friedens auf Erden errichten solle. Er forderte die Gemeinschaft auf, mir Gefolgschaft zu geloben, was diese auch tat. Ich gestehe allerdings, daß ich wärmere Zustimmung erwartet hatte. Vor allem die Köhler, die sich um Yang geschart hatten, verhielten sich nur lau und blickten während Hsiaos Vorstellung finster und mürrisch drein. Vielleicht hätte der »Mund Jesu« größeren Erfolg gehabt, wenn er dem Volke meine Abkunft offenbart hätte. Das aber hatte ich ihm verboten.

Immerhin war nun auch mir der Auftrag des Himmels durch eine Vision erteilt. Da diese Sendung unsere Gemeinschaft jedoch nicht so mitriß, wie ich erhofft hatte, beschloß ich Hung Siu-tschüan zu befreien, den unsere Bewegung offensichtlich noch nicht entbehren konnte.

Der Präfekt von Kintien

Auszug aus einem Bericht

Am Abend des elften Tages im sechsten Monat waren die Tore der Stadt Kintien ordnungsgemäß verschlossen. Eine Anzahl Langhaariger hatte sich jedoch während des Tages in die Stadt geschmuggelt und Schwerter, Bogen und Lanzen mit hereingebracht. Sie versammelten sich im Hause eines ihrer heimlichen Anhänger, gingen nach Mitternacht mit Papierlaternen, als kämen sie angeheitert aus dem Blumenviertel, auf verschiedenen Wegen zum Westtor und lockten die Wachen durch Lärmen heraus. Die Soldaten, im Glauben, sie hätten es mit Betrunkenen oder ungebärdigen Nachtschwärmern zu tun, traten ihnen nur mit Knüppeln in der Hand entgegen. Sie sahen zu spät, daß die

Störenfriede bewaffnet waren, und wurden in blutigem Handgemenge überwältigt.
Die Rebellen bemächtigten sich des Tores, öffneten es und ließen die zu gleicher Zeit vor den Mauern eintreffenden Truppen der sogenannten Gottesverehrer in die Stadt. Die Eindringlinge marschierten sofort zum Yamen der Präfektur. Die Wachen dort waren jedoch schon alarmiert. Sie feuerten, als die Aufrührer den großen Platz vor dem Gerichtsgebäude betraten, in die Menge und zwangen sie zum Rückzug.
Ein Trupp der Aufrührer wurde jedoch von einem Verräter durch einen Hintereingang in den Yamenhof geführt und fiel den tapfer kämpfenden Soldaten in den Rücken. In lange wechselvollem, erbittertem Kampf gewannen die Rebellen schließlich die Oberhand. Sie nahmen meine Familie und die Beamten gefangen, die sich in ihren Dienstwohnungen aufhielten. Ich selbst brachte zufällig diese Nacht im Hause von Freunden zu, die mich versteckt hielten, bis ich einige Tage später als Handwerker verkleidet fliehen konnte, um über die Vorgänge zu berichten.
Die Langhaarigen befreiten sofort ihr Oberhaupt Hung Siutschüan, der im Yamengefängnis auf seine Aburteilung wartete. Als sie sich auch der übrigen Tore bemächtigt und die Wächter entwaffnet hatten, versammelten sie sich vor der Präfektur. Der befreite Hung hielt nun, als es bereits zu dämmern begann, eine Ansprache, in der er – entgegen allen Erwartungen – seine Anhänger aufforderte, die Bewohner der Stadt zu schonen und strengste Disziplin zu wahren. Er ließ lediglich die wohlhabenden Einwohner verhaften.
Die Stadt Kintien und der größte Teil des Präfekturbezirks sind fest in den Händen der Aufrührer. Die Bauern fallen den Langhaarigen überall zu, bis auf die wohlhabenden, die sich von der angekündigten Neuverteilung des Landes an Bettler und Arbeitsscheue ernste Nachteile versprechen. Auch die Handwerker und Gewerbetreibenden sehen den Änderungen mit großer Sorge entgegen und hoffen, daß die Regierungstruppen die Präfektur Kintien schnell und energisch von der Plage der Banditen säubern.

Dschu

Unser Plan war so gut ausgearbeitet, daß wir die Stadt Kintien ohne Blutvergießen einnahmen. Vierzig unserer Anhänger waren schon am Tage vorher, Bauernkarren vor sich herschiebend, in die Stadt gegangen. Unter dem Gemüse und Mais hatten sie Bogen, Lanzen und Schwerter versteckt.
Bei dieser Gelegenheit zeigten sich die Nachteile der von Siutschüan eingeführten neuen Haartracht: Unsere Leute hatten sich breite Hakkahüte aufgesetzt und falsche Zöpfe angesteckt. Aber einer unserer Männer verlor, ohne es zu merken, seinen Zopf gerade in dem Augenblick, als er im Stadttor war. Der Wachsoldat hob den Zopf auf und brachte ihn unserem Mann, der zu Tode erschrocken war; und auch seine Kameraden faßten sich nun verstohlen unter den Hut, um zu fühlen, ob ihre Zöpfe noch herabhingen. Glücklicherweise war der Wachsoldat einer unserer Gesinnungsgenossen. In der Stunde des Tigers[1] begab sich unser Vortrupp ans Westtor und lockte die Wächter heraus, die sich sofort ergaben, als sie sahen, daß unsere Männer Waffen trugen. Das Tor wurde geöffnet, und ich konnte mit fünfhundert Männern in die Stadt einziehen, ohne auf Gegenwehr zu stoßen. Nur vor dem Yamen gab es einigen Aufenthalt. Die dort kasernierten Truppen waren inzwischen gewarnt worden; sie feuerten aber nur in die Luft, warfen dann ihre Gewehre fort und flohen.

Mah

Aus einer späteren Predigt

Wie große und unbegreifliche Wunder der Allmächtige Vater im Himmel an uns tut, zeigte er, als er die Stadt Kintien in unsere Hand gab und seinen Jüngeren Sohn aus dem Kerker befreite.
Wir waren etwa zehn Doppelstunden marschiert, meist auf Feldwegen, um die Dörfer zu umgehen. Nur einmal, kurz vor der Abenddämmerung, erhielten wir Wasser und etwas kalten

1 3 bis 5 Uhr.

Reis. Wir waren daher müde und hungrig, als wir ein Li vor den Stadtmauern Kintiens haltmachten. Wir warteten und beteten inbrünstig zum Vater im Himmel, und siehe, ein Engel des Höchsten Herrschers kam herab und öffnete die Tore und ließ uns hindurch.

Die Nähe des Himmlischen Königs, den wir im Kerker wußten, gab unseren Füßen Flügel. Wir eilten um die Wette durch die engen Straßen zum Yamen. Doch als wir den Platz vor dem Präfekturgebäude betraten, traf uns mörderisches Feuer der Wachmannschaften. Die Hand des Vaters im Himmel aber war über uns, und nicht ein einziger Gottesverehrer wurde verletzt. Unser Gebet hatte uns unverwundbar gemacht. Und während wir dort standen, erschien plötzlich in der Torhalle der Himmlische König selbst, uns zu begrüßen. Er hatte die Fesseln von sich geworfen, war durch die eisenbewehrten Türen des Kerkers gegangen, als seien sie Luft, und nun breitete er die Arme aus und segnete uns, die wir, Tränen der Freude in den Augen, auf die Knie sanken und das Lied der Zehn Gebote anstimmten. Den dämonenbesessenen Soldaten der Präfektur entfielen ob dieses Anblicks die Gewehre, die ihnen doch nichts genutzt hatten. Einige Feinde wandten sich zur Flucht, andere aber, obwohl unwissend und in der neuen Lehre noch nicht unterrichtet, knieten mit uns nieder und warteten, bis wir das Lied beendet hatten und ihre Waffen auflasen.

Der Markterzähler Puh

Vom Großen Hung wollt ihr hören, liebe Freunde? Aber bedenkt, daß es immer noch nicht ungefährlich ist, von ihm zu erzählen. Soll ich um der wenigen Kupferkäsch willen Scherereien mit der Polizei wagen? Danke! Es klappert zwar in meinem Blechteller, aber die Stimmen der Münzen sind noch zu leise; sie können mich kaum überreden. Nun, jetzt sprechen sie schon etwas lauter. Danke, danke! Also, dann tretet nahe heran und hört!

Die Kreisstadt Kintien war erobert, der Große Hung aus dem Gefängnis befreit. Aber die Führer der Gottesverehrer gerieten in Streit. Fong wollte das Land gleichmäßig unter die Bauern aufteilen und sie bewaffnen. Dschu, der Prinz aus dem Geschlecht der Ming-Kaiser, wollte das Reich und den Thron. Und der Köhler Yang suchte Anhänger, um Hung, Fong und Dschu zu stürzen.

Da ging der Große Hung freiwillig zurück in seinen Kerker, aß drei Tage und Nächte nichts und betete betrübt zum Himmel. In der dritten Nacht hörte er eine Stimme, die sagte:

»Geh auf den Berg Nü! Auf dem Gipfel wird dich jemand erwarten. Den frage nach dem Weg.«[1]

Noch in der Morgendämmerung begab er sich mit seinem geistlichen Gehilfen Mah und einigen Getreuen zu diesem Berg, zehn Li nördlich der Stadt Kintien. Am Fuße angekommen, befahl er seinen Begleitern zu warten.

Er selbst stieg durch den dichten Bambuswald mühsam zum Gipfel, aber niemand war da, der auf ihn wartete. Er blickte auf die Stadt Kintien zu seinen Füßen, die weite Ebene und dahinter im Dunst der Ferne die hellblauen Schatten des Distelberges. Plötzlich fühlte er, daß er nicht mehr allein war. Er wandte sich um, und da stand neben ihm Yin, einer der Unsterblichen.[2]

Yin war ein kleines Männchen, nur vier Fuß hoch. Er hatte ein Gesicht, rot und runzlig wie eine getrocknete Persimone, und sein grauer Bart reichte ihm bis zu den Knien. Er trug eine schmutzige Kutte, die er sich aus geglättetem Reisstroh geflochten hatte. In der Hand hielt er einen knotigen Wurzelstock.

Yin war damals zweihundertneunzig Jahre alt. Er hatte als Minister dem Kaiser Wan Lei[3] gedient, und als er das sechzigste Lebensjahr erreichte, hatte der Erhabene ihm erlaubt, sich vom Hofe zurückzuziehen. Seitdem lebte Yin auf dem Berge Nü und erschien den Menschen nur einmal in jedem Jahreszyklus.[4]

Er stand still, und seine Augen unter den gewaltigen weißen Tigerbrauen blinzelten den Großen Hung an. »Ich habe dich gehört«, sagte er, »warum störst du meine Ruhe?«

»Ich weiß nicht, was ich tun soll«, antwortete Hung.

---

1 »Tao« = Weg, Sinn.

2 Hsien, s. Anm. S. 13.

3 1573–1620 n. Chr.

4 Ein Zyklus währt 60 Jahre.

Der Hsien schüttelte seinen Stab, hielt ihn an sein Ohr und sagte:
»Oben die Sechs. Das Licht ist in die Erde gesunken, und das Finstere steht am Himmel. Wäre die Sechs auf dem zweiten Platz, so bedeutete das Heil. Aber die Sechs an erster Stelle verfinstert die vier Ecken der Welt. Erst steigt er zum Himmel empor, dann stürzt er in die Tiefe.«
Der Große Hung bat ihn, diese Worte zu erläutern, aber der Unsterbliche fuhr fort:
»Tun ist Sein. Gestalt ist Wind. Versenken heißt Ausbreiten und Einswerden mit dem Weg. Rätsel lösen sich. Frage wird Antwort. Die Zeit eines Menschenlebens wird so lang und breit wie ein Grab. Was willst du von mir?«
»Ich bitte um Rat, was ich tun soll.«
Der Hsien kicherte.
»Leichte Frage! Der Dämon heißt bei uns im Süden seit alters her Kang, im Reiche nennt man ihn Yen Wang. Er hat Zähne wie ein Tiger, Hörner wie eine Wildziege, borstige Augenbrauen wie ein Drache, und seine Krallen sind scharf wie Nadeln.«
»Ich werde ihn töten«, sagte der Große Hung, »wo ist er?«
Der Hsien riß seinen zahnlosen Mund auf und lachte: »Leichte Frage! An der Spitze deines Schwertes!«
Der Große Hung zog das Schwert »Dämonentöter« aus der Scheide und hielt es vor sich hin.
»Ich kann ihn aber nicht erkennen.«
Da schüttelte der Unsterbliche seinen Stock, sein Gesicht wurde erst dunkelrot und dann blau, und seine Stimme überschlug sich:
»Weil du blind bist, du Tor! Unwürdig, unrein und unheilbringend. Finsternis über dem Reich! Du hältst das Schwert falsch! Gegen dein Herz mußt du es richten!« Als der Große Hung das hörte, überkam auch ihn der Zorn, und er hob den Dämonentöter, um Yin das Haupt abzuschlagen. Aber an der Stelle des Unsterblichen stand plötzlich eine verwitterte Steinsäule. Er umfaßte den Stein mit beiden Armen und suchte ihn umzuwerfen, aber vergeblich.
Da stieg Hung eilig hinab zum Fuße des Berges, befahl seinen

Leuten, aus dem nächsten Dorf schwere Hämmer zu holen und die Steinsäule zu zerschmettern. Er selbst begab sich zurück nach Kintien. Seine Leute aber fanden auf dem Gipfel weder eine Steinsäule noch den Unsterblichen. Auf dem Rückweg durch den Bambuswald hörten sie von allen Seiten meckerndes Lachen.

Dschu

Aus seinem Geständnis

Wenige Tage nach seiner Befreiung stieg Hung auf einen Berg in der Nähe Kintiens, um dort allein zu beten – wie er sagte. Ich vermutete schon, er werde bei seiner Rückkehr von einer neuen Vision und Befehlen des Höchsten Vaters im Himmel zu berichten wissen. Er kam jedoch erregt und verstört wieder. Und wenn ihm sein Himmlischer Vater auf dem Berg wirklich einen Rat gegeben haben sollte, dann war es jedenfalls ein schlechter Rat.

Hung versammelte am Abend unsere Gemeinschaft auf dem Platz Kintiens und berichtete, auf dem Berggipfel sei ihm ein Dämon in Gestalt eines Hsien erschienen und habe ihn bedroht, worauf er ihn in eine Steinsäule verwandelt habe. Der Kampf gegen die bösen Geister habe nun im Ernst begonnen.

Mit seiner Rede versetzte er die Menge in eine solche Raserei, daß die Leute schrien, er solle ihnen die Dämonen zeigen. Diese Rufe verwirrten ihn anscheinend; denn er sah sich ratlos um, zog schließlich sein Schwert und deutete damit rings um sich, als wolle er sagen, die Einwohner der Stadt seien böse Geister. Die Menge stürmte nun die Häuser, riß die Menschen heraus und erschlug sie. Sie nahm das Gefängnis und ermordete die verhafteten Beamten und ihre Familienangehörigen. Nur der Präfekt, der sich in der Nacht der Eroberung in einem Bordell aufgehalten hatte, war entkommen. Einige unserer Anhänger legten Feuer an die Gebäude, und da ein starker Wind wehte, stand bald die ganze Stadt in Flammen.

Selbst unsere Leute entkamen nur mit Not. Sie blieben an den Toren stehen und schlugen alle Herausflüchtenden nieder, die einen Zopf trugen: Männer, Frauen und Kinder. Als sie ihr Werk getan hatten, versammelten sie sich auf freiem Felde und riefen nach Hung, damit er ihnen weitere Brand- und Mordbefehle erteile; aber er war nirgends zu finden.

Schließlich führte Mah mich zu ihm. Er saß abseits an einem Feldrain und weinte, sagte, er habe der Menge nur den Dämon an der Spitze seines Schwertes zeigen wollen, und redete noch mehr wirres Zeug, das ich nicht verstand. Als ich ihm nun erklärte, von jetzt ab werde ich selbst und ganz allein die Gemeinschaft der Gottesverehrer führen, widersprach er nicht, er dankte mir sogar. Ich nutzte diesen Augenblick seiner Zerknirschung und nahm ihm das Versprechen ab, hinfort nie mehr zu predigen.

Dann ließ ich ihn allein, ging zurück zu der rasenden Menge, stieg auf einen Wagen und befahl den Leuten, nach Yungan zu marschieren und von dort aus das Reich zu erobern. Die Leute schrien mir begeistert zu und machten sich sofort auf den Weg. Ja, einige rannten sogar, um als erste dort zu sein. Alle Dörfer, durch die wir kamen, legten sie in Asche.

Als wir an die zwanzig Li marschiert waren, wurden sie endlich müde. Ich ließ ihnen aber nur wenige Stunden Schlaf und befahl ihnen dann anzutreten, die kampffähigen Männer auf der einen, die Alten, Frauen und Kinder auf der anderen Seite. Die Gruppe der Männer teilte ich in vier Banner, wobei ich dafür sorgte, daß die Köhler getrennt wurden. Fong, Wei, Yang und Hsiao ernannte ich zu meinen Unterführern und gab jedem Befehl über ein Banner. Mit den Männern zogen wir auf dem Landweg weiter nach Yungan. Schi Takai, als dem Jüngsten, vertraute ich die Waffenunfähigen an, obwohl er darüber murrte, und befahl ihm, Dschunken zu requirieren und uns auf dem Wasserweg zu folgen.

Wir machten uns sofort auf den Marsch. Ich untersagte weitere Brandstiftungen und Ausschreitungen. Einige Ungehorsame ließ ich auf der Stelle hinrichten. Seit diesem Tage herrschte in unserem Heere strengste Disziplin.

Der Gouverneur von Kweilin an den Generalgouverneur von Kanton

Aus einem Bericht

Heute erreichte uns die Nachricht, daß die Banditen die Stadt Kintien in Brand gesteckt haben. Der Feuerschein war hundert Li weit zu sehen. Die Banditen sind weitergezogen und haben alle Dörfer auf ihrem Wege angezündet. Über ihr nächstes Ziel ist noch keine Gewißheit zu erlangen. Es ist jedoch zu befürchten, daß sie sich gegen Kweilin wenden. Die Gesamtzahl der Aufrührer wird auf dreimal zehntausend geschätzt, darunter fünftausend mehr oder weniger gut Bewaffnete.
Die Truppen meiner Provinz sind nicht in der Lage, diese rücksichtslos kämpfenden, den Tod nicht scheuenden Banditen in offener Schlacht zu schlagen. Ich habe meine Truppen deshalb hier in Kweilin konzentriert. Ich ersuche dringend um die Entsendung mandschurischer Bannerregimenter und bitte, den jetzigen Provinzbefehlshaber durch einen energischeren und vor allem jüngeren General ablösen zu lassen, der sich auf Truppenführung und Strategie mehr versteht als auf Literatur und Kalligraphie.

Siegel und Unterschrift

Mah

Aus einer späteren Predigt

Der Erhabene Herrscher des Himmels sah mit Wohlgefallen, wie wir alles verbrannten und hinter uns ließen, was uns gehörte, und wie wir, seinem Gebote folgend, den Staub Kintiens von den Füßen schüttelten. Nichts gehörte uns mehr an irdischen Gütern, da wir von nun an nur noch nach himmlischen strebten. Ihr sollt euch nicht Schätze sammeln auf Erden, da sie die Motten und der Rost fressen und da die Diebe nachgraben und stehlen. Sammelt euch aber Schätze im Himmel!
In einer einzigen Nacht ging unsere weltliche Habe in Flammen und Rauch auf, vom Distelberg bis Kintien. Und der Rauch stieg gerade empor in den Himmel. Als aber der Ehrwürdige Herr-

scher uns aus Kintien führte wie weiland das Volk Israel aus Ägypten, siehe, da stand eine Feuer- und Rauchsäule hinter uns über dem Land wie zwischen dem Volke Israel und dem Heere Pharaos und verbarg uns vor den Scharen der Kaiserlichen.

Die waffentragenden Männer unserer Gemeinschaft marschierten in schmalen Tälern und auf Wegen, die den Köhlern unter uns bekannt waren. Eine kleinere Anzahl bewegte sich anfangs auf die Provinzhauptstadt Kweilin zu, so daß der Gouverneur in seiner Angst alle Tore der Stadt zusperren und tagelang niemanden ein- noch ausgehen ließ.

Die Greise, Frauen und Kinder aber führte der Himmlische Vater auf Dschunken und in Sampans sicher in die Nähe Yungans, wo ihnen schon bei ihrer Ankunft Abgesandte unseres Heeres entgegeneilten und verkündeten, daß der Allmächtige die Tore der großen Stadt geöffnet habe.

Die Truppen der Teufelsanbeter hatten zwar beim Nahen unserer Streitmacht in aller Eile die Tore verriegelt und sich zum Kampfe gerüstet. Aber unsere Männer waren gefeit gegen ihre Schüsse und unverwundbar. Geführt von dem Himmlischen König, der das Schwert Dämonentöter in den Händen schwang, überquerten sie den Wassergraben und erklommen die Mauern, als hätten sie Flügel. Sie warfen die Soldaten der Kaiserlichen von den Zinnen herab, daß ihre Leichen sich zu Hügeln türmten.

Als aber die Stadt von den Teufelsverehrern befreit war, versammelten sich unsere Streiter vor dem großen Buddhatempel, rissen die Götzenbilder heraus auf den Platz und legten Feuer an sie. Und während die Greuelstatuen verbrannten, knieten unsere Soldaten nieder, dankten dem Allmächtigen Vater im Himmel, dem Älteren und Jüngeren Sohn und stimmten jubelnd das Schwertlied an, das der Himmlische König uns gedichtet hatte.[1]

---

1 »Mit drei Fuß langem Schwert befrieden wir Fluß und Land.
Zwischen den vier Weltmeeren wohnen die Menschen einträchtig wie eine Familie.
Wir ergreifen die Dämonen und werfen sie ins Gefängnis der Erde.
Ja, wir fangen die Feinde alle mit dem himmlischen Netz.
Die vier Regionen der Welt neigen sich vor dem Pol des Himmels,
Und Sonne, Mond und Gestirn stimmen an das Siegeslied.

Einige Monate nach dem Tode meines Vaters schickte meine Familie mich und meinen kleinen Sohn zu meinem Onkel nach Yungan, der dort eine Teegroßhandlung besaß. Meine Verwandten hielten mich wie eine Sklavin. Ich mußte die niedrigsten Arbeiten in der Küche verrichten und nicht nur meine Tante, sondern auch die beiden Nebenfrauen meines Onkels bedienen. Oft hörte ich, es wäre besser gewesen, ich hätte mich erhängt. Wäre mein Sohn nicht gewesen, so hätte ich schon im ersten Monat den Weg zu den neun Quellen angetreten. Aber was wäre dann aus Fu-lai[1] geworden! Die Tigerinnen hätten ihn sicher ausgesetzt oder verkauft.
Eines Tages kamen drei blinde Bettler in das Geschäft. Mein Onkel, der sehr geizig war, gab ihnen nichts, obwohl sie immer ihre Bittgesänge anstimmten, wenn ein Kunde den Laden betrat. Er wollte zeigen, daß die Bettler ihn nicht erpressen konnten. Sobald ihr Gesang ihm oder den Kunden zu lästig wurde, zog er sich zu den geschäftlichen Besprechungen in das Hinterzimmer zurück. Ich hatte dann den Laden zu hüten und neue Kunden zu bedienen.
Nie in meinem Leben hatte ich so zerlumpte und schmutzige Bettler gesehen. Das Haar stand ihnen wirr und verfilzt um den Kopf. Der eine Blinde trug statt einer Jacke einen löcherigen Reis-Sack um seine schmutzgrauen Schultern. In den Bärten der Bettler hingen Speisereste.
Als ich am Verkaufstisch stand, hörte ich, wie der eine zu seinen Kumpanen sagte, er könne sich denken, daß die Gottesverehrer nicht einen Stein dieses Hauses, wo Güte und Barmherzigkeit fehlten, auf dem andern ließen. Und der Angeredete erwiderte, hätte Hung Siu-tschüan ihn nicht Milde und Geduld gelehrt, so wüßte er wohl, was er tun würde. Als dieser Name fiel, hörte

---

Der Tiger brüllt, der Drache singt, die Welt ist voller Licht.
Wenn überall erst Friede ist, wie wird da Freude seyn.«
(Nach der Übersetzung im Magazin für die neueste Geschichte der evang. Missions- und Bibelgesellschaften, Basel, 1854).

1 Milchname »Das Glück ist gekommen«. Sein späterer Name lautete Tien-kuei-fu.

ich aufmerksam zu. Natürlich wußte ich, daß Hung Siu-tschüan die Gemeinschaft der Gottesverehrer gegründet hatte und jetzt im Gefängnis zu Kintien war. Ich überlegte noch, ob ich die Bettler nach ihm fragen sollte, als mein Onkel wiederkam und mich in die Küche schickte.
Die Blinden blieben den ganzen Tag im Laden, und mein Onkel trieb sie erst auf die Straße, als er abends das Geschäft schloß. Ich besaß kein Geld, das ich ihnen geben konnte; aber nach dem Abwaschen fand ich Zeit, vor das Haus zu gehen und ihnen wenigstens einige Essensreste, in Blätter gewickelt, hinzulegen. Auf meine Frage antworteten sie, sie hätten Siu-tschüan noch wenige Tage vor seiner Verhaftung gesehen. Sie seien jetzt auf dem Wege zurück nach Kintien, wo die Menschen gottesfürchtiger und barmherziger seien als in Yungan. Es würde ihnen ein leichtes sein, mit Siu-tschüan Verbindung aufzunehmen. Ich bat die Bettler, am nächsten Morgen wiederzukommen.
In der Nacht schrieb ich das Gedicht:

»Tränen des Phönix
fallen wie Sterne…«

Als ich in der Dämmerung aufstand und die Holzläden vor dem Geschäftseingang zur Seite schob, gab ich das Gedicht den Blinden, die vor der Tür übernachtet hatten und noch schliefen. Ich bat sie, meine Zeilen Siu-tschüan zu geben, hatte aber nur wenig Hoffnung, daß mein Gedicht in seine Hände gelangen würde.
Wie überrascht war ich daher, als nur einen halben Monat später ein Teeträger, der gerade auf einer Dschunke von Kanton gekommen war und der sich in der Küche seinen Reis kochte, mich nach meinem Namen fragte und mir heimlich ein Papier zusteckte, auf dem mein Gedicht beantwortet war mit den Versen, die begannen:

»Vor Schangtis Sonne
erblassen die Sterne…«

Zum Unglück hatte aber eine Dienerin beobachtet, wie mir der Träger den Zettel mit dem Gedicht gegeben hatte. Sie hinterbrachte dies meinem Onkel, der den Träger und mich verhörte, um zu erfahren, wer die Verse geschrieben habe. Der Träger gab schließlich zu, den Zettel von einem Unbekannten auf dem Wege von Kanton erhalten zu haben. Ich selbst gestand, als der Onkel mir Prügel mit dem Bambusknüppel androhte, daß Siu-tschüan der Absender sei. Da fanden meine Verwandten, daß Prügel für mich eine zu geringe Strafe seien. Sie nahmen mir den kleinen Fu-lai fort und gaben ihn einer alten Frau, die Kinder zu verkaufen pflegte.

Ich versuchte damals, mich zu erhängen; aber die Verwandten hinderten mich und ließen mich dauernd überwachen, weil sie nicht wünschten, daß ihr Haus durch einen Selbstmord in Verruf komme, und weil sie eine Anzeige der Nachbarn wegen Mordes fürchteten.

Einen halben Monat später erhielt ich Fu-lai wieder. Die Verwandten hatten ihn von der Kindesverkäuferin zurückerworben. Ich glaubte, dies sei geschehen, weil sie die Unannehmlichkeiten scheuten, die ihnen entstehen konnten, wenn ich Selbstmord verübte. Aber bald merkte ich, daß der wirkliche Grund die Gerüchte von Siu-tschüans Befreiung, der Eroberung Kintiens und dem Anwachsen seiner Bewegung waren.

Nun änderte sich plötzlich das Benehmen der Verwandten. Sie fanden, daß die enge Mädchenkammer, in der ich mit Fu-lai und drei Dienerinnen schlief, zu klein für mich sei. Sie brachten mich in einem Zimmer unter, das seit dem Tode meiner Großmutter leer stand. In der Küche brauchte ich von jetzt ab auch nicht mehr zu arbeiten. Eines Tages besuchte mich mein Onkel in meinem Zimmer und entschuldigte sich mit vielen Verbeugungen für das Unrecht, das er mir zugefügt habe. Er habe in unverzeihlicher Blindheit nur nach dem Briefe gehandelt, mit dem meine Familie in Hwa mich übersandt habe. Meine Bescheidenheit, mein Fleiß und meine Anhänglichkeit an Fu-lai hätten ihm aber bewiesen, daß der Brief meinen Charakter unzutreffend geschildert habe. Warum ich mich immer so von der Familie zurückhalte, wollte er wissen. Er sei zwar, wie alle Leute Yungans, etwas grob und derb, aber »bittere Worte sind gute Medizin, Honigworte machen krank«.

Als die Gottesverehrer sich der Stadt Yungan näherten, verloren meine Verwandten alle Würde. Sie kamen zu mir – der Onkel, die Frauen und die Söhne –, warfen sich auf die Knie und baten mich um Vergebung für die harte Behandlung, die nur auf die falschen Anschuldigungen des Briefes aus Hwa zurückzuführen sei. Sie flehten mich an, bei Siu-tschüan ein gutes Wort für sie einzulegen und zu verhindern, daß der Laden geplündert werde.

Eine Dienerin hinterbrachte mir, im Hofe werde ein Schild geschrieben, das mein Onkel über den Laden hängen wollte, wenn die Gottesverehrer in die Stadt eindrangen. Und auf dem Schild sollte stehen »Wohnsitz der Gattin Hung Siu-tschüans«. Als ich das erfuhr, überfiel mich der Zorn. Ich lief in den Hof, schlug dem Diener Pinsel und Malfarbe aus der Hand, nahm eine Axt und hackte das Schild in hundert Stücke. Den Diener aber ließ ich vor meinen Augen auspeitschen.

Die Gottesverehrer nahmen die Stadt fast ohne Kampf ein. Sie plünderten aber nicht, ließen nur einen Stadtteil räumen und brachten dort ihre Anhänger unter: in einem Viertel die Männer, in einem anderen die Frauen und Kinder.

Ich wartete den ganzen Nachmittag und Abend auf Siu-tschüan. Eine Nebenfrau des Onkels hatte mir einen hellgrünen Ischang geliehen. Meine Verwandten hatten mich gekämmt und mir goldene Haarpfeile in die Frisur gesteckt. Fu-lai hatte ich einen roten Ischang und eine blaue Jacke angezogen. Mein Onkel hatte ihm gar ein Paar gestickte Tigerkopfschuhe gekauft.

Ich stellte mir zehntausendmal vor, wie ich Siu-tschüan gegenübertreten würde. Wie sah er jetzt in seiner neuen Haartracht aus? Würde er mich heiraten? Aber wie konnte er das, da seine Eltern erst einen Heiratsvermittler zu meinem Onkel, als dem Familienältesten, senden mußten! Und Siu-tschüans Eltern waren noch in Hwa, im Gebiet der Kaiserlichen Truppen.

Ich wartete bis Mitternacht, aber Siu-tschüan kam nicht. Erst zur Stunde des Hahns legte ich mich in meinen Kleidern zu Bett, neben Fu-lai, der schon lange eingeschlafen war, eine kleine rote Puppe im Arm. Als auch am nächsten Tag kein Bote kam, wurden meine Verwandten wieder kühler zu mir, zumal die Gottesverehrer nirgends geplündert hatten und die Geschäfte alle wieder offen waren wie in normalen Zeiten. Mein Onkel brauchte nichts mehr zu fürchten.

Vielleicht, dachte ich, weiß Siu-tschüan nicht, wo ich wohne. Ich sandte daher einen Boten mit einem Brief zu ihm; der Bote wurde nicht vorgelassen, gab den Brief aber ab, in dem ich auf Siu-tschüans Gedicht antwortete. Meine Verse begannen mit den Worten:

> »Nur die Sonne gibt
> Mond und Sternen Licht...«

Der volle Text liegt in der Sammlung.[1]
Zwei Tage blieb ich in meinem Zimmer, wartete, hoffte, zweifelte, weinte. Am dritten Tag kam ein Bote vom Präfekturpalast und brachte mir Siu-tschüans Antwort: Er freue sich, daß ich die sicher schwere Zeit überstanden habe, und er hoffe, mich bald in der Zahl der Gottesverehrer zu sehen. Wenn ich dem wahren Gotte dienen wolle, werde mich noch am gleichen Tage eine Sänfte in das Frauenviertel bringen, wo man mich in seiner Lehre unterweisen und auf die Taufe vorbereiten werde.
Ich war bereit, auch noch diese Prüfung auf mich zu nehmen, nur um so schnell wie möglich aus dem Hause meiner Verwandten zu ziehen. Am Nachmittag kam eine gewöhnliche Sänfte und holte mich ab. Ich nahm Fu-lai und die wenigen kleinen Dinge, die ich besaß, mit mir. Man brachte mich in ein Haus, in dem schon fünfzehn Frauen wohnten, die beteten und die Zehn Gebote mit den Erklärungen auswendig lernten.

Der Markterzähler Puh

Große Zeichen kündeten das Ereignis an: Ein Komet war im Palaste des Hahns[2] erschienen, kreuzte die Bahn des Großen Marschalls und leuchtete hell auf im Zeichen des Affen.[3] Tai Sui[4] selbst trat ein in den Palast des Himmelsdrachens[5], und das ganze Reich hoffte, das Zeitalter[6] werde sich nun ändern.

---

1 Die Gedichtsammlung ist verloren.
2 Plejaden.
3 Orion, Rigel.
4 Jupiter.
5 Jungfrau.
6 Doppeldeutig: Zeitalter und Dynastie.

Am Drachenboot-Feste geschah es. Den ganzen Vormittag über strömte das Volk durch die Tore in die Stadt Yungan zum großen Marktplatz. Auf einer Seite hatte man eine große Tribüne gebaut und mit Papierblumen und Girlanden geschmückt. Kurz vor Mittag kam der Zug der Würdenträger, voran die Prachtsänfte Hungs auf den Schultern von vierundzwanzig Trägern. Er und die anderen Führer der Bewegung schritten die Treppe der Tribüne hinauf und stellten sich dem Volke vor. Ganz vorne standen Hung Siu-tschüan und Dschu in goldgelben Gewändern und goldgelben Mützen, in der zweiten Reihe die vier Könige, ebenfalls in gelben Gewändern, aber mit blauen, wolkenbestickten Mützen. Diener hielten vor sich auf seidenen Kissen das juwelengeschmückte Kreuz, das heilige Schwert und das goldene, schwere Siegel – die drei Kleinodien, die der Allmächtige Schangti in den hohen Hallen des Himmels mit eigener Hand seinem Jüngeren Sohne Hung Siu-tschüan überreicht hatte.
Ein Priester in schwarzem Gewand trat nun vor, legte Hung Siu-tschüan das Kreuz um den Hals, gürtete ihn mit dem Schwert und reichte ihm das Siegel. In diesem Augenblick brach ein Lichtstrahl durch die Wolken und vergoldete die Tribüne. Und eine Stimme sprach aus den Wolken:
»Seht, das ist mein lieber Sohn, den ich auf die Welt herabgesandt habe, um die Menschen zu erlösen. Er soll der Tien Wang[1] sein, die bösen Geister vernichten und das Himmlische Reich des Großen Friedens[2] auf Erden errichten. Dies ist mein Auftrag. Zittert und gehorcht meinem Befehl!«
Da fiel das Volk auf dem Markte erschrocken auf die Knie. Hung Siu-tschüan aber, der Himmlische König, trat zur Seite, und der Sonnenstrahl blieb auf seinem Gewand, bis die Feier vorüber war. Der Priester aber rief Dschu und ernannte ihn zum König der Himmlischen Tugend[3], machte Yang zum König des Ostens, Wei zum König des Nordens, Fong zum König des Südens, Hsiao zum König des Westens und Schi Takai zum Hilfskönig.

---

1 Tien Wang = Himmlischer König.

2 Tai Ping Tien Kuo, daher der Name »Taipings«, wie die Gottesverehrer von den Ausländern genannt wurden.

3 Tien Teh Wang.

Dann trat der Große Hung vor, umstrahlt vom Lichte der Sonne, daß niemand sein Antlitz anblicken konnte, und rief aus:
»Ich künde aller Welt, daß ich gehorsam und in kindlicher Ehrfurcht den Auftrag meines Erhabenen Vaters vernommen habe und das Himmlische Reich des Großen Friedens errichten werde. Wollt ihr mir folgen?«
Das Volk stimmte ihm jubelnd zu.
»Viele von euch werden auf diesem Wege ihr Leben hingeben und das Reich auf Erden nicht mehr vollendet sehen. Sie werden jedoch noch vor uns in das Haus des Höchsten Vaters im Himmel eingehen, und er wird sie in aller Pracht und Herrlichkeit empfangen. Die Dämonenbesessenen aber, die sich uns entgegenstellen, werden wir hinabsenden in das Reich der Teufel, wo sie in Ewigkeit gefoltert werden. Wollt ihr mir folgen?«
Die Menge jubelte ihm wieder zu.
Darauf verlas der König der Himmlischen Tugend, der bisher den Namen Dschu geführt hatte, die Proklamation der neuen Dynastie des Großen Friedens[1] und verkündete die Gesetze, nach denen sie regieren werde. Denkwürdiger Tag unseres Reiches! Am Abend war der Komet am Himmel erloschen.

Schi Takai, der Hilfskönig

Dschu, der jetzt den Titel »Himmlische Tugend« führte, hatte uns Königen befohlen, bei der Inthronisationsfeier Kaisergewänder der Ming-Dynastie zu tragen. Aber weder die Schneider noch wir wußten, wie die Ming-Kaiser sich kleideten, denn wer hätte es je wagen können, einen Himmlischen Herrscher in einem Buche abzubilden!
Wir liehen uns deshalb von einer gerade in Yungan gastierenden Schauspielertruppe die wertvollen, farbenprächtigen gestickten Kostüme, in denen Kaiser und Könige auf der Bühne dargestellt wurden. Und für die Inthronisation benutzten wir die Bühne, die die Truppe auf dem Hauptplatz aufgebaut hatte. Die Zere-

---

1 Tai Ping Tschao, während die Mandschu-Dynastie sich Da Tsching Tschao, d. h. Dynastie der Großen Reinheit nannte.

monie war wie die Aufführung eines Provinztheaters. Die Schauspieler hätten es nur sicher besser gemacht.

In den ungewohnten, schweren Gewändern konnten wir uns kaum bewegen. Besonders hinderlich waren die langen Ärmel, die weit über die Hände fielen. Dschu brauchte lange Zeit, bis er die Finger befreit hatte und die Dokumente ergreifen konnte, aus denen er die Proklamation vorlesen wollte. Hsiao benahm sich wie ein Schauspieler: Er stampfte einher und machte plötzliche Wendungen, als sei er der Gott des Donners. Yang dagegen schnitt während der Feier Grimassen: Er hatte Flöhe im Hosenbund und konnte sich nicht kratzen.

Das Volk aber war überwältigt von dem Schauspiel und dachte gar nicht darüber nach, wer von den sechs Königen der eigentliche Regent sein sollte. Nur uns selbst war klar, daß nun Dschu die Zügel in die Hand nehmen und Hung Siu-tschüan, den Himmlischen König, auf die geistlichen Aufgaben beschränken würde.

Mit der Proklamation hatte Dschu die Regierung in Peking herausgefordert, die nun nicht mehr, wie bisher, den Kampf gegen uns den Provinzbehörden überlassen konnte. Damit zwang Dschu uns, die nächstliegenden Ziele aufzugeben und Bundesgenossen im Reich zu suchen: besonders die Trias-Bruderschaft, die über alle Provinzen verteilt war und mit der er schon lange in Verbindung gestanden hatte. Aber dadurch schmuggelte er neue Gedanken in unsere Bewegung, und darauf kam es ihm vor allem an: auf die Wiederherstellung der Ming-Dynastie nämlich, obwohl er sie in der Proklamation nirgends erwähnt hatte. Durch die Trias-Brüder ließ er überall die Sage verbreiten, er sei der letzte Sproß des Ming-Geschlechts. Er wußte, daß die Bevölkerung nördlich des Jangtse mit dieser Losung eher zu gewinnen war als mit den Visionen des Himmelskönigs.

Memorandum für den Drachenthron

Vorgelegt von dem Minister Tsai über den Kanzler Wu

Die sogenannte Proklamation von Yungan enthält viele verworrene, aber auch gefährliche Schlagworte, zum Beispiel:

Alle Güter auf Erden gehören Schangti, beziehungsweise seinem Stellvertreter auf Erden, das heißt dem Führer der Rebellen. Dieser gibt die Güter allen Menschen gleich und gerecht zu Lehen. Es gibt kein Privateigentum. »Das Land im Himmel wird von allen gemeinsam bestellt. Daher werden auch wir, was uns an Land zugeteilt ist, gemeinsam bearbeiten; was wir an Kleidern besitzen, gemeinsam tragen; was wir an Silber besitzen, gemeinsam ausgeben.«

Alle Menschen erhalten gleich viel Ackerland. Es wird von den Dorfgemeinschaften gemeinsam bearbeitet. Jeder Verdienst ist der Staatskasse abzuliefern, die dem einzelnen ein Taschengeld gibt.

Es wird ein neuer Kalender ausgearbeitet. Jedes Jahr zählt 366 Tage. Ein Schaltmonat ist nur alle vierzig Jahre nötig. Alle Tage sind Glückstage.

Die mandschurische Haartracht wird verboten, ebenso den Frauen das Einschnüren der Füße.

Frauen haben die gleichen Rechte und Pflichten wie die Männer. Heiraten ist Pflicht. Die Wahl des Ehepartners erfolgt nach dem freien Willen der Beteiligten oder von Amts wegen. Einmischung der Eltern ist verboten. Ehebruch wird mit dem Tode (Verbrennen oder Zerreißen durch Pferde) bestraft.

In der Gemeinschaft der Gottesverehrer werden Männer und Frauen streng getrennt und in verschiedenen Lagern oder Quartieren untergebracht. Weitere Regelungen erfolgen nach dem Siege.

Müßiggang ist Sünde, Arbeit und Gottesdienst sind Pflicht.

Der Genuß von Opium, Tabak und Alkohol ist verboten.

Auf den ersten Blick erscheinen diese Regeln und Ziele so phantastisch, daß man versucht ist, ohne weitere Diskussion darüber hinwegzugehen. Zu bedenken ist jedoch, daß die Proklamation von den Massen mit großem Beifall aufgenommen wurde. Besonders die Forderung, das Land neu zu verteilen, übt eine starke Zugkraft auf die arme Landbevölkerung aus, die in ihrem Unverstand nicht einsieht, daß diese utopischen Pläne niemals zu verwirklichen sind.

Berichte des Gouverneurs der Provinz Kwangsi wollen wissen, daß die Massen vor allem von den religiösen Wahnideen des

Usurpators Hung angelockt werden. Dies erscheint jedoch unglaubwürdig. Man muß sich fragen, wie verantwortungsvolle Beamte, die mit der jahrtausendealten Bildung unseres Volkes vertraut sind, derartig abstrusen Gerüchten zum Opfer fallen konnten. Erneute, detaillierte Berichte aus Kwangsi wurden angefordert.
Die Regierung bittet untertänigst, der Erhabene Himmlische möge geruhen,

jede Verbreitung der Proklamation durch Wort oder Schrift bei Todesstrafe zu verbieten;

einen Beauftragten mit militärischen und zivilen Sondervollmachten in die Südprovinzen zu entsenden;

auf die Köpfe der sogenannten Könige und des Hilfskönigs Prämien von je fünftausend Taels auszusetzen.

Der Markterzähler Puh

Auch die drei Blinden Ih, Örl und San waren in Yungan. Als die Taiping-Dynastie proklamiert war, suchten sie den Himmlischen König zu sprechen, der jedoch sehr beschäftigt war und sie abweisen ließ. Da belagerten sie ihn in seinem Palast und sangen vor seinem Fenster so durchdringend und ausdauernd die frommen Lieder der Bewegung, daß er sie schließlich empfing.
Sie fielen vor seinem Thron auf die Knie und begannen sofort laut zu sprechen, alle zur gleichen Zeit, so daß der Tien Wang nicht verstand, was sie wollten. Er erteilte deshalb Ih das Wort.
Der beschwerte sich nun darüber, daß alle Menschen im Himmlischen Reich des Großen Friedens gleich viel Geld haben sollten.
Ist damit etwa gemeint, fragte Ih, daß wir alle unser Geld abgeben sollen?
Natürlich, erwiderte der Tien Wang.
Da senkten sie die Stirn zu Boden und baten, solch ein Gesetz nicht zu erlassen. Der Himmlische König aber – und das ist ein Mangel für einen Mann aus Kwangtung – konnte nicht lachen.
Er fragte die Blinden streng, wieviel Geld sie besäßen.
Nichts, schrien sie alle drei, keinen einzigen Käsch!
Fong, der Südkönig, stand dabei und versuchte mit ihnen zu

rechten. Sie sollten über das Gesetz doch froh sein, das gerade für die Armen und Besitzlosen geschaffen werde. Es werde in Zukunft weder Arme noch Reiche geben.
Aber wo bleibt dann das Geld? fragten sie.
Es gehört dem Himmlischen Vater, antwortete der Tien Wang, und wir alle geben es gemeinsam aus.
Unrecht! Unrecht! riefen sie, als klagten sie vor dem Richter im Yamen. Wenn es keine Reichen mehr gibt, wer soll uns dann Geld in unseren Teller werfen!
Der Tien Wang verlor nun die Geduld über das Geschwätz, schickte sie hinaus und befahl, ihnen Kleider aus der Dienerkammer der Präfektur zu geben, sie einem Korbflechter ins Haus zu legen, damit sie dort sein Handwerk lernten, und sie aus der Volksküche zu speisen.
Drei Tage schliefen die drei nun in einem Zimmer, daß sie an ihrem eigenen Gestank fast erstickt wären. Drei Tage lang mußten sie pünktlich morgens und abends zur Volksküche gehen und dort in der Reihe anstehen. Und immer mußte der Korbflechter sie nach dem Essen wieder auf der Straße einfangen, wo sie sich hingesetzt hatten, um zu betteln, und sie mit Schimpfworten an die Arbeit zurückführen.
Am vierten Tage aber warfen die Blinden ihre neuen Kleider auf den Boden des Zimmers, zogen sich wieder ihre Lumpen an und verließen, geführt von Ih dem Ersten, die Stadt durch das nördliche Tor. Sie hatten das Leben im Himmlischen Reich des Großen Friedens nicht mehr ertragen können.

Mah

Wie der Höchste Herrscher des Himmels uns immer vor dem Ärgsten behütet hat, zeigt folgende Geschichte: Die teufelsbesessenen Kaiserlichen Heere hatten Yungan umzingelt, zogen brandschatzend durch das Land wie das Heer der Philister und ließen keine Lebensmittel mehr in die Stadt, so daß unsere Reisnäpfe in den Volksküchen nicht einmal mehr zur Hälfte gefüllt wurden. Die Kaiserlichen zogen den Ring immer enger, und unseren Truppen gelang es nicht, ihn zu sprengen.

Es war aber einer unter unseren Männern namens Li Siu, ein Mann einfacher Herkunft, früher Hafenarbeiter in Kanton, der große Kräfte besaß und wegen seiner Tapferkeit Führer eines Zehnertrupps im Heerbann des Südkönigs Fong geworden war. Es traf sich nun, daß ihm und seinem Trupp die Wache des Südtors in der gleichen Nacht aufgetragen worden war, als der Tien Wang schlaflos in seinem Garten auf und ab ging und betrübt über die Not nachdachte, die der Allmächtige Vater im Himmel über sein Volk verhängt hatte.

Da erschien ihm ein Engel im Garten und befahl ihm, ohne Verzug zum Südtor zu gehen. Der Tien Wang begab sich dorthin, stieg die Stufen zum Turm hinauf und sah über die festen Mauern in das Land, wo die Lagerfeuer der Teufelsbesessenen brannten. Hinter ihm, unter dem geschwungenen Dach des Turms aber stand Li Siu. Da sagte der Tien Wang, ohne sich nach ihm umzuwenden:

»Ein Engel des Herrn hat mich hierhergesandt, weil diesem Turm Gefahr droht. Aber ich sehe, die Mauern sind stark; und als ich die Stufen heraufstieg, habe ich keinen Riß bemerkt. Es müssen also die Menschen sein, die schwach sind.«

Und nun erst blickte er ihn an und fragte:

»Ist einer unter euch, der mich verraten will?«

Da warf sich Li Siu vor ihm zur Erde und gestand, er habe in der Tat geplant, eine Doppelstunde vor der Dämmerung den Feinden ein verabredetes Zeichen zu geben und das Tor zu öffnen. Und zur Erklärung zog er einen Brief hervor, in dem die Teufel ihm schrieben, sie hätten seine Eltern und Geschwister gefangen, und diese müßten sterben, wenn er nicht Wege finde, ihnen bei seiner nächsten Nachtwache ein Zeichen zu geben und das Tor zu öffnen.

Li Siu bat nun den Tien Wang, ihn wegen seines geplanten Verrates enthaupten zu lassen und den abgeschlagenen Kopf auf einer hohen Stange von der Mauer den Feinden zu zeigen, damit sie sähen, er habe den Verrat begehen wollen, sei aber entdeckt worden. In diesem Falle würden selbst die dämonenbesessenen Kaiserlichen seinen Angehörigen kein Leid antun.

Der Himmlische König aber sagte, Li Siu solle aufstehen und entscheiden: Er könne ihn, den Jüngeren Sohn des Vaters im

Himmel, von der Mauer stürzen, den Feinden eine Doppelstunde vor der Dämmerung ein Zeichen geben und das Tor öffnen. Damit würde er das Reich des Großen Friedens zerstören und den Tod von Zehntausenden auf sich laden. Oder aber Li Siu solle seinen Dienst während der Nachtwache treu und gewissenhaft tun. Wenn die Teufelssoldaten jedoch seine Eltern und Geschwister töteten, werde er, der Tien Wang, den Vater im Himmel bitten, die Angehörigen Lis in aller Pracht zu empfangen, obwohl sie noch nicht getauft seien.
Der Herr gab nun dem Herzen Li Sius Kraft und Stärke. Er warf sich vor dem Himmlischen König auf die Knie und versprach, das Tor treu und gewissenhaft zu hüten und jeden Angriff der Teufelsbesessenen tapfer abzuwehren.
Als am nächsten Morgen die dämonenverblendeten Truppen des Kaisers Li Sius Eltern und fünf Geschwister, darunter eins, das gerade erst laufen konnte, vor den Mauern der Stadt enthaupteten, stand Li an den Zinnen des Torturms und ertrug schweigend und mannhaft den grausamen Anblick. Der Himmlische König belohnte ihn, indem er ihm befahl, fortan immer um ihn zu sein und ihn zu beschützen.
Als das ganze Heer der Gottesverehrer einen Monat später nach inbrünstigem Gebet zum Höchsten Herrscher des Himmels aus der Stadt ausbrach und den Ring der Kaiserlichen sprengte, deckte Li Siu mit seinem Trupp die Sänfte des Tien Wang und bewahrte ihn vor der Gefangennahme.
Dieser Li Siu aber war es, der einige Jahre später zum König der Treue erhoben wurde.

Li Siu
Aus seinem späteren Geständnis

Nur wenige Wochen, nachdem der Himmlische König mich zum Führer seiner Leibwache ernannt hatte, ging mit ihm eine merkwürdige Veränderung vor, die anfangs nur von seiner Umgebung und den Königen bemerkt wurde. Er ertrug keinen Widerspruch mehr und wurde zuweilen plötzlich von blindem Zorn überfallen. Meist aber war er in sich gekehrt, niedergeschlagen, las oft tagelang in der Heiligen Schrift und sprach nicht mehr zur Menge wie früher. Nur einer Anzahl von Frauen eröffnete er sich, die Tag und Nacht um ihn waren und die ihn auch bedienen mußten. Ihnen predigte er jeden Abend, und er betete mit ihnen bis spät in die Nacht.

Um die Angelegenheiten der Gemeinschaft kümmerte er sich nicht mehr, sondern überließ sie den Königen. Diese sahen es gerne, daß er ihnen freie Hand ließ, und sagten den Leuten, er stehe – wie seit alten Zeiten der Kaiser – so hoch über den Menschen und so nahe dem Himmel, daß er sich nicht mit dem roten Staub der irdischen Dinge beschmutzen dürfe. Dennoch trafen sie alle Entscheidungen in seinem Namen.

Die Gottesverehrer nahmen diese Erklärung hin. Trotzdem liefen bald heimliche Gerüchte über seine Wandlung um. Man fragte sich, wer seine erste Ehefrau gewesen sei, die er postum zur »Majestät des Mondes« und wer die neue Ehefrau sei, die er zur »Mit-Majestät des Mondes« ernannt hatte. Man rätselte darüber, wer in dem schweren, kostbar lackierten und silberbeschlagenen Sarg sein möge, den der Himmlische König auf dem Marsch von Yungan nach Norden stets hinter seiner Sänfte oder auf der Dschunke mit sich führte. Einige meinten, er habe den Sarg für sich selbst bestimmt, weil er an einer schweren Gemütskrankheit leide und hoffe, der Anblick des Sarges werde ihn heilen. Andere Gerüchte dagegen sprachen von Orgien, die er mit den Frauen neben der Leiche der jungen Witwe gefeiert habe. Da ich stets in seiner nächsten Umgebung war, als die Wandlung in ihm vorging, will ich darüber berichten, obwohl ich nicht behaupten kann, den wirklichen Schlüssel zu besitzen.

Während der Belagerung Yungans durch die Provinztruppen brachte man dem Himmlischen König eines Abends die Nachricht, eine unserer Anhängerinnen, die auf die Taufe vorbereitet wurde, habe sich aus unbekannten Gründen das Leben genommen. Das war in jenen Zeiten noch ein außergewöhnliches Ereignis. Der Tien Wang machte sich sofort auf den Weg zur Toten, nicht in der Sänfte, sondern zu Fuß, obwohl es stark regnete und die Straßen voll Morast waren. Ich begleitete ihn als einziger in das Frauenviertel.

Die Leiche der jungen Frau lag am Boden eines kleinen, kaum

möblierten Hofzimmers. An einem Balken hing noch ein Rest des Hutschals, von dem man sie abgeschnitten hatte. In dem Raum drängten sich viele Frauen, die erregt miteinander sprachen. Die Hausbesitzerin, die nicht zu unserer Gemeinschaft gehörte, lehnte jede Verantwortung für den Selbstmord und damit auch für die Beerdigungskosten ab, die ihr möglicherweise entstehen konnten.

Als der Himmlische König eintrat, hörten die Frauen sofort auf zu sprechen, knieten nieder und baten um seinen Segen. Er aber blickte nur auf die Leiche und schickte die Frauen mit einer Handbewegung hinaus. Eine einzige blieb. Sie kniete in der Ecke, hatte die Hände vor das Gesicht gelegt und schien den Himmlischen König nicht bemerkt zu haben. Ich trat zu ihr und zog sie am Ellbogen empor. Als sie den Tien Wang erblickte, schrie sie laut. Ich wollte sie hinausziehen, aber sie sträubte sich. Der Himmlische König fragte sie, ob sie die Tote gekannt habe. Sie sagte: Ja. Dabei blickte sie ihn lange an.

Sie war noch jung, hatte ein schmales Gesicht und ungewöhnlich große Augen. Der Himmlische König gab mir ein Zeichen, ihren Arm loszulassen und hinauszugehen. An der Tür wandte ich mich noch einmal um: Die Frau war in ihre Ecke zurückgekehrt und sah dem König unverwandt ins Gesicht. Ich schloß die Tür und wartete vor dem Zimmer.

Inzwischen hatte es sich in der Nachbarschaft herumgesprochen, daß der Tien Wang im Hause sei, und viele Frauen suchten in den Hof vorzudringen, um ihn zu sehen. Ich konnte sie nur mit Hilfe der Quartiervorsteherin wieder auf die Straße treiben. Wir sperrten das Tor zu.

Von der Vorsteherin erfuhr ich, daß die Tote erst vor wenigen Wochen zur Gemeinschaft gestoßen und noch ungetauft sei. Sie hieß Lai und stammte aus der Familie eines Teehändlers in Yungan. Sie hinterließ einen Sohn Fu-lai. Während der kurzen Zeit in diesem Quartier war sie nur mit der jungen Frau zusammen gewesen, die das Zimmer nicht verlassen wollte, als der Tien Wang eintrat. Deren Name aber war Kui Hiang. Die Quartiervorsteherin war auf sie nicht gut zu sprechen und behauptete, sie habe die junge Witwe Lai in ihrem Selbstmordentschluß womöglich bestärkt. Sie sei eine Füchsin in Menschengestalt. Als die Vorsteherin fortfahren wollte zu schwatzen, schickte ich sie aus dem Haus, riegelte ab, und setzte mich vor der Tür nieder, hinter der der Himmlische König war.

Was in der Nacht im Zimmer geschah, weiß ich nicht. Als ich an dem Lichtschein auf dem Papierfenster der Tür sah, daß die Öllampe flackerte, holte ich in der Küche eine frisch gefüllte Tonschale und ging leise hinein. Während ich die Lampen wechselte, blickte ich flüchtig zur Seite und bemerkte, daß der Himmlische König vor der Leiche kniete. Kui Hiang kauerte in der Ecke und sah ihn immer noch an. Ich ging wieder hinaus und setzte mich dort auf meinen Mantel.

Aus dem Zimmer kam kein Laut. Auch auf der Straße wurde es ruhig. Gelegentlich hörte ich die Schritte der Nachtwächter und den dumpfen Ton der Bambushörner, mit denen sie die Zeit angaben. Ab und zu regnete es, und die Fensterläden klapperten in den Windstößen. Je später es wurde, desto unbehaglicher fühlte ich mich. Plötzlich wurde ich so müde, daß ich die Augen nicht mehr offenhalten konnte und daß mein Kopf immer wieder auf meine Brust sank. Ich bin heute sicher, daß dies nicht mit rechten Dingen zuging, sondern daß diese Müdigkeit von jener Füchsin herrührte. Ich kämpfte dagegen an, sank aber doch immer wieder in Halbschlaf. Trotzdem kann ich bestimmt behaupten, daß in der ganzen Nacht niemand das Zimmer betreten oder verlassen hat.

Als es schon sehr spät war, hörte ich im Zimmer Stimmen von Frauen und Männern. Sie sprachen nicht gedämpft, aber es klang, als seien sie sehr weit weg. Meine Haare richteten sich langsam auf, und meine Haut wurde kühl. Ich überlegte, ob ich nicht in das Zimmer sehen sollte, aber im gleichen Augenblick sank ich wieder in den Dämmerschlaf.

In den frühen Morgenstunden fiel die Müdigkeit ganz plötzlich wieder von mir. Ich war hellwach. Im Zimmer war nichts zu hören. Obwohl von Natur nicht ängstlich, wenn eine gewöhnliche Gefahr droht, zögerte ich doch hineinzugehen. Ich stand auf, blieb lange vor der Tür stehen und lauschte; aber es war still. Schließlich öffnete ich. Im gleichen Augenblick riß ein Windstoß die Tür weit auf, und ein kalter Wirbel, den ich im Gesicht und an den Händen spürte, huschte aus dem Zimmer heraus an mir

vorbei. Der Himmlische König lag ausgestreckt am Boden neben der Leiche, das Gesicht der Decke zugekehrt. Kui Hiang aber war nicht zu sehen. Sie war nicht im Zimmer und, wie ich später feststellte, auch in keinem anderen Raum des Hauses. Die Riegel des Tores waren immer noch vorgeschoben.
Ich legte dem Tien Wang meinen Mantel unter den Kopf. Seine Augen waren offen, aber sie bewegten sich nicht. Auch seinen Atem spürte ich nicht. Ich lief schnell auf die Straße, weckte im gegenüberliegenden Haus die Frauen und ließ einen Arzt rufen. Als dieser nach langer Zeit kam, fühlte er nur den Puls des Kranken, verordnete aber keine Medizinen, da er anscheinend dieses Leiden nicht zu behandeln verstand, sondern riet nur, ihn in sein Bett zu schaffen.
Mah, der geistliche Gehilfe des Himmlischen Königs, erkannte jedoch gleich, daß die Seele meines Herrn im Himmel weilte. Einen Tag später kehrte sie wieder in seinen Körper zurück. Über das, was er im Himmel gesehen hatte, sprach der Tien Wang diesmal nicht.

Kui Hiang

Als ich ihn plötzlich erblickte, erschrak ich, weil ich ihn fürchtete, den Himmlischen, den Sohn des Höchsten Vaters, den Herrlichen, den Erlöser.
Er sah mich an und fragte: »Hast du sie gekannt?«
Seine Worte nahmen mir den Atem. Ich blieb in der Ecke stehen und zitterte, aber ich wich seinem Blick nicht aus.
Er wies alle anderen aus dem Zimmer, nur mich ließ er bei sich, der Heilige, der unendlich Großmütige. Das Zimmer war leer bis auf Lai in ihrem weißen Totengewand und uns beide. Er beugte die Knie vor der Toten, berührte ihre Stirn, die Augenbrauen, die Nase, die Lippen und schien verwundert, daß der Mund nicht mehr sprach. Er hielt seinen Kopf etwas schief und beobachtete ihr Gesicht, ob sie nicht vielleicht schlafe.
Schon fühlte ich Mitleid mit ihm, aber dann erinnerte ich mich, wie ich morgens aufgewacht war und sie neben meinem Lager hatte hängen sehen. Er bewegte die Lippen und sprach mit ihr.

Nun ergriff mich der Zorn, weil er sie verlassen hatte und an ihrem Tod schuld war; aber ich fürchtete den Himmlischen und wagte nichts zu sagen.
Draußen im Hof rauschte der Regen, die Fenster rüttelten im Wind, und der schwarze Schal an der Decke bewegte sich in der Zugluft. Er wollte Lais Hand nehmen, aber sie ließ sie ihm nicht. Die Hand der Schwester war kalt und starr.
Er setzte sich neben sie, nahm ihren Kopf in beide Hände, als wolle er ihn wärmen. Er saß lange so da, mit geschlossenen Augen und unbeweglich. Ich glaubte, er sei eingeschlafen; aber dann beugte er sich zu ihrem Ohr und flüsterte ihr etwas zu. Da überkam mich wieder der Zorn, und ich antwortete an ihrer Stelle: »Sie hat einen Brief hinterlassen, und den Brief habe ich.«
Ich hörte meine Stimme in dem Zimmer, aber er lauschte nur auf die Antwort der Toten. Erst nach langer Zeit hob er den Kopf, wandte ihn mir zu und sah mich fragend an.
Ich nahm den Brief aus dem Ärmel und las ihn vor.
»Ich habe in der ersten Reihe vor dir gekniet, aber du blicktest über mich hinweg auf den Markt.
Ich habe zu dir gebetet, aber du betetest zu Schangti, der dein lebendiges Herz gegen ein künstliches vertauscht hat.
Ich habe dich gerufen, aber du redetest zu den Königen. Ich habe dich reden hören, aber du antwortetest nicht. Was konnte ich anderes tun?«
Er blieb neben der Toten sitzen und streckte die Hand nach dem Brief aus. Aber ich faltete ihn wieder zusammen und steckte ihn tief in den Ärmel. Da kam er zu mir.
Ich zitterte vor Furcht, hielt jedoch den Ärmel mit einer Hand fest zu. Er zog mich an der Hand aus der Ecke und schleuderte mich in die Mitte des Zimmers. Ich stand wieder auf und wich zurück bis zur Wand, als er näherkam. Er faßte mich bei den Schultern, ich spürte seinen harten, festen Griff bis in meine Knochen. Ich schluchzte vor Furcht und Glück, die Knie zitterten mir, und ich sank zu Boden, entwand mich seinen Händen, kroch zur Schwester. Da warf er sich über mich und suchte den Brief. Er lag wie ein Stein auf meiner Brust, daß ich keinen Atem mehr holen konnte und unter der Last seines heiligen Leibes stöhnte. Ich versteckte die Arme unter mir, schlang sie um sei-

nen Kopf und seinen Rücken, fürchtete ihn nicht mehr, sondern spielte mit seinem Zorn und lachte ohne Atem. Als er meinen Arm im Griff hatte, biß ich in seine Hand, aber er fand den Brief, und der Dolch fiel aus meiner Ärmeltasche zu Boden.

Ich schloß nun die Augen und wartete auf den Tod, wünschte ihn sehnsüchtig und selig. Aber er gab mir den Dolch, legte meine Finger um den Griff, hielt mir seinen Hals hin und rührte sich nicht. Er lieferte sich mir aus, der Herrscher der Welt, der Demütige, mir allein vor allen Schwestern. Ich hob den Dolch, legte die scharfe Schneide an seinen Hals und zog sie über seine Kehle, aber so sanft, daß ich die Haut nicht ritzte. Mein Zorn, daß er den Tod der Schwester verschuldet hatte, war erstorben, und dennoch spürte ich das Verlangen, aufzudrücken, in die Schlagader zu stechen oder die Kehle durchzuschneiden, wie bei einem Hahn, und sein warmes Blut über mich fließen zu lassen, das Blut des Himmlischen Sohnes. Aber der Göttliche, der Allwissende, blickte mich sanftmütig an wie ein Lamm und wartete und wußte, daß ich ihn nicht wirklich töten konnte. Ich öffnete die Hand, und der Dolch fiel zu Boden.

Er bewegte sich immer noch nicht, fragte mich nur flüsternd, warum ich nicht ein Ende mache. Ich wollte ihn wieder zornig sehen und Furcht vor ihm spüren. Darum antwortete ich:

»Weil du es nicht verdienst, so schnell zu sterben.«

Aber er lächelte nur, unendlich süß und demütig, als wolle er mir recht geben.

Da ließ ich meinen Kopf auf den harten Holzfußboden zurückfallen, zog seinen Hals zu mir herab und biß hinein, aber ohne ihn zu verletzen, sah über mir den schwarzen Schal im Zugwind wehen und schloß die Augen und ergab mich.

North China Daily Herald, Schanghai

Den sogenannten Gottesanbetern, deren Streitkräfte inzwischen auf vierzigtausend Mann angeschwollen sein sollen, ist es in der Nacht vom 5. zum 6. April gelungen, die Stadt Yungan durch das Osttor zu verlassen und den an dieser Stelle schwachen Ring der Kaiserlichen Truppen zu durchbrechen.

Niemand weiß, ob sie sich jetzt nach Kweilin im Süden oder nach Norden wenden. Sie marschieren schnell und benutzen oft wenig begangene, rauhe Bergpfade. Wo ihnen starke Kaiserliche Verbände entgegenstehen, weichen sie aus. Wo sie in der Übermacht sind, greifen sie an.

Das Kommando über Vorhut und Nachhut ist getrennt. In der Mitte des Zugs und ganz besonders gesichert, befinden sich die Frauen und die Sänften des Himmlischen Königs. Bei den täglichen Morgengebeten wird den Soldaten befohlen, den Mittelteil besonders zu schützen. Wenn auch nur ein einziger Mensch daraus zu Schaden komme, werde das vom Himmlischen Vater und seinem Älteren Sohn, nämlich Jesus Christus, als äußerste Schande angesehen und bestraft werden.

Aus der Stadt Yungan wurde berichtet, daß dort die Frauen der Gottesanbeter in einem besonderen Stadtviertel untergebracht waren, das kein Mann betreten durfte. Die Frauen waren militärisch organisiert, aber alle Offiziere und Unteroffiziere waren weiblichen Geschlechts. Die Frauen brauchten an militärischen Übungen nicht teilzunehmen, aber sie mußten Uniformen flikken und nähen, Holz hacken, Bambusspeere, Lanzen und Schwerter schärfen, Reis tragen, Gräben ziehen und die Befestigungen verstärken.

Aufsicht führten die »Alten Schwestern«, meistens robuste Hakka-Frauen vom Lande, die die »Neuen Schwestern« rücksichtslos antrieben und auch mit der Peitsche nicht sparsam waren. Besonders zu leiden hatten die Frauen, die im Unterschied zu den »Alten Schwestern« gebundene Füße hatten und kaum laufen konnten.

Die Männer durften ihre Frauen einmal in der Woche besuchen, aber nur unter strenger Bewachung dieser weiblichen Drachen. Die Eheleute mußten stets sechs Schritt Mindestabstand voneinander halten und durften sich nur mit lauter Stimme unterhalten.

Wer seine Frau heimlich besuchte oder ohne Erlaubnis in das Frauenviertel eindrang, wurde sofort hingerichtet. Man sagt den Soldaten, sie müßten die Trennung jetzt auf sich nehmen, dafür werde die Zusammenführung der Familien nach dem Siege desto froher sein.

Die Einwohner von Yungan glauben, daß die Frauen und Kinder der Rebellenführung in Wirklichkeit als Geiseln dienen und ihnen die Gewähr dafür bieten, daß die Männer sich im Kampf tapfer und mutig schlagen und der Sache der Gottesanbeter treu bleiben.

Bulletin der Reichsregierung in Peking

Edikt des Erhabenen Himmlischen

Seit vielen Jahren schon haben Wir mit Unmut und Sorge beobachtet, wie das Gebaren des Kanzlers Prinz Wu immer selbstherrlicher wurde, wie er in dem Uns gebührenden Respekt nachließ und sich Freiheiten herausnahm, die zu dulden Wir nicht länger gewillt sind. Mehrere Male schon hatten Wir ihn ernsthaft verwarnt. Er wiegte sich jedoch in dem Glauben, Wir würden Unsere Worte wieder hinunterschlucken. Aber auch Unsere Milde und verzeihende Güte hat Grenzen. Die Richtsätze Unserer Dynastie sind äußerst streng, und wenn die gegen Prinz Wu erhobenen Vorwürfe der Korruption wirklich berechtigt wären, würden Wir keinen Augenblick zögern, ihn die äußerste Härte des Gesetzes fühlen zu lassen. Wir können jedoch nicht glauben, daß er in der Tat so pflichtvergessen gehandelt hat, und wollen daher nur die Verbrechen berücksichtigen, die unzweifelhaft feststehen und bewiesen sind. Sie allein sind so schwerwiegend, daß sie den Staat und die erhabene Stellung Unserer Dynastie gefährden. Wenn Wir sie milde übergingen, wie könnten Wir Uns später vor den Augen Unserer ruhmreichen Vorfahren rechtfertigen? Würden sie Uns nicht mit Recht vorwerfen, daß Wir den Glanz Unseres Geschlechtes haben stumpf werden lassen?

Unzweifelhaft und von vielen bezeugt sind folgende Verbrechen des Prinzen Wu:

Er ist zu Pferde bis vor das Tor der Roten Halle[1] geritten;

Er hat Juwelen gekauft, die größer und kostbarer sind als die wertvollsten der Kaiserlichen Schatzkammer;

---

1 Verbotene Stadt, Kaiserpalast.

Er hat drei Zimmer seines Stadtpalastes mit Schnitzereien in Nan-muh-Holz[1] verzieren lassen;
Die Bettvorhänge seines Schlafzimmers waren aus gelber Tribut-Seide[2].
Diese lange Reihe von Verbrechen zu übersehen, ist Uns nicht mehr möglich. Es sind Uns noch weitere Freveltaten zu Ohren gekommen, die sorgfältig zu untersuchen Wir Uns vorbehalten.
Angesichts der Verdienste aber, die sich Prinz Wu unter Unserem Erhabenen Vater erworben hat, und angesichts seines hohen Alters hat der Einsame beschlossen, ihm Gnade zu erweisen. Wir erlauben ihm, seinen Adelstitel weiterzuführen. Und Wir gestatten ihm, sich in das Privatleben zurückzuziehen und für seine Gesundheit zu leben. Alle seine Güter aber, bis auf das Familienerbgut in Hunan, werden eingezogen. Das doppelte Gehalt, das Unser Erhabener Vater ihm bewilligt hat, wird gesperrt.
Dieses Edikt diene jedermann zur ernsthaften Warnung!

BULLETIN DER REICHSREGIERUNG IN PEKING
Edikt des Erhabenen Himmlischen

Wir haben heute geruht, den Minister Tsai zum Kanzler des Reiches zu ernennen und ihm den auf fünf Generationen erblichen Rang eines Prinzen[3] zu verleihen.

BULLETIN DER REICHSREGIERUNG IN PEKING
Edikt des Erhabenen Himmlischen

Nach reiflicher Überlegung und langem Zögern haben Wir Uns in kindlicher Ehrfurcht dem Befehl Unserer Erhabenen Mutter, der Kaiserin-Witwe, gebeugt und Unsere Konkubine Meh Ling zu Unserer Ersten Begleiterin erhoben.

---

1 Lorbeerholz, das nur im Kaiserpalast verwandt werden durfte.
2 Tributgeschenke der Provinzen. Gelbe Stoffe waren dem Kaiser vorbehalten.
3 »Kung«.

Unsere bisherigen Bedenken gründeten auf der Annahme, Unsere Begleiterin sei früher, wenn auch nur formell, in der Liste der außerordentlichen Konkubinen Unseres Erhabenen Vaters geführt worden. Gründliche Nachforschungen Unseres Kanzlers Prinz Tsai haben jedoch ergeben, daß die Einordnung Unserer Begleiterin in diese Liste von Unserem Erhabenen Vater nie formgerecht vollzogen worden war und demgemäß ungültig ist, so daß Unsere Bedenken gegen den Befehl Unserer Erhabenen Mutter zu Unrecht bestanden. Daß Wir ihrer wiederholten Weisung nicht schon früher und widerspruchslos in kindlichem Gehorsam gefolgt sind, erfüllt Uns heute mit tiefster Scham und Reue.
In einem Memorandum erhebt der Zensor Tang Einspruch gegen den Befehl Unserer Erhabenen Mutter. Er berücksichtigt jedoch nicht die Untersuchungsergebnisse des Kanzlers Prinz Tsai. Wir haben daher dem Zensor sein Memorandum als unbegründet wieder hinabgeworfen mit der Warnung, Uns hinfort mit solchen sorglos, ja liederlich verfaßten Traktaten zu verschonen.

Tang

Aus einem Brief an den Prinzen Yeh

Der Erhabene Himmlische empfing mich im Jên Schou Tien[1] des Sommerpalastes. Er ließ mich lange vor dem Thron knien, ohne mich anzureden. Dies geschah wohl weniger, um mich zu bestrafen, als vielmehr, weil der Herrscher schüchtern und unsicher war. Schließlich stand er auf, ging zum Fenster, sah hinaus über den See und sprach, aber so leise, daß ich zuerst glaubte, er rede zu sich selbst. Als er seine Worte etwas lauter wiederholte, machte sein Sprachfehler sie fast unverständlich, so daß ich sie erraten mußte.
»Wir haben Sie zu Uns befohlen«, glaubte ich zu hören, »nicht weil Wir Ihnen befehlen wollen, auf Ihrem Posten zu verweilen, auch nicht, um Ihnen mitzuteilen, daß Wir Unseren Schritt

1 Vgl. Anm. S. 142.

rückgängig machen. Ihr Rücktrittsgesuch haben Wir genehmigt.«

Ich bat den Erhabenen Himmlischen um Verzeihung für mein Memorandum, das ich ihm nur emporgesandt hatte, weil ich in meiner Kurzsichtigkeit keinen anderen Weg erkennen konnte, meiner Pflicht als Zensor nachzukommen.

Der Erhabene schien meine Antwort nicht zu hören. Immer noch durch die Scheiben des Fensters blickend, sagte er:

»Der Kanzler Prinz Tsai hatte Ihnen eine Brücke gebaut.«

Ich: »Eine Brücke, die auf Sumpf gebaut ist. Wie konnte er es wagen, dem Erhabenen Herrscher, der das Reich trägt, diesen Weg zu empfehlen!«

Der Himmlische schwieg lange, bevor er nachdenklich antwortete:

»So mag es Ihnen vielleicht erscheinen. Aber Wir wissen nicht, ob er nicht doch recht hat. Vielleicht hatte Unser Erhabener Vater begründete Bedenken, Meh Ling ordnungsgemäß in die Konkubinenliste aufzunehmen.«

Ich fragte den Herrscher, ob er die Liste selbst eingesehen und die Behauptungen des Kanzlers geprüft habe.

»Darf der Kanzler wagen, Uns zu betrügen? Haben Wir ihn nicht ernannt, weil Wir ihm vertrauen?«

Aber die Worte klangen unsicher, schnell dahingesprochen, als sollten sie die Zweifel überdecken.

»Ich mißtraue dem Kanzler«, sagte ich, »er dient nicht dem Herrscher und dem Himmel, sondern sich selbst. Kalt und berechnend will er sich mit unlauteren Mitteln das Wohlwollen und die Gnade des Drachenthrones erschleichen.«

Der Erhabene wandte sich mir nun zu und sagte:

»Sie nennen ihn kalt und berechnend, und doch war er der einzige, der auf Unsere Gefühle Rücksicht nahm. Niemand, auch Sie nicht, hat je danach gefragt.«

Ich erwiderte, daß ich es nie wagen würde, den Erhabenen Herrscher nach seinen Gefühlen zu fragen, und erinnerte an das Gespräch des Meisters Kung-dse mit dem Herzog Ai von Lu über dieses Thema[1].

»Wir sehen«, sagte der Herrscher, »Sie wollen Unsere Gründe nicht verstehen.«

»Ich bitte um Vergebung für meine Unfähigkeit; aber weder ich noch irgendein anderer Mensch kann die Gründe des Erhabenen Himmlischen verstehen, wenn sie sich auf Gefühle gründen. In meiner Beschränktheit ist es mir nur möglich, seine Taten an der Sitte zu messen, und wenn sie mit der Sitte nicht im Einklang stehen, sein Handeln pflichtgemäß zu rügen.«
Der Erhabene Himmlische blieb vor mir, der ich auf dem Kissen kniete, stehen und fragte:
»Haben Sie kein Herz? Und kann Ihr Herz Unsere Gefühle nicht erraten?«
Ich antwortete: »Wenn der Erhabene Himmlische ein Mensch wäre, könnte ich sie wohl erkennen. Aber er ist der Herrscher.«
Er setzte sich nun wieder auf den Thronsessel und fragte kühl:
»Was wollen Sie jetzt tun?«
»Ich werde das Amtssiegel des Ersten Zensors dem Kanzler übergeben und mich auf mein Landgut in der Provinz Hupeh zurückziehen, darüber wachen, daß die Felder bestellt werden, in meiner Mußezeit lesen und dem Herrscher treu bleiben.«
Darauf gab mir der Erhabene Himmlische ein Zeichen, mich zu entfernen.

---

1 Zu S. 184: Tang spielt hier auf die damals jedem gebildeten Chinesen, also auch dem Kaiser, bekannte Stelle aus Kung-dses »Buch der Sitte« an, einer der fünf klassischen Schriften. Die Stelle lautet gekürzt: »Der Herzog sprach: ›Heute habe ich ein wenig Zeit.‹ «
» ›Darf ich mit Euch über meine Gefühle sprechen?‹ Der Meister wurde sehr ernst, verließ die Matte, lehnte ab und sprach: ›Ein Fürst darf mit einem Beamten nicht über seine Gefühle sprechen. Ein Beamter mag bitten, mit dem Fürsten über seine Gefühle sprechen zu dürfen. Der Fürst darf es nicht ... Der Beamte dient dem Fürsten, und wenn er ihm seine Gefühle nicht sagte, so benähme er sich nicht als Beamter. Wenn aber der Fürst einem Beamten gegenüber seine Gefühle preisgibt, so ist das nicht fürstlich. Wenn ein Beamter sich nicht wie ein Beamter benimmt, so mag das noch angehen. Wenn aber ein Fürst nicht fürstlich ist, so weiß das Volk nicht, wie es Hand und Fuß bewegen soll.‹ «
(Nach der Übersetzung von Richard Wilhelm: Li Gi, das Buch der Sitte des älteren und jüngeren Dai, Diederichs Verlag, o. J., S. 126)

Der Kaiser und Meh Ling

In der Nacht der Vermählung

Der Kaiser: Geborgen. Die Dschunke im Hafen. Keine Angst mehr, daß man uns trennt.
Meh Ling: Ich stehe nicht mehr zwischen ihm und den Menschen. Bin neben ihm auf der Wolke. Er kann sich auf mich stützen, ohne herabzusteigen.
Der Kaiser: Der Makel. Ob sie es ahnt, daß dies nicht die Art des Herrschers ist?
Meh Ling: Ich habe es geduldet und geschwiegen, um ihm die Last tragen zu helfen. Nur um ihm die Bürde leichter zu machen, habe ich Gesetz und Sitte übertreten. Aber habe ich damit nicht noch größere Schuld auf ihn geladen?
Der Kaiser: Wo bleiben die Zeichen des Himmels? Habe ich nicht bei jedem Opfer gelauscht? Die Luft war still, als mein Kanzler die Ahnen unterrichtete. Ahnen und Götter aus Holz. Nur Schriftzeichen auf Stein und auf Brettertafeln. Schangti aber ruht fern wie der Polarstern – blinkendes Licht über der weißen Dagoba.
Arme duften wie Sandelholz.

Yü, ehemaliger Minister

Meine Bedenken gegen die Ernennung Tangs zum Zensor haben sich als nur zu berechtigt erwiesen. Am meisten wird heute der alte Kanzler Wu bedauern, meine Worte nicht gehört zu haben. Ich kann indessen eine gewisse Genugtuung nicht unterdrücken, daß er, der mich in unentschuldbarer Weise hat fallenlassen, um Tsai an meine Stelle zu setzen, nun selbst auf Veranlassung Tsais durch ein ungnädiges Edikt des Kaisers aus Amt und Würden verjagt worden ist.
Dennoch überwiegt in meinen Gedanken die Sorge, wohin die revolutionäre Wendung den Kaiser und das Reich führen soll. Ich fürchte, weder der Kanzler, dem es nur um seine eigene Macht geht, noch der gescheiterte Zensor sind sich der Folgen bewußt. Besonders ist das taktlose Verhalten Tangs zu tadeln,

der nicht einmal auf die Würde der Erhabenen Kaiserin-Witwe Rücksicht nahm.
Ein Zensor soll gerecht, aber kein Tugendbold sein. Tang jedoch ist ein halsstarriger Prinzipienreiter, der mit einem einzigen Streich das Recht auf Erden durchsetzen wollte, was nicht einmal Meister Kung-dse gelungen ist. Er ist gescheitert wie dieser, weil er der Welt Grundsätze aufzwingen wollte, aber nicht politisch denken und handeln kann; gescheitert, weil er die Kunst des Möglichen nicht beherrscht. Er hat nicht das Recht hergestellt, sondern im Gegenteil das Unrecht am Hofe des Kaisers befestigt.

SECHSTES KAPITEL

AUFZEICHNUNG DES VIERTEN BÜROS DES KRIEGSMINISTERIUMS[1]

Dem Kanzler Prinz Tsai vorgelegt

Weisungsgemäß wird hiermit eine Aufstellung über die Flucht der Rebellen seit ihrem Ausbruch aus Yungan vor neun Monaten überreicht.

7. April: Ausbruch aus Yungan.
15. April bis 16. Mai: Die Rebellen belagern erfolglos Kweilin.
22. Mai: Die Rebellen erobern Hsingan, können die Stadt aber nur sieben Tage halten.
8. Juni: Die Rebellen werden bei der Sohyi-Fähre eingeschlossen und geschlagen.
12. Juni: Die Rebellen erobern Jungtschau und Tao-tschau, fliehen jedoch beim Nahen unserer Truppen.
3. September bis 20. November: Die Rebellen belagern erfolglos die Provinzhauptstadt Tschangtscha.
13. Dezember: Die Rebellen fliehen nach Jotschau und erobern das große Arsenal.
19. Dezember bis 13. Januar: Die Rebellen erobern die Wuhanstädte Wutschang, Hanyang und Hankau.

Die Langhaarigen legten auf ihrer Flucht zweitausend Li in neun Monaten zurück.
Als sie aus Yungan ausbrachen, zählten sie dreißigtausend Personen, darunter sechstausend Bewaffnete. Als sie im Dezember vom Tungting-See her kommend in den Jangtse fuhren, wurde

1 Es führte die Bezeichnung »Büro zur Verkündung von Siegen«.

ihre Zahl auf fünfhunderttausend geschätzt. Einschließlich der drei Frauenregimenter haben sie jetzt hundertzwanzigtausend bis hundertfünfzigtausend Bewaffnete.
Nach den Berichten unserer Gouverneure haben sie in den Kämpfen mit den Regierungstruppen hundertsiebenundvierzigtausend Tote verloren.

Hu Lin-Yi
Briefauszug[1]

... Sie verlassen die Dörfer und strömen dem Zug der Rebellen entgegen. Wenn die Rebellen auf dem Siang-Fluß vorüberfahren, stehen die Bauern mit Frauen und Kindern an den Ufern und zeigen, daß sie ihre Zöpfe abgeschnitten haben, und rufen den Booten zu, sie wollen mitgenommen werden. Abends und nachts gehen sie zu den Anlegeplätzen. Und die Rebellen nehmen alle auf. Ein Strom fließt nach Norden, der alles im Lande mit sich reißt.
Ich habe mit den Langhaarigen gesprochen, als sie eine Nacht am Ausgang unseres Dorfes kampierten, und sie gefragt, warum alle diese Leute zu ihnen kommen. Sie meinten, wegen des Himmlischen Königs oder weil die Bauern eine neue Landverteilung wünschten. Aber das kann es nicht sein. Die Bauern, die aus unseren Dörfern weggelaufen sind, wissen kaum etwas vom Tien Wang. Und wenn sie eine neue Landverteilung wünschen, warum verlassen sie dann ihre Felder? Sollte es nur Neugier sein? Aber aus Neugier allein läßt man nicht die Heimat, die Ahnentafeln, die Gräber im Stich und die Äcker, auf denen zwanzig oder dreißig Generationen der Vorfahren gelebt und gearbeitet haben.
Sie haben wohl nur das Brausen des großen Stroms gehört und ahnen, daß eine neue Zeit angebrochen ist. Aber wo können sie

---

1 Der Brief fand sich in der Korrespondenz Tangs. Von dem Verfasser ist außer dem Namen nichts bekannt. Aus der – hier nicht wiedergegebenen – Einleitung geht hervor, daß er Schachfreund Tangs und Privatlehrer war, vielleicht derselbe, den Tang einmal erwähnt (S. 80).

die Zeichen gesehen haben? Es ist doch alles beim alten in unseren Dörfern, nicht anders als vor tausend oder zweitausend Jahren, nicht gerechter und ungerechter als je. Hat der Komet sie aufgeschreckt? Oder haben die Wasserläufe tief in der Erde sich geändert? Oder war es das Gerücht, daß die Standarte des letzten Ming-Kaisers gefunden sei? Aber warum kommen die Heuschrecken in einem Jahr und dann für Jahrzehnte nicht mehr? Die Zeit war reif. Was die Menschen an die Heimat band, war verdorrt; ein Wirbelwind kam, riß sie los und treibt sie jetzt über das Land, vorbei an uns, deren Wurzeln tiefer reichen. Wer überdauern will, muß tiefe Wurzeln treiben.

NORTH CHINA DAILY HERALD, SCHANGHAI

Manche Nachrichten aus dem Kampfgebiet lassen nur zwei Schlüsse zu: entweder sind die Meldungen erfunden, oder die Ansichten, die wir Europäer bisher von den Chinesen hatten, waren falsch. Die folgende Meldung nun kommt von einem Augenzeugen, an dessen Wort zu zweifeln wir keinen Anlaß haben:
Die Kaiserlichen hatten die Hauptmacht der Taipings Anfang Juni bei der Sohyi-Fähre eingeschlossen. Der kaiserliche Befehlshaber, General Kiang, forderte die Aufrührer angesichts ihrer hoffnungslosen Lage auf, sich zu ergeben. Da baten die Taipings eine Anzahl kaiserlicher Offiziere, darunter den General, zu sich und sicherten ihnen freies Geleit zu. Die Kaiserlichen kamen. Ein »König« der Taipings hielt in ihrer Gegenwart eine kurze Ansprache an seine Truppen und sagte, er wolle den »dämonenbesessenen« Offizieren zeigen, daß die Gottesverehrer den Tod auf dieser Welt nicht fürchteten, da ihnen das ewige Leben in der anderen gewiß sei. Darauf gab er dem kaiserlichen Befehlshaber die Erlaubnis, irgendeinen Mann aus der Taiping-Truppe vortreten und enthaupten zu lassen.
Der kaiserliche Kommandeur war noch im Zweifel, ob dieses Angebot Scherz oder Ernst sei; er zog aber den Säbel und zeigte auf einen Soldaten im Glied. Dieser gab sein Gewehr dem Nebenmann, trat sofort vor, zog mit dem Kopfband, das die mei-

sten Rebellen tragen, sein Haar fest, legte die Jacke ab, kniete vor dem General nieder und bot seinen Hals dar.
Als der kaiserliche Offizier, der sich nicht zum Henker geboren fühlte, den Säbel wieder in die Scheide steckte, winkte der kniende Soldat selbst einen seiner Kameraden herbei, senkte den Kopf und ließ sich von diesem den Todesstreich geben.
Die kaiserlichen Offiziere waren so bestürzt, daß sie diese Episode unklugerweise nach der Rückkehr in ihr Lager erzählten. Das Ergebnis war: Als die Taipings am nächsten Tag aus dem Kessel ausbrachen, leisteten die Kaiserlichen Truppen keinen Widerstand, wurden nun selbst umzingelt und vernichtet.
Das Regierungsbulletin in Peking aber sprach wieder von einem Sieg über die Rebellen.

TANG
Aus einem Brief an Pantai

Da das Reich versagt hat, müssen wir uns selbst helfen. Ich habe auf eigene Kosten und mit Hilfe der benachbarten Großgrundbesitzer unter den Bauern unserer Dörfer Soldaten angeworben, die ich jetzt im Gebrauch der Waffe übe. Munition und Gewehre haben wir unter der Hand von dem hiesigen Garnisonskommandanten gekauft, der froh war, sie noch mit Gewinn loszuwerden. Außerdem entheben wir ihn der Entscheidung, ob er sie, wenn die Rebellen nahen, benutzen oder wegwerfen soll. Wir aber werden unsere Dörfer gegen das aufrührerische Gesindel verteidigen. Denn das Volk selbst ist gut.
Das Volk ist gut, solange es noch nicht von dieser Religion angesteckt ist, die sich wie eine bösartige Geschwulst weiterfrißt, Sittlichkeit, Kultur und all das, was das Leben lebenswert macht, zerstört und den Organismus mit seinen Säften vergiftet. Die einzige Medizin, die dieses Übel heilen könnte, ist verschüttet: die Tugend des Erhabenen Himmlischen.

Pantai, Kabinettschef des Kanzlers Prinz Tai

Aus einem Brief an Tang

Ihr Brief, lieber Freund, liegt nun schon fast einen Monat bei mir in einem Buch versteckt. Man muß jetzt in Peking vorsichtig sein, und ich hoffe, diese meine Antwort kommt uneröffnet in Ihre Hände.

Ich darf es zwar nicht wagen, Ihnen als dem Älteren und Höhergestellten zu widersprechen, aber ich bitte Sie, mich zu verbessern, wenn ich fehlerhafte Ansichten vortrage; Ansichten, die ich mir bei der Prüfung nicht nur zufällig herangetragener Informationen, sondern anhand der gesamten amtlichen Berichte gebildet habe. Danach scheint es mir nämlich, als überschätze man die Wirkung der Religion und des religiösen Fanatikers Hung Siutschüan, vor allem natürlich bei den Barbaren, die den Sieg ihrer Lehre in unserem Lande und damit bessere Handelsmöglichkeiten erhoffen. Die treibenden Kräfte unter den Rebellen geben in vertraulichen Äußerungen zu erkennen, daß ihnen der religiöse Aberglaube nur ein Mittel für andere Zwecke ist. Sie arbeiten auf die Restauration der Ming-Dynastie hin. Und mit diesem Ziel können sie, wenn sie erst den Jangtse überschritten haben, in den Nordprovinzen tatsächlich viele Anhänger gewinnen.

Ihre bisherigen Erfolge verdanken die Rebellen nach unseren sorgfältigen, unvoreingenommenen Untersuchungen folgenden Gründen:

Erstens: den utopischen Versprechungen der Proklamation von Yungan. Diese hätten keine Wirkung gehabt, wenn unsere Währung infolge des Opiumhandels und des damit verbundenen Silberabflusses nicht zerrüttet wäre. Dadurch sind die Bauern verarmt und glauben nun jedem, der ihnen Besserung verspricht.

Zweitens: In den Südprovinzen folgten drei Mißernten aufeinander.

Drittens: Die Rebellenheere schonen die Bauern und bezahlen die Lebensmittel von dem Geld, das sie den Reichen, den Banken und aus den Provinzkassen nehmen.

Viertens: Unsere Generale und Truppen haben versagt. Den Vormarsch der Rebellen nennen sie Flucht, Niederlage, Sieg. Sie nehmen Städte ein, aus denen die Rebellen freiwillig abgezogen sind, und melden Eroberungen. Unsere Soldaten laden ihr Marschgepäck, Waffen und Munition auf Karren oder Boote oder zwingen die Bauern zu Trägerdiensten. Sie selbst tragen nur die Opiumpfeifen bei sich. Sie sterben lieber durch Rauschgift als im Gefecht. Sie morden die Einwohner und brüsten sich dann mit der Zahl der erschlagenen Feinde. Aber sie zittern schon, wenn die Rebellen vor der Schlacht niederknien, beten und eine ihrer religiösen Hymnen anstimmen. Unsere Soldaten glauben, damit würden Zauberkräfte beschworen, denen gegenüber sie machtlos seien, und so wanken ihre Reihen schon, bevor der Kampf überhaupt begonnen hat.

Bei den Rebellen dagegen herrscht strenge Disziplin. Wenn sie in ein Dorf einrücken, fragen sie die Armen und die Landpächter, wo die Beamten und Reichen wohnen. Meistens brauchen sie die Gesuchten gar nicht zu enthaupten, weil der Pöbel es sofort von sich aus tut, wenn auch nur, um sich bei den Rebellen beliebt zu machen. Natürlich muß der Mob sich dann den Aufrührern anschließen, sobald unsere Truppen nahen. Wenn es aber zum Kampf kommt, setzen die Rebellen ihr Leben für das Himmlische Reich des Großen Friedens ein; sie haben ja keine Vorstellung, wie furchtbar es in diesem Reich sein wird. Unsere Soldaten aber wissen nicht, was sie verteidigen. Sie haben nur Angst um ihr Leben.

Das etwa ist die Summe *unserer* Untersuchungen.

Über Ihre jetzige Tätigkeit habe ich schon von amtlicher Seite gehört. Ich möchte Sie in diesem Briefe nur bitten, in allem, was Sie tun, recht vorsichtig zu sein, damit Sie keinen falschen Verdacht erregen.

NEW YORK DAILY TRIBUNE
Auszüge aus einem Leitartikel

Whatever be the social causes, and whatever religious, dynastic or national shape they may assume, that have brought about the chronic rebellions subsisting in China for about ten years past, and now gathered together in one formidable revolution – the occasion of this outbreak has unquestionably been afforded by the English cannon forcing upon China that soporific drug called opium. Before the British arms the authority of the Manchu dynasty fell to pieces; the superstitious faith in the eternity of the Celestial Empire broke down... It is almost needless to observe that, in the same measure in which opium has obtained the sovereignty over the Chinese, the Emperor and his staff of pedantic mandarins have become dispossessed of their own sovereignty. It would seem as though history had first to make this whole people drunk before it could rouse them out of their hereditary stupidity...

It may be safely argued that the Chinese revolution will throw the spark into the overloaded mine of the present industrial system [of Britain] and cause the explosion of the longprepared crisis, which, spreading abroad, will be closely followed by political revolution on the Continent.[1]

Karl Marx

»Was auch die sozialen Gründe für die seit zehn Jahren chronischen Aufstände in China sein mögen, die sich jetzt zu einer gewaltigen Revolution zusammenschließen, und welche religiöse, dynastische oder nationale Gestalt sie auch einnehmen mögen – dieser Ausbruch wurde ohne Frage veranlaßt durch die englische Kanone, die China jene Rauschdroge, Opium genannt, aufdrängte. Vor den britischen Waffen fiel die Mandschu-Dynastie in Stücke: der Aberglaube an die Ewigkeit des Himmlischen Reiches brach zusammen... Es ist fast unnötig zu bemerken, daß der Kaiser und sein Stab pedantischer Mandarine im gleichen Maße ihre Souveränität verloren, wie das Opium Souveränität über die Chinesen gewann. Es scheint fast, als habe die Geschichte das ganze Volk erst trunken machen müssen, bevor sie es aus seinem ererbten Stumpfsinn wecken konnte... Man kann mit Sicherheit folgern, daß die chinesische Revolution den Funken in das übervolle Pulverfaß des gegenwärtigen (britischen) industriellen Systems werfen und die Explosion der lange vorbereiteten Krise verursachen wird, die sich ausbreiten, und der bald die politische Revolution auf dem (europäischen) Festland folgen wird.

Karl Marx«

1 D. h. Europas. Zitiert nach »Marx on China«, 1853–1860, Articles from The New York Daily Tribune, ed. Dona Torr, London, 1951, S. 1f.

Memorandum des Kanzlers Prinz Tsai

Dem Erhabenen Himmlischen emporgereicht

Der Gouverneur der Provinz Hupeh teilt in dem anliegenden Bericht mit, die Langhaarigen hätten zwar die Wuhanstädte Wutschang, Hanyang und Hankau eingenommen, ihren Marsch nach Norden aus Furcht vor seinen Truppen jedoch nicht fortgesetzt, sondern die zehntausend der dort liegenden Dschunken requiriert, und auf diesen seien sie den Jangtse abwärts gefahren, um Nanking zu erobern.

Damit sind die Nordprovinzen und die Reichshauptstadt nicht mehr unmittelbar gefährdet. Mit den Wuhanstädten besitzen die Aufrührer aber den Hauptumschlagplatz für den Nord-Süd-Handel und den Ost-West-Verkehr auf dem Jangtse. Die wirtschaftlichen und finanziellen Folgen dieser Tatsache lassen sich noch nicht übersehen. Sie werden zur Zeit eingehend geprüft.

Ich wage es, die Aufmerksamkeit des Erhabenen Himmlischen auf die Absätze im Bericht des Gouverneurs zu lenken, in denen dieser über die eigenmächtige Handlungsweise des ehemaligen Zensors Tang Klage führt. Danach hat Tang sein Landgut in Hupeh verkauft und mit dem Erlös, unterstützt von anderen begüterten Familien der Provinz, Bauernregimenter aufgestellt. Wie diese in den Besitz von Feuerwaffen und Munition kamen, ist noch nicht ermittelt. Der Gouverneur vermutet unterirdische Verbindungen zu den weißen Barbaren in Schanghai. Tangs Truppen sollen jetzt drei- bis viertausend Mann stark sein. Er lehnt es ab, sich dem Provinzbefehlshaber zu unterstellen. Nach einem anderen heute eingegangenen Bericht soll er einen der sogenannten Rebellen-Könige gefangengenommen haben.

Tangs eigenmächtige Aufstellung und Bewaffnung von Truppen erfüllt den Tatbestand des Hochverrats. Ich bitte untertänigst um Weisung und Belehrung, welche Maßnahmen gegen ihn zu ergreifen sind.

Schon im Rat der Könige waren Dschu und Yang hart zusammengestoßen. Dschu wollte sofort über den Jangtse setzen und weiter nach Norden vordringen. Die Hauptstadt Peking war sein Ziel. Yang aber erhob Einspruch, weil unsere Aufklärer auf der gegenüberliegenden Seite des Flusses gut bewaffnete und gut kämpfende Gegner angetroffen hatten. Schließlich erklärte Dschu sich bereit, mit den siebentausend Mann der Trias-Bruderschaft in der Abenddämmerung überzusetzen und einen Brückenkopf zu bilden. Unsere Hauptmacht sollte am nächsten Tag folgen. Der Himmlische König nahm an der Ratssitzung teil, sagte aber nichts.
Dschu führte seinen Entschluß aus. Am nächsten Morgen, als es hell wurde, hörten wir von der anderen Seite des Jangtse schweres Feuer. Da es neblig war, konnten wir vom Südufer aus jedoch nichts erkennen. Da kam ein Sampan aus dem Nebel, und der Bootsmann berichtete, Dschu sei umzingelt und vom Fluß abgeschnitten. Die Feinde seien keine regulären Kaiserlichen Truppen, sondern Bauernregimenter, von den Großgrundbesitzern der Provinz Hupeh ausgebildet.
Ich schlug vor, sofort mit unserer Hauptmacht etwas westlich zu landen und Dschu zu entsetzen. Die Meinungen der anderen Könige waren geteilt. Als sich aber bei dem Ostkönig Yang wieder erste Zeichen seines rätselhaften Leidens, nämlich der Taubheit und Stummheit zeigten, wurden die Mitkönige, der Himmlische König voran, von Furcht ergriffen, und ich wurde überstimmt. Unsere gesamte Streitmacht von fünfhunderttausend Mann schiffte sich auf etwa zwanzigtausend Dschunken ein und ließ Dschu im Stich.
Der Bootsmann aber, der uns gemeldet hatte, Dschu sei umzingelt und abgeschnitten, wurde in Mahs Predigten zu einem Engel des Himmlischen Vaters, der uns aufgetragen hatte, Nanking zu erobern.

Tang
Aufzeichnung (Anlage zu einem Brief an Prinz Yeh)

Am Abend ließ ich den gefangenen Rebellenführer Dschu in mein Quartier kommen, um ihn zu vernehmen. Er wünschte, allein mit mir zu sprechen, und ich erfüllte ihm diese Bitte. Statt eines ungehobelten Waldbanditen fand ich in ihm einen höflich und überlegt redenden jungen Mann von etwa dreißig Jahren, der nur einmal in Zorn geriet, als er von der Unentschlossenheit und Dummheit der Gottesverehrer sprach; aber selbst im Zorn erhob er nicht die Stimme, sie wurde nur schneidend. Ich gebe die Unterredung etwas gekürzt wieder:
Ich: Wir haben fünftausend Ihrer Leute gefangengenommen. Sie hatten noch reichlich Munition. Ich hatte bisher immer gehört, die Taipings ergeben sich nicht.
Er: Ich habe den Befehl gegeben, die Waffen niederzulegen, als der Nebel sich hob und als ich sah, daß unsere Hauptmacht davongesegelt war und uns aus Furcht vor Ihren Soldaten im Stich gelassen hatte. Außerdem bin ich Ihnen mit dieser Truppe mehr wert.
Ich: Das verstehe ich nicht.
Er: Sie sind der ehemalige Zensor Tang?
Ich: Ja.
Er: Ich freue mich, vor dem Mann zu stehen, der es gewagt hat, den mandschurischen Usurpator des Kaiserthrons zurechtzuweisen.
Ich: Ich habe dem Herrscher, der das Mandat des Himmels besitzt, pflichtgemäß gedient.
Er: Er hat nicht den Auftrag des Himmels, und Sie haben zwar Mut gehabt, aber Ihre Pflicht nicht voll erfüllt. Sagt nicht Mong-dse: »Wenn ein Fürst große Fehler hat, sollen seine höchsten Beamten ihn zurechtweisen. Tun sie dies wiederholt, und der Fürst hört nicht darauf, so sollen sie ihn absetzen«?
Ich: Unsere vieltausendjährige Geschichte kennt kein Beispiel, daß ein Zensor den Erhabenen Himmlischen absetzte.
Er: Sie konnten es natürlich nicht allein tun, weil Ihnen die Macht fehlte. Aber Sie beginnen jetzt, sich eine Macht zu schaffen, und wenn Sie meine fünftausend Mann dazu nehmen...

Ich: Die Banditen?

Er: Es sind Banditen. Sie haben recht. Aber es kommt darauf an, welches Ziel man ihnen gibt.

Ich: Das »Himmlische Reich des Großen Friedens« etwa?

Er: Das ist nur ein Programm, das die Leute zu uns zog. Da ich selbst nicht die Gabe habe, mit dem Volk zu reden, habe ich dieses Programm benutzt und werde es auch weiterhin benutzen.

Ich: Wenn ich Ihnen den Kopf abschlagen lasse?

Er: Sie handelten kurzsichtig und pflichtwidrig, wenn Sie das täten. Ich habe die verschiedenen Kräfte unserer Bewegung zusammengefaßt und auf ein legitimes Ziel gerichtet.

Ich: Nennen Sie den Mord- und Brandzug Ihres Gesindels ein legitimes Ziel?

Er: Wir haben weniger gemordet und gebrannt als die Kaiserlichen. Und die Änderung des Auftrags[1] war seit jeher legitimes Ziel des Volkes, wenn es unterdrückt wurde und wenn der Kaiser versagte.

Ich: Ihr Ziel ist also...

Er: ...die Vertreibung der landesfremden Dynastie und die Wiedererrichtung der Ming-Herrschaft.

Ich: Wo ist aber ein rechtmäßiger Nachkomme der Ming-Kaiser?

Er: Er wird sich offenbaren und seine Abstammung beweisen, wenn die Zeit gekommen ist.

Ich: Behaupten *Sie* nicht, der Ming-Prinz zu sein?

Er: Ich selbst habe es noch nie behauptet. Der Kaiser wird dann einen Kanzler brauchen.

Ich: Haben Sie kein Gefühl dafür, wie unwirklich Ihre Worte in dieser Situation klingen?

Er: Es liegt nur bei Ihnen, ob meine Worte wirklich werden oder nicht.

Ich: Mit Ihren Reden und Argumenten wollen Sie nur Ihren Kopf retten.

Er: Ohne Kopf kann ich mein Ziel allerdings nicht erreichen.

---

1 »ge ming« = »Änderung des (himmlischen) Auftrags«. Dieser Ausdruck für Revolution kommt schon in der ältesten chinesischen Literatur, dem »Buch der Wandlungen«, vor.

Ich: Ich freue mich, daß dieses Hindernis Ihrem Scharfsinn nicht entgangen ist. Übrigens muß ich mir Gedanken machen, ob ich Sie hier enthaupten lassen oder zur Hinrichtung nach Peking senden soll.

Er: Sie sollten sich statt dessen Gedanken über die Verantwortung machen, die Ihnen vor dem Volk, dem Reich und der Geschichte gegeben ist. Wenn ich geköpft werde, werden viele Millionen die törichten Gedanken Hungs und die phantastischen Pläne Fongs ernst nehmen. Der Bürgerkrieg wird nicht aufhören, bis die staatlichen Grundeinrichtungen zerrüttet sind.

Ich: Sie kämpfen also für die bisherige Ordnung?

Er: Nein, für die staatlichen Grundeinrichtungen. Auch beim Sturz der ersten drei Dynastien richteten die Sieger sich nach der neugeschaffenen Lage. Dschou Sin und Gi-e waren verworfene Herrscher. Um dies dem Volk zu zeigen, mußten die Fürsten der neuen Dynastien ihre Regierungsgrundsätze ändern.

Ich: Sie sind um klassische Anspielungen nicht verlegen, um Ihren Kopf zu retten. Aber in Ihrer Lage fällt einem wohl viel ein.

Er: Damit Sie nicht denken, ich redete Ihnen nach dem Munde, will ich Ihnen gestehen, daß der künftige Kaiser einige Ideen unserer Bewegung übernehmen wird. Es ist allerdings wichtig, daß er selbst diese Maßnahmen trifft und nicht das Volk, das ihren Sinn ins Gegenteil verkehren würde.

Ich: An welche Maßnahmen denken Sie?

Er: Der Kaiser wird zum Beispiel hohe Steuern auf den Grund und Boden legen, den der Eigentümer nicht bearbeitet. Sie selbst würden damit also den größten Teil Ihres Besitzes verlieren. Die Provinzordnung, das Heer, das Verkehrs- und Erziehungswesen würden reformiert werden.

Ich: Sie scheinen die Pläne dieses künftigen Kaisers gut zu kennen.

Er (lächelnd): Ich allein kenne sie, obwohl er bisher zu niemand darüber gesprochen hat – außer zu Ihnen.

Ich: Ich lasse Sie nun wieder abführen.

Er: Wegen meiner Bemerkung über den Grundbesitz?

Ich: Nein. Ich besitze keine Felder mehr. Die Wächter erhalten Befehl, Sie sofort zu erschießen, wenn Sie zu fliehen versuchen.

Er: Wollen Sie mich wieder fesseln lassen?

Ich: Selbstverständlich.
Er: Ich bitte, mir die Fesseln täglich für einige Stunden abnehmen zu lassen. Ich möchte einen Rechenschaftsbericht schreiben.
Ich: Ein Geständnis, meinen Sie.
Er: Ich werde den Titel offenlassen.[1]

TANG
Aus einem Brief an Prinz Yeh

In meinem letzten Brief hatte ich gewagt, Eure Hoheit um Rat zu bitten, weil ich mich nicht stark und scharfblickend genug fühlte, den rechten Weg zu finden. Ich habe Tag und Nacht gegrübelt, aber die Schriften der Klassiker schwiegen auf meine verzweifelte Frage.
Inzwischen hat der Himmel mich der Wahl enthoben, entweder zum Verräter am Kaiser oder zum Retter des Reiches zu werden. Er hat gegen den Gefangenen entschieden: Die Rebellen haben ihren ehemaligen Führer ausgestoßen. Sie tilgen seinen Namen von allen Inschriften, Dokumenten und Proklamationen. Ihren Anhängern erklären sie, Dschu sei tot; dennoch versuchten sie gestern, seiner habhaft zu werden, nicht aber, um ihn zu befreien, sondern um ihn zu ermorden.
Der Gefangene ist nun ohne Macht. Denn was sind seine fünftausend Leute in dem kommenden Kampf! Der Himmel hat ihn verlassen, und es wäre töricht von mir, seine Worte ferner zu beachten.
Der Kanzler Tsai forderte mich heute auf, Dschu sofort in einem Käfig in die Reichshauptstadt zu überführen. Da ich aber verhindern wollte, daß er dort in unwürdiger Art zu Tode gemartert wird, habe ich ihn enthaupten lassen und seinen Kopf nach Peking gesandt.[2]

---

1 Dieses Dokument – mit dem Titel »Geständnis« in Tangs Handschrift – ist erhalten. Ihm sind die früher wiedergegebenen Auszüge entnommen.
2 Auf Hochverrat stand die Strafe des »langsamen Todes«, d. h. dem Delinquent wurden die Glieder nach und nach abgehackt.

Reichsannalen

Einen Tag, nachdem der Fall Nankings in der Reichshauptstadt gemeldet worden war, geruhte der Erhabene Himmlische, den Ersten Zensor zu sich zu rufen und ihm kundzutun, daß er die Reichsannalen einzusehen wünsche, um zu erfahren, was der Nachwelt über seine Regierung überliefert werde. Der Erhabene Himmlische sagte, wenn die Reichsannalen ihn für das Unheil verantwortlich machten, das unser Reich betroffen hat, dann müsse er auch seine Fehler kennenlernen, um sie berichtigen zu können.

Der Erste Zensor antwortete darauf:

»Es trifft zu, daß der Erhabene Sohn des Himmels in unseren Augen Unrecht begangen hat, und es war die schmerzliche Pflicht seiner Diener, dies in den Reichsannalen zu vermerken. Unsere Pflicht zwingt uns aber auch, die Nachwelt von dem ungehörigen Wunsch zu unterrichten, den der Erhabene Sohn des Himmels soeben seinem Diener, dem Ersten Zensor, gegenüber auszusprechen geruht hat.«

Darauf nahm der Erhabene Herrscher davon Abstand, die Reichsannalen über seine Regierungszeit einzusehen.

Edikt des Kaisers an den Gouverneur der Provinz Hupeh

Da der ehemalige Erste Zensor Tang den Rebellenführer Dschu gefangen und Uns seinen Kopf übersandt hat, sehen Wir davon ab, ihn für die ungesetzliche Aufstellung von Milizverbänden zu bestrafen. Wir genehmigen sein Gesuch, weiterhin solche Truppen zur Verteidigung der Provinz Hupeh zu führen. Für die Bewaffnung und den Unterhalt der Truppe hat er jedoch selbst aufzukommen. Er hat Uns wöchentlich über den Gouverneur der Provinz den Mannschaftsbestand zu melden. Seine Operationen hat er mit dem Provinzbefehlshaber abzustimmen.

Pantai, Kabinettschef des Kanzlers Prinz Tsai

Aus einem Brief an Tang

Das kaiserliche Edikt hat der Kanzler selbst entworfen. Anscheinend hatte er bisher in dem Verdacht gelebt, Sie könnten die Sache des Erhabenen verraten, sich womöglich mit dem Rebellenführer einigen! Ich vermute das allerdings nur, denn er hat nie darüber mit mir gesprochen. Leider! Denn sonst hätte ich für Ihre treue, redliche Gesinnung eintreten können.

Nachdem Sie den Banditenführer hingerichtet haben, glaubt er nun wohl nicht mehr, daß Sie mit den Rebellen gemeinsame Sache machen könnten; jedenfalls scheint mir das aus dem Edikt hervorzugehen. Dennoch war er blaß vor Zorn, als Ihre Boten ihm den Aufrührer nicht lebend überbrachten, sondern nur Ihr Schreiben überreichten und den Kopf Dschus aus ihrem Lederbeutel holten. Er wollte das Haupt des Rebellen beerdigen lassen; da aber der Erhabene Himmlische es am Tschien Men auszustellen wünschte, fügte er sich diesem Wunsche, jedoch nur widerstrebend.

Bevor der Kopf dem Volke gezeigt wurde, ließ der Kanzler ihn noch einmal in sein Zimmer bringen. Als ich einige Zeit später bei ihm eintrat, waren die Fenster geöffnet. Trotzdem lag der Duft einer Räucherkerze noch immer in der Luft, und ich sah auch ihre weiße Asche in dem kleinen bronzenen Räuchergefäß auf einem Seitentisch. Offenbar hatte er also Angst vor dem Geist Dschus und suchte ihn mit dem Räucheropfer zu versöhnen. Vom Himmel kann er ganz respektlos reden, aber Geister fürchtet er!

Ballade über den Kopf Dschus[1]

Das Auge, das schief von der Backe hängt,
Schielt herab vom Tschien-Men-Tor.
Der Mund, der befahl und küßte und sang,
Ist verfault. Und der Schädel hat nur noch ein Ohr.

Noch den stinkenden Kopf stellen sie hinter Gitter:
Denn die Zähne könnten ja beißen.
Doch da er den Krähen nichts mehr tut,
Dürfen die auf ihn scheißen.

In den dunklen Nächten leuchtet er.
Grüner Geist im Gemäuer
Schreit zum Palast des Verruchten.
Und am Himmel: Ming-Schwert, Blut, Feuer!
Wartet ab! Wartet ab!

---

1 Diese Ballade entstand wahrscheinlich in oder um Peking, als dort Dschus abgeschlagener Kopf am Tschien Men (dem südlichen Haupttor, offiziell Tscheng Yang Men, d. h. Tor, das geradewegs zur Sonne führt) in einem Käfig aufgehängt und ausgestellt war. Obwohl das Singen der Ballade bei hoher Strafe verboten war, hielt sie sich im einfachen Volk bis in unser Jahrhundert. Eine in den Südprovinzen verbreitete längere Variante verwechselt Dschu mit Hung Siu-tschüan; sie stammt offenbar aus späterer Zeit.

SIEBTES KAPITEL

NANKING

Ich bin die Mutter der Städte.
Tief atmend, lässig ausgebreitet zwischen Jangtse und Purpurberg, Löwenberg und Schlüsselhügel. Riesenleib in der Ebene, umgrenzt von gewaltigen Mauern: siebzig Li im Umkreis. Größe und Schönheit. Lotos-See und Höhen der Stadt, auf denen anderthalb Jahrtausende Kaiser, Dichter und Maler wohnten. Ruinen weitläufiger Paläste. Torbögen. Städte, Dörfer und Äcker innerhalb der Mauern. Wasserbüffel stampfen durchs Reisfeld oder liegen reglos in Wasser und Schlamm, daß nur noch die Nüstern, Augen und grauen Hörner zu sehen sind. Kanäle und Flüsse fließen unter zerfallenden Marmorbrücken. Klöster mit blauen und grünen Dächern.
Nicht künstlich, wie die Stadt im Norden, nicht gezirkelt. Die Natur nicht barbarisch unterjocht. Keine gerade Linie, keine Enge. Ich lebe mit der Erde, nicht gegen sie. Große Gärten, Grotten, Wasserfälle, uralte Bäume. Gräberfelder und Einsamkeit inmitten der Mauern. Wildnis bricht überall durch. Teiche und Enten, weidenumgebene Seen. Buden aus Lehm, gedeckt mit Reismatten.
See der schönen Mo Tschao vor dreizehnhundert Jahren. Halle des Schachspiels, wo der Kaiser verlor. Daneben der Pavillon des Dichters Yuan Mei. Hier malte Kung Pan-tschien das Bild des Mönches, der Herbstblätter zusammenfegt. Wenn ihr grabt, findet ihr den Spiegel, der einst sein Gesicht wiedergab. Bilder und Gedichte schweben in der Luft. Am Boden – Schutt und Abfall. Auf der Terrasse des Himmlischen Blütenregens erklärte Mönch Yün-Kuang die buddhistischen Schriften. Verschütteter

Schrein Hsüan-Dschuangs, der zum erstenmal in das Westland Indien pilgerte. Grabt! Ihr findet den Sarg und seine Gebeine.
Wo war der Blumenhof der »Duftenden Prinzessin« mit dem Pfirsichblütenfächer, die dem Kaiser die Wahrheit ins Gesicht gesagt hatte, ihr Blumenhof, ihr Zimmer, in dem der große Maler Lan Ying sein Studio einrichtete, als man sie entführt hatte.
Tief atmen, solange nicht Sommer und die Luft nicht zu feucht und drückend ist, so daß die Reichen auf die Hügel ziehen. Luftige Terrassen. Korblaternen des Abends an der Porzellanpagode und Blick auf das mauerumwehrte Land. Anmut und Größe. Schöne Frauen und Kaiser, Dichter und Minister, Kurtisanen und trunkene Prinzen.
Viele Male verbrannt und gemordet. Mannshohe Gräser auf den untergepflügten Palastruinen. Stets neu gebaut und erweitert. Gebeugt, aber nicht erschlagen. Heimliche Ströme des Reiches kreuzen sich unter der Erde. Gleichweit zu den Grenzen im Norden, Westen und Süden. Der große Fluß: nicht zu nahe, damit der Riese die Stadt nicht mit sich reißt, und nicht zu fern, daß er Lasten zum Meer, ins Innere und zum Kaiserkanal tragen kann.
Zerfall und Aufbau, Wildnis, Gärten und Tempel, Bretterbuden und beleuchtete Blumenhöfe, morastige Straßen und Marmortreppen. Stadt der Wandlung. Zerschlissener, ehrwürdiger Brokat, letzter Sproß eines gestürzten Kaisergeschlechtes, herabgekommene Mönche in altheiligen Klöstern. Majestät in bloßen Füßen.

Mah

Aus einer Predigt

Die königliche Prachtdschunke, in der der Tien Wang den Jangtse hinab bis nach Nanking fuhr, hatte einen Drachenkopf am Bug, einen Drachenschwanz am Heck und war mit vielerlei blau und golden bemaltem Schnitzwerk kunstvoll verziert. Der Himmlische König verließ das Schiff, gekleidet in ein goldgelbes Gewand, in das neun blaue Drachen gestickt waren. Sechzehn

Träger in gelben Kitteln trugen die goldene Sänfte, deren Dachzier ein kostbares Schnitzwerk, fünf weiße Kraniche vorstellend, war. Hinter der Sänfte ritten sechsunddreißig Jungfrauen, die zu seinem Hofstaat gehörten; sie ritten auf Pferden und trugen Sonnenschirme, um sich gegen die brennenden Strahlen zu schützen.

Vor dem König einher aber wurden in etwas geringer geschmückten Sänften die anderen Könige getragen. Gelbe und rote Banner mit dem Zeichen des Kreuzes flatterten in der Luft. Mannshohe Pauken wurden auf Wagen im Zuge gefahren, und wenn sie geschlagen wurden, dröhnte und erzitterte die Luft. Zimbeln und Trommeln erklangen und dazwischen die schrillen Töne der Flöten. Nie hatte Nanking ein prächtigeres, festlicheres Schauspiel erlebt.

Auf dem Purpurberg angekommen, entstieg der Himmlische König der Sänfte und wurde, von gebückten Begleitern rechts und links gestützt, feierlich zum Pavillon geleitet. Da zeigte der Herr ihm die Stadt Nanking, die mit ihren mächtigen Mauern nicht weit vom Strom lag, und sprach zu ihm: Dies ist die Stadt, die ich euch geschworen habe. Dies ist das Himmlische Jerusalem des Reiches der Mitte, die irdische Vorhalle des Hauses, das ich im Himmel für euch bereitet habe.

Treibt die Dämonen aus, die noch die Zitadelle besetzt halten, und dann baut mir Tempel, in denen man mich verehrt, und euch selbst baut Paläste, deckt sie mit gelben und grünen Ziegeln und haltet ein Heerlager in der Stadt, daß sie uneinnehmbar sei!

Als der Herr so zu dem Himmlischen König gesprochen hatte, legten unsere Soldaten, die schon in die Stadt eingedrungen waren, Feuer an die Lunte, und die Mine unter der Burgmauer flog in die Luft und öffnete den Weg in die Zitadelle.

Unsere Truppen vernichteten die feindlichen Dämonen und töteten fünfzehntausend Soldaten, dazu zwanzigtausend Frauen und Kinder der Teufelsbesessenen.

Johann Fr. K. Jensen, Kaufmann in Nanking
Brief an seinen Kompagnon in Schanghai

Lieber Carl!

Daß die Chinesen Nanking einen der drei Öfen ihres Landes nennen, hattest Du mir zwar gesagt, als ich im Herbst hierherzog; aber was ein Sommer in Nanking ist, weiß ich erst, seit die Hitze vor sechs Wochen einsetzte. Ich hatte vor ein paar Tagen abends die Kerzen in den Leuchtern stehen lassen, aber am nächsten Morgen lagen sie halbzerflossen auf dem Tisch. Von den Wänden läuft das Wasser herab, und Schuhe und Kleider müssen tagsüber in der Sonne trocknen, weil sie sonst des Nachts schimmeln. Da man in den Zimmern nicht atmen kann, schlafe ich unter dem Moskitonetz auf der Veranda, natürlich nicht in einem Bett, sondern auf der Matratze aus Bambusflechtwerk.

Ob der Brief, den ich Dir nach der Eroberung geschrieben habe, durch die Linien gekommen und bei Dir eingetroffen ist, weiß ich nicht. Mein Haus hat kein Taiping-Soldat betreten, weil die Boys über die Haustür ein großes Blatt Papier mit dem Schriftzeichen »Schun«[1] und dem Zusatz »Hier wohnt ein Jesus verehrender Barbar« geklebt hatten.

Jetzt ist ein Himmlisches Dekret erlassen worden – alles in diesem Himmlischen Reich ist »himmlisch«: Nanking wird jetzt Tienking, d. h. »Himmlische Hauptstadt«, genannt. Es gibt einen Himmlischen König, Himmlische Soldaten, Himmlische Baracken, Himmlische Stempel, Himmlische Tusche, Himmlische Tinte, Himmlisches Papier und Himmlische Kanonen – ein Himmlisches Dekret also ist erlassen worden, das Soldaten und Offizieren bei hohen Strafen verbietet, Privathäuser ohne schriftlichen Befehl zu betreten. In der vergangenen Woche waren zwei Soldaten auf einer Plattform an einer Straßenecke ausgestellt, die diesem Befehl zuwidergehandelt hatten. Dem einen war sein linker Fuß, mit dem er die Schwelle eines Privathauses überschritten hatte, abgeschlagen worden, dem anderen der rechte Fuß, weil er mit diesem über die Schwelle getreten war.

---

1 Gehorsam.

Erst jetzt habe ich erfahren, warum die Taipings Nanking so leicht haben erobern können: Schon vor der Belagerung hatten sich dreitausend Himmlische Soldaten, als Mönche verkleidet, zusammen mit flüchtenden buddhistischen und taoistischen Mönchen in die Stadt eingeschlichen. Sie wohnten in den Tempeln. Sobald die belagernden Taiping-Truppen die Minen unter der Stadtmauer hatten springen lassen, zündeten die falschen Mönche Häuser an, sperrten Straßen und sorgten für Verwirrung.

Als der Kaiserliche Stadtkommandant Liu Tung sah, daß die Äußere Stadt nicht mehr zu halten war, tötete er seine beiden Konkubinen, schrieb an die Tür seines Amtszimmers die Worte:

> *Notiz für die eindringenden Rebellen!*
> *Tun Sie meinem Volk kein Leid an, sondern halten Sie sich an mich. Ich stehe Ihnen statt der unschuldigen Einwohner zur Verfügung.*

Dann setzte er sich in voller Uniform, angetan mit allen Ehrenzeichen an seinen Schreibtisch und erwartete die Taipings. Diese waren von seiner Notiz so beeindruckt, daß sie Liu Tung nicht totschlugen, sondern zum Hauptquartier abführten.

Aber er machte sich unterwegs frei, als sie gerade eine Brücke überquerten, stürzte sich in einen Kanal und ertrank.

Die Chinesen in der Stadt wurden, wie gesagt, kaum belästigt. Die mandschurischen Truppen mit ihren Angehörigen dagegen wurden, als die Zitadelle erobert war, sämtlich niedergemacht, an die dreißigtausend Mann. Ich habe gesehen, wie einige tausend Frauen durch ein Stadttor ins Freie getrieben wurden. Sie wurden, wie mir meine Boys berichteten, dort erstochen, ertränkt oder verbrannt. Doch ich mag nichts mehr davon schreiben und wiederholen, was ich mir bereits in meinem ersten Brief von der Seele geschrieben habe.

Kommen wir zum Geschäftlichen! Alle Läden in der Stadt sind geschlossen, und jeder private Handel ist in Nanking verboten. Die Taipings brauchen ja auch nichts zu kaufen, da sie alles von den Himmlischen Behörden erhalten: Essen, Kleidung, Schuhe usw. Die Himmlische Verwaltung aber hat der Gewohnheit der

Taipings entsprechend außerhalb der Stadtmauer eine »Kauf- und Handelsstraße« eingerichtet, eigentlich eine Art ständigen Markts. Dort kaufen meine Boys zum Beispiel die Lebensmittel für meinen Junggesellenhaushalt ein.

In meinem schon erwähnten Brief hatte ich die Aussichten für Import-Export-Geschäfte wohl doch etwas zu pessimistisch angesehen. Dabei hatten mich damals weniger die strikten Handelsverbote beeindruckt, als die Tatsache, daß man bei den Taipings mit kleinen Handgeldern und Geschenken gar nichts erreichen kann. Im Gegenteil, als ich bei der täglich notwendigen Visierung meines Ausweises auf dem Polizeirevier eine Münze über den Tisch schob, wurde ich etwa eine Stunde lang belehrt, daß dies eine Beleidigung sei, die streng bestraft werde, wenn ich noch einmal wagen sollte, einen »Heiligen Soldaten« zu bestechen. Es war unerhört, und ich war so empört, daß ich das »Himmlische Königreich des Großen Friedens« am liebsten stehenden Fußes verlassen hätte, wenn das möglich gewesen wäre.

Inzwischen aber wächst bei mir die Hoffnung, daß man auch mit den Taipings reden kann wie mit anderen vernünftigen Chinesen. Ich hatte mich bemüht, aus den Stickerei-Instituten des Frauenviertels Angebote für Spitzen, Tischdecken etc. zu erhalten, mußte aber feststellen, daß der Bedarf an kostbaren Stickereien, Brokaten, Seiden und dergl. bei Hofe, und zwar nicht nur beim Himmlischen König, sondern auch bei den anderen Königen so groß ist, daß vorerst kaum etwas für den Export zur Verfügung steht.

Vor etwa einem Monat wurde ich in ziemlich dringender Form zu der für die Materialversorgung zuständigen Behörde bestellt, zu meiner Überraschung aber in dem Büro nur kurz empfangen und sofort mit einer Eskorte in einen wohl schon jahrhundertealten, nicht besonders großen Palast geführt und dort einem kleinen, dicken, aber äußerst beweglichen Mann vorgstellt, der ein kostbar besticktes Schauspielergewand trug. Es war der »Nordkönig« Wei. Er und seine Mitkönige sind zur Zeit vor allem damit beschäftigt, den Bau der Kaiserstadt in Nanking, d. h. des Palastes für den »Himmlischen König« und ihrer eigenen Paläste zu beaufsichtigen.

Der Nordkönig war über meine Erkundigungen wegen der Stickereien informiert, sagte mir aber, hier sehe er vorläufig für mich wenig Chancen; dagegen seien Kompensationsgeschäfte durchaus möglich, bei denen die chinesische Seite Tee anbieten würde. Er selbst und die Führung hätten Bedarf an verschiedenen westlichen Erzeugnissen. Er nannte gleich seine eigenen Wünsche, die ich in der anliegenden Liste zusammengestellt habe. Besonderen Wert schien er auf Fernrohre, die Kuckucksuhr und die Spielzeug-Dampfmaschine zu legen. Der Himmlische König braucht für seinen Palast zwei Orgeln, eine für die Bet- und Audienzhalle, die den Namen »Großer Palast der Glorie und des Lichts«[1] erhalten soll, und eine für seine Hofkapelle. Ich habe dem Nordkönig gesagt, daß die Kosten ziemlich hoch sein würden. Er schien das vorauszusetzen und war über meine völlig aus dem Ärmel geschüttelten Orgelpreise – kannst Du mir ein verbindliches Preisangebot für eine mittlere und eine große Orgel machen? – durchaus nicht erstaunt. Die Frage, wer die Orgeln einmal spielen soll, habe ich natürlich nicht angeschnitten. Das ist ja auch nicht unser Problem.
Da ich aber nun musikalisches Interesse voraussetzen konnte, habe ich dem Nordkönig ein mechanisches Klavier angeboten. Ich meine, Ihr könntet das Klavier in Eurem Klub, das Ihr sowieso ersetzen wolltet, etwas aufpolieren lassen und mit allen Walzen hierherschicken. Daß keine Choräle dabei sind, sondern nur Bier- und Kommerslieder, Polkas und Märsche, schadet nichts. Der Nordkönig ist höchst interessiert.
Ich erwarte noch viele weitere Aufträge, zumal die Zeit für die Innenausstattung der Paläste noch nicht gekommen ist. Der Nordkönig hat gerade den Grundstein für einen Turm neben seinem Palast gelegt, der dreißig Meter hoch werden soll und von dem aus seine Truppen die Stadt und Umgebung kontrollieren sollen. Da er starke Teleskope für diesen Zweck haben will, erbitte ich von Dir auch dafür Angebote, möglichst mit Illustrationen.
Ich glaube nicht, daß es bei derartigen Gebrauchsgegenständen bleiben wird. Natürlich werden wir daran verdienen können.

---

1 Dschung-kuang da-diän.

Das wirkliche Geschäft aber sehe ich auf ganz anderem Gebiet: Waffen. Und zwar alles von Handfeuerwaffen bis zu Belagerungsgeschützen. Mit Munition. Es versteht sich, daß dieses Geschäft mit äußerster Diskretion betrieben werden muß. Du hörst von mir, sobald ich den Bedarf festgestellt habe und Spezifikationen geben kann. Bitte schreibe mir etwas über die dortige Marktlage.

Du siehst also, daß die Geschäftsaussichten nicht schlecht sind, man muß allerdings am Ort sein. Und darum bin ich zu bedauern. Vergnügen gibt es in Nanking nicht mehr, außer in Gott. Die Blumenhöfe sind geschlossen. Die Mädchen sind in die Handarbeitsstuben gesteckt worden. Auch Ngan-Ngan hat man bei der Durchsuchung meines Hauses gefunden, als ich schon gar nicht mehr mit einer Durchsuchung rechnete. Es waren auch keine regulären Soldaten, sondern Angehörige des Jugend-Corps, die sich durch solche Sonderaktionen einen besonders hohen Platz im Himmlischen Königreich zu erringen hoffen. Sie sind die schlimmsten, und mit ihnen war gar nicht zu reden. Ngan-Ngan ist gleich eingezogen worden, und sie näht jetzt vermutlich Soldatenhosen.

Sie lebt wie alle Soldatenfrauen, Witwen und Ledigen in einem Frauenviertel, und kein Mann darf sich in die Nähe wagen. Sie erhalten dort Religionsunterricht, werden getauft und müssen dann arbeiten, dürfen das Viertel aber nicht verlassen.

Die diensttauglichen Männer sind ebenfalls alle eingezogen worden und werden entweder den Arbeitslagern oder der Armee zugeteilt, wobei Religionsunterricht obligatorisch ist, versteht sich. Die Arbeitsunfähigen kommen in ein Altersheim. Du kannst jetzt oft Gelehrte und Künstler mit einem Korb und einem zugespitzten Bambusstock aus diesem Haus kommen sehen. Sie müssen in den Straßen Papier und Abfälle sammeln. Die Rüstigeren sind in einer Totengräber-Brigade, die der anfallenden Arbeit, besonders nach Säuberungsaktionen, nicht gewachsen ist.

Meine alten Nachbarn sind alle verschwunden. Die gesamte Zivilbevölkerung ist aus der Innenstadt verbannt worden, die für den Palastbezirk, die »Heiligen Soldaten«, das Frauenviertel und für die Verwaltung reserviert ist. Die alten Bewohner Nankings leben jetzt meistens außerhalb der Stadtmauer. Sie fühlen sich dort sicherlich auch viel wohler. Denn in der Stadt herrscht ein strenges Regiment. Alles geschieht auf Kommando, selbst die Gebete werden auf Befehl verrichtet: Wenn der Himmlische König zur Abendandacht niederkniet, werden zehn Kanonenschüsse abgefeuert, und alle Einwohner müssen ebenfalls niederknien und beten. Wer sich dem Gebet entzieht, muß mit einer Anzeige rechnen. Besonders gefährlich sind die Angehörigen des Jugend-Corps, die überall umherspionieren, ob sie nicht jemand denunzieren können. Es fördert die Gesundheit und verlängert das Leben, wenn man heute in Nanking Christ gemäß der Taiping-Konfession ist.

DER MISSIONAR TRAUGOTT BÜRCKLI, SCHANGHAI

Aus einem Brief

Die Nachrichten aus Nanking (oder Tienking[1], wie die Gottesverehrer sagen) sind zwar spärlich und zuweilen auch widersprüchlich; aber soviel läßt sich schon heute erkennen, daß dort etwas in der vieltausendjährigen chinesischen Geschichte Unerhörtes geschehen ist und noch täglich geschieht. Zwar beklagen die Jesuitenmissionare der Station Zikkawei[2], daß die Gottesverehrer alle Bewohner der Zitadelle in Nanking – Mann, Weib und Kind – umgebracht haben. Gewiß, eine nicht zu billigende Grausamkeit. Aber sind die Kinder Israels milder mit den Amalekitern umgegangen? Zürnte Mose nicht mit seinem Heer, weil es die Weiber und männlichen Kinder der Midianiter hatte leben lassen? Nein! Die Klagen der Jesuiten haben wohl andere Gründe: Es scheint nämlich, als seien die Gottesverehrer in Nanking eher Protestanten als Katholiken. Jedenfalls haben sie im Inneren ihres Reiches katholische Missionare umgebracht, weil diese Madonnenbilder anbeteten. Und nichts ist den Taipings ein größerer Greuel als die Verehrung von Bildsäulen. Welche

---

1 Nanking = »Südliche Hauptstadt«. Tienking = »Himmlische Hauptstadt«.

2 Bei Schanghai, später berühmte Wetter- und Erdbebenwarte.

wunderbare Bestätigung unseres Glaubens wäre es, wenn die unverbildeten Chinesen, allein aus dem ewigklaren Quell des reinen Gotteswortes schöpfend, dem Aberglauben Roms den Rücken kehrten!

Zwar warne ich vor übereilten Schlüssen; die Nachrichten aus Nanking sind denn doch noch zu unvollständig. Gewiß aber ist, daß die Taipings, selbst wenn ihre Lehre unrein sein sollte, im chinesischen Volke den Boden für das Christentum vorbereiten, so daß der Same des göttlichen Wortes in den bisher verstockten und verschlossenen Seelen aufgehen und Frucht tragen kann. In Nanking soll sich schon jetzt die Mehrzahl der Bevölkerung freiwillig im Christentum unterweisen und auf die hl. Taufe vorbereiten lassen.

Welche noch vor einem Jahr ungeahnten Aussichten eröffnet uns diese Nachricht! Es scheint nicht mehr unmöglich, zumal jetzt von einem Zug der Gottesverehrer nach Peking berichtet wird, daß vielleicht schon in kurzer Zeit das gesamte chinesische Volk mit seinen vierhundertfünfzig Millionen Seelen dem Aberglauben entsagt und die Erlösung durch unseren Herrn Jesus Christus sucht! Das Land wird sich öffnen – nennen die Taipings doch heute schon den Weißen Mann nicht mehr »Fremden Teufel«, sondern »Weißen Bruder«! –, und der Fuß des Missionars und des Kaufmanns wird ungehindert die bisher verschlossenen Gebiete des Reiches durchwandern können. Unsere Religion, Kultur, Gesittung und Wissenschaft werden dann ins Reich der Mitte einziehen und das Volk aus seiner Dumpfheit und Unwissenheit befreien. Und wir dürfen hoffen, daß auf dem so bereiteten Boden im Laufe der Jahre doch ein Samenkorn davon aufgeht und daß das Pflänzlein Blüten, ja vielleicht sogar Früchte tragen wird.

Der Akademiker Li[1]

Aus einem Brief an seinen Sohn[2]

Wie kurzweilig war es doch früher, durch die Gassen zu schlendern und dem Treiben der Händler und Handwerker zuzuschauen! Da stand der Garkoch und briet in rauchendem Öl Fische auf offenem Holzkohlenfeuer; der Bäcker knetete Kuchenteig. Im Laden dahinter hingen flachgepreßt und in Reihen die Brettenten von der Decke. Im nächsten Geschäft sah man Frauen und Kinder Nudelteig wellen, schneiden und die Fäden zum Trocknen in die Zugluft vors Fenster hängen. Der Schirmmacher klebte Ölpapier auf die Schirme, während seine Söhne Bambusstäbe splissen. Und der Barbier wärmte sein Rasierwasser nebenan am Feuer des Topfflickers. Der pockennarbige Alte reparierte mit Pinzetten und Hämmerchen einen Brillenrahmen. Der Porzellanflicker aus Szetschuan drillte haardünne Löcher in eine zerbrochene Vase, zog Draht hindurch und setzte sie dann wieder so zusammen, daß die Risse unsichtbar waren. Der Ölverkäufer, die Waage und die Ölkannen an einem Bambusstab über der Schulter, rief seine Ware aus. Und an eine Hauswand gelehnt saß ein alter Mann und hatte zwischen seinen Knien einen Korb mit zarten, frischen Lotosstengeln. Da waren die Wahrsager und Handleser, die Bettler mit Schwären an Händen und Füßen, die Krüppel, die Blinden, die Bettelmönche... Welch ein buntes, frohes und farbenprächtiges Bild! Und dabei habe ich die Bücherläden und Antiquitätengeschäfte noch nicht einmal erwähnt, wo zu stöbern und sich mit den Besitzern oder den Kunden zu unterhalten, man einen ganzen Nachmittag ver-

---

1 Li war ein Mann aus gutsituierter Familie, der das Provinzexamen mit Auszeichnung bestanden hatte, einige Zeit Beamter gewesen war und sich mit vierzig Jahren ins Privatleben zurückgezogen hatte, um sich literarischen Studien zu widmen. Von ihm ist eine Monographie seines Wohnsitzes, des »Pavillons der zusammengefegten Herbstblätter« (genannt nach dem Maler Kung Pan-tschien, der ihn sich dort im 17. Jahrhundert erbaut hatte), erhalten.

2 Der erst zwei Jahre alt war. Der Brief wurde aber an ihn adressiert, weil es als ungehörig galt, wenn der Ehemann seiner Frau unmittelbar schrieb. Die Familie Lis war kurz vorher nach Sudschou geflohen.

bringen konnte. O glückliche Zeiten, reich an Muße und an Kultur!
Aber nun? Ich wage nicht mehr den Fuß aus meinem Hause zu setzen, und wenn ich doch einmal etwas zu besorgen habe, sagen wir ein Buch oder kostbares Tschin-tschuh-Papier[1] für einen wichtigen Brief, dann gehe ich eilenden Schrittes durch die Straßen, um beschäftigt zu scheinen; denn obwohl ich unter der schirmenden Hand eines Königs stehe, fürchte ich doch, daß rohe Hände mich wieder ergreifen könnten.
Eines Königs? Wieder ergreifen? Höre ich Dich und Deine Mutter fragen. Jawohl, beim Einzug der Gottesverehrer hatte ich mich in der Hütte unseres Fischers Tseng verborgen. Und der Pavillon der zusammengekehrten Herbstblätter stand leer auf dem Hügel. Erst eine Woche später wagte ich mich vorsichtig hinauf, um zu sehen, ob ich nicht einige Bücher aus meiner eigenen Bibliothek entleihen könnte. Aber ein grimmiger Torwächter herrschte mich in barschem Kantonesisch an; und während ich noch versuchte, ihm mit Zeichen verständlich zu machen, daß dies doch eigentlich mein Haus sei, trat ein junger, in kostbare gelbe Seide gekleideter Mann heraus, der die Reichssprache beherrschte. Kurz – ich will nicht die ganze Unterhaltung berichten –, es war der Hilfskönig Schi Takai, ein angehender Akademiker. Er lud mich ein, hinfort wieder in meinem Haus zu wohnen, wenn auch nur in dem Dienerflügel. Er selbst hatte den Pavillon bezogen und war enthusiasmiert von der Lage, dem herrlichen Blick von der Terrasse, der alten Fichte im Vorhof und der Abgeschiedenheit dieses zur Kontemplation über die Vergänglichkeit der Welt einladenden historischen Plätzchens.
Natürlich weigerte ich mich anfangs, seine Einladung anzunehmen, aber er erkannte keinen meiner Gründe an, so daß ich nachgab. Als ich nun in die Stadt hinunterging, um mich von meinem Fischer Tseng zu verabschieden und ihn gleichzeitig um den Rücktransport meiner Habseligkeiten in den Pavillon zu bitten, fiel ich einer Streife der Gottesverehrer in die Hände, die mich verhörte und die einen Müßiggänger in mir zu erblicken

1 Papier aus ein- bis zweijährigem Bambus. Die Herstellung der Zellstoffmasse allein dauert ein halbes Jahr.

wähnte: denn das Bemühen um geistige Dinge sehen die Ungebildeten ja nicht als Beschäftigung an. Sie schleppten mich in eine Baracke, vollgestopft mit Leuten, die sie ähnlich wie mich von der Straße aufgegriffen hatten. Hier muteten sie mir zu, ihre abstrusen Litaneien auswendig zu lernen. Natürlich wäre es töricht, ja wohl auch gefährlich gewesen, mich diesem Ansinnen zu widersetzen. Ich brauche Dir und Deiner Mutter nicht ausdrücklich zu beteuern, daß und wie ich in der Gesellschaft knoblauchstinkender Kulis, ungeschliffener Menschen und schmutziger Grobiane gelitten habe.
Erst nach drei Tagen gelang es mir, dem Hilfskönig einen Brief zukommen zu lassen, in dem ich ihm meine Lage schilderte und mich gleichzeitig dafür entschuldigte, daß ich seiner Einladung bisher noch nicht hatte folgen können. Das Erstaunen in den Baracken könnt Ihr Euch vorstellen, als dieser mich in einer Sänfte abholen ließ. Nun habe ich einen Schutzbrief des Königs, gehe aber dennoch nur selten auf die Straße: denn was gibt es dort noch zu sehen! Die Läden sind geschlossen, die Straßenhändler bis auf wenige verschwunden, die Bettler in ein halbverfallenes Kloster gebracht, wo sie ihren Fähigkeiten entsprechend zur Arbeit angehalten und wo ihre Leiden und Wunden gepflegt werden. Am meisten aber betrübt es mich, an den fest mit Holzläden verschlossenen Speise- und Freudenhäusern vorbeizugehen, in denen ich so manche frohe und anregende Stunde mit meinen Freunden verbracht habe, während nun aus den Fenstern weder Gesang noch Gelächter mehr herausschallen.
Ich bleibe daher in meinen Räumen, lese und schreibe, oder ich ergehe mich, wenn der König in Geschäften abwesend ist, auf der Terrasse. Des Abends lädt er mich manchmal ein, ihm Gesellschaft zu leisten; und ich habe ihm bei diesen Gelegenheiten schon etliche Vorträge über Nanking und seine Sehenswürdigkeiten halten dürfen, wodurch ich nebenbei verhindern konnte, daß der unersetzliche Garten der Familie Hu durch einen Tempelneubau der Gottesverehrer verschandelt wurde. Dem Hilfskönig ist seine Würde noch nicht zu Kopfe gestiegen. Er ist bescheiden und, wenn man bedenkt, daß er nur das erste Examen bestanden hat, auch verhältnismäßig gebildet, was allein daraus hervorgeht, daß er die barbarische Religion der langhaarigen

Rebellen nicht ernst nimmt. Dies konnte ich einer mokanten Bemerkung über die Meinungsverschiedenheiten entnehmen, die zwischen dem »Jüngeren Sohn des Himmlischen Vaters« und dem »Heiligen Geist« bestehen.

THE TIMES, LONDON

Die neuesten Meldungen aus Hongkong und Schanghai bestätigen die Berichte, daß nur zwei Monate nach der Einnahme Nankings eine große Heeressäule der Rebellen nach Norden aufgebrochen ist. Politische Beobachter in Schanghai sind sich einig darüber, daß die Rebellen mit ihrer neuen Operation die Übernahme der Macht im ganzen Chinesischen Reiche anstreben.
Da Nachrichten aus dem Innern Chinas nur sehr spärlich bis in die Hafenstädte dringen, lassen sich die Aussichten des neuen Unternehmens noch nicht beurteilen, zumal diese Expedition merkwürdigerweise von keinem der »Könige«, sondern von einem untergeordneten Heerführer geleitet wird.
Die Rebellen werden große Schwierigkeiten zu überwinden haben. Sie müssen durch ein Land marschieren, dessen Bevölkerung ihre Sprache nicht versteht; denn das Chinesisch Pekings ist von dem in Kanton gesprochenen so verschieden wie Englisch von Französisch. Sie müssen den Gelben Fluß überqueren. Und schließlich ist Peking von Nanking so weit entfernt wie Venedig von Paris. Allerdings würden wir einen großen Fehler begehen, wenn wir die Fähigkeiten der Rebellen und ihrer ausgezeichneten militärischen Führung unterschätzten: Auf ihrem Zug von Kwangsi bis Nanking haben sie eine Entfernung zurückgelegt, die der von Paris bis Minsk entspricht.
Die Rebellen beherrschen jetzt Mittelchina und große Teile Südchinas. Die Regierung in Peking ist nicht mehr in der Lage, ihre Auslandsverträge zu erfüllen. Es wäre an der Zeit, daß Ihrer Majestät Regierung den Realitäten ins Auge sieht und mit den Rebellen, wenn auch vorerst nur inoffiziell, Verbindung aufnimmt, bevor andere europäische Mächte ihr zuvorkommen.

Bulletin der Reichsregierung in Peking

Heimliche Anhänger der Rebellen sind schon in der Hauptstadt und versuchen leere Häuser in der Nähe der Mauern und Stadttore zu mieten. In den Häusern wollen sie, wie üblich, ihre Gesinnungsgenossen unterbringen, die sie vorher unter der Maske friedlicher Bauern und Bürger in die Stadt geschmuggelt haben. Während die Armee der Rebellen dann die Mauern von außen stürmt – aber keinen Augenblick vorher –, sollen ihre Helfer in der Stadt sich der Tore bemächtigen und die aufständischen Soldaten einlassen. Einige Anhänger der Rebellen, die aus diesem Grunde Häuser mieten wollten, sind in den letzten Tagen verhaftet worden und haben ihre verbrecherischen Pläne eingestanden. Es wird angenommen, daß viele andere noch unentdeckt in der Stadt sind. Die Bürger werden gewarnt. Verdächtige sind sofort anzuzeigen. Wer eine solche Anzeige unterläßt, wird mit dem Tode bestraft. Diese Warnung ist ernst!

Memorandum des Ersten Zensors

Dem Erhabenen Himmlischen emporgereicht (Auszug)

Die Rebellen stehen vor Tientsin und sind nur noch dreihundert Li von der Reichshauptstadt entfernt. Gewiß hat die Regierung ihr möglichstes getan, den Vormarsch aufzuhalten. Daran lag es nicht. Aber die Beamten in den Provinzen, vom Gouverneur bis zu den Amtsdienern, und das Heer haben versagt. Die Gouverneure erkranken plötzlich, wenn die Langhaarigen anrücken; sie begeben sich in entlegene Gegenden, um Truppen aufzustellen; sie melden Siege, wenn sie nur ein paar versprengte Einheiten der Aufständischen gefangen haben; oder sie verüben aus lauter Angst Selbstmord, wenn der Feind vor den Toren steht.

Ebenso feige benehmen sich die reichen und gebildeten Familien. Anstatt ein Vorbild zu geben, fliehen sie. Selbst in Peking stehen die meisten Häuser der Vornehmen schon leer. Viele Zehntausende, die bisher unmittelbar oder mittelbar in ihren Diensten standen, sind arbeitslos, lungern umher und scheuen sich nicht mehr, ihre Sympathie für die Feinde des Reiches zu

zeigen. Lebensmittel werden gehortet, und Reis ist nur noch zu unerschwinglichen Preisen zu haben.
Wenn die Regierung nicht sofort energische Maßnahmen trifft, können in der Stadt Unruhen entstehen, noch bevor die Rebellen an den Toren sind.

TSCHUN TSCHOU, HOFDAME DER KAISERIN-WITWE

Der Erhabene Himmlische hat zwar verboten, Vorbereitungen für die Flucht des Hofes zu treffen; aber wir richten uns nicht danach. Er verläßt seine Gemächer nur noch, wenn er sich zur Morgenaudienz begibt, und sieht nicht mehr, was im Palast vor sich geht. Was im Reich geschieht, weiß niemand. Keiner kann sagen, ob das Reich noch auf einem Bein steht, oder ob es schon gestürzt ist. Welchen Sinn hätte es, noch zu warten, bis die Rebellen uns köpfen!
Wir haben zwar ein ausgezeichnetes Versteck für die Juwelen; aber wenn die Rebellen nun die Verbotene Stadt verbrennen? Oder wenn wir überhaupt nicht wieder hierher zurückkehren können? Schon fünfzig Eunuchen sollen geflohen sein, und viele andere sehe ich heimlich ihre Kisten packen.
Der Kanzler hat An Tehai heute befohlen, den Erhabenen Himmlischen nicht aus den Augen zu lassen und auch nachts zu beobachten. Wenn der Erhabene Herrscher jetzt aus dem Leben schiede, wäre die Verbotene Stadt in wenigen Stunden leer und verlassen. Nur die Person, die an allem schuld ist und die das Kind erwartet, würden wir hierlassen.

DER KANZLER PRINZ TSAI UND AN TEHAI,
VORSTEHER DER EUNUCHEN
Kurzprotokoll

Seine Hoheit, der Kanzler, leitete die Besprechung ein, indem er An Tehai mitteilte, der Erhabene Himmlische fürchte, die Erste Gefährtin könne aus unvorsichtigen Bemerkungen ihrer Umgebung über die wahre Lage des Reiches unterrichtet werden.

An Tehai antwortete: »Die diensttuenden Eunuchen, Hofdamen und Zofen haben strengen Auftrag, niemand in den Geburtspavillon zu lassen. Sie erhalten seit langer Zeit täglich Nachrichten über Siege und glückliche militärische Operationen unserer Truppen, damit sie der Erhabenen Ersten Gefährtin erfreuliche Neuigkeiten melden können. Sie sind sich bewußt, daß jede Unglücksnachricht nicht nur die Erste Gefährtin, sondern auch das Ungeborene erschrecken würde.«

Seine Hoheit der Kanzler: »Wieviel Eunuchen sind bisher geflohen?«

An Tehai: »Keine. Es sind nur einige Eunuchen und Hofdamen aus triftigen Gründen beurlaubt worden, zum Beispiel, um kranke Verwandte zu besuchen.«

Seine Hoheit der Kanzler: »An den Toren sind aber gestern und heute dreißig Eunuchen verhaftet worden. Sie führten außer ihren eigenen Habseligkeiten auch gestohlenes Gut mit sich, insbesondere Juwelen aus dem Besitz der Erhabenen Kaiserin-Witwe, angeblich, um diese Wertsachen nach Jehol in Sicherheit zu bringen. Diese Aussagen sind natürlich unglaubhaft. Sie werden diese Juwelen sofort aus dem Gefängnis abholen lassen und der Erhabenen Kaiserin-Witwe wieder zustellen. Falls noch einmal Juwelen bei flüchtenden Eunuchen gefunden werden, gehen die Wertsachen in den Besitz des Reiches über.«

An Tehai wirft sich zum Kotau nieder und verspricht, die Juwelen sofort abzuholen und die schuldigen Eunuchen exemplarisch zu bestrafen.

Seine Hoheit der Kanzler: »Die Bestrafung erfolgt durch die Gerichte. Sie haben die gefangenen Eunuchen bereits zum Tode verurteilt. Die Enthauptungen finden in wenigen Stunden auf dem öffentlichen Richtplatz statt. Sie werden dies den anderen Eunuchen im Palast mitteilen.«

An Tehai, im Kotau vor Seiner Hoheit liegend, verspricht, den Befehl auszuführen.

Seine Hoheit der Kanzler: »Ich habe das Militär beauftragt, die Räume der Eunuchen im Palast zu durchsuchen. Wer Fluchtgepäck vorbereitet hat, wird fünfzig Hiebe mit dem schweren Bambusknüppel erhalten.« An Tehai bittet um Gnade und erkühnt sich gleichzeitig zu erwähnen, daß nicht nur Eunuchen

geflohen seien; auch die reichen Hausbesitzer hätten die Stadt längst verlassen.
Seine Hoheit der Kanzler: »Das ändert nichts an meinem Befehl. Außerdem wird heute ein Edikt veröffentlicht, wonach die leeren Häuser konfisziert werden, wenn die Eigentümer nicht binnen sechs Tagen zurückkehren. Ich erinnere Sie daran, daß Sie mit Ihrem Leben für das Wohlbefinden des Erhabenen Himmlischen haften.«

Reichsannalen

Der Himmel hat seinen Willen nunmehr so deutlich kundgetan, daß die Schuldigen im Palast es nicht mehr mißverstehen können. Während eines Gewitters schlug gestern abend der Blitz in die Halle des Jährlichen Gebets[1] ein und setzte sie in Brand. Sie ist völlig zerstört worden.

Yü, ehemaliger Minister

Die eben erhaltene Nachricht schreibe ich auf ein besonderes Blatt, da ich sie noch nicht den fortlaufenden Einträgen des Tagebuches anzuvertrauen wage:
Die Kaiserin-Witwe soll empört sein, weil der Kanzler verhindert, daß ihre Juwelen in Sicherheit gebracht werden. Er hat dem Eunuchen An Tehai gesagt, niemand dürfe die Verbotene Stadt verlassen. Die Tore des Palastbezirks blieben geschlossen, und wenn die Kaiserin-Witwe selbst davorstehe.
An Tehai hat diese unglaublichen Worte natürlich sofort der Kaiserin-Witwe hinterbracht, die darauf in flammender Empörung in die Gemächer des Erhabenen Himmlischen eilte und sich über das beleidigende Benehmen des Kanzlers beschwerte. Sie

---

1 Tschi Nien Tien, von den Ausländern gewöhnlich »Himmelstempel« genannt. Das heute dort stehende Gebäude, das eins der schönsten und vollkommensten Bauwerke der Welt ist, wurde nach dem Brand wiederaufgebaut.

warf dem Erhabenen Herrscher vor, daß nur seine Verbindung mit Meh Ling das gegenwärtige Unglück des Reiches heraufbeschworen habe. Es gebe keine Rettung, sagte sie, außer die Ehe sofort zu lösen und Meh Ling aus der Hauptstadt zu verbannen. Nachdem der Himmel seinen Zorn durch den Blitzschlag in den Turm der Gebetshalle so unmißverständlich bekundet hatte, konnte der Erhabene Himmlische darauf nichts erwidern. Er hat alle Audienzen abgesagt, weil sein Stottern so schlimm geworden ist, daß er sich nicht mehr verständlich machen kann.
Nebenbei: Der Kanzler läßt verbreiten, ein Hundertfüßler habe gewagt, auf den goldenen Knauf der Turmspitze zu kriechen. Darüber erzürnt, habe der Himmel einen Blitz herabgesandt, um das Insekt zu töten! Viele in der Stadt glauben es.
Der Erhabene Himmlische soll in den letzten Tagen so niedergedrückt sein, daß man befürchtet, er werde Hand an sich selbst legen, weniger wegen des Unheils, das unser Reich betroffen hat, als aus Kummer darüber, daß man Meh Ling von ihm fordert.
Es heißt, der Clan der Kaiserin-Witwe wolle Meh Ling umbringen.

Der Kaiser

Reicht mir drei Sandelholzstäbchen herauf!
Schon im Räucherbecken verwirrt. Alle die vielen Jahre hast Du geschwiegen. Habe ich Dich nicht schon angefleht, zu mir zu reden, als ich den Thron bestieg? Warum hast Du mir nicht den Weg gewiesen, als ich, noch ein Knabe, Dir das erste Mal hier ein Rauchopfer brachte?
Reicht mir drei Sandelholzstäbchen herauf!
Der Rauch steigt wirbelnd empor und verweht. Aber dem erfolglosen Kandidaten aus Kwangtung bist Du erschienen und hast ihm einen Auftrag gegeben.
Willst Du mich für die Sünde bestrafen, die der Vater begangen hat? Oder stört er nun mein Gebet, damit Du meine Worte nicht vernimmst, und weht er den Rauch über sein Unrecht?
Reicht mir die Sandelholzstäbchen empor!

Nimmst Du mein Opfer nicht an, oder war es nur meine Hand, die gezittert hat? Soll ich das Unrecht des Vaters hier in der Halle schreien? Wenn Du Deine Bahnen nicht änderst, werde ich Dich zwingen. Bedenke, daß auch ich zu dem Gott beten kann, den der Mensch aus Kwangtung verehrt. Vor diesem Gott gilt nicht als Sünde, was Du als Verbrechen an mir und Millionen meiner Untertanen bestrafst.

Pantai, Kabinettschef des Kanzlers Tsai

Aus einem Brief an Tang

Seit vor einigen Tagen der Blitz in die Halle des Jährlichen Gebetes eingeschlagen hat, kann niemand mehr daran zweifeln, daß der Himmel seine Hand von dem Erhabenen Herrscher zurückgezogen hat. Ihr letzter Brief enthält die unausgesprochene Frage, wie man unter diesen Umständen dem Erhabenen Herrscher noch treu dienen kann, ob man damit nicht gegen den deutlich verkündeten Willen des Himmels verstoße.

Auch ich lege mir diese Frage oft vor, wenn ich abends müde in mein Haus zurückkehre. Aber was sollen wir tun? Ich bin nicht zum Verschwörer geboren. Soll ich etwa den Langhaarigen Rebellen, den Unterdrückern aller Menschlichkeit, in die Hände arbeiten? Oder gar zu ihnen überlaufen? Unmöglich!

Also was tun? So oft ich mir diese Frage vorlege, so oft komme ich zu der Antwort: ausharren, wenn auch das Heil des Himmels nicht mehr bei unserem Herrscher ist. Am meisten bestärkt mich in dieser Entscheidung – der Kanzler. Nicht seine Worte, nicht seine Person, sondern die Entschlossenheit, mit der er seine Pflicht tut.

Es ist, als habe er auf diese Stunde gewartet. Der Hof, die Hauptstadt, die Armee, das Reich sind in Auflösung, da die Mitte des Reiches ihre Kraft verloren hat. Der Kanzler aber hält das Auseinanderstrebende zusammen, ruhig, zielbewußt, rücksichtslos.

Die Armeeführer, die Reichen, die Mandschu-Prinzen und die Gelehrten hassen ihn; wenn ich sie aber zu ihm in den Audienzsaal führe, zittern sie vor Angst. Dem Eunuchenvorsteher An

Tehai, dem mächtigsten Mann – wenn man ihn Mann nennen kann – in der Partei der Kaiserin-Witwe, hat er gestern fünfzig Hiebe mit dem schweren Bambusknüppel geben lassen, weil er Fluchtgepäck vorbereitet hatte. Fünf Gelehrte der Hanlin-Akademie hat er enthaupten lassen, weil sie öffentlich die Verlegung der Akademie und der unersetzlichen Archive befürworteten.

Er ist nicht nervös, er kennt keine Furcht. Die Welt ist verwirrt, aber in seinem Arbeitszimmer ist Ruhe. Er entscheidet schnell, hegt keine Vorurteile. Als er sah, daß unsere Truppen die Nordarmee der Rebellen nicht aufhalten können, rief er mongolische Reiterregimenter zur Hilfe. Alle sind entsetzt über dieses Hasardspiel, und auch ich erinnerte ihn an bedenkliche historische Parallelen; aber er rechnet damit, daß die Mongolen in den Kämpfen so geschwächt werden, daß sie uns dann nicht mehr gefährlich werden können. Ich bin zuweilen verblüfft, mit welch hohem Einsatz er spielt, er, der mich mit seiner Kleinigkeitskrämerei oft zur Verzweiflung brachte und noch bringt! Unbegreiflich, wie er, der sich hartnäckig und weitläufig über Protokollfragen verbreiten kann, jetzt selbst Grundgebote der Hofetikette verletzt, wenn es ihm notwendig erscheint. Sollte er sich Nutzen für das Reich davon versprechen, ich glaube, er würde sogar ohne Zögern die Erste Gemahlin aus dem Palast weisen. Er könnte dies ohne Gefahr tun, denn auf den Kaiser hört heute niemand mehr. Aber manchmal habe ich den Verdacht, als sei es ihm sogar ganz recht, daß der Erhabene Herrscher in den Banden seiner eigenen Untat gefangen ist: Desto mehr Macht und Freiheit hat der Kanzler. Er fühlt sich nur noch dem Reich und dem Volk verantwortlich. Der Himmel ist ihm gleichgültig.

Sie sehen, lieber Freund, ich bin dem Kanzler gegenüber nach wie vor kritisch, und nur mit Bangen verfolge ich seinen Weg. Aber wie kann ich ihn in dieser Stunde im Stich lassen!

MEH LING
Letzter Brief

Ich, aus einfacher Familie[1] geboren, nicht begabt mit Tugend, ohne Streben nach edlem, sittlichem Tun, ungehorsam den Eltern und ihren Ermahnungen taub, habe mein Leben nutzlos vertan.

Nachdem der Vater des Erhabenen Herrschers zum Himmel aufgefahren war, hätte ich Unwürdige mich in die Frauengemächer meiner Familie zurückziehen müssen. Statt dessen habe ich das unverzeihliche Verbrechen begangen und auch seinen Sohn geliebt. Alle Warnungen der Frommen habe ich in den Wind geschlagen. Mein Herz war eine Giftschlange, aber allen unerkannt rollen die Augen des Himmels wie Räder eines Wagens.[2] Ich habe den Zorn des Himmels herausgefordert, den Erhabenen Herrscher gehindert, Oben und Unten in Einklang zu bringen, und so unendliches Leid über das Reich gebracht. Selbst wenn ich zehntausend Leben hingäbe, könnte ich diese Schuld nicht sühnen.

Ich sterbe im Gebet, daß der Himmel mich in allen künftigen Existenzen bestraft, daß er aber seinen Groll über die Menschen stillt und dem Erhabenen Himmlischen fortan Ruhe des Herzens und ein glückliches Regiment gewährt.

Ich bitte, um meinen Tod nicht zu trauern und mir keine postumen Ehrennamen beizulegen.

MEH LING

Davonstehlen noch vor dem Morgengrauen, mit schwerem Leib und auf schwankenden Füßen, ohne ihn noch einmal sehen zu dürfen! Ich besteige den Sampan, der für mich bereitsteht, allein, und niemand steht am Ufer, wenn die Strömung mich auf das Meer hinaustreibt.

---

1 Als Tochter des Prinzen Yeh war sie im Gegenteil aus einer der ältesten und vornehmsten mandschurischen Familien.

2 Sprichwort.

Nur, daß auch er allein bleibt! Wäre er stets einsam gewesen, er wäre gewachsen. Aber meine Schuld hat ihn herabgebeugt. Ich habe auf seinen Schultern gesessen wie ein Tschiang Schih[1] und seine Kraft gefressen, statt ihn zu stützen. *Ich* habe den Blitz herabgezogen.
Die Seele, die noch oben schwebt, wird mir danken, daß ich sie nicht herabgerufen habe; das Ungeborene wird nichts fühlen, wenn das Wasser über mir zusammenschlägt.
Noch einmal niederknien, dorthin gewandt, wo er jetzt schläft.
Daß der Himmel ihn nun wieder segne!
Nun noch die Stufen.

Vernehmungsprotokoll

Die Zofe der Erhabenen Herrscherin gab in der Vernehmung folgende Antworten:
Weder die Eunuchen noch die Zofen noch die Hofdamen haben die Erhabene Herrscherin, als sie im Geburtspavillon lag, von der Lage im Reich, dem Vordringen der Langhaarigen Rebellen und dem Blitzschlag in die Gebetshalle unterrichtet. Wir haben ihr im Gegenteil, wie befohlen, Siege unserer Truppen gemeldet.
Über das wirkliche Geschehen unterrichtete sie aber ein Brief ihres Vaters, Seiner Hoheit des Prinzen Yeh. Daß der Brief von ihm stammte, habe ich an der Schrift erkannt. Die Erhabene Herrscherin besaß zwei Verse von seiner Hand, die im Schlafgemach hingen. Daran habe ich die Schrift erkannt, als der Brief auf ihrem Bett lag.
Was ihr Vater schrieb, weiß ich nicht, da meine Herrin den Brief über dem Holzkohlenbecken verbrannte.
Wer ihr den Brief überbracht hatte, weiß ich nicht. Es muß geschehen sein, während ich in der Küche war. Sie hat über den Inhalt nicht mit mir gesprochen.
Bald nach dem Empfang des Briefes stand sie auf und kleidete sich an, obwohl der Arzt ihr Bettruhe verordnet hatte. Sie kniete

1 Eine Art Vampir.

vor der Kwanyin-Statue nieder und betete. Die Hofdamen baten sie dringend, sich wieder ins Bett zu legen; aber sie hörte nicht darauf. Schließlich holten wir den Arzt, aber auch er erreichte nichts. Wir erinnerten sie daran, daß sie das Leben des Thronfolgers gefährde, wenn sie den Anordnungen des Arztes nicht folge. Sie aß und trank auch nichts mehr. Am Abend ließ sie mich niederknien und schwören, nichts von dem zu verraten, was sie vorbereitete. Sie bat mich, sie in der Nacht zu dem Brunnen am »Tor der geraden Wahrheit«[1] zu begleiten, weil sie sich das Leben nehmen müsse. Als sie mir das sagte, war die Stunde des Schweins.[2] Ich weinte und wollte hinausgehen, aber sie erlaubte es mir nicht.

Ich habe niemand von ihrer Absicht unterrichtet. Ich weiß, daß es meine Pflicht gewesen wäre, dies zu tun; aber ich hatte ihr geschworen, zu schweigen. Und ich hatte ja die Absicht, mich nachher selbst zu erhängen. Sie schrieb dann den Brief, der gefunden worden ist. Dazu brauchte sie sehr lange, weil sie ihn immer wieder neu schrieb. Die Entwürfe verbrannte sie selbst. Den Hofdamen und Eunuchen befahl sie, zu Bett zu gehen.

Ich war die ganze Zeit im Zimmer und saß in der Ecke auf einem Kissen, wie sie es mir befohlen hatte. Ja, sie hatte mir auch früher schon manchmal – insgesamt vielleicht fünf- oder sechsmal – gestattet, in ihrer Gegenwart zu sitzen. Ich weiß, daß mein Benehmen strafbar war.

Sie betete, als sie den Brief geschrieben hatte, bis zur Stunde des Tigers.[3] Sie weinte auch, aber sie jammerte nicht. Dann befahl sie mir, ihr beim Umkleiden zu helfen. Sie zog das einfache Kleid an, in dem man sie gefunden hat, und wollte mir zum Abschied zwei Haarpfeile aus Jade schenken. Ich weigerte mich aber, sie anzunehmen.

Dann gingen wir durch den Garten. Es regnete und war dunkel. Ich hatte Mühe, sie vor dem Fall zu bewahren, da der Boden rutschig war und ich keine Laterne hatte. Sie wünschte im Dunkeln zu gehen, damit uns niemand beobachten konnte.

---

1 Tschen Schun Men, im Nordosten der Verbotenen Stadt.
2 21 bis 23 Uhr.
3 3 bis 5 Uhr.

Am Brunnen kniete sie noch einmal kurz nieder und betete. Dann verabschiedete sie sich von mir und trat über den Brunnenrand.

Yü, ehemaliger Minister

Der Tod der Ersten Gemahlin wurde gestern im Regierungsbulletin verkündet. Aus dem Edikt geht aber nicht hervor, woran – oder sollte ich schreiben: durch wen? – sie gestorben ist. Von einer Krankheit war bisher nichts bekannt. Es laufen so viele Gerüchte über ihren Tod in der Hauptstadt um, daß ich mir keine Meinung darüber bilden kann, welches am glaubwürdigsten ist. Nach Ansicht der einen war der Tod das Werk der Kaiserin-Mutter und ihres Clans, nach anderen hatte der Kanzler seine Hand im Spiel. Sie soll erhängt, vergiftet, in einen Brunnen gestürzt, erstochen, erwürgt worden sein. Das niedere Volk glaubt natürlich wieder, der Himmel habe unmittelbar eingegriffen.
Merkwürdig ist, daß der Kaiser nur achtundzwanzig Tage statt achtundzwanzig Monate Hoftrauer angeordnet hat und daß er der Verstorbenen keine postumen Titel verlieh. Sollte die Tat mit seinem Einverständnis geschehen sein?
In Abschrift wird ein angeblicher nachgelassener Brief der Ersten Gemahlin verbreitet. Ich habe noch niemand getroffen, der ihn für echt hält; man spekuliert vielmehr darüber, welche Partei am Hofe an der Verbreitung des Machwerks interessiert sein könnte.

NEUNTES KAPITEL

NORTH CHINA DAILY NEWS, SCHANGHAI

Die folgende Beschreibung der Zustände in Nanking ist einem Brief entnommen, der seinen Empfänger in Schanghai erst auf vielen Umwegen erreichte. Der Absender, Herr v. N., lebt schon seit einigen Jahren in Nanking. (D. Red.)

Den wenigen Briefen, die wir drei Europäer in Nanking seit der Besetzung der Stadt vor fünf Monaten erhielten, ist zu entnehmen, daß in der Welt völlig falsche Vorstellungen über die Taipings herrschen. Vermutlich tut die Regierung in Peking ihr möglichstes, um ihre Gegner zu diskreditieren.

Über die angeblichen Verwüstungen und Grausamkeiten der »Rebellen« auf ihrem Marsch von Kwangsi hierher kann ich mir kein Urteil erlauben, da ich an diesem Feldzug nicht teilgenommen habe. Aber nach den Aussagen aller Zeugen, die ich hier gesprochen habe, sollen neun Zehntel der Verwüstungen den Kaiserlichen zur Last fallen. Wie dem auch sei, ich will hier nur über das berichten, was ich selbst in Nanking erlebt und gesehen habe.

Bei der Eroberung ging es selbstverständlich nicht ohne einige Härten ab, von denen aber allein die mandschurische Garnison und die Bewohner der Zitadelle betroffen wurden. Der chinesischen Zivilbevölkerung in Nanking ist nichts geschehen. Wir Europäer wurden nicht im geringsten belästigt.

Schon in den ersten Tagen der Besetzung zerstörten die Taipings die heidnischen Tempel, oder doch wenigstens die Götzenstandbilder, die teilweise zwar sehr alt, jedoch ohne jeden künstlerischen Wert waren. Bedauerlich allein ist, daß einige Übereifrige unter den Taipings auch die weltberühmte Porzellanpagode beschädigten, von der aus man einen herrlichen Blick über

Nanking hatte. Indessen war sie bereits in so baufälligem Zustand, daß sie ohnehin bald zusammengestürzt wäre.
Die heidnischen Heiligtümer wurden jedoch nicht aus sinnloser Zerstörungswut vernichtet, sondern um den Götzendienst und Aberglauben mit Stumpf und Stiel auszurotten. Die Kritiker dieses Tuns bitte ich zu bedenken, daß die kleine evangelische Missionskirche in Nanking unbeschädigt blieb; ja, die Soldaten der Gottesverehrer retteten sie sogar, als von dem Brand eines benachbarten Buddhistenklosters die Flammen auch auf dieses Gebäude überzugreifen drohten!
Inzwischen haben die Gottesverehrer begonnen, neue Bauten zu errichten, von denen ich besonders die Paläste des »Himmlischen Königs« und des »Ostkönigs« Yang erwähnen will. Die Stadtmauern werden wieder instand gesetzt, die weniger durch die Belagerung als durch den jahrhundertelangen Verfall unter den Mandschus gelitten hatten. Jeden Morgen sieht man lange Kolonnen von Arbeitern dorthin ziehen.
Die Führer der Taiping-Bewegung haben mit dem Müßiggang in Nanking aufgeräumt. Nirgends in den Straßen begegnet man mehr den Tagedieben, Bettlern oder Straßenhändlern, die, ein paar rostige Nägel und Schrauben feilbietend, ihre Zeit zu vergeuden pflegten. Die meisten Geschäfte sind geschlossen, ihre Inhaber werden zu nutzbringender Arbeit angehalten; und, siehe da, die Bevölkerung lebt auch nicht schlechter als früher. Zwar müssen die Leute jetzt vor den Zentralstellen für die Lebensmittelverteilung etwas anstehen; aber die Murrenden unter ihnen sollten bedenken, daß sie früher ebenso viele Stunden beim Einkauf und beim Feilschen vertrödelten. Außerdem erhält heute jeder, auch wenn er arm ist, ausreichende Nahrung, wenn er nur arbeitet. Die Müßiggänger allerdings sind nun gezwungen, sich Lebensunterhalt und Speise mit ihrer Hände Arbeit zu verdienen. Es gibt unter den Taipings nicht mehr den Gegensatz von Reich und Arm, sondern alle teilen brüderlich miteinander, was sie besitzen.
Lediglich die höchsten Ränge der Führerschaft scheinen einige Ausnahmen von diesem Grundsatz zu machen. Ich mag jedoch in den Tadel hierüber, den man gelegentlich hört, nicht einstimmen: denn es wäre unnatürlich zu fordern, daß das Haupt der

Bewegung, der »Himmlische König«, ebenso ärmlich lebt wie ein Kuli. Dennoch will ich nicht unterlassen zu bemerken, daß einer der Könige, der »Südkönig« Fong, in einem einfachen Bauernhaus wohnt und den Bau eines Palastes für sich ablehnt, was ihn zwar populär gemacht hat, von den Gegnern der Taipings – meist denselben, die die Palastneubauten tadeln – aber als Effekthascherei ausgelegt wird.
Der Besitz von uns Europäern wurde nicht angetastet. Als dem N. N. kürzlich einige Wertgegenstände gestohlen wurden, bot die Polizei ihm Ersatz an. Die Diebe wurden jedoch bald gefaßt, und die Polizei händigte ihm die Beute wieder aus. Die Verbrecher wurden vor seinem Haus hingerichtet. Man sieht daraus, wie die Taipings für Ordnung sorgen.
Die Zahl der Verbrechen hat übrigens stark abgenommen, sei es infolge der religiösen Erneuerung, sei es, weil die Leute am Müßiggang gehindert werden. Hinzu kommt wohl noch, daß selbst leichte Verstöße gegen die Gesetze und Verordnungen streng bestraft werden. Nicht selten sieht man an den Straßenekken Leute im Holzkragen, die dort tage- und nächtelang in unbequemster Haltung knien müssen, nur weil sie, wie den Inschriften auf dem Brett über ihrem Kopf zu entnehmen ist, dem Gottesdienst unentschuldigt ferngeblieben sind.
Ob die Taipings Christen in unserem Sinne sind oder nicht, wage ich nicht zu entscheiden. Das jedoch kann ich gewiß sagen: Die Bewegung der Gottesverehrer hat mit vielen überkommenen, verstaubten Sitten und abergläubischen Vorstellungen aufgeräumt. Ein neuer Geist greift von den Taipings auch auf die alteingesessenen Bürger der Stadt über: ein Geist der Sittenstrenge, Frömmigkeit, Tatenlust. Wenn die Taipings siegen, werden wir uns einer verjüngten chinesischen Nation gegenübersehen.
Ich will zwar nicht behaupten, daß die ursprünglichen Bürger Nankings bereits ganz für die neue Sache gewonnen seien; dennoch ist nicht daran zu denken, daß der Regierung von ihrer Seite irgendwelche Schwierigkeiten erwachsen könnten. Die Taipings sitzen fest im Sattel und werden sich behaupten. Ihre Zuversicht, in kurzer Zeit das gesamte Reich der Mitte zu gewinnen, ist durch die Erfolge der Nordarmee erheblich gewach-

sen, obwohl sie diesen Feldzug nur mit halber Kraft führen. Je eher wir Europäer uns an diesen Gedanken gewöhnen, desto größerer politischer und wirtschaftlicher Erfolg wird uns in China beschieden sein.

Fong

Rede im Königsrat[1]

Ich begrüße den Himmlischen König in unserer Mitte. Ich weiß nicht, wie lange es her ist, seit ich ihn das letzte Mal hier gesehen habe. Es muß vor der Gefangennahme Dschus gewesen sein. Man hat mir gesagt, unser Bruder Siu-tschüan entziehe sich uns, weil wir bei seinem Eintritt nicht niederknien, uns nicht zum Kotau auf den Boden werfen und Staub fressen.

Nun, liebe Brüder Könige, ich entsinne mich noch unserer ersten Zusammenkünfte auf dem Distelberg. Damals saßen wir in einer Höhle, hatten nicht einmal Wachskerzen, sondern nur eine qualmende Öllampe, ja manchmal sogar nur Kienspäne. Wir saßen auf Holzschemeln oder Wurzeln, die wir mit Haumessern zu Hockern geschlagen hatten. Ich traure meinem Hocker noch heute nach. Unsere Kleider waren damals aus schlechter Baumwolle, die Farben verschossen. Wir waren froh, wenn wir Reis und etwas Gemüse zu essen hatten. Und nur am Sonnabend gab es für jeden etwas Dörrfisch und ganz selten Fleisch. Aber unser Geist und unser Wille waren stark.

---

1 Der Rat der Könige trat einmal wöchentlich zusammen. Ihm gehörten an: der Ostkönig (»Heilige Geist«) Yang, der Südkönig Fong, der Nordkönig Wei, der Hilfskönig Schi Takai. Den Vorsitz hätte der Himmlische König Hung Siu-tschüan führen sollen. Da in den Sitzungen nur »irdische Geschäfte« besprochen wurden, nahm er an ihnen nur selten teil. In seiner Abwesenheit führte anfangs Dschu, nach dessen Gefangennahme Yang den Vorsitz. Der Westkönig Hsiao (»Mund Jesu«) war bei der Belagerung Tschangtschas durch ein explodierendes Feldgeschütz getötet worden. Die hier wiedergegebene Ansprache hielt Fong etwa fünf Monate nach der Eroberung Nankings. Sie wurde bei den Anklagedokumenten seines Prozesses gefunden, seinerzeit jedoch aus naheliegenden Gründen nicht veröffentlicht.

Abends versammelten sich die Leute freiwillig vor der Höhle unseres Bruders Siu-tschüan und warteten, daß er herauskomme und zu ihnen spreche. Die Bauern der Ebene suchten bei uns Zuflucht und ließen ihren Besitz im Stich, weil sie von uns eine neue Ordnung der Welt erhofften. Sie glaubten, wir würden die Welt neu richten, weil wir selbst arm und verfolgt waren, weil wir wohnten, aßen und lebten wie sie.

Heute aber kleiden wir uns in Seide, und einige von uns lassen sich in Sänften von sechzehn Kulis durch die Straßen tragen. Dem Bruder Siu-tschüan ist – so heißt es – nicht einmal diese mit teuren und edlen Hölzern verkleidete Klosterhalle als Versammlungsraum würdig genug. Sie ist ihm zu dürftig. In der Tat: Der Fußboden ist nur aus Holz und nicht aus Marmor. Gold und Silber hat man überhaupt vergessen. Aber erinnert er sich vielleicht noch, wie er als Flüchtling, steckbrieflich gesucht, zu uns auf den Distelberg kam und wie Dschu und ich ihm Obdach und Asyl gewährten? Ich glaube nicht, denn jetzt fordert er, daß wir uns vor ihm in den Staub werfen!

Während unsere Leute zu fünfzehn oder zwanzig Mann in einem Zimmer hausen – jawohl, ich sehe diese Wohnungen! Ich spreche noch mit diesen Leuten! –, während wir die Männer und Frauen streng getrennt halten und die Männer an einem Pfahl verbrennen, wenn sie sich in das Frauenquartier begeben, bauen wir Paläste für die Könige und richten ihnen Harems ein. Aber in der Kriegskasse ist nicht genug Geld, um unseren Truppen im Norden Waffen und Munition zu liefern. Unser Bruder Ostkönig verhindert die feierlich versprochene Landreform, weil wir wegen unserer kostspieligen Bauvorhaben auf die Steuern der Bauern angewiesen sind und das alte Steuereintreibungssystem nicht abschaffen können.

Nicht das Volk, sondern die Könige verraten unsere Ziele. »Wenn der obere Balken krumm ist, biegt sich der untere. Wenn aber der Firstbalken schief liegt, fällt das ganze Haus ein.«

Mah
Aus einer Predigt

Es sind verdächtige Leute unter euch aufgestanden, die sagen: Warum hat der Ostkönig-Heilige Geist dreiundzwanzig Weiber zu sich genommen und der Himmlische König dreißig? Wir aber müssen von unseren Ehefrauen getrennt leben und dürfen sie nur bei den Gottesdiensten von ferne sehen. Warum bauen die Könige sich Paläste, dieweil wir in Hütten hausen? Sind wir nicht alle gleich vor dem Ehrwürdigen Vater im Himmel?
Glaubet nicht diesen Leuten, die nur Unfrieden säen wollen! Gewiß sind wir alle gleich vor dem Vater im Himmel: Aber der Tien Wang ist mehr als wir Menschen, und im Ostkönig wohnt der Heilige Geist. Wie können wir uns mit ihnen vergleichen, ohne den Himmel zu lästern!
Und war es nicht schon seit urdenklichen Zeiten so, daß die Herrscher des Landes viele Frauen hatten? Sagt nicht auch die Heilige Schrift, daß der König Salomo siebenhundert Frauen in seinem Palaste beherbergte und dazu dreihundert Kebsweiber? Schreibt nicht der Apostel Paulus an Titus: »Nun ist Gottes Wille, daß die hohen Beamten nicht nur Ein Weib haben?«[1]
Den Königen ist es gleichgültig, ob ihr Fuß auf Marmor oder Lehmboden tritt; denn ihre wahre Wohnung ist im Himmel. Dort besitzt der Tien Wang einen Palast, tausendmal kostbarer und reicher, als wir ihn hier jemals in Tienking bauen könnten. Der Ehrwürdige Vater im Himmel hat befohlen, in dieser Stadt das Himmlische Jerusalem zu errichten. Soll die Wohnung Seines Sohnes eine armselige Holzhütte sein?
Nein, wir werden ihm einen Palast bauen, der den des Dämonenkaisers in Peking weit überstrahlt, wie der Himmel die Höllen verdunkelt mit seinem Licht. Und ihr – wartet noch einige Jahre! Über ein kurzes werden wir euch, den Getreuen, den ersten Kämpfern für das Reich des Großen Friedens, hier ebenso prächtige Häuser errichten wie jetzt unseren Königen!

---

1 Die Taipings haben in ihrer Übersetzung des Neuen Testaments diese Stelle (Titus 1,6) gefälscht. Diese Fälschung soll auf Yang zurückgehen (vgl. Beiträge zur Förderung der christlichen Theologie, Jahrg. 28, Heft 2, S. 171).

Der Akademiker Li
Aus einem Brief an seinen Sohn

Wäre meine Bibliothek nicht in Nanking – es wäre mir ein schrecklicher Gedanke, sie hier im Stich lassen zu müssen. Selbst das Sterben wird mir schwerfallen, weil ich kein Buch auf die Reise nach drüben mitnehmen kann...

Wäre meine Bibliothek nicht, für die ich zu sorgen habe – und eine Bibliothek erfordert dauernde Pflege und Sorge. Es ist erstaunlich, wie die Bücher, wenn man ihnen einige Tage ferngeblieben ist, nach Neuaufstellung, Ergänzung und anderer Rangordnung verlangen...

Wenn also die Bibliothek nicht wäre, von der ich mich niemals trennen kann und für die ich recht eigentlich lebe, so hätte ich die Stadt Nanking wohl schon längst verlassen und mich zu Dir und zu Deiner Mutter begeben.

Trotz der betrübenden Wandlungen aber, die unsere Stadt erlitten hat und noch erleidet, habe ich zu meiner Freude zwei Worte unserer Spruchweisheit bestätigt gefunden: »Alle Akademiker sind Brüder« und »In allen berühmten Sekten gibt es Raum für Freude«. Ich spiele damit an auf die abendlichen Gespräche – meistens auf der Terrasse oder bei widrigem Wetter in der Bibliothek – mit dem Hilfskönig Schi Takai, von dem ich Euch schon geschrieben habe. Das Interesse meines Gastes gilt vor allem der Dschou-Dynastie[1] und der Frühgeschichte. Von diesem Thema und den grundsätzlichen Fragen der Staatsethik sowie den Anschauungen der Klassiker über das politische Handeln gleiten unsere Unterhaltungen oft auf die Gegenwart ab, verständlicherweise, da der Hilfskönig nicht nur einen wachen, kritischen Sinn für die Politik seiner Amtskollegen hat, sondern auch, weil er in der Diskussion abstrakter Fragen nach dem Anwendbaren sucht.

In diesen Gesprächen erfahre ich manches, was nicht nach außen dringt, was aber der Nachwelt zu erhalten mein historischer Sinn mich verpflichtet, und wenn es auch nur, da ich größere politische Zusammenhänge zu überblicken nicht geschickt ge-

1 1122 bis 255 v. Chr.

nung bin, Impressionen und Skizzen bleiben müssen, Gedächtnisstützen vielleicht für eine größere zusammenfassende Arbeit in einer späteren, sehnlichst erhofften Zeit der Muße und des Zusammenseins mit Euch.

Bis vor kurzem war ich vielbeschäftigt, nicht nur mit der Bibliothek, sondern ich suchte das Los meiner Standeskollegen zu erleichtern, die – obwohl einige anerkannte Gelehrte und Künstler darunter waren – von den Gottesverehrern zu ungewohnter Handarbeit gezwungen wurden und dadurch unsägliche Härten zu erdulden hatten.

Das wurde erst anders, als Schi Takai im Rat der Könige durchsetzte, daß die Gelehrten von jeder gemeinen Handarbeit ausgenommen werden sollen. Sie haben Tätigkeit gefunden als Zensoren und Bibliothekare, Schreib- und Rechenlehrer, als Stilisten und Korrektoren in den Kanzleien. Gesucht werden Kenner, die Expertisen über alte Kunstgegenstände abgeben können; ja einige sind von den Königen in das Land gesandt worden, um Antiquitäten aufzukaufen, vorzüglich solche aus Jade, Elfenbein und edlen Metallen. Man hat offenbar in den oberen Rängen vernommen, daß das Sammeln von Kunstgegenständen Zeitvertreib der Könige ist.

Um die Maler und Bildhauer ist unter den Königen schon seit Monaten ein heftiger Kampf im Gange, als nämlich die Innendekoration der Paläste und Gärten in Angriff genommen werden sollte. Es schmeichelt die Künstler zwar, daß sie so begehrt sind; zu beneiden sind sie freilich nicht, da sie es schwer haben, den rohen, ungebildeten Geschmack der Auftraggeber zu befriedigen, die das Grelle und Bunte, das Überladene, Verschnörkelte und Verschnitzelte, mit Gold, Silber und Elfenbein Verzierte lieben. Es gibt allerdings einige Ausnahmen, Schi Takai zum Beispiel.

Kürzlich lernte ich in unserem Hause einen anderen König kennen, den Südkönig Fong, dessen Name hier in aller Munde ist. Er kam nicht in einer Sänfte, sondern stieg unseren Hügel zu Fuß herauf, begleitet von einer Schar bewaffneter, ruppiger Gesellen: seiner Leibwache. Schi Takai stellte mich ihm und seinen Gehilfen als Eigentümer des Hauses vor.

Fong ist ein untersetzter, stämmiger Mann, dem das Haar tief

in die Stirn gewachsen ist. Seine kleinen, hartblickenden Augen sahen sich mißtrauisch im Hause um. Er schien nicht nur die elegante und gepflegte Einrichtung, den Tisch mit den Jadefiguren und antiken Bronzegefäßen, die Rollbilder und die Sessel aus Huali-Holz zu mißbilligen, sondern selbst die schöne Sicht von der Terrasse über die Stadt.
Der Hilfskönig setzte ihm ein einfaches, herzhaftes Essen nach Kantoneser Küche vor, dessen rustikaler Zubereitung auch mein Gaumen Reize abgewinnen konnte. Fong war wortkarg, wurde aber nach einigen Bechern Maotai gesprächiger. Er hat nur einen geringen Wortschatz, und selbst mit diesem ist er sparsam. Er hält die Sätze zurück, preßt sie zusammen, spannt sie, aber dann schnellt er sie wuchtig heraus wie Hammerschläge. Er drückt sich nicht elegant und differenziert aus, aber was er sagt, ist dennoch in seiner Art eindrucksvoll.
Er war zornig, scheint überhaupt nur aus dem Haß zu leben. »Wir werden nicht siegen«, sagt er, »weil wir nicht mehr reden können. Wir können nicht mehr reden, weil wir kein Ziel mehr haben. Ich bin der einzige, der sich noch die Mühe macht, mit unseren Leuten zu sprechen, ohne zu predigen. Aber was ich sage, ist falsch. Als ich am Distelberg die Neuordnung des Landbesitzes verkündete, verließen die Bauern ihre Häuser und schlossen sich uns an. Wenn ich heute davon spreche, haben sie Angst. Woran liegt das? An den Palastmauern, die die Könige um sich bauen! Sie studieren Bücher, um Schangtis Gebote zu erfahren oder um zu erforschen, wie die Dschou-Dynastie regierte. Wir hatten eine Losung auf unsere Banner geschrieben, aber die Banner haben wir in Yungan stehenlassen.«
Im Gegensatz zu Schi Takai, der sich über seine Amtsbrüder nur lustig macht, wird Fong handeln. Er will mit einem Teil der ihm unterstellten Truppen zur Nordarmee eilen, die schon seit Wochen vor Tientsin festliegt. Er sprach ohne Hemmungen über Yang, den er für einen beschränkten, aber gefährlichen und skrupellosen Köhler ansieht; über den Nordkönig Wei, der nach Fongs Worten Bonhomie vortäuscht, in Wirklichkeit aber ein hartherziger Pfandhausbesitzer geblieben ist; und vom Himmlischen König, in dem er einen Narren sieht. Fong tadelte mit bitteren Worten, daß dieser ein großartiges Mausoleum errichten

und einen Sarg darin einmauern läßt, den er auf dem ganzen Marsch vom Süden bis Nanking mitgeführt hatte.
In der Tat scheinen auch mir manche Anordnungen des Tien Wang unüberlegt und unvernünftig. Läßt er doch seinen Palast auf einem Hügel errichten, der im geomantischen Bezirk der rechten Niere[1] liegt und daher unter dem Einfluß des Feuers steht. Die Warnungen der Baumeister schlägt er in den Wind mit dem simplen Argument, die Elemente könnten dem Palast nichts anhaben: Schangti selbst schütze ihn!
Zur Zeit beschäftigt ihn die Frage, wie er und sein – um zweitausend Jahre! – »Älterer Bruder« in die Welt gekommen seien. Er scheint zu dem Schluß gekommen zu sein, sie seien ihren irdischen Eltern vom Himmel nur untergeschoben worden. Als sein Vater und seine Mutter vor kurzem in Kwangtung an der Cholera starben, legte er daher weder Trauerkleidung an, noch nahm er sonstwie von ihrem Hinscheiden Notiz!
Der Südkönig behauptet, man müsse den Tien Wang in seinem Palast halten; denn wenn er öffentlich aufträte, würden alle seinen Wahnsinn erkennen. Mir scheint jedoch, die Könige halten ihn der Öffentlichkeit fern, weil sie fürchten, er könne wieder Einfluß auf die Massen gewinnen und ihre eigene Stellung schwächen.
Denn die Menge vertraut ihm nach wie vor und hält die absurdesten Geschichten über seine Zaubermacht für wahr. Wenn in den Litaneien sein Name angerufen wird, geraten immer noch viele in Verzückung.
In seinem Palast gibt es keine Eunuchen; sein Hofstaat besteht nur aus Dienerinnen. Er nennt alle »Schwestern« und predigt vor ihnen jeden Abend.
Wie Schi Takai sagt, hat der Himmlische König jetzt 88 Frauen, während es damals in Yungan nur 36 waren. Kürzlich hat der Tien Wang ein Dekret erlassen, wonach der Ost- und der Westkönig je elf, die anderen Könige je sechs, höhere Beamte drei,

---

1 Die Stadt war in Bezirke eingeteilt, die nach den Eingeweiden benannt waren. Jedem Organ war ein Element zugeordnet. Den Einfluß dieser Elemente beschrieb die seinerzeit in China wichtige geomantische Wissenschaft.

mittlere Beamte zwei Frauen haben dürfen. Einfache Beamte müssen mit einer auskommen.
Über das Leben in dem Weiberhof des Himmlischen Königs dringt nichts nach außen. Selbst Schi Takai scheint darüber wenig zu wissen. Er vermutet, der Ostkönig habe Spioninnen in den Harem gesetzt. Aber offenbar erfüllen diese ihre Pflichten nur lässig.

SCHI TAKAI

Fong hat nicht nur sich selbst, sondern auch Wei und mir durch seine unvorbedachte Rede im Königsrat einen schlechten Dienst erwiesen. Der Tien Wang war so erschrocken, daß er sich drei Tage nicht sprechen ließ. Allein Yang drang in seiner bekannten Rücksichtslosigkeit zu ihm vor und überredete den Tien Wang, ihm die Verantwortung für die Regierungsgeschäfte zu übertragen und ihm auch das große »heilige« Staatssiegel auszuhändigen, das der Himmlische König angeblich aus den Händen Schangtis erhalten, in Wirklichkeit aber in Yungan hat anfertigen lassen. Im Besitze des Siegels kann Yang nun Edikte im Namen des Tien Wang erlassen! Was das für Fong, Wei und mich bedeutet, liegt auf der Hand.
Fong hat vor einigen Tagen dem Ostkönig Yang noch einmal einen Gesetzesentwurf zur Land-, Finanz- und Verwaltungsreform vorgelegt. Aber Yang wies den Entwurf zurück, da die Zeit noch nicht reif sei. Die Bauern, sagte er, fürchteten, ihr Land in Staatseigentum geben zu müssen, das sie eben erst durch die Enteignung der Großgrundbesitzer erhalten hatten. Yang war nur bereit, einige Verwaltungsreformen vorsichtig einzuleiten. Daher brachte Fong seinen Plan vor, zur Nordarmee zu gehen. Yang hat ihm aber nur fünftausend Mann bewilligt. Fongs Mißerfolg steht für mich fest. Yang hofft, daß die Kaiserlichen inzwischen ihre Verstärkungen aus der Mongolei herbeigeführt haben, so daß auch die durch Fong verstärkte Nordarmee keine wesentlichen Erfolge erzielen kann.

Aus einem anonymen Bericht[1]

...Die Nordtruppen, die noch in den Dörfern um Tsing-hai, hundertundzwanzig Li vor Tientsin, liegen, begrüßten ihn begeistert. Sie leiden sehr unter der Kälte, an die sie nicht gewöhnt sind. Sie waren enttäuscht, daß der Südkönig nur Winterkleidung und Munition für seine eigenen Truppen mit sich führte. Er verteilte jedoch Waffen, Munition und Bekleidung gleichmäßig an alle.

Memorandum des Kanzlers Prinz Tsai

Dem Erhabenen Himmlischen vorgelegt

Geheim!

Während die Regierung bisher nur spärlich über die Verhältnisse in Nanking unterrichtet war, treffen in letzter Zeit ausführlichere und zuverlässigere Informationen ein, die eine Beurteilung der gegnerischen Lage möglich machen. Sie bestätigen die Gerüchte über Machtkämpfe der Rebellenführer. Nachdem Dschu, der den Titel »Himmlische Tugend« führte, von unseren Leuten gefangen und enthauptet wurde, der »Westkönig« Hsiao (»Mund Jesu«) gefallen ist, und das eigentliche Haupt der Rebellen, Hung Siu-tschüan, der »Himmlische König«, von den anderen Königen zurückgedrängt und praktisch entmachtet worden ist, hat sich nunmehr einer der populärsten Rebellenhäuptlinge, der »Südkönig« Fong, von seinen Spießgesellen abgesetzt und mit einer verhältnismäßig geringen Zahl ihm ergebener Truppen an die Nordfront begeben. Die Rebellenbewegung hat damit einen schweren, anscheinend von ihr selbst noch nicht richtig erkannten Schlag erhalten; denn wie bereits in einem früheren, dem Erhabenen Himmlischen emporgereichten Memorandum ausführlich dargelegt, war Fong es, der die gefährlichen Reformideen der Aufrührer ausgearbeitet hat und sie am konsequentesten vertritt. Die Entwicklung hat übrigens das frü-

1 Der Bericht wurde in den Akten Yangs gefunden und stammt vermutlich von einem der später erwähnten Agenten.

here Urteil der Reichsregierung bestätigt, daß die religiösen Schwarmideen, denen unsere Provinzbehörden anfangs ungebührlich großes Gewicht beilegen zu müssen glaubten, für die aufrührerische Bewegung bedeutungslos geblieben sind.
Nachdem Fong Nanking verlassen hat, fehlt den Rebellen der Mann, der als einziger den Massen noch zugkräftige Ziele zu setzen imstande war. Unter den Aufrührern verbreitet sich jetzt die Tendenz zu einem bürgerlich-bequemen Leben. Die proklamierten Ziele der sogenannten Dynastie des Großen Friedens sind stillschweigend beiseite getan worden. Den beiden einflußreichsten Führern in Nanking, Yang und Wei, liegt nur noch daran, ihre Machtstellung zu halten und die Lage in den eroberten Gebieten zu festigen.
Die Gefahr für das Reich ist zwar noch nicht vorüber, aber doch geringer geworden. Inzwischen hat auch die Frage, warum die Rebellen ihren Nordfeldzug mit so geringen Kräften führten, ihre Aufklärung gefunden: Die Aufrührer waren untereinander uneins, wer diese Streitmacht führen sollte. Da einige von ihnen zur Verteidigung des Jangtse-Gebietes und der eroberten Südprovinzen in Nanking hätten zurückbleiben müssen, weigerten sie sich, einen anderen mit starken Kräften gegen die Reichshauptstadt vorrücken zu lassen, aus Furcht, er könnte Peking erobern und damit die Regierungsgewalt über das Reich in seine Hand bekommen.
Die Regierung des Reiches setzt alles ein, um die Rebellen militärisch auf die Knie zu zwingen. Nach anfänglichen Mißerfolgen, über die dem Drachenthron Berichte in schonungsloser Offenheit emporgereicht worden sind, ist es ihr nunmehr gelungen, die Rebellenarmee bei Tsing-hai zum Stehen zu bringen. Hierbei haben sich die mongolischen Reiterregimenter besonders bewährt, sind aber fast aufgerieben worden.
Obwohl die militärische Niederzwingung des Gegners weiterhin Hauptaufgabe der Regierung bleibt, ist diese der Ansicht, daß nunmehr die Zeit gekommen ist, den Kampf auch mit politischen Mitteln zu führen. Der Kanzler hat sich daher an die Nordfront begeben, um nach Rücksprache mit den Kommandeuren, Provinzgouverneuren sowie mit Personen, die unmittelbare Berührung mit den Rebellen haben, zu prüfen, ob eine

politische Offensive, das heißt in erster Linie eine Aufspaltung der feindlichen Führerschaft, möglich ist.

Pantai, Kabinettschef des Kanzlers Prinz Tsai

Sie näherten sich wie zwei Hunde mit gesträubtem Nackenhaar. Beiden war sichtlich nicht wohl; sie waren sich der Gefahr bewußt, in die sie sich begaben.
Die Begegnung fand in Tu-liu, nicht weit von Tsing-hai, statt. Das Gebiet im Umkreis von zwanzig Li wurde von den Truppen beider Seiten geräumt; dafür war Tsch'ien Tschiang[1], der das Treffen vermittelt hatte, verantwortlich. In jedem Dorf blieben Vertrauensleute, um zu beobachten, ob die Vereinbarungen auch wirklich eingehalten wurden. Zuletzt sandte der Kanzler mich in das Dorf Tu-liu, während Fong einen seiner Hauptleute dorthin beorderte. Wir trafen uns in dem kleinen Dorftempel und sorgten gemeinsam dafür, daß die Bewohner am Tage des Treffens evakuiert wurden.
Es war ein kalter Tag, und ein scharfer Staubwind wehte über die Ebene. Ich erwartete den Kanzler am nördlichen, der Rebellenhauptmann den Südkönig Fong am südlichen Dorfeingang. Weder der Kanzler noch Fong beeilten sich, weil jeder den anderen warten lassen wollte. Daher kamen sie beide zur gleichen Zeit, eine Doppelstunde nach Mittag an, Fong zu Pferd, der Kanzler in einer Sänfte, in der entgegen den Vereinbarungen Gewehre für die zwölf Träger versteckt waren.
Der buddhistische Priester empfing den Kanzler vor den Eingangsstufen und geleitete ihn in das Refektorium, das zwar ge-

---

1 Ein zwielichtiger Charakter, gebildet, unstet, arrogant, nicht unbegabter Lyriker. Hatte sich den Taipings angeschlossen, als diese den Jangtse erreicht hatten. Er war zeitweise Berater der Regierung in Nanking, ging dann aber zu den Kaiserlichen über. Von diesen wurde er später »wegen arroganten Benehmens gegenüber einem Zensor« enthauptet. Über seine Rolle als Zwischenträger hat er geschwiegen. Die Informationen über die Gottesverehrer, die der Kanzler in seinem Memorandum (S. 240) erwähnt, gehen mit Sicherheit auf ihn zurück. Die Ballade über den Kopf Dschus (s. S. 202) ist einer von ihm veröffentlichten Anthologie entnommen.

heizt, aber doch sehr zugig war. Fong wartete dort bereits. Ich konnte ihn nur bei der Begrüßung und nachher beim Abschied kurz sehen. Er machte einen bäurischen, aber ernsten und würdigen Eindruck.
Sie begrüßten sich wie Gleichgestellte und ordneten an, alle Begleiter sollten das Zimmer verlassen, und über die Unterredung sollte kein Protokoll geführt werden.

Bericht über die Unterredung des Kanzlers Tsai mit dem Südkönig Fong[1]

Die Unterredung des Südkönigs Fong mit dem Kanzler der dämonenbesessenen Regierung war von dem Verräter Tsch'ien Tschiang vermittelt worden. Das Gespräch fand statt in dem Tempel des Dorfes Tu-liu, achtzig Li südwestlich Tientsins.
Zu Beginn des Gesprächs forderten der Südkönig und der Kanzler ihre Begleiter auf, den Raum zu verlassen und in den Nebenräumen zu warten. Sie kamen überein, über das Gespräch keine schriftliche Aufzeichnung anzufertigen.

---

1 Das Protokoll lag der Anklageschrift gegen Fong bei, wurde von der Taiping-Regierung aber nur auszugsweise veröffentlicht. Der Verfasser ist unbekannt, war möglicherweise ein Agent Yangs – wenn das Protokoll überhaupt echt ist. Er schreibt, als sei er selbst Ohrenzeuge des Gesprächs gewesen, erklärt andererseits, die Unterredung habe unter vier Augen stattgefunden. Auf diesen Widerspruch macht bereits der Kanzler Prinz Tsai in seinem Runderlaß (s. S. 257) aufmerksam.
Einige Historiker teilen die von Tsai im Regierungsbulletin veröffentlichte Behauptung, das Protokoll sei eine von den Anklägern Fongs fabrizierte Fälschung. Dem steht jedoch entgegen, daß der Text einige für die Taiping-Führung unangenehme Urteile Fongs enthält, die selbst ein raffinierter Fälscher kaum in ein solches Dokument aufgenommen haben würde. Gegen die kürzlich von einem rotchinesischen Historiker vertretene These, der Kanzler Tsai sei der wirkliche Verfasser des Protokolls und habe es den Taipings in die Hände gespielt, um den Südkönig Fong zu diskreditieren, gelten entsprechende Einwände: Die Tsai im Dokument zugeschriebenen Äußerungen erfüllen eindeutig den Tatbestand des Hochverrats. Es ist unwahrscheinlich, daß er ein Protokoll, das ihn selbst so schwer belastet, verfaßt haben sollte.
Die Frage nach der Echtheit des Protokolls und seinem Verfasser bleibt demnach offen.

Der Kanzler leitete die Unterhaltung mit den Worten ein, die Vorbereitung des Treffens habe sehr unter dem Mißtrauen gelitten, das auf beiden Seiten bestehe. Er habe jedoch nicht die Absicht, dem Südkönig einen Hinterhalt zu legen. Außerdem drohe eher Gefahr aus seinen eigenen Reihen. Als der Südkönig den Kanzler bat, diese Bemerkung zu erläutern, sagte Tsai, zur Leibwache Fongs gehöre ein Mann aus Kwangtung namens T'ou. Dieser sei vom Ostkönig Yang beauftragt worden, Fong bei günstiger Gelegenheit – möglichst im Schlafe – zu ermorden. Mit dieser Mitteilung beweise er, Tsai, wohl am besten, daß ihm an Fongs Sicherheit gelegen sei. Der Südkönig dankte dem Kanzler.

Darauf sagte dieser: »Sie werden jetzt noch an meinen Worten zweifeln. Ich kann Ihnen das nicht verdenken. Aber Sie können den eben genannten T'ou ja nach Ihrer Rückkehr vernehmen lassen.[1]

Ich komme nun zu dem sachlichen Teil unseres Gesprächs und bin auch bereit, es einzuleiten. Ich meine, wir sollten sehr vorsichtig und schrittweise, vom Allgemeinen zum Einzelnen vorgehen; denn es ist wichtig, daß unsere Unterhaltung nicht ganz ergebnislos bleibt und daß wir nicht vorzeitig an einem verhältnismäßig geringfügigen Problem scheitern. Zuerst sollten wir daher feststellen, ob unsere Ansichten über den Zweck des Treffens sich decken.«

Der Südkönig: »Ich würde vorher gerne wissen, warum Sie dieses Gespräch mit *mir* und nicht mit einem meiner Mitkönige führen. Mein Einfluß in der Regierung der Gottesverehrer ist zurückgegangen.«

Der Kanzler: »Ich halte Sie nach wie vor für den gefährlichsten Gegner der Reichsregierung, weil Sie ein Ziel haben.«

Der Südkönig: »Yang und Wei haben auch Ziele.«

Der Kanzler: »Ja, ihre Macht zu steigern. Dagegen hatte ich immer den Eindruck, daß Sie Ihre Person Ihren Zielen unterordnen.«

Der Südkönig: »Aber der Tien Wang...?«

---

1 T'ou legte in der Tat unter der Folter ein Geständnis ab. Er wurde zum Tode (Zerreißen durch fünf Pferde) verurteilt.

Der Kanzler: »Mit ihm kann ich mich nicht verständigen. Können Sie es? Nun also! Ich habe die Anregung zu diesem Treffen mit Ihnen aufgegriffen, weil ich glaubte, wir beide seien mit den bestehenden Zuständen unzufrieden; ich meine nicht mit dem Bürgerkrieg, sondern mit den Zuständen in unseren eigenen Lagern. Sollte ich mich hierin geirrt haben?«
Der Südkönig: »Was mich betrifft – nein.«
Der Kanzler: »Ich freue mich, daß wir uns hierin einig sind. Es ist nun wichtig, eine gemeinsame Basis zu finden. Dies ist nur möglich, wenn wir offen miteinander sprechen. Ich beginne, indem ich erkläre, daß ich mich in meinen politischen Entscheidungen nur von Tatsachen leiten lasse. Wenn die Tatsachen den Klassikern widersprechen, schiebe ich die Klassiker beiseite. Wenn ich erkenne, daß die Heiligkeit des Herrschers unser Volk nicht retten kann, bin ich auch bereit, Mittel zu wählen, die nicht seinen Segen haben. Sie sehen, ich bin sehr offen. Werden Sie ebenso offen sein?«
Der Südkönig: »Ich habe mich mit Ihnen getroffen, weil ich nicht mehr sehe, wie ich meine Ziele in der Gesellschaft der Gottesverehrer durchsetzen kann.«
Der Kanzler: »Welche Ziele?«
Der Südkönig: »Die in der Proklamation der Taiping-Dynastie in Yungan enthalten sind.«
Der Kanzler: »Meinen Sie den Kampf gegen die Dämonen und das Gelöbnis, dem sogenannten Himmlischen König gehorsam zu sein?«
Der Südkönig: »Nein.«
Der Kanzler: »Halten Sie die Institution eines Rates von fünf – oder waren es sechs? – Königen für notwendig?«
Der Südkönig: »Nein. Das waren ja alles nur Kompromisse für kurze Zeit. Ich denke an den Kern der Proklamation.«
Der Kanzler: »Die Reform des Landbesitzes, der Besitzverhältnisse überhaupt und der Verwaltung?«
Der Südkönig: »Das sind die Kernteile der Proklamation. Sie stammen von mir.«
Der Kanzler: »Diese Gedanken haben mich interessiert.«
Der Südkönig: »Sie stimmen ihnen zu?«
Der Kanzler: »Ich möchte heute nicht so weit gehen zu sagen,

daß ich ihnen ausnahmslos zustimme. Viele Ihrer Gedanken sind so ungewöhnlich, daß man erst sehen muß, ob und wie sie sich bewähren.«

Der Südkönig: »Sie wollen sich also den Rückzug offenhalten?«

Der Kanzler: »Wie ich Ihnen vorhin schon sagte, lasse ich mich nur von Tatsachen leiten. Ich bin nicht geneigt, Ihre Gedanken als die eines neuen Klassikers, ungeprüft durch die Praxis, anzuerkennen.«

Der Südkönig: »Wir haben das Sprichwort: Ein gut durchdachter Plan macht alle Dinge leicht; schwächliche Bedenken machen alle Dinge schwierig.«

Der Kanzler: »Und ich habe als Kind gelernt: Nur die Praxis macht vollkommen.«

Der Südkönig: »Um nun vom Allgemeinen auf das Einzelne überzugehen...«

Der Kanzler: »Darum bemühe ich mich gerade. Es fehlte Ihnen bisher die Gelegenheit, Ihre Pläne zu verwirklichen.«

Der Südkönig: »Um darüber mit Ihnen zu sprechen, kam ich hierher.«

Der Kanzler: »Wir sprechen bereits darüber. Ich habe Ihnen gesagt, daß ich Ihre Ansichten, in ihrem Kern wenigstens, billige und Ihnen Gelegenheit geben würde, sie zu verwirklichen. Unter gewissen Bedingungen natürlich.«

Der Südkönig: »Welchen?«

Der Kanzler: »Ich könnte Sie für den Posten des Mintscheh Tsungtu[1] vorschlagen.«

Der Südkönig: »Wem? Dem Kaiser?«

Der Kanzler: »Natürlich – es ist eine Formsache – und Sie beauftragen, Ihre Reformen in den beiden Provinzen durchzuführen. Ich würde Ihnen die Freiheit lassen, aus den Bauern Ihrer Provinz Truppen aufzustellen. Wenn Ihnen Ihr Experiment gelingt, werden viele Ihrer alten Anhänger zu Ihnen überlaufen.«

Der Südkönig: »Aber an der Spitze der Regierung würden weiterhin Sie stehen?«

---

1 Generalgouverneur der Provinzen Tschekiang und Fukien, in denen u. a. die wichtigen Städte Hangdschou, Fudschou und Ningpo lagen.

Der Kanzler: »Ja. Um Ihre Reformen auf weitere Provinzen, später auf das ganze Reich auszudehnen, brauchen wir eine Armee, die für Ihre Sache kämpft.«
Der Südkönig: »Und über Ihnen würde weiterhin der Kaiser stehen?«
Der Kanzler: »Ach, der Kaiser!«
Der Südkönig: »Sie könnten mich jederzeit entlassen?«
Der Kanzler: »Ich habe Ihnen ein Angebot gemacht. Wenn Sie es nicht annehmen, könnte ich selbst versuchen, diese Reformen, soweit sie mir zweckmäßig erscheinen, durchzuführen.«
Der Südkönig: »Ich sehe, daß Ihnen die revolutionäre Natur meiner Gedanken noch nicht klargeworden ist. Nur wer die Massen hinter sich hat, kann die Pläne verwirklichen und den Widerstand ihrer Gegner brechen: der landesfremden Dynastie, der Oberschicht, der Beamten und der Gelehrten. Sie können die Massen nicht gewinnen; Sie sind kein Redner.«
Der Kanzler: »Auf Ihrem Marsch von Nanking nach Norden haben auch Sie nach meinen Informationen bei den Massen wenig Anklang für Ihre Ideen gefunden. Die Bauern verstanden Sie nicht.«
Der Südkönig: »Nur weil ich nicht Nordchinesisch spreche.«
Der Kanzler: »Nun ja!«
Der Südkönig: »In den Südprovinzen, vor allem in der Anfangszeit unserer Bewegung, war das anders.«
Der Kanzler: »Ich habe davon gehört. Nach Ansicht der Regierung waren es allein Ihre Gedanken, die die Landbevölkerung anzogen.«
Der Südkönig: »Wohl nicht allein. Sie vergessen die Anziehungskraft des Himmlischen Königs auf die Massen.«
Der Kanzler: »Sie sind bescheiden. Aber trotz Ihrer Erfolge im Süden – *wo* haben Sie dort Ihre Landreform durchgeführt?«
Der Südkönig: »Die anderen Führer unserer Bewegung haben meine Pläne durchkreuzt, weil sie ihnen gleichgültig waren. Dschu wollte das Reich. Der Himmlische König will die Welt von den Dämonen erlösen, und Yang und Wei wollen nur die nackte Gewalt. Und seit sie sie besitzen, wissen sie nichts damit anzufangen, als Paläste zu bauen und sich Harems einzurichten.«

Der Kanzler: »Diese Sorge würde ich Ihnen nicht bereiten: Ich bewohne im Kanzlerpalast nur zwei Höfe mit insgesamt fünf Zimmern, und ich habe nicht einmal eine Hauptfrau. Was Sie mir aber eben berichtet haben, beweist, daß wir zusammenarbeiten müssen.«

Der Südkönig: »Um eine ›Änderung des Auftrags‹ herbeizuführen?«

Der Kanzler: »Der Gedanke schreckt mich nicht. Wir können den Auftrag aber nur ändern, wenn wir beide stark genug sind: Ich als Kanzler, Sie als Führer von Bauernheeren. Ihre Schwäche macht mir Sorge. Warum lächeln Sie?«

Der Südkönig: »Meine Truppen stehen achtzig Li vor Tientsin, zweihundertfünfzig Li vor der Reichshauptstadt. In Peking herrscht Panik und Hungersnot. Die Reichen sind geflohen, die Kaiserin ist ermordet worden, der Kaiser...«

Der Kanzler: »Sie hat sich selbst das Leben genommen.«

Der Südkönig: »...und der Hof bereitet die Flucht vor.«

Der Kanzler: »Ihre Nachrichten sind längst überholt, Ihre Nordarmee gefährdet uns nicht mehr.«

Der Südkönig: »Das wird sich noch zeigen.«

Der Kanzler: »Es ist schade, daß Sie mir etwas Unmögliches demonstrieren wollen, nachdem unser Gespräch so hoffnungsvoll begonnen hat.«

Der Südkönig: »Vielleicht können wir das Gespräch bei anderer Gelegenheit fortsetzen.«

Der Kanzler: »Ich fürchte, die Konstellation wird nie wieder so günstig sein wie jetzt.«

Der Südkönig: »Es könnte doch sein, daß wir uns bei unserem nächsten Treffen in ganz anderer Stellung gegenüberstehen würden.«

Der Kanzler: »Wenn Ihr Einfluß in der Rebellenführung auch sehr gesunken ist, so kann ich jetzt doch noch immer mit Ihnen verhandeln. Wenn Sie mir aber als Gefangener vorgeführt werden, könnte ich Ihnen keine so günstigen Angebote mehr machen.«

Der Südkönig: »Welches günstige Angebot meinen Sie?«

Der Kanzler: »Den Posten des Generalgouverneurs von Tschekiang und Fukien.«

Der Südkönig: »Damit meine Mitkönige aus den Nachbarprovinzen über mich herfallen? Und damit die Regierungstruppen in ihrem Kampf gegen Tienking entlastet werden?«
Der Kanzler: »Ich bedaure, daß Sie meinen Vorschlägen so viel Mißtrauen entgegenbringen und daß Sie den Erfolg unseres Treffens gefährden.«
Der Südkönig: »Sie hätten mir keinen Vorschlag machen dürfen, dessen Zweck so deutlich zu erkennen ist.«
Der Kanzler: »Welchen Zweck meinen Sie?«
Der Südkönig: »Mich mit der Führung in Nanking endgültig zu entzweien.«
Der Kanzler: »Ich wußte nicht, daß Sie diesen Bruch fürchten. Wir würden Sie natürlich militärisch unterstützen, wenn Sie unser Generalgouverneur sind.«
Der Südkönig: »Ich fürchte den Bruch mit der Regierung in Tienking nicht, wünsche ihn aber auch nicht, wenn ich dadurch nur von Ihnen abhängig werden soll. Ferner: Wie wollen Sie mich militärisch unterstützen, wenn Ihre Truppen nicht einmal Ihre Hauptstadt sichern können!«
Der Kanzler: »Ich bin Ihnen mit meinem Vorschlag weit entgegengekommen. Haben Sie mir einen anderen zu machen?«
Der Südkönig: »Wenn Sie mir vorgeschlagen hätten, mich zum Generalgouverneur der Provinz Tschili[1] zu ernennen...«
Der Kanzler: »Unmöglich. Damit fordern Sie mehr als die Kapitulation unserer Truppen, nämlich die Reichshauptstadt, die Reichsregierung und den Beginn der Revolution, bevor Sie bereit sind.«
Der Südkönig: »Ich bin bereit, aber ich sehe, Sie fürchten vor allem um Ihren Posten.«
Der Kanzler: »Ich bin nicht davor zurückgeschreckt, einer ›Änderung des Auftrags‹ zuzustimmen; denn wir müssen das Reich von Grund auf, von unten her neu ordnen. Aber was Sie vorschlagen, wäre das Chaos, in dem Sie sich ebensowenig durchsetzen könnten wie in der Rebellenführung. Und dieses Chaos

1 Hier handelt es sich um den wichtigsten Gouverneursposten im Chinesischen Reich. In der Provinz Tschili lagen Tientsin und die Reichshauptstadt Peking.

fürchte ich in der Tat, nicht um meinetwillen, sondern um des Volkes willen. Haben Sie keinen anderen Vorschlag?«
Der Südkönig: »Im Augenblick – nein.«
Der Kanzler: »Da ich bis an die Grenze dessen gegangen bin, was ich vor dem Reich verantworten kann, muß ich das Gespräch abbrechen.«
Der Südkönig: »Vielleicht ergibt sich später eine günstigere Situation, unsere Unterhaltung fortzusetzen.«
Der Kanzler: »Ich zweifle daran.«
Der Kanzler und der Südkönig erhoben sich gleichzeitig, verabschiedeten sich höflich, riefen die Begleitung aus dem Nebenzimmer und verließen den Tempel.

Aus den Reichsannalen

Der Erhabene Himmlische hat geruht, dem Reichsarchiv eine Aufzeichnung über das Gespräch herabzusenden, das er gestern mit dem Prinzen Yeh geführt hatte. Er geruhte zu befehlen, dieses Gespräch in die Reichsannalen aufzunehmen. Obwohl die Reichsannalisten an Befehle des Erhabenen Himmlischen nicht gebunden sind, entsprechen sie seinem Wunsche insoweit, als sie das Protokoll, dem sie historische Bedeutung nicht beimessen können, in gekürzter Form dem Anhang zu diesem Band beifügen.

Reichsannalen, Anhang

Als Prinz Yeh den Thronraum betrat, kniete er pflichtgemäß nieder, näherte sich dem Drachenthron in dieser Stellung und sagte:
»Der Diener Yeh ist erschienen, um sich untertänigst nach der Gesundheit des Erhabenen Himmlischen zu erkundigen.«
Der Erhabene Himmlische antwortete: er befinde sich wohl. Darauf legte Prinz Yeh den Hut eines Beamten Erster Klasse neben sich, berührte den Boden im Kotau mit der Stirn und dankte dem Erhabenen Himmlischen für die ihm erwiesenen Wohlta-

ten. Der Erhabene Herrscher bat den Prinzen Yeh, auf dem Kissen an den Stufen des Throns Platz zu nehmen. Prinz Yeh kam diesem Wunsch erst nach, als der Erhabene Herrscher ihn in Form eines Befehls wiederholt hatte.[1]

Der Erhabene Herrscher erkundigte sich, ob Prinz Yeh dem Drachenthron als ständiger Berater zur Verfügung stehen und ob er seinen Wohnsitz nach Peking verlegen könne. Prinz Yeh erwiderte, er sei bald neunzig Jahre alt und so hinfällig, daß er diesen Dienst nicht mehr zur Zufriedenheit des Herrschers ausüben könne. Er habe jedoch die ihm überlassenen Memoranden des Kanzlers Tsai gelesen, über die zu urteilen er aufgefordert worden sei. Er sagte:

»Mit tiefer Sorge habe ich da gelesen, daß der Kanzler die Zeit für eine politische Offensive gegen die Rebellen für gekommen hält. Das Wort ›politische Offensive‹ erweckt meinen Argwohn. Ich hoffe, der Kanzler hat nicht an Verhandlungen mit den Aufrührern gedacht. Die Langhaarigen rebellieren gegen Reich, Thron und Himmel. Sie stehen außerhalb jeder irdischen und himmlischen Ordnung. Sie können gar nicht Verhandlungspartner sein. Einzige Pflicht der Regierung ist es, die Aufständischen zu vernichten.«

Der Erhabene Himmlische geruhte zu bemerken: »Daran zweifeln Wir auch nicht. Wir haben aber nach den Gründen des Aufruhrs gesucht, und es scheint Uns – darüber haben Wir aber weder mit dem Kanzler noch irgendeinem anderen Menschen gesprochen –, als sei der Aufruhr entstanden, weil die Massen Not leiden und weil die Gesellschaftsordnung fehlerhaft und ungerecht ist. Hat einst nicht auch der Minister Wang An Schih[2] Grund und Boden gleichmäßig an die Bevölkerung verteilt, den Armen die Steuern erlassen, ihnen Saatgetreide gegeben und für die Alten und Schwachen gesorgt, als die Gesellschaftsordnung ungerecht geworden war? Und sind nicht ähnliche Gedanken in

1 Diese ausführliche Schilderung der durchaus üblichen Begrüßungszeremonie ist ungewöhnlich, zumal im Hinblick darauf, daß die Reichsannalisten den Inhalt des eigentlichen Gesprächs, auf den es dem Kaiser doch allein ankam, stark gekürzt zu haben scheinen.

2 Um 1100 n. Chr.

den Proklamationen der Rebellen enthalten, wenn auch nur wie einige Perlen unter einem Berg voll Stroh?«

Prinz Yeh fügte ergänzend hinzu:

»Wie sollten dem Blick des Erhabenen Herrschers diese Perlen entgehen! Er wird jedoch auch erkannt haben, daß sie nicht echt sind, sondern Imitationen, wie die Barbaren sie in Kanton feilbieten. Man braucht nur daran zu kratzen, und unter dem glitzernden Pulver von Fischschuppen kommt billiges Glas zum Vorschein. Die Ideen der Rebellen sind ebenso billiger ausländischer Schund wie die Perlen, mögen sich für unkultivierte Völker auf den Inseln des Ozeans eignen, nicht aber für das Reich der Mitte.

Nur vom Erhabenen Herrscher kommt der Welt das Gute; nur durch ihn schenkt der Himmel den Menschen Gerechtigkeit. Wang An Schihs Reformen sind nur von kurzer Dauer gewesen, weil er Oben und Unten verkehren wollte. Er hat die Worte des Meisters Kung-dse nicht beachtet: ›Gleicher Rang und gleiches Einkommen bedeuten Gleichheit der Klassen. Aber nur auf der Ungleichheit der Menschen und der Klassen beruht es, daß das Volk seine Führer anerkennt.‹

Gleichheit für alle bedeutet nicht Gerechtigkeit für alle. Der Himmel macht die Menschen groß oder klein, faul oder fleißig, gebildet oder stumpf, hoch oder gering, sittlich oder unsittlich. Wer sie gleichmachen will, maßt sich an, den Willen des Himmels zu korrigieren.

Zwar können die Rebellen für kurze Zeit die Menschen im Volk gleichmachen, indem sie die Kleinen und Geringen auf Schemel stellen, den Großen und Hohen aber die Füße, wenn nicht gar die Köpfe abschlagen. Nach einer Generation jedoch wird es wieder Hohe und Geringe, Sittliche und Unsittliche, Große und Kleine geben. Wenn die Rebellen die Menschen aber auf die Dauer gleich groß, fleißig und sittlich halten wollen, müssen sie die wirklich Hohen auf ein Mittelmaß pressen und die wirklich Geringen bis zum mittleren Maß in die Höhe ziehen. Dies kann nur geschehen durch Gewalt, Grausamkeit und immerwährenden Terror.

Durch die Gleichmacherei fügt man den Hohen Schaden und Ungerechtigkeit zu, und den Niedrigen erweist man einen un-

verdienten Vorteil. Die Gerechtigkeit des Himmels in unserem Reiche bestand seit uralter Zeit darin, die Verschiedenheit der Menschen zu erkennen und Hohe und Geringe nach ihrem Verdienst zu behandeln.
Die Gedanken der Rebellen widersprechen der heiligen Ordnung des Reiches. Es gibt nur ein Mittel, ihnen zu begegnen: Die Aufrührer zu vernichten.«
Der Erhabene Himmlische befahl dem Prinzen Yeh, zu bedenken, daß die Armee der Regierung schwach sei. Prinz Yeh stimmte zu und sagte:
»Die Armee ist schwach; aber schwächer als die Armee sind ihre Führer.«
Der Erhabene Himmlische sagte:
»Es ist leicht, tausend Soldaten, aber schwierig, einen einzigen General zu finden.[1] Können Sie Uns raten?«
Als Prinz Yeh den Namen des ehemaligen Zensors Tang nannte, wandte der Erhabene Herrscher ein, Tang sei Literat, Zivilist, aber kein Berufsoffizier. Er könne vielleicht kleine Milizverbände befehligen, aber ein großes Heer zu führen, sei eine andere Sache.
Prinz Yeh erwiderte:
»Vielleicht trifft das Sprichwort nicht ohne weiteres zu: ›Wer das San Kuo Tschi gelesen hat[2], kann strategisch handeln. Wer Sun Tzu[3] gelesen hat, versteht das Wesen der militärischen Taktik.‹ Wenn aber der Leser dieser Schriften intelligent, mutig und entschlossen ist, wird das Wort recht behalten. Tang ist intelligenter, mutiger und entschlossener als die Berufsheerführer. Er beherrscht die neue, bewegliche Taktik der Rebellen und versteht es, mit ihr zu siegen.«
Der Erhabene Herrscher sagte, er habe sich nach einem neuen Oberkommandierenden der Nordarmee nur erkundigt, weil er an dieser Stelle einen ihm absolut ergebenen Untertan brauche.

---

1 Sprichwort.
2 »Geschichte der drei Königreiche« (190 bis 317 n. Chr.).
3 Bedeutender Militärschriftsteller des 5. vorchristlichen Jahrhunderts, dessen Theorien, neben denen von Clausewitz auch Mao Tsetung beeinflußt haben.

Er zweifle zwar nicht an Tangs Pflichtbewußtsein, habe ihn jedoch als selbstherrlich kennengelernt. Prinz Yeh antwortete:
»Er wird dem Erhabenen Himmlischen von jetzt ab treu und gehorsam dienen.«
Als Prinz Yeh sich nun verabschieden wollte, sagte der Erhabene Herrscher:
»Ihr Gesuch haben Wir erhalten. Da Ihre Tochter in ihrem letzten Brief selbst den Wunsch ausgesprochen hat, auf dem Friedhof ihrer Familie zu ruhen[1], haben Wir Ihr Gesuch genehmigt. Wie Uns das Kin Tien Kien[2] mitteilt, ist die Stunde des Affen am siebzehnten Tag dieses Monats für die Überführung der Toten am glücklichsten. Wir stellen Ihnen vierundzwanzig Träger des Palastes zur Verfügung, die sie bis in Ihr Haus nach Schantung tragen werden. Die Einwohner der Gemeinden, an denen der Sarg vorbeizieht, sollen ihm alle Reverenz erweisen, nicht weil die verstorbene Kaiserin darin liegt, sondern wegen des Opfers, das sie für das Reich gebracht hat.«
Prinz Yeh dankte für diesen Gunstbeweis mit dem Kotau. Der Erhabene fuhr fort:
»Dem Wunsch der Toten folgend, werden Wir Uns an der Errichtung des Grabmals nicht beteiligen. Wir haben jedoch verfügt, daß ihr vor Ihrem Hause ein Ehrenbogen errichtet wird, für den Wir die Inschrift selbst verfassen werden. Es ziemt sich für Uns als Herrscher nicht, zu Ihnen über die Gefühle zu sprechen, die Wir für Ihre Tochter hegten und immer noch hegen. Die Inschrift wird es Ihnen sagen.«[3]
Prinz Yeh ließ sich noch einmal zum Kotau nieder und entfernte sich auf den Knien.

---

1 In dem uns vorliegenden Brieftext ist davon nicht die Rede (vgl. S. 225).

2 Kaiserliches astronomisches Kollegium, das auch astrologische Aufgaben wahrzunehmen hatte.

3 Die dunkle, schwer übersetzbare Inschrift lautet etwa:
»Sandelholzduft rötet den Himmel,
weckt seinen Sohn aus Tränen und Schlaf.«
Der Ehrenbogen wurde in der Kulturrevolution (1967) zerstört.

Prinz Yeh

Die Heimführung Meh Lings

Ungekannt. Ein Flußlauf blitzt in der Sonne. Sie ging neben uns als Kind, aber wir haben sie nicht gekannt. Mit neun Jahren in die Frauengemächer geschickt. Was blieb außer Bildern! Gebeugt über den Stickrahmen, das dünne Zöpfchen im Nacken. Furchtsam zurückschreitend, wenn ich eintrat. Blanke Augen und silberne Stimme. Mit fünfzehn Jahren: geschmücktes Kind, Wangen und Nacken weiß gepudert. Eunuchen stützen sie auf dem Weg zur Sänfte des Kaisers. Ihre Mutter und ich stehen auf den Stufen der Halle. Das Kind geht tapfer vor sich hin. Ernstes Gesichtchen, als sie das Fenster der Sänfte zurückschiebt. Tränen rollen über den weißen Puder. Ängstliches Auge.
Ungekannt von den Eltern. Aus der Erde gerissen, dürstend. Warum habe ich sie nicht gekannt, nicht *ein* Mal die Hand auf ihren Scheitel gelegt, als sie ging wie das Tier zur Schlachtbank? Und der Todesstreich durch meine Hand, durch meinen Brief. Gesetz, in das wir geboren. Die Tränen, schon lange vertrocknet. Wie Wolkenschatten fliegen wir über das Land; Spur eines Schiffes, das vor Jahrtausenden über das Meer fuhr. Stein des Unsterblichen auf dem Berge. Verwittert. Moos heilt.
Glückliche Stunde des Affen! Nun heben sie den weißen Sarg, und er schwankt wie damals die Sänfte. Hinter den Fenstern des Palastpavillons wird Er nun stehen, verborgen in die Falten eines Vorhangs, da es unziemlich ist, daß Er seine Gefühle zeigt.

Li Siu

Aus seinem Geständnis

Eines Abends, als ich mich schon bereitmachte, zu Bett zu gehen, rief mich der Himmlische König zu sich. Er befahl mir, mit etwa fünfzig Reitern zur Nordarmee zu eilen und dem Südkönig mündlich und geheim folgendes auszurichten:
»Der Himmlische König hat sich entschlossen, deine Reformpläne auszuführen und sofort entsprechende Gesetze für alle eroberten Gebiete zu erlassen. Er wird keinen Widerstand dulden,

von welcher Seite er auch kommen mag. Er bittet dich, sofort mit dem Überbringer der Botschaft nach Nanking zurückzukehren.«
Ich erreichte die Nordarmee nach acht Tagen. Der Südkönig war über den Auftrag nicht erfreut und weigerte sich zunächst, mit mir zu kommen, weil die Streitkräfte der Dämonen einen Angriff vorbereiteten und er die Nordarmee nicht führerlos lassen wollte. Diese Antwort bereitete mir große Verlegenheit. Am Abend ließ er mir jedoch mitteilen, er habe seinen Entschluß geändert. Zwölf Tage später waren wir am Jangtse.
Der Himmlische König nun hatte während meiner Reise von dem Verrat des Südkönigs erfahren. Noch vor den Stadttoren Nankings erhielt ich den Befehl, den Südkönig sofort zu verhaften und ihn gefesselt in einer gewöhnlichen Sänfte in den Palast des Himmlischen Königs zu bringen. Ich ließ absitzen, und während er aus einer Feldflasche Tee trank, überwältigte ich ihn zusammen mit fünf zuverlässigen Männern, aber nur mit Mühe, da er sich heftig wehrte und da er sehr kräftig ist.

SCHI TAKAI

Der Rat des Nordkönigs Wei, den Prozeß gegen Fong im Yamen und öffentlich zu führen, hat sich nicht bewährt. Es verlief zwar alles gut, bis Wei die Anklageschrift und Auszüge aus dem Protokoll über das Treffen Fongs mit dem Kanzler Tsai vorgelesen hatte. Dann aber ging Fong, der vor dem Richtertisch gefesselt am Boden saß – nicht kniete! –, zur Gegenklage über. Er schmähte den Lebenswandel der Könige, nahm mich aber aus, und sagte, sie hätten ihn ermorden wollen. Wei ließ ihm schleunigst die Finger- und Zehenpresse anlegen und hinderte ihn dadurch weiterzureden. Fong äußerte sich weder zur Anklageschrift, noch legte er ein Geständnis ab. Wei verurteilte ihn trotzdem zum Tod durch Enthaupten. Das Urteil wurde sofort vor dem Yamen vollstreckt.
Li Siu hatte, wie ich von Wei erfuhr, von vornherein, also schon vor seinem Eilritt nach Norden, gewußt, daß Fong verurteilt und hingerichtet werden sollte. Er wurde zur Belohnung dafür,

daß er ihn in die Hauptstadt zurückgelockt und verhaftet hatte, heute vom Himmlischen König in feierlicher Zeremonie zum »König der Treue« ernannt. Er erhält eine Armee und nimmt nun im Königsrat den Platz Fongs ein, dessen Verrat der »Getreue« in seiner Inthronisationsrede geflissentlich verurteilte.
Bevor Fong auf dem Richtplatz niederkniete, um den Schwertstreich zu empfangen, sah er sich um und rief der neugierigen Menge zu:
»Macht es ebenso mit den Königen, die eure Sache verraten haben!«
Dann fiel sein Haupt in den Sand.
Die Tore der Stadt sind doppelt besetzt, und in den Straßen patrouillieren die Soldaten des Ost- und Nordkönigs.

Regierungsbulletin, Peking

Die Langhaarigen Rebellen in Nanking veröffentlichten ein Protokoll über Verhandlungen zwischen dem Kanzler des Reiches, Prinz Tsai, und dem Rebellenführer Fong. Das Dokument ist von Anfang bis zu Ende erlogen. Die Aufrührer in Nanking haben es erdichtet, um ihrem Spießgesellen Fong den Prozeß zu machen und gleichzeitig die über jeden Zweifel erhabene Treue des Kanzlers Prinz Tsai in den Schmutz zu ziehen.

Runderlass des Kanzlers Prinz Tsai

An die Provinzgouverneure und Leiter der Obersten Reichsbehörden

Geheim!
Unter Hinweis auf die heutige Veröffentlichung im Regierungsbulletin wird folgendes angeordnet:
Die Verbreitung des von den Langhaarigen Rebellen veröffentlichten angeblichen Protokolls ist strengstens zu unterbinden. Eventuell auftauchende Exemplare der Fälschung sind sofort einzuziehen und zu vernichten. Wer in ihrem Besitz angetroffen wird, ist als Hochverräter zu bestrafen.
Es wird noch einmal kategorisch erklärt, daß in dem Protokoll

kein wahres Wort steht. Es wimmelt darin von ungeheuerlichen Behauptungen und Absurditäten. Evident ist allein folgender Widerspruch: Der Protokollant behauptet, die Unterredung habe unter vier Augen stattgefunden; trotzdem gibt er sich den Anschein, als habe er an dem Gespräch teilgenommen.

Zur nur persönlichen und streng geheimen Unterrichtung wird folgendes mitgeteilt:

Der Rebellenführer Fong bat vor einiger Zeit über einen Mittelsmann den Kanzler um eine Unterredung. Er gab an, über die Kapitulation der Rebellenarmee im Norden verhandeln zu wollen. Nach sorgfältiger Prüfung dieser wiederholt vorgebrachten Bitte des Aufrührers Fong fand sich der Kanzler bereit, denselben zu empfangen, nur von dem Wunsche geleitet, die Rebellen möglichst schnell zu entwaffnen und die Kämpfe in der Provinz Tschili zu beenden. Der Kanzler berücksichtigte auch die Möglichkeit, daß das Gespräch zu keinem Ergebnis führen könne; er stellte jedoch in Rechnung, daß die Kunde von den Kapitulationsverhandlungen den Rebellen Fong in den Augen seiner Spießgesellen kompromittieren und die Kampfkraft der aufständischen Truppen lähmen werde.

In der Unterredung forderte der Kanzler den Rebellen auf, unverzüglich und bedingungslos die Waffen zu strecken. Da der Aufrührer hierzu nur bereit war, wenn er Sicherheit für sein Leben erhielt, brach der Kanzler das Gespräch nach kurzer Zeit ab. Weitere Verhandlungen haben nicht stattgefunden.

PANTAI, KABINETTSCHEF DES KANZLERS PRINZ TSAI

Aus einem Brief an Tang

Als ich mit dem Kanzler nach Peking zurückgekehrt war, fand ich das Edikt vor, in dem der Erhabene Himmlische Sie zum Oberbefehlshaber der Nordstreitkräfte ernannte. Daneben lag ein Edikt, in dem der Herrscher dem Kanzler einen schweren Verweis erteilte, weil er Peking verlassen hatte, ohne um Erlaubnis zu bitten. Der Erhabene Himmlische spricht in diesem Edikt in einem ungewohnt entschiedenen Ton, und in demselben Ton sprach er in der Audienz zu dem Kanzler, die dieser sofort nach seiner Rückkehr erbeten hatte. Der Kanzler wollte – aber dies ganz vertraulich – Ihre Ernennung verhindern oder doch wenigstens durch Beschränkung Ihrer Vollmachten unwirksam machen. Vergeblich. Der Erhabene Himmlische setzte seinen Willen durch.

Der Kanzler ist seitdem nachdenklich und mürrisch, in seinem Verhalten zu allen Menschen verletzender denn je. Vielleicht spürt er, daß eine neue Art der Regierung beginnt, da die Kaiserliche Gefährtin nicht mehr im Palast ist. Er ist entrüstet darüber, daß nun, da er das Reich vor dem Abgrund gerettet hat, sein Wort nicht mehr gehört wird.

Die Veröffentlichung des angeblichen Protokolls ist der schwerste Schlag, den er bisher erlitten hat. Ich weiß nicht, wer der Verfasser sein könnte. Der Kanzler ist es natürlich nicht. Es ist nicht sein Stil: Er hat noch nie in einer Aufzeichnung oder in einem Aktenstück die direkte Rede gebraucht. Daß Fong so unvorsichtig gewesen sein sollte, das Gespräch aufzuzeichnen, halte ich ebenfalls für unwahrscheinlich: Wozu hätte ihm ein solches Protokoll auch dienen können außer zum Strick! Ob es trotzdem echt ist? Natürlich leugnet der Kanzler es; aber ich bin mir doch nicht sicher, ob es nicht wenigstens einige Gesprächsthemen richtig wiedergibt. Ich habe das Dokument, das hier niemand kennen will, aber jeder gelesen hat, sorgfältig studiert. Auf viele Fragen gibt es mir keine eindeutige Antwort: Was hatte sich der Kanzler ursprünglich von der Unterredung versprochen? Wollte er Fong nur kompromittieren? Das hat er getan – aber für welchen Preis! Insgeheim glaubt hier kein Mensch mehr an seine Loyalität. Oder wollte er Fong nur aushorchen, seine Stärke prüfen und sehen, wie weit er mit ihm zusammengehen könne?

Die Gesprächsführung, vor allem die Einleitung und ganz besonders der Vorschlag, Fong zum Generalgouverneur von Tschekiang und Fukien zu machen, sehen zwar dem alten Fuchs ähnlich. In dieser prekären Situation, als Nachbar seiner ehemaligen Mitkönige, wäre Fong ganz in der Hand des Kanzlers gewesen; und Fong hat das natürlich sofort erkannt.

Aber die hohen Pläne: Änderung des Auftrags – das hieße doch, der Kanzler strebt nach dem Drachenthron! Ich traue ihm das nicht zu. Andererseits: Der Zeitpunkt für einen solchen Plan wäre nicht schlecht gewählt. Noch hat der Kanzler die Macht. Er muß aber fürchten, daß der Erhabene Himmlische nun, da die Gefährtin tot ist, diese Macht einschränkt. Außerdem wäre es bezeichnend für den Kanzler, daß er sich zu diesem Unternehmen eines Mannes bedient, der das mitbringt, was er selbst nicht besitzt: die Fähigkeit, Massen für sich zu gewinnen. Und ist der Kanzler nicht ein Meister darin, die rechte Zeit auszunutzen? Glaubt er vielleicht, die Zeit der großen Auftragsänderung sei gekommen?

Vom Südkönig war er übrigens enttäuscht. Am Abend nach dem Treffen unterbrach er mich unvermittelt in meinem Vortrag über das Programm des nächsten Tages und sagte, der Südkönig werde sicher scheitern; er hätte in Nanking bleiben und seine Anhänger um sich scharen müssen. Er sei vielleicht ein großer Redner, der die Massen begeistern könne, aber politische Widerstände könne er nicht überwinden. Nach Norden habe er sich nur abgesetzt, weil er selbst nicht mehr an seine Pläne geglaubt habe. Fong hasse wohl die Reichen, aber – und das sei sein größter Fehler – er liebe die Armen. Gerade diese aber hätte er hart und mit Gewalt auf seine Seite zwingen müssen. Große Pläne könne man nur mit Gewalt durchführen. Da er sich ihrer nicht bedienen konnte, seien dem Südkönig die Anhänger aus den Händen geglitten, und nun stehe er zwar als edler Streiter, als tapferer und uneigennütziger Freund des Volkes da, aber besiegt von denen, die vor nichts zurückschreckten. – So sagte der Kanzler damals. Inzwischen haben Fongs Mitkönige auch diesen Ruf zerstört.

TANG

Aus einem Antwortbrief an Pantai

... Sie überraschen mich, lieber Freund, mit Ihrer tiefen Einsicht in das Wesen Ihres Vorgesetzten. Ich wage daher kaum, Ihnen etwas hierüber zu schreiben:

Seine Verdienste will ich gewiß nicht schmälern, aber ich erinnere Sie an die Worte Dschuang-dses über einen Politiker: »Mag er auch brauchbar sein, Unruhen zu unterdrücken; als Ratgeber ist er ein Unglück, als Herrscher wäre er ein Tyrann. Er ist den anderen überlegen, aber er sucht die Natur durch Kunst zu erreichen.«

Ich gebe Ihnen zu: Er ist ein Meister der rechten Zeit. Für unseren verehrten Vorgesetzten in Kanton[1] gab es nur Eine Zeit, Ein Reich, Einen Herrscher und Eine Erde unter Einem Himmel. Der andere aber kennt das Eine nicht. Die Welt setzt sich für ihn aus Brettsteinen zusammen, und mit diesen spielt er. Für ihn ist alles in Bewegung. Er hat keinen Grund, aus dem er wächst; darum muß er von Klippe zu Klippe springen und auf schmalem Grat gehen. Er kann im Winter nicht auf den Sommer warten. Da er nur in der Bewegung lebt, schreckt ihn auch die große Änderung nicht. Daß sie ihn nur nicht erschlägt!

Das Protokoll habe ich gelesen. Natürlich ist es echt. Und ich sehe aus Ihrem Brief, daß Sie derselben Meinung sind...

Der Akademiker Li

Aus einem Brief an seinen Sohn

Heiter ist das Leben in Nanking schon lange nicht mehr; aber nun hat sich ein noch tieferer Schatten über die Stadt gelegt. Ich gehe kaum noch aus, denn überall in der Stadt patrouillieren Soldaten und sind sofort zur Stelle, wenn nur drei Personen miteinander reden. Als ich mich neulich in der ländlichen Einsamkeit der Natur am Lotossee ergehen wollte, griffen sie mich auf und verhafteten mich als Spion. Verständigen konnte ich mich mit den rüden Soldaten nicht, da sie nur Kwangtung-Dialekt sprachen, und den Schutzbrief des Hilfskönigs konnten sie nicht lesen. Erst auf der Wache befand sich einer, der die Anfangsgründe der Schrift beherrschte. Ihr könnt Euch denken, wie mich dieser Zwischenfall aufgeregt und erschreckt hat.

Auch über meinem Haus liegt der Schatten. Du hast es sicher noch in Erinnerung als eine Stätte des offenen und freien Gesprächs. Jetzt aber muß ich mich in meinen eigenen Wänden

---

1 Prinz Yeh.

vorsichtig ausdrücken. Selbst der Hilfskönig sieht sich in der Rede oft um, ob etwa Diener in der Nähe sind. Er ist allerdings etwas zu ängstlich und übertreibt seine Vorsicht zuweilen, zum Beispiel, als er vor einigen Tagen den Nordkönig Wei eingeladen hatte. Ich war zu dem Essen nicht gebeten worden, saß in meiner Studierklause und arbeitete, als ein Diener mich im Namen der beiden Könige ersuchte, ihnen Gesellschaft zu leisten. Wie ich auf dem Weg vom Diener erfuhr, hatte der Nordkönig gewünscht, mich kennenzulernen. Er begrüßte mich als den »berüchtigten und gefährlichen Spion«. Er hatte also von seinen Agenten bereits Nachricht über meine Verhaftung am Lotossee. Seine Bemerkung ängstigte mich, bis ich sah, daß er nur scherzte.

Der Humor, oder sagen wir besser: die Lustigkeit scheint seine Haupteigenschaft zu sein. Daher wirkt er ganz und gar unköniglich, auch in seinem Äußeren. Er ist klein und dicklich und hat ein Hamstergesicht. Eine silbern eingefaßte Brille vergrößert seine Augen stark. Sie sind dauernd in Bewegung und registrieren alles. Er ging nach dem Essen durch alle Räume und schien sich im Kopfe über alles Notizen zu machen. Mir schwindelte, als er die kostbaren Jadeschnitzereien von den Schwarzholzsokkeln hob und den Boden betrachtete, als könnten sie hohl sein und als hätte ich etwas in ihnen versteckt. Er weidete sich an meinem Schrecken und stellte sie vorsichtig wieder hin. Von Kunst allerdings scheint er nichts zu wissen: Er hielt den kleinen Sung-Löwen für ein Werk der Ming-Dynastie. Trotzdem – ich will ihm diesen peinlichen Irrtum nicht zu hart ankreiden; es gibt auch unter denen, die von Jade nichts verstehen, redliche und biedere Menschen.

Aber wenn er auch von unserer Bildenden Kunst nichts versteht, so ist er doch ein Kenner und Liebhaber der ausländischen Musik, mit der ich hinwiederum nichts anfangen kann. Er sagte, er habe drei mechanische Klaviere und eine Sammlung von über hundert Musikstücken: geistliche Musik der Barbaren, die aber im Unterschied zu den Chorälen der Taipings lebhaft und jubilierend sei. Er gebe oft Konzerte für seinen Hof und lade auch Freunde und einige der anderen Könige dazu ein. Es sei keine kleine Kunst, diese Werke vorzuführen. Er pflege daher die

Walzen stets selbst einzusetzen und die Klaviere eigenhändig aufzuziehen. Manche der geistlichen Musikstücke setzten ihn in eine derartige religiöse Verzückung, daß er den Takt mit den Füßen stampfen müsse. Zum Schluß eines jeden Konzerts lasse er alle drei Klaviere gleichzeitig spielen, wobei er – wie er das von einem hier lebenden barbarischen Kaufmann gelernt habe – vor den Instrumenten stehe und die Musik dirigiere.
Ich kam mit dem Nordkönig Wei gut aus, besser vielleicht als der Hilfskönig, der außergewöhnlich reserviert war und vielleicht ein wenig eifersüchtig, weil der Nordkönig es zu schätzen schien, daß ich mich ganz natürlich gab. Er ist überhaupt manchmal etwas eifersüchtig und bereitet mir dadurch unnötigen Kummer.

Kui Hiang

Der Einzige, der Große, der Sohn des Vaters und der Mutter im Himmel, der Jüngere Bruder Jesu, der Erlöser der Welt von den bösen Geistern!
Es war meine Schuld, daß er erniedrigt wurde, jammervoll kniend vor mir und danach bei eisiger Kälte im Hof. Wie mir, hinter der Glastür stehend, Tränen die Wangen hinabflossen! Du Einziger, Mächtiger, gedemütigt von den Königen um meinetwillen. Und das Geheimnis, das uns verbindet, Mund-zu-Ohr-Spiel zum ersten Male gespielt, Backenstreiche, Krallen des Tigers und des Fürsten der Hölle! Wie Halle und Erde bebten und nicht aufhören wollten: Nie werde ich es vergessen. Wie wage ich es zu schreiben!
Wir sieben Geschwister des inneren Gemaches kleideten ihn an, reichten ihm die Hosen aus hellblauem Damast, den Rock aus leichter gelber Seide mit den Wolken- und Drachenstickereien und die dazu passende Jacke. Wir trugen auf einem Tablett aus Ebenholz den Hut mit dem großen, leuchtenden Rubin. Und zwei von uns hielten den Spiegel, als ich ihm die schwere Goldkette mit dem juwelengeschmückten Kreuz anlegte.
Er war ungeduldig beim Ankleiden, aber nicht unseretwegen, glaube ich; denn oft, wenn er zornig ist, sind es die Staatsge-

schäfte, die ihn drücken und die er verabscheut. So rührte sein Unmut beim Ankleiden wohl auch daher, daß er an der Zeremonie teilnehmen mußte, wo dem Ostkönig-Heiligen Geist der Titel »Zehntausend Jahre«[1] verliehen werden sollte. Wie können wir Frauen in unserer Einfalt und Unwissenheit die Weite und Tiefe seiner Gedanken ermessen!

Zwei Schwestern trugen den Thronsessel herbei, und er ließ sich darauf nieder. Ich wollte ihm die Stiefel reichen, aber da ich mich mit meinem schwangeren Leib nicht mehr bücken sollte, nahm Schwester Yü Dschen sie mir ab und gab mir das goldene Tablett mit der Schale dampfenden Tees, kniete vor dem Himmlischen nieder, zog ihm die Filzschuhe aus und half ihm in einen Lederstiefel, während er die Teeschale vom Tablett nahm und zum Munde führte, gleichzeitig im Spiegel prüfend, ob das Kreuz auf der Brust geradesaß.

Aber der Tee, den Schwester Yü Dschen mir und den ich dem König gereicht hatte, war noch zu heiß, und der Arme verbrühte sich Lippen und Zunge. Er schrie auf vor Schmerz, warf mir die Schale mit dem Tee ins Gesicht, aber so unglücklich, daß einige Spritzer auf die langen damastseidenen Ärmel seiner Jacke fielen. Er sprang aus dem Sessel und trat mir vor den Leib, daß ich zu Boden fiel und daß das goldene Tablett meinen Händen entglitt. Da ich mich am Boden krümmte und Hände und Arme schützend vor den Leib legte, trafen mich seine nächsten Fußtritte in den Rücken und die Seite. Entsetzt hörte ich seine furchtbare, gellende Stimme in meinem Schmerz:

»Ungeschickte Sklavin! Daß du ein Mädchen gebären mögest! In der Küche wirst du hinfort dienen, die Töpfe scheuern, nie wieder die inneren Gemächer, nie wieder die vorderen Räume betreten!«

Und er stürmte hinaus in seinem Zorn, über den kalten Marmor der Hofgalerie, obwohl sein linker Fuß noch ungestiefelt war. Die anderen Frauen folgten ihm erschrocken, Yü Dschen den einen Stiefel in der Hand, und ließen mich liegen. Ich aber konnte mich nicht erheben, weil ich Schmerzen in den Seiten hatte, mich

---

1 »Zehntausend Jahre« (Wan Sui) war Titel und Anrede des Kaisers. Yang beansprucht damit die oberste Macht im Taiping-Reich.

schämte, daß ich pflichtvergessen und in unentschuldbarer Nachlässigkeit die Lippen des Himmlischen verletzt, seine kostbare Staatsrobe beschmutzt hatte und nun verdientermaßen seine Nähe, sein hohes Drachenantlitz, den heiligen Leib meiden mußte. Ich fürchtete, das Ungeborene in mir könnte geschädigt sein. Und der Zorn stieg in mir auf gegen Schwester Yü Dschen, die mir den heißen Tee ohne Warnung gereicht hatte.

Ich lag da und weinte. Nach langer Zeit, als es schon zu dämmern begann, kehrten die Schwestern zurück, alle bis auf Yü Dschen, die sich in ihr Zimmer begeben hatte. Sie flehten mich an, aufzustehen, mit ihnen zum Himmlischen König zu gehen, wo wir uns gemeinsam vor ihm im Kotau niederwerfen und ihn um Vergebung bitten sollten. Ich konnte mich aber nicht erheben. Da baten sie mich zu sagen, wo ich Schmerzen hätte. Aber ich schämte mich meiner Schwäche und gab keine Antwort. Schließlich holten sie eine alte Dienerin aus dem Küchenhof, die früher medizinische Kräuter verkauft hatte und sich auch auf die Heilkunde verstand. Diese bat die Schwestern, mich zu entkleiden. Währenddessen holte sie aus ihrem Zimmer Öle und Essenzen. Man legte mich auf ein Ruhesofa, und die Dienerin rieb die blau und braun angelaufenen Stellen meines Leibes mit brennenden Medikamenten ein und massierte mich. Mit kundiger Hand fühlte sie, daß keine Knochen gebrochen und daß die inneren Organe nicht verletzt waren. Nach der Behandlung war mir schon viel besser, daß ich mich mit Hilfe der Schwestern ankleiden und in einen Lehnstuhl setzen konnte.

Als sie nun um mich herumstanden und überlegten, wann ich wohl gemeinsam mit ihnen den Himmlischen König um Vergebung bitten könne, kam eine Schwester der äußeren Gemächer aufgeregt herein und meldete, er sei immer noch nicht zu dem Staatsakt gegangen, obwohl schon mehrmals nach ihm geschickt worden sei. Dagegen habe er sich eben auf den Weg hierher zu mir gemacht und werde gleich eintreffen. Wir gerieten alle in großen Schrecken. Da ich die Furcht meiner Schwestern sah, bat ich sie inständig, sich schnell zurückzuziehen und mich mit ihm allein zu lassen; denn in diesem Augenblick wäre mir der Tod von seiner Hand als Erlösung und gerechte Vergeltung für meine Unachtsamkeit gekommen. Sie folgten meinem

Wunsch, und einige Augenblicke war nur ich in dem großen, hohen Raum. Ich blickte in die beiden Kerzen auf dem goldenen Tischleuchter. Wie süß wäre mir der Tod von seiner Hand gewesen!

Als er eintrat, wollte ich mich erheben; aber er, immer noch in seiner Staatsrobe, lief auf mich zu und hinderte mich daran aufzustehen, warf sich vor meinem Stuhl zu Boden, umfing schluchzend meine Beine und bat mich, der Erhabene Sohn des Ehrwürdigen Vaters im Himmel, der Überirdische, um Vergebung, mich Unbegabte und durchaus Unwürdige. Trotz der Schmerzen in den Seiten beugte ich mich vor, um ihn emporzuziehen, nun selbst weinend, bat ihn einzuhalten, sich zu erheben und mich zu bestrafen. Aber er ließ nicht ab, sich anzuklagen, der unendlich Großmütige, nannte mich beim Kosenamen, trocknete seine Tränen am Saum meines Rockes und sah flehend wie ein Lamm zu mir auf. Er rief den Vater, die Mutter und den Älteren Bruder im Himmel an, seiner vielfältigen Schuld zu gedenken und ihn dafür büßen zu lassen.

Da stürzten einige Schwestern in den Raum; als sie ihn aber vor mir liegen sahen, blieben sie ratlos an der Tür stehen. Der Himmlische erhob sich auf die Knie, ohne meine Füße loszulassen, wandte den Kopf fragend zu den Schwestern, die nun erregt berichteten, der Heilige Geist sei in den Himmelspalast eingedrungen, begleitet von den anderen Königen und vielen fackeltragenden Soldaten. Der Sohn der Himmlischen Eltern stand auf und sah vor sich hin. Es ist unwahr, was manche sagen: Er war weder zornig noch ängstlich. Er war versunken in Gedanken in das Los, das der Vater ihm gesandt hatte; als sei nun etwas geschehen, was er lange erwartet und was er auf sich zu nehmen hatte. Da trat ein Soldat des Ostkönig-Heiligen Geistes ein, warf sich nieder zum Kotau und bat im Namen seines Herrn den Himmlischen König, in den Hof zu kommen.

Der eben noch vor mir gekniet hatte, ging nun gesenkten Hauptes, als werde er an beiden Händen geführt, langsam hinaus. Wieder war ich allein in dem Raum, aber erst jetzt spürte ich Angst, Angst um den Geliebten. Ich stand auf und fühlte keine Schmerzen mehr. Dessen Fuß mich verwundet hatte, dessen Hand hatte mich geheilt.

Ich ging zur Glasveranda, wo die anderen Schwestern schon erschrocken und zitternd standen, und sah, wie der Himmlische, den Blick zu Boden gerichtet, die marmornen Stufen hinabstieg. Auf beiden Seiten des Hofes standen die Fackelträger; der Treppe gegenüber aber, unter dem Dach des Eingangstors mit grimmiger, verschlossener Miene: der Heilige Geist, neben ihm der Nordkönig Wei und der Hilfskönig Schi Takai. Als der Himmlische in der Mitte des Hofes angekommen war, rief der Heilige Geist ihn mit furchtbarer Stimme beim Namen, befahl ihm niederzuknien und klagte ihn an, Verbrechen gegen den Vater im Himmel und die Sittlichkeit begangen zu haben.
»Der Himmel wird ahnden, daß du einem heiligen Staatsakt ferngeblieben bist, an dem der Heilige Geist, in mir Fleisch geworden, vor den Menschen erhöht werden sollte.«
Mit Schrecken aber hörte ich ihn nun ausrufen:
»Du hast ferner ein Weib deiner Gemächer, das von dir schwanger ist, mit Füßen getreten, daß die Wehrlose blutend zusammengebrochen ist.«
Er wollte fortfahren, aber der Himmlische, auf dem Kies des Hofes kniend, hob die Arme und rief:
»Ich bekenne mich schuldig! Ach, es ist nicht die einzige Untat, die ich begangen habe!«
Verzückt sah er über die Könige, über das Dach der Eingangshalle in den Himmel und rang die Hände:
»Den Auftrag habe ich verraten, Himmlischer Vater, den du mir gegeben hast. Geschlafen, geträumt und vergessen und das Schwert rostig werden lassen in meiner Schwäche. Bestrafe mich!« rief er dem Heiligen Geist zu, der finster von den Stufen herab in den Hof blickte und nun den Soldaten laut befahl:
»Gebt ihm vierzig Hiebe mit dem Bambusknüppel!« Aber niemand von den Soldaten wagte sich zu rühren.
»Züchtigt mich!« rief ihnen der Himmlische König, der Unbegreifbare, zu: »Windet die Dornenkrone um mein Haupt und peitscht mich mit Ruten!«
»Werft ihn nieder und gebt ihm vierzig Hiebe!« befahl der Heilige Geist noch einmal. Drei Soldaten oder vier reichten die Fackeln ihren Nebenmännern, nahmen einem anderen seinen Bambusspieß ab und versuchten, diesen an der Marmorbrü-

stung der Balustrade zu zerbrechen. Doch da der Bambus zu stark und biegsam war, gelang es ihnen nicht. Sie sahen hilfesuchend zu ihren Kameraden.

Der Große und Einzige aber wandte sein Gesicht empor und schloß die Augen. Kalter Regen fiel auf ihn und das kostbare Kleid. Unfaßbar und süß die Schönheit seines naßglänzenden Antlitzes, des gedemütigten Königs, des Himmlischen Geliebten, erniedrigt vor den finsteren Blicken der Soldaten, die nicht verstanden, was hier geschah! Rotgelb verschwammen die Flammen der Fackeln in meinen Tränen und den Regentropfen, die an den Scheiben herunterliefen. Als ich wieder zur Eingangshalle sah, hatten die Könige sich bereits umgewandt. Sie gingen hinaus. Ich war so in den Anblick des gepeinigten Himmlischen Bräutigams versunken gewesen, daß ich den Befehl nicht gehört hatte, der die Soldaten aufforderte, den Palast und den Hof mit dem Knienden zu verlassen.

Es war plötzlich dunkel im Hofe, und eilig liefen die Dienerinnen und Schwestern, Kerzen und Fackeln zu holen. Ich aber eilte die Treppenstufen hinab zu ihm, der noch immer so kniete wie vorher, den Kopf mit geschlossenen Augen verzückt zum Himmel, in den stärker fallenden, kalten Regen erhoben. Ich nahm das nasse Antlitz in meine Hände, legte meinen Kopf an seine Wange und flüsterte ihm ins Ohr, daß er nun aufstehen könne, der Hof sei leer, die Könige nicht mehr im Palast. Doch er hörte mich nicht.

Aber bald kamen die Schwestern und Dienerinnen mit Lichtern und Fackeln und führten den Himmlischen König, der nun die Augen geöffnet hatte, aber nicht wußte, wo er ging oder war, in den großen Raum, wo er mich getreten und dann um Vergebung gebeten hatte.

Als sie in der Mitte des Saales stehenblieben, ging auch er nicht weiter. Wir begannen nun, ihm die durchnäßte Kleidung auszuziehen. Ich löste in seinem Nacken das Schloß der goldenen Kette und nahm ihm die Jacke ab. Die anderen Schwestern wollten ihn weiter entkleiden, aber er wehrte mit erhobenem Arm ab und wies uns die Tür. Wir gehorchten. Im Hinausgehen wandte ich mich noch einmal um. Er hatte uns nachgeblickt, und jetzt winkte er mich zurück. Ich ging langsam auf ihn zu. Er sah

mich streng an, und ich fürchtete ihn zum erstenmal an diesem Tage.
Einige Schritte vor ihm blieb ich stehen. Er aber winkte mich noch näher, faßte mit einer Hand den Ischang über meiner Brust und zog mich so dicht zu sich heran, daß sein Kopf über mir war. Seine Augen glänzten wie bei einem Fiebrigen. Er legte seinen Mund an mein Ohr und sagte, ohne zu flüstern: »Du hast mich nicht genug gedemütigt.«
»Wie sollte ich dich demütigen!« antwortete ich.
»Warum hast du mich nicht geschlagen?«
»Warum sollte ich dich je schlagen!«
»Und draußen im Hof?« Er hatte mich nicht gehört.
»Ich war nicht im Hof. Da waren nur der Heilige Geist und die anderen Könige.«
»Schlage mich!« befahl er mir ins Ohr und kniete vor mir nieder.
»Ich habe nichts hier, womit ich dich schlagen kann«, sagte ich, fürchtete mich, und die Knie zitterten mir. Er hob meinen Kopf zu sich herunter, daß mein Ohr neben seinem Mund lag: »Ins Gesicht!« sagte er.
Ich weiß nicht, was meine Hand bewegte, daß ich ihm einen leichten Streich auf die Backe gab.
Er hatte die Augen geschlossen und den Mund geöffnet. »Stärker!« sagte er.
Ich schlug ihn wieder, und auf seinen Befehl wieder und wieder. Aber es genügte ihm nicht. Er zog mich zu sich herab, bis ich neben ihm kniete, und flüsterte:
»Sage mir ins Ohr: Du bist nicht der Sohn des Vaters im Himmel!«
»Wie kann ich dich und den Vater im Himmel lästern!« fragte ich entsetzt.
»Ich befehle es dir.«
Ich legte nun meinen Mund dicht an sein Ohr und sagte: »Du bist nicht der Sohn des Ehrwürdigen Vaters im Himmel!«
»Noch einmal und lauter!« sagte er. Er hatte die Augen wieder geschlossen und den Kopf zur Decke gewandt. Ich wiederholte es lauter, hielt aber die Hände um meinen Mund und sein Ohr, weil ich wußte, daß Lauscherinnen an der Tür standen.

»Sage: Du bist nicht der Jüngere Bruder Jesu!«
Ich sagte es.
»Warum hast du mich dem Ostkönig verraten?«
»Ich habe dich nicht verraten.«
»Woher wußte er aber, daß ich dich getreten hatte?«
»Ich weiß es nicht. Vielleicht hatte er eine Spionin im Palast.«
»Sage, daß du mich verraten hast!«
Ich beugte mich zu ihm ans Ohr und log: »Gut, ich habe dich verraten, es dem Ostkönig melden lassen, weil aus ihm der Heilige Geist spricht. Aber aus dir sprechen die Dämonen.«
»Ja«, antwortete er verzückt.
»Der König der Hölle ist in deinem Leib; als du mich tratest, hattest du sein Gesicht, sein buschiges Haar und seine Fangzähne.«
»Hast du das alles gesehen?« fragte er.
»Ja, und die Krallen deines Fußes haben mir die Haut zerrissen.«
»Hatte ich Krallen?«
»Wie der Höllenfürst.«
»Und du hast mich dem Heiligen Geist verraten?«
»Herr, bestrafe mich! Ja, ich habe dich verraten.«
»Wie soll ich dich bestrafen? Mit dem Tode?«
»Ja«, flüsterte ich, »ja, mit dem Tod! Zerreiße mich mit deinen Krallen!«
Er atmete schwer und schnell und warf sich plötzlich über mich, daß mein Kopf auf den Holzboden neben dem Teppich schlug, und riß mit beiden Händen meinen Ischang auf, daß die Messingknöpfe absprangen.
Oh, wie wage ich, es niederzuschreiben! Wie er über mir kniete, krallte ich meine Fingernägel in seinen dünnseidenen Rock und riß ihn entzwei, berauscht von dem Ton, wie der Stoff riß und riß; und als der Ton ein Ende nahm, riß ich ein zweites Mal; aber der Himmlische, der Einzige, griff meine Hände und preßte sie zu Boden, daß ich mich ergab.
Erniedrigt, der Unendlich Große, um meinetwillen, auf den Steinen im Regen, geschlagen ins Gesicht, mit Worten gepeinigt, um meinetwillen, der Sohn, dessen Haus im Himmel ist! Wie die Halle bebte, und ich war die Halle und die Erde, und er war der Himmel und der Vater! Nie werde ich es vergessen.

Yü Dschen

Niemand zweifelt mehr daran, daß sie eine Füchsin in Menschengestalt ist. Die Schwestern haben die Zauberin beobachtet, wie sie den Himmlischen König, den Allgeliebten, Hochseligen, Allgewaltigen, den Einzigen, wie sie ihn bezaubert, mit Bannsprüchen verhext hat, daß er erst ganz willenlos, dann wie ein Tier wurde. Sie haben sich Orgien hingegeben, so unerhört, daß ich vor Scham umsinken würde, wenn ich sie beschreiben sollte.

Ich aber muß zur Strafe, weil der Tee zu heiß war, den ganzen Tag auf dem Hof im Kies knien, mit einem schweren Stein auf dem Kopf. Und als ich ohnmächtig wurde, hat die Füchsin befohlen, mir kaltes Wasser über den Kopf zu gießen, bis ich wieder bei Sinnen war, und dann mußte ich wieder knien bis zur Dämmerung.

Der Akademiker Li

Aus einem Brief an seinen Sohn

Immer verwirrendere, dem klaren, ungetrübten Geist schier unbegreifliche Dinge tragen sich in diesem Staat der Gottesverehrer zu. Ereignisse, beispiellos in unserer vieltausendjährigen Geschichte! Häuser und Straßen der Stadt summen von Gerüchten. Niemand kann sich die absurde Geschichte erklären, die heute im Regierungsbulletin veröffentlicht wurde. Und noch rätselhafter erscheint die Berichtigung des Himmlischen Königs.

Der Hilfskönig war anfangs nicht willens, mich in sein Vertrauen zu ziehen. Er ging elend auf der Terrasse und in der Bibliothek auf und ab. Schließlich ließ er mich kommen und erleichterte sein Herz.

Folgendes hatte sich ereignet: Der Himmlische König, der den ihm als Herrscher zukommenden Titel »Zehntausend Jahre«[1] führt, hatte dem Heiligen Geist, Ostkönig Yang, der den gleichen Titel wünschte, schließlich die Anrede »Neuntausend

1 »Wan Sui«.

Jahre« gewährt. Damit war dieser jedoch nicht zufrieden. Und als der Himmlische König fragte, welchen Titel er selbst denn als Oberster Herrscher führten sollte, sagte Yang achselzuckend und wegwerfend: »Meinetwegen ›Zehn Millionen Jahre‹.«[1] – Einen Titel also, den es nicht gibt und der nichts besagen will.

Gestern abend nun hatte der Heilige Geist Yang alle Würdenträger, darunter auch den Himmlischen König, in seinen Palast gerufen, damit ihm dort der Titel »Zehntausend Jahre« in einer feierlichen Zeremonie verliehen werde. Da damit der Ostkönig Heilige Geist denselben Rang wie der Tien Wang erhalten würde, blieb der Himmlische König dieser Veranstaltung, die in Wahrheit einem Staatsstreich gleichgekommen wäre, fern.

Als er nicht kam, brach der Heilige Geist auf und zwang die anderen bei ihm bereits eingetroffenen hohen Würdenträger und Könige, mit ihm zum Himmelspalast zu stürmen. Er rief den Tien Wang in den Hof und warf ihm vor, einige Konkubinen schlecht behandelt zu haben.

Der Himmlische König aber kniete auf den Steinplatten des Hofes nieder und sagte mit ängstlich zitternder Stimme:

»Ich, dein kleiner Sohn, weiß, daß ich Unrecht getan habe und bitte um Strafe.«

Er bat, jawohl er bat mit süßlichem Lächeln selbst um Bestrafung! Zum Schrecken aller, die im Schein der Fackeln zusahen und zuhörten, rief der Heilige Geist Yang:

»Dein Unrecht verdient in der Tat eine hohe Strafe. Da du es aber einsiehst, sollst du nur vierzig Stockschläge erhalten.«

Der Himmlische König senkte seinen Kopf und lud die Wachen des Heiligen Geistes ein, ihn zu schlagen. Welch entsetzliches Schauspiel für alle, die glauben, daß er den Auftrag des Himmels erhalten habe! Undenkbar, daß je ein Erhabener Herrscher unseres Reiches sich soweit erniedrigt hätte! Selbst der rohe, ungebildete Heilige Geist Yang war von dem, was er sah und nun sehen sollte, so verwirrt und fürchtete wohl auch die nicht absehbaren Folgen, daß er kehrtmachte und aus dem Himmelspalast floh.

Der Heilige Geist-Ostkönig Yang ließ heute im Regierungsbul-

1 »Wan Wan Sui« – Zehntausend zehntausend Jahre.

letin anzeigen, der Tien Wang habe eine von ihm schwangere Konkubine mit dem Stiefel in den Leib getreten. Auf Beschluß des Königsrates sei er dafür zu vierzig Hieben mit dem Bambusknüppel verurteilt worden. Der Himmlische König habe diese Strafe angenommen. Aber der Heilige Geist-Ostkönig Yang habe verfügt, sie zu erlassen, da der Tien Wang Reue gezeigt habe.

Heute nachmittag nun veröffentlichte der Himmlische König eine Berichtigung. Aber weder der Hilfskönig Schi Takai, noch ich, noch irgendein anderer können erklären, was der Tien Wang meint, wenn er schreibt: Er habe die Konkubine keineswegs mit dem Stiefel in den Leib getreten, sondern nur mit dem ungestiefelten, bloßen Fuß. Man könne das auch aus den Krallenspuren an ihrem Körper erkennen!

Gleichzeitig wird bekanntgegeben, daß der Himmlische König dem Heiligen Geist und Ostkönig, der schon die Ehrentitel »Tröster«, »Wind Gottes«, »Erlöser der Kranken« hat, nun *doch* den Titel »Zehntausend Jahre« zu verleihen gedenkt, und zwar in einer feierlichen Zeremonie an seinem Geburtstag im nächsten Monat. Einen Tag zuvor soll der Nordkönig Wei den beiden Stadtregimentern des Ostkönigs formell den Polizeischutz Nankings übergeben. – Das wäre das Ende aller Sicherheit, und das macht meinen königlichen Freund Schi Takai so besorgt.

Sir Geoffrey Skelton, ausserordentlicher und bevollmächtigter Botschafter

Auszug aus einem Bericht

Weisungsgemäß stattete ich Nanking, der Hauptstadt der Rebellenregierung, einen kurzen Besuch ab. Ich traf, von Schanghai kommend, am 22. Mai auf der Fregatte H.M.S. »Encounter« vor Nanking ein. Die Reise auf dem Jangtse verlief ohne Zwischenfall. Am Abend des 24. Mai trat ich die Rückreise an.

Ich hatte zwei längere Unterredungen mit Wei, dem König des Nordens, und Yang, dem König des Ostens, der auch »Heiliger Geist« genannt wird, sowie mit dem »Hilfskönig« Schi Takai. Man gab mir Gelegenheit, die Stadt und einige Befestigungswerke zu besichtigen, sowie an einer Truppenparade teilzunehmen.

Die Gespräche der ersten beiden Tage beschränkten sich auf das für den Besuch bei dem Staatsoberhaupt, dem sogenannten »Himmlischen König«, einzuhaltende Protokoll. Man forderte, daß ich diesen mit dem Kotau begrüße, was ich selbstverständlich ablehnte.[1] Ich erklärte gleichzeitig, daß ich nach meinen Instruktionen keine Verhandlungen führen könne, wenn ich nicht von dem Rebellenhaupt empfangen worden sei. Die beiden »Könige« Wei und Yang versuchten mehrere Male, den »Himmlischen König« zu überreden, von seiner Forderung des Kotaus Abstand zu nehmen. Sie waren auf meine feste Haltung in dieser Frage nicht gefaßt und in deutlicher Verlegenheit, da sie anscheinend gehofft hatten, mit mir ein Abkommen über Waffenlieferungen abzuschließen oder doch wenigstens vorzubereiten. Es gelang ihnen jedoch nicht, den »Himmlischen König« von seinen Forderungen abzubringen. Ich verhielt mich daher in allen Unterhaltungen über sachliche Fragen rezeptiv.

Stellung des »Himmlischen Königs«

Aus dem eben Berichteten ergibt sich also, daß entgegen allen Gerüchten der »Himmlische König« das Heft nach wie vor fest in der Hand hält und daß es den Unterkönigen unmöglich ist, ihm gegenüber ihren Willen durchzusetzen. Sie sprachen bezeichnenderweise nie von sich aus über den »Jüngeren Bruder Jesu«, und wenn ich die Rede auf ihn lenkte, antworteten sie mit sichtlicher Scheu und Zurückhaltung.

Die Unterkönige

Sie sind keineswegs die Räuberhäuptlinge, wie die Kaiserliche Regierung stets behauptet, noch viel weniger religiöse Fanatiker. Der Ostkönig Yang, den die Gottesverehrer als fleischgewordenen »Heiligen Geist« oder »Gottes Heiligen Wind« ver-

---

1 Durch den Kotau hätte Sir Geoffrey nach chinesischer Anschauung die Oberhoheit des Tien Wang anerkannt.

ehren, erwähnte ebensowenig wie die anderen Könige je religiöse Fragen.
Im Gegensatz zu den kaiserlichen Würdenträgern machen sie einen energischen, aufgeschlossenen und unbürokratischen Eindruck. Sie sind selbstbewußt, offen und im Verkehr untereinander von erstaunlicher Ungezwungenheit, die allerdings manchmal etwas weit geht und auf das Milieu deutet, dem sie entstammen. Allein der »Hilfskönig« Schi Takai scheint – jedenfalls nach chinesischem Standard – gebildeter zu sein.

Allgemeiner Eindruck der Stadt

Über den Toren Nankings hingen Seidenfahnen mit Sprüchen aus der Heiligen Schrift und den Zehn Geboten, daneben waren die Köpfe von Leuten aufgespießt, die sich gegen diese Gebote vergangen hatten. Die Befestigungen der Stadt sind in den vergangenen drei Jahren wieder instand gesetzt worden. An Neubauten sind vor allem die Paläste der Könige zu erwähnen. Der des »Himmlischen Königs« ist nach dem Muster der Verbotenen Stadt in Peking erbaut worden, erreicht aber wohl nicht ihre Größe. Dagegen gleicht der Palast des Ostkönigs Yang eher einer europäischen Burg. Vierzig Fuß hohe Mauern umschließen einen quadratischen Hof, in den man durch ein einziges Tor kommt. An den vier Innenseiten der Mauern stehen die Palasthallen von beträchtlicher Größe, gedeckt mit gelben, glasierten Dachziegeln.
Die Stadt selbst macht im Vergleich zu Schanghai einen toten Eindruck, da das Geschäftsleben ruht und die für den Lebensunterhalt notwendigen Waren vom Staat verteilt werden. Es ist jedoch zu berücksichtigen, daß Nanking seit der Eroberung durch die Rebellen praktisch im Belagerungszustand ist. Soldatenpatrouillen waren überall zu sehen, gelegentlich Offiziere zu Pferd, denen ihre Diener die Gewehre nachtrugen. Häufig begegnete ich Kolonnen von Zwangsarbeitern, denen die Zeichen »Tai Ping« auf die Wangen gebrannt waren.

Militärische Lage

Soweit ich den Gesprächen mit den Königen entnehmen konnte, betrachten sie die militärische Lage als zufriedenstellend. Die Vernichtung der ohnehin nur schwachen Nordarmee vor zwei Jahren durch den Kaiserlichen General Tang hat zu keiner wesentlichen Schwächung der Taipings geführt. Die Niederlage war anscheinend durch den ehemaligen »Südkönig« Fong, einen zwielichtigen Charakter, verursacht worden. Die neue große Offensive auf die Küstenprovinzen, worüber ich gesondert berichten werde, wird von dem »König der Treue« Li Siu vorgetragen, der bereits im Kampf mit dem genannten Kaiserlichen General Tang um die Wuhan-Städte[1] große Erfolge erzielt hat. Die Kämpfe sollen sehr hart sein. Das Gebiet, das sich unbestritten in den Händen der Taipings befindet, ist weit größer als England, Schottland und Wales zusammen.

Die Disziplin in der Armee scheint ausgezeichnet zu sein, schlecht dagegen die Bewaffnung: Ich sah viele Soldaten, die nur mit Schwert, Spieß oder Bogen ausgerüstet waren. Allein die Bestausgerüsteten vor den Palästen trugen Luntenflinten.

Trotzdem sind nach den übereinstimmenden Angaben aller Könige die Armeen der Taipings heute stärker denn je. Das ist auch die Ansicht der Waffenhändler, die ein großes Geschäft witternd aus allen Ländern Europas nach Schanghai gekommen sind und von dort aus durch chinesische Mittelsmänner unterirdische Beziehungen mit den Behörden in Nanking anzuknüpfen suchen.

Die Reformen

Die Gesellschaft im Taiping-Staat ist fundamental von der bisherigen chinesischen verschieden. Ihr kleinstes Element ist nicht mehr die Sippe, sondern der Haushalt. Jeweils fünfundzwanzig Haushalte bilden eine Zelle, deren Obmann gleichzeitig Priester, Richter, Standesbeamter, Verwaltungsbeamter und Erziehungsbeauftragter ist. Ein Distrikt umfaßt zwölftausendfünfhundert solcher Zellen. Jeder Haushalt hat einen Soldaten zu stellen.

---

1 Hankau, Wutschang und Hanjang.

Auf dem großen Platz vor dem Palast des Himmlischen Königs war neben den Zehn Geboten auf einem Spruchband das wirtschaftliche Grundgesetz der Taipings geschrieben. Es lautet: »Das Getreide der Bauern, die Produkte des Handwerks, das Kapital der Kaufleute gehören dem Himmlischen Vater und sind seiner Schatzkammer zu übergeben.« Daher arbeiten die Maurer, Bauern, Schneider, Schuster, Zimmerleute usw. in Bataillonen für den Staat und werden dort eingesetzt, wo sie gebraucht werden. »Himmlische Kaufleute« verteilen die Produkte entsprechend den Bedürfnissen des einzelnen...

JEN-MIN JIH-PAO, PEKING[1]

Historikerkonferenz in Hopei über die Taiping-Revolution

In der Diskussion über die Natur der Taiping-Revolution ergaben sich zwei Schulen. Nach Ansicht der ersten Schule handelte es sich damals um eine reine Bauernrevolution; denn der Kern des Programms, das »Landsystem der Himmlischen Regierung«, bestand hauptsächlich in der antifeudalistischen Forderung nach Land. Das Programm skizziert ferner eine Gesellschaftsordnung, die sich auf das egalitäre System öffentlichen Eigentums gründet. Die gleichmäßige Verteilung des Landes an die Bevölkerung, die Einrichtung der »Heiligen Schatzkammer«, der Einsatz von Handwerkern in Kommunalorganisationen und das Handelsverbot verhinderten die Entwicklung des Kapitalismus. Nach Ansicht der zweiten Schule handelte es sich um den Typ einer bourgeois-demokratischen Revolution.

JEN-MIN JIH-PAO, PEKING[2]

Die Viererbande erfand Geschichte neu wie eine Art Kinderspiel, und die historischen Persönlichkeiten wurden streng in

1 »Volkszeitung«, Peking, 17. Mai 1961.

2 »Volkszeitung«, Peking, 15. April 1978. Auszug aus dem Artikel »Bemerkungen zum Thema Vergötterung« von Chen Tieh-chien.

gute und schlechte Menschen geschieden. Als ob in der Taiping-Geschichte Hung Siu-tschüan und einige andere nur »gute« und alle anderen nur »schlechte« Menschen gewesen wären! Hungs Mängel und Schwächen, die in der Revolution zutage traten, wurden verschwiegen, beschönigt oder anderen in die Schuhe geschoben.
Die Taiping-Bewegung war eine Bauernrevolution und keine proletarische Revolution. Sie konnte das feudalistische Herrschaftssystem angreifen, aber nicht grundlegend ändern. Ihre Ideologie und ihr Programm stehen zwar auf einer höheren Stufe als die Bauernaufstände und Bauernkriege früherer Zeiten, aber unter den Bedingungen seiner Zeit mußte Hung die politischen und wirtschaftlichen Ziele der Werktätigen religiös verbrämen, Zuflucht beim mystischen Huang Schangti suchen und sich einen Heiligenschein aufsetzen. Während das Taiping-Reich sich in seinen späteren Jahren konterrevolutionärer chinesischer und ausländischer Angriffe von außen zu erwehren hatte, trat im Innern die Schwäche des Bauernregimes immer deutlicher zutage. Der leidenschaftliche Hang zum Wohlleben, die strenge Teilung in Hoch und Niedrig, das Cliquenwesen und die Tatsache, daß Hung und einige seiner Genossen sich teils interesselos und apathisch, teils ungeheuer anmaßend zeigten, wirkten sich immer mehr aus.
Als Hung im Angesicht der starken Gegner seine Schwäche erkannte, ließ er sich noch mehr als vorher von religiösen Illusionen verblenden. Seine Hoffnung, die Feinde draußen und drinnen zu vernichten, gründete er auf einen »Kaiser-Gott« (Huang Schangti), den es natürlich nicht gibt. Bis zu seinem Tode wollte er die Menschen glauben machen, daß dieser Kaiser-Gott den Beamten und dem Volk der Himmlischen Hauptstadt Glück und Sieg bringen werde. Die Gottesverehrung, die anfangs die Menschen aufgerüttelt und erweckt hatte, hinderte nun die Weiterentwicklung der Revolution. Der Herrschaftspalast des Himmlischen Königs, ursprünglich Symbol für die politische Macht der Bauernbewegung, wurde zu einem Zeichen feudalistischer Herrschaftsgewalt. Wenn heute Schriftsteller einen historischen Roman über die Tragödie der Himmlischen Hauptstadt schreiben, sollten auch unsere Historiker Aufstieg und

Niedergang, Erfolg und Scheitern der Taiping-Bewegung umfassend schildern und die sich daraus ergebenden historischen Lehren und Gesetzmäßigkeiten darlegen.

SIR GEOFFREY SKELTON
Aus einem Privatbrief

Lieber Jim,
...Der Heilige Geist, wie der Ostkönig manchmal genannt wird, scheint wirklich ein Original zu sein. Die komischste Episode meiner ganzen Karriere – zu komisch, um in einen diplomatischen Bericht aufgenommen zu werden – ereignete sich zu Beginn eines offiziellen Diners, das er uns in seinem Palast gab. Die Chinesen schienen in unserer Anwesenheit ein wenig unsicher zu sein, während wir, wie ich fürchte, ihnen ziemlich steif und formell vorgekommen sein müssen.
In dieser Atmosphäre und während wir uns gerade setzen wollten, zog der Heilige Geist heimlich den Stuhl unter dem Hintern seines Kollegen, des Nordkönigs Wei, weg, der prompt auf den Rücken fiel, die Füße hoch in der Luft. Der Heilige Geist brüllte vor Lachen, ebenso wir und seine Umgebung, besonders als das Opfer dieses handgreiflichen Spaßes wieder an die Oberfläche kam. Aber nachdem der Nordkönig sein körperliches und geistiges Gleichgewicht wiedererlangt hatte, nahm auch er an unserer Fröhlichkeit teil.

DER AKADEMIKER LI
Aus einem Brief an seinen Sohn

Die unwahrscheinlichen Verstöße gegen die Etikette, deren sich der Nordkönig Wei und der Heilige Geist beim Empfang des barbarischen Abgesandten schuldig machten, gäben eigentlich Anlaß für einen langen, heiteren Brief: Was könntest du schon erwarten, wenn ehemalige Köhler und Pfandhausbesitzer sich als Fürsten aufspielen und einen Barbaren empfangen, dem selbst die Grundelemente der Höflichkeit und menschlicher Gesittung fremd sind! Die reine, unbeschwerte Heiterkeit über dieses burleske Schauspiel will sich bei mir jedoch nicht einstellen, da einige Vorfälle der letzten Zeit mir Grund zur Sorge geben: Schon am ersten Tag des Besuches hatte Schi Takai, mein königlicher Freund, denn so darf ich ihn nennen, einen kurzen, aber heftigen Wortwechsel mit dem Heiligen Geist Yang und dem Nordkönig Wei. Diese beiden wollten es nämlich verhindern, daß der Abgesandte des britischen Volksstammes vom Tien Wang empfangen werde, vorgeblich, weil sie nicht wünschten, daß der Wahnsinn des Himmlischen Königs bekannt werde; in Wirklichkeit aber, weil sie fürchteten, er könne irgendeine ihnen schädliche Abrede mit dem Ausländer treffen. Sie behaupteten daher, der Tien Wang werde den Barbaren nur empfangen, wenn dieser sich vor dem Thron im Kotau verbeuge – obwohl der Himmlische König bereit gewesen wäre, in diesem Fall eine Ausnahme zu machen.

Schi Takai erhob Einspruch gegen diese List und warnte davor, die Intelligenz der Ausländer zu unterschätzen. Man dürfe sie nicht allein nach ihrer Unkenntnis in Dingen der Literatur, Geschichte und Höflichkeit beurteilen. Sie seien sehr geschickt in der Erfindung sinnreich ausgeklügelter Apparate und Maschinen. Der Scharfsinn, den sie hierin bewiesen, würde sie sicher auch instand setzen, die Ausrede mit dem Kotau zu durchschauen.

Yang dagegen meinte, wenn der britische Volksstamm überhaupt an Waffenlieferungen interessiert sei, werde der Abgesandte auch mit ihnen selbst, ja sogar mit dem Hilfskönig darüber verhandeln.

Und der Nordkönig Wei sagte, man solle überhaupt keine Waffen von den Briten kaufen, die sich durch den Opiumhandel der größten Verbrechen gegen unser Volk schuldig gemacht haben. Er zum Beispiel habe eine bessere Quelle, einen biederen, redlichen Mann aus einem Land, dem alle solche Verbrechen fremd und ein Greuel seien und das man zu Recht »Land der Tugend«[1] heiße.

Als Schi Takai jedoch fortfuhr, einen Empfang des britischen

---

1 De Guo, d. h. Deutschland.

Abgesandten beim Himmelskönig zu empfehlen, wurde der Nordkönig ausfallend und beleidigte meinen Freund in vulgären Ausdrücken, weil dieser kürzlich zwei junge Burschen vom Militärdienst freigestellt und in unser Haus aufgenommen hatte. »Es ist leicht, einem Speer bei Tageslicht, aber schwer, einem Pfeil in der Dunkelheit auszuweichen.«

Aber auch zwischen dem Nordkönig Wei und dem Heiligen Geist steht nicht mehr alles zum besten. Dieser hat verfügt, daß im Glaubensbekenntnis nur noch der Himmlische Vater, der Ältere Sohn Jesus und er selbst, der Heilige Geist nämlich, nicht aber der Jüngere Sohn genannt werden sollten. Er hat Mah beauftragt, Kurse für Prediger einzurichten. Diese Prediger sollen in die Armeen geschickt werden und beobachten, ob die Feldherren fromm sind und die Zehn Gebote beachten.

Der Nordkönig Wei dagegen, dem die Polizeitruppe in Nanking untersteht, hat ein Netz von Spitzeln und Denunzianten über die Stadt gebreitet. Die verleumderischen Behauptungen über den Hilfskönig Schi Takai stammen von einem seiner Sbirren, der in unserem Hause als Koch gedient hatte.

Der Hilfskönig Schi Takai hat seinen Zusammenstoß mit Wei nur einmal vor mir erwähnt. Seitdem schweigt er darüber; aber ich weiß, er vergißt nicht.

Bulletin der Regierung in Nanking

Huang Schangti, dem Vater, dessen Name gelobt sei, hat es gefallen, den Ostkönig, Gottes Heiligen Wind, den Erlöser der Kranken, Mühseligen und Beladenen, den Bruder »Neuntausend Jahre« am elften des siebenten Monats wieder zu sich in die Himmlischen Hallen zu rufen.

Durch ein göttliches Wunder wurde das Heilige Reichssiegel aus den Flammen gerettet, das der Ehrwürdige Vater im Himmel seinem Jüngsten Sohn übergeben hatte. Es befindet sich jetzt in den Händen des Nordkönigs, der es im Namen und Auftrag des Tien Wang verwalten wird.

Leng, Hauptmann der Leibwache des Nordkönigs Wei

Aus seinem Geständnis[1]

Der Befehl des Nordkönigs war mir sehr zuwider, wie mein Kamerad, der Hauptmann Kung, bezeugen kann. Der Nordkönig sagte mir jedoch, der Tien Wang sei damit einverstanden, und nur um ihn zu retten, müsse die Tat vollbracht werden. Den Plan hatte der Nordkönig selbst ausgearbeitet. Ich hatte lediglich in seinem Auftrag das Öl und die Fackeln besorgt. Da ich nur den Befehl meines Vorgesetzten befolgte, bin ich nicht schuldig. Außerdem war mir der Befehl, wie ich wiederhole, zuwider.

Die Feier, in der zwei Regimentern des Heiligen Geistes der Polizeischutz Nankings übergeben werden sollte, begann zur Stunde der Ratte.[2] Die dreitausendfünfhundert Mann des Heiligen Geistes standen so eng nebeneinander in seinem Palasthof, daß sie kaum Platz fanden zu knien, als das Glaubensbekenntnis gesprochen wurde. Darum hinderten sie sich später auch bei dem Versuch, dem Feuer zu entkommen. Auf der Tribüne waren der Ostkönig-Heilige Geist, der Nordkönig Wei sowie je zwei Mann von der Leibwache der beiden; außerdem an den Seiten zehn Fackelträger der Polizeitruppe. Ich stand mit zwölf Mann im Hintergrund, in der Tür, die vom Torturm auf die Tribüne führte.

Nach der Predigt des Heiligen Geistes stimmten die Soldaten im Hofe das Lobpreisungslied an, und der Heilige Geist trat zurück, um sich zu setzen. Aber der Nordkönig zog ihm heimlich den Thronsessel fort, daß er rücklings hinfiel, worüber Wei sehr lachte. Die beiden Leibwächter des Heiligen Geistes sprangen hinzu, um ihren Herrn aufzuheben, der anscheinend noch glaubte, man habe sich einen schlechten Scherz mit ihm erlaubt. Aber als sie sich bückten, liefen einige von uns hinzu und stachen sie nieder. Die anderen stürzten sich auf den Heiligen Geist und töteten ihn mit Stichen in den Hals. Ich selbst beteiligte mich an

---

1 Die Folter wurde nicht angewandt, Hauptmann Leng später von Schi Takai zum Tode verurteilt und enthauptet.

2 23 Uhr.

dem Kampf nicht, habe den Heiligen Geist überhaupt nicht angerührt, sondern lediglich dafür gesorgt, daß die Fackelträger sofort an die Stirnseite der Tribüne traten.
Die Soldaten im Hofe haben sicher nicht erfaßt, was vor sich ging, da nur die hintersten Reihen die ganze Tribüne übersehen konnten. Als die Fackelträger vortraten, gossen unsere Leute in den Palästen das Brandöl aus und zündeten es an.
Nachdem der Nordkönig sich überzeugt hatte, daß der Heilige Geist wirklich tot war, ging er mit uns langsam von der Tribüne in den Torturm, und von dort eilten wir die Treppenstufen hinab und durch das Tor aus dem Palast. Die letzten versuchten, das Fallgitter herabzulassen, aber es war eingerostet oder festgeklemmt. Sie schlossen daher nur die schweren Bohlenflügel. Wir anderen aber schoben einen Wagen, der auf dem Platz stand, vor das Tor, um es zu versperren.
Wir hörten noch kurze Zeit den Gesang, der aber allmählich schwächer wurde, und zur gleichen Zeit quoll dicker Rauch über die Mauern des Palastes. Die Soldaten im Hof schrien nun laut, und wir legten die Gewehre an, weil wir glaubten, sie würden versuchen auszubrechen. Aber merkwürdigerweise öffnete sich das Tor gar nicht. Wie wir am Morgen darauf sahen, hatten sich die Soldaten so zum Ausgang gedrängt, daß sie ihn verstopften. Die Leichen lagen mannshoch vor der Tür.
Wir hörten die Soldaten noch lange schreien. Es gelang aber keinem, dem Feuer zu entkommen bis auf einige wenige, die einen Aufgang zur Mauer fanden und auf der Stadtseite herabsprangen. Auf Befehl des Nordkönigs wurden sie an Ort und Stelle getötet. Ich war hieran jedoch unbeteiligt. Einige meiner Kameraden, die auf der Bühne die Fackeln getragen hatten, sind ebenfalls in den Flammen umgekommen.

Unbekannter irischer Kanonier

Auszug aus einem Bericht[1]

We never noticed any of the rebels mourning after the death of No. 2 and we are certain that if any had done so they would have been beheaded by No. 5 und No. 7's men. During the time of the slaughter of No. 2's adherents, occupying a space of three months – their religious observances were suspended. We saw all the five hundred women of No. 2's household beheaded. For three months the massacre of No. 2's adherents continued, and we estimated that forty thousand (more or less) men women and children must have perished.

Every master of a house in the city had to give an account of how many men women and children were residing under his roof, to every one of whom was given a small chop which they wore on their breast, and if they found any of No. 2's men they were to secure them – For several weeks these people were brought to the execution ground in parcels of fives, tens, hundreds and thousands, who were all beheaded. All the women and children also, any one who had eaten of No. 2's rice suffered.

About six thousand of No. 2's officers and men were unsuspicious taken prisoners and put in to two large houses one on each side of No. 1's palace. As we were returning to No. 7's house we met our officious interpreter with two soldiers fringing two of No. 2's officers prisoner – who had been caught concealing themselves. During the night we accompanied Nos. 5 & 7 who

---

1 Der Bericht wurde von einem E. A. Reynolds, »chief officer of a large opium ship« nach dem Diktat eines uns namentlich nicht bekannten Kanoniers, vermutlich eines Iren, aufgenommen, der ursprünglich in den Diensten der Kaiserlich Chinesischen Marine gestanden hatte, sich aber dann mit zwei oder drei Europäern, fünf Filipinos und einem »Neger« den Taipings angeschlossen hatte. Der Ire und ein weiterer Europäer kehrten nach einem dreiviertel Jahr nach Schanghai zurück. Der oben wiedergegebene Bericht erschien am 21. und 30. Januar 1857 im *Overland Friend of China, Supplement, Shanghai*. Wortlaut und Orthographie sind unverbessert beibehalten worden.
Er nennt die Könige nach ihrer Rangfolge mit Nummern, wohl weil ihm die chinesischen Namen nicht geläufig waren. In der deutschen Übersetzung wurden statt dessen die Namen eingesetzt.

inspected the prison of these 6,000 men, listened at the windows, and planned their destruction. Next morning at daylight the doors and windows of these prisons were opened, and several powder bags thrown in on the prisoners, while the entrance was strongly guarded. In one house the soldiers entered with little resistance and massacred the whole, but in the other the prisoners fought with the bricks from the walls und partitions, most desperately for upwards of six hours before they got under. In addition to musketry, a two pounder discharged grape at them. –

These poor devils then stripped themselves, and many were seen to fall from sheer exhaustion. At last Nos. 5 & 7 called upon their men to draw their right arms from their sleeves, so as to distinguish them from No. 2's men; then they rushed in and massacred the remainder. – We shortly after entered, and, good heaven! such a scene, the dead bodies were in some place five or six deep; some had hung themselves and others were severely scorched from the explosion of the powder bags thrown in. – These bodies were removed from this to a field and remained uncovered.

About six weeks after No. 2 was killed, No. 6 (Schi Takai) and a part of his force went to No. 1's, where he met Nos. 5 & 7, who shewed him an account of their proceedings, upon which No. 6 said, »Why have you destroyed so many people who have all long hair und fought for us – would not the death of No. 2 and a few of the principal officers have satisfied you?« – to which No. 5 replies you are a thief – No. 6 in reply says you are also a thief, we are both fighting for one cause, consequently we must both be thieves. After this No. 6 said as you have gone so far yourselves you can finish it, I will have nothing to do with it. That night he quietly collected his forces and came towards the West gate, but was refused to pass without permission from No. 5, upon which he slew the gateman und with the greater part of his force passed out. Had he not gone out that night he was to have been beheaded. A great number of the people availed themselves of the chance and went out. – The next morning the City was in the greatest state of excitement, every one being under arms. They were about going out to apprehend No. 6, but were not certain which way he had gone.

Wir haben nie feststellen können, daß irgendeiner der Rebellen nach dem Tod von Nummer Zwei (Ostkönig Yang) getrauert hat, und wir sind sicher, wenn einer das getan hätte, dann wären sie von den Leuten des Nordkönigs Wei und Yen-Wangs enthauptet worden. Während des Abschlachtens von Anhängern des Ostkönigs, was einen Zeitraum von drei Monaten einnahm, waren ihre religiösen Veranstaltungen suspendiert. Wir sahen, wie alle die fünfhundert Frauen aus dem Haushalt des Ostkönigs geköpft wurden. Drei Monate lang hielt das Massaker der Anhänger des Ostkönigs an, und wir schätzten, daß ungefähr vierzigtausend Männer, Frauen und Kinder umgekommen sein müssen.

Jeder Vorsteher eines Hauses in der Stadt mußte Rechenschaft darüber ablegen, wie viele Männer, Frauen und Kinder unter seinem Dach wohnten. Jeder von ihnen bekam eine kleine Erkennungsmarke, die sie auf der Brust trugen. Und wenn sie einen von des Ostkönigs Leuten fanden, dann mußten sie ihn festhalten. Mehrere Wochen lang wurden diese Leute zum Exekutionsfeld gebracht in Gruppen von Fünfen, Zehnen, Hunderten, Tausenden, die alle geköpft wurden. Alle die Frauen und Kinder ebenfalls, jeder der von des Ostkönigs Reis gegessen hatte, litt.

Etwa sechstausend Offiziere und Mannschaften des Ostkönigs wurden ahnungslos gefangengenommen und in zwei große Häuser auf beiden Seiten des Palastes des Himmlischen Königs gesteckt. Als wir zum Haus des Yen-Wang zurückkamen, trafen wir unseren beflissenen Dolmetscher mit zwei Soldaten, die um zwei gefangene Offiziere des Ostkönigs herumstanden und die man gefaßt hatte, als sie sich verbergen wollten.

Während der Nacht begleiteten wir den Nordkönig Wei und Yen-Wang, als sie das Gefängnis jener sechstausend Mann inspizierten, an den Fenstern horchten und ihre Vernichtung planten. Am nächsten Morgen bei Tagesanbruch wurden die Türen und Fenster dieser Gefängnisse geöffnet und mehrere Pulversäcke hinein auf die Gefangenen geworfen, während der Eingang stark bewacht war. In das eine Haus drangen die Soldaten ohne großen Widerstand ein und massakrierten alles, aber in dem anderen kämpften die Gefangenen mit Ziegeln von den Wänden und Trennmauern ganz verzweifelt bis zu sechs Stunden, bevor sie unterlagen. Zusätzlich zu Gewehrfeuer wurde auch ein Zweipfünder mit Kartätschenfüllung auf sie abgeschossen.

Die armen Teufel rissen sich dann die Kleider vom Leib, und man sah viele, die aus reiner Erschöpfung fielen. Schließlich befahlen der Nordkönig Wei und Yen-Wang ihren Leuten, die rechten Arme aus ihren Ärmeln zu ziehen, damit sie sich von den Leuten des Ostkönigs unterschieden. Darauf stürmten sie hinein und massakrierten den Rest.

Wir gingen kurz danach hinein, und – guter Gott! – welch ein Anblick! Die Leichen lagen an manchen Stellen fünf oder sechs Mann tief. Einige hatten sich erhängt, und andere waren von der Explosion der Pulversäcke, die hineingeworfen worden waren, schwer verbrannt. Die Leichen wurden von dort auf ein Feld gebracht und unbeerdigt liegen gelassen.

Ungefähr sechs Wochen nach dem Tod des Ostkönigs begab sich Schi Takai zum Palast des Himmlischen Königs, wo er den Nordkönig Wei und Yen-

Wang fand, die ihm einen Bericht ihrer Taten gaben, worauf Schi Takai sagte: »Warum habt ihr so viele Leute vernichtet, die alle langes Haar tragen und mit uns gekämpft haben? Hätte euch der Tod des Ostkönigs und einiger der wichtigsten Offiziere nicht genügt?« Worauf der Nordkönig Wei antwortete, du bist ein Dieb! Schi Takai antwortete und sagte, du bist auch ein Dieb! Wir kämpfen beide für dieselbe Sache, folglich müssen wir beide Diebe sein; daran anschließend sagte Schi Takai, da ihr selbst nun schon soweit gegangen seid, könnt ihr selbst es auch zu Ende machen. Ich will damit nichts zu tun haben.

In jener Nacht sammelte er still seine Streitkräfte und kam zum Westtor. Man weigerte sich aber, ihn ohne Erlaubnis des Nordkönigs Wei durchzulassen, worauf er den Torwächter erschlug und mit dem größten Teil seiner Kräfte hinausmarschierte. Wäre er in dieser Nacht nicht hinausgegangen, wäre er enthauptet worden. Eine große Zahl von Leuten benutzte diese Gelegenheit und ging (ebenfalls) hinaus.

Am nächsten Morgen war die Stadt in einem Zustand größter Erregung, und jedermann war unter Waffen. Sie waren im Begriff hinauszugehen, um Schi Takai zu fangen, waren aber nicht sicher, welchen Weg er gegangen war.

Der Akademiker Li

Aus einem Brief an einen Freund

Es ist mir kaum möglich, den Pinsel gerade und ohne zu zittern über dem weißen Papier zu halten, geschweige denn mit ihm zu beschreiben, was mir in den letzten beiden Monaten an Drangsal und Kummer widerfahren ist. Diese wenigen Zeichen sollen nur vermelden, daß ich noch lebe, wieder in meinem Hause bin und vom Hilfskönig und der Dienerschaft gepflegt werde. Ich bin nicht verwundet und auch nicht krank, aber doch sehr schwach. Bitte teile das auch meiner Familie mit, die sich vielleicht gesorgt hat, weil sie so lange ohne Nachricht von mir geblieben ist!

Wie schmählich hat mich der Nordkönig Wei enttäuscht! »Du kannst das Gesicht eines Tigers zeichnen, aber nicht seine Knochen. Du kannst das Gesicht eines Menschen kennen, aber nicht sein Herz.«

Wir sind zwar von der Tyrannei des »Heiligen Geistes«, des »Erlösers« erlöst; aber die blutige Herrschaft des Nordkönigs Wei ist noch schwerer zu ertragen. Mein Freund und Hausgast, der Hilfskönig Schi Takai, kam kürzlich von der Front für ein

paar Tage nach Nanking, sah das Morden und ließ sich über Weis Untaten berichten. Im Angesicht des Himmlischen Königs hatte er eine stürmische Auseinandersetzung mit Wei. Da er aber die Zustände nicht ändern kann, verließ er die Stadt. Ah, wäre ich doch seinem Rate gefolgt und mit ihm gezogen!
Denn gleich darauf verhafteten Weis Leute mich und die beiden mir und Schi Takai freundschaftlich verbundenen Jünglinge, die in unserem Hause wohnen. Diese wurden angeblich einer Armee zugeteilt und sind seitdem verschollen. Mich selbst preßte man in ein Arbeitslager, und ich mußte in Pukau[1] Ziegel streichen. Lieber Freund, laß mich schweigen von der Qual der vergangenen beiden Monate unter den Arbeitern!
Vor etwa einem Monat hatte der Himmlische König meinen Freund Schi Takai wieder nach Nanking zurückgelockt und feierlich versichert, daß die Zeit der Blut- und Gewalttaten vorüber sei. Schi Takai sollte wichtigere Regierungsaufgaben in der Himmlischen Hauptstadt übernehmen.
Aber es stellte sich heraus, daß man gar nicht daran dachte, ihm neue Aufgaben zu übertragen. Immer wieder vertröstete der Tien Wang meinen Freund. Man hatte ihn nur von der Armee weggelockt, weil man fürchtete, er werde sich mit seiner Streitmacht gegen die Hauptstadt kehren und dem ganzen Spuk ein Ende machen.
Eines Tages nun sagte der Nordkönig ihm, bevor er ihn vor größere und würdigere Aufgaben stelle, wolle er ihm die Verwaltung des Frauenviertels von Nanking anvertrauen. Schi Takai überhörte den dick aufgetragenen Hohn, mit dem der Nordkönig ihm dieses Angebot machte und akzeptierte es.

Der Hilfskönig Schi Takai

Die dicke Pförtnerin öffnete die Holztür in dem Palisadenzaun, der das Frauenviertel von der Stadt trennt. Ich begrüßte den Nordkönig Wei, als er eintrat. Seine fünf Leibwächter wollten ihn begleiten, aber die Torhüterin stellte sich ihnen in den Weg

1 Auf dem Nanking gegenüberliegenden Ufer des Jangtse.

und breitete die Arme aus. Die Leibwächter blieben unschlüssig stehen. Wei runzelte die Stirn und wandte sich ärgerlich zu mir: »Sag ihr, sie soll den Weg freimachen!«
Ich lächelte nur, und die Pförtnerin begann zeternd zu erzählen, wie der Heilige Geist einmal mit seiner Leibwache das Frauenviertel inspiziert habe und wie einige seiner Männer, von den Weibern versteckt, erst am nächsten Tag und völlig erschöpft gefunden worden seien.
Ich fragte Wei, ob er vielleicht während des Besuches eine weibliche Leibwache wünsche. Als auch seine Männer grinsten, gab Wei sich schließlich zufrieden und befahl ihnen mit einer Handbewegung, vor dem Tor zu warten.
Die Pförtnerin schloß das Tor, und Wei ging mit mir über den Platz. Ich hörte, wie die Frau hinter uns den Riegel vorschob. Der Platz war leer, das Gras von der Hitze verbrannt und braun. Bei den Häusern hängten einige Frauen Wäsche auf die Leine. Vor dem Eingang zur Hauptstraße des Viertels hatten die Frauen einen Ehrenbogen errichtet mit Spruchbändern, auf denen sie den Nordkönig willkommen hießen. Ein Chor hatte sich zu beiden Seiten aufgestellt und sang ein Lied zum Preise der Heiligen Dreieinigkeit. Nachdem er geendet hatte, gingen wir weiter. Die Frauen in der Hauptstraße knieten vor den Häusern und senkten die Stirnen zu Boden, als wir vorüberschritten. Weder Wei noch seine Agenten waren je zuvor hier gewesen. Über dieses Quartier hatte er sein Polizeinetz noch nicht geworfen.
»Ich hatte geglaubt, nun, da Yang tot ist, hätte ich die Macht zu tun, was ich wollte«, sagte er, »aber ich habe mich geirrt. Die Denunzianten und Gerüchtehändler haben die wirkliche Macht. Ich muß handeln, selbst wenn sie mir eine faustdicke Lüge auftischen. Denn ich kann ja nicht jede Anzeige prüfen. Man müßte Männer um sich haben, denen man vertrauen kann.«
Ich antwortete ihm nicht. Er blieb stehen.
»Hast du nie geahnt, daß dein Hausbesitzer Li ein Spion war?«
»Er war kein Spion.«
»Nein? Aber man hat mir einen seiner Briefe gebracht, in denen er sehr indiskrete Dinge über uns Könige schreibt.«
Ich sagte: »Er schwatzt vielleicht manchmal ein bißchen, aber er ist kein Spion. Wo ist er jetzt?«

»In Pukau, glaube ich. Wenn du dich für ihn verbürgst, kann ich ihn sofort zurückholen lassen.«
Wei schien auf der Stelle umkehren zu wollen, um seiner Leibwache am Tor den Befehl zu geben. Aber ich antwortete:
»Es eilt nicht so. Die Frauen in den Stickereisälen haben sich auf die Inspektion vorbereitet. Wir können sie jetzt nicht enttäuschen.«
Er ging langsamer als ich, war mißtrauisch geworden. Als wir in das ehemalige Buddhistenkloster eintraten, das uns jetzt als Stickereimanufaktur diente, fragte ich ihn, wo Mao und Bai[1] seien.
»Nachher«, sagte er. Dies war aber jetzt die letzte Gelegenheit, von ihm Auskunft zu erhalten, und ich wiederholte meine Frage. Er hielt seine Schritte wieder an. Da ich meinen Plan nicht gefährden wollte, gab ich mich zufrieden und bestand nicht auf einer Antwort.
Wir gingen in den Saal, in dem früher die Novizen geschlafen hatten. Jetzt standen da mehr als zehn Tischreihen, und in jeder Reihe waren Arbeitsplätze für zwanzig Frauen. Die Frauen knieten im Mittelgang und in den Seitengängen. Ich befahl ihnen aufzustehen und in die Reihen zurückzutreten.
»Ich sollte jetzt wohl ein paar Worte zu ihnen reden«, fragte Wei. Er war unsicher, und ich spürte, daß er so bald wie möglich wieder hinauswollte. Ich antwortete ihm, er brauche keine Ansprache zu halten. Es genüge, wenn er die Stickereien besichtige und nachher der Saalvorsteherin kurz danke.
»Aber wo sind denn die Stickereien?«
»Auf den Tischen natürlich!«
Ich mußte ihn fast in den Mittelgang drängen. Die Frauen standen stumm vor ihren Arbeitsplätzen und sahen uns an. Sie trugen lose schwarze Seidenhosen und – der Hitze wegen – nur Hemdblusen aus Batist. Die Fenstertüren waren geschlossen. Er blieb an der ersten Reihe stehen und stellte die üblichen Fragen:
»Bist du verheiratet?«

1 Anscheinend die von dem Akademiker Li erwähnten beiden jungen Burschen, die Wei hatte verhaften lassen.

Die Frau hatte ein grobknochiges Bauerngesicht und schielte.
»Ich war verheiratet.«
»Wo ist dein Mann geblieben? Ist er gefallen?«
»Nein.« Die Frau sah mich an, als sie antwortete: »Er ist nicht gefallen, er ist verbrannt!«
Wei wandte sich schnell der nächsten zu und deutete mit dem Finger auf sie. Die Frau sagte: »Mein Mann ist auch verbrannt.«
Wei drehte sich zu mir um: »Was soll das bedeuten?«
»Du brauchst nicht weiterzufragen, Bruder Nordkönig«, antwortete ich, »die Männer, Brüder oder Söhne all dieser Frauen sind in einem Feuer umgekommen. Oder man hat Pulverladungen in ihr Gefängnis geworfen, oder Kartätschenkugeln hineingeschossen und, was dann noch lebte, massakriert. Und die Frauen wissen, wer daran schuld ist.«
Er rückte seine Brille zurecht. Ich aber rief über ihn hinweg den Frauen zu:
»Schwestern, hier ist er. Ich habe ihn euch versprochen. Und der Himmlische König segnet, was ihr an ihm tut.«
Aber sie rührten sich nicht.
Wei wandte sich um, aber nicht zu mir, sondern um nach der Tür zu blicken. Dort standen jedoch schon einige Frauen und versperrten den Ausgang. Er bewegte seine dicken Lippen, als probiere er ein Scherzwort aus; er fand es nicht. Dann aber, in plötzlicher, überraschender Bewegung, wie eine dicke Ratte, lief er zu einer der Fenstertüren, die in den Hof führten. Die Frauen, als hätten sie darauf gewartet, sprangen nun über die Tische oder rannten in den engen Reihen ebenfalls dorthin und verlegten ihm den Weg. Er eilte auf seinen kurzen Beinen zur Tür zurück und versuchte, dort durch die Gruppe der Frauen zu brechen, aber sie drängten sich fester zusammen und hakten ihre Ellbogen ein. Die Frauen aus dem Saal und von den Fenstern folgten ihm. Sie hatten Scheren, Nähmesser oder Häkelnadeln in den Händen.
Einige hatten seine Ärmel gefaßt. Er quiekte laut wie ein Schwein, zog blitzschnell die Arme aus der Jacke und ließ das Kleidungsstück in den Händen der Frauen zurück. Als er um mich herumlaufen wollte, stellte ich ihm ein Bein.
Er wollte aufstehen, aber da griff ihm eine Frau von hinten zwi-

schen die Beine, daß er lachend, schreiend den Kopf zurückwandte und dabei seine Brille verlor. Die Frau stand breitbeinig da, hatte den Oberkörper vorgeschoben und, als wolle sie den Augenblick auskosten, senkte sie langsam die Hand und stieß ihm die Häkelnadel tief zwischen die Schulterblätter. Er sah fragend zu ihr auf, als verstehe er den Schmerz nicht; aber da stachen auch die anderen zu. Sie stachen mit Scheren, Nähmessern und den dünnen Klöppelnadeln. Auf seinem gelben Seidenhemd breiteten sich Blutflecke aus. Eine hagere Frau warf sich auf ihn, stach ihm, immer wieder und jedesmal kreischend, mit der Schere in den Nacken. Dann verschwand sein Körper in dem Haufen der Weiber.

Ich ging hinaus. Es stand niemand mehr an der Tür. Die Frauen hatten mich vergessen. Ich holte tief Atem in der frischen Luft und wischte mir den Schweiß vom Gesicht.

Evangelisches Missionsmagazin[1]

Es war eine kritische, verhängnisvolle Zeit. Wäre die ganze Sache Hung Siu-Tschüans und seines Anhangs *blos aus Menschen* gewesen, sie hätte an diesem Schaden, der aus Yangs, des Ostkönigs, verwirrenden und zerstörenden Eingriffen erwuchs, zu Grunde gehen müssen. Aber wir erkennen an der furchtbaren, gewitterartig einschlagenden Krise, die nun eintrat, noch mehr aber an dem Umstand, daß unmittelbar hernach, wie durch ein Wunder, ein neues reformatorisches, heilsam wirkendes Element in der Person Hung Jentahs bei den Taipings sich einfand – an diesem doppelten Ereigniß erkennen wir ein neues Zeichen, daß diese Bewegung *nicht blos aus Menschen* ist.

Schon unter dem 30. vorigen Mts. berichtet der North China Herald: »Aus dem Inneren vernimmt man wenig Zuverläßiges. Ein ziemlich beglaubigtes Gerücht meldet, der König Schi Takai (der sogenannte Hülfskönig) habe den nördlichen König Wei ergriffen und getödtet, weil Letzterer den östlichen König Yang umgebracht habe. Bestätigt sich dieß, und ist Hung Siu-tschüan

1 Evangelisches Missionsmagazin, Neue Folge, Basel, 5. Jg., S. 358.

noch am Leben, so kann er mit Hülfe der andern Chefs nunmehr wohl eine verständigere Politik entfalten oder wenigstens versöhnlichere und minder grausame Maßregeln ins Werk setzen.«

L. G.[1]

Leserbrief an das Evangelische Missionsmagazin in Basel

Obwohl nicht für Ihre Missionsgesellschaft tätig, erhalte ich von befreundeter Seite regelmäßig Ihr Blatt. In einer Ihrer letzten Nummern schreiben Sie, werter Herr Redaktor, die Taiping-Bewegung sei »nicht blos aus Menschen«. Sie führen die bösen Erscheinungen dieser Gemeinschaft nur auf »Yangs verwirrende und zerstörende Eingriffe« zurück und entnehmen der englischen Zeitung in Schanghai die Behauptung, der sogenannte Himmlische König »werde nunmehr eine verständigere Politik entfalten«.

Gebe der Herr, daß Sie mit dieser Meinung recht haben! Ich selbst, der ich meine mühevolle und entsagungsreiche Missionstätigkeit seit Jahren im Innern Chinas, und in letzter Zeit vorzüglich im Gebiet der Gottesverehrer ausübe, diese Bewegung also nicht, wie anscheinend Ihr Gewährsmann, von Schanghai aus beobachtete – ich selbst bin mir nicht mehr gewiß, ob ich in den Werken der Taipings den Finger Gottes sehen soll.

Sie setzen Ihre Hoffnungen auf den Tien Wang – jedoch lebt dieser sogenannte Himmlische König überhaupt noch? Gewiß erscheinen die Edikte der Rebellenregierung unter seinem Siegel, aber es wird in Nanking kein Geheimnis daraus gemacht, daß er es gar nicht mehr führt. Indessen, selbst wenn es noch in seinen Händen ist – wie konnte er die Greuel zulassen, die auch von anderen Königen als Yang begangen wurden! Hat nicht der Nordkönig seinen Amtsbruder und mit ihm viele tausend Soldaten in der schrecklichsten Art verbrannt? Und haben die Taipings den Tag dieses Mordes nicht zum Staatsfeiertag gemacht und ihn »Himmelfahrt des Heiligen Geistes« zubenannt? Hat der Nordkönig Wei nicht dreißigtausend Anhänger Yangs auf hin-

1 Der volle Name war nicht festzustellen.

terlistige Weise entwaffnet und dann umgebracht? Hat der Himmlische König nicht den Hilfskönig Schi Takai gesegnet, als dieser wiederum seinen Amtsbruder Wei umbringen ließ? Die Leiche des ermordeten Nordkönigs hing drei Tage vor den Toren des »Himmlischen Palastes«, und einige meiner Missionskinder haben sie gesehen. Die natürliche Scham verbietet mir zu beschreiben, auf welch furchtbare Weise der Körper verstümmelt war. Können Sie in diesem Morden und Schlachten die Hand des Vaters im Himmel sehen?

Nun glauben manche, das Zeichen Gottes in den Gesichten erkennen zu können, von denen der Himmlische König spricht. Ich will nicht ganz und gar leugnen, daß er diese Gesichte gehabt hat. Aber mich deucht, es waren eher unreine Geister, gleich den Fröschen, von denen die Offenbarung (16, 14) sagt: »Denn es sind Geister der Teufel, die tun Zeichen und gehen aus zu den Königen auf dem ganzen Kreis der Welt, sie zu versammeln in den Streit auf jenen großen Tag Gottes des Allmächtigen.« Hat uns nicht auch der Apostel Paulus ernstlich vermahnt, daß wir uns der hohen Offenbarungen nicht überheben und uns ihrer rühmen sollen? »Darum will ich mich am allerliebsten rühmen meiner Schwachheit, auf daß die Kraft Christi bei mir wohne.« (2. Kor. 12,9)

Nun, vielleicht sehen Sie Sein Wirken eher in den Haupt- und Staatsaktionen. Gewiß, die Gottesverehrer haben ihre Grenzen weiter hinausgeschoben, sind südlich Schanghais bis zur Küste vorgedrungen, haben Hangdschou, Sudschou und jetzt sogar Ningpo eingenommen, dank ihrem neuen Heerführer, den sie »König der Treue« nennen. Sie haben Gesetze erlassen, die sich auf dem Papier kühn und imposant ausnehmen und an das Leben der ersten christlichen Gemeinden erinnern. Aber wo sind die Gesetze durchgeführt worden? Jedenfalls nicht in den Teilen des Taiping-Reiches, die ich gesehen habe. Und die militärischen Erfolge? Warten Sie ab! Die Kaiserlichen sind mit ihrer Rüstung noch nicht fertig! Die Feldzüge der Gottesverehrer sind schon seit Jahren nicht mehr mit dem schnellen Siegeszug zu vergleichen, in dem sie große Teile Südchinas überrannten. Der Krieg ist noch grausamer geworden: Ich bin tagelang durch Gebiete geritten, deren früher dort blühende Dörfer entvölkert waren:

Die Taipings waren hier gewesen. Und ich besuchte Hankau: Von den zwei Millionen Einwohnern lebten noch dreißigtausend in der Stadt: Die Kaiserlichen hatten dort gehaust.
Wie der reißende Bergfluß nach einem Unwetter das Land überschwemmt und Menschen, Tiere und Hausrat auf schäumender Flutwelle vor sich herspült, so fluten die Heere der beiden Parteien über das Land, reißen die Menschen aus ihrem angestammten Wohnsitz und setzen sie, lebend oder tot, fern der Heimat nieder. Ich habe diese Elenden gesehen, hungernd und krank, unter freiem Himmel oder unter notdürftigen Schilfdächern nächtigend, verflucht und verjagt von den Einheimischen: nicht zu Hunderten oder Tausenden, sondern zu Hunderttausenden, ja vielleicht zu Millionen – wer kann sie zählen!
Es mag sich wohl anlassen, wenn man im fernen Europa, in stiller Studierstube zu Basel sitzt, vom Walten Gottes in den chinesischen Wirren zu schreiben. Mir aber, der ich die Not dieser vielen unschuldigen, wiewohl ungetauften Seelen mit eigenen Augen erblickt habe, fällt es schwer, darin die Hand des Herrn, leicht dagegen, den Huf des Bösen zu erkennen.

Unbekannte Chinesin aus Sudschou[1]

Was ich nun schreibe, schreibe ich ohne Tränen. Mein Herz ist vertrocknet und wie aus Leder. Es gibt nichts mehr, worüber ich weinen könnte. Was ich in den vergangenen Wochen gefühlt habe, daran erinnere ich mich nicht mehr. Ich schreibe nur auf, was ich gesehen habe, damit ich es nicht vergesse.
Am ersten Tag des neunten Monats hörten wir Gerüchte, daß die Kaiserlichen nur noch achtzig Li entfernt seien. Mein Mann befahl daher, alles für die Flucht vorzubereiten. Jeder sollte nur so viel mitnehmen, wie er tragen konnte. Meine beiden kleinen Söhne und die beiden Töchter seiner zweiten Frau sollten auf der

1 Wir kennen nur ihren Familiennamen – Li –, der aber sehr häufig ist. Sudschou oder Sutschau oder Soochow, das »chinesische Venedig«, einst eine der schönsten und reichsten Städte des Landes, liegt am Ufer des Taihu, des großen Sees westlich Schanghais. Es hatte vor der Eroberung an die zwei Millionen Einwohner.

Handkarre sitzen, die mein Mann selbst schieben wollte. Zugtiere waren nicht mehr zu haben; sie wären uns auch unterwegs bald ausgespannt worden. Wir drei Frauen sollten uns, da wir eingebundene Füße hatten, im Gehen an der Karre halten. Mein ältester Sohn Dunglai sollte sie ziehen helfen. Auf diese Weise hofften wir, den Weg nach Schanghai zu unserem Oheim in vier bis fünf Tagen zurückzulegen.

Wir packten gerade das Notwendigste zusammen, als wir dicke, schwarze Rauchwolken im Norden, Osten und Süden der Stadt aufsteigen sahen. Unser Diener Schu, den wir zur Erkundung ausgeschickt hatten, kam mit der Nachricht zurück, daß die Taipings die Vororte außerhalb der Mauern verbrannten und daß die Bewohner in die Stadt strömten. Wir verriegelten daher unser Hoftor mit schweren Balken. Als wir uns gegen Mittag auf den Weg machen wollten, erfuhren wir, daß die Stadttore schon geschlossen seien.

Wir waren nun gefangen. Über den See konnten wir nicht entkommen, weil Banditen und Piraten jedes Boot ausraubten und die Insassen ins Wasser warfen. Am Abend verkündete ein Ausrufer in den Straßen den Befehl des Taiping-Kommandanten, alle männlichen Einwohner unseres Viertels vom zwölften bis zum fünfundsechzigsten Jahre sollten sich sofort am Nordtor einfinden. Alle vorhandenen Schaufeln, Hacken und Karren seien mitzubringen. Dunglai, mein ältester Sohn, lag bereits im Bett. Er war zwar schon zwölf Jahre alt, aber wir beschlossen, ihn schlafen zu lassen und notfalls als Elfjährigen auszugeben. Mein Mann zog sich Kulikleidung an und sah darin so ungewohnt aus, daß wir Frauen über ihn lachen mußten. Das verstimmte ihn, und er tadelte uns, daß wir selbst in dieser Stunde nicht ernst bleiben konnten. Er betete vor den Ahnentafeln, befahl mir als der Ersten Frau die Kinder an und verabschiedete sich in förmlicher Verbeugung von uns. Ich habe ihn nie wiedergesehen und weiß nicht, wie er das Leben verloren hat. Unsere sieben Diener folgten ihm. Wir Frauen waren nun allein.

In der frühen Morgendämmerung klopfte man laut an unser Tor. An der Sprache erkannten wir, daß es Taiping-Soldaten aus den Südprovinzen waren. Wir öffneten. Sie durchsuchten das Haus und fanden Dunglai im Bett. Wir sagten, er sei erst elf Jahre

alt. Aber sie rüttelten ihn wach, und als er schlaftrunken die Augen öffnete, fragten sie ihn nach seinem Alter. Er antwortete erschrocken: »Zwölf Jahre.«
Da rissen sie ihn ohne ein weiteres Wort aus dem Bett und nahmen ihn mit sich auf die Straße, so wie er gerade war: in Unterkleidung und barfuß. Auf der Straße fesselten sie ihm die Hände und banden ihn mit anderen Männern zusammen, die sie auf ihrem Streifzug gefunden hatten. Ich lief laut schreiend zu den Soldaten und bat sie, den Jungen zu schonen, nahm den Anführer beiseite und bot ihm einen Goldbarren an. Zehn. Alle. Aber er stieß mich weg und sagte, wenn ich nicht sofort in das Haus zurückkehre, werde er mich und die ganze Familie ebenfalls mitnehmen.
Dunglai wurde einige Straßen weiter, auf dem Platz vor dem früheren Taoistentempel, enthauptet, zusammen mit den anderen Männern. Die Leiche durften wir nicht nach Hause nehmen: Sie sollte zur Abschreckung der Bewohner auf dem Platz liegenbleiben.
In der folgenden Nacht kam unser Diener Schu zurück. Er war dem Arbeitsbataillon entflohen, hatte sich in der Dunkelheit von Straße zu Straße geschlichen und war über unsere Gartenmauer geklettert. Er berichtete, mein Mann und die Diener müßten Steine schleppen, da die Stadttore zugemauert würden. Schu wollte sich im Geräteschuppen des Gartens verstecken; aber wir erlaubten es ihm nicht, konnten es ihm auch nicht erlauben, denn hätte man ihn in unserem Anwesen gefunden – man hätte uns alle hingerichtet. Er kniete weinend vor uns nieder und flehte uns an, aber wir stellten ihn vor die Wahl, entweder sofort zu seinem Arbeitsbataillon zurückzukehren oder von uns angezeigt zu werden. Er sagte, seine Flucht sei bemerkt worden und man werde ihn hinrichten, wenn er dort wieder erscheine. Als ich aber zum Straßentor ging und Anstalten machte, es zu öffnen, um die Wachen zu rufen, kletterte er über die Mauer in eine der hinter unserem Haus liegenden Gassen. Wir Frauen jedoch wachten abwechselnd im Garten, weil wir fürchteten, er werde zurückkommen und sich verstecken. Wir haben ihn jedoch nie wiedergesehen.
Am Tage darauf hörten wir Kanonendonner. Nachmittags fie-

len auch einige Geschosse in die Stadt, die aber nur wenig Schaden anrichteten. Wir hatten keine Lebensmittel mehr und pflückten im Garten kleine Chrysanthemen und machten daraus ein Gemüsegericht. Der Kanonendonner hielt auch am folgenden Tage an. Am vierten Tag hörten wir die dumpfen Explosionen von Mauerminen. Am Nachmittag sahen wir aus dem Dachfenster des Torhäuschens Soldaten mit Zöpfen durch die Straßen gehen, neben ihnen buntgekleidete und grellweiß gepuderte Freudenmädchen. Die Stadt war gefallen.
Kurz nach der Abenddämmerung kam plötzlich mein Schwager, der Bruder meines Mannes, auch er in Kulikleidung. Wie Schu vor einigen Tagen, war auch er über die Gartenmauer geklettert. Er war so übermüdet, daß er, obwohl sonst ein ernster Mann, immerfort lachte und sich dazu beglückwünschte, davongekommen zu sein. Von ihm erfuhren wir, daß die meisten Männer, die an der Mauer gearbeitet hatten, zusammen mit den Taiping-Soldaten gefangen aus der Stadt herausgeführt worden waren.
Sie werden sicher alle hingerichtet, ohne Zweifel, sagte er und lachte, obwohl mein Mann, sein Bruder, unter diesen Männern gewesen war. In der Stadt hatte er schon viele Erschlagene und plündernde Kaiserliche gesehen.
Wir drei Frauen und die Dienerinnen beschlossen, aus dem Leben zu scheiden, weil wir die Vergewaltigungen fürchteten. Mein Schwager redete uns das aus und sagte, es sei unsere Pflicht, die Kinder zu retten. Wir sollten versuchen, durch die Gärten bis zu seinem Haus zu kommen und dort mit seinen beiden Frauen und seiner Schwägerin beraten, was zu tun sei. Wenn die Soldaten in das Haus eindrängen, sei es besser, die ganze Familie stürbe zusammen. Wir nahmen also die Ahnentafeln unter den Arm, die Kinder bei der Hand, und kamen, mit viel Mühe über die Gartenmauer steigend, nach einigen Stunden in seinem Haus an. Ich hatte mir bei dem Fall von einer Leiter den Oberschenkel verletzt und blutete, konnte aber noch gehen.
Wir hatten kaum die beiden Frauen meines Schwagers und die Schwägerin Li aus Nanking begrüßt, als es an die Pforte schlug. Wir öffneten nicht, sondern liefen alle in den Garten. Ich nahm die beiden kleinen Söhne und versteckte mich mit ihnen unter

den Steppdecken in einem Zimmer des Gesindehauses. Draußen hörte ich Schreie, dann war es lange still.
Ich glaubte schon, die Soldaten seien gegangen, als ich Schritte auf dem Gang vernahm. Ein Soldat mit blankem Säbel trat ins Zimmer, brach die Truhen auf und entdeckte mich, als er die Steppdecken hochriß. Er war betrunken und wollte sich zu mir legen. Da sah er die beiden Kinder am Fußende des Bettes. Er nahm sie bei den Füßen und schlug ihre Köpfe an einen Holzpfeiler. Sie waren sofort tot. Als er sich nun mir zuwandte, sagte ich, ich stehe kurz vor einer Geburt, hätte mich bei einem Sturz verletzt und blutete. Er schlug meinen Rock hoch, und als er das Blut sah, das von der Wunde am Bein herrührte, ging er fluchend aus dem Zimmer. Ich nahm die toten Kinder zu mir ins Bett.
Als es dämmerte, fand sich mein Schwager bei mir ein. Seine beiden Frauen hatten Opium genommen und sich in den Brunnen gestürzt. Zwei Dienerinnen waren noch am Leben, die anderen hatten starke Salzlösung getrunken. Wir fanden sie sterbend. Die Schwägerin Li aus Nanking trafen wir im Gartenhäuschen. Die Soldaten hatten ihren kleinen Sohn in den Brunnen geworfen und sie selbst vergewaltigt. Sie wollte sich erhängen. Wir hinderten sie daran mit Gewalt und nahmen sie mit uns. Die beiden Nebenfrauen meines Mannes fanden wir nicht. Sie hatten sich mit den Töchtern ebenfalls in den Brunnen gestürzt.
Wir Übriggebliebenen warteten in dem Dienstbotenzimmer, von dem aus wir in den Nachbarhof sehen konnten. Von der Köchin nebenan hörten wir gegen Mittag, alle Einwohner des Viertels sollten sich am Tempelplatz melden. Man wolle uns dort eine Armbinde geben. Wer sie trage, werde geschont; wer sich aber versteckt halte, werde getötet.
Wir gingen dorthin, weil wir, wenn es sein mußte, zusammen sterben wollten. Man fesselte uns an Händen und Knien. Es waren wohl an die tausend Menschen oder noch mehr auf dem Platz versammelt. Am Nachmittag, als es zu regnen begann, wurden ein paar hundert nackte Frauen – alte, junge und Mädchen – zu uns getrieben. Auch sie wurden gefesselt.
Die Soldaten hatten viele Häuser angesteckt. Niemand löschte

sie. Es wurde Abend, war jedoch immer noch so hell, daß man bei dem Feuerschein hätte lesen können. Wir fürchteten, allesamt zu verbrennen; als das Feuer schon nahe war, drehte sich aber der Wind und wir blieben verschont. Wir standen oder hockten da die ganze Nacht und den folgenden Tag. Mein Schwager, die Schwägerin Li, die beiden Dienerinnen und ich waren vor Entkräftung hingesunken. Am Abend nahm man uns die Kniefesseln ab und führte uns aus der Stadt. Rechts und links des Weges lagen Reihen von Toten. Ein Trupp Reiter kam uns entgegen, und wir mußten auf das Feld ausweichen. Dabei gelang es meinem Schwager, der Schwägerin Li, einer Dienerin und mir zu entkommen: Wir warfen uns zur Seite in den Lehm neben die Toten und blieben so liegen. Lange Zeit zogen unsere Mitbürger an uns vorüber.

Bei beginnender Dämmerung sahen wir, wie die Soldaten unsere Mitgefangenen enthaupteten oder einfach erschlugen. Niemand wehrte sich. Wir krochen vorsichtig zu einem größeren Haufen Toter oder Sterbender und blieben dort liegen. Eine Zeitlang muß ich geschlafen haben; denn die Dienerin weckte mich und zeigte auf die Soldaten, die die Leichen auf Wertsachen durchschauten und näherkamen. Zur Flucht hatten wir weder die Kraft noch den Willen.

Aber plötzlich ließen die Soldaten von den Leichen ab und schlichen sich davon: Einer der Kaiserlichen Generale kam in seiner Sänfte. Er war sehr aufgebracht, als er die vielen Leichen sah, und schickte seine Begleiter sofort los, die fliehenden Soldaten einzufangen. Sie wurden ergriffen und auf der Stelle hingerichtet.

Wir standen nun auf, und mit uns erhoben sich auf dem Felde hier und da andere Frauen und Männer, die wie wir dem Tod entgangen waren. Der General befahl uns, hinter seiner Sänfte her in die Stadt zu gehen. Er werde für unsere Sicherheit sorgen, habe überhaupt strikte Order gegeben, die Zivilbevölkerung Sudschous nicht zu belästigen.

Die Schwägerin Li aber kam nicht mit. Sie setzte sich an den Wegrand, und als wir sie aufheben wollten, sträubte sie sich. Wir redeten ihr lange zu, aber sie hörte nicht auf uns. Wir mußten sie zurücklassen. Sie ist verschollen.

Unsere Häuser fanden wir niedergebrannt vor. Mein Schwager,

die Dienerin und ich richteten uns in seinem kleinen Gartenhäuschen ein, erbettelten uns bei den Soldaten etwas Essen und begruben unsere Toten.
Das ist es, was ich erlebt habe. Ich konnte es ohne Tränen niederschreiben. Ich kann alles gefühllos erzählen, was ich gesehen habe, obwohl ich früher schon weinen mußte, wenn mein Mann mir nur ungerechte Vorwürfe machte. Manchmal erscheint es mir unheimlich, daß meine Gefühle tot sind; aber ich kann sie nicht erwecken. Und ich kann nicht sagen, wann und wo sie gestorben sind. Ich weiß es nicht.

Der Dorflehrer Liu Tsing

Das Gerücht, die Langhaarigen Rebellen kämen, hatten wir zu oft gehört, um noch daran zu glauben. Daß es diesmal ernst war, erkannte ich erst, als Kaiserliche Reitertruppen durch unser Dorf zogen. Allein aus ihrem bescheidenen und höflichen Auftreten konnte ich schließen, daß die Taipings ihnen auf den Fersen waren. Ich schickte die Kinder meiner Schule sofort nach Hause, packte einige Bündel und machte mich mit meiner Frau und unseren beiden kleinen Söhnen auf den Weg nach Hangdschou.[1]
An den Toren der Stadt fanden wir die größte Verwirrung: Ebensoviel Menschen drängten hinein wie hinaus. Die einen glaubten sich in den Dörfern, die anderen hinter den Stadtmauern sicherer. Wir brauchten allein zwei Doppelstunden, um das Tor zu passieren. Das Haus meines Bruders, bei dem ich wohnen wollte, fand ich verriegelt vor. Die Nachbarn sagten mir, er sei zu mir ins Dorf geflüchtet. Ich konnte mit meiner Familie aber bei dem Schwager meines Bruders, dem Schneidermeister Wu, unterkommen.
Am gleichen Abend wurden die männlichen Einwohner des

1 Hangdschou, das damals etwa eine Million Einwohner zählte, war Hauptstadt der Provinz Tschekiang. Es liegt in einer lieblichen Landschaft an einem großen künstlichen See, dem »West-See«. Es ist eine Stadt reichster kultureller Vergangenheit. Marco Polo konnte sich nicht genugtun, die Reize der Stadt, ihres Lebens und ganz besonders ihrer Kurtisanen zu rühmen.

Viertels aufgerufen, sich an der Verteidigung zu beteiligen. Mein Schwager aber bestach den Nachbarschafts-Vorsteher, und wir verschlossen und verriegelten Haus und Laden, als seien wir geflohen.

Am nächsten Morgen standen die Langhaarigen schon vor den Toren. Während ein Teil ihrer Armee gegen die Südmauern stürmte, drang ein anderer Teil durch das Nordtor ein: Freunde der Aufrührer unter den Kaiserlichen Truppen hatten es ihnen geöffnet. Die Stadt fiel in wenigen Stunden, und nur einige Regimenter der Kaiserlichen konnten sich in die Zitadelle retten.

Als die Langhaarigen Aufrührer, ihre fanatischen religiösen Lieder grölend, in die Stadt einzogen, begingen viele Bürger – es sollen über fünfzigtausend gewesen sein – Selbstmord, um den Foltern und dem Tod durch Enthauptung[1] zu entgehen.

Wir verhielten uns ruhig. Am Nachmittag klopften die Taipings an unsere Ladentüren; als niemand öffnete, brachen sie die Holzläden auf, rissen die kostbaren Seidenstoffe aus den Regalen und warfen sie auf die Straße, wo eine Menge niederen Volkes – Kulis, Träger, Hafenarbeiter, Bootsleute – sich um die Beute riß.

Wir waren in die hinteren Gemächer geflüchtet und warteten zitternd, daß sie uns dem Mob überantworteten. Aber die Plünderer zogen weiter: Neben unserem Haus befand sich eine Pfandleihe. Die Langhaarigen machten sich ein Vergnügen daraus, die Pfänder aus den Fenstern dem johlenden Pöbel vorzuwerfen.

Am Abend kamen die Soldaten der berüchtigten Truppe des Schwarzen Banners. Sie gingen durch das Haus und fanden uns. Wir mußten uns im Garten mit erhobenen Armen an eine Mauer stellen, während sie uns untersuchten: die Frauen nur oberflächlich und ohne sie unsittlich zu berühren, meinen Schwager, die beiden Lehrlinge und mich aber gründlich. Bei meinem Schwager fanden sie eine Dose mit Opium, das er aber nur gekauft hatte, um notfalls mit uns Selbstmord zu begehen. Sie hatten eine Liste bei sich, auf der alle Bürger des Viertels verzeichnet waren, die sich je gegen die Taipings ausgesprochen oder die für die Kaiserliche Regierung gearbeitet hatten. Mein Schwager

---

1 Trennung des Hauptes vom Körper verhinderte die Seelenwanderung.

stand nicht darauf. Sie erklärten ihm daher, sie könnten von seiner Enthauptung absehen; auf dem Besitz von Opium stehe aber die Todesstrafe. Sie stellten ihm deshalb frei, in den Teich des angrenzenden Parks zu springen und sich zu ertränken oder aber enthauptet zu werden. Mein Schwager zog es vor, sich zu ertränken. Um uns einen schmerzvollen Abschied zu ersparen, lief er sofort zur Bootsanlegestelle und sprang ins Wasser. Er kam aber nach einigen Augenblicken wieder an die Oberfläche, da der Teich nicht sehr tief war. Die Soldaten riefen ihm zu, wenn er nicht sofort untertauche, würden sie uns alle erschießen. Da rief mein Schwager uns noch ein Abschiedswort zu und versank.

Die Schwägerin war außer sich vor Schmerz und wollte ihm mit den Kindern folgen. Die Lehrlinge, die Soldaten und ich hielten sie jedoch gemeinsam zurück. Die Soldaten sagten, sie hätten doch nur ihre Pflicht getan und, anders als die Kaiserlichen Truppen, sich uns und besonders den Frauen gegenüber korrekt verhalten. Diese Worte konnten indessen meine Schwägerin nicht trösten. Sie versuchte, sich das Leben zu nehmen, indem sie mit dem Kopf gegen die Gartenmauer anrannte. Die Lehrlinge und ich hielten sie aber mit Gewalt zurück, während die Soldaten sich entfernten. Die Lehrlinge verließen uns dann, da sie sich bei uns nicht sicher genug fühlten.

Am Abend kamen die Plünderer, niederes Volk aus der Stadt und dem Hafen. Sie rissen alle Kästen und Schränke auf und nahmen mit, was ihnen gefiel. Sie fanden auch uns in der Ecke des Holzverschlages auf dem Hofe und schleppten meine Frau, meine Schwägerin und die Köchin in das Haus. Mich bedrohten sie mit dem Tode, wenn ich ihnen folgte. Ich mußte daher mit den Kindern im Holzstall bleiben und das Schreien der Frauen aus den Zimmern anhören.

Als ich am Morgen wieder aus meinem Verschlag kam, waren die Plünderer fort. Ich ließ die Kinder unten zurück und ging vorsichtig durch das Haus, fand die Frauen aber erst in der letzten Kammer, wo sie sich erhängt hatten. Ich knüpfte sie ab, legte sie auf die Betten und blieb vor ihnen auf dem Fußboden sitzen. Ich hatte keine Kraft mehr, nach den Kindern zu sehen. Nach langer Zeit hörte ich jemand den Namen meines Schwagers ru-

fen. Ich sah durch eine Ritze des Fensterladens und erkannte den Nachbarn im Hofe, den Verwalter des Pfandhauses. Er berichtete mir, daß die Langhaarigen gegen Mittag wieder abgezogen seien, da ein Kaiserliches Heer anrückte. Sie hatten in allen Stadtvierteln Maueranschläge hinterlassen, in denen wir gewarnt wurden, die »Dämonen-Soldaten« zu unterstützen. Sie, die Langhaarigen, würden in Kürze wieder da sein und alle Freunde der teuflischen Regierung vernichten.
Ich gab die Kinder in die Obhut der Nachbarsfrau und half den Kaiserlichen Truppen, die Plünderer zu verhaften. Soweit sie lebend in unsere Hände fielen, fesselten wir sie und brachten sie auf Boote, die in den Tientang-Fluß fuhren. Dort wurden die Verbrecher über Bord geworfen. Nun ist das Hafenviertel wieder von all diesen unruhigen Elementen frei.
Mein Bruder kam am nächsten Tag mit seiner ganzen Familie wohlbehalten nach Hangdschou zurück. Die Stadt selbst hat wenig gelitten. Nur die Tempel, die für sich allein standen, waren von den Langhaarigen verbrannt worden. In den Tempeln und Schreinen, die von Häusern umgeben waren, hatten die Rebellen nur die Heiligenstatuen zerstört, soweit sie dazu Zeit hatten. Insgesamt sind an die zweihunderttausend Personen in Hangdschou ums Leben gekommen.

Der amerikanische Missionar Nevius[1]

Sowenig auch die allgemeine Haltung der Insurgenten entschuldigt werden kann, so gebraucht sie doch Gott als eine Zuchtruthe, um die chinesische Nation für ihre uralte und grobe Abgötterei zu strafen, den Aberglauben des Volkes bis in den Grund zu erschüttern und es für die Aufnahme des reinen Evangeliums vorzubereiten. Diese Leute haben selbst soeben aus dem Heidenthum sich emporgearbeitet, sind ohne Lehrer, waren fortwährend dem demoralisierenden Einfluß des Krieges ausgesetzt und sehen sich in ihrer Politik und Praxis nothwendig durch die

1 Evang. Missionsmagazin, Basel, Neue Folge, 5. Jg., S. 368. Nevius war sonst den Taipings gegenüber kritisch eingestellt.

Haufen zucht- und gesetzloser Geister, die sich an sie anschließen, stets wieder auf Abwege gedrängt; – wahrlich solchen Leuten muß man Vieles zu gute halten. Die Thatsache aber, daß das Wort Gottes noch immer bei ihnen Geltung hat und mit unverminderter Ehrerbietung behandelt wird, ist in der That vielversprechend. Es heißt, daß sie während der kurzen Besetzung Hang-tschau's bereits davon zu reden anfiengen, öffentliche Staatsprüfungen anzuordnen, bei welchen die Themata *aus der heiligen Schrift* genommen werden sollten. Ist es da unvernünftig zu hoffen, daß das göttliche Licht des Wortes Gottes in nicht ferner Zeit mit seinem innewohnenden Glanz durchbrechen, die Finsterniß, von der es noch umhüllt ist, überwinden und das Ende dieser geheimnißvollen und in ihrer Art einzigartigen Bewegung ebenso wunderbar und staunenswerth gestalten wird, als ihr Anfang gewesen war?

Pantai, Kabinettschef des Kanzlers Tsai
An Tang, Oberbefehlshaber der Nord- und Mittelarmee

Ihre Beschwerden, lieber Freund, daß die Regierung Ihnen nicht genug Geld, Ausrüstung und Waffen zur Verfügung stellt, habe ich erhalten und auf besonderem Wege dem Erhabenen Herrscher zur Kenntnis bringen können, der in der Tat etwas ungeduldig ist und schnellere Erfolge von Ihnen erwartet hat, zum Beispiel beim Aufbau der großen Flußflotte, wenn er ihr auch keinen entscheidenden militärischen Wert zubilligen möchte. Sie können indes gewiß sein, daß er Ihnen nach wie vor vertraut und Sie allen Widerständen zum Trotz nicht fallenlassen wird. Wenn die Reichsfinanzen auch in erbärmlichem Zustand sind, könnte der Kanzler Ihnen doch, darin haben Sie recht, größere Beträge und mehr Waffen zuweisen. Ich treffe jedoch, wenn ich dieses Thema bei ihm aufbringe, stets auf Widerstand. Allerdings glaube ich nicht mehr, daß sich sein Mißtrauen gegen Sie persönlich richtet, sondern vielmehr gegen die Art, wie Sie Ihre Truppe aufgebaut haben, und gegen die Popularität, die Sie bei ihr und bei der Bevölkerung genießen. Darauf ist er wohl etwas eifersüchtig.

Er hatte vielleicht erwartet, daß Sie durch Ihre Ernennung zum Oberbefehlshaber der Nord- und Mittelarmee ein Heerführer würden wie die anderen es waren. Und nun sieht er, daß Sie langsam aber stetig diese Armeen zu Ihrem eigenen Instrument umformen, indem Sie Miliztruppen der Provinzen eingliedern. Darin erblickt er eine Gefahr für das Reich, wie er sagt. In Wirklichkeit fürchtet er aber, daß dadurch die Zentralgewalt, das heißt seine eigene Macht eingeschränkt wird, die er in den letzten Jahren stetig ausgebaut und befestigt hat – und die er dringend braucht: Denn ebenso wie Sie gegen sein Mißtrauen, hat er gegen den Argwohn des Erhabenen Himmlischen zu kämpfen, der das fatale Protokoll über das Gespräch mit dem Rebellen Fong noch nicht vergessen hat.
Der Kanzler ist nun gebückt und grau geworden, und seine Fischaugen sehen hinter der Brille oft müde aus, so daß ich zuweilen schon Mitleid oder doch eine gewisse Rührung verspürt habe, was ihn merken zu lassen ich mich natürlich hüte; denn seine verletzende, scharfe Art ist durch die Jahre keineswegs gemildert worden, im Gegenteil.
Dennoch kommen mir jetzt Zweifel, ob wir ihn immer richtig beurteilt haben. Ich weiß nicht, ob es nur – oder noch immer? – die Macht ist, die er erstrebt und festhalten will. Es könnte sein, daß er ein Ziel hat, das über seine Person hinausgeht.

Der Akademiker Li

Aus einem Brief an einen Freund

Ach, wie jammervoll sind Vernunft und Redlichkeit, guter Wille und Gerechtigkeit gescheitert, und wie hat sich wieder das Sprichwort bewahrheitet: »Wer aus Barmherzigkeit Brücken und Wege instand setzt, der wird erschlagen; die Mörder und Diebe aber haben übergenug zu essen!«
Wie ein Held warf sich der Hilfskönig in das Rad, wollte es anhalten und zurückdrehen. Er hatte nur das Gute, das Wohl der Menschen im Sinn, und tatkräftig, kühn und furchtlos führte er aus, was wir an langen Abenden des Gesprächs als notwendig erkannt hatten. Als erstes zerstörte er das Netz, das der Ostkönig

Yang und später mit noch engeren Maschen der Nordkönig Wei über den Staat gelegt hatten. Der Hilfskönig erzeigte den Denunzianten und Spitzeln Milde und entließ sie nur mit der Mahnung, ihr Gewerbe aufzugeben. Er rief den Priester Mah zu sich und befahl ihm Duldsamkeit und Demut an. Er löste die Strafarbeitsbataillone auf, und die Akademiker ließ er samt und sonders frei, ohne die Anzeigen gegen sie überhaupt nur zu prüfen. Alle haben ihm seinen Großmut mit Undank gelohnt, alle! Die Akademiker – ich erröte, indem ich dies niederschreibe – konnten zum erstenmal seit sieben Jahren wieder aufatmen, aber ihre Freiheit benutzten sie, um Pasquille gegen die Gottesverehrer zu verbreiten, ja, sie scheuten nicht davor zurück, selbst mich, der ich ihnen in der Not ein willkommener Helfer gewesen war, verächtlich zu machen. Mah und seine Glaubensspitzel klagten Schi Takai beim Himmlischen König der Lässigkeit in der Befolgung religiöser Riten an, wünschten in Wirklichkeit aber nur die Macht über die Gedanken der Menschen wiederzugewinnen. Die Polizeispitzel, obwohl in Milde entlassen, taten sich mit den alten Anhängern des Heiligen Geistes zusammen, verschworen sich gegen ihren Wohltäter und besetzten eines Morgens, bevor die Tagesarbeit beginnen sollte, die Regierungsgebäude. Glücklicherweise waren wir gewarnt worden. Mit dem Hilfskönig floh ich in tiefer Nacht durch ein Stadttor, das von ihm ergebenen Soldaten besetzt war, ins Freie. Während ich selbst in der Nähe bei Bauern ein notdürftiges Versteck fand, setzte der Hilfskönig sich an die Spitze einiger in der Nähe liegender Regimenter des Treue-Königs, drang mit ihnen in die Stadt ein, in der bereits unbeschreibliches Durcheinander herrschte, da die nun wieder entzweiten Parteien der Polizeispitzel Weis und der alten Anhänger Yangs sich die Macht streitig machten. Schi Takai aber fegte mit dem Rollen eines Trommelwirbels die Banditen von den Straßen und aus den Regierungsgebäuden und hielt über sie strenges Gericht. Die Polizeispitzel und Denunzianten, darunter die widerlich-bigotten Angehörigen des Jugend-Corps, denen ich mein Unglück verdankte, wurden kurzerhand aufgeknüpft – nach ordnungsgemäßer Vernehmung, versteht sich. Das Frauenviertel wurde aufgelöst, und die Familien konnten sich wieder zusammentun, soweit sie sich fanden.

Aber eine neue Macht hatte sich unter dem Schirm und Schutz des Himmlischen Königs gebildet: seine Sippe, die er nach und nach an seinen Hof gezogen hatte oder die sich, als er sich in Nanking etabliert hatte, von selbst einfand. Zwei ältere Brüder, von denen man früher nie etwas gehört hatte, und die er flugs zu Königen machte, und Vettern ersten und zweiten Grades; alle mit Frauen und Kindern. Diese Sippe behinderte die Rechtsprechung, vor allem wenn es darum ging, das von den Verbrechern geraubte Gut wieder den rechtmäßigen Eigentümern zurückzuerstatten: wobei es sich selbstverständlich nur um Angehörige des Führungskreises handelte, denn die »Heiligen Soldaten« haben kein Eigentum. Auch mein herrliches Tang-Pferd hatte Hungs Bruder Jentah, der früher christlicher Missionar[1] in Hongkong war, seiner Keramiksammlung einverleibt. Eine von der Familie des Himmlischen Königs ausgesandte Bande hatte während der Unruhen systematisch die Häuser der Verhafteten geplündert. Seit Generationen war dieses Tang-Pferd in unserer Familie. Ich habe Tränen geweint.
Mein Freund Schi Takai brachte diesen Diebstahl vor dem Tien Wang zur Sprache; der aber hört nie hin, wenn ihm Untaten seiner Sippe vorgetragen werden, er wird höchstens ungeduldig. Er unterbrach den Freund mit der Mitteilung, er habe beschlossen, seinen Sohn Tien-Kuei, der ganze vierzehn Jahre zählt, zum König zu machen. Am gleichen Tage veröffentlichte der Palast ein Dekret, in dem es heißt, der Himmlische König geruhe nunmehr, auch ausländische Erzeugnisse von Wert als Geschenk anzunehmen.
Da der Himmlische König nur noch seinen Familienangehörigen Vertrauen schenkt und diese sich alles erlauben können, händigte Schi Takai das Himmlische Reichssiegel wieder dem Tien Wang aus und übernahm den Oberbefehl über seine früheren Streitkräfte und ausgesuchte Regimenter anderer Befehlshaber.
An einem trockenen klaren Herbstmorgen sagten wir uns auf

1 Irrtum Lis. Jentah war zwar von dem Missionar Hamberg (s. Anm. S. 32) in Hongkong im evangelischen Glauben unterrichtet und getauft worden, hatte aber unter ihm und später bei dem Missionar M. Schmidt nur als Katechist (»Nationalgehülfe«) gearbeitet.

der Terrasse meines Pavillons Lebewohl. Schi Takai legte mir dringend ans Herz, Nanking zu verlassen:
»Denn der Untergang dieser Stadt«, sagte er, »ist gewiß, weniger, weil es den Soldaten an Tapferkeit fehlt, als vielmehr, weil ihre Führer unfähig oder wahnsinnig sind. Nutzen Sie das letzte Licht der Abendröte, lieber Freund, das Ihnen den Weg aus der Stadt zu finden noch erlaubt, und kommen Sie mit mir! Sie werden unter meinem Schutz stehen, und nichts wird Ihnen mangeln.«
Ich gestehe, daß dieses hochherzige Angebot mich fast zu Tränen rührte, und ich schwankte, ob ich es annehmen sollte. Aber dann blickte ich mich um, auf den Eingang zu meiner Bibliothek mit ihren für mich unersetzlichen Werten, den steilen Abhang von der Terrasse herab über die dunstverhangene Stadt bis zu dem ferne glänzenden Band des Stroms; ich dachte daran, daß ich diesen Ort tauschen müßte gegen ein ständig wechselndes Heerlager, die Unrast eines militärischen Hauptquartiers, die Gefahren des Krieges und die Mühsal der Märsche. Und ich erwiderte, ich wollte lieber in Nanking bleiben:
»Es gibt, verehrter Freund«, sagte ich, »nicht nur eine Treue zum Menschen, sondern auch eine Treue zum Ort. Kann ich, darf ich dieses Haus, diese Stadt verlassen, die mich gebildet und geprägt haben? Würde ich mir nicht wie ein Verräter vorkommen, wenn ich, nur um einer möglichen Gefahr zu entrinnen, diesen von Kunst und Literatur vergangener Geschlechter umwitterten Platz schutzlos den wilden Elementen der Zeit preisgäbe? Lassen Sie mich hierbleiben, wo ich das Andenken an Ihre Freundschaft als ein kostbares Vermächtnis pflegen werde! Zurückgezogen wie ein Eremit werde ich in diesen Räumen verweilen, die Bande zur Welt lösen und in der Vergangenheit und den Werken der Alten leben und weben. Der Sturm der Zeit mag an den Fenstern rütteln, in diese Klause wird er nicht eindringen.«
Er sah mich bei diesen Worten nachdenklich lächelnd an und befahl in seiner rührenden Fürsorge drei Soldaten seiner Leibwache, stets bei mir zu bleiben, mir zu dienen und mich zu beschützen. Dann schloß er mich in seine Arme, verabschiedete sich, ging vor mir durch den Hof der Zusammengekehrten Herbstblätter und bestieg sein Pferd.

ELFTES KAPITEL

EVANGELISCHES MISSIONSMAGAZIN[1]

Unsere Aufgabe bei der Schilderung und Charakterisierung dieser Bewegung – wir können's uns nicht verbergen – wird immer schwieriger. Die Erscheinungen selbst, wie sie uns aus den Berichten entgegentreten, werden immer räthselhafter, ja beängstigender, und die Haltpunkte, an denen sich die freudige Erwartung eines für China's wahrhaftiges Heil erfreulichen Ausgangs bis dahin angeklammert hat, werden immer schwankender und unsicherer. Zudem widersprechen sich zum Theil die Berichte der Augen- und Ohrenzeugen, je nach dem Standpunkt, den diese einnehmen, in einem so befremdlichen Maaße, daß wir, die wir überdieß dem Schauplatz der Dinge selbst so ferne stehen, mit unserer Aufgabe einem Mann im schwankenden Boote gleichen, der vom auf- und niederwallenden Meere aus die fernliegende, halb in Nebel gehüllte Uferlandschaft mit sicherer Hand aufnehmen und zeichnen soll. Diese Lage der Dinge wird für uns zur Entschuldigung dienen, wenn die Striche, mit denen wir die Zeichnung auszufüllen versuchen, vielleicht nicht immer das Richtige treffen sollten.

Das bedeutungsvolle Ereigniß, durch welches ein neues Stadium der Taiping-Bewegung eröffnet wird, ist die Ankunft Hung Jentahs im Hauptquartier der Rebellen zu Nanking...

Die Überzeugung, daß Hung Siu-tschüan es redlich meine, daß er doch in Wahrheit das von Gott erkorene Werkzeug zur Wiedergeburt China's sei, daß seine redlichen Absichten bis dahin nur durch die Eifersucht und den verderblichen Ehrgeiz einiger

1 Evang. Missionsmagazin, Neue Folge, Basel, Bd. 5, S. 470ff.

Fanatiker vereitelt worden seien, daß aber nun, da seine Hand wieder frei und die Luft von den faulen Dünsten gereinigt sei, eine neue hoffnungsreiche Periode im Anbruch zu sein scheine, und daß jetzt alles darauf ankomme, daß Hung Siu-tschüan, der gottverordnete Führer der ganzen Bewegung, von treuen nüchternen redlichen Freunden unterstützt werde – diese Überzeugung brach sich in Jentahs Gemüt immer mächtiger Bahn. Sollte nicht *er selbst* (Jentah) von Gott berufen sein, dem zu so Großem berufenen Bruder in Nanking eine solche Stütze zu werden? War er nicht vielleicht eben zu diesem Zweck von der göttlichen Vorsehung nach Hongkong geführt, mit der lauteren Lehre des Evangeliums gründlicher vertraut und so manches Jahr bei den europäischen Missionaren hingehalten worden, um nunmehr seinem Freunde und Bruder den Mangel seiner christlichen Erkenntniß ergänzen zu können?

JENTAH
Aus einem Brief an den Missionar Matthias Schmidt

Oh, wie habe ich meinen Bruder wiedergefunden! Er kam mir bis zum Eingang seines Palastes entgegen, und hatte das mittlere Tor[1] für mich öffnen lassen. Als ich die Sänfte verließ, eilte er zu mir, und da ich ihn, als den Älteren und Höheren kniefällig begrüßen wollte, zog er mich empor und nahm mich an seine Brust. Zu bewegt für Worte der Begrüßung, führte er mich eilends durch die marmorglänzenden Höfe in die inneren Gemächer, wo wir uns niedersetzten und lange im Gespräch verweilten. Er ist zutiefst einsam; niemanden gibt es, dem er sich aufschließen könnte, und selbst in der Unterredung mit mir schreckte er vor manchen Fragen zurück, als berühre ich Geheimstes. Aber soll ich darüber erstaunt sein? Darf ich erwarten, mit ihm sprechen zu dürfen wie mit einem gewöhnlichen Menschen? Denn daß er gezeichnet ist von dem Herrn, ist offenbar, doch schwindelt mir bei dem Gedanken, zu welchem Ende Er dies an ihm getan hat.

1 Das nur für den Herrscher bestimmt war.

Mein Bruder ist zwar gealtert in den vergangenen zehn Jahren, da ich ihn nicht gesehen habe, voller und kräftiger geworden, ein wohlgewachsener Mann mit weichen, gleichmäßigen Gesichtszügen; wäre er eine Frau, würde man sein Gesicht schön nennen. Und doch schien es mir zuweilen wie eine Maske: denn nur die Augen leben in seinem Antlitz, und einige Male, wenn meine Fragen ihm vielleicht zu nahe traten, senkte er schnell die Lider, erschrocken, als fürchte er die Aufdeckung eines Geheimnisses.
Unsere Befürchtungen, er möchte in Irrtümern über die wahre Lehre befangen sein, treffen leider zu, wie ich schon jetzt erkenne, obwohl ich nur behutsam mit ihm sprechen kann, da es sich für mich, als den jüngeren Bruder, nicht schickt, ihn zu katechisieren. Schon einmal, als ich nur Zweifel daran äußerte, daß der Vater im Himmel eine Gattin habe, rief ich bei ihm einen Anflug des Unmuts hervor, und er sagte:
»Habe ich sie nicht gesehen, als ich im Himmel war?« Seine Irrtümer zu berichtigen, wird meine nächste Aufgabe sein, die ich allein aber nicht bewältigen kann. Nach dem ersten Gespräch mit ihm war ich unsicher, wußte nicht, ob ich bleiben oder den Staub der Stadt von meinen Füßen schütteln soll, da erreichte mich ein Edikt, in dem er mich zum »Schildkönig« erhob, der stets an seiner Seite zu bleiben habe. Ich suchte zwar, die Ernennung rückgängig zu machen, damit ich in meiner Entscheidung frei sei, aber vergeblich: Schon hatte der Hilfskönig Schi Takai gegen meine Erhebung Einspruch erhoben, und nun konnte mein Bruder nicht mehr zurückweichen.
Dieser Hilfskönig Schi Takai aber, auf den wir in Schanghai noch so große Hoffnungen setzten, hat meine Erwartungen auf das schmählichste enttäuscht. Als ich die Hauptstadt durch das große Tor betrat, fiel mein erster Blick auf etwa hundert Pfähle mit Gehenkten: *Sein* Werk. Wenige Tage vorher hatte er unter denen, die sich seinem Regime entgegengestellt hatten, ein schreckliches Blutbad angerichtet, dem mindestens tausend Menschen zum Opfer gefallen sind, und dies, nachdem er erst einige Monate zuvor den Nordkönig in eine Falle gelockt und grausam umgebracht hatte: Mit Strick- und Häkelnadeln hat er ihn langsam zu Tode martern lassen und sich an diesem entsetzlichen Schauspiel noch geweidet.

Danach hatte er, um meinem Bruder jede Macht zu nehmen, die Mittel zerstört, die zur Erhaltung der Glaubensdisziplin unerläßlich sind. Sein Ziel war es, meinen Bruder und das Evangelium – mag es hier in dieser Stadt auch nur unvollkommen verstanden werden – zurückzudrängen und ein weltliches Reich zu errichten. Mein Bruder hat ihn nach dem Massaker seines Postens enthoben, ihm das Reichssiegel entrissen und ihn mit einer kleinen Armee an die Front geschickt.
Nachrichten über die militärische Lage mag ich diesem Brief nicht anvertrauen; nach dem, was man mir berichtete, würde sie sich jedoch entscheidend ändern, wenn die europäischen Mächte uns Hilfe gewährten, vor allem uns mit Waffen und Munition versorgten. Würde dieser kleine Einsatz nicht lohnen, wenn man dadurch das ganze chinesische Volk für das Evangelium gewönne?
Um Ihren Besuch bitte ich Sie inständig. Mein Bruder ist bereit, sich mit Ihnen zu unterhalten. Den Kotau erläßt er Ihnen, und Sie brauchen auch nicht zu knien. Er erinnert sich noch gut, wie Sie ihm im Gefängnis in Kintien Trost spendeten, und Ihr Exemplar der Heiligen Schrift in der Übersetzung Gützlaffs ist noch heute seine tägliche Lektüre.

Der Missionar Matthias Schmidt, Schanghai

Aus einem Missionsbericht

Der Einladung Jentahs, den Rebellenkönig Hung Siu-tschüan zu besuchen, bin ich nicht leichtfertig gefolgt, sondern ich habe sorgsam Für und Wider erwogen und lange im Gebet um Erleuchtung gerungen. Meine vielfältigen Bedenken stellte ich erst zurück, als mir zu Ohren kam, amerikanische Sekten-Missionare wollten, wiewohl uneingeladen, sich nach Nanking begeben und meinem Besuch zuvorkommen.
Das Wiedersehen mit meinem früheren Katechisten Jentah in Nanking war herzlich; aber ich verhehle nicht, daß ich von Anbeginn mit Kummer und Sorge sah, wie dieser weiland so bescheidene Diener am Wort, den ich nur im einfachen, schwarzen Rock des Predigtgehilfen zu erblicken gewohnt war, nun wie

selbstverständlich, ja, sogar mit einer gewissen Selbstgefälligkeit goldbestickte Brokatgewänder und zu meinem Empfang sogar eine Art goldener Krone trug und sich im Glanze seiner hohen Stellung zu sonnen schien.

Ungeachtet dessen aber, daß er, mein früherer Gehilfe, nun zum Schildkönig erhoben worden war, stellte ich ihn schon am ersten Tag zur Rede wegen des Gerüchtes, das bis nach Schanghai gedrungen war, nämlich daß er sich vier Weiber genommen habe. Denn wie sollte ich den »Himmlischen König« auf Irrtümer in seiner Lehre hinweisen, wenn ich vor der Sünde meines ehemaligen Katechisten die Augen verschloß! War nicht Nathan sogar vor den König David getreten, als dieser das Weib des Uria genommen hatte – und ich sollte vor meinem früheren Gehilfen schweigen?

Der Schildkönig gab beschämt und verlegen zu, daß das Gerücht nicht gelogen habe.

»Aber«, sagte er, »ich habe die Weiber nicht genommen um der Lust willen, sondern weil mein Bruder, der Himmlische König, es also befohlen hatte. Ich habe sie übrigens, bevor ich sie heimführte, im Evangelium unterwiesen und getauft.«

Als er sah, daß diese Antwort mich keineswegs zufriedenstellte, fügte er hinzu:

»Ich bitte Sie herzlich, meine Position an diesem Hofe nicht zu überschätzen. Wenn ich für das Evangelium wirken will, muß ich mich akkommodieren und Kompromisse schließen.«

Ich erwiderte ihm hierauf, daß ich mitnichten gekommen sei, mich zu akkommodieren, sondern einzig und allein, die Wahrheit der Heiligen Schrift zu verkünden. Er sah bei diesen Worten recht bedrückt und bedenklich drein.

Schon am nächsten Morgen ließ der »Himmlische König« mich zu sich rufen. Es war schwer, in dem Manne, der in dem großen Saal einsam auf goldenem Sessel saß, angetan mit schwerem, besticktem Brokat, ein goldenes, juwelengeschmücktes Kreuz auf der Brust, es war schwer, sage ich, den wiederzuerkennen, den ich vor neun Jahren, an den Füßen gefesselt, auf einer Holzbank kauernd, in einem dumpfen Kerker in Kintien gesehen hatte. Er erwiderte meine Verbeugung mit leichtem Neigen des Hauptes und winkte mir, näherzutreten, blieb aber sitzen. Mit leiser

Stimme sagte er, er freue sich, mich wiederzusehen, zeigte mir die Bibel, die ich ihm seinerzeit geschenkt hatte und die nun schon sehr zerlesen war. Schon immer habe er das Verlangen gehabt, sagte er mir, mit mir zu sprechen und mir zu zeigen, wie die unermeßliche Güte des Herrn sein Werk gesegnet habe. Er hoffe, nach mir würden noch viele Missionare den Weg in die Himmlische Hauptstadt finden; denn wenn er auch durchaus imstande sei, mit der Hilfe seines Vaters das Himmlische Reich auf Erden aufzurichten, so sei ihm doch unser Beistand nicht unwillkommen.

Während er sprach, hatte ich Muße, ihn zu betrachten. Die Schilderung Jentahs fand ich zutreffend. Bloß fiel mir auf, daß er die Lider gesenkt hielt und mich nur selten und dann auch nur kurz ansah. Seine Finger spielten unverwandt mit der Gürtelschnalle. Ich hatte den Eindruck, er sei ängstlich.

»Wir wünschen«, sagte er, »soviel ausländische Brüder wie möglich in Unserem Reiche des großen Friedens, damit Wir desto schneller die Greuel der Götzenanbetung ausrotten und dem wahren Heil zum Siege verhelfen können. Und Wir verstehen nicht ganz, warum Sie zögern.«

»Der Grund«, antwortete ich fest und eingedenk meines Vorsatzes, ihm die Wahrheit nicht vorzuenthalten, selbst wenn sie schmerzen sollte, »der Grund dürfte darin liegen, daß nach den allerdings nicht immer zuverlässigen Nachrichten, die zu uns gedrungen sind, einige Unterschiede in unseren Auffassungen über die Botschaft Jesu Christi bestehen.«

Er blickte auf seine Hände, und zwischen seinen Augenbrauen sah ich eine Falte. Er fragte leise:

»Behauptet man etwa, Wir hätten Unseren Auftrag falsch verstanden?«

»Wie man sagt, leugnen Sie Jesu göttliches Wesen«, erwiderte ich ihm klar und ohne zu zögern.

»War Jesus Gott? Ist Jesus Gott?« fragte er sinnend und fuhr fort, bestimmter und fließend: »Nein, Gott (Schangti) ist der Höchste und Ehrwürdigste allein. Jesus ist sein Sohn. Der Sohn ist gezeugt vom Vater und bildet mit ihm eine Person gleichen Wesens. Aber doch ist der Vater der Vater, und der Sohn ist der Sohn. Der Ältere Bruder ist der Ältere Bruder, und der Jüngere

Bruder ist der Jüngere Bruder – unterschieden und doch vereinigt. Der Ältere Bruder hat mich selbst mit den Worten unterwiesen ›Mein lieber Bruder Siu-tschüan, du sollst mich hinfort nicht Gott nennen! Huang Schangti ist Euer Gott‹. Der Ältere Bruder und Wir wurden vor Erschaffung des Himmels und der Erde aus dem Leib der ursprünglichen und Ersten Frau des Himmlischen Vaters, welche die Himmlische Mutter ist, geboren. Nachmals sandte der Vater den Älteren Bruder, um in dem Mutterleibe der Maria empfangen und ein sterblicher Mensch zu werden. Deshalb sagte der Ältere Bruder, daß er war, ehe Abraham war. Wir erinnern Uns, daß Wir vor Abrahams Zeit die Absicht des Vaters erkannten, den Älteren Bruder im Samen Abrahams in die Welt zu senden. Wir kamen deshalb, um Abraham zu erlösen. Wir wußten damals, daß der Vater Uns hernach wiederum auf die Erde senden werde, um auf derselben zu regieren, und deshalb haben Wir begierig die Gelegenheit ergriffen, Uns als Herrn der Erde zu offenbaren. Wir wußten damals, daß Satan, der Teufel, ein Dämon geworden ist, und baten den Vater, Uns vor seiner Macht zu schützen. Huang Schangti hat uns vornehmlich dazu gesandt, diesen Dämon zu töten. Deshalb versuchte Satan, das Kind zu verschlingen. Er wußte nicht, daß Huang Schangti allmächtig ist und er das Kind nicht verletzen konnte. Jetzt, zu dieser Zeit, haben die Dämonen sich willig zur Schlachtbank eingefunden, und Friede herrscht auf dem ganzen Erdkreis.
Aber weder der Ältere Bruder noch Wir sind Schangti. Wir selbst sind im Himmel gewesen und haben den Himmlischen Vater, die Himmlische Mutter, den Älteren Bruder und die Himmlische Schwägerin verschiedene Male gesehen. Und Wir haben viele Beweise und Wahrzeichen dafür.«
Während er diesen greulichen Galimathias sprach, hatte er seine Augen zur Decke des Saales gerichtet. Seine Hände hatte er ausgestreckt, aber er bewegte sie nicht, sondern hielt sie starr, und erst als er geendet hatte, ließ er sie wieder auf seinen Schoß fallen. Ich war erschrocken: Welch ein Unterschied zu dem lernbegierigen, schlichten, tieffühlenden jungen Mann, dem ich im Kerker in Kintien Trost zugesprochen hatte! Was sollte ich diesem hier aber erwidern? Wo sollte ich beginnen?

Nur mit äußerster Willensanstrengung rang ich mir einen Einwand vom Herzen:
»Sie sprachen von der Himmlischen Schwägerin. Die Heilige Schrift enthält kein Wort von ihr.«
Ich glaubte, er habe mich nicht gehört, weil er keine Antwort gab, sondern vor sich hinsah. Darum wiederholte ich meine Frage. Er blätterte in der Bibel, suchte eine Stelle und fand sie und las:
»Steht hier nicht geschrieben: ›Komm, ich will dir das Weib zeigen, die Braut des Lammes‹?«[1] Er sah mich freundlich, beinahe nachsichtig an.
»Das Weib des Lammes ist die Himmlische Schwägerin, die Wir verschiedene Male im Himmel gesehen haben.«
Dann beugte er sich vertraulich vor und sagte, als teile er mir ein Geheimnis mit:
»Sie ist aber jetzt gleichfalls auf die Erde herniedergestiegen. Wir dürfen ihren Namen jedoch nicht preisgeben!«
Ich erkannte, daß mir hier nichts mehr zu tun blieb. Aber auf einmal sprach er wieder ganz natürlich:
»Sie sind überrascht, wie Wir sehen. Wir können das verstehen und wollen Ihnen beim ersten Male nicht zuviel zumuten. Wenn Sie es wünschen, geben Wir Ihnen das, was Wir eben gesagt haben, auch in schriftlicher Form zum eingehenden Studium.«[2]
Damit entließ er mich. Ich war schon fast an der Tür, da winkte er mich noch einmal zurück, ganz nahe zu sich heran, hielt die Hand an den Mund und fragte mich flüsternd:
»Wie sind eigentlich die Zähne des Vaters im Himmel beschaffen?«
Ich war entgeistert und wußte nicht, was ich darauf antworten sollte.
»Der Vater im Himmel hat keine Gestalt«, brachte ich schließlich hervor.
»O doch«, sagte er, »Wir selbst haben ihn ja verschiedentlich ge-

---

1 Offenbarung 21, 9.
2 Dies ist geschehen. Der Text erschien als Deutung einiger Stellen aus der Offenbarung Johannis und ist noch weitschweifiger. Eine englische Übersetzung erschien im North China Herald, eine deutsche im Evang. Missionsmagazin, Neue Folge, 7. Jg., S. 167ff.

sehen. Außerdem haben Wir in vielen Werken Unserer ausländischen Brüder Abbildungen gefunden. Aber man stellt ihn immer mit geschlossenem Munde dar, und wenn er im Himmel mit Uns sprach, verbarg er ihn immer hinter der Hand. Vielleicht ist es ein Geheimnis. Wenn Sie es uns verraten, geben Wir den Namen Unserer Himmlischen Schwägerin preis.«

Er meinte – kaum wage ich es zu schreiben – die Gemahlin Jesu Christi. Ich antwortete nicht. Er sagte: »Sie heißt Cassia-Duft[1] und nun ist es an Ihnen, Uns Antwort zu geben.«

»Niemand hat je den Vater im Himmel gesehen außer –« begann ich und hätte beinahe gesagt ›außer dem Älteren Bruder‹; aber ich fing mich beizeiten: »Niemand außer unserem Herrn Jesus Christus hat je den Vater im Himmel gesehen.«

Er sah mich traurig an, als habe ich ihn enttäuscht, und entließ mich nun endgültig mit einer leichten Handbewegung.

Ich zog mich in mein Zimmer im Palast der Morgenröte zurück, um mir sofort Notizen über die denkwürdige Unterredung zu machen, damit ich nichts vergesse. Dann begab ich mich zu Jentah und erstattete Bericht.

»Verzeihen Sie mir, Vater«, sagte er, »ich hatte nicht gewagt, Ihnen zu schreiben, wie es wirklich mit ihm steht. Ich hatte gehofft, das Schlimmste werde heute nicht eintreten.«

»Erklären Sie sich näher!« sagte ich.

»Sie haben ihn in einem der seltenen Augenblicke erlebt, wo er nicht bei sich ist. Wenn Sie ihn morgen sehen, wird er ganz anders sein, und er weiß dann nichts mehr von dem, was er Ihnen gesagt hat.«

»Ich werde ihn morgen nicht sehen«, erwiderte ich, denn ich war fest entschlossen, die Stadt sofort zu verlassen. »Und Sie selbst – kommen Sie wieder zurück zu mir! Sie werden dann zwar keine goldgestickten Gewänder und keine Krone mehr tragen, sondern nur das schwarze Gewand des Katechisten; Sie werden nicht mehr in einem Marmorpalast, sondern in einer bescheidenen Hütte wohnen, aber der Friede Gottes wird in Ihrem Herzen sein. ›Nun wir denn sind gerecht geworden durch den Glauben,

---

1 Kui Hiang (Guei Hsiang). Die Blüte des vor allem in Südchina wachsenden Cassiastrauchs hat einen starken, betörenden Duft.

so haben wir Frieden mit Gott durch unsern Herrn Jesum Christum‹.«
Er war aber nicht willens, meinem Ratschlage zu folgen.
»Wie kann ich«, sagte er, »die Bewegung, die zwar viele Irrtümer enthält, die dennoch den Boden gelockert hat, um den Samen des wahren Evangeliums aufzunehmen – wie kann ich diese Bewegung in diesem Augenblick verlassen! Mein Bruder hat zwar die Menschen gerufen und erweckt, aber nie die Macht in der Bewegung ausgeübt, dic auch in Zukunft, wie ich vertraue, stärker sein wird als mein Bruder, wenn Sie und die anderen ausländischen Brüder uns zur Seite stehen. War nicht auch die Kirche stärker als Jesus Christus, und hat sie nicht seine Gedanken –«
»Jentah!«, rief ich den Schildkönig streng an, »reden Sie nicht weiter! Mit welchen Menschen sind Sie in Berührung gekommen, daß Sie derartig lästerliche, verleumderische Gedanken aussprechen können!«
Er war wohl selbst erschrocken, aber dennoch versuchte er in milderer, obwohl nicht ungefährlicherer Form, seine Gedanken fortzuspinnen: »Können wir nicht«, meinte er, »wenigstens Güte und Barmherzigkeit erweisen mit der Macht, die Gott uns über die Menschen gegeben hat?«
»Die Kirche«, antwortete ich, »ist nicht geschaffen, barmherzige Werke zu tun, sondern die Seelen der Menschen zu Jesus zu führen, auf daß sie durch Ihn erlöst werden. Eine Kirche aber, die sich nicht auf Ihn, Sein Wort, Sein Leiden und Sterben gründet, ist vom Teufel.«
Der Schildkönig hatte betrübt sein Haupt gesenkt, da meine Worte ihm ans Herz gingen.
»Lassen Sie zurück, was Sie haben«, rief ich ihm zu, »und geben Sie es den Armen, so werden Sie einen Schatz im Himmel haben! Kommen Sie mit mir!«
Er schüttelte aber den Kopf und sagte:
»Er ist doch mein Bruder.«

General Li Siu, der »König der Treue«
Aus seinem Geständnis

Der Tien Wang hatte seine ganze Sippschaft zu Königen gemacht. Er war sich zwar bewußt, daß er mir für meine militärischen Erfolge eine Anerkennung schuldete, aber er fürchtete, daß dann meine Popularität in der Armee noch zunehmen würde. Er traute niemandem mehr, nur noch seinen Verwandten.

Da sandte mir der General Li[1], der zu den Kaiserlichen übergewechselt war, einen Brief, der gerade eintraf, als der Tien Wang sechs Leute aus seiner engsten Umgebung als »Inspektoren« zu meiner Armee entsandt hatte, die in Wirklichkeit aber nur herausfinden sollten, ob ich etwas im Schilde führte.

Der General Li hatte seinen persönlichen Boten geschickt. Dieser war früher mein Standartenträger gewesen, war aber mit Li zu der Großen Kaiserlichen Armee übergegangen. Als er zu uns ins Hauptquartier kam, nahmen die Wachen ihn fest und verhörten ihn. Als er darauf bestand, mir persönlich etwas auszurichten, führten sie ihn mir vor. Er übergab mir den Brief, als die »Inspektoren« anwesend waren. In dem Brief, den ich erst nachher öffnete und las, forderte mein alter Freund Li mich auf, auch zu den Kaiserlichen überzuwechseln. Ich wußte nicht, was ich dazu sagen sollte und sandte meinen alten Standartenträger ohne Antwort wieder zurück.

Ich hörte, daß der Himmlische König sehr beunruhigt war. Als er aber nach einigen Wochen sah, daß ich nichts Auffälliges unternahm, sandte er mir vier Schriftzeichen, geschrieben auf kaiserlich-gelbe Seide und zu einem Rollbild aufgezogen. Die vier von ihm selbst geschriebenen Zeichen lauten »Wan ku tschung ih«.[2] So wurde ich zum »König der Treue«: Weil er mich dadurch an sich binden und verhindern wollte, daß ich zum Feinde überlaufe. Es war die gleiche Taktik wie damals in Yungan.[3]

Danach wurden Tag für Tag mehr Leute zu Königen ernannt.

---

1 Li Tschao-schou.

2 »Zehntausend Jahre lang treu und redlich«.

3 Vgl. S. 172f.

Die Beamten in dem dafür zuständigen Ministerium machten daraus ein blühendes Geschäft. Wer Geld hatte, bestach sie und wurde zur Ernennung vorgeschlagen. Die Kommandeure im Felde waren darüber empört, und jeder hatte Verrat im Herzen.

Schi Takai, der Hilfskönig
Brief an den Akademiker Li

Diesen Brief, lieber Freund, sende ich Ihnen aus einer Welt ohne Bücher und Bilder.[1] Wir stehen am Tatu-Fluß und marschieren durch das Gebiet der Eingeborenen, die unsere Sprache nicht verstehen. Im Sommer werden wir Szetschuan von Westen her einnehmen. Dann wird unser Feldzug zu Ende sein, und wir werden in dieser reichen Provinz unser Reich, ein kleineres zwar, aber ein freies, errichten.

Schon wenige Tagesmärsche hinter Nanking habe ich die Prediger und Glaubensspitzel auf dem Felde im Regen ausgesetzt und ihnen bei Todesstrafe verboten, unserer Armee zu folgen. Es marschierte sich darauf viel leichter.

Ich habe, wie Sie vielleicht wissen, schwere Niederlagen erlitten und mußte bis in die Provinz Yünnan nach Süden ausweichen. Ich habe viele tapfere Soldaten verloren, aber neue sind mir in großer Zahl zugeströmt. Ich mußte oft fliehen, aber ich habe auch gesiegt, viele Dörfer und Städte genommen, die Großgrundbesitzer geschröpft, ich habe sie jedoch am Leben gelassen, und ich habe den Armen von unserer Beute mitgeteilt.

Des Tages sitze ich im Sattel und des Nachts am Lagerfeuer. Wir trinken das Wasser der Quellen und reinen Flüsse, und wir rösten die Schafe oder Schweine am Spieß. Wenn wir wenig von den Eingeborenen kaufen oder von den Reichen erbeuten konnten, kommen die Soldaten und bringen mir das Beste von ihren Rationen. Und wenn wir gegessen und getrunken haben, hören

---

1 Schi Takai war mit seiner Armee kreuz und quer durch Süd- und Südwestchina gezogen, ohne sich um den Kampf der anderen Taiping-Armeen mehr zu kümmern, allerdings auch ohne mit der Taiping-Führung förmlich zu brechen.

wir von den Sängern und Erzählern die Balladen und Sagen aus alter Zeit.

Wir schlafen oft im Freien; der Wind ist frisch und die Luft klar und rein. Wenn es am Morgen kühl wird und taut, erheben wir uns und brechen auf. Der Blick von Ihrer Terrasse ist gewiß schön, aber noch schöner ist es, in der Morgendämmerung durch die Täler zu reiten, wenn der Nebel in den Bergen liegt, oder über die braunen Ebenen, wenn die Sonne über die Gebirgsketten steigt.

Lieber Freund, verlassen Sie die Stadt, wenn es noch möglich ist! Der Weg zu mir ist weit, aber der Bote, der Ihnen diesen Brief bringt, wird Sie sicher zu mir führen.

Pantai

Aus einem Brief an Tang

... Ich verstehe durchaus, daß Sie jetzt keine Truppen von Anking[1] abziehen wollen; aber die Berichte aus der Provinz Szetschuan sind alarmierend. Der Rebellenführer Schi Takai belagert Tschengtu, und unsere Garnison hat nur noch Vorräte für anderthalb Monate. Da Sie die beiden Befehle des Erhabenen Herrschers nicht befolgt haben, hat der Kanzler Tsai dem Drachenthron ernstlich und förmlich in einem Memorandum vorgeschlagen, Sie sofort abzuberufen. Der Erhabene sendet Ihnen jedoch heute einen dritten und letzten strengen Befehl, sofort Entsatztruppen nach Szetschuan in Marsch zu setzen.

Ich teile zwar Ihre Ansicht, daß es wichtiger ist, die Hauptarmee der Rebellen unter dem »König der Treue« zu schlagen, als die Grenzprovinz Szetschuan zu retten, und vielleicht haben Sie auch recht, wenn Sie einwenden, daß es *jetzt* viel zu spät sei, noch Entsatztruppen nach Tschengtu zu schicken – ich halte es jedoch für meine Freundespflicht, Sie über die Absichten des Kanzlers und des Drachenthrons zu unterrichten.

---

1 270 km westlich Nankings.

Li Siu, »der König der Treue«
Aus seinem Geständnis

Ich hatte hundertzwanzigtausend Mann in und vor Anking zusammengezogen. Der General Tang mochte etwa zweihunderttausend Mann versammelt haben, wagte aber nicht anzugreifen, da unsere Lage mit dem Jangtse und der stark befestigten Stadt im Rücken günstiger war als seine. Wir warteten also ab und bauten unsere Stellungen weiter aus. In der Mitte des Monats mehrten sich die Anzeichen, daß er eine Entscheidung erzwingen wollte. Wie ich von Agenten erfahren hatte, drängte der Kaiser in Peking ihn nämlich, einen Teil seiner Truppen gegen Schi Takai zu senden.

Zur gleichen Zeit erschienen bei mir Boten des Himmlischen Königs, die mich dringend ersuchten, nach Tienking zu eilen. Ich sandte sie zurück mit dem Bescheid, daß ich das Heer in diesen Tagen nicht allein lassen könne, und bat um Auskunft, warum ich kommen solle.

Der Himmlische König sandte mir wenige Tage darauf wiederum und bald danach zum drittenmal Boten, die seinen Befehl in strenger Sprache wiederholten.

Obwohl der Angriff der Kaiserlichen Truppen unmittelbar bevorzustehen schien, folgte ich widerwillig der Weisung des Tien Wang, nachdem ich den Kommandeuren Verhaltensmaßregeln gegeben hatte.

In Tienking angekommen, ließ ich mich sofort beim Himmlischen König melden, der mich jedoch nicht empfangen wollte, sondern mir zu warten auftrug. Als er mir die Audienz auch am nächsten Tag nicht gewähren wollte, vermittelte endlich der Schildkönig bei seinem Bruder die Unterredung.

Der Himmlische König empfing mich in seinem Thronsaal. Er ließ mich im Knien sprechen und forderte mich nicht auf, zu seinen Füßen Platz zu nehmen. Zornig und mit hoher Stimme schrie er mich an:

»Ihre militärischen Erfolge sind Ihnen wohl zu Kopfe gestiegen? Sie vergessen anscheinend, daß Sie auch schwere Niederlagen erlitten haben. Sie vernachlässigen Ihre Pflicht und bringen unser Reich in Gefahr.«

Ich bat den Himmlischen König, mir zu sagen, worin ich gefehlt habe.
»Sie kümmern sich nur um militärische Angelegenheiten, um die Munition, die Geschütze, die Mauern, die Flußsperren. Wahrlich, ich sage Ihnen, wenn Wir im Himmel nicht Unsere Hand über dem Heere hielten, nützten diese Dinge Ihnen gar nichts. Mit dem Hauch seines Mundes bläst Unser Erhabener Vater alle Ihre künstlichen Verteidigungswerke hinweg.«
Ich sagte, wir beteten täglich um den Beistand und Schutz des Vaters. Aber der Himmlische König schrie mich an:
»Nein! Das tun Sie nicht. Vor einer Woche hat einer Ihrer Soldaten namens Sun, ein Mann aus Hupeh, ein Gebet zum Himmel emporgeschickt und sich beklagt, daß er täglich Wache stehen müsse und deshalb keine Gelegenheit habe, an den Opferzeremonien teilzunehmen.«
Ich sagte, ich wisse davon nichts, kenne den Mann überhaupt nicht.
»Wir kennen ihn auch nicht«, sagte der Tien Wang, »aber der Ehrwürdige Vater und Unser Älterer Bruder haben Uns im Himmel zur Rede gestellt und Uns Vorwürfe gemacht. Eilen Sie sofort zurück zu den Truppen und sorgen Sie dafür, daß solche Beschwerden nicht noch einmal zu Unseren Ohren kommen!«
Ich begab mich nach der Audienz sofort zum Schildkönig und berichtete ihm die Worte seines Bruders. Der Schildkönig schien nicht sonderlich überrascht zu sein. Als ich aber sagte, es sei höchste Zeit, aus solchen unsinnigen Befehlen die einzig mögliche Folgerung zu ziehen, wurden seine Augen kalt, und er hielt es für angebracht, mich daran zu erinnern, daß sein Bruder mich zum König der Treue erhoben hatte, und daß ich ihm Treue und Gehorsam schulde.
Ich erkannte, daß wir uns nichts mehr zu sagen hatten und machte mich unverzüglich auf zu meiner Armee nach Anking. Aber ich war erst wenige Stunden stromaufwärts gesegelt, als mir Dschunken voller Soldaten entgegenkamen. Die Soldaten berichteten, Anking sei gefallen und fast die gesamte Armee vernichtet. Der Kaiserliche General Tang hatte am Samstag früh in der Dämmerung angegriffen, als unsere Truppen vom Mitternachtsgottesdienst ermüdet waren. Während die Kämpfe in

vollem Gange waren, hatte er überraschend dreißigtausend Mann auf seinen neuen Flußbooten herangeführt und in unserem Rücken landen lassen.
Ich kehrte in die Himmlische Hauptstadt zurück, um dort zu retten, was noch zu retten war. Inzwischen aber hatte Jentah, der Schildkönig, der Bruder des Tien Wang, uns verlassen, angeblich um eine Entsatzarmee in der Provinz Tschekiang aufzustellen.[1] Viele aber meinten, daß er die Zeichen der Zeit erkannt hatte und sich nun bei seinen Missionsbrüdern in Schanghai in Sicherheit bringen wollte.

TANG
Aus einem Bericht an den Kaiser

...Gestern, am fünften Tage des neunten Monats, haben meine Truppen die Rebellenarmee bei Anking angegriffen und vernichtet. Die Stadt ist in unserer Hand, der Jangtse gesperrt. Von den hundertzwanzigtausend Langhaarigen Rebellen sind fünftausend auf dem Jangtse entkommen. Fünfundneunzigtausend Mann sind gefallen, zwanzigtausend gefangengenommen und hingerichtet worden. Unsere eigenen Verluste betragen zweitausend Gefallene und dreitausend Verwundete.
Ich begann den Angriff gestern in der Stunde des Hasen[2], die das Astronomische Kollegium[3] als besonders glückbringend bezeichnet hatte, da in ihr Mond und Sonne zur gleichen Zeit aufgingen und die fünf Planeten in einer geraden Linie standen.
Außer der Glücksstunde trug zum Erfolg bei, daß der sogenannte »König der Treue«, zweifellos unser gefährlichster und begabtester Gegner, am Tage der Schlacht nicht bei seinen Truppen war: Der sogenannte Himmlische König hatte ihn nach Nanking befohlen. Befangen in einer falschen Auffassung von

1 Er hatte wirklich versucht, eine Entsatzstreitmacht zusammenzustellen, aber ohne Erfolg. Nach dem Zusammenbruch traf er in der Provinz Kiangsi zwei seiner Brüder und Tien-Kuei, den Sohn und Nachfolger des Himmlischen Königs. Sie wurden alle ergriffen und enthauptet.

2 5 bis 7 Uhr.

3 Vgl. Anm. 2, S. 254.

Treue und Gehorsam, war er diesem Befehl gefolgt und hatte die Hauptarmee der Rebellen in der entscheidenden Stunde im Stich gelassen. Die Langhaarigen Soldaten glaubten, er sei geflohen, und sie leisteten deshalb weniger Widerstand als sonst. Daraus erklärt sich auch die ungewöhnlich hohe Zahl Gefangener.

NORTH CHINA HERALD, SCHANGHAI

Vor kurzem traf in Schanghai der Musiker Ambrosius ein, preußischer Nationalität, der seit fast zehn Jahren ununterbrochen in der »Himmlischen Hauptstadt« gewohnt hat. Sein Bericht ist besonders deshalb aufschlußreich, weil Herr A. in den Diensten der Taiping-Führer gestanden hat und er sie früher in Leserbriefen an uns immer in Schutz genommen hatte. Herr A. hat seinen gesamten Besitz in Nanking gelassen und nichts als sein Leben gerettet. (D.Red.)

Ich bin aus Nanking mit Hilfe eines befreundeten Chinesen geflohen. Um ihn nicht zu kompromittieren, will ich nicht beschreiben, wie ich aus der Stadt herausgekommen bin. Mein Weg führte mich auf kleinen Kanälen bis Sudschou und dann wieder nordöstlich nach Schanghai.

Das ganze einst blühende und volkreiche Gebiet längs meiner Reiseroute ist jetzt verödet. Die Dörfer sind verbrannt und menschenleer. In Städten, die früher Hundertausende von Einwohnern zählten, traf ich kaum hundert Leute in den Ruinen. Auf den Straßen und Trümmern Sudschous steht meterhohes Gras, aus dem beim Nahen eines Menschen Fasanen und Wachteln aufschwirren. Die Äcker liegen fast überall brach, da marodierende Soldaten das Land durchstreifen und die Bauern an der Feldarbeit hindern. Erst zehn bis fünfzehn Meilen vor Schanghai fühlen sich die Bauern etwas sicherer und bauen ihre Hütten wieder auf.

Die Stadt Nanking ist ein Heerlager. Der Handel, selbst der mit den Behörden, liegt still. Die Tore und Mauern sind ständig bewacht. Zivilpersonen ist der Ein- und Ausgang nur mit Sonderausweisen gestattet, die eine Woche vorher mit ausführlicher Begründung beantragt werden müssen. Die Passanten werden an den Toren leibesvisitiert. Auf die Mitnahme von Briefen,

Aufzeichnungen jeder Art, Geld, geprägtem oder ungeprägtem Edelmetall steht die Todesstrafe, die vom Torkommandanten verhängt werden kann und gewöhnlich gleich an der Außenmauer vollstreckt wird.

Alle Personen, die den Taipings verdächtig erscheinen – als einziger noch in Nanking lebender Ausländer gehörte auch ich zu dieser Gruppe –, müssen sich täglich auf einem Polizeirevier melden.

Die ehemals beträchtlichen Lebensmittelvorräte der Stadt gehen zur Neige, weil erstens die fruchtbaren Provinzen um Nanking, wie bereits geschildert, keinen Ackerbau mehr betreiben, weil zweitens die Hauptverkehrswege, vor allem der Jangtse, gesperrt sind, weil drittens fast die gesamte Truppenmacht der Rebellen in Nanking konzentriert ist und weil viertens unzählbare Flüchtlinge aus den umliegenden Gebieten innerhalb der Mauern Schutz suchen, so daß alle Häuser überbelegt sind. Die Armee hat ganze Stadtviertel beschlagnahmt.

Die Polizei ist äußerst streng. Es gibt nur noch eine Strafe: die Todesstrafe, die bereits denjenigen trifft, der Lebensmittel für den eigenen Bedarf stiehlt oder unter der Hand kauft. Ebenso bestraft werden kritische Äußerungen über die militärische Lage, die Taiping-Führer, die Verwaltung oder die religiösen Lehren und Gebräuche. Man kann keinen längeren Gang durch die Stadt tun, ohne nicht mindestens auf eine öffentlich zur Schau gestellte Leiche eines Enthaupteten, am Pfahl Erwürgten oder durch den »langsamen Tod«[1] Hingerichteten zu stoßen. Das Volk aber billigt, nein, es fordert sogar diese Strafen!

Trotzdem laufen in Nanking die unsinnigsten Gerüchte um, vor allem über den »Himmlischen König«. Ich habe einige alteinge-

---

1 Im Originaltext »slow death (slicing method)«. Der Verurteilte wurde an einen Pfahl gebunden, darauf wurden ihm mit einem Messer Finger, Zehen, Geschlechtsteile (bei Frauen die Brüste), Ohren, Nase abgeschnitten, dann Arme und Beine abgesägt. Im Ausdenken von Varianten zeigte man sich sehr erfinderisch. Ihre Schilderung wollen wir uns ersparen. Der Artikel erwähnt nicht die von den Taipings gern vollstreckte Todesstrafe »Lebende Laterne«: Dem an einen Pfahl gebundenen Delinquenten wurde ein ölgetränktes Tuch um den Kopf gebunden und dieses dann angezündet.

sessene und gebildete Leute getroffen, die behaupteten, er sei wahnsinnig geworden. Über sein Privatleben verbreiten sie das törichteste Gerede: Er feiere mit seinen Frauen Orgien im Palast, gehe dort meist unbekleidet umher und so fort. Es lohnt nicht, diese Gerüchte wiederzugeben, die zweifellos ebenso erfunden sind wie vor einigen Jahren die von dem »Heiligen Geist« im Bulletin veröffentlichte Nachricht, der Tien Wang habe einer seiner schwangeren Frauen mehrmals vor den Leib getreten.
Mir scheint vielmehr, der »Himmlische König« hat sehr geschickt und überlegt gehandelt: Von seinen Mitkönigen einmal überspielt, wartete er geduldig im Hintergrunde ab, bis sie sich gegenseitig umgebracht hatten. Verschiedene Anzeichen sprechen dafür, daß er diesen Kampf, ohne selbst hervorzutreten, sogar geschürt und die Oppositionsgruppen insgeheim unterstützt hat. Nachdem er sich Schi Takais, des letzten seiner ursprünglichen Mitkönige, entledigt hatte, machte er seine Verwandten zu Königen: Vettern, Brüder und seinen vierzehnjährigen Sohn, die ihm alle, als dem älteren Verwandten, ohnehin zu Gehorsam verpflichtet sind. Sie sind außerdem so unfähig, daß er von ihnen keine Schwierigkeiten zu erwarten hat, haben aber einen weit über das normale Maß hinaus entwickelten Sinn für den Besitz weltlicher Güter. Und je hoffnungsloser die Lage in der Himmlischen Hauptstadt wurde, desto rücksichtsloser gingen sie gegen alle vor, die noch Wertgegenstände besaßen.
Den Schildkönig Jentah möchte ich von diesem Urteil ausnehmen. Er war sicher wohlmeinend und hatte die besten Absichten, sah aber schon bald nach seiner Ankunft in Nanking, daß die Aufgabe, die er sich gestellt hatte, über seine Kräfte ging.
Der Tien Wang selbst kümmert sich nicht um die Verteidigung seines Reiches, die er den Himmlischen Heerscharen überläßt, auf deren Eingreifen er anscheinend fest rechnet. Dafür widmet er sich mit größter Aufmerksamkeit der Ernennung von Königen und der Erfindung neuer Titel, auch für gestorbene Würdenträger des Himmlischen Reiches. So hat er einigen Königen der ersten Stunde die Titel Donnermeister, Blitzmeister, Regenmeister, Wolkenmeister, Eismeister gegeben. Er selbst hat sich schon vor langer Zeit den Namen Hung Dschi, d. h. Hung, die Sonne, beigelegt. Es entsprach der Logik, daß er seine Erste Ge-

mahlin »Ihre Majestät der Mond« und seine Erste Konkubine »Ihre Neben-Majestät der Mond«[1] nannte. Zur Zeit meiner Flucht führten etwa neunzig Würdenträger den Titel »König«. Es scheint darunter aber verschiedene Klassen zu geben. Wer soll sich da auskennen!

Immerhin hat er auf diese Weise verhindert, daß sich bei einem dieser Könige soviel Macht ansammelt, daß sie ihm gefährlich werden könnte. Er ist also heute wieder, wie im Anfang der Bewegung, die bestimmende Persönlichkeit. Zwei Wochen vor meiner Flucht versammelte er an einem Samstag, den die Taipings als Tag des Herrn feiern, auf der Himmlischen Terrasse[2] die Einwohner der Stadt. Es waren wohl hunderttausend Menschen gekommen. Er stand im Scheine von Fackeln auf einem Podium, und es gelang ihm, seine Zuhörer in Verzückung und Raserei zu versetzen, obwohl seine Worte, bei Tageslicht betrachtet, barer Unsinn waren. Aber je unsinniger, absurder, orakelhafter seine Aussprüche waren, desto gebannter folgten ihm die Leute, die ihren Hunger ganz vergessen hatten. Er predigte über die Offenbarung Johannis und das nahe bevorstehende Jüngste Gericht, wo er als Beisitzer des Himmlischen Vaters für die chinesischen Seelen zuständig sein werde, Jesus dagegen nur für die der barbarischen Länder, die nach chinesischer Ansicht ja nur eine unbeträchtliche Bevölkerung haben.

Geschickt förderte er die Legende von seiner Wunderkraft, indem er drei unbeschreiblich zerlumpte Blinde vorführte, von denen er angeblich einen früher einmal geheilt hatte. Da dieser aber darauf gesündigt hatte, wie seine beiden Kumpane bestätigten, sei er wieder und diesmal endgültig erblindet! Nun seien sie reuig zu ihm zurückgekehrt, und sowohl die Blinden wie die Menge glaubten ihm, als er die Drei segnete und ihnen versprach, sie am Tage des Jüngsten Gerichts wieder sehend zu machen!

Er versetzte die Leute in einen solchen Taumel, als er sie fragte, und immer wieder im Chor antworten ließ, ob sie ihr Leben für

---

1 Tscheng Yüe-kung und Yu tscheng Yüe-kung.

2 »Tien tai«, im Süden des Palastbezirks und des »Heiligen Himmlischen Tors des Wahren Gottes«. Die Anlage entsprach dem Tien An Men, dem Platz vor dem Tor des Himmlischen Friedens in Peking.

den Himmlischen Vater, den Älteren Bruder im Himmel und für ihn selbst, den Himmlischen König auf Erden hingeben wollten. Sie wollten es und schrien es ihm entgegen. Sie hätten sich blindlings und waffenlos auch in das wütendste Schlachtgetümmel gestürzt.

Am Samstag vor meiner Flucht wollte er diesen Aufruf wiederholen. Aber sei es, daß die Leute inzwischen nachgedacht hatten und sich ihres ungezügelten Beifalls vom vergangenen Samstag schämten, sei es, daß sie hungriger und schwächer waren – es kamen jedenfalls nur einige Tausend, und die Polizei trieb in den Straßen alle Menschen zusammen, die sie ergreifen konnte, und führte sie auf die Himmlische Terrasse, die dennoch leer wirkte. Obwohl aus dem ersten Stockwerk des Mittleren Torturms die Orgel, mit allen Registern gespielt, über den Platz hallte, war der Gesang der Gemeinde nur kläglich.

Es gelang dem Himmlischen König nicht, die Menschen in seinen Bann zu ziehen. Sie hörten nicht einmal zu, wie es schien. Einige, die sich entfernen wollten, wurden von der Polizei in den Nebengassen gefaßt und mit Püffen und Schlägen wieder auf die Terrasse zurückgeschickt. Aber als es leicht zu regnen begann, hörte der Prediger unvermittelt auf, trat vom Podium herab und ging, von den Fackelträgern und seinen Frauen geleitet, zurück in den Palast.

Über die militärische Lage kann ich kein zuverlässiges Urteil abgeben. Die Kerntruppe der Taipings, ihre Hauptarmee, wurde vor zwei Monaten bei Anking vernichtet, da der »König der Treue«, seinem Namen untreu, sich vor der Schlacht rechtzeitig in Sicherheit gebracht und das Heer sich selbst überlassen hatte, wofür ihn der Himmlische König öffentlich tadelte. Dennoch beauftragte er ihn dann, die Truppen wieder zu sammeln und die Verteidigung Nankings vorzubereiten. Die Kaiserlichen scheinen konzentrisch auf Nanking vorzustoßen, um die Verbindungen der Stadt mit den Provinzen abzuschneiden. Geschützfeuer war schon öfter in Nanking zu hören. Ich warne jedoch davor, die Kraft der Taipings zu unterschätzen. Es ist nicht unmöglich, daß sie auch diesmal wieder – wie zu Beginn ihres Siegeszugs in Yungan – den Ring sprengen und, nun wieder voll religiösen Elans, eine neue Wanderung durch das Reich antreten.

Der Akademiker Li

Brief an den Hilfskönig Schi Takai

Wie schmerzlich, verehrter Freund, ist es, daß wir gar so selten Briefe austauschen können! Oft schon habe ich in Gedanken lange Episteln an Sie entworfen; nein, nicht nur in Gedanken, sondern – da dies vielleicht für lange, lange Zeit mein letztes Zeichen sein wird, darf ich es ruhig zugeben –, sondern in Wirklichkeit. Ich habe sie auf schönstes Tschin-tschuh-Papier[1], von dem mir noch ein kleiner Posten geblieben ist, gepinselt, sie gefaltet, dann an der Flamme meiner billigen Öllampe angezündet und Ihnen gesandt, wie man dem Himmel oder den Abgeschiedenen Nachrichten in die andere Welt übermittelt. Denn Sie, verehrter Freund, leben doch in einer anderen Welt!

Hélas, wie ich Sie beneide! Welche Morgenfrische weht mir nicht nur aus dem Text Ihres letzten Briefes, nein, selbst aus Ihren kühnen, sicheren, energischen Schriftzügen entgegen! Wie kann ich mich einfühlen in die tatenreiche Atmosphäre, in der Sie leben! Ich sehe Sie vor mir, wie Sie in kühler Frühe Ihren Schimmel besteigen und an der Spitze treu ergebener Soldaten über die taubedeckte Ebene sprengen. Ah, wie ich Sie beneide!

Ich bete, daß dieser Brief Sie diesmal wirklich erreicht. Haben Sie meinen letzten, den ich Ihnen vor sechs Monaten schrieb – wirklich schrieb und mit einem zuverlässigen Freund, der sich zu Ihnen begeben wollte, auch absandte –, haben Sie ihn bekommen? Ich hatte darin berichtet, daß mein Sohn und meine Frau verschollen und wahrscheinlich umgekommen sind, als Sudschou erobert wurde.

Gewiß wäre ich jetzt Ihrem Rufe gefolgt, da ich Gewißheit habe, daß ich Ihnen immer noch willkommen bin. Auch ohne Bücher hätte ich mich auf den Weg begeben. Ohne Bücher? Ich sehe, wie Sie erstaunt und wohl auch ein wenig belustigt die Augenbrauen heben. Nein, leugnen Sie nicht: Sie haben sicher manches Mal im stillen gelächelt, weil ich so an meiner Bibliothek hänge! Nun, Sie brauchen keine Bücher in einer Welt, in der Taten möglich sind. Aber hier sind die Schriften mein Refugium, mein

---

1 S. Anm. S. 215.

Versteck, das Fenster, an dem ich noch atmen kann, durch das ich auf die weite Landschaft unserer Geschichte blicke und die Worte unserer Großen vernehmen kann.
Im Verkehr mit diesen Büchern allein bin ich den achtzehn Monaten, die Sie nun fern von mir sind, der Zeit entgangen, wußte kaum, was drunten in der Stadt geschah, während ich eine Monographie über das erschütternde Schicksal Nankings bei der Eroberung durch die Mandschus[1] schrieb.
Nun habe ich Ihnen immer noch keine Antwort gegeben, warum ich eigentlich Ihrer Einladung nicht folge. Ein ganz simpler Grund: Ich erhalte keine Erlaubnis, die Stadt zu verlassen. Ich gelte nämlich als verdächtig und muß mich täglich auf der Polizeiwache in der Bohnengasse melden. Sowohl Ihr Bote, der doch als Kurier kam, wie meine drei Beschützer haben versucht, die Ausreisegenehmigung für mich zu erlangen; aber vergeblich. Ich habe darauf meinen drei treuen Wächtern freigestellt, für sich selbst diesen Schein zu beantragen oder aber, da sie robuster sind als ich, sich auf irgendeine andere Weise zu Ihnen durchzuschlagen; denn daß sie diesen Wunsch schon lange im Herzen hegten, hatte ich wohl bemerkt. Sie haben aber standhaft und treu erwidert, sie verließen die Stadt entweder mit mir oder überhaupt nicht.
Ach, es ist anders gekommen! Vor zwei Tagen wurden sie von den Häschern der Armee aus meinem Hause geholt und einem Regiment zugeteilt. Auch die Diener sind mir genommen worden. Nun bin ich allein.
Bin allein? Oh, wäre ich es! Nicht genug, daß man mir die Wächter und Diener nahm, man legte drei schmutzige, stinkende, von Ungeziefer wimmelnde, unverschämte blinde Rüpel in mein Haus, Bettler, die sich in meiner Bibliothek niederließen, weil dies Zimmer jetzt im Winter am wärmsten ist, und die sich nicht vertreiben lassen, ja, die mir sogar mit Drohungen den Zutritt verweigern und mir nicht einmal erlauben, die wertvollsten Werke und Kunstgegenstände zu entfernen, von denen sie selbst dann nichts hätten, wenn sie sehen könnten. Tätlich gegen sie

1 Im 17. Jahrhundert. Diese Monographie ist in den Literaturverzeichnissen nicht festzustellen. Sie ist anscheinend nicht veröffentlicht worden.

vorzugehen, wie es mich im ersten Zorn trieb, habe ich dennoch klugerweise unterlassen, da die drei Strolche unter dem besonderen Schutz des Tien Wang stehen sollen, worüber ich mir jegliche Bemerkung ersparen will.

Nun tadle ich mich, daß ich doch so viel Unerquickliches geschrieben habe, und auch Sie werden mich – mit Recht – rügen, weil ich uneingedenk meines Versprechens in diesem Briefe keine Vorsicht habe walten lassen. Aber Ihr Bote hat mir versichert, daß er Kurierdepeschen des Treuekönigs für Sie zu befördern und daß er deshalb eine Untersuchung seines Gepäcks durch die Torpolizei nicht zu befürchten habe.

Indessen war dies nicht der einzige Grund, warum ich zuletzt etwas freier aus mir herausgegangen bin und meine Lage geschildert habe: Ich habe geglaubt, diese wenigen für viel mehr stehenden Worte wagen zu dürfen, weil dies vielleicht die letzte Gelegenheit ist, mich Ihnen – überhaupt einem Menschen – anzuvertrauen. Von nun an werde ich Ihnen – für wie lange wohl? – wieder geheimste, offenherzigste Briefe auf feinstem Papier schreiben und durch die Flamme übersenden müssen. Werden wir uns noch einmal in dieser Existenz wiedersehen, lieber Freund? Wie glücklich wäre ich schon, wenn ich noch einmal wieder Ihre Schriftzüge auf einem Briefe an mich sähe![1]

Der Engländer Lin-le[2]

In Nanking wurde jeden Tag das Zeichen für den Beginn des Gebets vom Palast des Himmlischen Königs gegeben, indem die großen Gongs im ersten Hof angeschlagen wurden. Das Signal

1 Der Brief erreichte Schi Takai zwar, ist jedenfalls bei seinen Papieren gefunden worden. Eine Antwort liegt aber nicht vor. Schis Armee wurde bald nach Eingang des Briefes von überlegenen Kaiserlichen Truppen vernichtet. Er selbst fiel im Gefecht. Sein Name lebt in vielen Balladen und Sagen fort bis in unser Jahrhundert als des letzten für Freiheit und Gerechtigkeit kämpfenden Fahrenden Ritters.

2 Lin-le, d. i. Augustus F. Lindley. Der Text ist seinem zweibändigen Werk »Ti-Ping Tien-Kwoh; The History of the Ti-Ping Revolution« (London, 1866, I, 365) entnommen. Lindley bezeichnet sich in dem Buch als »Ehren-

wurde dann von Haus zu Haus weitergegeben. Wenn der Widerhall der Gongs in den entferntesten Winkeln der Stadt erstorben und auf den mächtigen Wällen von einsamen Wachsoldaten bis in abgelegenste Vorstädte weitergegeben war, waren in der Stadt oder in den Dörfern außerhalb der Mauern jedermanns Knie zum Gebet gebeugt.

Ich habe oft auf der alten, von der Zeit mitgenommenen Stadtmauer von Nanking gestanden, wenn das letzte Licht der untergehenden Sonne seltsam phantastische Schatten um mich warf, und dem summenden Geräusch gelauscht, das von dem betenden Volk zu mir heraufdrang. Zu anderen Zeiten habe ich von derselben alten Mauer um Mitternacht herabgesehen, wenn der letzte hohle Schlag der Bambustrommel der Wache ertönte, und habe beobachtet, wie sich die gesamte Einwohnerschaft versammelte, um den Sabbat zu begrüßen. Und wenn ich mich dann zu den fernen Hügeln, gekrönt mit den Befestigungen und zahllosen Zelten der götzenanbetenden Kaiserlichen Truppen, wandte, habe ich gefühlt, daß Gott niemals diejenigen verlassen wird, die so innig glauben und Sein Wort studieren.

Dunkle Tage sind für die Sache der Taipings angebrochen; aber obwohl viele gefallen sind, die mir hoffnungsvoll versichert hatten, der Himmlische Vater werde sie schützen, und obwohl andere fern von dem Gebiet umherwandern, das sie als christlichen Staat begründet hatten, – so lange auch nur ein einziger Gläubiger zurückbleibt, vertraue ich auf Gottes Wort für ihren Erfolg.

---

offizier der Garde des Treuekönigs und Sonderbeauftragter des Taiping-Generalissimo«. Er stand jahrelang in den Diensten der Taipings und gehörte in der Tat zum engsten Beraterstab des Königs der Treue. Nach dem Fall Sudschous erkrankte er schwer. Sein Taiping-Feldherr sandte ihn nach England zurück, damit er seine Gesundheit wiederherstelle, und bat ihn, dort für die Sache der Taipings zu werben.

Zwölftes Kapitel

Li Siu, »Der König der Treue«
Aus seinem Geständnis

Erst nach Vermittlung eines seiner älteren Brüder, die mit seiner ganzen Sippschaft bei uns einfielen, als wir Nanking erobert hatten, – erst nach Vermittlung des »Friedenskönigs« also, den ich allerdings erst lange darum bitten mußte und der ganz offensichtlich ein Geschenk von mir erpressen wollte, wurde ich zur Audienz beim Himmlischen König gerufen. Ich wollte ihm ausführlich über die trostlose militärische Lage berichten, aber er unterbrach mich schon nach wenigen Sätzen und sagte:»Sie wollen Uns also melden, daß die Dämonen Uns einschließen! Haben Wir Sie nicht beauftragt, dies zu verhindern und die Teufel zu vernichten? Warum ist dies nicht geschehen?«
Ich erwiderte, vor dem Thron kniend, dies sei allein meiner Unfähigkeit und Nachlässigkeit zuzuschreiben, und bat den Himmlischen König, mir das Kommando zu nehmen und mich gebührend zu bestrafen.
Er sagte jedoch:
»Zweifellos haben Sie die empfindlichste Strafe verdient. Bevor Wir diese aber aussprechen, wollen Wir Ihnen noch eine Gelegenheit geben, das Unrecht wiedergutzumachen. Welche militärischen Maßnahmen schlagen Sie vor?«
Ich legte ihm dar, daß es zur Zeit überhaupt keine andere Rettung gäbe, als sofort mit leichten Waffen, Munition und Proviant für zwei Wochen einen Ausbruch zu wagen, bevor der Ring um die Hauptstadt fest geschlossen sei, und mit den Soldaten in Eilmärschen nach Westen zu ziehen, wo wir uns in unzerstörtem Gebiet aus dem Lande verpflegen und mit Schi Takai vereinigen

könnten. Die Frauen und marschunfähigen Alten und Kinder aber müßten wir hierlassen.
Der Himmlische König geriet bei diesen Worten in Zorn. »Haben Wir nicht«, rief er, »von Schangti den Befehl erhalten, *hier* die Himmlische Hauptstadt zu errichten, die irdische Vorhalle Seines Palastes im Himmel? Wahrlich, ich sage Ihnen, für Ihre Kleingläubigkeit wird der Herr, Unser Vater, Sie nicht in den Himmel aufnehmen. Immer noch halten Wir das Reich in eisernem Griff, und zehntausend mal zehntausend Engel werden mit feurigen Schwertern herabsteigen und diese Stadt vor den Teufelssoldaten bewahren, wenn Wir Uns mutig verteidigen. Je mehr Feinde sich um Tienking versammeln, desto mehr werden Wir auf einen Schlag vernichten können. Wir befehlen Ihnen, jetzt alles gewissenhaft zur endgültigen Niederlage der Dämonen vorzubereiten.«
Ich kniete nieder und berührte dreimal im Kotau den Boden mit meiner Stirn und bat den Himmlischen König, von seinem Thron herabzusteigen, mein Schwert entgegenzunehmen und mich zu enthaupten, um mir spätere Strafen zu ersparen. »Als Diener meines Herrschers habe ich nichts im Sinn, als sein und seines Volkes Wohl. Nur aus diesem Grunde habe ich meine Pläne eben entwickelt. Es ist mir beim ersten Mal nicht gelungen, sie verständlich darzustellen. Ich muß es noch einmal versuchen:
Da die Bevölkerung der Himmlischen Hauptstadt nichts mehr zu essen hatte, habe ich schon im Winter meine Wertsachen verkauft und all mein Geld hingegeben und es verteilt, damit die Leute sich in Tan-yang-hsien[1] Reis kaufen konnten. Jetzt ist der Weg dahin von den Truppen des Gegners versperrt. Ich habe alle meine eigenen Reisvorräte gerecht verteilt und selbst für die Truppen nichts mehr zurückbehalten. Jetzt gibt es keinen Reis und keine Nahrungsmittel mehr in Nanking, es sei denn – mit Verlaub zu sagen – hier im Palast, denn einflußreiche Personen haben in der Stadt jedes Haus durchsucht und Vorräte beschlagnahmt. Der Himmlische König möge seinen Bruder, den Friedenskönig, fragen. Es bleibt uns keine andere Möglichkeit, als

1 Etwa 45 km von Nanking entfernt. Wichtiger Warenumschlagplatz.

die Stadt zu verlassen. Auf jeden Fall sollten wir die Frauen, die Kinder und die Alten ziehen lassen.«
Aber der Himmlische König herrschte mich an:
»Wenn die Leute keinen Reis mehr haben, dann sollen sie Manna essen. Ich werde es dem Volke der Deutlichkeit halber noch einmal in einem Edikt befehlen. Schon in den letzten Jahren hatte ich jede Familie aufgefordert, einen Vorrat von zehn Scheffeln anzulegen. Wer vorgesorgt hat, wird keine Not leiden. Wir selbst im Palast ernähren uns schon seit langer Zeit von Manna.[1]
Ich verbiete jedermann, die Stadt zu verlassen.«
Mit Tränen in den Augen erhob ich mich und, ohne das Zeichen des Himmlischen Königs für das Ende der Audienz abzuwarten, ging ich hinaus. Ich befahl meinen Soldaten, alle Frauen, Kinder und alten Leute, die die Stadt verlassen wollten, herauszulassen und ihnen die Tore zu öffnen. Über vierzigtausend Menschen gingen durch die Tore hinaus.
Dann aber stellte die Hung-Sippe Leute aus ihrer Heimat Kwangtung vor den Toren auf, die die Leute festhalten und gar nicht bis an die Toreingänge herankommen lassen sollten. Sie stahlen den Ärmsten das Gepäck und was sie noch an Wertsachen bei sich trugen und schickten sie in die Stadt zurück. Als ich davon erfuhr, befahl ich meinen Soldaten diese Verbrecher aus Kwangtung totzuschlagen. Seitdem wächst die Zahl der Leute wieder, die aus der Stadt fliehen.
Der Himmlische König hatte in einem Abendgottesdienst noch einmal versucht, die Einwohner zu überreden hierzubleiben. Aber die Leute hörten nicht mehr zu, und einige verließen sogar die Himmlische Terrasse. Als er sah, daß sein Wort nicht mehr zündete, hörte er mitten im Satz auf, blickte verwundert über den halbgefüllten Platz, wandte sich beleidigt um und ging wortlos zurück in den Palast, begleitet von einem Schwarm von »Schwestern«, in deren Augen man die Angst sehen konnte.

---

1 Das Manuskript des »Geständnisses« ist von Kaiserlichen Beamten überarbeitet worden. Es ist nicht klar, ob der Himmlische König von »Manna« (tjän-lu = Süßer Tau) oder einem in China in größter Not gegessenen »Hungerkraut« (kan-lu) gesprochen hat.

Seitdem kümmerte er sich weder um das Volk, noch um die Regierung, noch um die Soldaten. Er ließ die Tore des Palastes schließen und war für niemand mehr zu sprechen.

TANG
Bericht an den Kaiser

... Meine Truppen haben heute die Befestigungen von Yuhwat'ai[1] genommen und damit die letzte Lücke im Ring um Nanking geschlossen. Ich habe Befehl gegeben, an allen gefährdeten Punkten Wälle und Erdgräben anzulegen, da meine Armee für den Sturm der Stadtmauern noch zu schwach ist, da beträchtliche Truppenkontingente zur Bekämpfung der noch zahlreichen Rebellen-Banden in der Provinz abgestellt und da Ausbruchsversuche der Langhaarigen Aufrührer erwartet werden müssen.

KANZLER PRINZ TSAI
Memorandum an den Drachenthron

Geheim!
Vor drei Monaten meldete der Oberbefehlshaber der Nord- und Mittelstreitkräfte, Tang, die Einschließung Nankings. Die Vorbereitungen für den Sturm sind längst abgeschlossen: Die Armee ist ausreichend mit Munition, Geschützen und Gewehren versorgt. Ein großer Teil der in Szetschuan freigewordenen Kräfte ist den Belagerungsstreitkräften zugeteilt worden. Trotzdem kann der Oberbefehlshaber Tang sich nicht entschließen, die Stadt anzugreifen.
Es ist aber dringend erforderlich, Nanking *unverzüglich* zu nehmen und die Pest der Gottesverehrer mit Stumpf und Stiel auszurotten. Die Menschen in den mittleren Provinzen haben nichts mehr zu essen, und ihre Leiden sind unerträglich. Hilfe aus anderen Provinzen erreicht sie nicht, da Räuberbanden die Wege unsicher machen. Diese Banden können wir nur bekämpfen, wenn

1 Wenige Kilometer vor Nanking.

wir die vor Nanking festliegenden Truppen gegen sie einsetzen. Jeder weitere Monat, in dem wir den mittleren Provinzen keine Lebensmittel schicken, kostet Millionen Menschen das Leben. Da der Verkehr in vielen anderen Provinzen gelähmt und der Jangtse noch immer gesperrt ist, leiden selbst weit vom Kampfgebiet entfernte Gebiete bittere Not. Ich habe dem Drachenthron erst kürzlich ein Memorandum über die neuen, sehr ernsten Aufstände der Nienfeis[1], die Unruhen der Moslems in den Nordwestprovinzen und die Rebellionen südchinesischer Geheimgesellschaften untertänigst emporgereicht. Diese Unruhen drohen sich auszudehnen, wenn wir sie nicht sofort ersticken. Eine noch größere Gefahr aber droht dem Reich von außen. Die überseeischen Barbaren verlangen, je länger die Unruhen dauern, desto dringender die Erfüllung der bestehenden Handelsverträge, vor allem die unbeschränkte Einfuhr von Opium, ja, um diese zu erzwingen, fordern sie exterritoriale Konzessionen in weiteren Städten. Wenn wir ihre Wünsche nicht erfüllen, werden sie das Reich unter sich aufteilen. Daß sie uns, wenn auch nicht an Tapferkeit, so doch an Waffen überlegen sind, haben sie uns zu unserem Schmerz bereits bewiesen. Seit Jahrzehnten haben wir die Barbaren unterschätzt und geglaubt, sie seien nichts weiter als Seeräuber von fernen und kleinen Inseln im Ozean. Wir besitzen aber jetzt zuverlässige, unvoreingenommene Berichte, aus denen hervorgeht, daß sie reichen, mächtigen und bevölkerten Ländern entstammen.
Um der Gefahr von außen und innen zu begegnen, genügt es nicht, hier und dort in unserem Staatswesen kleine Verbesserungen durchzuführen, das Land zu befrieden, das Heer durch diese oder jene Maßnahme wieder schlagkräftiger zu machen. Wir müssen vielmehr nach der Ausrottung der Langhaarigen Rebellen umfassende, durchgreifende Reformen des Landwirtschaftswesens, der Steuern, des Zolls, der Armee, des Verkehrs, ja sogar der Erziehung und Verwaltung einleiten. Die bestehenden Einrichtungen haben vielleicht für die Vergangenheit genügt; jetzt aber ist eine neue Zeit angebrochen.

---

1 Bauernaufrührer, vor allem in den Provinzen Schantung, Anhui, Kiangsu und Honan.

Da die Regierung des Reiches alle diese dringenden Aufgaben erst angreifen kann, wenn die Stadt Nanking genommen ist, bitte ich untertänigst um die Erlaubnis, mich zur Front begeben zu dürfen, um die wahren Gründe für das Zögern des Oberbefehlshabers Tang in Erfahrung zu bringen.

DER KAISER
Edikt an den Kanzler Prinz Tsai

Geheim!
Wir erlauben dem Kanzler Prinz Tsai, die Reichshauptstadt zu verlassen und sich im Hauptquartier des Oberbefehlshabers, Unseres treuen Untertanen Tang, zu vergewissern, daß der Sturm der Stadt Nanking bisher noch nicht möglich war.
Voll Erstaunen und Unmut haben Wir gelesen, daß der Kanzler umfassende Reformen für notwendig hält. Gewiß sind Verbesserungen auf vielen Gebieten, vor allem im Heereswesen, möglich, ja wohl auch erforderlich. Die Worte des Kanzlers erwekken jedoch den Anschein, als wünsche er tiefer- und weitergreifende Reformen, die Unser jahrtausendealtes Gesellschaftssystem verändern würden; jedoch es zu bewahren, nicht aber zu zerstören sind Wir durch Auftrag der Ahnen und des Hohen Himmels gehalten. Denn dieses Gebilde, kunstreich, doch von roher, mutwilliger Hand leicht zu verletzen, das zu vervollkommnen vierhundert Generationen der weisesten Menschen sich bemüht haben, ist die Blüte, die die Menschheit dem Himmel darbringt. Wenn Wir zuließen, daß man sie beschädigt, würden Wir Uns der größten Sünde schuldig machen. Worin würden Wir Uns dann noch von den Rebellen unterscheiden, die Wir bekämpfen?
Und was meint der Kanzler mit seinen Worten, eine neue Zeit sei angebrochen? Der Himmel geht seit Urzeiten seinen Gang. Wenn er sich geändert hätte, wäre es nicht die Pflicht des Astronomischen Kollegiums gewesen, Uns von einem solchen Ereignis sofort zu unterrichten? Es hat Uns aber keine solche Meldung emporgesandt.
Wir tragen dem Kanzler daher auf, genau umschriebene Verbesserungsvorschläge an den überkommenen, ehrwürdigen Insti-

tutionen nur vorzulegen, wenn dies notwendig sein sollte, alle unfrommen Gedanken über eine Reform des Reiches an Haupt und Gliedern aber zehntausend Faden tief in den Ozean zu versenken.

Polizeiprotokoll

Auf der Polizeiwache in der Bohnengasse erschien gestern zur Stunde des Huhns[1] eine Witwe Sung, die zusammen mit ihrer Schwester und deren fünf Kindern kürzlich im »Pavillon der Zusammengekehrten Herbstblätter«, zu unserem Revier gehörend, einquartiert worden war. Sie erstattete Anzeige gegen drei im gleichen Hause wohnhafte, Ih, Örl und San genannte Blinde, weil sie in ein Handgemenge mit dem Hausbesitzer Li verwikkelt waren, einem Akademiker, der in den Polizeilisten als Verdächtiger geführt wird.

Sie gab folgendes zu Protokoll:

»Die drei Blinden terrorisierten das Haus. Auch dem Hausbesitzer gelang es nicht, ihrer Herr zu werden. Gleich bei ihrem Einzug hatten sie sich in seiner Bibliothek niedergelassen und ihm mit Drohungen den Zutritt zu diesem Raum untersagt. Der Hausbesitzer wagte keine Einwände zu machen, da die Blinden unter dem besonderen Schutz des Himmlischen Königs zu stehen vorgaben. (Dies ist insofern richtig, als ihre Einweisung vom Himmlischen Palast ausging.)

Wegen des unerträglichen Gestanks, der aus der Bibliothek drang, begab sich der Hausbesitzer dennoch vorgestern in diesen Raum und fand denselben in größter Verwüstung vor. (Das Vorhandensein des Gestanks wurde polizeilicherseits später ebenfalls festgestellt.)

Die Witwe Sung, die sich zurückhielt und den Raum nicht betrat, konnte von der Tür aus trotzdem Einblick in denselben nehmen. Sie berichtet, die drei Blinden hätten nicht nur in den Ecken, sondern sogar mitten auf dem Teppich ihre Notdurft verrichtet. Was den Hausbesitzer Li jedoch am meisten irritierte,

---

1 17–19 Uhr.

war, daß die drei Einquartierten zu ihrer Körperreinigung Blätter aus seinen Büchern gerissen und im Zimmer verstreut hatten. Der genannte Li ergriff im Affekt einen Staubwedel und schlug damit die Blinden ins Gesicht, die aber sofort ein großes Geschrei vollführten, sogar ein Messer zogen und sich auf ihn zu werfen drohten, so daß er sich eiligst zurückzog und mit den Frauen und ihren Kindern im Pförtnerhaus einschloß. Die Blinden machten keinen Versuch, ihm zu folgen.

Gestern nun, als der genannte Li sich pflichtgemäß bei der Polizeiwache meldete, bemerkten die Witwe Sung und ihre Schwester durch die nur halbgeschlossene Tür der Bibliothek, wie die Blinden die Einrichtung zertrümmerten, die Bücher aus den Regalen, die Rollbilder von den Wänden rissen und sie zusammen mit kleineren Kunstgegenständen, die sich dort befanden, von der anliegenden Terrasse den Abhang hinabwarfen.

Die Witwe Sung und ihre Schwester unterrichteten den Hausbesitzer davon sofort nach seiner Rückkehr von der Polizeiwache. Er begab sich unverzüglich in die Bibliothek, während die beiden Frauen ihm von fern folgten. Nach ihren Aussagen war er unbewaffnet. (Die Blinden gaben bei ihrer späteren Vernehmung an, er habe ein großes Messer in der Hand gehabt – eine Behauptung, die füglich angezweifelt werden muß, da die Blinden als solche das Messer schwerlich zu bemerken in der Lage gewesen sein dürften.) Nach den Aussagen der Frauen saßen die Blinden still in einer Ecke, als Li in die Bibliothek drang. Dieser war von der Verwüstung anfangs wie betäubt, faßte aber dann einen der Blinden bei der Jacke und schlug ihm mit der freien Hand ins Gesicht, worauf die übrigen Blinden sich auf ihn stürzten. Die Witwe Sung und ihre Schwester ergriffen die Flucht. Während letztere sich mit ihren Kindern einschloß, eilte die Witwe Sung zur Polizeiwache und erstattete Anzeige.

Das Polizeirevier entsandte sofort zwei Wachhabende mit der Anzeigenden zum Pavillon der Zusammengekehrten Herbstblätter; diese fanden den Hausbesitzer aber nicht mehr vor. Die Blinden sagten aus, er habe sich aus freiem Entschluß die Terrasse hinabgestürzt.

Der Tote wurde in der Tat heute morgen am Fuße des Abhangs gefunden. Er wies außer den Wunden, verursacht durch den Fall,

Bißspuren und zwei Messerstiche auf. Es besteht der Verdacht, daß die Blinden den Hausbesitzer nach dem Kampf über die Terrassenbrüstung in die Tiefe geworfen haben. Sie sind verhaftet und befinden sich im Gefängnis des Reviers Bohnengasse. Vorstehender Bericht wurde angefertigt, weil die Blinden angeben, unter dem besonderen Schutz des Himmlischen Königs zu stehen. Es darf um Weisung gebeten werden, was mit den Gefangenen geschehen soll, die trotz wiederholter Warnung und Strafandrohung unerträglichen Lärm in der Zelle vollführen.

Hung Siu-Tschüan
Die letzte Vision

Schrecken im Dunkel. Ich höre nur meinen Atem.
Etwas naht, etwas wird kommen.
Ringsum ist Nebel. Ich stehe auf Wolken. Wohin soll ich gehen, ohne in die Tiefe zu stürzen!
Da – weitherschwebend, der lange erwartete Ton des Gongs. Bambushorn, das die Zeit ansagt. Doch die Stimme ist noch ohne Worte. Bronzegong, Kupfergong, Silbergong, scheppern-des Läuten der kleinen Glocke: Vater und Mutter im Himmel, Älterer Bruder und Himmlische Schwägerin.
Das Auge des Himmlischen Vaters, offen und hart, blau wie der Himmel, starrt mich an. Blick wie ein Speer nagelt mich fest.
»Jüngerer Bruder«, redet die sanfte Stimme, »wo ist dein Schwert?«
Ich hebe es empor und lasse es über dem Haupte schwirren. Ich tanze mit dem Schwert; es reißt mich fort durch den Himmel, und ich kann es nicht anhalten, bis der Gong ruft: Steh!
Da stehe ich vor dem Himmlischen Vater. Aber das Auge sieht mich hart und hohl an.
»Habe ich dir den Auftrag gegeben zu tanzen?«
Ich neige den Kopf und blicke auf die blanke Schneide des Schwertes.
»Die Dämonen zu töten«, antworte ich.
Der Blick des Ehrwürdigen Alten trifft meine Brust, und er haucht mich kalt an wie Eis.

Da tritt die Himmlische Schwägerin herzu, trägt einen Spiegel in beiden Händen und neigt ihn.
Ich sehe hinein, erkenne in meinem Körper ein dunkles Bündel, das sich bewegt wie eine Schlange, die Arme ausbreitet wie ein Tintenfisch, sich reckt und meinen Leib erfüllt. Und mein Gesicht! Schrecken! Welches Gesicht!
Hilf mir, Himmlischer Vater!
Aber er öffnet den Mund und lacht. Verbirgt den Mund nicht mehr hinter der vorgehaltenen Hand.
Es sind die gelben Fangzähne Yen Wangs.
Er lacht krähend und weidet sich an meinem Schrecken. Er breitet die Flügel aus und schlägt damit in den Sand, und die Himmlische Mutter, der Ältere Bruder und die Himmlische Schwägerin spreiten die schwarzen Flügel und tanzen um mich, und der Vater, der Höllenfürst, schüttelt sich vor Lachen, daß ihm die Täuschung gelungen ist. Warum aber hatten sie *mich* auserwählt?
Nebel und Wolken wehen um mich, und ich bin allein. Weithin entschwebt der Donner wie das Dröhnen der Gongs und wie das scheppernde Läuten der Glocke. Warum *mich*?

Kui Hiang

Du Einziger, Großer, du wahrer Sohn des Vaters und der Mutter im Himmel, der du die Welt erlöst hast und dem Menschen die Sünden genommen, du Unbegreiflicher! Die Erniedrigung, die Strafe für unsere Missetaten hast du getragen und nie gebetet, daß der Kelch an dir vorübergehe, du Herrlicher, süß und rein, als Sieger Dahingegangener!
Wie kann ich es erfassen, daß du mich unwürdige und geringe Magd ausersehen hast, dich in dem letzten Spiel zu begleiten? Keine der Schwestern wird es verstehen.
In der Nacht ließ er mich rufen. Er trug nur das leichte Sommerschlafgewand, das ich bestickt hatte, und sein Körper schimmerte hindurch gegen das Licht der Kerzen. Er stand im Zimmer und fragte leise: »Warum denn *mich*?« Ich verstand ihn nicht und führte ihn zum Bett, legte ihn auf die seidenen Laken und setzte

mich neben ihn und hielt seine Hand, wie immer, wenn er im Himmel geweilt hatte und wieder zu uns herabgestiegen war. Aber diesmal traten Tränen unter seinen Augenlidern hervor, und er fragte immer wieder: »Warum haben sie *mich* auserwählt?« Ich beugte mich nieder und berührte die Augen, die schweißbedeckte Stirn und den Mund mit meinen Lippen; aber er schob mich zurück und warnte mich vor seiner Nähe, damit der Dämon, der in ihm war, sich nicht auch meiner bemächtige.

Eben erst hatten sich die, die ihm in seiner Jugend den Auftrag erteilt hatten, zu erkennen gegeben. Getäuscht hatten sie ihn von Anbeginn, der Höllenfürst und sein Gelichter. Und sie hatten ihm in einem Spiegel den Dämon gezeigt, der noch in ihm lebte, und sich an dem Schrecken des Einzigen, des Helden unseres Volkes, des von der Hölle Betrogenen geweidet.

Nach langer Zeit wurde er ruhiger. Er trug mir auf, ihm nun beim Kampf gegen den Dämon zu helfen, der den Tod vieler Millionen Menschen bewirkt hatte, die für oder wider das Himmlische Reich des Großen Friedens gestritten hatten. Ich glaubte, ich sollte die Geißel holen, mit der er uns, mit der er sich in den Nächten der Prüfung zu geißeln pflegte. Aber er, der wahre Sohn des wahren Vaters im Himmel, der Große, die Sonne sah selbstverloren in das Licht der Kerzen und sagte, mit Geißeln und Peitschen und Knallfröschen lasse dieser unreine Geist sich nicht bezwingen. Und er befahl mir die Goldperlen[1] aus der Rosenholztruhe zu holen.

Ich fand sie in einer alten, roten Lackdose. Er fragte mich, ob ich ihn im Kampf gegen den bösen Geist in seinem Leibe bis zum Ende begleiten wolle. Ich versprach es ihm unter Tränen und Schluchzen.

Da ging er zu dem hohen Kreuz aus Gold und Elfenbein, das zwischen den Fenstern stand, kniete nieder und betete. Er segnete die Goldperlen, und ich mußte ihm einige in den Mund geben. Dann segnete er den Wein in dem heiligen Goldbecher, und ich gab ihm von dem Wein zu trinken.

Er blieb knien und betete zu Jesus am Kreuz und zu dem wahren

---

1 Ihre Zusammensetzung ist nicht bekannt. Der Name leitet sich vermutlich von der Farbe her.

Gott im Himmel um Erlösung von dem Dämon und um Vergebung der unerhörten Sünden, die er, von diesem Geist geleitet, begangen und um Gnade für die Millionen von Seelen, die er zur Sünde verführt hatte.

Dann begab er sich zurück zu dem Bett und bat mich, ihm ein einfaches, schmuckloses Gewand zu geben; aber ich konnte in dem Ankleidezimmer keins finden und wollte auch nicht die Schwestern bitten, damit nicht eine andere, eine Niedrige, sich ihm in dieser unwiederholbaren, einzigen Stunde näherte, die mir ganz allein gehörte.

Er lag nun da in dem von mir bestickten Gewand. Ich löschte die Kerzen bis auf eine und hielt seine Hand. Sie wurde feucht von Schweiß, und an seinem Atmen und Stöhnen hörte ich, daß er Schmerzen litt. Aber er sagte zuversichtlich, wenn auch schon mit schwerer Zunge:

»Ich fühle, wie der Unreine sich wehrt und in meine Eingeweide krallt. Wenn er aber tot ist, werde ich ihn dem wahren Vater zeigen, als Zeichen, daß ich über den Höllenfürsten Yen Wang gesiegt habe. Und wenn ich ihn am Genick hochhebe und er leblos dahängt, wird auch das Volk sehen, daß es nicht von mir, sondern von ihm verführt worden ist.

Spürst auch du Schmerzen?«

Da flüsterte ich ihm ins Ohr, daß ich keine Perlen genommen hatte.

»Hast auch du mich verlassen? Muß ich den Weg denn allein gehen?« fragte er entsetzt, der Arme, und stöhnte und versuchte sich aufzusetzen. Er wiederholte die Frage lauter und voller Angst. Da ich fürchtete, er könnte schreien, und die Schwestern könnten ihn dann hören und würden herbeikommen und fragen, legte ich ein Kissen, bestickt mit königlichen Drachen und Hakenkreuzen, fest auf den Mund des Herrlichen und Reinen.

Noch wand sich der Körper des Himmlischen Königs im Kampf gegen den König der Hölle und seinen unreinen Geist und bäumte sich auf, und der Dämon wehrte sich und schrie aus dem Munde des Einzigen.

»Schwester!« rief der König, die Sonne, noch einmal, als ich das Kissen lockerte, damit er atmen konnte, aber dann waren seine Worte nicht mehr zu verstehen. Er brach ab, und die Augen

wurden starr. Der Mund aber lächelte verzückt und selig. Der König hatte gesiegt, den unreinen Geist in seinem Leibe getötet und stand nun vor dem wahren Vater im Himmel im Glanze des Lichts.
Ich beugte mich über sein Anlitz und küßte die Lippen und atmete den bitteren Duft seines letzten Atems. Und dann legte ich meinen Kopf auf seine Hand und weinte, weil ich ihn verloren hatte, der nun befreit war und im Hause seines Vaters weilte.
Es war still im Schlafgemach. Ich ging zum Waschbecken, tauchte Tücher ins Wasser und wusch seinen Körper, wusch die bleichschimmernde weiße Haut. Tränen tropften aus meinen Augen und benetzten den heiligen Leib des Helden. Ich rieb ihn mit duftenden Wassern ein, kleidete ihn in das goldgelbe bestickte Königsgewand, zog ihm die Stiefel an, legte die Kette um seinen Hals, das Juwelenkreuz auf die Brust und kämmte sein Haar. Und dann schloß ich die Truhe zu und bettete mich neben ihn, hielt seine erkaltende Hand und weinte und wachte, bis der Morgen kam und die Schwestern anklopften, um ihn zu waschen und zu kleiden.

ÜBER RELIGIÖSE KRANKHEITEN
Aus einer Vorlesung

... Diese Zitate[1] haben wir den Aufzeichnungen der Chinesin Kui Hiang entnommen. Sie sind ein bemerkenswertes Beispiel für ein Phänomen, das die Wissenschaft als induziertes Irresein oder mit dem französischen Ausdruck »folie à deux«, das heißt »Wahnsinn zu zweit« bezeichnet.
Kui Hiang war Haremsdame des zweifellos paranoischen »Himmlischen Königs« Hung Siu-tschüan. Dieser rief im China des vorigen Jahrhunderts einen Massenwahn hervor, der in gewissen Phasen nur psychopathologisch erklärbare Züge aufweist. Auf die bemerkenswerten Parallelismen zu Mohammed und dem Ursprung des Islams bin ich in meinem Werk »Der

1 Verschiedene Absätze aus den Aufzeichnungen Kui Hiangs (S. 263 ff. und 344 ff.).

Prophet als phänomenologisches und ontologisches Problem« ausführlich eingegangen. Reiner als bei diesen beiden Gestalten sind die psychopathologischen Symptome jedoch in den Aufzeichnungen der eben erwähnten Haremsdame des chinesischen »Himmlischen Königs« zu erkennen.

Die von den Historikern aufgeworfene Frage, wieweit darin das wirkliche Geschehen zutreffend geschildert wird, ist in unserem Zusammenhang irrelevant. Es genügt zu sagen: Wenn die Vorgänge in ihren Grundzügen auch annähernd richtig wiedergegeben sein mögen, so haben sie sich doch in manchen Einzelheiten zweifellos anders abgespielt. Trotzdem kann man die Darstellung insgesamt nicht verwerfen, wie einige Historiker dies mit der simplen Begründung tun, die Verfasserin sei »wahnsinnig« gewesen. Was heißt »wahnsinnig«! Die Paranoia ist keine ansteckende Krankheit, und es kann keine Rede davon sein, daß der Himmlische König sie auf die Chinesin übertragen hat, höchstens die Wahn*inhalte*.

Schon Bleuler weist in seinem Lehrbuch der Psychiatrie darauf hin, daß »Paranoide oder Paranoiker Personen, mit denen sie eng zusammenleben, nicht nur Wahnideen glauben machen, sondern sie so infizieren, daß diese unter Umständen weiter an dem Wahne bauen«.

Da Paranoiker zwar Gesunde beeinflussen können, selbst aber bekanntlich unbeeinflußbar bleiben, neige ich dazu, in der von Kui Hiang beschriebenen Mischung religiöser und sexueller Ekstase im Vordergrund hysteriforme Symptome zu sehen, und erinnere an meine früheren Bemerkungen zu Berninis Darstellung der heiligen Therese und dem religionshistorisch bedeutsamen Gedanken der Vereinigung mit dem Himmlischen Bräutigam. Zur Diagnose der Hysterie paßt ganz der süßliche, um nicht zu sagen parfümierte Stil der Chinesin sowie ihre Weigerung, gemeinsam mit Hung Suizid zu begehen, für die sie bezeichnenderweise keinen plausiblen Grund angibt. Anders als der religiöse Fanatiker verweigert der »Hysteriker« sich, wenn es ernst wird und ihm ans Leben geht. Von nicht zu unterschätzender Relevanz ist für diese Diagnose auch das Eifersuchtsphänomen, das jeweils deutlich erkennbar wird, wenn sie ihre »Schwestern« erwähnt.

Ebenfalls eindeutig hysterischer Natur waren aber auch die Verzückungszustände der chinesischen Massen bei oder nach Predigten des »Himmlischen Königs«. Damit ist nun nicht gesagt, daß jeder einzelne Zuhörer Hysteriker war wie die eben erwähnte Haremsdame; jedoch wird in der Kollektivseele, in die der einzelne als Glied der Masse aufgegangen ist, die hysterische Komponente besonders transparent.

Ähnliche Phänomene der Übertragung von Wahnideen auf einzelne oder die Masse – wobei die Glaubensinhalte selbst stark variieren können –, begegnen uns oft in der Geschichte, schon in ihren Anfängen, und nur wenige Völker waren davon ausgenommen.

Wir sollten uns aber vor dem Glauben hüten, dergleichen sei heutzutage nicht mehr möglich. Das ist nicht nur *möglich*, das *gibt* es; nicht nur in Kalifornien oder Japan, sondern auch bei uns. Denn was anders sind die Sekten Jugendlicher und Erwachsener mit Tausenden, ja Zehntausenden von Anhängern! Sie entwikkeln sich freilich nicht zu Massenbewegungen, aber nicht weil die Wahnideen weniger intensiv geglaubt werden, sondern weil ihre Wahn*inhalte* in der heutigen Gesellschaft nicht zünden und nur Randgruppen ansprechen.

Gewisse Schwarmideen oder »*crazes*« befallen bei uns auch größere Teile der Gesellschaft, florieren einige Jahre und erlöschen wieder, z. B. der Glaube an Wunderheilmethoden, indische Gurus, außerirdische Besucher unseres Planeten, der Hippy-ismus, die Protestbewegungen mit wechselnden Inhalten an unseren Universitäten. Sie befallen insbesondere Personen, deren Reifeprozeß noch nicht abgeschlossen ist, oder Menschen, die geistig, sittlich, intellektuell an der Oberfläche leben. Wer überleben will, heißt es im Chinesischen, muß tiefe Wurzeln treiben.

Die Schwarmideen bewirken leichte, vorübergehende pathologische Infekte der Massenpsyche, die man nicht wirklich ernst zu nehmen braucht. Sie wachsen sich aus oder werden bald von anderen abgelöst. Gefährlich werden sie nur, wenn eine religiöse Begründung, ein religiöser Auftrag hinzutritt.

»Women's Lib« zum Beispiel ist eine solche modische Schwarmidee. Von den rationalen Bemühungen, den Status der Frau in der Gesellschaft und der Familie zu ändern, einer

Grundströmung in der Geschichte der letzten hundert Jahre, spreche ich hier nicht. Women's Lib ist ungefährlich, selbst dann, wenn ihre engagiertesten Anhängerinnen ihre Büstenhalter drohend von den Barrikaden her schwingen und schrill zum Geschlechterkampf aufrufen.

Meine Damen, wenn Sie jetzt unter dem Pult scharren, stören Sie zwar Ihre Kommilitonen; die Sache selbst wird dadurch aber nicht bedrohlicher.

Fatal wäre es jedoch, wenn diese Damen der Wahn von einem religiösen Auftrag packte; denn dann hätten wir es mit der Raserei der Mainaden, mit den »Bakchen« zu tun, die Pentheus, den Politiker, den Mann der Vernunft, zerreißen, zerschlitzen, zerfetzen und sich mit den abgerissenen Gliedern schmücken. Euripides wußte, wie furchtbar Gott ist. Wo er eifert und zürnt, da segnet Dionysos – und er ist keine Ausnahme im Olymp – noch die gräßlichsten, unsagbaren Brutalitäten des Menschen, wenn sie nur aus Frömmigkeit geschehen.

Nicht anders als Jahwe:

»Der HERR ist zornig über alle Heiden
Und ergrimmt über alle ihre Scharen.
ER wird an ihnen den Bann vollstrecken
Und sie zur Schlachtung dahingeben.
Und ihre Erschlagenen werden hingeworfen werden,
Daß der Gestank von ihren Leichnamen aufsteigen wird
Und die Berge von ihrem Blut fließen...
Denn mein Schwert ist trunken im Himmel...
Des HERRN Schwert ist voll Blut.« (Jes. 34, 2–6)

Auch die Griechen fragten ratlos und erschrocken, woher der Zorn der Götter kam. Als Antwort erfanden sie die herrlichsten Geschichten und Tragödien. Und wie viele Geschichten des Alten Testaments sind nicht geschrieben, um den Zorn Jahwes zu erklären!

Für uns stellt sich die Frage heute anders. In der Sprache unserer Zeit würde sie lauten: Wie kommt es, daß das Phänomen der Übertragung von Wahnideen auf die Masse in manchen Epochen der Geschichte häufig auftritt – ich erinnere nur an die psychischen Seuchen des 14. Jahrhunderts oder die Klosterepide-

mien des 16. und 17. Jahrhunderts – während es in anderen Zeiten ganz fehlt, möglicherweise auch da latent vorhanden ist, aber von der Helle, Logizität und Vernunft des Zeitalters in dunkler Tiefe gehalten wird?
Wir fragen uns, welche geheimen Gesetze hier walten, die ein Volk bisweilen für einen solchen Massenwahn anfällig machen, bisweilen dagegen feien; und wir fragen, ob diese verheerenden, unberechenbaren Volksseuchen aus Kollektiv-Erfahrungen, Kollektiv-Traumen entstehen können und ob etwa das Gefühl einer allfälligen Kollektiv-Schuld solche Epidemien befördert oder behindert.
Die Antwort? Ich habe keine. Mir scheint, wir sind von einer schlüssigen Antwort auf diese Fragen heute noch weit entfernt, ebenso weit entfernt wie die Griechen und Juden, die eine Geschichte erzählen mußten, wenn sie das Unbegreifliche erklären wollten.

Der Markterzähler Puh

Es ist schon spät.
Der Melonenkernverkäufer räumt seinen Stand auf. Der Pastetenkoch hat Asche über die Holzkohle gehäuft und den Lampion gelöscht. Nun werde auch ich meinen Sack mit den Geschichten zubinden – er ist sowieso schon fast leer. Seht hin! – und nach Hause gehen. Morgen ist er wieder voll. Kommt morgen wieder! Geht, habt Erbarmen mit mir und meinen Augen! Sie sind schon so schlecht – oder liegt es etwa am Licht, daß ich keinen Kupferkäsch mehr in meinem Teller sehen kann? Eins, zwei, danke, drei, danke, vier, fünf, danke! Nun dann zum Schluß die Geschichte, wie die drei Blinden und der eine oder andere sich aus Nanking retteten.
Über drei Monate war die Hauptstadt des Friedensreiches schon eingeschlossen, aber immer noch wagten die Truppen des Kaisers nicht, sie zu stürmen. Der Himmlische König und seine Getreuen litten Hunger und warteten sehnsüchtig, daß Schi Takai mit seinem Heere erscheine und die Truppen des Kaisers im Rücken angreife. Als er aber nicht kam, beschlossen sie, einer –

der einzige, der diese Macht hatte – solle sich durch die feindlichen Linien begeben und den Hilfskönig mit seinem Heer herbeiholen.

So kam es, daß eines Nachts das Shui-hsi-Tor der südwestlichen Stadtmauer geöffnet wurde. Fackelträger standen zu beiden Seiten des hohen Torbogens und beleuchteten den Weg. Der Oberbefehlshaber der Eingeschlossenen, der König der Treue selbst, war gekommen und verneigte sich tief vor vier zerlumpten Gestalten, die schäbige, ruppige Regenumhänge aus Reisstroh über den Schultern und Blindenstäbe in den Händen trugen. Die vier gingen durch das Tor, der Hintermann immer eine Hand auf der Schulter des Vordermanns; und die hohen, eisenbewehrten Torflügel schlossen sich langsam und knarrend hinter ihnen.

Da standen sie nun draußen in der Dunkelheit und im Regen vor der Stadtmauer. Ih der Erste brummte nur kurz, und die vier machten sich auf den Weg. Sie gingen barfuß durch den aufgeweichten Lehm der Torstraße. Der Regen ließ bald nach, und schwarze Wolken jagten über Himmel und Mond wie eine Schafherde auf der Flucht vor dem Tiger.

Als sie nun ein Li marschiert waren, sagte der Mensch, der an zweiter Stelle ging und dessen Namen ich hier noch nicht nennen will – nein, du irrst, ehrwürdiger Ahn: Es war nicht Örl der Blinde, der sonst immer hinter Ih zu gehen pflegte, sondern ein anderer. Habe Geduld! Am Ende meiner Geschichte wirst du seinen Namen erraten. Der Zweite also sagte leise, hier zweige ein Feldweg ab, der über das Gräberfeld der Sechs Dynastien führe. Dort dürften sich wohl kaum Soldaten der Teufelsarmee aufhalten[1].

Aber Ih der Erste anwortete nur kurz:

»Wir nehmen die breite Straße mitten durch die Kaiserlichen Truppen.«

»Dann laß mich wenigstens vorangehen!«

Aber die drei Blinden antworteten überhaupt nicht mehr. Ih ging weiter, und Örl schob den Zweiten vorwärts.

---

1 Wegen der Geister, die dort umgingen. Der Markterzähler Puh ist aber anscheinend mit der Topographie Nankings nicht vertraut. Die Gräber der Sechs Dynastien liegen nicht in der Nähe des Süd*west*tors, sondern im Süd*osten* der Stadt.

Je weiter sie ins Land kamen, desto schlechter wurde die Straße. Sie rutschten aus, fielen hin, standen wieder auf, waren schmutzbespritzt und sprachen nicht miteinander.
Nach einer Doppelstunde sah der Zweite, dessen Namen ich nicht nennen will, vorne an der Straße ein Feuer und sagte es seinen Kameraden. Was wünschst du zu wissen, ehrwürdiger Ahn? Ob er sehen konnte? Natürlich konnte er sehen, der Zweite wohlgemerkt. Sollte ich vergessen haben, das zu erzählen? Nur Ih, Örl und San waren blind, der Zweite aber, behaltet das wohl, der Zweite hatte gute, gesunde Augen.
»Wir können das Feuer vielleicht umgehen«, sagte er. Aber Ih antwortete dem lästigen Schwätzer gar nicht und führte geradeaus weiter.
»Halt!« schrie der Korporal, selbst erschrocken, als er die Schritte der Blinden hörte. Er sprang aus dem Schein des Feuers heraus, und auch seine drei Kameraden rückten ins Dunkel.
»Woher kommt ihr?«
»Woher sollen wir schon kommen!« brummte Ih und ging weiter. »Aus Nanking.«
»Haltet an!« rief der Korporal noch einmal, als die vier lehmbeschmutzten Gestalten nun aus dem Dunkel in den Schein des Feuers traten. »Wie wollt ihr aus Nanking kommen?«
»Durch das Shui-hsi-Tor«, antwortete Ih mürrisch.
»Ist das Tor auf?«
»Nicht mehr.«
»Wollt ihr nun endlich das Maul aufmachen und reden!« rief der Korporal.
»Wir haben auf jede Frage geantwortet«, entgegnete Ih, »die Taipings waren höflicher zu uns Blinden.«
»F... deine Großmutter![1] Wollen die Taipings einen Ausfall machen?«
»Ihr scheißt euch gleich in die Hosen, wenn die Taipings nur einmal das Tor aufmachen.«
»Seht euch nur diese elenden Krüppel an! Aber wir bringen euch schon zum Reden.«
»Sie haben das Tor in der Nacht repariert«, sagte Örl, der gerne

1 Beliebter chinesischer Kraftausdruck.

vermittelte, »und bei dieser Gelegenheit hat man uns aus der Stadt gelassen, weil wir doch zu nichts nutze sind.«

»Und wo wollt ihr jetzt hin?«

»Zu eurem General.«

»F... deine Großmutter!« riefen die Soldaten lachend.

»Wir haben ihm aber etwas zu berichten!« schrie Ih und stieß wütend seinen Blindenstock in den Lehm.

»Wohl das, was ihr in Nanking mit eigenen Augen gesehen habt, ihr Krüppel«, warf einer der Soldaten ein.

»Was ihr dem General sagen wollt, den ihr doch nie zu sehen kriegt, könnt ihr ebensogut uns erzählen«, schlug der Korporal vor.

»Damit ihr die Belohnung bekommt!«

»He«, rief ein Soldat, »warum untersuchen wir die Kerle nicht! Vielleicht sagen sie dann mehr.«

Er ging zu ihnen, und die Blinden wandten ihre Köpfe in die Richtung, aus der sie seine Schritte hörten. Als er aber Ihs Regenumhang über der Brust packte, ließ dieser laut und stark einen stinkenden Wind fahren, daß der Soldat erschrocken einen Satz zurück machte.

»Könnt ihr lesen?« fragte Ih. Er nestelte aus dem Futter seiner Jacke einen schmutzigen Zettel hervor.

»Kein Mensch kann in dieser Dunkelheit lesen«, antwortete der Korporal. »Was ist das für ein Papier?«

»Ein Passierschein vom General Pao Tschao. Ist eure Unbildung denn so tief und breit, daß ihr das große amtliche Siegel nicht erkennen könnt?«

»Pao Tschao ist an der Ostfront. Hier befehligt der General Tschen.«[1]

»Dann führt uns zu Tschen! Wir haben nicht Lust, hier noch lange zu warten!« rief Ih zornig.

»F... deine Großmutter!« antwortete der Korporal wieder, denn er war, wie alle Soldaten, arm an Worten. Er drehte ihnen den Rücken zu und ging ans Feuer zurück.

---

1 Auch hier ist dem Markterzähler Puh ein Irrtum unterlaufen: General Tschen befehligte bekanntlich den Nordsektor der Belagerungsarmee, während General Pao Tschao ein Jahr zuvor zum Garnisonskommandanten einer kleinen Stadt in Schansi degradiert worden war.

»Faule Schildkröten, so unhöflich, daß ihr selbst arme und wehrlose Blinde beleidigt! Banditensöhne!« rief Ih. Es fing an zu regnen, und die Soldaten zogen sich in eine strohgedeckte, kleine Feldhütte zurück. Ih hörte auf zu schimpfen, tastete mit seinem Stab nach den Wagenspuren im Wege und ging mit seinen drei Genossen weiter.

Sie rutschten aus, fielen in Pfützen und Lehm und standen fluchend wieder auf.

Der Zweite – um dich zu erinnern, ehrwürdiger Alter: das war der Mann mit den gesunden Augen – der Zweite also fragte argwöhnisch:

»War das wirklich ein Passierschein des Generals Pao Tschao?«

Ih antwortete nicht.

»Laß mich vorangehen!« sagte der Zweite.

»Seid doch endlich still«, sagte Örl, »ihr macht Ih ja ganz verwirrt.«

»Außerdem ist es dunkel«, fügte San hinzu.

»Nein, manchmal scheint der Mond.«

»Ih ist unser Führer«, entgegnete San, »und er hat immer den rechten Weg gefunden.«

»Wollt ihr mich denn verraten?« fragte der Zweite, aber nicht ängstlich, sondern sanft und betrübt.

Örl faßte ihn grob bei der Schulter und stieß ihn vorwärts und sagte:

»Marsch, vorwärts! Halte uns nicht auf mit deinen Reden, sonst kommen wir nie zum Ziel!«

Oh, Freunde, das Ziel ist oft näher, als wir vermuten. Der Mond wischte sich die Wolken aus den Augen und sah einen blinden Wurm, einen Achtfüßler über die Erde kriechen, durch Lehm und Schlamm und durch Pfützen.

Der Zweite blieb stehen, und auch die anderen Füße standen still.

»Hört ihr nichts?«

Die Blinden hoben ihre augenlosen Köpfe zum Himmel und lauschten.

»Nichts ist zu hören.«

»Aber es hat jemand gelacht.«

»Wer soll hier auf dem Feld und in der Nacht lachen?«

Nach einer Weile sah der Zweite neben dem Weg einen kleinen Wegschrein, und nun wußte er, woher das Gelächter gekommen war. Der Mond schaute leuchtend auf die Giebel-Inschrift in der Nische:
Der Dämon Kang, erster Bote des Höllenfürsten Yen Wang. Hatte Kang nicht auch einen Schrein am Fuße der Distelberge, und war dieser Schrein und das Standbild nicht von dem Himmlischen König zerstört worden, wobei auch eine Frau zerrissen wurde, nicht von der Menge, wie manche meinten, sondern von Kang selbst, dem ersten Boten des Höllenkönigs? Es ist lange her, meint ihr? Wohl wahr, aber dort unten vergißt man nicht in zehntausend Jahren.
Breitbeinig stand er in der Nische des Wegschreins, riß das Maul mit seinen Hauern auf und winkte mit der Lanze. Da fiel der Zweite, dessen Namen ich noch immer verschweige, zu Boden, und während die drei Blinden nach ihm tasteten, erhob er sich, schlug das lange Gewand zur Seite und zog das Schwert. Seinen Körper aber ließ er bei den Blinden zurück, die schimpften und fluchten und ihn wieder auf die Beine stellen wollten. Er selbst jedoch ging auf den Dämon zu, aber der packte nun die Lanze mit beiden Händen und hielt sie so vor sich, daß der Mensch nicht an ihn herankommen konnte. Und immer wenn der Mensch mit seinem Schwert vorbeischlug, lachte er laut. Aber der Ungenannte sprang wieder auf ihn los und schwang das Schwert, daß es in der Luft sauste, und er schlug zu und stach und hieb; doch der Dämon Kang ließ ihn nicht nahe kommen, stand breitbeinig in der Nische des kleinen Wegschreins und wirbelte die schwere Eisenlanze hin und her, als sei sie ein Stöckchen. Da ging der Mensch einige Schritte zurück, nahm Anlauf, rannte gegen den Dämon an und hieb mit dem Schwert nach seinem Kopf. Aber Kang schwang leichthin die Lanze, daß das Schwert Dämonentöter mitten entzweibrach. Er warf sein Haupt mit dem ruppigen Haar und den spitzen Hörnern zurück, riß das Maul auf, lachte tief und laut und schüttelte sich und sprang vor Freude mit gespreizten Beinen auf und nieder, daß die Bohlen des Schreins ächzten.
Der Mensch aber schleuderte das Schwert, soweit es in seiner Hand geblieben war, gegen das Standbild, und diesmal traf er.

Der Dämon heulte laut auf und brüllte vor Schmerz, riß sich vom Schrein los, daß die Balken splitternd krachten und das Dach zusammenbrach.
Doch die drei Blinden hatten nichts von alledem gehört. Sie hatten den Körper des Zweiten auf die Beine gestellt, und nun schüttelten sie ihn und schrien ihn an: »Wenn du nicht weitergehst, rufen wir deinen Namen über das Feld. Soldaten sind sicher in der Nähe.«
»Ich habe doch nur den Dämon vertrieben«, erwiderte der Zweite erschöpft und wischte sich den Schweiß von der Stirn.
Die Blinden lachten laut: »Im Dreck hast du gelegen, und ohne uns wärest du im Schlamm erstickt.«
»Mein Schwert habe ich ihm in den Hals gestoßen. Nun ist es verloren!«
»Hier ist doch dein Schwert«, sagte San, tastete danach, fand es und zog es auch halb aus der Scheide.
Der Zweite betrachtete es verwundert, sagte aber nichts. Er nahm seinen Platz wieder ein, und der Achtfüßler kroch weiter, mühselig und langsam.
»Halt«, schrie der Sehende noch, aber Örl und San schoben ihn, und so fielen sie alle vier durch das Loch der Brückendecke in das morastige Wasser des Kanals; denn jemand hatte eine schwere Steinplatte, zwei Klafter breit, einen Klafter lang aus der Brücke gebrochen. Ein Mensch wird es kaum gewesen sein.
Sie tauchten noch einmal auf, und die Blinden schrien: »Helft uns! Soldaten, helft uns! Wir bringen euch den Himmlischen König! Hohe Belohnung!«
Die Blinden ruderten im Wasser wie junge Hunde und hielten sich an dem fest, der gerade an der Oberfläche war. Und so sanken sie zusammen unter, hinabgezogen von den dicken Gürtelbinden, prall gefüllt und schwer von Münzen aus Silber und Gold.
Der Himmlische König suchte das schwere heilige Schwert und das goldene Reichssiegel zu lösen, die er vom Höchsten Herrscher des Himmels empfangen hatte. Aber er konnte unter dem Lumpengewand seinen Gürtel nicht erreichen, an dem die heiligen Insignien hingen. Auch die goldene Kette mit dem juwelenbesetzten Kreuz konnte er nicht öffnen.

»Vater«, schrie er verzweifelt empor, »warum hast Du auch Deinen Jüngeren Sohn verlassen?«
Aber eine schwarze Wolke legte sich vor den Mond und verschloß den Himmel. Und so sank auch er hinab auf den Grund.
Dies, Freunde und Zuhörer, war die traurige Geschichte vom Ende des Großen Hung Siu-tschüan, der in Nanking das Himmlische Reich des Großen Friedens errichtet, der den Drachenthron ins Wanken gebracht und im Volk die Hoffnung gesät hatte. In dem sumpfigen Wasser eines alten Kanals versank er, gezogen und gestoßen von Blinden, die er mit Wohltaten überhäuft hatte und die ihn dennoch hatten verraten wollen.
Weder Grabstein noch Denkmal stehen dort, wo sein Körper ruht, aber seltsame Erscheinungen schrecken noch heute den Wanderer, der allein über die Brücke schreitet. An manchen Tagen wird das Wasser dunkelrot, und Blasen steigen aus der Tiefe. Schrilles Geschrei ertönt des Nachts aus dem Grunde, und feurige Windhosen wirbeln plötzlich empor und reißen den Bauern, die eilig an dieser verwunschenen Stätte vorübergehen, die Strohhüte vom Kopf und die Schirme aus den Händen.
Aber ruht er wirklich dort, der Große, der Freund der Armen im Volke? Mit letzter Gewißheit kann ich mich nicht dafür verbürgen. Denn seht, ich habe noch eine andere Geschichte in diesem Sack, den ich heute aber schon zugebunden habe. Vielleicht habt ihr sie auch schon von einem anderen Markterzähler gehört: daß ein Bote des Himmels ihn nämlich aus Nanking durch die Wolken entführt und in einer anderen Provinz niedergesetzt hat, wo der Himmlische König dann seine Getreuen sammelte und mit ihnen auf den Distelberg zog. Dort lebt er noch heute und wartet; wartet, bis seine Zeit kommt.
Welche der beiden Geschichten wahr ist – wer will es wissen! Darüber jedoch sind sich alle einig, daß der abgeschnittene Kopf, den der Volksverräter Tang am Tschien Men in Peking auf einem Pfahl aufstellen ließ, nicht der Kopf des Himmlischen Königs war, sondern der eines erschlagenen Kaiserlichen Soldaten.

---

1 Zu S. 359: Zum zweitenmal. Sie war ihm das erstemal bei seiner Berufung zum Zensor verliehen worden.

Mah
Aus seiner letzten Predigt

Frohlockend, nicht verzagend sollt ihr die Botschaft vernehmen, die ich euch heute bringe: Huang Schangti, der Ehrwürdige Vater im Himmel, hat gestern nacht den Himmlischen König zu sich berufen, der nun, während wir hier zum Gebet versammelt sind, im Hause des Herrn weilt, neben seinem Älteren Bruder, und auf uns herabsieht. Er sammelt die Himmlischen Heerscharen, mit denen er am Tage des Sturms aus den Wolken erscheinen wird, lichtstrahlend und feurig, mit Hunderttausenden von Engeln, denen weder Kugel noch Schwert etwas anhaben können. Freut euch dieses Tages, an dem das gesamte Heer der Dämonen vernichtet wird. Der Tag des Sieges ist nahe!

Regierungsbulletin

Ein Eilkurier aus Nanking betrat heute mit dem roten Banner des entscheidenden Sieges die Reichshauptstadt und überbrachte die Meldung des Oberbefehlshabers Tang, daß die Stadt Nanking wieder in Unseren Händen ist, daß die Langhaarigen Rebellen vernichtet, der Usurpator Hung Siu-tschüan und die anderen Führer der Aufständischen tot oder gefangen sind.
Der ruhmreiche Sieg ist allein der nimmerversiegenden Gnade des Himmels und der immerwährenden Hilfe Unserer Ahnen zu verdanken. Fünfzehn Jahre hat der Aufstand gewährt. Zwölf Jahre war Nanking in der Hand der Rebellen. Sie haben achtzehn Provinzen verwüstet und sechshundert Städte erobert. Sie haben ein Reich des Großen Friedens versprochen, aber viele Millionen Unserer Untertanen getötet.
Den entscheidenden Sieg errang der Oberbefehlshaber Tang, der in jahrelangem Feldzug, vom Winde gekämmt, vom Regen gebadet, dem Wüten der Aufrührer getrotzt, sie zurückgedrängt und nun endgültig vernichtet hat. Wir ernennen ihn zum Alten Beschützer des Throns, erheben ihn in den auf Ewigkeit erblichen Stand eines Marquis Ersten Ranges und verleihen ihm die doppeläugige Pfauenfeder[1] (s. S. 358).

REGIERUNGSBULLETIN
Siegesbericht des Oberbefehlshabers Tang

Am Sechsten dieses Monats nahmen wir den Hügel Drachenellenbogen, von dem aus wir Minengänge bis unter die Stadtmauer Nankings legen konnten. Am Sechzehnten hatten wir die Truppen zum Sturm versammelt. In den frühen Morgenstunden ließen wir die Mine detonieren, die eine sechzig Schritt breite Bresche in die Mauer riß. Unsere Soldaten stürzten sich in die Bresche, erlitten aber hohe Verluste, da die Taipings verbissen Widerstand leisteten. Erst am Nachmittag zogen sie sich zurück. Nicht alle Widerstandsnester konnten bis zum Einbruch der Dunkelheit ausgeräumt werden.
Die bereits vor einigen Wochen übermittelte Nachricht, daß der sogenannte Himmlische König Gift genommen hat und gestorben ist, hat sich bestätigt. Seine Leiche wurde exhumiert. Seine Frauen und zwei seiner Brüder, die zwar politisch und militärisch keine Rolle gespielt hatten, aber große Mengen von Lebensmitteln und Waren jeglicher Art gehortet hatten, sind gefangengenommen worden und hier in Gewahrsam.
In der Abenddämmerung gelang es etwa tausend Rebellen, die unsere Uniformen angelegt hatten, durch die Bresche in der Mauer zu entkommen. Unsere Truppen setzten ihnen jedoch nach, sobald der Ausbruch als solcher erkannt worden war, und nahmen viele von ihnen gefangen, darunter auch den Oberkommandierenden und bedeutendsten militärischen Führer der Taipings, den sogenannten König der Treue, Li Siu[1], der sein

---

1 Er wurde in Wirklichkeit von Bauern festgenommen. Als sein Pferd nicht mehr laufen konnte, floh er auf einen Berg und rastete in dem Garten eines verfallenen Tempels. Einen Seidenbeutel voller Perlen und Juwelen hängte er in das Laub eines Baumes, während er sich in den Schatten legte und schlief. Plötzlich erschienen Bauern aus dem Dorf Fang Schan, die das Gelände nach Flüchtlingen absuchten. Li Siu floh, aber die Bauern fingen ihn ein. Als sie ihn als den König der Treue erkannten, knieten sie nieder und weinten. Inzwischen hatte eine andere Gruppe von Bauern die Juwelen gefunden. Es kam zu einem Streit zwischen den Bauern, und zwei von ihnen, die auf eine beträchtliche Belohnung hofften, führten Li Siu zu dem nächstliegenden Truppenkommando.
Sie wurden jedoch der Tat nicht froh. Eine Belohnung gab es nicht, im

Schlachtroß dem Sohn und Thronnachfolger des sogenannten Himmlischen Königs abgetreten und sich mit einer alten Mähre begnügt hatte. Er befindet sich zur Zeit in einem Holzkäfig von zwei mal drei Fuß, der im Hofe meines Dienstgebäudes steht, und hat Gelegenheit, ein Geständnis[1] zu verfassen. Ich bitte um Weisung, ob ich ihn nach Peking senden oder hier enthaupten lassen soll.[2]

Der Sohn und Nachfolger des sogenannten Himmlischen Königs, Tien-Kuei ist bei dem vorhin erwähnten Ausbruch entkommen und noch nicht gefaßt worden. Der Hauptpalast sowie fast alle anderen Paläste der Stadt sind von den Taiping-Truppen angezündet worden.[3]

Die letzten Widerstandsnester wurden am Tage nach unserem Eindringen in die Stadt liquidiert. Insgesamt haben wir in Nanking über hunderttausend Langhaarigen Rebellen das linke Ohr abgeschnitten.[4] Unsere Verluste betragen eintausendachthundert Mann.

Gegenteil, die beiden Bauern, die den Gefangenen abgeliefert hatten, wurden mitsamt ihren Familien verhaftet und unter der Folter nach dem Verbleib von Li Sius Schätzen gefragt. Die Verhöre dehnten sich auch auf die Nachbarn aus. Schließlich flohen alle noch nicht arretierten Bauern aus dem Dorf, das später ganz aufgegeben wurde, da die Einwohner wegen ihrer Tat von den Nachbargemeinden geächtet wurden.

1 Es ist erhalten, ebenso wie die Geständnisse der meisten anderen gefangengenommenen und später hingerichteten Taiping-Würdenträger. Durch solche »Geständnisse« konnten die Gefangenen zwar kein milderes Urteil erlangen, aber hoffen, durch ihre Darstellung die Geschichtsschreibung zu beeinflussen. In der Tat stützen sich die Historiker weitgehend auf diese »Geständnisse«.

2 Tang wartete die Weisung nicht ab, sondern ließ ihn enthaupten, nachdem der »König der Treue« einen ausführlichen und anschaulichen Bericht über die Geschichte der Taipings und seine Rolle verfaßt hatte, der kaum die Bezeichnung »Geständnis« verdient. Es wird vermutet, die beiden hätten sich darüber unterhalten, ob Tangs Streitkräfte stark genug seien, die Dynastie zu stürzen. Tang habe das verneint. Konkrete und eindeutige Hinweise für ein solches Gespräch liegen jedoch nicht vor.

3 Es waren vielmehr die Kaiserlichen Truppen, die zusammen mit ihren Offizieren oder in deren Auftrag die Paläste geplündert hatten und mit der Brandstiftung ihre Spuren verwischten.

4 D. h. getötet. Die altertümliche Floskel ist nicht wörtlich zu nehmen.

Guangming-Zeitung, Peking[1]

Antwort auf einen Leserbrief (gekürzt)

Im vergangenen März hatte unsere Zeitung einen Artikel des Genossen Su Schu gegen die Viererbande veröffentlicht, in dem Dschiang Dsching[2] kritisiert wurde, weil sie Hung Siu-chüans Andenken verleumdet und ihn beschuldigt hatte, Selbstmord begangen zu haben. Wir erhielten darauf zahlreiche Leserbriefe, in denen gefragt wurde, ob Hung Siu-chüan nun an einer Krankheit gestorben sei oder sich selbst getötet habe. Der Genosse Schu nimmt dazu wie folgt Stellung:
In zahlreichen früheren Werken hielt man den Tod Hung Siu-chüans für Selbstmord. Seit aber die Darstellung Li Siu's, des »Königs der Treue«, veröffentlicht worden ist, ist das Problem gelöst. Li Siu schreibt:
»Zu Anfang des Vierten Monats war die Krankheit des Himmlischen Königs bereits sehr ernst. Er nahm aber kein Heilmittel, sondern überließ den Verlauf der Krankheit der Natur. Auch als sich sein Zustand verschlechterte, lehnte er Medizinen ab. So starb er am 21. des Vierten Monats.«
Die Historiker unter den Anhängern Dschiang Dschings müssen diese Darstellung gekannt haben. Die Verräterin Dschiang Dsching aber war ungebildet und arrogant und versteifte sich schlichtweg auf den Unsinn, Hung habe Selbstmord begangen. Dieser schlechte Stil muß ernsthaft verurteilt werden.

Pantai, Kabinettschef des Kanzlers Prinz Tsai

Eine amtliche Aufzeichnung über das Gespräch des Kanzlers mit Tang, auf das Wesentliche beschränkt, wägend und wertend, vermag ich heute noch nicht zu schreiben. Ich will aber wenigstens versuchen, alle Einzelheiten, deren ich mich erinnere, festzuhalten. Ich nehme den Pinsel zur Hand, als schriebe ich mir

---

1 »Guangming jih-pao«, 12. September 1978. (»Antworten auf Leseranfragen«).

2 Die Witwe Mao Tsetungs

selbst einen Brief in die Zukunft – wenn man mir eine Zukunft läßt.

Tang empfing unsere Sänften vor dem Eingangstor des malerischen kleinen Hauses auf einem Hügel Nankings, das er für sich requiriert hatte, weil es eines der wenigen unbeschädigten Gebäude der Stadt ist. Im Innern freilich hatte er es herrichten lassen. Er führte uns durch einen winzigen, klösterlich-stillen Vorhof mit einer uralten Fichte, durch die Eingangshalle und einen Raum, der früher als Bibliothek oder Atelier gedient haben mag, auf die Terrasse, wo ein frischer, nach der unerträglich drückenden Hitze der Stadt besonders willkommener Luftzug wehte.

Der Kanzler hatte, als er aus der Sänfte stieg, die Brille abgenommen[1], aber hier setzte er sie wieder auf, um den herrlichen Blick zu genießen: Wir konnten vergessen, daß wir in der vernichteten Stadt waren. Zerstörte oder verbrannte Häuser waren kaum zu sehen. Der Brandgeruch, der immer noch über den Ruinen lag, und der widerliche Verwesungsgestank drangen nicht hier herauf. Wir blickten über einige Weiler und Bauernhäuser, über Gärten und Felder bis zur Stadtmauer und dem Tschinhuai-Fluß, der in dem feuchten Dunst aufblitzte. Hier oben war Frieden.

Der Kanzler nahm die Brille wieder ab, sah, daß drei Stühle um den niedrigen Tisch auf der Terrasse standen, und sagte zu Tang:

»Ich wünschte mit Ihnen allein zu sprechen.« Er wandte sich zu mir, wie zu einem Lakaien, den man aus dem Zimmer schickt: »Sie sind entschuldigt. Sie können vielleicht etwas spazierengehen.«

Das Blut wich mir aus dem Kopf. Ich trat einen Schritt zurück und verneigte mich. Ich Tor, obwohl Jahrzehnte in seinem Dienst, ließ ich mich wieder durch seinen Ton kränken! Heute bin ich sicher, daß der Kanzler nur mein Bestes im Sinn hatte, als er mir erlaubte, dem Gespräch fernzubleiben. Aber damals hörte ich mit Genugtuung, wie Tang einwandte:

---

1 Es galt als unhöflich, vor anderen, außer in freundschaftlich-vertraulichem Gespräch, die Brille zu tragen. Selbst stark Kurzsichtige nahmen vor Gericht, und natürlich auch bei Audienzen, die Brille ab.

»Wenn Eure Hoheit darauf bestehen, ohne Zeugen mit mir zu sprechen, kann ich mich natürlich diesem Wunsche nicht widersetzen. Dennoch – es wäre mir lieber, wenn Pantai bei uns bliebe. Ein heimliches Gespräch könnte man mißverständlich auslegen.«
»Ich verstehe«, antwortete der Kanzler, weder mißvergnügt noch verbindlich, sondern nur registrierend. »Er ist Ihr Freund und hat stets für Sie gesprochen, weil er meine Absichten offenbar nicht verstand.« Als fühlte er nun, daß ein etwas wärmerer Ton angezeigt sei, fügte er hinzu: »Hat er sich in seinen Briefen nicht manchmal über das schwere Los beklagt, mit einem alten, unausstehlichen Mann wie mir zusammenarbeiten zu müssen? Ich bin gekommen«, sagte er zu Tang, »um Ihnen Glück zu wünschen.«
»Wie kann ich es wagen«, erwiderte Tang formell, »diesen Höflichkeitsbeweis entgegenzunehmen! Eure Hoheit bringen mich in tiefste Verlegenheit, wenn Sie allein aus diesem Grunde den weiten Weg von der Reichshauptstadt hierher unternommen haben.«
»Erst hier habe ich gesehen, wie notwendig es war, Ihnen meinen Glückwunsch persönlich zu überbringen: nicht nur wegen Ihres ruhmreichen Sieges, sondern auch, weil Sie trotz meines Widerstands, der Ihnen sicher nicht unbekannt geblieben ist« – dabei sah der Kanzler zu mir herüber –, »weil Sie trotz meines Widerstands eine Armee aufgebaut haben, die Ihnen unbedingt gehorsam und ergeben ist. Sie haben nicht nur die Langhaarigen Rebellen, Sie haben auch mich besiegt.«
Tang verneigte sich und führte uns zu unseren Plätzen. Auf dem Tisch standen kleine Schalen mit gesalzenen Melonen- und Kürbiskernen. Wie alt waren wir geworden! Der Kanzler ging schleppenden Schrittes zu seinem Stuhl. Sein Rücken war rund und gebeugt, der Zopf grau und dünn. Tang hielt sich zwar gerade, aber sein Gesicht hatte eine ungesunde, von den rauhen Winden, der Sonne und dem Aufenthalt im Freien gebräunte Hautfarbe. Es war faltig und gegerbt wie das eines Bauern. Er war mager geworden, und seine Bewegungen waren härter als früher.
Als wir uns gesetzt hatten, kamen die Diener und gossen heißes

Wasser über den Tee in den Tassen aus weiß-blauem Ming-Porzellan, setzten die Deckel auf die Tassen und entfernten sich.
»Sie haben die Rebellen zwar vernichtet«, nahm der Kanzler das Gespräch wieder auf, »aber es ist vielleicht schon zu spät.«
Tang mißverstand diese Worte: Er war empfindlich geworden.
»Man neigte in der Reichshauptstadt dazu, die Rebellen zu unterschätzen. Ich habe den Sturm der Stadt erst befohlen, als die Rebellen schwach waren. Sie befanden sich in günstigerer Lage, konnten durch jedes der achtzehn Tore plötzlich mit ihrer gesamten Streitmacht ausbrechen; ich dagegen mußte meine Truppen auf den ganzen riesigen Umkreis der Stadtmauer verteilen. Der ›König der Treue‹ gibt in seinem Geständnis zu, daß er tatsächlich ausbrechen wollte und daß nur der Himmlische König diesen Plan vereitelt hat. Ich *konnte* die Stadt nicht früher nehmen.«
»Das meinte ich nicht, Marquis«, erwiderte der Kanzler. »Als ich sagte, es sei schon zu spät, dachte ich nicht an die irdische, sondern an die himmlische Zeit.«
»Meine Unwissenheit hindert mich, diese Worte klar zu verstehen. Ich bitte Eure Hoheit um Belehrung.«
»Nun, ist das so schwer zu verstehen? Das Reich steht vor dem Abgrund. Ich gestehe, daß daran meine pflichtvergessene Amtsführung schuld ist. Meine geistigen und moralischen Kräfte sind zu schwach, die Dinge allein wieder ins Lot zu bringen. Ich habe es dahin kommen lassen, daß Reich und Volk nach einer großen Änderung schreien.«
»Änderung?« fragte Tang, als verstehe er ihn nicht, »ist sie nicht schon eingetreten? Wir haben doch gesiegt!«
Aber der Kanzler ging nicht darauf ein, sondern fuhr fort:
»Die Rebellen haben die Zeit früher erkannt als die Regierung, früher als der Drachenthron. Darum ist ihnen das Volk zugeströmt. Das Volk wollte eine neue Gerechtigkeit. Die Aufrührer haben sie ihm gegeben, aber es war eine schlechtere. Darum sind die Rebellen gescheitert.
Gesiegt! Ja, Sie, Marquis, haben die Langhaarigen vernichtet. Aber die Gerechtigkeit haben Sie noch nicht hergestellt.«
Tang versuchte abzulenken: »In den letzten Jahren habe ich mich mit so hohen Fragen nie beschäftigt, sondern mich auf die

konkreten Dinge des Alltags beschränkt. Es genügt mir zu wissen, daß uns die Gerechtigkeit durch den Erhabenen Herrscher und den Himmel zuteil wird.«

»Mir wäre es lieber«, erwiderte der Kanzler in seinem zurechtweisenden Ton, »wenn weniger vom Himmel als von, sagen wir, den Finanzen die Rede wäre.«

Dabei hatte er selbst doch erst wenige Augenblicke zuvor von der himmlischen Zeit gesprochen!

»Das Finanzwesen hängt enger mit der Gerechtigkeit zusammen, als die Gelehrten meinen, die nur die Aussprüche der Klassiker kennen und im Himmel besser zu Hause sind als auf der Erde und die mit der Welt hadern, weil sie nicht ihrem hehren Bilde entspricht. Wir müssen den verwüsteten Provinzen auf viele Jahre die Steuern erlassen, ja, sie sogar unterstützen. Aber von solchen Dingen wissen die Gelehrten ja nichts – trotz ihres Verstandes. Die Kassen der Reichsregierung sind leer, wie Ihnen auch Ihr Freund Pantai bestätigen kann. Infolgedessen müssen wir die wenigen verschonten Provinzen stärker belasten. In ihnen gärt es aber ebenso wie in den zerstörten. Und Aufstände sind schon ausgebrochen, ehe wir überhaupt Steuererhöhungen verfügt haben.«

»Aber was wollen Eure Hoheit tun?«

»Ich?« erwiderte dieser mit hoher und sich überschlagender Stimme. »Was kann *ich* tun, nachdem Sie, Marquis, mir die Macht genommen haben! Ich frage Sie vielmehr: Was wollen *Sie* tun? Die Aufstände, einen nach dem anderen, niederschlagen? Vielleicht gelingt es Ihnen, wenn auch die Hälfte des Volkes dabei zugrunde geht. Aber was wollen Sie danach tun? Die Soldaten, die jetzt auf Sie schwören, nach Hause schicken? Und dann soll wieder alles so sein wie vorher? Glauben Sie, das Volk wird vergessen, was in den vergangenen zwölf Jahren geschehen ist?«

Ich weiß nicht, ob Tang den Worten des Kanzlers gefolgt war. Er grübelte noch über einem Gedanken, den der Kanzler vorhin ausgesprochen hatte:

»Ich verstehe Eure Hoheit nicht: Ich habe Ihnen die Macht genommen?«

»Natürlich! Sie haben die Macht, aber Sie scheinen es nicht zu

wissen. Ich habe mich gegen diese Entwicklung gewehrt, sie in meiner Schwäche und Unfähigkeit jedoch nicht verhindern können. Die Soldaten und Offiziere, die ich gesehen habe, sind *Ihre* Soldaten und *Ihre* Offiziere, nicht die des Erhabenen Himmlischen. Diese Ihre Macht verpflichtet Sie, Marquis. Sie müssen sie erhalten und anwenden.«
»Ich bitte Eure Hoheit«, sagte Tang, als sei er wirklich besorgt, »sagen Sie mir, was ich tun soll! Sie haben die große Erfahrung, überblicken das Reich und wissen, was not tut.«
»Dem Volk den Zopf abschneiden.«
»Das haben die Rebellen getan.«
»Richtig, das haben die Rebellen getan.«
»Eure Hoheit verwirren mich. Ich wäre dankbar für eine Andeutung, was Ihrer Meinung nach im Staat veranlaßt werden sollte.«
»Ich will nicht in die Einzelheiten gehen, die Sie erst recht verwirren würden. Der Staat ist nicht wichtig. Das Volk ist das wichtigste.«
»Und der Herrscher.«
Der Kanzler war unzufrieden mit der Antwort. Ich kannte diesen Blick.
»Das unwichtigste, Marquis. Kennen Sie die Klassiker[1] nicht mehr?«
»Ich entnehme diesen Worten, daß Eure Hoheit zu wissen glauben, wie das Reich zu retten ist.«
Tang hatte sich steifer in seinen Stuhl gesetzt; er ahnte wohl, worauf der Kanzler hinauswollte.
»Natürlich habe ich mir hierüber Gedanken gemacht«, sagte der Kanzler, »aber ich kann sie nicht verwirklichen.«
»Der Erhabene Himmlische billigt sie nicht?«
»Eben.«
»Dann wollen Sie sie aufgeben?«
»Und das Reich zugrunde gehen lassen?«
»Aber wollen Sie gegen den Herrscher handeln?«
»Ja«, und der Kanzler fügte hinzu, »was bleibt uns sonst übrig?«

---

1 »Das Volk ist das wichtigste, dann kommt der Staat. Der Herrscher ist das unwichtigste« (Mong-dse).

»Aber wenn der Erhabene Herrscher das mißbilligt, verbietet?«
Der Kanzler blickte Tang an:
»Ihn stürzen.«
»Ihn stürzen?« wiederholte Tang.
Der Kanzler saß klein und zusammengesunken in seinem Stuhl. Seine Augenlider blinkten, seinen Mund hatte er ein wenig geöffnet.
»War das schon immer das Ziel Eurer Hoheit? Den Drachenthron zu besteigen?«
»Ich?« fragte der Kanzler, »an mich hatte ich nicht gedacht. Es geht mir um das Volk und das Reich. Ich habe mit Ihrem Freund Pantai noch nicht über diese Angelegenheiten gesprochen; aber er kennt mich besser. An wen kann man nur denken, wenn man einen Nachfolger auf dem Drachenthron sucht? Nun, Pantai: Überlegen Sie sich die Antwort gut!«
Ich brauchte nicht zu überlegen. Es gab nur einen: Tang. Ich sagte zu ihm:
»Sie, mein Freund. Der Kanzler hat recht, Sie sind der einzige.«
»Die Geschichte«, sagte der Kanzler, »gibt Ihnen Gelegenheit, Ihr Versäumnis wiedergutzumachen.«
»Mein Versäumnis?« fragte Tang.
»Sie haben die Gelegenheit, das Reich zu retten, schon einmal nicht genutzt, als Sie das Angebot des jungen Ming-Prinzen ablehnten und ihn enthaupten ließen – entgegen meinem Befehl.«
»Sprechen Sie von dem Banditenführer Dschu? Hätte ich ihn etwa in einem Käfig nach Peking senden sollen, damit Sie ihn foltern und zerstückeln konnten?«
Der Kanzler verzog die Lippen.
»Ich hätte ihn weder gefoltert noch zerstückelt, sondern mit ihm verhandelt, ihm dasselbe Angebot gemacht wie heute Ihnen. Als man mir seinen Kopf brachte, habe ich vor ihm eine Räucherkerze angezündet und ihn um Verzeihung für das große Unrecht gebeten, das Sie an diesem Edlen begangen hatten.«
Tang stand auf, eilig, wie mir schien, und als müsse er die Antwort geben, bevor er darüber nachgedacht hatte. Schon auf dem Wege zur Bibliothek, blieb er noch einmal stehen, wandte sich um, als wolle er noch etwas sagen, ging dann aber doch hinaus und kam bald mit zwei Offizieren zurück.

»Ich habe den Offizieren befohlen«, sagte er, »Sie in Ihr Quartier zu begleiten und Sie streng zu bewachen. Sie stehen beide unter Arrest. Ich werde dem Erhabenen Himmlischen noch heute über dieses Gespräch berichten.«
Der Kanzler erhob sich, und seine vorstehenden, wäßrigen Augen blickten Tang ausdruckslos an:
»Sie werden vielleicht das letzte Wort, aber ich werde recht behalten.«
Er verbeugte sich knapp, setzte die Brille auf und ging zur Tür. Tang suchte meinen Blick; er wollte mit mir reden, er suchte Rat. Aber ich wich ihm aus und folgte dem Kanzler.

Reichsannalen

Der Erhabene Himmlische geruhte vor drei Tagen zu befehlen, einen Traum in die Reichsannalen aufzunehmen, der ihm nachts zuvor gekommen war. In diesem Traum war ihm außer seinem Vater auch Prinz Yeh erschienen und hatte gesagt, er sei gestorben. Heute traf nun tatsächlich in der Reichshauptstadt die Kunde von Prinz Yehs Tod ein. Damit ist bewiesen, daß der Himmel dem Einzig-Aufrechten mit dem Traum ein Zeichen geben wollte. Es ist daher gerechtfertigt, wenn wir dem Befehl des Erhabenen Herrschers nachkommen und den Traum an dieser Stelle einfügen. Er wird jedoch weder dem neuen Kanzler Tang noch anderen Personen des Hofes, der Regierung oder gar dem Volke mitgeteilt, sondern nur der Geschichte.
Der Erhabene Himmlische geruhte, folgendes zu berichten:
Im Traum saßen Wir allein am Rande eines Brunnens. Da stand vor Uns Prinz Yeh und meldete Uns, er sei in der Nacht gestorben, weil ihn die Nachricht von den hochverräterischen Plänen des Kanzlers Tsai so erregt habe.
Er führte Uns über eine marmorne Brücke in einen Park, und neben Uns standen Phönixe und das Einhorn. Wir wußten, daß Wir auf dem Polarstern[1] waren. Als Wir aufblickten, sahen Wir, wie das Himmelsgewölbe sich langsam drehte. Wir selbst aber

1 Mittelpunkt des Kosmos, zuweilen mit dem Absoluten identifiziert.

standen fest und ruhig. Eine große, unbeschreibliche Musik tönte von der Sonne und dem Mond, die hell am Himmel standen, aber nicht blendeten, und von den Sternen.
Als Wir Unsere Augen wieder zur Erde wandten, stand Unser Vater an Prinz Yehs Stelle. Aber Wir fürchteten ihn nicht. Er sah Uns freundlich an und bekannte seine Schuld in einer zurückliegenden, Uns beide betreffenden Angelegenheit. Wir konnten ihn nur unter Tränen anhören.
Er sagte dann, nach seinem Urteil und dem der Ahnen hätten Wir recht gehandelt, als Wir dem Kanzler Tsai und seinem Beamten die Seidene Schnur schickten, damit sie sich selbst erhängten. Da er sehr zornig auf den Kanzler zu sein schien und um ihn zu besänftigen, wagten Wir, unehrerbietig zu bemerken, Wir hätten den Kanzler sonst immer als klugen, umsichtigen und furchtlosen Diener des Reiches erkannt. Er habe die Dynastie vor den Rebellen gerettet, und all sein Streben habe nur dem Wohle des Volkes gegolten. Dies scheine Uns auch aus seinem hinterlassenen Memorandum[1] hervorzugehen, wenn seine ungewöhnlichen Vorschläge für eine neue Ordnung Uns auch erschreckt und, wie Wir hinzuzufügen Uns beeilten, sogar abgestoßen hätten.
Aber der Vater antwortete ungnädig: Wichtigtuerei, Anmaßung und Gottlosigkeit! Wie könne ein Mensch wissen, welche Ordnung dem Volke frommt! Des Kanzlers Pläne hätten sich nur insofern von denen der Rebellen unterschieden, als er die Vernunft, die Rebellen dagegen einen Wahn auf den Drachenthron hatten heben wollen, von dem aus doch nur der Himmel regieren könne. »Dennoch«, wagten Wir zu bedenken, »wird er nicht vielleicht recht behalten? Wir bitten um Belehrung in dieser Angelegenheit.«

---

1 Diese Stelle veranlaßte die Reichsannalisten, nach dem Memorandum zu forschen. Da sie sich aber scheuten, den Kaiser selbst zu fragen, baten sie den neuen Kanzler Tang um Auskunft, der kurz angebunden antwortete, ein solches Schriftstück existiere nicht. Moderne Historiker meinen jedoch, es wäre ungewöhnlich gewesen, wenn Tsai *kein* politisches Testament hinterlassen hätte. Sie vermuten, Tang habe es dem Kaiser vorgelegt, dann aber sofort vernichtet, da er die Gedanken Tsais für staatsgefährdend angesehen habe.

Unser Vater antwortete:
»Gewiß ist es möglich, daß seine Pläne zum Wohle des Reiches ausgeschlagen wären, wiewohl Wir nicht wissen, ob ein Atemzug des Himmels sie nicht hätte zerplatzen lassen.«
In Unserem Unverstand erdreisteten Wir Uns zu bemerken, daß Wir dennoch vielleicht einen Fehler begangen hätten, als Wir dem Kanzler verboten, seine Pläne Uns gegenüber noch einmal zu erwähnen.
»Was geschieht«, sagte der Vater, »geschieht durch den Himmel, aber wissen Wir, welche Unserer Befehle vom Himmel kommen und welche aus der Bosheit Unseres Herzens? Der Kanzler hatte geglaubt, den Willen und die Zeit des Himmels zu kennen. Aber kennen selbst Wir Ahnen die unerforschlichen Wege des Himmels? Für wie klein halten die Menschen den Himmel? So klein wie ihren Kopf? Der Himmel hat die Pläne des Kanzlers vereitelt, weil Wir beide gesündigt haben. Darum muß das Volk leiden. Hätten Wir nicht gesündigt, wäre dem Volk das Leid erspart geblieben.«
»Aber«, baten Wir den Erhabenen Vater um Auskunft, »hat nicht ein gewisses Opfer den Himmel umgestimmt? War es denn ganz umsonst?«
»Nicht ganz umsonst«, erwiderte er, »denn hat der Himmel nicht den Sieg der Rebellen verhindert?«
In einer Uns unverständlichen, nur in einem Traum verzeihlichen Hartnäckigkeit widersprachen Wir noch einmal:
»Hätten Wir nicht vielleicht dem Kanzler Tsai oder dem Marquis Tang freiwillig das Reich übergeben sollen? Hat nicht auch Yao dem Schun das Reich übergeben?«[1]
»Nein. Der Kaiser kann das Reich nicht einem anderen übergeben.«
»Aber Schun erhielt das Reich. Wer gab es ihm?«
»Der Himmel.«
Wir baten den Vater, Uns in seiner grenzenlosen Geduld weiter zu belehren, und fragten ihn:
»Der Himmel hat Uns den Auftrag gegeben, was überkommen

1 Der chinesischen Überlieferung nach um 2200 v. Chr. Diese und die folgende Frage sind offensichtlich Erinnerungen an Mong-dse, V, 1.

ist zu bewahren, nicht zu zerstören. Wenn aber das Volk unter dem Auftrag leidet...!«
»Selbst dann.«
»Das verstehen Wir nicht.«
Der Blick des Vaters verfinsterte sich ob Unserer Unvernunft:
»Die Gerechtigkeit des Himmels hat nichts gemein mit der Gerechtigkeit der Menschen. Auf den Waagschalen des Himmels wiegt die Sünde eines einzigen mehr als die Leiden von zehntausend mal zehntausend Menschen.«
»Währt unser Auftrag denn ewig?«
Wir erwarteten die Antwort des Vaters mit gesenktem Haupt; aber er legte seine Hand unter Unser Kinn und hob Unseren Kopf, daß Wir sein Antlitz sahen. Wir erinnerten Uns, daß er dies nur ein einziges Mal in Unserer Kindheit getan hatte. Er blickte Uns milde in die Augen und fragte Uns – ebenso wie damals, als Wir noch Kind waren –, ob Wir müde seien.
»Ja«, antworteten Wir, »Wir sind müde.«
»Es heißt aber, auf dem Thron aushalten. Der Auftrag wird nicht mehr lange währen. Dafür haben wir Ahnen Zeichen des Himmels. Ob aber das Volk unter dem nächsten Auftrag mehr leidet als unter Unserem – wer will das wissen!«
»Doch woran erkennen Wir, daß Unser Auftrag abgelaufen und einem anderen erteilt worden ist?«
»Daran, daß der andere Erfolg hat.«
»Und wenn wiederum einer kommt und sagt, der Himmel habe ihm den Auftrag zur Änderung erteilt? Was sollen Wir tun?«
»Widersetzen!«
»Und was sollen Wir tun, um das Reich dem Auftrag gemäß zu regieren?«
Der Vater sah Uns streng an:
»Der Kaiser soll nichts tun. Dem Himmel treu sein. Ausharren.«

Sinologische Forschungen, Jahrgang XXVII, Heft 3

Es war vorauszusehen, daß eines Tages ein Romanautor die Taiping-Rebellion (1851–1864), die das chinesische Kaiserreich in seinen Grundfesten erschütterte[1], zum Thema nehmen würde. Dies ist nun eingetroffen (*Erwin Wickert: Der Auftrag, Roman, Stuttgart*). Rez. teilt nicht die Meinung derjenigen, die den historischen Roman von vornherein verwerfen, nur weil er unwis-

1 Die Historiker der Volksrepublik China sprechen von der Taiping-*Revolution* (ge ming); wir bleiben jedoch bei der richtigeren Bezeichnung Taiping-*Rebellion*.
Die Zahl der Todesopfer, die diese Rebellion das chinesische Volk gekostet hat, steht leider immer noch nicht fest. Amerikanische und britische Schätzungen des vorigen Jahrhunderts sprechen von 20–50 Millionen Toten. Der preußische Geograph Ferd. Frhr. von Richthofen, der bald nach der Rebellion seine berühmten Forschungsreisen durch China durchführte, schreibt:
»Von der Zerstörung an Menschenleben, die hier stattgefunden hat, kann man sich keinen Begriff machen, wenn man nicht selbst an Ort und Stelle gewesen ist. Wenn man nur einzelne Täler nimmt, so berechnet sich in ihnen die Zahl der Getöteten nach Millionen. Ich mute Euch nicht zu, dies zu glauben, und bin darauf gefaßt, daß man mir sagt, ich übertreibe. Ich habe es früher auch nicht geglaubt, und wenn man die Gesamtheit der durch die Taiping-Rebellion Umgekommenen auf dreißig Millionen Menschen schätzte, so hielt ich dies für eine lächerliche Übertreibung. Jetzt glaube ich, daß diese Zahl viel zu gering ist.«
(Ferd. v. Richthofens Tagebücher aus China, hg. E. Tiessen, Berlin, 1907, Bd. II, S. 103f.)
Eine eingehende moderne Untersuchung kommt zu dem Schluß:
»The Taiping Rebellion is deservedly called the greatest civil war in world history. In sheer brutality and destruction it has few peers in the annals of history.« (Ho Ping-ti, Studies on the Population of China, Cambridge, 1959, pp. 238–47).

senschaftlich ist. Denn ein breiteres Publikum kann auf diese Weise unmerklich an geschichtliche Probleme herangeführt werden. Ganzen Generationen ist die Vergangenheit lebendig geworden durch die Romane Walter Scotts, die zu lesen selbst Goethe nicht verschmähte, durch Flauberts »Salammbô«, Scheffels zu Unrecht vergessenen »Ekkehard« oder die literarisch vielleicht nicht ganz so wertvollen, historisch und kulturgeschichtlich jedoch überaus instruktiven Romane der Historiker Georg Ebers (»Eine ägyptische Königstochter«, »Uarda«) und Felix Dahn. Dem vorliegenden Buch möchte Rez. dagegen den Charakter eines historischen Romans überhaupt absprechen.

Über die literarische Form des Buches zu reden, ist in dieser Zeitschrift zwar nicht der Ort; dennoch müssen auch gegen diese Form wenigstens einige ernsthafte Bedenken angemeldet werden. Vf. gibt sich auf langen Strecken den Anschein, authentische Dokumente über die Taiping-Rebellion aneinandergereiht und lediglich mit Fußnoten versehen zu haben. Diese Dokumente sind jedoch erfunden bis auf – und das ist das eigentlich Ärgerliche – bis auf einige wenige Ausnahmen. Inmitten völlig frei ausgedachter Kapitel finden wir plötzlich echte, manchmal aus ihrem Zusammenhang gerissene Zitate. Rez. hat die Beiträge geprüft, für die in den Fußnoten Erscheinungsjahr oder Jahrgangsnummern angegeben waren. *In diesen Fällen* hat sich, wie zugegeben werden muß, sein Verdacht nicht bestätigt, z. B. bei den Auszügen aus dem Basler Evang. Missionsmagazin, einem Aufsatz von Karl Marx, Artikeln aus der Far Eastern Quarterly Review, der Pekinger Volkszeitung, dem Buch von Lin-le, d. i. Lindley oder dem Overland Friend of China. Diese Texte sind echt, wenn auch oft gekürzt, umgestellt oder recht frei übersetzt, so daß sie als ernsthafte wissenschaftliche Referenz unbrauchbar sind.

Anders scheint es dem Rez. bei den Texten zu sein, für die keine präzisen Fundstellen angegeben sind. Hier bestehen erhebliche Verdachtsmomente. Darauf wird noch zurückzukommen sein.

Während Vf. sich wenigstens an die Hauptereignisse in der Geschichte der Taiping-Rebellen hält – obwohl er auch hier entscheidende, zweifellos bewußte Verstöße gegen die historischen

Tatsachen begeht, zum Beispiel die europäische Freiwilligentruppe, Gordons berühmte »Ever Victorious Army«, überhaupt nicht erwähnt, die doch wesentlich zur Niederschlagung des Aufstands beigetragen hat –, ist seine Schilderung der Vorgänge auf der kaiserlichen Seite reine Phantasie. Hier mischt er unbekümmert Ereignisse und Gestalten verschiedener Dynastien durcheinander.

Ebenso irreführend sind seine Fußnoten: Während gegen die kulturgeschichtlichen und sprachlichen Anmerkungen nur gelegentlich Einwände zu erheben sind (offenbar mit Rücksicht auf den deutschen Leser inkonsequente Umschreibung der chinesischen Namen!), ist der Mißbrauch des wissenschaftlichen Apparats, mit dem er die Authentizität von Dokumenten, Aussprüchen und Personen beweisen will, schärfstens zu tadeln. Als eklatantestes Beispiel sei die Anmerkung über die Echtheit des Gesprächsprotokolls Tsai-Fong (S. 243 ff.) angeführt: Dieses Protokoll ist einwandfrei der Phantasie Vf.s entsprungen, da Fong (Fêng Yun-shan) zur Zeit dieses vorgeblichen Gesprächs längst tot war, der andere Gesprächspartner, Kanzler Tsai, nie existiert hat.

In einer anderen Fußnote (S. 354) schreibt Vf. die Angaben des von ihm selbst erdichteten Markterzählers berichtigend, den Nordsektor der Kaiserlichen Armee vor Nanking habe bekanntlich (bekanntlich!) der General Tschen befehligt. Rez. hat sich der langwierigen Aufgabe unterzogen, den Wahrheitsgehalt dieser Behauptung zu prüfen. Das Ergebnis war, wie zu erwarten: Es gab gar keinen General Tschen bei der Belagerung Nankings!

Dagegen ist die vorhergehende Fußnote über die Lage der Sechs-Dynastien-Gräber im Südosten Nankings korrekt. Auch die Darstellung der Gefangennahme Li Sius (Li Hsiu-ch'eng), des Königs der Treue, in der Fußnote S. 360 ist richtig und historisch belegbar. Sehr verdächtig jedoch, wenn auch zur Zeit nicht nachprüfbar, erscheint die Anmerkung zu der (erfundenen?) Volksballade (S. 202). Doch genug der Beispiele!

Bei manchen dieser in so entschiedenem Ton gehaltenen Fußnoten mögen selbst Kenner chinesischer Geschichte stutzig werden, wenn auch meistens nur für einen Augenblick; der durchschnittliche Leser dagegen wird ständig hinter das Licht geführt. Es ist undenkbar, daß dies die Absicht des Autors gewesen sein sollte!

Es erhebt sich nun die ernste Frage, ob in unserer Zeit universalen historischen Bewußtseins ein derartig leichtfertiges, unbekümmertes Spiel mit historischen, nachprüfbaren Fakten, ob die Erfindung historischer Situationen überhaupt – denn darauf läuft es ja bei dem Roman hinaus – gestattet sein soll. Die Aufgabe des historischen Romans ist doch, die von der Überlieferung ausgesparten Stellen zu füllen, vielleicht auch die Handlung historischer Personen psychologisch verständlich zu machen – nicht aber die Geschichte, die unantastbar und sakrosankt bleiben sollte, neu zu schreiben.

Rez. will nicht bestreiten, daß die deutsche Sinologie die Taiping-Rebellen arg vernachlässigt hat; andererseits liegt über die wahren Ereignisse dieser Epoche genug chinesische und auch einige amerikanische Literatur vor, zu der jeder Gebildete und wirklich Interessierte Zugang hat. Wer sich damit *ernsthaft* auseinandersetzen will, sei auf die bibliographischen Angaben in den ausgezeichneten Arbeiten W. Frankes, W. J. Hails und F. Michaels[1] hingewiesen.

E. W.[2]

---

1 Wolfgang Franke: Das Jahrhundert der chinesischen Revolution, R. Oldenbourg, München, 1958.
William James Hail: Tsêng Kuo-fan and the Taiping Rebellion, Yale University Press, New Haven, 1927.
Franz Michael: The Taiping Rebellion, History and Documents, 3 vol., University of Washington Press, Seattle, 1966–1971.
(Ausführliche Bibliographie der *neueren* Forschung bei Jen Yu-wen: The Taiping Revolutionary Movement, Yale University Press, New Haven 1973)

2 Eine Zeitschrift »Sinologische Forschungen«, in der diese Rezension erschienen sein soll, existiert natürlich nicht. *(Deutsche Verlags-Anstalt)*

Bitte beachten Sie
die folgenden Seiten

Kagerô Nikki

Tagebuch einer japanischen Edelfrau ums Jahr 980

Ullstein Buch 30115

Die Frau in der Literatur

In der altjapanischen Kaiserstadt Heian lebte ums Jahr 980 eine Edelfrau, eine der drei großen Schönheiten ihrer Zeit, als Nebenfrau eines Adligen aus der mächtigen Familie der Fujiwara. Sie nannte sich selbst Kagerô, die Eintagsfliege, weil sie ihr Leben, das sie in einem Tagebuch, Nikki, aufzeichnete, als so nichtig wie das einer Eintagsfliege empfand.

Dieses Leben war ganz der Liebe zu Kaneie, einem ehrgeizigen und rücksichtslosen Edelmann, geweiht. Kagerô beginnt mit seiner Werbung, erzählt von ihrer Heirat und der ersten Zeit ihrer Liebe. Bald aber wendet Kaneie sich anderen Frauen zu und läßt Kagerô mit ihrem gemeinsamen Sohn allein zurück – sie ist ja nur seine Nebenfrau.

Mit ihrer Niederschrift hat Kagerô eine der großen klassischen Tagebuch-Dichtungen Japans und der Welt überhaupt geschaffen, ergreifend in ihrer Echtheit und Wahrhaftigkeit.

Lao Tse

Tao
Tê
King

Das Buch vom rechten Wege
und von der rechten
Gesinnung

Herausgegeben und übersetzt
von Jan Ulenbrook

Ullstein Buch 20067

ein Ullstein Buch

Der chinesische Philosoph und Einsiedler Lao Tse lebte im sechsten Jahrhundert vor Christus und hat als Begründer des Taoismus Chinas Weltbild geprägt, das auch auf Europa ausstrahlte.
Dies geschah vor allem mit dem Tao Tê King (Dau Dö Djing), dessen 81 Sprüche über den rechten Weg und die rechte Gesinnung aussagestark und prägnant als Grundgedanken formulieren: das Herrschen durch Tatlosigkeit, die Überlegenheit des Gewaltlosen und die Weisheit spontaner Abläufe im Leben des Einzelnen, des Gemeinwesens, des Alls.
Der Europäer fühlt sich erinnert an manche Aphorismen der Pythagoräer oder Heraklits, da er hier dasselbe Denken in Zyklen und Polaritäten erkennt.

Roxane
Witke

Genossin Tschiang Tsching

Ullstein Buch 3563

Lebensbilder

Tschiang Tschings eigener Lebensbericht liegt dieser einzig autorisierten Biographie der Frau Mao Tse-tungs zugrunde. Dieses Buch ist das intimste Porträt einer der mächtigsten Gestalten unseres Jahrhunderts und gleichzeitig ein einzigartiges Dokument der chinesischen Geschichte. Seit der Frühzeit der Revolution ist es das erste Werk, das aus dem innersten Kreis der Pekinger Führungsspitze berichtet.

»Ich habe noch mit keinem anderen Ausländer über meine Vergangenheit gesprochen. Sie sind die erste, der ich davon erzählt habe.« (Tschiang Tsching zu Roxane Witke, 12. August 1972)

Klaus Mehnert

Kampf um Maos Erbe

Geschichten machen Geschichte

Ullstein Buch 3501

Zeitgeschichte

Der Kampf um Maos Erbe begann schon Jahre vor Maos Tod. Jetzt, da die Würfel gefallen sind, schildert Mehnert den dramatischen Konflikt, den die Gemäßigten gegen die Radikalen für sich entschieden haben, bis zur Rückkehr Tengs Ende Juli 1977.
Das Buch ist spannend geschrieben und voller farbiger Details.

Alain
Peyrefitte

Was wird aus Frankreich?

Ullstein Buch 34037

»Ohne Zweifel.... das schonungsloseste nationale Selbstproträt, das nicht nur über Frankreich, sondern auch über jedes andere Volk in der letzten Zeit geschrieben wurde.« DER SPIEGEL

So nimmt es nicht wunder, daß dieses Buch in Frankreich politische Stürme entfesselt hat und mit einer Auflage von 700 000 Exemplaren zum Bestseller wurde: *Le mal français,* so der Originaltitel, ist nach den legendären Frankreich-Büchern von Friedrich Sieburg *Gott in Frankreich* und Herbert Lüthy *Frankreichs Uhren gehen anders* die aktuellste und provozierendste Analyse unseres westlichen Nachbarlandes.

Ullstein Sachbuch

Helmut Allardt

Moskauer Tagebuch

Beobachtungen, Notizen, Erlebnisse

Ullstein Buch 34040

Ullstein Sachbuch

Dr. Helmut Allardt war von Anfang Mai 1968 bis Ende März 1972 Bonner Botschafter in Moskau. Teils unmittelbar, teils an der politischen Peripherie stehend, erlebte er die entscheidenden Verhandlungen zwischen der Weltmacht Sowjetunion und der Bundesrepublik Deutschland.